BEST嚴選
奇幻基地出版

雨野原傳奇1

巨龍守護者

THE RAIN WILDS CHRONICLES 1
Dragon Keeper

羅蘋・荷布 著
李鐳 譯

Robin Hobb

關於斑點和煙塵、白朗寧手槍握柄和彩虹、碎布袋和辛巴達的回憶。
美麗的鴿子，盡皆如此。

目次 | Contents

出場人物 …… 6
序章　長蛇的終結 …… 11
1　河上水手 …… 23
2　孵化 …… 33
3　有利的條件 …… 57
4　誓言 …… 87
5　勒索和謊言 …… 113
6　賽瑪拉的決定 …… 149
7　承諾和威脅 …… 181
8　面試 …… 201

9 旅程……239
10 卡薩里克……261
11 遭遇……295
12 龍群之中……325
13 猜疑……349
14 鱗片……371
15 急流……391
16 團體……423
17 決定……459
中英譯名對照表……488

出場人物

守護者和龍	
埃魯姆	淺色皮膚，銀灰色眼睛，耳朵非常小，鼻子幾乎是扁平的。他的龍是**亞布克**，一頭綠色和銀色的公龍。
博克斯特	凱斯的親戚。古銅色眼睛，矮個子，身材壯實。他的龍是橙色的公龍**斯克力姆**。
紅銅	一頭無人守護的、病弱的褐色龍。
格瑞夫特	最年長的守護者，身上的雨野原印記也最濃厚。他的龍是藍黑色的**卡羅**，體型最巨大的公龍。
格雷索克	巨大的紅龍，第一頭離開結繭地的龍。
哈裡金	如同蜥蜴一般修長。他要比大部分其他守護者都更年長。萊克特是他的義兄弟。他的龍是**蘭克洛斯**，一頭有著銀色眼睛的紅色公龍。
潔珥德	一位金髮碧眼的女性守護者，身上帶有很重的雨野原標記。她的龍是**維拉斯**，是一頭母龍，深綠色的身體上有金色的條紋。
凱斯	博克斯特的親戚，有一雙古銅色的眼睛，身材矮壯，肩膀很寬，肌肉發達。他的龍是橙色公龍**多提恩**。

萊克特	七歲時成為孤兒，被哈裡金的家庭收養。他的龍是**塞斯梯坎**，一頭巨大的藍色公龍，有著橙色鱗片，脖子上有小尖刺。
諾泰爾	一名很有能力、也很有野心的守護者。他的龍是淺紫色的公龍**火絨**。
拉普斯卡	一名身上標記非常濃厚的守護者。她的龍是紅色的小母龍**荷比**。
銀	有一條受傷的尾巴，沒有守護者。
希爾薇	一個十二歲大的女孩，最年輕的守護者。她的龍是金黃色的**默爾柯**。
刺青	唯一出生時是奴隸的守護者。他的臉上有一匹小馬和蜘蛛網圖案的刺青。他的龍是最小的母龍，綠色的**芬提**。
賽瑪拉	十六歲，應該是指甲的地方生著黑色的爪子，家在樹林中。她的龍是一頭藍色的母龍**辛泰拉**，也被稱為天空之喉。
婷黛莉雅	一位成年母龍，她幫助其他長蛇沿大河上溯，以前往結繭地。她已經有多年未曾出現在雨野原了。
沃肯	一名身材很高、四肢修長的守護者。他的龍是**巴力佩爾**，一頭紅色公龍。
繽城	
愛麗絲・金卡羅恩・芬波克	來自於一個貧窮但很受尊敬的繽城商人家庭。龍類專家。丈夫為詔諭・芬波克。灰色眼睛，紅色頭髮，有許多雀斑。

詔諭・芬波克	一名相貌英俊，信譽卓著，富有的繽城商人。
塞德里克・梅爾達	詔諭・芬波克的祕書，從孩提時代就是愛麗絲的朋友。
柏油人號的船員	
貝霖	甲板水手，斯沃格的妻子。
大埃德爾	甲板水手。
卡森・羽躍	探險獵手，萊福特林的老友。
戴夫威	卡森・羽躍的獵手學徒，大約十五歲。
格裡格斯比	船上的貓，橙色的。
軒尼詩	大副。
傑斯	受雇的探險獵手。
萊福特林	船長，身材健壯，灰色眼睛，褐色頭髮。
絲凱莉	甲板水手，萊福特林的侄女。
斯沃格	舵手。他在柏油人號上已經有超過十五年了。
柏油人號	一艘河上駁船，現存最古老的活船。母港位於崔豪格。

其餘人物

艾惜雅・維司奇	繽城的典範號的大副，麥爾妲・庫普魯斯的姑姑。
貝佳斯提・柯雷德	恰斯國商人，禿頭且富有，詔諭・芬波克的交易夥伴。
貝笙・特瑞爾	典範號的船長。
樂符	典範號上的小男僕，曾經是名奴隸。
戴托茨	崔豪格的信鴿管理人。
恰斯大公	恰斯國的獨裁者，年邁多病。
艾瑞克	繽城的信鴿管理人。
麥爾妲・庫普魯斯	古靈「女王」，居住在崔豪格，丈夫為**雷恩・庫普魯斯**。
典範號	一艘活船。護送海蛇沿河流上溯至結繭地。
瑟丹・維司奇	一名年輕古靈，麥爾妲的弟弟，艾惜雅的外甥。
辛納德・亞力克	恰斯商人，和萊福特林達成了一筆交易。

犁月第二日
最高貴與偉大的沙崔甫王柯思閣統治的第六年
來自艾瑞克，繽城信鴿管理人
致黛托茨，崔豪格信鴿管理人

這一晚為你送出了四隻鴿子。我們與巨龍婷黛莉雅達成的協議分成兩部分，並由這四隻鴿子攜帶，請將此協議呈交給雨野原議會批准。繽城商會領袖、商人德沃切特建議將這份協議的副本廣為分發，這其中包含了商人和龍之間的正式約定。我們將幫助婷黛莉雅女王護送她的長蛇溯雨野原河而上，以此換得她對商人城邦和航路的保護，對抗恰斯國的入侵者。

請儘快送出一隻信鴿，向我們確認這封信已經收到。

黛托茨：

我必須給寫幾句給妳，但我沒有多少時間，信紙的空白也不多了。這裡簡直是一團亂。我的鴿籠被入侵者放火燒掉，許多鴿子都被煙燻死了。今晚，我把金斯利也作為信鴿派出去了。妳知道，金斯利是我在他的父母死後，從一隻雛鳥親手餵養大的。請確保他安全地待在妳那裡，在我們確認一切平安之前，不要讓他回來。如果繽城陷落了，就好好待他，把他當作妳的鴿子。請為我們祈禱吧。我不知道繽城能不能挺過這場入侵，無論是否有龍。

艾瑞克

序章

長蛇的終結

他們走了這麼遠。現在，她來到了這裡。長途旅行的歲月在她的思緒中已漸漸消褪，取而代之的是當前的急迫需求。西薩奎艾張開口，彎曲脖頸。對這條海蛇而言，現在集中精神是一件非常困難的事。她完全從水中生出已經有許多年了。自從她在異類之島上被孵化出來之後，她就不再曾感覺到身體下有乾燥的地面。現在，她遠離了異類之島的乾熱沙子和溫潤水泉，冬季正在逼近這條寒冷河流旁邊的茂密森林。在她蜷曲的身體下，只有粗礪冷硬的泥灘河岸。這裡的空氣太冷了，她的鰓總是乾燥得太快。現在她能做的只有加快速度。她將嘴探進深深的河道中，吞了一大口帶銀色條紋的淤泥和河水，又揚起巨大的頭，把這些全部咽進喉嚨。這種流體充滿沙礫，非常冰冷，卻又奇怪地很是美味。於是她又吞一口，咽進腹中，然後繼續吞食。

她不知道自己吞吃了多少口這種會將喉嚨磨痛的濃湯，終於，她感覺到那種古老的反應被觸發了。她鼓動喉頭裡的肌肉，感覺自己的毒液囊在膨脹。她的肉質鬃毛在喉嚨周圍豎起，變成一圈不住顫抖的劇毒尖刺。波浪般的顫抖沿著她的身體在湧動。她將嘴張大，全身肌肉緊繃，喉頭收縮，終於，她成功了。她用力收緊雙顎，封鎖住口腔，控制噴出的液體，讓它變成一股細長而強勁的激流，其中包含著黏土、膽汁和帶有少許毒劑的唾液。然後她不無艱難地轉過頭，讓尾巴盤捲起來接近自己的身體。從口腔中被擠壓出來的液體，如同一道黏稠而沉重的銀線。她的頭不斷擺動著，將這股液體均勻地纏繞在自己的身上。

她察覺到有沉重的腳步在靠近。然後，一頭巨龍走過來，那影子將她遮住。婷黛莉雅停住腳步對她說：「很好，很好，這樣就對了。從細緻平整的一層開始，不要有任何缺漏。這樣就對了。」

西薩奎艾甚至無法轉過頭去瞥一眼讚揚她的銀藍色巨龍女王。她現在正集中全部的精神製造這個硬殼，而這將庇護她度過嚴冬季節的數個月。一種深深的疲憊感讓她感到急迫，明白自己必須完全專注於眼前的工作。她需要睡眠。她渴望睡眠。但她知道，如果現在她睡著了，她將再也不會以任何形態醒來。*完成它，她心中想，完成它，然後我就能休息了。*

在她周圍的河岸上，其他長蛇也都在吃力地完成著同樣的任務，每一條長蛇織繭的程度都不盡相同。在他們之間還有一些辛苦勞作的人類，一些人背走了一桶桶河水，另一些人將附近河岸上帶銀色條紋的黏土鏟進推車裡。年輕的人們便將這些小車朝一處用原木當作外牆，匆匆建起的圍場推去。他們將水和黏土都傾倒進一個巨大的水槽中。另一些工人用鏟子和攪棍將黏土塊打散，和水一起攪拌成稀薄的泥漿。西薩奎艾吞吃下去，製造護身繭殼主要原料的正是這種泥漿。其他原料雖然含量很少，卻也都至關重要。她的身體中產生的毒素能夠讓她進入一種瀕死的沉睡。她的唾液會用記憶保存這副繭殼——那不僅僅是她作為長蛇的記憶，更有著她全部血脈的回憶，當她製作這副繭殼的時候，所有這些記憶都將被編織入其中。

但她還缺少一種記憶——這種記憶應該來自於照顧長蛇製造繭殼的龍。西薩奎艾擁有足夠的記憶，知道這裡至少應該有二十頭龍在照顧他們、鼓勵他們，並且咀嚼記憶沙粒和黏土，將反芻出來的龍涎和歷史注入到他們的泥殼中。但她沒有過這樣的經歷，她太累了，甚至無法思考缺乏這一要素會對她造成怎樣的影響。

當繭殼逐漸覆蓋到她的脖頸時，一股強烈的疲憊感湧過她的全身。繭殼必須延展到能讓她將頭縮進去並進行封閉的程度。這時她慢慢地回憶起，在以前的世代，照料長蛇的龍有時會幫助長蛇封閉繭殼。但西薩奎艾知道，自己不能奢求這樣的幫助。只有一百二十九條長蛇聚集在巨蟒河口，加入艱辛的上溯之旅，前來他們位於河道上游的傳統結繭地。墨金是他們的首領。有一件事令他格外擔憂，那就是他們之中的雌性太少了：還不到全體的三分之一。在以往的成繭之年，聚集到這裡的長蛇都應該有數百條之多，而且雌性至少應該和雄性一樣多。他們在大海中等待了那麼久，游了那麼遠來到這裡，希望能恢復他們的種群，但得知他們的數量也許太少，來得也許太晚，這讓西薩奎艾感到很難接受。

充滿險阻的河道之旅會讓他們的數量益發減少。西薩奎艾不知道有多少長蛇到達了結繭的河灘。她覺得也許有九十條，而更讓她心情沉重的訊息是，其中存活的雌性甚至不超過二十條。在她的周圍到處都是精疲力竭，奄奄待斃的長蛇。就在西薩奎艾這樣想著的時候，她聽到婷黛莉雅對一名人類工人說：「他死了。叫你們的錘手過來，打碎他的繭殼，把碎片放回到記憶泥漿槽裡，讓其他長蛇保留這份祖先的回憶。」西薩奎艾看不見，但她能聽到婷黛莉雅將死去的長蛇從未完成的繭殼中拖出來的聲音。她還能嗅到那條長蛇被巨龍吞吃時散發出來的血肉氣味。饑餓和疲倦絞纏著西薩奎艾。她希望自己能分享婷黛莉雅的食物。但她明白，現在才進食對她而言已經太晚了。她的肚子裡充滿泥漿。現在她必須完成已經啟動的工作。

婷黛莉雅需要食物。她是現存唯一的巨龍，能夠率領他們完成演化。西薩奎艾不知道婷黛莉雅是從何處得到的力量。為了引領他們沿雨野原河溯流而上，這頭巨龍連續多日在天空中飛翔，完全沒有休息過。經歷過許多年的改變之後，這條內陸長河對於這些長蛇已經是如此陌生，只有跟隨空中的婷黛莉雅，他們才知道要如何行進。而這位巨龍女王顯然也沒有多少力量了，除了鼓勵之外，她無法再提供任何幫助，畢竟有這麼多海蛇都需要她，孤身一人的她又能怎麼做？

就像一片如同蛛網般縹渺的夢，一段古老的回憶短暫地掠過了西薩奎艾的意識。不對，她心中想，**都不對，都不應該如此。**的確是這條河沒有錯，但開闊的草場和河邊的橡樹林又在哪裡？現在河岸邊只有一片片泥沼和孽生在沼澤裡的叢莽，放眼望去幾乎看不到堅實的地面。如果不是人類在長蛇到來之前，已耗費很大的力氣以石塊加固了堤岸，他們一定會把這裡攪成一片爛泥塘。祖先長蛇的記憶告訴西薩奎艾，這裡應該有陽光下的開闊草原和豐腴的黏土堤岸，不遠處還有一座古靈城市。應該有許多巨龍刨起大塊黏土，將它與水拌合在一起做成泥漿，並在最後為長蛇們封閉好繭殼。所有這些都應該在炎熱的日子裡，在明媚的夏季陽光中完成。

西薩奎艾因為疲憊而全身顫抖。這一段記憶消失在她無法企及的地方。她只是一條長蛇，正竭盡全力，掙扎著要編織繭殼包裹住身體，抵禦冬日的嚴寒，並促使自身發生演化。一條長蛇，冰冷又疲倦，在經歷過漫長的流浪之後終於到了家。她的意識又飄回到了幾個月以前……

在這次旅程的最後一段，她彷彿與湍急的流水和岩石嶙峋的淺灘進行了一場沒有休止的戰鬥。她是墨金群落中的新成員。這個群落讓她吃了一驚。通常一個群落會包括二十到四十條長蛇。但墨金聚集起了他能找到的每一條長蛇，率領他們一直向北。這讓他們一路上捕獲食物的困難增加了許多，但墨金認為這樣做是有必要的。西薩奎艾以前從沒有見過這麼多長蛇一起群落旅行。實際上，一些長蛇幾乎已經退化到了動物的水準，另一些長蛇也都因為困惑和恐懼變成了半瘋狀態。遺忘包裹住了多數長蛇的心智。當他們跟隨著這條身側有一長排光芒閃爍的黃金偽眼的先知長蛇，在這趟旅程裡，西薩奎艾幾乎回想起了那條古老的遷徙路線。在她的周圍，眾靈和智慧聚集在列陣前行的長蛇中。她感覺這漫長的旅行是正確的，比她長久以來經歷過的任何事都更正確。

但即使如此，她還是有過片刻的猶豫。她關於那條河的祖先回憶告訴她，他們進入的水道應該是流動穩定的深水，其中有著大量魚類。她的古老夢境告訴她，這條河的兩岸是連綿起伏的丘陵、草原，其間還有稀疏的樹林。所有這些地方都有許多獵物，可供饑餓的巨龍享用。這條河的確相當深，可以供船隻通航，但隨著它蜿蜒深入內陸，兩岸卻全都是高大茂密的森林、密密麻麻的藤蔓與灌木叢。這不可能是他們的祖先前往結繭地的路徑。但墨金頑固地堅持他們走的路沒有錯。

西薩奎艾的疑慮是如此強烈，以至於她差一點轉頭返回大海。她很想逃離冰冷渾濁的河水，退回到南方海洋的溫暖水域。但是當她退到隊伍末尾，就要轉身的時候，又有其他長蛇跟上來，將她推回到群落中去。她不得不跟隨其他長蛇繼續前進。

儘管她懷疑墨金的預見，但她從沒有質疑過婷黛莉雅的權威。這頭銀藍色的巨龍認可墨金作為他們的首領，並幫助那艘奇怪的船隻指引墨金的群落。這頭巨龍飛翔在他們頭頂上，用銅號一般的洪亮聲音鼓勵他們，催趕這一群長蛇溯流而上向北前進。長蛇沿河道游動，順利地到達了兩條腿的城市崔豪格。一路跟隨著那艘船游動，他們都很疲累，不過並沒有遭遇到更多的困難。

但在經過了那座城市之後，河道發生了改變。為他們導航的船隻無法越過前方的淺灘，只能停下。過了崔豪格之後，河道變寬，散開成為許多支流。一股又一股的水流被寬闊的礫石和沙灘間隔開。低垂的藤蔓和密集的樹根封鎖住了河兩岸，他們只能在迂迴曲折的淺水中行進。河床上不時會冒出犬牙交錯的岩石，或者被蘆葦完全堵塞。西薩奎艾再一次想要回頭，但就像其他長蛇一樣，巨龍的驅策對他們而言是不可違逆的命令。他們向上游前進。人類在河道上豎起一道道原木圍壩，試著阻截河水，將淺灘變成一道道階梯狀的深水圍堰，讓最後這一段對長蛇而言有生命危險的淺灘可以通行。而西薩奎艾和她的上百個同族，只能一起在這條根本沒有足夠深度的水道中，奮力地掙扎前行。

許多長蛇在這一段旅程中死去。在鹽水海洋中，他們遭受一點小傷便會迅速癒合，但在這種水流湍急的淡水河裡，這樣的傷口卻會感染潰爛。他們長久放逐於大海，讓許多強大的長蛇在意識和精神上都變得非常孱弱。這麼多事情都錯了。他們被孵化出來之後已經過去了太多歲月。許多年以前，他們就應該進行這場旅行，那時他們還是健康的年輕長蛇；時序上也應該更提前一些，在溫暖的夏季溯流而上，那時他們的身體還豐滿光滑，充滿了脂肪。但他們卻在淒冷多雨的冬季來到這裡，身體瘦弱，傷痕累累，身上還附滿了藤壺，而最不尋常的是，他們比以往任何來至此地的長蛇，都顯得老態許多。

唯一照看他們的龍，距離自己出繭也還不到一年時間。婷黛莉雅飛過他們頭頂，每當冬日的太陽透過雲層落在她身上的時候，就會在她的身上點亮一片銀光。「不遠了！」她一直在向他們呼喊，「就在這片淺灘後面，水會再次變深，你們就能再一次自由地游動了。繼續向前。」

一些長蛇實在受了太多傷，太過疲憊和瘦弱，無法繼續前進。一條巨大的橙色長蛇掛在攔水的原木牆上，卻沒有再動一下，就這樣死了。西薩奎艾靠近他的時候，他碩大的楔形頭顱突然掉落進水中。西薩奎艾不耐煩地等待他游到前面去，但他尖利的卷曲鬃毛急驟地痙攣了一陣，然後便釋放出最後一股毒液。這股毒液稀薄而微弱，是他的身體最後一點反射性的防衛反應。周圍的所有海蛇都能從這一點判斷出，他已經死了。水中濃郁的味道，正召喚著西薩奎艾前來大快朵頤。

西薩奎艾沒有猶豫。她是第一個撕扯橙色長蛇屍體的。她咬下滿嘴鮮肉，吞入腹中，然後又撕下一塊。群落中的其他成員這時才察覺到這個機會。突然攝入的營養和橙色長蛇的記憶洪流都讓西薩奎艾感到頭暈目眩。這就是他們一族的生存之道——不能浪費死者的身軀，而是要從他們那裡獲取營養和智慧。就如同每一頭龍都攜帶著他整個譜系的記憶，每一條長蛇也都保留著先輩的記憶，或者至少是應當如此。西薩奎艾和身邊同她一起吞吃同伴屍體的長蛇都很憂鬱。他們停留在長蛇形態的時間太久了。記憶正在從他們的腦海中消褪，一同消失不見的還有他們的智力。現在一些拚盡全力要完成這次遠征，成為巨龍的長蛇已經是徒有其表，他們實際上已經變成了野蠻殘忍的猛獸。即使他們完成演化，又會成為什麼樣的龍？

西薩奎艾的頭探進橙色長蛇的屍體，鬃毛倒豎。她又叼住了一大塊肉。她的腦海中盤旋著關於大群游魚的回憶，還有在夜晚如寶石般璀璨閃亮的星空下，橙色長蛇與群落夥伴一同歌唱的回憶。這些記憶非常古早。西薩奎艾懷疑數十年以來，不曾有過任何長蛇群落從豐裕的大海昂頭於貧瘠的空氣中，以他們的歌聲讚美頭頂上方的繁星蒼穹。

這時又有其他長蛇簇擁過來，發出「嘶嘶」的鳴響，豎起鬃毛做出威脅的樣子，竭力想要分享這頓盛宴。西薩奎艾撕下最後一塊肉，隨後便從擋住橙色長蛇的木牆上滾落下去。她將一大塊溫熱的肉吞入腹中，感覺到那塊肉充實了自己的胃，帶給她一陣愉悅。天空，她心中想著。作為回應，她感覺到心中一陣短暫的悸動，那來自於橙色長蛇模糊的巨龍回憶。天空，像海洋一樣寬廣遼闊。她很快就能夠再一次遨遊於其中了。不會有多遠了，這是婷黛莉雅做出的承諾。

擁有雙翼的龍，以及正在淺水中翻滾、傷痕累累的長蛇，這兩者對距離的概念是完全不同的。那天下午，他們依然沒有看見黏土河岸。黑夜很快就到來了，如同突然擊中他們的一拳。短暫的白晝彷彿沒有開始就已經過去。又是一個晚上，西薩奎艾不得不忍受寒冷的空氣——低淺的河水讓她無處逃避。從她身邊流過的水只能勉強讓她的鰓保持溼潤。她背部的皮膚在乾冷空氣的摩擦中彷彿要裂開一樣。到了早晨，太陽升至寬闊河面和叢林堤岸之間，在陽光的照射之下，顯露出更多再也無法完成這次遷徙的長蛇。而西薩奎艾也再一次幸運地從一具長蛇屍體上得到了食物，並一直吞吃到蛇群將她趕開。婷黛莉雅也再一次在他們的頭頂盤旋，高聲向他們許諾，卡薩里克就在不遠處。他們到了那裡就能休息，能夠進入長久而平靜的演化了。

天氣很冷。西薩奎艾背部的皮膚因在水面以上經歷了漫長的一夜而變得乾燥。她能感覺到皮膚在鱗片下裂開。當河水變得足夠深，讓她能完全潛沒入其中，也能讓她的鰓也浸透水，這時的渾濁河水刺痛了她破裂的表皮。她感覺到酸性的水流正在腐蝕她。如果她不儘快趕到結繭地，她就再也去不了那裡了。

這個下午短得可怕，又漫長得痛苦。在西薩奎艾能夠游動的深水河段，汙水不停地刺激著她的傷口，但這也好過一些水淺的地方。她在那裡只能像蛇一樣用肚子爬行，拚命滑過河床底部黏膩的石塊。在她周圍，這些巨大的海中長蛇都在不停地蠕動、盤捲和扭曲身體，努力向上游一步步前進。

西薩奎艾終於到了。但她其實並不認識這個地方。太陽已經向西落到了河岸邊高高的樹籬後面，並非是古靈的兩腿生物將點燃的火把在泥濘的河岸上擺出一個巨大的環形。西薩奎艾看著他們——人類，普通的兩條腿，比獵物強不了多少。他們正在來回亂跑，顯然是在完成婷黛莉雅的命令，就像古靈侍奉巨龍那樣侍奉著這位龍族女王。這真是一種怪異的恥辱。巨龍難道已經墮落到這種程度，不得不和人類進行合作了？

西薩奎艾高昂起生滿鬃毛的頭，感受黑夜的空氣。這樣不對，這完全不對。她在心中找不到那種能夠確認這裡就是結繭地的篤定感覺。不過在岸邊，她能看見一些早於她來至此地的長蛇。在他們之中，已經有幾個將自己包裹進用銀色條紋的淤泥和他們自己的唾液做成的繭殼中。還有一些雖然非常虛弱的長蛇，仍不遺餘力地完成著這個任務……

完成這個任務。是的。西薩奎艾的意識回到了現在。沒有餘裕再去思考那些記憶了。她最後一次振作起來，將留存在腹內的泥漿和膽汁吐出來，包裹住自己的脖頸。但現在她的身體空了。她的判斷出現了錯誤。她已經一無所有，沒辦法封閉繭殼。如果她還要去喝泥漿，就必須打破已經成形的繭殼，但她痛苦地知道，她將沒有力氣再編織一個完整的繭了。她距離成功已經這樣近，近到強大與輝煌的未來唾手可得，但她還是會死去，再無法高昂起頭顱。

一陣惶恐和憤怒湧過她的心。她的內心中發生了激烈的衝突。她必須做出決定，或者從繭中掙脫出來，或者就此停住，靜止不動。徹底停下來的欲望贏得了勝利，隨之而來的是記憶的洪流。祖先的記憶給她帶來許多恩惠。有時候，古早的智慧能夠幫助她戰勝當前的恐懼。在一片寂靜中，她的意識變得清晰起來。她開始抽取一個又一個記憶，曾經在這樣的錯誤中生存下來的長蛇的記憶，那些沒能堅持下來的長蛇死亡的記憶，失敗長蛇的屍體被存活者吞食。所以，那些致命錯誤的記憶依然能幫助還活著的長蛇。

西薩奎艾清楚地看到了三條路。第一條是留在繭殼中，呼喚一頭龍來幫助她完成繭殼的封閉。當然，這個辦法對她是無用的。婷黛莉雅已經忙不過來了。第二條是掙脫繭殼，要求龍給她帶來食物，充分進食，恢復體力，這樣她就有可能編織新的繭殼。這也是不可能的辦法。恐慌再一次威脅著她。這一次，她只能用自己的意志將這種不好的情緒推到一旁。她不要死在這裡。她已經走了這麼遠，衝過這麼多危險，她不能讓死亡現在抓住她。不，她要活下去，她要在春天到來時成為巨龍，重新掌控天空。她要再一次縱情翱翔，如果不是在大海，就一定是在藍天。

但她該怎麼做？

她將會活下去，成為女王。贏得巨龍女王的一切，贏得在這個艱苦的時代出現的第一批巨龍所應該擁有的一切。她竭盡全力深吸一口氣，用號角般的聲音猛然吼出一個名字：「婷黛莉雅！」

她的鰓太乾了。她的喉嚨在將那些粗礪的泥土變成絲線的過程中，已經完全被毀了。她拚命求援，全力呼喊，卻氣若游絲，只能發出耳語般的微弱呻吟。現在她就連打破繭殼的力量也沒有了。她找不到一點力氣。她要死了。

「妳遇到麻煩了嗎，美麗的長蛇？我感覺到了妳的痛苦。我能幫助妳嗎？」

在繭殼的限制中，西薩奎艾無法轉頭。但她能夠翻起眼睛，看見正在向她說話的人是一名古靈。他非常小，非常年輕，但他的意識正與她的相碰觸，這一點毋庸置疑。他不僅僅是人類，即使他還只有人類的外表。

西薩奎艾的鰓乾燥得要命。長蛇能夠離開水一段時間，甚至能夠歌唱，但長時間暴露在這種寒冷乾燥的空氣中，只會將她在貧瘠空氣中的生存能力逼到崩潰的極限。她吃力地吸了一口氣。是的，正是這股氣味。她確信無疑，婷黛莉雅在這個人的身上留下了標記。這名古靈充滿了那位巨龍女王的魔力。西薩奎艾慢慢闔上她的眼睛，然後又睜開。她依然無法看清楚。她的身體乾燥得太快了。「我不行了。」她說道。她只能說出這幾個字了。

西薩奎艾感覺到這名古靈充滿了悲痛。轉瞬之間，古靈輕柔的聲音變成了震耳的警號：「婷黛莉雅！這條長蛇遇到了困難，她沒辦法完成織繭了。我們該怎麼辦？」

巨龍的聲音從結繭地遠處隆隆傳來：「運泥漿過來，要非常溼的！灌進去，不要猶豫。用黏土蓋住她的頭，封堵住繭殼的開口。把她封在裡面，但必須確保最初灌進去的泥漿是非常溼的。」巨龍在說話的同時已經快步來到西薩奎艾的身邊。「是女性！打起精神，小妹妹。能夠成為女王的已經不多了。妳必須堅持下來。」

人類跑了過來。其中一些推著小車，另一些扛著不斷溢出銀灰色泥漿的桶。西薩奎艾已經竭力將頭縮進繭中，並閉起了眼睛。繭殼外，那名年輕古靈大聲發號施令，吩咐人類說：「馬上，不要等婷黛莉雅過來了！現在就灌泥漿。她的皮膚和眼睛乾燥得太快了。灌進去。就是這樣，還要更多！再來一桶！把推車再裝滿。大家要快！」

液體湧流進來，浸透了她，將她封閉。她自己的毒液從她編織的繭殼中滲透出來，開始對她產生影響。她感覺到自己沉陷在某種狀態中。這不是睡眠，但她的確得到了休息，並且是被祝福過的美好休息。

她感覺到婷黛莉雅就站在她旁邊，感覺到湧流過來的溫暖泥漿。從突然增加的重量中，她感激地知道巨龍女王已經為她封住了繭殼。片刻之間，毒液中豐富的記憶刺激著她的皮膚。不只是來自婷黛莉雅的巨龍記憶。她依稀聽到婷黛莉雅正在指揮奔忙的工人：「她的繭在這裡很薄……這裡也很薄……運黏土過來，一層層鋪在上面……然後用樹葉和小樹枝蓋住她的繭。厚厚地蓋住，擋住光和寒冷……他們織繭的時間太晚了。在夏天完全到來之前，絕不能讓他們感覺到太陽。我擔心他們到春天的時候還無法完全發育……完成這裡的工作後，到最東邊來，那裡還有另一條長蛇在努力奮戰。」

古靈的聲音進入了西薩奎艾逐漸消失的意識。「我們封閉得及時嗎？她能成功孵化嗎？」

「我不知道。」婷黛莉雅嚴肅地回答，「今年的時機已經晚了。這些長蛇很老，也很疲憊，他們之中半數都快餓死了。第一批到來的長蛇，已經有一些死在了他們的繭裡。還有一些長蛇在河中或者越過圍堰的時候就不行了。他們之中有許多根本無法活著到岸邊。至少死在路上的長蛇能夠用自己的身體滋養其他長蛇，增加他們生存的機率。但死在繭中的就沒有任何意義了，只有徒然的損失和失望。」

黑暗正在包裹西薩奎艾。她不知道自己是墜入了刺骨的寒冷還是沉浸在舒適的溫暖中。她越沉越深，只是還能感覺到年輕古靈不安的沉默。古靈最後開口的時候，西薩奎艾接收到的話語更多是出自於他的思維，而不是唇間：「雨野原人想要得到死去長蛇的繭。他們稱這種材料為『巫木』，並認為這種材料有許多極具價值的用處……」

「不！」巨龍強烈的語氣將西薩奎艾震醒了一下，但西薩奎艾已經筋疲力盡，身體無法再支撐她的意識。她幾乎是立刻又沉眠了過去。婷黛莉雅的話語跟隨她進入了一處沉沒在夢境之下的地方。「不，小兄弟！所有屬於龍的的只能屬於龍。當春天到來之時，一些繭能夠孵化。從繭中出來的龍將會吞吃掉那些沒有孵化的繭和屍體。這就是我們的方式。我們的智慧和學識因此才能得以保存。死者將會把力量給予生者。」

在最後一瞬的時光，西薩奎艾思考著自己將會成為什麼，黑暗隨即就占據了她。

望月第十七日
最高貴與偉大的沙崔甫王柯思閣統治的第七年
商人聯盟獨立第一年
來自黛托茨，崔豪格信鴿管理人
致艾瑞克，繽城信鴿管理人

你會在信中找到一份來自雨野原議會的正式籲求。他們要求得到公正合理的報酬，以抵償為巨龍婷黛莉雅照料結繭長蛇所產生的延伸支出以及意料之外的開銷。他們要求得到議會的迅速回應。

艾瑞克：

春季突如其來的洪流狠狠打擊了我們。一些龍繭遭到了嚴重的傷害，還有一些龍繭甚至完全消失。有一艘小型駁船在河面上傾覆，恐怕正是那艘船上，載著我送給你充實繽城鴿群的小鴿子。現在一切都完了。我只能讓我的鴿子再孵一些蛋，等到雛鳥生出羽毛之後就儘快給你送去。崔豪格似乎已經不再像是崔豪格了，這裡出現了這麼多帶刺青的臉！我的主人說絕不能以我們的獨立作為起始紀年，但我不會聽他的。我相信，傳聞終將變為事實！

黛托茨

1

河上水手

現在應該是春天了。冷得要死的春天。若睡在甲板上而不是睡在船艙裡，更是冷得要死。昨天晚上，他的肚子裡灌滿了萊姆酒。遙遠星辰組成的閃爍銀河，穿透過雨林樹冠不住地閃爍——這些都讓甲板看上去像是一張很好的臥床。那時夜晚似乎還沒有這樣寒冷。樹梢傳來一陣陣蟲鳴，夜鳥在彼此唱和，蝙蝠尖叫著衝過河面上的開闊空間。這應該是一個美好的夜晚，正合適躺在駁船的甲板上，仰頭看著圍繞他的這個寬廣的世界，細細品味這條河，品味雨野原，還有他在這個世界中應有的位置。柏油人號輕輕晃動著他，一切都是那樣美妙。

到了鐵灰色的黎明來臨時，他的皮膚和衣服上掛滿了水珠，全身每一處關節都變得無比僵硬。這一切變成了一場愚蠢得要命的惡作劇，只適合於十二歲的男孩，而不是一名將近三十歲的河上水手。他慢慢坐起身，長吁了一口氣，寒意陣陣的黎明讓他呼出的氣變成了一股白霧。緊接著他又打了一個大大的酒嗝，從胃裡湧出不少昨夜萊姆酒的臭氣。他一邊低聲嘟囔著，一邊歪歪斜斜地站起身環顧周圍。沒有錯，已經是早晨了。他向船欄杆走去，一邊向船外小便，一邊端詳著今天的天氣。在他的頭頂上方，樹冠頂上，白晝活動的鳥雀已經醒來，正在相互召喚。但在河邊的樹下，還很難看到黎明的晨光。光線一點點滲透下來，經過成千上萬片新葉的過濾，落在他身上的時候，已經剩不下多少溫暖。隨著太陽越升越高，陽光終究會照亮開闊的河面，將手指穿過樹冠，伸進叢林。但不是此刻，這種景象要再過幾個小時才會出現。

萊福特林挺了挺腰，轉動了一下肩膀。他的襯衫緊貼在皮膚上，讓他感覺很不舒服。好吧，這是他自找的。如果他的船員愚蠢到在甲板上睡著了，他就會這樣訓斥他們。但他們都沒有這樣。他全部的十一名船員都沉睡在沿艙壁排列的多層窄床上，而他自己更加寬敞的船舖卻空著。真是愚蠢。

現在起床還有些太早。廚房的火爐還封著。沒有可以煮茶的熱水，烤架上也沒有冒泡的糕餅，但他已經完全醒了，甚至還想要去樹林中走一走。這是一種奇怪的衝動，他也說不清這是為什麼，他能清楚地感覺到這個心思正在抓撓他的心。他知道，這都是因為昨天晚上那個他已經記不起來的夢。他努力想要回憶起夢的內容，卻只找到了一些零星的碎片，很快這些碎片也變成了從他意識手指間飄散的縷縷蛛絲，盡數消失不見了。不過他還是願意依從這個夢留給他的啟示，關注這樣的衝動從來都不會讓他失望。也有為數不多的幾次，他忽略了這種衝動，結果每次都令他懊悔不已。

他走進船艙，經過熟睡的船員和小廚房，一直到了他的艙室，脫下甲板鞋，換上登岸的靴子。這雙塗過油脂的齊膝牛皮靴已經快被磨穿。雨野原河的酸性河水對於靴子、衣服、木頭和皮膚是很不友善的。不過這雙靴子應該還能跟隨他上一、兩次岸，還能好好地保護他的皮膚。他從衣鉤上拿起短上衣，穿在身上，又經過船員們來到船尾，踢了一腳舵手的床腳。斯沃格抬起頭，睡眼惺忪地看著他。

「我要去岸上活動一下兩條腿。也許在早餐時回來。」

「好。」斯沃格說道。這僅有的一聲回答，幾乎用盡了斯沃格的全部語言技巧。萊福特林哼了一聲作為確認，便走出了船艙。

昨天黃昏時，他們將這艘駁船靠在一片泥沼河岸邊，繫在一棵傾斜的大樹上。萊福特林跨下寬船頭，踏上了一片長滿蘆葦的泥地。駁船上畫著的兩隻眼睛正盯著昏暗的樹林。十天以前，一陣暖風和狂驟的暴雨席捲了雨野原河，讓河水沖上堤岸，湧過低窪的河灘。過去兩天裡，水終於退了，但連續多日的洪水和淤泥，讓兩岸的植物大傷元氣，現在還沒有完全恢復過來。這些蘆葦上也全都覆蓋著汙泥，大部分被完全壓在泥巴下面。河灘上還能看到四處散落的小水窪。萊福特林每邁出一步，腳都會陷入泥中，當他抬起腳的時候，被踩出來的泥坑就會被水注滿。

他不知道自己要去哪裡，也不知道為什麼要去，他只是任由心血來潮的念頭引領他離開河岸，進入到藤蔓叢生的樹林深處。這裡洪水留下的痕跡更加明顯。各種浮木枯枝充塞在樹幹之間。混合泥濘的雜草和被扯斷的藤蔓糾纏著喬木和灌木。被河水沖過來的淤泥，沉積在厚實的苔蘚上和低矮的草木上。撐起雨野原茂密樹冠層的粗大樹幹是大部分洪水都無法撼動分毫的，但生長在它們陰影下的繁茂植株就完全不同了。激蕩的水流從林間草木中沖出一條條通道。許多灌木都被沉重的淤泥壓彎，彷彿泥土顏色的鹿角。

萊福特林竭盡全力在水流沖出的道路上蹣跚而行。當腳下的泥巴變得太軟時，他就轉而推開滑膩的灌木和蒿草。沒過多久，他全身都變得又溼又黏。一根被他推開的樹枝彈回來，打在他的額頭上，拍了他一臉泥巴。他急忙從皮膚上抹去這種充滿刺激性的汙泥。就像許多河上水手一樣，他的手臂和臉部的皮膚都因為暴露在雨野原河的酸性河水中，變得更加粗韌。他的面皮早就是一層飽經風霜的老皮了，這和他灰色的眼睛形成了令人吃驚的反差。萊特福林一直暗自相信正是因為自己強韌的皮膚，他的身上才沒有那麼多附生物，鱗片就更少了——這些正在折磨著他大部分的雨野原同胞。但他絕不會因此認為自己很漂亮，其實他連好看都算不上。這個莫名出現的想法讓他有些傷感地笑了笑，隨後他便將這個想法從腦海中推開，也推開了一根掛在臉旁邊的樹枝，努力向樹林的更深處走去。

他突然停住腳步。知覺中某個捉摸不定的線索告訴他，他距離目標已經很近了。他不知道自己為什麼會這樣想，也許是因為空氣中的某種氣味，也許是他無意中瞥到的一絲動靜，他動也不動地站著，以極慢的速度掃視周圍。他的視線掃過了那東西，他頸後的頭髮直立起來，目光猛然轉回去。就在那裡，那東西被泥土色的敗葉腐木所覆蓋，凶猛的洪水又給它裹上了一層淤泥。但還是有一條灰色的紋路顯露出來。那是一段巫木。

這段巫木並不大，就萊福特林所知，一些巫木比它大得多。它的直徑也許有萊福特林身高的三分之二——萊福特林並不是一個很高的人。不過萊福特林覺得它已經夠大了，大到足以讓他變得非常富有。他回頭瞥了一眼，林間草木遮住了河水和繫在河岸邊的駁船，卻也為他擋住了窺伺的眼睛。他覺得他的船員之中沒有好奇心很強的人，他們不會跟著他上岸。他離開的時候，他們都還在睡覺，而且毫無疑問還都在床上。發現這個祕密的只有他一個人。

萊福特林撥開雜草，一直來到這段巫木旁邊。它已經死了，萊福特林在碰觸它之前就已經知道了這一點。萊福特林還是一個男孩的時候，就曾經去過加冕者殿堂，見過孵化前的婷黛莉雅的巫木。他清楚地記得那種在他體內驟然醒來的、毛骨悚然的感覺。這段巫木中的龍已經死了，永遠無法孵化。到底這頭龍是死在結繭地的河岸邊，還是波濤洶湧的洪水殺死了它，萊福特林一點都不關心。巫木裡的龍死了，巫木還有價值，而他是唯一知道這段巫木所在位置的人。更因為絕佳的好運氣，他還是為數不多的幾個真正知道如何使用巫木的人之一。

曾幾何時，庫普魯斯家族巨額財產的一部分，正是來自於對巫木的使用。那時世人還不知道巫木的存在，或者不願承認這種「木頭」到底是什麼，萊福特林母親的兄弟們就是巫木工匠。那時他只是個小孩子，不停地在那幢低矮的建築物中跑進跑出，看著他的叔叔們緩慢地鋸開這種像鐵一樣堅硬的物質。他九歲的時候，他的父親認為他已經足夠大，可以上駁船幫忙了。於是他開始了自己的正當職業，成為了駁船上的船員。他從甲板上開始學會這份營生的本領。在他剛滿二十二歲那年，他的父親去世了，這艘駁船便成為了他的船。他一生中大部分時間都是一名河上水手，且從母親繼承了巫木生意的工具，並習得如何使用巫木的智慧。

他繞著這段巫木走了一圈。只是這一圈走下來便頗為艱難。洪水將巫木楔進了兩棵大樹之間，巫木的一端深深插進泥裡，另一端翹起來，上面掛滿了洪水帶來的植物莖葉。他有點想將覆蓋巫木的草葉清理開，仔細看看它，但很快又決定還是讓它繼續保持這種被埋沒的狀態。隨後他就快步返回了駁船，悄悄從箱子裡取出一卷繩子，又匆匆返回巫木那裡，將他發現的寶物固定好。這種行為很卑鄙，但這件事完成後，他感到非常滿意，現在就算河水再一次上漲，他的寶物也不會漂走了。

當他深一腳淺一腳地返回駁船的時候，他才注意到自己的襪子已經溼透了。他的腳感到一陣陣刺痛。他一邊咒罵自己，一邊加快了腳步。下次靠岸的時候，他必須去買一雙新靴子。鸚鵡屯是雨野原河邊最小，也是最新的一個聚落，那裡的一切都很昂貴，來自恰斯國的牛皮靴也很難找到。如果有誰出售那種靴子，那就是他的好運了。片刻之後，一陣帶著酸苦味的微笑扭曲了他的嘴唇。他剛剛發現了一段價值超過十年駁船生意的原木，現在卻還在計較一雙新靴子的價錢。只要這段原木被鋸成碎片，一點點小心地賣掉，他就再不必為錢的事情操心了。

他的腦子裡盤旋著各種念頭。他遲早要決定和誰分享這個祕密。至少他需要有人站在大鋸的另一端，和他一起拉動鋸條，還要有不止一個人幫忙將沉重的木板從原木所在的位置搬運到駁船上。他的表兄弟們？也許吧。血總是要比水濃，就算是雨野原河的泥水也比不上。

他們能像他一樣謹慎小心嗎？他認為他們可以。他們必須非常小心。這次他們要對付的毫無疑問是新鮮的巫木。它有一層銀色的光輝，氣味也絕對沒有錯。當雨野原商人第一次發現巫木的時候，就認識到了它能夠抵抗酸性河水的特殊價值。柏油人號就是第一批用巫木建造的航船之一。它的船身覆蓋了一層巫木板，但當初雨野原的工匠們並沒有想到這種材料會具有魔法屬性，它只是被當作從深埋在地下的城市中發現的一種年代久遠的木材。

直到它被建造成精緻的大型船隻，不僅能夠在河道中往來，還能在海岸以外的鹹水中航行時，它們的全部功用才逐漸被發現。讓人吃驚的是，這些船的船首像在被建成的數個世代之後，竟然有了生命，能夠說話和做出動作的船首像是足以讓任何人感到驚歎的奇蹟。活船的數量並不多，而且都是被嚴加看管的珍寶。它們絕不會被出售給商人聯盟以外的人，只有繽城商人能購買活船，而只有活船能夠安全地沿雨野原河航行，普通船隻的外殼會迅速被這條河的酸性河水腐蝕掉。除了活船，還有什麼更好的方法能夠保護雨野原的祕密城市和城市裡的居民呢？

直到不久以前，人們才發現了巫木的真正來源。加冕者殿堂中的那些巨大原木並非木頭，實際上，他們是巨龍用以保護自己的繭殼。為了躲避一場遠古時代的火山噴發，這些庇護性的繭殼才被聚集到那座古老的城市中。人們不想談論這實際上意味著什麼。但巨龍婷黛莉雅活著從她的繭殼中出來了。那些被鋸成木料建造船隻的「原木」中，又曾經長眠著多少還活著的龍？沒有人談論這種事。就連那些活船也不願意討論他們也許曾經是龍。關於這個話題，甚至連婷黛莉雅也保持了沉默。不管怎樣，萊福特林懷疑如果有人知道他發現了那段原木，他剛剛發現的寶物一定會被沒收。他不能讓這件事在崔豪格或繽城廣為人知。如果讓那頭龍聽說了，大概就只有莎神能拯救他了。所以知道這個祕密的人越少越好。

想到本可以在拍賣中取得高價的寶物，現在只能悄悄地進行處置，他就感到格外忿恨。不過他還是能賣個好價錢——非常好的價錢。在一個像繽城這樣充滿競爭的地方，總會有商人願意在暗中收購一些貨物，同時對貨物的來源又沒有太多好奇心。有野心的商人很願意做一些非法交易，以贏得遮瑪里亞的沙崔甫王的青睞。

但真正願意出高價的往往還是恰斯商人。繽城和恰斯國之間並不安定的和平狀態，還沒有持續多久。這兩個國家簽訂的條約很少，關於邊界、貿易、關稅和通行權的許多重大決策，都還在談判。有傳聞說，恰斯統治者的健康狀況正在惡化，恰斯使者們一直企圖收買船隻帶他們前往雨野原河的上游。他們都被趕了回去，但所有人都知道他們的任務：他們想要購買龍的身體——龍血治癒百病，龍肉返老還童，龍牙可以做成匕首，龍鱗更可以製造出輕便靈巧的盔甲，龍的陰莖是提高男人能力的靈藥。每個老婦人口中關於龍身體各部分的魔法與神奇藥效的故事，都落進了恰斯國貴族們的耳朵裡。而那些貴族們都在如饑似渴地尋求著各種藥劑，希望能夠治癒正讓恰斯大公緩緩耗竭的衰弱性疾病。他們想用這個方法贏得大公的寵幸，但他們不知道婷黛莉雅已從雨野原人擁有的最後一根巫木原木中孵化了。現在已經沒有胚胎狀態的龍可以宰殺並販賣給恰斯人了。不過這樣也好，萊福特林和大部分商人有著同樣的看法：恰斯大公早些進入墳墓，對於商業貿易和世人的生活都會是一件好事。但萊福特林也有著非常現實的一面——那個老戰爭販子也許是大發橫財的好機會。

如果萊福特林選擇了這條路，那麼他要做的就只是將這段笨重的原木完整地運到恰斯國去。原木中半成形的龍一定能賣出天價。只要能把這個繭弄到恰斯國。但事情說起來容易做起來難，他需要搭建支架，用滑輪絞盤把楔在樹幹之間的原木吊起來，運到他的駁船上，更不要說還必須一直妥善地藏好這件貨物，並安排好從雨野原河口到北方恰斯國的祕密運輸。他的河道駁船肯定無法完成這次航行。但如果他能安排好這些，如果他在前往北方以及回家的航程中沒有被搶劫，也沒有被謀殺，他就能在這次冒險之後成為一個大富翁。

雖然每邁出一步都很吃力，但他還是越走越快。靴子裡的刺痛感已經強烈得如同火燒了。如果只是幾個水皰，他還能忍受，但如果皮膚破開成為瘡口，很快就會潰爛化膿，那麼他就要瘸上幾個星期了。

當他離開林下草叢，來到河岸邊相對開闊的地方時，他嗅到了船上廚房中火爐飄出的煙氣，聽到了船員們的聲音。從氣味判斷，糕餅已經烤熟，咖啡也煮好了。該是上船離開的時候了，耽擱太久，難免會引起船員的疑心，讓他們好奇船長在早晨散步的時候到底遇見了什麼。某個聰明的船員已經從船頭上給他扔下了一道繩梯。也許是斯沃格。那名舵手的心思總是要比其他船員快一步。船頭上，大個子埃德爾正倚在船欄杆後面，抽著他的清晨煙。他向他的船長點點頭，順便吹出一個煙圈作為問候。萊福特林看不出埃德爾是不是在好奇他去了哪裡，為什麼要去。

萊福特林抬起滿是汙泥的腳，踏在繩梯上，一邊還在思考將巫木變成財富的最佳方法。柏油人號畫在船頭上的大眼睛閃爍著黑亮的光澤，正和他的眼睛四目交接。他的身體一下子僵住了。一個全新的念頭出現在他的腦海中。**留下它，留下它，我自己使用它，把它用在我的船上。**他在繩梯上每登一步都會停頓一段時間，各種可能性逐一在他的腦海中展現，就如同花朵在黎明的曦光中綻放。

他拍了拍自己的駁船。「也許應該這樣，老夥計，也許真的應該這樣。」然後他直接爬上甲板，脫下漏水的靴子，把它扔進河中，任由雨野原河將它們徹底吞吃掉。

魚月第十五日
最高貴與偉大的沙崔甫王柯思閣統治的第七年
商人聯盟獨立第一年

來自黛托茨，崔豪格信鴿管理人
致艾瑞克，繽城信鴿管理人

此密封的紙卷是一封崔豪格雨野原商人議會致予繽城商人議會的極重要信件。我們邀請你們派出你們願意派出的所有代表，前來參加雨野原巨龍出離繭殼的儀式。在最尊貴的巨龍女王婷黛莉雅的指揮下，這些繭殼將在綠月第十五日，也就是四十五天之後暴露於陽光之下。雨野原商人議會滿懷喜悅地、期待你我一同見證巨龍問世。

艾瑞克：

趕快清理你的鴿籠！用新鮮的石灰漿粉刷你的鴿舍牆壁。我最近從你那裡收到的兩隻鴿子，牠們生了蝨子，還傳染給我的一整間鴿舍。

黛托茨

2

孵化

因著好運，賽瑪拉才在正確的時間來到正確的地方。這真是她得到過最好的運氣——她心中這樣想，身子攀附在長蛇河灘邊緣一棵樹最低的樹枝上。她很少會陪她的父親去崔豪格下層，更不要說來卡薩里克了。而現在，她卻來到了這裡，就在婷黛莉雅宣布龍繭將被揭開的這一天。她瞥了一眼她的父親，父親向她笑笑。不，她忽然明白了，這不是好運。父親早就知道她來到這裡會有多麼開心，也正是因為如此，父親才會安排了這次遠足。她帶著十一歲女孩全部的信心向父親露出笑靨，然後將目光轉回至下方。父親告誡的聲音從旁邊傳來，現在她的父親正像鳥一樣，棲息在一根更靠近巨大樹幹的粗樹枝上。

「賽瑪拉，小心，他們剛剛孵化出來，一定非常饑餓。如果妳從這裡掉下去，他們也許會誤以為妳只是一塊肉。」

這個纖瘦的女孩將黑色的爪子在樹皮中插得更牢了一些。她知道父親的話並不是完全在開玩笑。「不必擔心，爸爸，我就是為樹冠而生的，我不會掉下去。」她的身子完全掛在一根下垂的樹枝上，如果換做其他巧肢人，肯定不會如此信任這樣一根細小的樹枝，但她知道，這根樹枝能夠撐住她。她趴伏在這根樹枝上，很像是那些和她棲息在同一根樹枝上的細長的褐色樹蜥。就像那些蜥蜴一樣，她用整個身體攀附住樹枝，手指和腳趾探進樹皮上的寬裂痕裡，大腿將樹枝夾住。她將光澤閃亮的黑色頭髮緊緊編成十二根辮子，繫在頸後。她的頭要比腳低很多，面頰緊貼在粗糙的樹皮上，樹下神奇的景象盡收眼底。

雨野原森林中有著成千上萬棵這樣的大樹。日復一日，這片森林不斷地向寬闊的灰色雨野原河兩岸延展。在靠近卡薩里克以及其上游數日路程的範圍內，淨是圍椿樹的統治範圍。那些水平生長的長大樹枝非常適合成為家園。成熟的圍椿樹會從樹枝上落下長長的支撐氣根，紮進下方的泥土中。這樣，每一棵樹都會用氣根建立自己的「圍椿籬笆」，將樹身牢牢固定在鬆軟的淤泥中。包圍卡薩里克的這片森林，要比環繞崔豪格的樹林更加密集得多，圍椿樹的水平樹枝也比賽瑪拉已經習慣的枝杈更加牢固，這使得她要在樹與樹之間攀爬移動容易得不可思議，所以她今天才會把自己掛在這根毫無支撐的樹枝末端，這樣就不會有任何東西妨礙她觀賞眼前的奇景。

在她的面前這片泥灘的另一邊，流動的寬闊河面如同牛奶一樣渾濁，而遠方河對岸茂密的森林，在她的視野中已經變得有些模糊了。夏天喚醒了那裡的上百萬種綠色。河水湍流的聲音和礫石在不透明的水下撞擊摩擦的聲音，是這條大河恒久不息的生命韻律。在賽瑪拉這一邊河岸附近的淺水灘裡，一片片條帶狀的沙礫和黏土從水流中浮現出來，直到賽瑪拉樹下平坦的黏土河岸。去年冬天，河岸的這一部分被匆匆用擋水壁板加固。冬季的洪水對這些隔水設施並不仁慈，但大部分的原木都留存了下來。

面積數十畝的暴露河灘上，零散分布著一些如同浮木般的長蛇繭殼。這一地區曾經被一叢叢粗硬的野草和多刺灌木所覆蓋，但現在這些植被都被上一個冬季來至此地的大批海蛇毀壞了。賽瑪拉沒有見過海蛇遷徙，但她早已聽說過這一自然界的奇觀。凡是居住在雨野原樹城中的人肯定都聽說過那個故事。超過一百條巨型長蛇組成的大規模群落沿雨野原河上溯，由一艘活船沿途護送，並且有一頭輝煌強大的銀藍色巨龍率領他們。年輕的古靈瑟丹・維司奇早已來到這裡等候長蛇，歡迎他們返回祖先的家園。瑟丹・維司奇指揮一隊隊雨野原人幫助長蛇製作繭殼。在那個冬天的大部分時間裡，他一直留在卡薩里克，看護休眠的長蛇，確保所有繭殼都被厚厚的樹葉和泥土埋住，與寒冷、雨水甚至是陽光隔離開。賽瑪拉聽說他今天又來了，為了見證巨龍的孵化。

賽瑪拉還沒有見過瑟丹．維司奇，她很想親眼看看這位古靈。今天她很有機會一償宿願，瑟丹．維司奇應該就在結繭地的中心位置。那裡有一座供雨野原議會成員和其他大人物使用的高台。現在那裡顯得很擁擠。許多穿長袍的貿易商都聚集在高台上。普通人則站在河邊的大樹上，就像是一大群候鳥。賽瑪拉很高興自己的父親把她帶到了孵化區域的末端。這裡的繭殼可能少一些，但也沒有多少人會遮擋他們的視線。不過，如果能靠近那座高台，聽聽那裡的音樂和演講，清楚地看到一位真正的古靈，想必也是很好的經歷。

一想到瑟丹．維司奇，賽瑪拉的心就因為自豪而膨脹起來。那位古靈原本是繽城人，擁有貿易商的家世，就像賽瑪拉一樣。不過巨龍婷黛莉雅碰觸了他，讓他變成一位古靈——當世之人見到的第一位古靈。現在除了他以外，又有了另外兩位古靈：瑟丹的姊姊麥爾妲和雨野原人雷恩．庫普魯斯。賽瑪拉歎了口氣。這一切就像是傳說成真。海蛇、巨龍和古靈回到了天譴海岸。在自己的有生之年，賽瑪拉能夠見到只存在於人們記憶中的巨龍的第一次孵化。等到這個下午，年輕的巨龍就會破開繭殼，飛上天空了。

那些暗灰色的繭殼現在都排列在河岸邊，一直延伸到賽瑪拉目力所及的邊緣。每一隻繭殼裡都有一條長蛇。整個冬天和春天覆蓋在繭殼上的一層層樹葉、細枝和泥土，都被清理乾淨了。一些繭殼非常大，足有河上的駁船那麼長；另一些則要小得多，大概像是一根根原木。一些繭殼豐滿鼓脹，閃爍著潤澤的銀色光亮。但也有一些繭殼已經凹癟塌陷，呈現出一種陰沉的灰色。賽瑪拉甚至能嗅到它們散發出一股死亡爬蟲類的臭氣。這些繭殼中的長蛇，永遠也無法成為巨龍了。

就像雨野原商人向婷黛莉雅所承諾的，他們在瑟丹的監督下竭盡全力照料結繭的長蛇，看上去有些單薄的繭殼，都被塗覆了多層黏土，又被堆上樹葉和枯枝來保護它們。婷黛莉雅向人類下達的命令，不僅要幫助這些繭抵禦冬季的風暴，還要擋住早春的陽光。這些龍結繭的時令已經遲了。光線和溫暖會刺激他們孵化，而婷黛莉雅希望他們能夠保持著被嚴密包裹的狀態直至盛夏，這樣繭中的幼龍才能得到更多發育的時間。雨野原衛士和那些紋身者——他們曾經是遮瑪里亞的奴隸，現在已得到解放——都在盡全力完成這一任務。這是雨野原商人與巨龍婷黛莉雅達成契約的一部分。婷黛莉雅則同意守衛雨野原河口，抵抗恰斯國的入侵。作為回報，商人們承諾會幫助長蛇到達古老的結繭地，並在長蛇們於繭殼中休眠時照料他們。簽約雙方都履行了自己的責任。今天就是見證這份契約成果的日子。新一代的巨龍，與繽城和雨野原結盟的巨龍將飛向天空，就此崛起。

冬季對於龍族的繭殼並不仁慈。凜冽的寒風和傾盆大雨對繭殼造成了破壞。更糟糕的是，在暴風雨中上漲的河水曾一直氾濫到結繭地，沖走了保護繭殼的覆土，掀起繭殼，讓許多繭殼因為相互撞擊而損壞。洪水之後進行的調查表明，有整整二十隻繭殼被大水沖走了。在七十九頭結繭的龍之中，只有五十九隻繭留了下來。其中一些還遭受了嚴重的撞擊，裡面的龍是否還活著？已經很難確定。對於現在的雨野原人來說，洪水是一種早已司空見慣的災害，但賽瑪拉還是感到非常傷心。她不知道那些失蹤的繭殼和殼中半成形的龍會有怎樣的命運。他們會被河水腐蝕溶解嗎？還是會一路被沖到鹹澀的海水裡？

雨野原河統治著這片森林世界。它灰色的水流又寬又深，波濤洶湧，根本沒有堤岸能夠限制住它。它可以隨心所欲地奔湧到任何地方。在賽瑪拉的世界裡，根本不存在真正意義上的「乾燥地面」。今天還是森林的地方，等到明天可能就會成為沼澤泥窪。只有這些大樹看上去彷彿不會受到河流變化的影響，但即使是它們也並非永遠都安然無恙。雨野原人只會在最巨大、最牢固的樹上建造家園。他們的居室和步道圍繞樹幹，建造在處於中等高度的樹枝上，就像是一個個牢固的花環。樹與樹之間連接著一座座搖擺的吊橋，在靠近地面，也就是樹幹和樹枝最粗的地方建起牢固的房屋，成為最重要的市場和最富有家庭的住宅。位置越高的樹屋就越小，建築結構也越輕。高處的步道也會更加輕窄，有些鄰里之間只用繩索和藤蔓編織的吊橋相連。所有雨野原人都必須具備一定程度的巧肢人技巧，才能在他們的聚落中穿行，但極少有人能具備賽瑪拉這樣非凡的技藝。

賽瑪拉絲毫不擔心自己身下的樹枝會給她帶來什麼樣的危險，她一心都在想著眼前的事情。她銀灰色的雙眼裡，只容納著下方展現出的奇景。

太陽已經升起到足夠高的位置上，斜射下來的光線穿過森林高處的樹枝，落到了分布於河灘的龍繭上。就夏季而言，今天不算是很暖和的一天，但已經有一些繭殼開始在夏日的溫熱中冒出煙霧。賽瑪拉將注意力集中在她正下方的大繭殼上。從那裡升騰起的煙霧已經觸及了她，帶上來一股爬蟲類的臭氣。她皺起鼻翼，興奮地注視著那只大繭，就在她的眼前，巫木繭殼漸漸變得鬆散了。

賽瑪拉很熟悉巫木。多年以來，她的同胞一直在使用這種異常堅固的木材。巫木非常硬，甚至硬度遠遠超過了人們所說的「硬木」。加工巫木的時候，鋼製的斧頭和鋸條只消一個上午就不堪再用了。但現在，下方這只龍繭的銀灰色「木」殼正漸漸變軟，冒出蒸汽和氣泡。軟化的外殼塌陷下去，讓內容物的輪廓凸顯出來。

在賽瑪拉的注視下，繭的內容物抽搐一下，隨之又是快速地幾下扭動。巫木如同羊膜胎盤一樣被撕開了。融解的繭被其中瘦骨嶙峋的生物所吸收。賽瑪拉看到這頭龍細瘦的身軀豐滿起來，呈現出耀眼的色澤。龍的體型要比賽瑪拉預料中的更小。和龍繭的體積以及賽瑪拉聽聞的巨龍婷黛莉雅的身型都有些不相稱。一股潮溼的臭氣向上湧起，鼻子鈍圓的龍頭，從軟趴趴的繭中完全探了出來。

出來了！

賽瑪拉感覺到一陣暈眩——龍的話語觸及到了她的意識。她的心跳得就像一隻要衝上天空的小鳥。她竟然能聽到龍說話！自從婷黛莉雅出現之後，人們才知道只有一部分的人能「聽清」龍的話；而其他人只能聽到龍在咆哮、嘶鳴或者是發出凶狠的「咯咯」聲。當婷黛莉雅第一次出現在崔豪格與人們對話的時候，一些人馬上就明白了她在說些什麼。另一些人則對此茫然無知。心頭澎湃的賽瑪拉，根本無暇去想一頭龍是否願意屈尊同她說話。她是能夠聽見的。她沿著樹枝又向下蹭了蹭。

「賽瑪拉！」她的父親警告她。

「我很小心！」賽瑪拉甚至沒有回頭看父親一眼。

在她的身下，年輕的巨龍已經張開紅色的大口，正在撕扯迅速朽爛卻還在束縛著她的繭殼。是雌龍。賽瑪拉不明白自己是怎樣知道的。作為一隻剛剛孵化出來的生物，她的牙齒實在是令人驚歎。這時，龍咬下一大口溼透的巫木，揚起頭，把它吞了下去。「她在吃巫木！」賽瑪拉向她的父親喊道。

「我聽說過他們會這樣做。」父親應聲說，「古靈瑟丹說過，他見證婷黛莉雅孵化的時候，巨龍女王的繭完全融化進了她的皮膚裡。我相信他們是在從繭中獲取力量。」

賽瑪拉沒有回答。她的父親顯然是正確的。曾經包容龍身體的外殼現在完全被龍吞進了肚子，這讓賽瑪拉覺得很不可思議。但她下面的那頭龍似乎正專心地要把所有繭殼都吃掉。她一邊努力從包裹自己的繭中掙扎出來，一邊大吃特吃，不停地撕扯一塊塊纖維，把它完整地吞進肚子。賽瑪拉同情地皺了皺眉。一個剛剛出生的生物就要如此饑不擇食地大口吞嚥，這讓她覺得很悲哀。感謝莎神，她有許多可以吃的東西。

圍觀人群中傳來的陣陣驚呼聲警告了賽瑪拉。她及時地抓緊了樹枝。驟然襲來的強風差一點將她從樹枝上扯脫。她攀附的樹枝開始劇烈地搖晃。轉瞬之間，地面遭受的沉重一擊也讓她所在的大樹隨之顫抖——婷黛莉雅落地了。

陽光落在這位巨龍女王的身上，她的光澤在藍色和銀色之間不斷變幻。她的身體比這頭剛剛孵化出來的幼龍大三倍以上。看著她收起雙翼就像看到一艘船落下風帆。她的翅膀整齊地收在身側，如同鳥類的翅膀一樣緊密疊壓，讓她布滿鱗片的羽翼就像是身體的一部分。她張開嘴，丟下一頭動也不動的鹿，對孵化出來的幼龍們說：「吃吧。」隨後她完全未做停留，也沒有多看那些幼龍一眼，而是走到河邊，低下巨大的頭，喝起了牛奶一樣渾濁的河水。喝飽之後，她就揚起頭，將翅膀稍微張開，活動強悍有力的後腿，向上一縱，鼓起寬大的翅膀，在半空中穩住下墜的身體。就這樣，她沉重地拍打起翅膀，緩緩從河岸邊升起，飛向上游，繼續狩獵。

「唔，」賽瑪拉父親低沉的聲音充滿了憐惜，「這種情形可不太好。」

賽瑪拉下方的龍還在撕扯下一條又一條黏膩的巫木，把它們吞入腹中。一條灰色的巫木黏在她的口邊，她用短粗前肢的小爪子抓撓那條巫木。在賽瑪拉的眼中，這頭龍就像是一個面頰和頭髮沾上了麥片粥的嬰兒。這頭龍比她預料中小很多，也遠沒有發育成熟，但她肯定會長大，履行她的承諾。賽瑪拉向父親瞥了一眼，發現父親滿臉困惑，便沿著父親的目光朝遠處望去。

就在她全神貫注觀察樹下幼龍的孵化時，其他龍也紛紛掙脫出繭殼。死鹿流出的鮮血向他們發出了召喚。一頭土黃色和一頭灰綠色的龍踉蹌著向鹿的屍體移動而來。他們並沒有為了這具屍體而發生爭鬥，只是專心地進食。賽瑪拉懷疑他們之間的爭鬥會發生在鹿肉只剩最後一小塊的時候。現在他們兩個還都只是趴伏在死鹿身邊，用前腿按住死鹿，連皮帶肉地撕扯下一塊塊食物，再向後揚起頭，將溫熱的肉塊吞進肚子。黃色的龍撕破了死鹿柔軟的肚子，內臟從他的下巴垂下來，在他的喉頭塗抹上了一道道紅色和褐色。這是一幅狂野的場景，任何食肉獸進食的時候也都是這種樣子。

賽瑪拉又向她的父親瞥了一眼。這一次，她才捕捉到父親真正關心的目標。那些正忙著讓鹿屍迅速減少的龍擋住了賽瑪拉的視線。她的父親注意到的是一頭無法站立的幼龍。那頭龍只能匍匐在地上，他的後腿是一對沒有發育完全的殘肢，頭掛在一根細瘦的脖子上，不停地晃動。他突然抖動了一下，向上一竄，接著又連續搖晃了幾下。就連他身體的顏色也很不正常，他全身都是黏土般的灰色，他的皮膚非常薄，甚至能看到他肚子裡受到體重和地面擠壓的內臟。很明顯，他還沒有發育完全就提早孵化出來，不可能存活。但他還是向那堆新鮮的血肉爬了過去。就在賽瑪拉的注視中，他的一條後腿蹬得太過用力，讓他的身子朝一側翻倒。也許他是想撐住身子，便打開了自己脆弱的翅膀。這樣做實際上非常愚蠢。他的身體落在一支翅膀上，翅膀朝錯誤的方向彎曲，發出折斷的聲音。他發出的喊聲並不大，但爆炸般的疼痛感凶狠地沖刷著賽瑪拉的意識。賽瑪拉猛地打了個哆嗦，差一點就鬆開了攀附的樹枝。她急忙抓緊樹枝，用力閉住眼睛，努力抵抗由劇痛引起的眩暈感。

她的神智慢慢恢復過來，這正是婷黛莉雅所害怕的。巨龍女王一直都竭力確保龍繭不會被光線照射，希望讓發育中的幼龍度過一個正常的休眠周期。儘管他們已經等到了夏季，卻還是孵化得太早了，或許是他們在進入繭殼的時候，就已經過於疲憊和瘦弱。無論造成這種畸形的是什麼原因，他們肯定出了問題，很大的問題。這樣的幼龍幾乎無法移動自己的身體。賽瑪拉感受到了那頭幼龍在肉體痛苦之中夾雜的困惑。她非常艱難地將自己的意識從那頭龍的混亂思維中掙脫出來。

當她睜開眼睛，一種新的恐懼又讓她全身僵硬。她的父親離開了他們棲身的大樹，降落至地面，正繞過一隻隻孵化的繭，向那頭倒在地上的龍走去。賽瑪拉從高處能看到那頭龍已經死了。但只是片刻之後她就意識到，自己並不是看到龍死了，而是感覺到那頭龍死了，但她的父親並不知道這一點。父親的臉上，淨是對那頭幼龍的憂慮和焦急。賽瑪拉了解自己的父親，他會竭盡全力救助那頭幼龍。他就是這樣的人。

賽瑪拉並不是唯一感覺到灰色幼龍死亡的人。黃色和綠色的兩頭幼龍已讓死鹿變成了爛泥中的一灘血跡和碎骨。他們抬起頭，向死亡的幼龍轉過身。一頭剛剛孵化出來的紅龍有一條很不自然的短尾巴，他也蹣跚地向幼龍屍體走去。黃色幼龍發出一聲微弱的嘶鳴，加快了腳步。綠龍張開大口，發出一陣既非咆哮，也不是嘶鳴的聲音。一滴滴口水隨著他的聲音掉落在他腳邊的泥土中。他噴吐的目標是賽瑪拉的父親。感謝莎神，這頭龍還沒有成熟到能噴吐出燒灼的毒霧。賽瑪拉知道，成年龍就能這樣做。她早就聽說過婷黛莉雅利用龍息保護繽城，對抗恰斯人的故事。龍的毒液能夠輕易蝕穿皮肉和骨骼。

但就算這頭綠龍還沒有能力用呼吸腐蝕賽瑪拉的父親，他的攻擊行為卻讓短尾紅龍也將注意力轉移至這個人類身上。黃龍和綠龍這時都毫不猶豫地衝到死去幼龍的近前，開始隔著死龍相互發出充滿威脅的吼叫。紅龍則開始向父親一步步逼近。

賽瑪拉本以為她的父親會意識到那頭早產的幼龍已經死了，再無法接受他的救助。她以為父親會理智地從危險的幼龍面前退回來。她的父親曾經一百次、一千次地告誡她——要小心食肉猛獸。「如果妳帶著肉，而樹上的大貓又想要它，就把肉留下，悄悄退走。妳可以弄到更多的肉。但妳不可能有再一次的人生。」所以，當父親看見紅龍向自己撲來，短粗的尾巴直豎在身後的時候，父親當然應該理智地退回來。

但父親沒有看那頭紅龍。他的眼睛只是盯著倒在地上的死亡雛龍。當另外兩頭龍向死龍靠近的時候，他喊道：「不！不要吃他，給他一個機會！給他一個機會！」父親揮舞著雙臂，彷彿是在從自己的獵物旁邊趕走食腐鳥。他已經開始向死龍跑過去了。他要做什麼？賽瑪拉完全不懂父親的想法。那些幼龍都比父親更高大。他們也許還不能吐火，但他們已經知道了該如何使用尖牙和利爪。

「爸爸！不！他死了。他已經死了！爸爸，快逃，離開那裡！」

父親聽到了她的呼喊，猛然停下腳步，甚至還抬起頭向她看了一眼。

「爸爸，他死了，你救不了他。離開那裡。向左邊跑！爸爸，向你的左邊跑。紅龍正在朝你那裡過來！快躲開他！」

黃色和綠色的龍只是盯著他們死去的同族。他們撲向死龍，就像他們剛才狂熱地撲向那頭死鹿。剛剛吃下的鹿肉給他們增添了力量，使得他們現在似乎更傾向於為了占據這份美食而彼此爭鬥。賽瑪拉對他們沒有半點興趣，只希望他們就這樣相互糾纏在一起，讓她擔心的是那頭紅龍。那頭龍雖然腳步依舊不穩，卻還是在迅速接近她的父親。她的父親也終於發現了危險，但他採取的行動正是賽瑪拉最害怕的——這是在對付樹貓的時候常用的法子，將襯衫打開，在身體兩側張起，讓身體顯得更大。「如果有野獸威脅妳，就讓自己變得更大。」他經常對女兒說，「變成野獸不認識的形態，就會讓野獸心生戒懼。野獸有時甚至會因為妳突然變大而退卻。但野獸不會因此而調頭逃走。盯住他們，讓自己顯得龐大，同時慢慢向後移動。大多數大貓喜歡追擊。絕不要讓他們感到妳有機可乘。」

但這不是一隻大貓。這是一頭龍。他的雙顎已經張大，露出雪白鋒利的牙齒。現在饑餓是他心中最強烈的情緒。儘管賽瑪拉的父親看上去更大了一些，但這完全嚇不住一頭龍。恰恰相反，賽瑪拉聽到——不——她**感覺到**龍的喜悅和對父親的興趣。肉是肉，大塊的肉，食物！饑餓正在撕扯這頭龍，逼迫他一步一晃地向面前正在退卻的人類衝去。

「不是肉！」賽瑪拉向河灘上的龍喊道，「不是食物，不是食物！跑，爸爸，轉頭快跑！跑啊！」

兩個奇蹟在同時發生了。第一個奇蹟是幼龍聽到了賽瑪拉的聲音，他有著一隻鈍鼻子的頭轉向賽瑪拉，臉上露出驚訝的表情，然後他蠢笨地想要繞一個小圈子轉過身，卻沒有掌握住平衡。這時賽瑪拉看到了之前沒有看到的一件事——這頭紅龍是畸形的。他的一條後腿明顯比另一條要小。不是食物？賽瑪拉感覺到一陣哀傷的回應，不是肉？不是肉？賽瑪拉因為紅色的幼龍而感到一陣心碎。不是肉，只有饑餓。在這個人龍一體的時刻，賽瑪拉感覺到了他的饑餓和頹喪。

但第二個奇蹟將賽瑪拉的心思從龍那裡拽了回來。她的父親也聽到了她的呼喊，放下雙臂，轉身逃向樹林。賽瑪拉看見父親躲開一頭迫不及待向他伸出爪子的小藍龍，跑到樹幹旁，靠著多年的經驗，以幾乎和剛才奔跑時同樣快的速度上了樹。只是片刻的工夫，父親就已經離開了龍的攻擊範圍。賽瑪拉感到很慶幸。那頭小藍龍已經充滿希望地在追趕父親了。現在他就站在樹下，嗅著父親爬上去的地方，還在不斷噴出鼻息，然後他又試著咬了咬樹幹，就搖著頭向後退去。不是肉！他做出這個明確的決定，便回過頭，搖搖擺擺地穿過了孵化地淺灘。那裡已經有越來越多的幼龍從巫木繭中鑽出來。賽瑪拉沒有再去看那頭走遠的藍龍。她已經將身子翻到樹枝上面，單膝跪起，站起身，沿著樹枝迅速跑到樹幹旁，與上來的父親會合。他抓住父親的手臂，將臉埋在父親的肩膀上。父親的身上散發出恐懼的汗味。

「爸爸，你在想什麼？」賽瑪拉質問父親。聽到自己聲音中的怒意，賽瑪拉也被嚇了一跳。但她立刻就明白，自己完全有權力發火。「如果我做了這種事，你一定會非常生我的氣！為什麼你要到下面去？你以為你能做什麼？」

「到更高的地方去！」她的父親喘息著說。賽瑪拉很高興能跟隨父親向上方的樹枝攀爬。他們登上了一根很不錯的樹枝，它足夠粗，而且幾乎是水平的。他們兩個肩並肩地坐在上面。父親還不停地喘氣，可能是因為恐懼，或者是用力過度，或者兩者兼而有之。賽瑪拉從背包中拿出水囊遞給父親。父親感激地接過水囊，痛飲了一口。

「他們可能會殺死你。」

父親將水囊從口邊拿開，塞好塞子，遞回給賽瑪拉。「他們還是嬰兒，笨拙的嬰兒。我可以躲開他們，而且我的確躲開了。」

「他們不是嬰兒！他們進入繭的時候就不是嬰兒了，現在他們更是已經成為了龍。婷黛莉雅在孵化出來幾個小時以後就能飛行了。他們能夠飛，也能夠殺人。」賽瑪拉一邊說話，一邊指向樹葉之間的天空，一道銀藍色的光澤正從那裡劃過。那道光驟然落下，巨龍揮動雙翼鼓起的強風狠狠擊打著大樹和雨野原人。巨龍在半空中停住身形。一頭死鹿從她的爪子中落下，重重地摔在黏土地上。然後巨龍不再做任何停頓，鼓動翅膀回到空中繼續打獵了。幼龍們立刻尖叫著向死鹿簇擁過來，撲到食物上，撕下一塊塊肉，吞進肚子。

「那有可能就是你。」賽瑪拉向她的父親指出，「他們現在看上去也許像笨拙的嬰兒。但他們都是食肉猛獸。像我們一樣聰明的食肉猛獸。而且他們的體型比我們大，也比我們更善於殺戮。」這些孵化出的龍所具有的魅力正在賽瑪拉的眼前迅速消褪。她對他們的好奇被某種介於恐懼和憎恨的情緒所取代。這些怪物差一點就殺死了她的父親。

「他們並非都是如此，」賽瑪拉的父親哀傷地說，「低下頭好好看一看，賽瑪拉。告訴我，妳都看見了什麼？」

從高處的位置上，賽瑪拉的視野顯然比在孵化地更寬廣。她估計有四分之一的巫木中永遠都不會有幼龍出來。已經孵化的龍正在嗅著那些沒有生命的繭，就在她的眼前，一頭紅色幼龍衝一個灰色的繭發出「嘶嘶」的叫聲。沒過多久，那個繭開始冒煙，從上面升騰起絲絲縷縷的霧氣。紅龍用牙齒咬住那段巫木，撕下長長的一條。這讓賽瑪拉感到吃驚。巫木的材質堅硬細密，是用來造船的上好材料，但現在淺灘上的這些巫木卻好像朽爛成了絲絲縷縷，讓幼龍們能夠輕易撕扯下來，並貪婪地吞吃進肚子裡。「他們正在殺死他們的同類。」賽瑪拉認為這就是父親希望她看到的。

「對此我表示懷疑。我認為那些巫木裡的龍已經死了，不可能破殼而出，而其他龍也都知道這一點。他們也許能夠嗅到。我認為他們的唾液中有某種東西觸發了反應，讓巫木變軟，也讓巫木變得可以食用。也許同樣是這種反應讓巫木破開，幼龍得以孵化。或者也可能是陽光的作用。不，這不是我想要說的。」

賽瑪拉再一次向下俯視。現在幼龍們都邁著不太穩定的步伐在黏土堤岸上遊蕩。一些龍進入河邊的水中，另一些簇擁在死龍軟塌塌的繭殼周圍，不停地撕扯與吞吃。婷黛莉雅送來的鹿和那只死去的雛龍，只剩下了一片血跡。賽瑪拉看到一頭前腿過於短小的龍正在嗅著面前的沙子，便對自己的父親說：「他的發育很糟。為什麼這麼多幼龍的發育都這樣糟？」

「也許……」她的父親開口說道。但還沒有等父親說下去，羅根已經從更高處的樹枝上跳到了他們身邊。這個偶爾會同賽瑪拉父親一起狩獵的朋友，臉上一副憂心忡忡的樣子。

「傑魯普！你完全沒有帶武器！你在想什麼？我看見你到了地上，還看見那東西向你撲過來。當時我所在的位置讓我根本看不到你是不是爬上樹了！你想要幹什麼？」

賽瑪拉的父親低下頭，臉上半帶著微笑，但也許還有一點怒意。「我本以為我能幫助那個遭受攻擊的幼龍。我沒有發現他已經死了。」

羅根輕蔑地搖搖頭。「即使他還沒有死，幫助他也沒有任何意義。任何傻瓜都能看出來，他不可能活下去了。看看他們，我相信，他們之中有一半會在今天內死掉。我已經聽到傳聞，那個古靈男孩一直都在擔心會發生這樣的狀況。我剛剛就在那邊的高台上。沒有人知道該如何應對。瑟丹．維司奇顯然是束手無策。他只是看著這些龍，卻沒有說一個字。我打賭，現在那裡一定也沒有音樂了。半數大人物都在緊攥著他們已經不可能念誦的發言稿。這麼多重要人物聚在一起，卻幾乎沒有人說話，這種情形還真是聞所未聞。這本應該是一個大日子。群龍飛上天空，我們與婷黛莉雅達成的契約最終完成。但實際上，我們只看到了一場慘敗。」

「有沒有人知道到底是什麼地方出了錯？」賽瑪拉的父親不情願地問出這個問題。

他的朋友聳了聳寬闊的肩膀。「大概是他們在繭裡待的時間還不夠，也沒有足夠的龍涎滋養他們。畸形的腿，彎曲的背——看看，看看那邊的那一個，他甚至連頭都抬不起來，但願其他龍早些殺死他，將他吃掉，那才是對他的仁慈。」

「他們不會殺他。」賽瑪拉的父親篤定地說。賽瑪拉很好奇父親怎麼能知道這一點。「除了求偶的戰鬥，龍不會殺戮同族。當龍死亡的時候，其他龍會將屍體吃掉。但他們不會為了獲取食物而彼此殺戮。」

羅根坐到了父親身邊的樹枝上，懶洋洋地晃動著滿是老繭的赤腳。「不管怎樣，我只關心我們的好處。這才是我要來和你談的。你有沒有看到他們吃掉那頭鹿的速度有多麼快？」說到這裡，他哼了一聲，「很明顯，他們沒有能力自己狩獵。甚至像婷黛莉雅那樣的巨龍，也不可能找到足夠的獵物餵飽他們。所以，我看到我們有了一個機會，老朋友。在今天結束之前，議會就必須找人餵養這些野獸了。他們不可能丟下一小群饑餓的龍崽子，讓他們在城市下面亂跑，尤其是當負責挖掘的工人還在這裡四處活動的時候。這要靠我們了。如果我們向雨野原議會自薦，要他們雇傭我們來為這些龍提供食物，那我們就會有幹不完的工作。只要我們能餵飽這些龍，我們肯定能得到不錯的報酬。我們當然不可能一直這樣餵養他們，就算是有一頭巨龍幫助我們，也是不可能的。這裡的獵物很快就會開始短缺了，但我們暫時應該能幹得不錯。」他搖搖頭，露出笑容，「當我們沒有肉的時候，會發生什麼事？我可不喜歡想這件事。如果他們不會自相殘殺，那恐怕我們就會是他們最便利的獵物了。養活這些龍可真是一筆糟糕的交易。」

賽瑪拉說道：「但我們已經和婷黛莉雅達成了契約，商人必須信守自己的諾言。我們說過，我們會幫助婷黛莉雅照顧幼龍，只要她能為我們將恰斯人從海岸邊趕走，而這件事她已經做到了。」

羅根沒有理睬賽瑪拉。他總是對賽瑪拉視而不見。他從不曾像其他一些人那樣欺負賽瑪拉，但他也從不會直視這個女孩，或者回應她的話。賽瑪拉已經習慣了，這並不是因為羅根和她有什麼私人恩怨。賽瑪拉的視線從這兩個男人的身上轉開。她開始專注地在樹皮上清理自己的爪子。但很快她又停下來，回頭看著他們兩個。她的父親有黑色的指甲。羅根也是一樣。有時候，她覺得這實在只是很小的區別。她的父親出生時手腳上生著黑色的指甲。而她出生的時候卻只有一雙爪子，就像蜥蜴一樣。這樣一點細微的差別卻能造成生與死的不同。

「我的女兒說得沒有錯。」賽瑪拉的父親說，「我們的議會已經接受了這份契約。他們別無選擇，只能按照契約上的條件執行。他們以為他們幫助龍族的承諾到幼龍孵化出來就完成了。很明顯，事實並非如此。」

賽瑪拉抵抗著扭動身體的衝動。她不喜歡父親一定要迫使其他人意識到她的存在。讓他們能夠忽略她才更好些。那兩個人正討論著要獵獲足夠的肉餵養這麼多龍是有什麼困難，卻完全忽略要在城市底部孵化出龍又是多麼不可能。她將目光轉向一旁，竭力不去聽他們的對話。在卡薩里克的泥沼地面以下有很多廢墟。如果雨野原人想要挖掘埋藏在這些廢墟裡面的財寶，他們就必須想辦法餵飽這些幼龍。

賽瑪拉打了個哈欠。雨野原商人和龍族之間的政治博弈，永遠不會與她的生活產生分毫關係。她的父親已經告訴過她，她應該關心一下這些事，但要讓她強迫自己對她絕對無法置喙的狀況產生興趣，實在是太困難了。她的生活與這些事完全無關。當她考慮自己的未來時，她知道自己是唯一對此沒有任何決定權的人。

她低頭看看那些龍，突然感到很不舒服。她的父親是對的，羅根也是對的。在她的身下方，幼龍們正在死亡。他們沒有自相殘殺，但他們在發現有同族倒下去的時候，也都會毫不猶豫地圍上去，急切地等待著瀕死的同族吐出最後一口氣。他們之中有那麼多——賽瑪拉心中想道——那麼多孵化出來的幼龍都沒有發育完全，而他們要面對的是雨野原嚴苛的環境。到底是什麼地方出了錯？羅根說得對嗎？

婷黛莉雅再一次飛臨孵化地的上空。又一隻獵物從空中被扔下，差一點砸在向她聚集過來的幼龍們頭上。這頭野獸比賽瑪拉見過的任何一頭鹿都要大，身體渾圓，毛髮粗糙。在成群的幼龍將獵物完全淹沒之前，賽瑪拉看到獵物有一條帶裂瓣蹄子的粗腿。賽瑪拉相信那不是一頭鹿。其實賽瑪拉見到的鹿並不多，雨野原林地特有的沼澤草叢不適合野鹿活動，而從雨野原河邊到達這片寬闊河谷邊緣的山麓地帶需要跋涉多日，只有傻瓜才會跑到離家那麼遠的地方去打獵。僅僅是到達那裡，獵人就會吃光隨身攜帶的乾糧，回來的時候只能用獵物充饑。獵物的肉也常常會在這段漫長的旅程中腐壞過半，幾乎沒有多少能被完好地帶回來。與其這樣，獵人們還不如在家附近獵捕上十幾隻鳥，或者是一條肥美的地蜥蜴。這頭被巨龍扔下來的野獸有著黑色的光滑表皮，肩頭有一大塊隆起的肉，還有兩根很長的角。賽瑪拉不知道牠叫什麼。這時，巨龍的思緒短暫地碰觸到賽瑪拉，告訴她一個詞：食物！

羅根的聲音中升起一陣怒意，讓賽瑪拉雖然不情願，卻還是再一次開始注意那兩位長輩的對話：「傑魯普，我再告訴你一遍，今年之內，如果這些怪物不能用他們的腿站穩，學會自己飛行和捕獵，他們或者會死，或者會成為我們的威脅。不管是不是有契約，我們都無法對他們負責。任何不能養活自己的生物都不值得活下去。」

「這不是我們和婷黛莉雅簽定的契約，羅根。我們沒有決定這些生物生死的權力。我們承諾的是保護他們，以此來換取婷黛莉雅保護河口，抵抗恰斯人的戰船。在我看來，明智的做法是履行契約規定的義務，給這些幼崽一個活下來並長大的機會。」

「一個機會。」羅根咬住嘴唇，「你總是過於在意要給別人機會，傑魯普。總有一天，你會死在這件事上。今天你就差一點喪命！那個怪物有沒有想過要給你一個『活下來的機會』？我們甚至不必再提起十一年以前，你用一個『活下來的機會』為你換得了什麼。」

「當然，我們沒必要再提那件事。」賽瑪拉的父親突兀地表示贊同，但他的語氣中沒有半點贊同的意味。

賽瑪拉縮起肩膀，希望能讓自己顯得小一些，或者能夠像一些樹蜥蜴那樣突然變成樹皮的顏色。羅根所說的正是她，他用清晰響亮的聲音說話正是想讓她聽見。賽瑪拉最好不要開口，而她的父親根本不應該強迫自己接納她。不管怎樣，模糊焦點總要好過爭鬥。

儘管羅根對賽瑪拉一直都很苛刻，但賽瑪拉知道羅根是父親的朋友。他們一同長大，一同學習狩獵和巧肢人的技巧，作為夥伴的親密友誼貫穿了他們一生中大部分的時間。賽瑪拉見到過他們兩個並肩狩獵時的樣子，那時的他們就像是同一隻手上的兩根手指。當羅根傷到手腕，在一整個季節中都無法狩獵和採集時，她的父親就為兩個家庭狩獵。那時賽瑪拉已經能幫助父親，但她從沒有和父親一起將他們共同獵到的食物送到羅根家去。沒有必要讓羅根知道他接受了一個絕不應該被生出來的人的幫助，這只會惹惱他。

正是父親和羅根的友誼，讓羅根這麼快就從樹上爬下來查看父親的安危，也正是因為如此，他才會為了父親這種冒險的行為而感到惱火。而歸根結柢，羅根也正是因此才希望賽瑪拉根本不要存在才好。他是賽瑪拉父親的朋友，他不喜歡看到賽瑪拉的存在影響了她父親的人生。賽瑪拉對她的父親而言是一個負擔，一張要餵飽的嘴，而她永遠都不會有任何希望可言。

「我並不後悔我的決定，羅根。對此不要有任何誤解。這是我的決定，不是賽瑪拉的。如果你想要責備誰，就責備我好了。不要說她。你可以不理睬我，排斥我，但不要這樣對她！是我跟蹤了那名接生婆。是我抱起了我的孩子，再一次把她帶回家。因為我看到了她，從她出生的那一刻起，我就知道她應該得到一個機會。我不在乎她的指甲，或者她的脊背上是不是有一道鱗片。我不在乎她的腳有多長。我知道她應該得到一個機會。我是對的，不是嗎？看看她。自從她長大到能跟著我爬上樹冠，或者沿著樹枝小道行走之後，她就證明了她的價值。羅根，她帶回家的食物比她吃掉的更多。難道這不正是一名獵人或者採集者對人們的價值嗎？不正是因為這一點，你在看到她的時候才會感覺到尷尬不安？難道我不應該打破一些愚蠢的規則，阻止我的孩子被帶走，被野獸吃掉？難道你在看到她的時候，不曾意識到那些規則是錯的，不曾想過還有其他多少孩子本應該長大成為雨野原人？」

「我不想進行這樣的交談。」羅根突然說道。他猛地站起身，結果差一點失去了平衡。父親的話擊中了他的神經。羅根是最優秀的巧肢人之一。他在樹上絕不至於如此步履輕浮。突然間，一陣寒意透過賽瑪拉的全身。羅根有孩子，兩個男孩。其中一個十七歲，另一個十二歲。賽瑪拉很想知道他的妻子在這兩個孩子出世之間是否還懷過孕，或者經歷過流產？接生婆是不是也從他的家裡捧走過一個或者兩個發出稚嫩哭聲的襁褓，而後消失在雨野原的黑夜？

賽瑪拉將視線轉回到河岸上，固定在那裡。她不知道自己的父親會不會因為這一段嚴厲的話語，而失去一生的摯友。*不要想這件事*，她告訴自己。她的眼睛直盯著下方的龍。幼龍的數量已經變少了。那些沒有能孕育出活龍的巫木也幾乎都完全消失了。一些人一定會因此而感到失望。巫木是非常珍貴的材料。有不少人都在期待著巨龍孵化之後，那些繭殼會留下來供他們收集。那些聚集於此地圍觀龍族孵化的人中，一定有不少人一心只想著即將到手的財富，而不是見證眼前這個神奇的時刻。賽瑪拉努力點數還存活的幼龍。她知道，孵化地最開始有七十九個巫木繭。它們之中到底孕育出了多少活龍？樹下的那些幼龍一直在四處亂走，讓賽瑪拉難以數清。而婷黛莉雅這時又從半空中扔下一頭雄鹿，在龍群中激起一陣混亂，徹底破壞了賽瑪拉計數的努力。賽瑪拉感覺到自己的父親蹲伏到了她身邊的樹枝上。不等父親開口，她已經說道：「我數了，至少有三十五頭。」她的語氣就彷彿完全沒有聽到父親對羅根說的話。

「三十二頭。如果你按照顏色分組，再一組一組加起來，就會容易一些。」

「喔。」

父親在沉默片刻之後又開了口，他的語氣深沉而嚴肅。

「賽瑪拉，我那樣對他說的時候是認真的。這是我的決定。我從未對此感到過後悔。」

賽瑪拉沒有說話。她能說些什麼，感謝父親？這太殘酷了。難道孩子需要為自己活下來而感謝父母嗎？難道要感謝父親沒有讓她被拋棄在荒野？她撓了撓自己的頸後，將爪子沿著鱗片的紋路劃動，除去那裡的一陣瘙癢。然後她笨拙地改變了話題：「你認為他們有多少最終能活下來？」

「我不知道。我相信這要看婷黛莉雅給他們帶來了多少食物，還有我們到底為了遵守對巨龍的承諾付出了多少努力。看那邊。」

最強壯的一些幼龍已經在吞吃鹿肉了。不能說他們剝奪了弱小同族的食物，畢竟那頭獵物周圍只能聚集那麼多龍，而首先到達獵物身邊的龍都不會再讓開道路。不過父親要賽瑪拉看的並不是這些。在孵化地的邊緣，一隊人正扛著籃子向龍群走來。他們之中許多人的臉上都有刺青。他們是最近才來到雨野原的新移民。過去他們曾經是奴隸，現在他們要在這裡建造自己全新的人生。賽瑪拉看到他們之中走在最前面的人衝出隊伍，倒出籃子裡的東西，然後匆忙後退。一堆銀色的魚落在地上，滑動在彼此的身體上，流散在深灰色的堤岸上。第二個人隨即倒出自己籃子裡的魚，然後是第三個人。

被擠在獵物以外，無法進食的龍注意到了人類的行動。他們慢慢轉過身，盯著岸邊越堆越多的魚。然後，彷彿受到了一個訊號的激發，他們從正忙著撕食鹿肉的同族屁股後面轉過身，向新的食物跑去。他們都用力伸直長脖子，楔形頭向前探著。第四個人抬頭看了一眼，驚呼一聲，失手掉落了手中的籃子。滾動的籃子將魚一路潑灑。那個人則毫不遲疑地轉頭拚命逃走了。他身後的三個人在原地倒出籃子裡的魚，然後回頭就跑。不等那些逃跑的人到達樹林邊緣，幼龍已經開始吞吃地上的魚了。每一頭龍都是不停地叼起魚，然後仰頭把魚吞下去，讓賽瑪拉想到了吃魚的鳥。在第一排吃魚的龍身後，又有其他龍湊了過來。他們都是步履蹣跚，動作笨拙，或者腿瘸，或者眼盲。賽瑪拉覺得其中應該還有一些龍屬於智力愚鈍。他們踉踉蹌蹌地擠過來，發出尖利的叫聲。一頭淺藍色的龍突然側身倒下，不停地踢蹬著四足，彷彿他還在向食物走去。到現在為止，其他龍還沒有注意到他。但賽瑪拉知道，他很快就會成為其餘幼龍的食物了。

「他們似乎很喜歡魚。」賽瑪拉這樣說只是為了避免談及其他事。

「他們也許喜歡任何種類的肉。但妳看，魚已經吃光了。那是一個上午的捕撈成果，卻在眨眼間就被吃光了。我們該怎樣餵飽這麼多張大嘴？當我們與婷黛莉雅簽訂契約的時候，我們以為孵化出來的龍會像她一樣，在幾天之內就成為可以獨立捕獵食物的巨龍。但如果我猜得沒有錯，現在這些龍根本還無法使用自己的翅膀。」

那些幼龍都在衝著河堤上的黏土又舔又嗅。一頭綠龍抬起頭，發出一聲長嚎，但賽瑪拉不知道他到底是在抱怨還是發出威脅。他低下頭的時候，察覺到了淺藍色的龍已經停止了踢蹬，於是他搖搖晃晃地向淺藍色的龍走去。其他龍都注意到了他的行動，也開始匆匆朝那個方向聚集。綠龍蹣跚地跑了起來。賽瑪拉將目光從幼龍身上移開。他不想看到他們吃掉他們的同類。

「如果我們不能餵飽他們，我相信那些體弱的龍首先會餓死。過一段時間之後，龍的數量終歸能減少到我們可以養活的程度。」賽瑪拉竭力讓自己的聲音顯得平靜而成熟，顯示出絕大多數雨野原商人那種冷酷致命的思維邏輯。

「妳是這樣想的？」她的父親問她。父親的聲音很冰冷，是在責備她嗎？「還是妳認為他們需要找到其他種類的肉？」

鮮血，如銅般的光澤，還很溫暖。這正是她想要的。她伸出長舌頭，舔了舔自己的臉，不只是為了將臉舔乾淨，更是為了尋找留在臉上的食物殘渣。這頭鹿太好了，柔軟又溫暖。當她的嘴咬住鹿的肚子時，那裡的內臟蒸騰起了美妙的芳香。美味，妙不可言……卻又是那麼少。她的胃在抗議她吃得太少了。她吃掉了幾乎四分之一頭鹿，還有她在孵化時沒有吸收掉的所有的繭，都被她吞掉了。雖然還不能滿足，但至少她應該能感到舒服一些了。她知道一切應該是如此，就像她知道其他許多關於龍的事情。畢竟她擁有一代又一代龍的記憶。它們就在她腦海中觸手可及的地方。她只需要用自己的神智去追溯那些記憶，就能知道屬於他們族群的行為方式。

她需要一個名字。她突然回憶起來。一個名字，一個適切的，能夠配得上三界之主的名字。她暫時將饑餓從自己的意識中趕開。首先是一個名字，然後要對自己進行一番精心的整飭，整理好翅膀以後，她就要去狩獵了。殺死獵物，只由她一個獨享！這個想法湧過她的全身。她揚起背上折疊的翅膀，開始輕輕揮動它們。這個動作會讓血液更快地流進這兩片堅韌的薄膜。它們鼓起的風，差一點將她吹倒。她發出一陣挑戰的吼叫，想讓所有想要嘲笑她的人都能明白，她突然向側旁邁出一步是有意為之的。她現在已經掌握住了平衡。在這段生命中，她是什麼顏色的？她彎曲脖頸，查看自己的身體。藍色。藍色。藍色？對於龍而言最普通的顏色？她感到一陣失望，隨後又將這種情緒推到一旁。藍色絕不是最低下的顏色。藍色……是……藍色是……不，藍色就是最低下的。「辛泰拉！」她帶著「嘶嘶」的聲音念出這個名字，嘗試著它的發音。辛泰拉。夏日清晨澄淨的藍色碧空。她抬起頭，深吸一口氣，然後猛地將頭高高揚起，用銅號一般的聲音吼道：「辛泰拉！」她為自己是這個夏天第一個為自己命名的巨龍而驕傲。

這一聲吼叫不算順利。她也許是沒有吸進足夠的空氣。她再一次揚起頭，將氣流吸進自己的肺中。「辛泰拉！」銅號一般的吼聲再次響起，隨著這一聲長鳴，她用後腿直立起來，向空中躍起，伸展開她的翅膀。

作為一頭龍，她擁有她的巨龍祖先全部的記憶。這些記憶不會一直顯現在她的意識裡，但它們始終都是存在的，只是等待著她的感知。有時候，當她尋求資訊時，它們會主動顯現，有時候則會在她有需要的時候，自然而然地滲透進她的心智。也許正是因為如此，隨後發生的事情才顯得格外可怕。她離開地面時身子很不平穩，她的一條後腿要比另外一條更強壯。這已經夠糟糕了，但是當她試圖用翅膀恢復平衡的時候，只有一支翅膀打開了。另外一支翅膀還糾纏成一團，枯萎無力，完全無法支撐她。她狠狠地撞在泥土河堤上，側身躺倒，茫然不知所措。身體遭受的撞擊讓她感到痛苦難耐，而同樣讓她感到驚愕的是，在她能追溯到的所有回憶中，她的前代巨龍都沒有遇到過這樣的情形。她無法從過去的經驗中找到答案，不知道隨後會發生什麼。她推動自己更強壯的那支翅膀，卻只是讓自己的身子翻仰過來——對於一頭龍，這是最不舒服的姿勢。沒過多久，她就感覺到呼吸變得更加吃力。另外讓她感到恐慌的是，現在的這種姿勢讓她極容易遭受攻擊。她長長的喉嚨和鱗片細小的肚子都暴露在外。她必須重新用四足站起。

她用力踢蹬著後腿，卻找不到任何可以借力的地方。她更加細小的前腿只是毫無用處地抓撓著空氣，但肌肉沒有能回應她的要求。終於，她來回甩動的尾巴撐起她，讓她的肚子貼在地面上。她掙扎著將兩條後腿縮回到身子下面，然後猛地向上一竄。黏膩的泥巴覆蓋了她的半個身子。想到其他龍都看見了她如此卑怯的樣子，她感到憤怒又羞愧。她抖動身子，想要甩掉身上的汙泥，同時又向周圍瞪了一眼。

只有兩頭龍在朝她這裡觀望。隨著她重新站起，用惡狠狠的目光瞪著他們，他們都失去了對她的興趣，朝另外一個四足癱軟的身軀走去。那頭龍已經停止了動作。很短暫的一段時間裡，兩頭湊過去的幼龍，用疑問的眼神看著躺在地上一動不動的龍，想確認她是不是死了，然後他們低下頭開始大口啃食死龍的血肉。辛泰拉向那裡走出兩步，又停下來，感到一陣困惑。她直覺要過去進食，那裡有肉，能夠讓她變得更強壯的肉，而且那些肉中還有記憶。如果她吃掉那頭死龍，她就會從死龍的身體裡得到力量和屬於另外一條龍族血脈的寶貴經驗。她不能因為自己險些成為別的龍口中的肉，就違抗自己本能的驅使。恰恰相反，她現在更應該多吃一些，變得強壯。

強者以弱者為食是天經地義的。

那麼，她屬於強者還是弱者？

她活動自己肌肉不均衡的雙腿，向前邁出一步，又停下來。她希望自己的翅膀能夠張開。只有那支好翅膀服從了她的意志。她感覺到另一支翅膀在抽動。她轉動長脖子上的頭顱，想要將另一支翅膀撥到更合適的位置上。但她一下子愣住了。這就是她的翅膀，這一段發育不全的殘肢？它看上去就像是一塊無毛的鹿皮包裹了一堆冬季被凍死的動物骨骸。這不是龍的翅膀。它永遠也無法承載她的重量，絕不可能帶她飛翔。辛泰拉用鼻子頂了它一下，幾乎不相信它是自己身體的一部分。她的意識在飛快地旋轉，竭力想要搞清楚眼前的狀況。她是辛泰拉，一頭龍，一位巨龍女王，生來就是為了統治天空。這種畸形不可能是她身體的一部分。她在自己的記憶中搜索，不斷上溯，想要找到某一段意念，或某一位祖先應對這種災難的回憶，但她什麼都沒有找到。

她又看了看那兩頭正在大口吞吃的龍。弱小的死龍已經快被他們吃光了。辛泰拉能看到閃爍著紅色光澤的肋骨，一堆內臟，還有一段尾巴。弱者被用來支持強者。一頭正在大嚼的龍察覺到了她，便舉起血紅的長吻，向她露出牙齒，同時弓起自己深紅色的脖子。「蘭克洛斯！」他為自己命名，並用自己的名字向辛泰拉發出威脅。他一雙銀色的眼睛似乎正在向辛泰拉射出火花。

辛泰拉應該後退。她身體殘疾，是一個弱者。但蘭克洛斯向她露出的尖牙喚醒了她體內的某種東西。這頭公龍沒有權力挑戰她，完全沒有。「辛泰拉！」她向他嘶吼，「辛泰拉！」

辛泰拉向前邁出一步，更加逼近了蘭克洛斯和死龍的殘屍。這時，一陣強風突然撲到她的背上。她轉過身，低下頭，擺出防禦姿勢，但那是婷黛莉雅回來了。巨龍女王帶回了新的肉食。她鬆開爪子，一頭母鹿幾乎就落在辛泰拉的腳邊。這是一頭非常新鮮的獵物，它的褐色眼睛依舊清澈透亮，血還在從它背上深深的傷口中流淌出來。辛泰拉忘記了蘭克洛斯和那頭龍所守衛的那一點屍體殘餘，向母鹿撲去。

她再一次忘記了自己不均衡的力量，身體沉重地向前摔跌。但這一次，她在栽倒之前蹲下去，穩住了身子，隨後一個衝刺來到獵物旁邊，伸出前肢護住母鹿。「辛泰拉！」她嘶吼一聲，伏身在死鹿上向所有要挑戰她的龍發出警告的吼聲。這是她的，其他任何龍都不要想碰一下。她低下頭，開始撕咬獵物，憤怒地扯開鹿的肚子。血、肉和內臟填滿了她的嘴，讓她感到安慰。她用力咬住這具屍體，狠狠揪扯它，就好像要再殺死它一次。扯下一大塊肉之後，她揚起頭，將滿嘴的肉吞入腹中。肉和血。她低下頭，又撕下一滿嘴肉。她在進食。她會活下去。

綠月第一日
最高貴與偉大的沙崔甫王柯思閣統治的第七年
商人聯盟獨立第一年

來自艾瑞克，繽城信鴿管理人
致黛托茨，崔豪格信鴿管理人

黛托茨：

就算最近沒有更多的信件要傳遞，也請放至少二十五隻我的鴿子回到我這裡來。現在有大量信函需要遞送至崔豪格，商人們都焦急地要送信到崔豪格，宣布自己要參加巨龍孵化的典禮，這導致我這裡嚴重缺乏可供驅遣的信鴿。

艾瑞克

3 有利的條件

「愛麗絲，有客人來拜訪妳。」

愛麗絲慢慢抬起眼睛，手中的素描炭筆還懸在覆蓋住桌面的厚紙上方。「現在？」她不情願地問道。

她的母親歎了口氣。「是的，現在。實際上，我早已告訴過妳，今天一整天妳都應該做好準備。妳知道，詔諭·芬波克今天會來。他上一次來訪的時候，妳就已經知道了——那是在一個星期前的此刻。愛麗絲，他對妳的追求為妳和我們的家族都增添了榮耀。妳早就應該以親切的態度接納他了。而現在每次他來訪的時候，我都不得不把妳從藏身之地找出來。我希望妳記住，當一位年輕男士前來拜訪妳的時候，妳必須滿懷敬意地對待他，才是禮貌之舉。」

愛麗絲放下炭筆。用一塊綴著瑟維安蕾絲的精緻手帕揩淨手指上的碳粉——這讓她的母親不由自主地皺了皺眉頭。這是一個有些報復意味的小動作，這塊手帕是詔諭送給她的小禮物。「更不要說我們必須記住，他是唯一向我求婚的人，所以也是我結婚的唯一機會。」愛麗絲的聲音很輕，她的母親不可能聽到。隨後，愛麗絲又歎了口氣說：「我就來，母親。我會對他很親切的。」

她的母親沉默了片刻才說道：「妳這樣才算明智。」然後，母親又用柔和卻冰冷的聲音說，「看到妳終於不再那樣悶悶不樂，我感到很欣慰。」

愛麗絲不知道她的母親是在說真心話，還是在對她下達命令。片刻間，她閉起了眼睛。今天，在北方，雨野原深處，巨龍們即將破繭而出。她又修正了自己的想法，今天是婷黛莉雅指定將落葉和泥土從龍繭上徹底掃除的日子。陽光會觸及龍繭，將其中的巨龍喚醒，也許就是現在。當她坐在她的白色房間裡，整潔的小書桌後面，被散亂的卷軸所包圍，無能為力地面對著諸多筆記和草圖的時候，巨龍們正在扯破巫木繭，從裡面奮力鑽出來。

片刻之間，她能夠想像那裡的全部景色：被夏日陽光所溫暖的蔥翠河岸；終於見到陽光的巨龍，渾身閃耀著燦爛的色彩，發出銅號一般的喜悅歡呼。雨野原商人們可能正在為了巨龍的孵化而舉行各種慶祝活動。她能想像一座用各色異國花朵編織的花環所裝飾的高台，人們會向即將問世的巨龍致歡迎詞，還會有歌曲和宴會助興。毫無疑問，每一頭巨龍都將在高台前走過，被介紹給歡欣鼓舞的人們，然後龍們會張開光芒閃爍的長大翅膀，飛上天空。莎神明鑑，這將是這麼多年中第一批孵化出來的巨龍。龍族回到了這個世界……而她卻在這裡，被困在繽城，被束縛成柔順馴服的模樣，只能委身於一場讓她感到困惑和氣惱的求婚中。

失望的情緒突然讓她感到窒息。自從第一次聽聞海中長蛇開始結繭之後，她作夢都想要去見證巨龍的孵化。愛麗絲一直懇求她的父親。父親說她不應孤身一人去那麼遠的地方，於是她又奉承和賄賂她的弟媳，直到她的弟媳說服她的弟弟答應陪她一同前往。她還偷偷賣掉了自己的一些嫁妝，籌集旅費，同時又謊稱是她從父母每個月給她的小筆津貼中節省下來的錢。那份寶貴的旅行票據還插在她的梳妝鏡一角。幾個星期以來，她每天都能看到它。那是一張奶油色的方形硬紙，上面由一名事務員用蜘蛛腳一般的纖細筆跡寫明，她已經支付了兩人份的全部往返旅費。這張紙是她對自己的一份承諾，意味著她將看到她只在書中讀到過的奇景，將要見證一個必然會改變歷史的時刻。她會把自己見到的情景描摹下來，以權威的視角記錄這一事件，必結合她的親眼所見和她多年以來的學術研究。到那時，所有人都會了解她的淵博學識，承認她在這方面儘管只是自學成才，但肯定不只是一名醉心於龍族和他們的古靈同伴的老處女。她是一位學者。

應該有一些東西是屬於她的，在繽城的這段已經日漸悲慘的生活中，或許還有一些可以挽救的東西。甚至在這場戰爭爆發以前，她家族的財富已然接近枯竭。他們的生活很簡樸，居住在繽城老舊城區邊緣一幢樸素的宅邸中，周圍沒有繁茂的花園環繞，只有一些由她們姊妹照料的簡單玫瑰花圃。她的父親藉由在富有家族之間介紹一些生意以謀生。當戰爭到來，一切貿易往來均告停頓，中間人更是無利可圖。愛麗絲知道，自己是一個相貌平平的普通女孩，來自於一個正在朝著繽城商人社群階梯底端穩步下墜的普通家庭。她絕不會成為人們心目中的「好對象」。她在人群中的初次露面，她的母親一直延遲至她的十八歲，這當然不會讓她的未來人生更加光明。她明白母親這樣做的原因：她的家庭正在安排她姊姊的婚姻，並為此籌集錢款。她的父母沒有更多的錢能安排另一個女兒了。當她終於在三年以前被介紹給商人社群的時候，沒有男人跑過來從如同群蝶亂舞的年輕女孩之中將她帶走。從那時起，已經有三波繽城女性被釋放進適婚少女的舞池中。

同恰斯人的戰爭徹底打亂了他們的生活。愛麗絲一直避免去回憶那些充滿火焰、硝煙和尖叫聲的夜晚。恰斯戰船攻入港口，將倉庫和半個市場區都燒成白地。繽城，一座傳奇的貿易都市，一個「只要能想到，就一定能買到」的地方，變成了一座散發臭氣的廢墟和灰燼火場。如果不是巨龍婷黛莉雅前來援助他們，愛麗絲和她的家人，現在可能已經是恰斯國某個地方的刺青奴隸了，但巨龍女王擊退了入侵者，商人們和海盜群島的同盟關係也得以創立。海盜群島的宗主國遮瑪里亞意識到恰斯國不是他們的盟友，而是一個強盜國家。今天，繽城的港灣裡已經看不到一個入侵者，城市開始重建，生活正緩慢地回到正軌。愛麗絲知道，她應該慶幸自己的家能夠免於火焚之災。而且他們的產業——幾片大多只能種植根莖作物的農田——正在產出繽城現在亟需的食物。

但事實是，她一點也不高興。當然，她不想住在被燒掉一半的棚屋裡，或者是在水溝中睡覺。不。但在那令人飽受驚嚇又無比興奮的幾個星期裡，作為一個繽城小家族中的第二個女兒，她以為自己終於有可能擺脫這個人生角色。那時，婷黛莉雅降落在被燒黑的商人大堂外面，與商人們訂立了契約，提出願意保護他們的城市，用以交換商人們承諾幫助照料海中長蛇和從繭中孵化的幼龍。愛麗絲的心簡直飛上了天空。她當時就站在婷黛莉雅面前，肩頭緊裹著圍巾，在黑暗中打著哆嗦，聽到了巨龍所說的每一個字，看見了那頭偉大巨獸閃耀的鱗甲，光芒旋繞的眼睛，是的，她完全被婷黛莉雅的聲音和魅力迷住了，心甘情願地深陷其中。她喜愛那頭巨龍，喜愛她的一切。除了為巨龍和古靈編纂歷史，愛麗絲想不出還有什麼更高尚的使命，是值得自己為之付出一生的時間。她將把自己所知的歷史與巨龍回歸這個世界的榮光結合在一起。在那一晚，那一刻，愛麗絲突然明白了，她在這個世界上有了一個位置，一個任務。在那個充滿火焰和戰爭的時候，一切都彷彿是有可能的，甚至可能有一天，巨龍婷黛莉雅會看著她，直接與她對話，甚至也許會感謝她投身於這個偉大的工作。

即使是在隨後的數個星期中，隨著繽城逐一收拾好自己的碎片，開始建立起新的正常生活，愛麗絲依然相信，她人生的地平線被拓寬了。那些身上帶著紋身的自由奴隸、三船人和商人們同心協力重建繽城的經貿和城市構架。人們——甚至包括女人在內——全都離開原先的生活軌道，投身於重建事業之中。為了他們的城市不遺餘力地工作。愛麗絲知道，這場戰爭很恐怖，造成了巨大的破壞，她應該恨這場戰爭。但這場戰爭卻是她人生中唯一真正令人興奮的事情。

她本應該知道，自己的夢想終究不會有結果。隨著家族和生意的重建，儘管戰爭和海盜仍然不曾消弭，但貿易已經漸成規模。所有人都在不遺餘力地讓生活回到原先的狀態，只有愛麗絲除外。她瞥到了自己可能的未來，現在她正努力逃避那種一直要抓住她、令人窒息的命運。

就在詔諭．芬波克開始滲透進她的人生時，她依然只是將全副精力集中在自己的夢想上。她的母親開始對她充滿熱情，她的父親用沉默掩飾著自己的驕傲。他們在舞會中只能坐冷板凳的女兒終於吸引到了求婚者，而且還是求婚者中一個罕見的珍品。而愛麗絲自己仍然只是專心在自己的計畫上。就讓母親去忙裡忙外，讓父親滿臉放光吧。愛麗絲知道詔諭對她的興趣不會有任何結果。她對此全不在意，她已經不會再將自己的希望放在這種愚蠢的少女夢境。

商團夏日舞會還有兩天就要舉行了，這將是在剛剛重建的商人大堂中舉辦的第一場集會，所有繽城人對此都滿懷期待。來自於紋身者和三船人的代表，將會與繽城商人們一同慶祝這座城市的復興。儘管戰爭還在繼續，但這場慶典的意義將超過繽城以往的任何一次歡宴。繽城的普羅大眾第一次得到邀請，能夠參加這場傳統慶典。愛麗絲對此沒有動過什麼念頭，她根本就不打算參加。她已經買好了前往雨野原的船票。正當其他適齡女子都在舞弄摺扇，在舞池裡轉動著華麗的圈子時，她已經在卡薩里克，正在看著新一代破開繭殼的巨龍嶄露頭角。

但兩個星期以前，詔諭．芬波克請求愛麗絲的父親許可他護送愛麗絲前往舞會。愛麗絲的父親給予了他許可。「既然我已經給了他許可，我的女兒，我就沒辦法收回了！我怎麼能想到妳會打算到雨野原河的上游去看大蜥蜴出殼，而不是挽著繽城最優秀的單身男士的手臂去參加夏日舞會？」在他將女兒的夢想打成碎片的那一天，他的臉上一直掛滿了驕傲的微笑。他一直都相信，自己很清楚女兒的心中有些什麼想法。愛麗絲的母親在得知此事以後更是說，她根本不認為做父親的需要在這種事情上詢問女兒的意見。難道愛麗絲不應該信任自己的父母，相信他們會為自己最大的利益考量嗎？

如果不是已經被自己的沮喪和失望絞勒到窒息，愛麗絲本應該給父母一個回應，但她只是轉過身，逃進了這個房間。在那以後的連續數天中，她唯一做的就是為自己失去的寶貴機會感到痛心。而她的母親卻說她是在生悶氣。當然，這並沒能阻止母親叫來裁縫，又買下繽城還存留的每一種花式的玫瑰綢和粉色緞帶。為她製作衣服絕不能吝惜工本。只要能把他們無用的古怪的二女兒嫁出去，愛麗絲的夢想就算是化為泡影又有什麼關係？就算是還在戰爭期間，預算也非常緊張，他們還是不惜血本地努力要成就這段姻緣，這不僅能讓他們擺脫掉愛麗絲，還能為他們贏得一個重要的貿易盟友。失望的情緒讓愛麗絲感到噁心。她的母親依然說她是在生悶氣。她的一切就這樣完了嗎？

是的。

眨眼之間，她的心中湧過一陣訝異。然後她歎息一聲，感覺到自己放開了某種東西。她甚至沒有察覺到自己一直在緊緊攥著這東西。她幾乎感覺到她的靈魂落回到了平凡人生的境地，讓她能夠接受這種充滿限制的平靜生活——作為一位商人的女兒，然後又是一位商人的妻子。

都結束了，過去了，徹底完結了。就讓它去吧。現實本來就不會是那樣。在最後短暫的幻想中，愛麗絲將眼睛轉向視窗，茫然地望著那一片鮮花盛開的小玫瑰園。她陰鬱地想著，就像人生中的每一個夏天一樣。一切其實都沒有改變。她強迫話語通過堵塞自己喉頭的礫石：「我沒有在生悶氣，母親。」

「我很高興，為我們兩個而感到高興。」她的母親清了清喉嚨，「他是一個好人，愛麗絲，哪怕他沒有這樣優渥的條件，我還是會看好他。」

「要比您對我的期待更好，比我應得的更好。」

一陣沉默持續了三次呼吸的時間。然後，她的母親突兀地說道：「不要讓他等待，愛麗絲。」母親離開房間的時候，長裙輕輕掃過了硬木地板。

愛麗絲注意到，她的母親並沒有反駁她。愛麗絲清楚這一點；她的父母清楚這一點，她的兄弟姊妹也都清楚這一點。只是到現在為止，還沒有人明確地提起過這一點。詔諭·芬波克對愛麗絲而言，實在有些過於優秀了。這位繽城大家族的富有繼承人，不應該想要娶商人金卡羅恩家的一個相貌普通、年齡居中的女兒。母親沒有否認愛麗絲的話，這讓愛麗絲感覺到一種怪異的解脫。而且讓她自豪的是，她在說出這些話的時候沒有表露半點怨恨之情。有一點哀傷，她一邊想，一邊將炭筆整齊地放回到小銀匣中，結果再一次弄黑了自己的手指。她的母親甚至不曾在表面上說一句，她值得擁有這麼好的男人，哪怕這是一個謊言，她對此感到哀傷。她認為一位盡責任的母親應該要這樣，哪怕只是出於對自己最沒有吸引力的女兒的一種禮貌。

愛麗絲曾經想要找出一種方法，向母親解釋她為什麼對詔諭興致缺缺。但她知道，如果她對母親說：「已經太晚了，我的少女夢已經死去了，我更喜歡現在擁有的那個夢想。」她的母親一定會感到恐慌，但這是真的。就像任何年輕女性一樣，她曾經夢想過玫瑰花和偷偷的一吻，還有一位不會在乎她嫁妝多少的浪漫求婚者。而這些夢慢慢地都已經死了，被淹沒在淚水和恥辱中。她並不想再讓它們復活。

在愛麗絲進入社群後的一年裡，沒有求婚者進入她的視線，愛麗絲那時已經準備服從命運的安排，開始承擔起獨身姑媽的角色了。她能夠彈奏豎琴，能編織出很漂亮的蕾絲，並且非常善於做布丁，還有一種相當異想天開的愛好。在婷黛莉雅還未闖入她的夢想之前，她就已經在研究龍族學識，並且對於古靈智慧也多有涉獵。如果繽城中出現一份涉及到這兩個課題的卷軸，愛麗絲一定會想方設法讀到它並買下它，或者將它借閱足夠長的時間，完整地謄抄下來。她有自信，現在她擁有這座城市中最廣博的龍與古靈的典籍收藏，其中大部分都是她不辭辛苦、親手抄錄的。

隨著這些費盡心力得到的智慧，愛麗絲也贏得了一個古怪女人的名聲，這甚至不是一大份嫁妝能夠彌補的。而對於一個並不富裕的商人家庭的次女，這更是一種不可原諒的瑕疵。她不在乎。她的研究起於一時的心血來潮，至今已經漸漸占據了她的全部想像。她關於龍的知識已經不再只是一種怪誕離奇的愛好。她是一位學者，一位自學成才的歷史學家，致力於搜集、整理和比較她能找到的每一點關於巨龍和古靈的資訊——那些偉大巨獸和傳說中曾經在古早年代與他們一同生活的智慧生靈。現在的人們對於他們所知甚少，但他們的歷史卻貫穿了雨野原古老的地下城市，也因此對繽城的歷史產生了重大的影響。關於他們的最古早的卷軸是從那些城市中挖掘出來的，而且已經是古董了。寫在上面的文字和語言全都是當代人無法理解和念誦的。許多比較新的卷軸和文獻，都是對於那些古早卷軸不同水準的翻譯，其中水準最差的只不過是各種無稽的胡亂猜想。而且這些典籍中的插圖常常遭到汙損甚至被撕毀，承載這些文字圖畫的牛皮紙，又總是成為蠹蟲的食物。許多卷軸上都有殘損，只能勉強猜測消失的內容。但隨著研究越來越深入，愛麗絲能做的已經不只是猜測。她有信心，只要假以時日，她就能將這些典籍的祕密從遠古文字中壓榨出來。而且她知道，對一個老處女而言，時間是一種很豐富的資源。她有足夠的時間鑽研和思考，挖掘出所有引人入勝的祕密。

如果詔諭．芬波克沒有闖進她的生活就好了！他比愛麗絲年長五歲，是一個商人家族的繼承人，即使以繽城的標準，他的家族也非常富有。這樣的一個男人正是女孩們夢想中的目標。不幸的是，現在這個夢只屬於愛麗絲的母親，而不再屬於愛麗絲了。當詔諭第一次邀請愛麗絲跳舞的時候，她的母親差一點高興地昏厥過去。就在那個晚上，詔諭又和愛麗絲跳了四次舞。她的母親則幾乎無法掩飾自己的興奮之情。在回家的馬車上，她的母親完全不再提起詔諭以外的任何事了。「他是那樣英俊，穿著總是那樣優雅得體。妳有沒有看到詔諭請妳跳舞的時候，商人梅爾達臉上的表情？多少年了，他的妻子一直都把他們的女兒推到他面前。我聽說那個女人還經常邀請詔諭去他家吃晚餐，一個月裡就邀請了七次！那位先生還真是可憐。所有人都知道，梅爾達家的女孩都喜歡大驚小怪，就像跳蚤一樣。你能想像和四個那樣的女孩坐在同一張桌子邊上是什麼感覺嗎？她們簡直就是一群被火燎了毛的貓，她們的母親也不例外。我相信詔諭會去他們家只是為了他們的小兒子。他的名字叫什麼來著？塞德里克？他和詔諭已經是多年的好友了。我聽說那個商人梅爾達在得知詔諭邀請塞德里克去他家工作，認為受到了羞辱，但他還能怎麼辦？這場戰爭奪走了梅爾達家族的大部分財產。塞德里克的哥哥會繼承剩下的一切，而且他們還要給那些女孩準備好足夠的嫁妝，好把她們嫁出去，否則就要一直養活她們！我懷疑塞德里克從家裡根本得不到什麼津貼了。」

「媽媽，求妳！妳知道蘇菲．梅爾達是我的朋友。而且塞德里克也一直對我非常好。他是一個很好的年輕人，也有他自己的事業和未來。」

母親卻根本沒有聽愛麗絲在說些什麼。「喔，愛麗絲，妳的樣子可真可愛。詔諭．芬波克正是妳完美的人生頂點。那時妳的淺藍色長裙是那樣配他的皇家藍色外衣，天哪！你們兩個就好像是從畫中走出的人兒。他在跳舞的時候有沒有和妳說話？」

「只說了幾個字。他是一個非常有魅力的男人。」愛麗絲向她的母親承認，「的確非常有魅力。」

愛麗絲的這句話沒有半分違心。詔諭很有魅力，頭腦聰明，俊美非凡，而且還很有錢。在那一晚，愛麗絲完全想不通詔諭到底看上了她的哪一點。他們跳舞的時候，她想不出一句可以對這個男人說的話。詔諭問她平時都做些什麼打發時間，她回答說自己喜歡閱讀。「對於一位年輕女士，這真是一種非同尋常的愛好！那麼妳都喜歡看些什麼書呢？」詔諭繼續問她。在那一刻，愛麗絲很不喜歡這個男人不停地問下去，但她還是如實回答。

「我閱讀過很多關於龍的記載，還有關於古靈的。它們都讓我很著迷。既然婷黛莉雅已經和我們結盟了，新一代的巨龍很快就會在我們的天空中翱翔，那麼就必須有人掌握關於他們的一切資訊。我相信這就是我的使命。」好吧，這句話肯定會讓詔諭明白，她是一個多麼不適切的舞伴，一個多麼沒有希望的老處女。

「妳？」詔諭問道。他的語氣變得格外嚴肅。他的手扶住她的腰，輕輕托起她轉了個圈，讓她的身姿更顯優雅。

「是的，就是我。」愛麗絲回答道。她用這句話有效地結束了他們的交談。但不知為什麼，詔諭又不止一次請她跳舞。當他以輕巧的步伐引領她跳過那個晚上的最後一支舞曲時，他向她展露出無聲的微笑。隨著最後一個音符的止歇，他仍然握著她的手，也許握得太久了一些。當他終於放開她的手指，她便轉身離開了他。回到桌邊，母親正在那裡等她，喘息不定，面頰更因為興奮而變成了粉紅色。

在回家的一路上，愛麗絲聽著沾沾自喜的母親不住口的嘮叨，心中卻充滿困惑。第二天，一大捧鮮花被送到金卡羅恩家門口，附在花束上的紙條上寫明這是為了感謝愛麗絲和他共舞。愛麗絲以為這只是詔諭對她的嘲諷。而三個月以後，經受了九十天審慎而有禮的追求攻勢，愛麗絲依然沒有答案。詔諭．芬波克，繽城最有價值的單身漢之一，卻偏偏看上了她？

愛麗絲強迫自己承認她是在故意拖延時間。她悶悶不樂地收拾好自己的素描和筆記。她正在努力研讀三份不同的卷軸，想要確認古靈真正的樣貌。她知道，自己在這個下午是無法回來繼續工作了。於是她只好歎息一聲，來到鏡子前，看一看自己的臉上和手上是否還有殘留的炭黑。沒有，她很好。她花了一點時間細看自己的眼睛。灰色的眼睛，不是明亮的黑色，也不是柔和的藍色或者清澈的翠綠色。灰得就像是花崗岩，睫毛也很短，還有一隻又短又直的鼻子，一張大嘴和厚嘴唇，她還可以忍受這些平凡得不能再平凡的五官，但那些無處不在的雀斑實在是太讓人惱火了。一些女孩只是在鼻子上點綴著幾粒淺淺的小斑點，她卻不然。雀斑鋪滿了她的整張臉，讓她的頭就像一顆斑點均勻的鳥蛋，就連她的手臂也不能倖免。檸檬汁也無法讓這些雀斑褪色，而陽光只要稍稍碰一下它們，就會讓它們變得更深暗。她有點想給自己的臉上敷一些粉，把雀斑遮住，卻又決定不要這樣做。她就是她，她不會用油彩和粉底欺騙一個男人和她自己。她拍了拍自己頭頂的紅髮，將幾縷垂下來的髮絲從臉上撥開，又用了一點時間把領口的蕾絲撫平，然後才離開房間，走下樓梯。

詔諭正在客廳等她。她的母親在和詔諭閒聊今年的玫瑰一定會開得很好看。在詔諭身邊的矮腳桌上，一隻銀托盤中放著淺藍色的瓷茶壺和茶杯。熱氣正從茶壺中飄出來，房間裡洋溢著一股淡淡的薄荷茶香氣。愛麗絲微微皺了皺鼻子。她一點也不喜歡薄荷茶。不過她還是控制住自己的表情，露出一副喜悅的笑容，揚起下巴，帶著這種親切的表情快步走進房間。「早晨好，詔諭！你的來訪讓我感到很高興。」

一看到她走過來，詔諭就站起了身，以如同大貓一般略顯倦怠的優雅步伐迎了上來。她用一雙綠色的眼睛注視愛麗絲。翡翠般的眼眸和他精心修剪的一頭黑髮形成了鮮明的對比。和時下流行的風格完全不同的是，他將頭髮完全攏起，用一條簡單的皮繩固定在頸後，臉上看不到一絲亂髮。這讓愛麗絲想到了一隻收起翅膀的烏鴉。今天，他穿著他的藍黑色夾克，繫在喉頭的那條樸素圍巾和他的眼睛同樣是綠色的。他微微一笑，露出雪白的牙齒，同時向愛麗絲一鞠躬。看到他飽經風霜的臉，愛麗絲的心在那一刻停頓了。這個人真的很美，是那種簡單明白的俊美。而下一刻，愛麗絲又回到了現實。這樣一個美麗的男人是不可能對她產生興趣的。

她坐到椅子上，詔諭也回到了自己的座位。她的母親說了一句告辭的話，但聲音太小，他們兩個都沒有注意到。這正是愛麗絲母親的籌畫——要盡可能讓這兩個人在不拘禮數的環境中獨處。愛麗絲自顧自地微微一笑。她相信在母親的想像中，他們兩個獨處時所說的話和所做的事，肯定要比現實中他們的那些充滿沉默的乏味對話有趣得多。「你還要茶嗎？」愛麗絲禮貌地問詔諭。得到詔諭拒絕的回應後，她便只給自己倒了一杯茶。薄荷，為什麼她的母親會選擇薄荷？她明明知道愛麗絲是那樣厭惡這種草藥。愛麗絲舉起杯子來喝了一口，一下子明白了。這樣能讓她的口氣清新，有助於讓詔諭決定偷偷吻她。

她不由自主地哼了一聲，這一點聲音中充滿了懷疑的色彩，這個男人甚至從沒有試圖握住她的手。他對她的追求沒有任何浪漫的激情，這一點也很讓人不舒服。

突然間，詔諭將杯子放進茶碟中，發出一點輕微的撞擊聲。愛麗絲發現他瞥了一下自己的眼睛，那眼神中流露出挑戰的神情，把愛麗絲嚇了一跳。「有什麼事情讓妳感到有趣，是我嗎？」

「不！不，當然不是。其實，嗯，當然，你想要有趣的時候，會變成一個很有趣的人，但我並不是在笑你。當然不是。」愛麗絲吮了一口茶。

「當然不是。」詔諭將愛麗絲的話重複了一遍，語氣表明是懷疑的。他的聲音渾厚深沉。也許太過渾厚了，以至於他低聲說話的時候，愛麗絲偶爾會無法分辨他在說些什麼。但現在他的聲音並不低。「我還從沒有聽到過妳的笑聲，也沒有見過妳向我露出微笑。是的，當妳知道應該微笑的時候，會翹起嘴唇，但那不是真的笑容。對不對，愛麗絲？」

愛麗絲完全沒有想到他會這樣說。他是想要爭吵嗎？他們甚至沒有過一次真正的交談，又怎麼會有爭吵？而且，既然她對這個男人毫無興趣，為什麼這個男人對她的不悅，又會讓她的心跳變得這樣快？愛麗絲的面色變紅了。她能感覺到自己的臉頰在發熱。太傻了，她的反應如果發生在十六歲的女孩身上，也許是恰當甚至可愛的，但她已經二十一歲了。她竭力想要讓自己平靜下來，從容直白地說話，但她發現自己還是把話說錯了：「我一直都盡力對你以禮相待——是的，我一直都對所有人彬彬有禮。我不是一個喜歡傻笑的姑娘，會因為你開的每一個玩笑而樂不可支。」她猛地咬住自己的舌頭，更努力地讓自己平靜下來，「先生，我不認為你有立場抱怨我對你的態度。」

「我也沒有義務喜歡這種態度。」詔諭不急不緩地回答道。他歎了口氣，向後靠在椅背上，「愛麗絲，有一件事我要向妳承認。我聽到了傳聞，或者我應該說，我的朋友塞德里克具備一種很有用的本領，就是能夠聽到繽城的每一點傳聞與流言。我從他那裡聽說，妳並不喜歡我的追求，也不願意和我一同參加夏日舞會。塞德里克聽說，妳更想要去雨野原，看那些海蛇的蛋孵化成龍。」

「是長蛇從龍卵中孵化出來，」愛麗絲已經開始不由自主地糾正詔諭的說法，「長蛇編織出一種被人們稱為『繭』的外殼包裹住自己。等到春天，新一代巨龍就會發育成形，從那些繭中出來。」她的心思在飛快地轉動。她到底對誰說過些什麼，才會讓詔諭知道她的計畫？啊，是了。她的弟媳。她的弟媳曾經因為她浪費了船票錢而表示同情。那時愛麗絲不太在意地說她更想要去雨野原而不是舞會。那個愚蠢的女人到底為什麼要向別人提起這件事？為什麼愛麗絲又要那麼漫不經心地說出自己的心事？

詔諭在椅子上身體向前傾，「妳寧願去看那種事，也不願意挽著我的手臂去參加夏日舞會？」

這是一個相當生硬的問題。愛麗絲突然覺得自己應該給他一個最生硬的回答。她以為自己已經接受了命運的安排，但現在，最後一點遺憾的火花閃亮起來，成為她挑釁的動力。「是的。是的，我更想去雨野原。所以我買了能上溯雨野原河的活船船票。如果不是你和夏日舞會，我應該已經在那裡，正在為巨龍畫素描，並做出各種紀錄，傾聽他們的第一聲呼吼，見證婷黛莉雅引領他們進入這個世界、飛向天空。我曾親眼見過巨龍回到我們的世界。」

詔諭沉默了片刻，非常專注地看著愛麗絲。愛麗絲感覺到自己的臉更紅了。好吧，畢竟是他先提的問題，如果他不想要答案，他就不應該問。詔諭將雙手的手指搭成一道尖脊，又將自己的目光轉向它。愛麗絲等待著這個男人站起身，帶著遭受冒犯的神情大步走出房間。她告訴自己，那樣的話她至少可以大大地鬆一口氣。這場可笑的求婚也終於可以結束了。那她為什麼又會感覺到自己的喉嚨發緊，眼睛被淚水刺痛？這時，詔諭盯住自己的雙手，問出了最後的問題：「我是否能斗膽希望，妳在這幾個星期中那種冰冷的不悅，只是因為無法成行而感到失望，並非是不喜歡我這個追求者？」

這個問題是如此出乎意料，以至於愛麗絲一時還想不出該如何回答他。詔諭用詢問的眼神注視著她。詔諭的睫毛很長，眉毛更是被修剪得完美無瑕。「是嗎？」他再一次向她問道。愛麗絲的思緒一下子被詔諭的問題拽了回來。她將目光轉向一旁。「無法成行讓我感到非常失望。」她開口的時候，聲音有些沙啞，然後她又改變說法，「讓我失望的是我現在不在那裡。那不僅僅是一生只能見到一次的奇蹟。實際上，那樣的事情永遠都不會再發生了！沒錯，還會有新的巨龍從繭殼中出來——至少我熱切地希望會有新的巨龍。但那也不會像是這一次了。這是在許多個世代之後，第一次有巨龍破繭而出！」她突然將那杯可怕的薄荷茶放下。茶杯和茶碟發出響亮的撞擊聲。她從椅子裡站起身，一直走到窗前，看著窗外她母親所珍愛的玫瑰園。但沒有一朵玫瑰花能留在她的眼睛裡。

「會有其他人去那裡。我很清楚。他們會畫下巨龍的樣子，記錄他們見到的一切，留下第一手資料。他們的智慧將不再只來自於發霉的小塊牛皮上褪色的字母，那些根本沒人懂得的語言。他們會盡情研究那裡發生的一切，會因為他們的研究而一舉成名。世人會尊敬他們，讓他們享有崇高的聲譽。而我的一切研究，我這麼多年來的苦心摸索都將變得毫無意義。沒有人會認為我是一位巨龍學者。他們至多會認為我是一個精神不穩定的老女人，只會看著自己破爛的舊卷軸瞎嘟囔，就像是母親的喬玲姐阿姨，她收集了一盒又一盒的蛤蜊殼，全都是一樣大小，一種顏色。」

愛麗絲止住自己的舌頭，驚慌地意識到自己剛剛洩露了家族中的醜事。但她又立刻緊咬著牙關。

為什麼要在乎這個男人會怎樣想？她相信，詔諭遲早會意識到她並不是理想的追求對象，最終棄她而去。而在這段時間裡，他對她的煩擾剛好讓她失去了成就自己的唯一機會，讓她終究只能是一個獨身姑媽，在兄弟的蔭庇中苟且餘生。窗外，整個世界都沐浴在夏季的陽光中，讓一切看上去都是那樣欣欣向榮。而對於她，這只是一個失去了人生機遇的季節。

愛麗絲聽到詔諭在她身後重重地歎了一口氣，然後又深吸一口氣說道：「我……嗯，我很抱歉。我不知道妳對巨龍的興趣。在我們跳舞的第一個晚上，妳就親口對我說過了。我認真聽了妳的話，愛麗絲，我認真聽了。我只是沒有想到這對妳是多麼重要。妳真的是想要研究這種生物。恐怕我一直都以為那只是妳的一時興起，一種有趣的愛好，被妳用來打發時間。而我，嗯，我很希望能夠讓妳的這些時間充實起來。」

愛麗絲聽著他說話，心情已經陷在驚愕與恐慌之中。她一直希望有人明白她的研究不止是娛樂。而現在，這個男人明白了，詔諭懂得巨龍對於她是多麼重要，而她卻因此感到恥辱。這一切忽然變得不再像是一種嚴肅的研究，而更像是一種愚蠢的，不，幾乎是瘋狂的癡迷。這與癡迷之於蚌殼又有什麼區別？她為巨龍所做的一切，還有那些龍對她的意義，難道不只是她逃避命運的一個理由？她先是感覺到面頰灼熱，然後又是一陣暈眩。她怎麼會以為能有人將她看做是研究龍族智慧的專家？她在他的眼裡一定是愚蠢極了。

她還沒有向他轉回身，或者做出任何回答，卻聽到詔諭又歎了口氣。「我早就應該知道，妳不是一個無聊的業餘愛好者，等待著有人來為妳的人生搭好框架且指明目標。愛麗絲，我向妳道歉。我在這件事上對妳很差。我的立意是好的，或者我以為如此。而現在，我明白我只是在滿足自己的欲望，要將妳塞進我的人生中，按照我所以為對妳最好的方式來安排妳。我自己也從我的家族那裡體驗過同樣的安排，所以我知道，這只是在踐踏一個人的夢想。」

他的聲音中蘊含著那麼多的情意，讓愛麗絲更感到羞愧難當。「求你，」愛麗絲用很小的聲音說，「求你，不要太在意這件事。這只是一種無聊的幻想，一個夢幻的蜘蛛網，我卻把它織得太大了。我不應該這樣。」

詔諭卻彷彿沒有聽到她說些什麼。「我今天帶來了一件禮物，以為我也許能讓妳對我有更好的看法。但現在，我擔心妳只會將它視作我對妳真正夢想的嘲笑。不過，我懇求妳能接受它，作為一點小小的補償，彌補妳所承受的損失。」

一件禮物。愛麗絲絕對不想要他的禮物。他以前就送過愛麗絲各種禮物——昂貴的蕾絲手絹，一小玻璃瓶的上等香水，從市場上購買的精緻糖果，還有鑲嵌小粒珍珠的手鐲。在這個戰火未息的時期，這些都是相當貴重的禮物，它們都很適合年輕女士，但之於她卻像是一種嘲諷——幾乎已經是老姑娘的女人。愛麗絲找到自己的舌頭，總算是說出了一句正確的話：「你對我實在是太好了。」她很希望他能明白，她是真心實意這樣說的。

「請回來坐下。讓我將它給妳。儘管我害怕妳會覺得這件禮物的苦澀更多於甜蜜。」

愛麗絲從窗前轉回身。在注視過明亮的天空之後，這個房間陰暗得令人反感。在愛麗絲的眼睛適應房間中的光線以前，詔諭只是這個昏暗房間裡一個顏色更深的剪影。愛麗絲不想坐到他身邊，不想讓他有機會看清自己的表情，猜到自己真實的心思。她還能控制自己的聲音，但要偽裝自己的眼神就太難了。她深吸了一口氣。她沒有哭泣，沒有流下一滴眼淚。這應該是值得驕傲的事情。坐在椅子上的這個男人，也許是命運給予她唯一的道路。但她不相信他，她無法相信他。

一切社交禮儀都讓她知道自己必須偽裝出相信他的樣子，她不能再讓他看到自己有多麼愚蠢了。愛麗絲集中起精神告誡自己，現在她對詔諭所說和所做的一切，都有可能成為數年之後詔諭在餐桌邊講述的笑話，那時他的身邊一定坐著真正和他很匹配的妻子，聽他聊起在遇到她之前曾經多麼愚蠢地追求過一個老姑娘。這個幽默的小故事一定會惹得那位好妻子發出甜美的笑聲。愛麗絲努力讓自己擺出一幅波瀾不驚的表情。她知道自己不應該再露出愉悅的微笑了。她不急不緩地走回到椅子旁，坐下去，拈著變涼的薄荷茶。「你確定不想讓我為你換一杯茶嗎？」

「絕對確定。」詔諭明確地回答道。他真是一頭野獸。看來他根本不打算讓自己用社交辭令逃避今天這一幕了。愛麗絲吮了一口涼掉的茶水，藉以掩飾心中升起的一陣怒氣。

詔諭在椅子上一轉身，從背後拿出一隻皮口袋。「我和雨野原有一些聯絡，認識一位經常在那裡航行的活船船長。妳一定知道那裡的人們在卡薩里克進行挖掘。當他們第一次發現埋藏在那裡的城市時，大家都非常高興。他們以為那裡一定會像崔豪格一樣，有著好幾里長的隧道可供挖掘，一個又一個深埋在地下的房間裡能找到各種寶藏。但埋葬了古靈城市的那場災難，在卡薩里克的災情一定更加嚴重。那裡的房屋全都塌陷了，而不僅僅是被沙土和泥漿填滿。從那裡找到的完整物品非常少。不過還是有一些頗具價值的發現。」

詔諭打開口袋。他剛剛做的簡要介紹，吸引了愛麗絲的全部注意力。崔豪格是雨野原的主要城市，建造在沼澤地的大樹上。但在那座城市下方，雨野原商人們發現了深埋於地下的古靈城市，並從這些遠古都市中找到大量財富。在靠近長蛇結繭河灘的卡薩里克也有著同樣的丘土地形格局，這預示著那裡可能有著類似的埋藏寶藏的地下城市。自從那個地方發現了古代城市，訊息不脛而走，並沒有很多新的訊息傳出來，不過這一點並不令人感到奇怪。雨野原商人都不喜歡多說話。就算是他們的續城親戚，也很難得知他們的祕密。聽到詔諭的話，愛麗絲的心又沉了下去，她一直都夢想著那裡的人們能夠挖掘出一座圖書館，或者至少是一些卷軸和藝術品的收藏。在愛麗絲的夢中，她就在那裡，在巨龍的孵化之地流連。她還想像過自己對雨野原人說：「聽著，我研究過能從崔豪格找到的所有資料。我沒辦法把這裡的文獻全部翻譯出來，但我至少認得其中一些辭句。給我六個月的時間，也許我能向你們提供一些真材實料。」他們一定會震驚於她豐富的智慧學識，並對她感激萬分。雨野原商人會明白她的價值。一份翻譯過的卷軸比起無法辨別含義的卷軸，僅僅是在交易的估價上就要超出數百倍，更不要說那裡面智慧本身的價值了。她會留在雨野原，在那裡成為受到重視的一員。每一個夜晚，在她黑暗的房間裡，她曾經想像過這件事上百次。但在這個夏季的下午，在這間會客廳中，她的夢想凋謝了，變成一個小孩子自以為是的想像。她明白了，這不過是一個建築在虛榮的蜘蛛網上的幻夢。

「真是令人傷心啊。」愛麗絲終於用不慍不火的腔調說道，「就我所知，當第二座地下城市被發掘出來的時候，人們曾經對它抱有那麼高的期望。」

詔諭點點頭，然後便垂下滿是黑髮的頭，解開皮口袋的繫扣。愛麗絲看著他的手指將皮帶從金屬扣中抽出來，最終把皮口袋打開。「他們的確找到了一個裝滿卷軸和類似物品的房間。那個房間的下半部分已經被淤泥充滿了。他們一定竭盡全力想要搶救埋沒在其中的卷軸，但河水的酸性太強。不過，那裡有一個很高的櫃子。櫃子上層的六份卷軸被封在玻璃後面。而且還被裝在也許是用獸角做成的圓管裡，管口也被牢牢塞住了。這些卷軸的保存也不能算是很完美，但它們總算被存留了下來。其中兩份似乎是一艘船的航行計畫；另一份有許多植物插圖；還有兩份可能是一幢建築的藍圖；最後一份在這裡，是給妳的。」

愛麗絲說不出話。她從那只皮口袋裡取出一個很大的角質圓筒。這讓她感到萬分好奇——到底是怎樣的野獸才會有如此閃爍光澤的巨大黑角？詔諭擰下筒口的木塞，把裡面的卷軸慢慢抽出來。這是一張經過鞣制的淺色皮革，手感相當厚實，纏裹在經過拋光的黑木軸上。卷軸的邊緣有一點磨損，但卷軸上沒有任何水漬、蟲咬和霉斑。他將這份卷軸遞給愛麗絲。愛麗絲抬起雙手，又讓手落在膝頭。她說話的時候，聲音不住地顫抖：「這……這裡面寫了什麼？」

「沒有人能確定。不過這裡有一些插圖，裡面描繪了一名黑髮金眼的古靈女子。還有一頭有著相同色彩的龍。」

「她是一位女王，」愛麗絲喘息著說，「我不知道該如何翻譯她的名字。但在我曾經研究過的一份卷軸中，有四幅插圖描繪了一位頭戴王冠，有著黑髮和金眼的女王。在其中一幅圖裡，她坐在一個籃子裡。一頭黑龍正背著那個籃子飛翔。」

「真是非同尋常啊。」詔諭喃喃地說道。他挺直身子，動也不動，將那份卷軸舉到愛麗絲的面前。愛麗絲發現自己的兩隻手正緊緊攥在一起。過了一會兒，詔諭又說道，「難道妳不想看看它嗎？」

愛麗絲顫抖著吸了一口氣。「我知道這樣一份卷軸的價值，我知道你要用多少錢才能買下它。」她嚥了一口唾沫，「我不能接受一份如此昂貴的禮物。這不……這是……」

「這樣不合乎禮數，除非我們已經訂婚。」詔諭的聲音變得非常深沉。他是在懇求，還是在嘲諷？

「我不明白你為什麼要追求我！」愛麗絲突然不假思索地說道，「我不漂亮。我的家族沒有錢，更沒有權勢。我的嫁妝很可憐。我甚至已經不年輕了。我已經二十多歲了！而你，你擁有一切，你英俊、富有、聰明、魅力四射……為什麼你要這樣做？為什麼你要追求我？」

詔諭稍稍後退，但並沒有顯露出慌張的神情。恰恰相反，他的嘴角露出了一點微笑。

「你認為這很有趣？也許這是你的某種笑話，一次打賭？」愛麗絲氣憤地質問他。

聽到這些話，詔諭的微笑從臉上消失了。他突然站起身，手中依然攥著卷軸。「愛麗絲，這……實在太侮辱我了！妳竟然以為我會這樣做？這就是妳對我真正的看法？」

「我不知道該怎樣看你！」愛麗絲回答道。她的心臟已經跳到了喉嚨口。「我不知道你為什麼會邀請我跳舞。我不知道為什麼你要追求我。我害怕你最終會明白我並不適合你，那時你就會離開我，只留給我失望，還有……還有恥辱。我已經習慣相信自己再也無法結婚。我已經為我的人生找到了一個新的目標。而現在，我害怕我會失去一切，也許我將不再甘心於做一個未婚的女子，卻又再沒有機會去尋找別的生活，只能在我兄弟房子的後屋裡去當一個枯萎的老處女。」

詔諭緩緩坐回到椅子裡，握住那份寶貴卷軸的手也鬆開了，彷彿他完全忘記了那份卷軸的存在，或者至少是忘記了它有多麼珍貴。愛麗絲竭力不去看那份卷軸。當詔諭說話的時候，他所說的每一字一句都非常緩慢，「愛麗絲，妳再一次讓我看到了我對妳有多麼的不公平。說實話，妳真的不是普通的女人。」他停頓了一下。愛麗絲覺得整整過去了一個世紀，他才再次開了口，「我現在能夠對妳說謊。我能用甜美的辭藻奉承妳，裝作完全被妳迷住。但我現在明白了，妳很快就會看穿這樣的謊言，並且會更加鄙視這樣做的我。」他抿起嘴唇，很長時間之後才繼續說道：

「愛麗絲，妳說妳不年輕了。我一樣也不年輕了。我比妳還要老五歲。妳說得很明白，我很富有。這場戰爭大大地影響了我們家的財富。每一名繽城商人的財產或者被剝奪，或者遭受了嚴重損失。而我們的生意和產業一直呈多元化發展，所以我們遭受的損失要比許多家族小得多。我相信，我們會安然度過這場戰爭，成為新繽城中的強盛家族之一。等到我的父親去世，我會成為我的家族的商主。我很幸運，有一副令人喜愛的容貌，只是有時候我也覺得這是一種詛咒。我訓練自己具備迷人的風度，因為我知道，蜜糖比醋更容易誘使人們簽訂契約。我表面上是一個喜好社交、樂天親切的人，這都更有利於我做好我的生意，那是我不能逃避的責任。但如果我告訴妳，還有另外一個詔諭，我相信妳一定不會驚訝，那個詔諭是私密的，被隱瞞的。他就像妳一樣，喜歡平靜地去追尋他自己的興趣。」

「我要明白地告訴妳，我的父母已經連續多年在催促我結婚了。我的青年時光都被用在接受教育和旅行，好更了解我父親的生意夥伴。而那些舞會和宴會都讓我感到厭倦……」他又指了指桌上的托盤和茶杯，「……還有這些繁冗的茶會也是一樣。但依照我父母的意思，我必須追求到一個女人，生下能夠繼承我事業的孩子。我必須有一個妻子，能夠與我一同完成各種社交職責，招待客人，彰顯奢華，從容適應繽城的社交生態，這些對我都是有必要的。簡而言之，我必須娶一個出生在商人家庭，並在商人家庭長大的女人。我承認，我很願意擁有一個屬於我的寧靜家庭，我不要求我的妻子和我志同道合，她只需要能夠尊重我的癖好就好。所以，當我的父母非常嚴肅地告知我，我必須結婚，否則就要開始訓練我的堂弟成為繼承人時，我只好選擇了前者。然後我開始尋找一個性格安靜，通情達理，能夠不依賴我，自己享受生活的女人。我需要有人能夠掌管我的家族事務，而不需要我事必躬親。這個女人即使被留下來要自己獨處一晚，甚至是幾個月也不會感覺自己被忽視。因為生意迫使我必須經常外出遠行。我的一位朋友向我推薦了妳。實際上，他早就聽說了妳對於龍和古靈的興趣。我相信妳是個相當大膽的人，因為妳曾經去他家，從他父親的圖書館裡借閱過卷軸。他對於妳的直率和學者氣質都印象深刻。」

詔諭的話讓愛麗絲全身一僵。她一下就知道是誰向詔諭推薦了她。塞德里克．梅爾達，蘇菲的哥哥。愛麗絲去梅爾達家借閱卷軸的那一天，正是塞德里克幫助愛麗絲從他父親的書房中找到了那些卷軸。愛麗絲一直都將塞德里克看做她的朋友。當她還是個小女孩的時候甚至曾經迷戀過塞德里克。但是想到塞德里克竟然慫恿自己的朋友來追求她，她還是感到很震驚。詔諭沒有察覺到愛麗絲心中的混亂，只是繼續著自己的講述：

「所以，當我為自己的處境感到苦惱時，他告訴我，我應該找一位已經有了自己的人生和興趣的女子作為新娘。於是我找到了妳。實際上，看到妳，我甚至覺得妳已經完全擁有了自己的生活和樂趣，一個丈夫可能根本就不在妳的人生計畫之列了。」他忽然抬起那雙綠色的眼睛看著愛麗絲。那雙眼眸的深處，是不是正閃爍著一點惡趣味的火花？

「愛麗絲，這不是一場浪漫的求婚。或許妳應該得到更好的生活，而不僅僅是我給妳的這些。但說實話，我不相信還有誰能比我給妳更多了。我是一個有錢人。我很聰明，舉止優雅，我覺得自己還很有親和力。我認為我們應該能相處得很好。我要處理我的事務，妳則繼續妳的學術研究。實際上，我認為在我們結婚以後，我們都應該能輕鬆許多，將我們父母的嘮叨丟在身後。那麼，妳今天能給我一個答案嗎？愛麗絲，妳願意嫁給我嗎？」

詔諭停頓了一下。愛麗絲卻沒有力氣來回答他的這番粗暴的求婚。也許他是以為愛麗絲在猶豫。

他將自己的意思重複了一遍，對於其他女人，這應該是一種非常下流的侮辱，但愛麗絲知道，他只是在說明他們的選項。「我不認為妳能得到更好的條件了。我很富有，僕人們會完成所有工作。妳可以盡情雇傭各種男女僕從，雇請祕書和廚師為我們制定宴會和各種活動計畫。為了確保我們的體面，無論是什麼樣的人都會聽妳的吩咐。妳將不僅有時間進行妳的研究，還會有充足的資金購買妳所需要的卷軸和書籍。如果妳為了研究必須長途旅行，我會為妳提供合適的人選，幫助妳完成心願。因為我，妳失去了看到龍從繭中孵化出來的機會，對此我真誠地感到遺憾。我向妳承諾，如果妳接受了我的求婚，妳就能前往雨野原河上游，親自研究那些生物，用多少時間都可以。看啊，妳不可能冀求一個更好的契約了！」

愛麗絲緩緩地說道：「你要收買我，希望因此讓你的生活變得更加簡單。你打算用卷軸和進行學術研究的自由收買我。」

「妳這樣說有一點粗魯，但……」

「我接受。」愛麗絲迅速地說道。她向詔諭伸出手，心中想著詔諭也許會捧起她的手，親吻它，心想他也許甚至會將她拉入懷中，擁抱她。但詔諭只是帶著微笑握住她的手，用力搖了一下，就好像他們是兩個剛剛達成交易的男人。然後，詔諭將她的手掌心向上翻起，把那份卷軸放入其中。卷軸很沉，為了能長久保存，皮革表面用油脂反復打磨過。遠古辛祕的氣息從那裡面散發出來，不斷引誘著愛麗絲。愛麗絲急忙抬起自己的另一隻手，扶穩這件珍貴的古物。詔諭又說話了，他渾厚的聲音顯示出了他滿意的心情。

「如果妳許可，我會在夏日舞會上宣布我們將舉辦婚禮。當然，在那以前我還要求得妳父親的許可。」

「我相信，你根本不必求他。」愛麗絲喃喃地說。她將卷軸緊抱在胸前，彷彿這是她生下的第一個孩子，同時她的心中又在尋思自己到底同意了什麼。

詔諭的靴子跟響亮地敲擊著每一級石砌台階。他走出金卡羅恩樸實的宅邸大門，正沿著台階逐級而下。宅邸前有一輛矮種馬拉的馬車，靠在紅色高車輪旁的塞德里克一見到詔諭，立刻站直了身子，將褐色的頭髮撥到腦後，向他的高個子朋友露出微笑。詔諭臉上燦爛的笑容表明他帶來了好訊息。小馬紛紛揚起頭，輕聲嘶鳴。塞德里克向詔諭問道：「如何？」

「你總是這麼迫不及待，是嗎？」詔諭一邊走過來，一邊親切地問。

「你用的時間比我們預料中要長一點。」塞德里克一邊說，一邊爬上馬車，牽起韁繩，「我還以為進展不是很順利。最近出現的一些跡象，並不能讓人很安心。」

詔諭的長腿輕盈地登上了這輛小馬車乘客的位置。他坐下的時候歎了一口氣。「我不喜歡這種小車。這個座位的靠背剛好頂在我的腰上，車輪也總是會撞上路面的每一點坑窪，讓車子顛簸得要命。如果父親能讓我重新使用那輛四輪馬車，我一定會很感激他。」

塞德里克催開馬匹，靠向座位。「我想那可能還需要一段時間。既然道路狀況這麼差，我們應該選擇更合理的出行方式。我們可以步行穿過被堵塞的街道。這個星期裡，半條金馳街都堆滿了木料，人們正忙著重建城市。繽城還有很大一部分需要把破損不堪的建築拆除並清理乾淨，之後建起新的房屋，大市場上一半的店鋪都還只是被燒焦的空殼。」

「而夏季只會讓經過火焚的建築散發出更加強烈的臭氣。我知道，昨天我曾想要找一家茶館，卻被那裡的臭氣趕走了。我知道這種小馬車比四輪馬車更適合現在的路況，就像與愛麗絲．金卡羅恩結婚才是理智的選擇。但這兩者我都不必喜歡，只要忍受就好了。我告訴你，塞德里克，我只不過剛剛理智了幾個月，卻已經由衷地對此感到噁心了。」詔諭呻吟一聲，將纖長的後背靠在矮小的座椅中，然後又厭惡地喊了一聲，坐起身，不停地揉搓著後背。「這真是人類發明的旅行方式中，最不舒服的一種。金卡羅恩家到底為什麼要將他們的房子建在離市中心如此遠的地方？」

「有可能是因為這是沙崔甫王最初賜予他們家的土地。對他們而言，這成為了一種祝福。那些劫匪和掠奪者都不喜歡跑到這麼遠的地方來。」

「住在這樣一個無人問津的地方，能夠讓醜陋的家宅保持完整也算是對他們的一點獎勵吧。他們難道沒想過遷居到城中更好的地方去？」

「我懷疑經濟狀況讓他們別無選擇。」

「他們的狀況的確很不樂觀。如果不用為這麼多女兒準備嫁妝，他們就能給他們的兒子們備一處更好的房產了。」

塞德里克選擇無視朋友的抱怨。他用曬成褐色的雙手輕輕握著韁繩，引導馬匹繞過一段被水沖毀的路面。「那麼，你一定要我逼你講述一下細節嗎？你的求婚到底進展如何？你到底有沒有搞清楚，那位女士為什麼會對像你這樣非同尋常的優秀人選如此輕視？」

「和你猜的一樣。雖然必須承認這一點，但我還是很震驚，你通曉繽城所有明暗流言的能力再一次發揮了作用。愛麗絲真的是寧可去雨野原河上游看龍蛋孵化，也不願意陪我去舞會。她親口承認，她對於龍的興趣已經有一點到了癡迷的程度。很明顯，她已經接受了自己只能做一名老處女的命運，選擇了一種古怪的愛好用來打發她孤寂的日子。而我不僅把她的獨身夢想打成了碎片，還惡毒地請求她陪我參加舞會，因而毀掉了她見證群龍出殼的機會。所以，我是一頭粗魯無禮的野獸。這還真是讓我很不知所措。」

塞德里克瞥了一眼這位對任何事情都滿不在乎的朋友。詔諭卻在這時顯示出一臉嚴肅的表情。

「那麼，還要我一點一點問你嗎？你有沒有挽回些什麼？她願意陪你去舞會嗎？」

「喔，遠比這些更好。」詔諭輕鬆地伸直雙腿，轉過頭，給了塞德里克一個完美的笑容，一雙綠眼睛裡閃爍著陰謀者的快意光彩，「你的禮物起了很好的效果。她只是瞥了那東西一眼，就接受了我的提議。向她的父親請求能否挽起她的手只不過是走走過場，她自己也是這樣說的。祝賀我吧，我的朋友。我要結婚了。」當他高聲說出最後這句話的時候，他的聲音卻突然變得冰冷刻板，和他所說的內容全然不符。

片刻之間，塞德里克咬住下嘴唇，壓抑住自己沮喪的心情，然後他平靜地說道：「祝福你。希望你們兩個得到一切快樂。」

詔諭向他皺起眉頭。「我還不了解她，但我的確打算快樂一些。因為我不希望這會改變我生活的任何方面。如果她夠聰明，她也會選擇快樂地過日子。她不可能得到更好的條件了。喔，別用那種責備的目光看我，塞德里克。是你向我提出建議，告訴我讓家人的快樂最好方法，就是找一個對我不會有太多期待的女人。你甚至說愛麗絲．金卡羅恩會完美地符合我的需求。我見過了她，所以我同意你的看法，現在，她就要成為我的人了。到時候，她會打理好我的家，給我一個胖小子，繼承我的名字和財富，確保我的父親不會選擇我的堂弟做他的繼承人，而是選擇我。所有這些行為都很明智，很講求實際，將我的不便降到最低。」

「但這還是很讓人傷心。」塞德里克低聲說。

「為什麼會傷心？我們全都能得到我們想要的。」

「嚴格來說並不是這樣。」塞德里克喃喃地說道，「說實話，不是這樣。」他歎了口氣，「愛麗絲應該得到更好的生活。她是一個好人，一位善良的人。」

「我的朋友，你太過於多愁善感了。而且你也太過於注重誠實了。畢竟如果我們讓所有繽城人都變得誠實，那麼到了下個星期，全體商人就都要變成乞丐了。」

塞德里克發現自己無法回應詔諭的說辭。過了一會兒，詔諭又像在為自己辯護一般地說道：「如果你真的不打算讓我這樣做，為什麼你又要將這個念頭塞進我的腦子裡？」

塞德里克微微一聳肩。實際上，他並沒有想到詔諭真的會把他這個頗有嘲諷意味的建議付諸實現。而詔諭的行為也的確稍稍削減了他對這個傢伙的好感。他說道：「有一句老話說，想要過得好，醜妻家中寶。」然後他又有些不安地承認，「我和你說起這件事的時候喝了不少的酒，還在為我自己的狀況煩惱。愛麗絲不是一個壞人。而且她一點也不醜。只是，嗯，不夠漂亮。按照繽城人的標準，她不算漂亮，但她很善良。我們小的時候，她經常會來找我的姊妹們玩。當其他女孩都像對待一種疾病那樣對待我的時候，她對我一直都很好。」

「喔，是了。我忘記你曾經有過一段時間全身都是疹子。」詔諭愉快地刺激著自己的朋友，「她也許以為你會一直保留那些疹子，這樣剛好能配得上她的雀斑。」他的綠眼睛裡跳動著惡作劇的閃光。

塞德里克抵抗著微笑的衝動。「我的疹子可不是只持續了一段時間，它幾乎要跟隨我一生！所以，她對我的和善，她願意做我的牌搭子，在午餐時坐在我的旁邊，這些對我都很重要。她從那時起就是我的朋友了。也許我對她現在的狀況不是很了解，但我知道她人很好，有一顆善良的心，只是沒有漂亮的臉蛋和富裕的家境。」塞德里克憂鬱地搖搖頭，又將散亂的頭髮從眼睛前面撥開，「我絕對不希望她遭遇厄運。當我建議說她能夠成為你的好妻子，對你不會有很高的要求時，我從沒有想到你竟然真的會去追求她。」

「喔，你當然應該想到！」詔諭毫不容情地指責他，「我追求她的時候，你一直是站在我這一邊的。是你策畫了整個方案！你把她挑選出來，甚至告訴我什麼樣的禮物能夠贏得她的好感。我可以告訴你，你在這件事上是絕對正確的！我本以為這一局我輸定了，直到我拿出那個卷軸。整個局勢立刻被扭轉了過來。這都是卷軸的功勞。」

「隨你怎麼說吧。」塞德里克沒好氣地回答。他竭力不去想自己在詔諭這場陰謀中的角色。現在這只讓他感到丟臉。愛麗絲一直都是他的朋友。那天晚上他到底在想什麼，竟然讓愛麗絲的名字從自己浸透了酒精的舌頭上滾落出來？他知道現在自己心中充滿了負罪感。他一直都只想著自己，只想著在詔諭．芬波克身邊的快樂生活。他只想繼續保持這種生活，同時為了他自己而拓展他朋友的野心。

塞德里克將這些念頭推到一旁，開始專心駕馭馬匹繞過狀況最糟糕的一片坑窪路面。繽城正集中全力重建被燒毀和嚴重破壞的建築，暫時還沒有精力維護道路。等他們繞過了這一段路，又看到前方還有許多亟待修復的街道。塞德里克搖了搖頭。最近這段時間，他覺得這座城市似乎正不斷遭受侵蝕。曾經讓他為自己是繽城商人之子而驕傲的每一樣東西，此刻都變得破敗、晦暗或面目全非了。

在恰斯國發動襲擊之後，繽城中的各個區之間又發生了各種爭執，舊日的仇怨被重新提起。當這些問題也終於得到解決時，重建工作卻依然進度緩慢，令人氣餒。現在這些情況都有所好轉。商人議會終於恢復了權威，開始執行各種法律。人們相信重建工作可以安全地進行了，貿易也在有限度地恢復，一些人並沒有失去自己所掌握的資源。但新生的建築看上去都不像原來的建築那樣有特色，畢竟這都是匆忙中被建造出來的，沒有經過周詳審慎的設計，許多房屋看起來幾乎完全一樣。塞德里克還無法確定自己是否同意議會的決定，允許這麼多非商人分享權力，對重建的進程做出決定。現在繽城商人之中混入了曾經的奴隸、漁夫，還有其他各色新人。這一切的變化都太快了。繽城再不會是原先的樣子了。昨天晚上，當他向自己的父親哀歎當前的局勢時，他的父親卻出乎意料地完全不同意他的看法。

「不要犯傻了，塞德里克。你看待這些事的眼光太理想化了。繽城會繼續生存下去，但肯定不會是原先那副樣子，因為繽城從來都不是『原先那副樣子』。繽城的繁榮正是因為它在不斷改變。隨著繽城的變化，我們這些能夠隨之一同變化的人就能和我們的城市一同繼續繁榮下去。一點改變傷害不了我們任何人。只要是有改變的地方，聰明人就能發現利潤。這才是你需要動腦筋的地方——你該如何讓這種變化惠及你的家族？」然後，他的父親從嘴裡拿出短柄菸斗，指了指他的兒子問道，「你有沒有想過，也許一點變化對你是有好處的？現在你是詔諭的祕書，他的左右手，這對你很有好處。你會和他的許多生意夥伴打交道。你需要認真思考該如何利用這些人際關係。你不能一輩子都做你朋友的副手，無論你們之間的友情有多麼深，或者這讓你感到多麼愉快。既然你已經放棄了我為你爭取到的一切機會，你就應該盡可能利用你所掌握的資源。」

想到這些，塞德里克歎了口氣。他的父親總是能將一切談話的方向，轉到他作為一個失敗的兒子。

「你由衷的歎息是為我而發聲的嗎，我的朋友？」詔諭發出一陣放縱的笑聲，「你總是以最糟糕的方式想我，對不對？你擔心那個可憐的女人受騙了，現在她的腦海裡只盤旋著我的甜言蜜語和誘人微笑，對不對？」

「不是嗎？」塞德里克用刻板的聲音問。向他的朋友推薦愛麗絲，這已經讓他感到夠糟糕的了。詔諭的嘲諷更讓他感到格外刺耳。

「完全不是。你根本就是在無端地懲罰自己。真正的結果其實再好不過了，我的朋友！」詔諭親切地拍了拍塞德里克的肩膀，然後用手按住他的肩頭，俯身向他保證，「愛麗絲完全明白我的安排。喔，一開始她的確是沒有想到。那時她向我說了不少帶刺的話，讓我差一點失去了鎮靜。她非常直接地問我，我對她的追求是不是一個笑話，或者也許是我和別人打的一個賭！我要告訴你，這的確讓我有一點震驚。然後我想起你說過，她可不是傻瓜，而是一位非常聰慧的女子。女人真是一種令人膽戰心驚的小怪物，不是嗎？」

「於是我急忙重新考慮了我的策略。我將手中所有的牌都攤到桌面上讓她看清楚，以此扭轉了戰局。我向她承認，我打算通過一場婚姻獲得生活的便利，我甚至告訴她，我選擇她作為婚姻中的女性，最大的原因是為了讓我現有的生活不會受到打擾。喔，不要用那種惡狠狠的眼神瞪我！當然，我的措辭要比現在我對你說的有技巧得多！但我可沒有宣稱我愛她，甚至隻字未提我對她有任何好感。實際上，我只是讓她知道，她可以任意雇傭人手，讓自己免於一切家庭主婦的工作，另外還有足夠的預算來滿足她怪誕的小愛好。」

「她接受了？她接受了你的這些條件和婚姻契約？」

詔諭又笑了。「啊，塞德里克，並非所有人都是浪漫的理想主義者。那個女人懂得什麼是好契約。我們握手為定，就像誠實的商人那樣。於是一切都有了結果。或者我更應該說，這是一個開始。她會嫁給我。我會從她那裡得到一個繼承人。我的父親在死前都不會再向我說教了。他一直都威脅要讓我的堂弟成為他的繼承人，這是因為那傢伙有著惡魔一樣的生育力。切特比我還小一歲，卻已經有兩個兒子和一個女兒了。那個傢伙根本不懂得一點節制。雖然沒什麼道理，但等到我從愛麗絲那裡得到一個兒子的時候，我一定會很高興。這樣切特也許就會後悔自己對他的妻子耕耘得太過勤奮了。等到切特意識到他必須自己想辦法供養所有小孩，我的家族根本不會給他一分錢的時候，看他要怎麼辦！」他抬起手用力拍了一下膝蓋，身子向後靠去，一副洋洋自得的樣子。但他很快又直起身，用手肘搗了一下他的朋友。

「好了，說些什麼吧，塞德里克！難道這不是我們兩個都想要的結果嗎？生活正按照我們的意願前進。我們可以自由自在地旅行，享受生活，和朋友們尋歡作樂，所有的一切都不會改變，我的世界一切照常。」

塞德里克沉默了一段時間。詔諭將手臂抱在胸前，發出滿足的「咯咯」笑聲。馬車輪在崎嶇不平的岔路口顛簸著。塞德里克這時低聲說道：「你要和她生一個兒子？」

詔諭聳聳肩。「我會吹熄蠟燭，勇敢地實現我的目標。」他又發出一陣冰冷的笑聲，「有時候，黑暗是一個人最好的朋友，塞德里克。在黑暗中，我能裝作她是任何人，甚至是你！」看著塞德里克恐懼的表情，他放肆地大笑起來。

塞德里克竭力做出回答，他的聲音異常低沉：「愛麗絲應該得到更好的生活。任何人都應該有更好的生活。」詔諭裝出一副受到冒犯的樣子。「她能有比我更好的丈夫嗎？不可能，我的朋友，這一點你很清楚。比我更好的丈夫是不存在的。」他的笑聲迴盪在夏日的天空中。

生月第二日
最高貴與偉大的沙崔甫王柯思閣統治的第七年
商人聯盟獨立第一年
來自黛托茨，崔豪格信鴿管理人
致艾瑞克，繽城信鴿管理人

艾瑞克：

這是我送出的第四隻帶有這份請求的鴿子了。請儘快送一隻鴿子回來，以確認你已經收到了這份請求，我很擔心老鷹會在半路上將鴿子抓走。鴿子攜帶的密封匣，裡面是一封致繽城商人議會的信。這是雨野原商人議會就此議題發出的第四封信，他們亟需得到關於如何應對幼龍的建議。我相信這封信中還附加了額外的資金要求，這筆錢將被用來雇傭獵人。我希望你能告訴我：我的鴿子都平安到達了你那裡，只是因為你們的議會遲遲未做出答覆，我才遲遲沒有收到回信。

黛托茨

4 誓言

「只要再擦一次粉就好了，」她的母親懇求說。

愛麗絲搖搖頭。「我臉上的粉已經比我們用來做婚禮蛋糕的麵粉還要多了，而這件長裙又緊又沉，我已經開始出汗了。媽媽，詔諭知道我有雀斑。我相信他寧可看到那些雀斑，也不會願意讓客人們看見我臉上的粉有裂痕。」

「我一直都讓她不要曬太陽。我警告過她要戴好帽子和面紗。」她的母親從她面前轉過身，低聲嘟囔著。但愛麗絲知道，母親是想讓她聽到這些話。她突然意識到，自己完全不會想念母親這些低聲的批評與責備。

她會想念她的舊家嗎？

她向自己的小臥室環顧了一圈。不，她不會。無論是這張曾經屬於她的伯祖母的床，還是這些舊窗簾和舊地毯。她已經準備好離開父親的家，準備和詔諭一起過著新生活。

想到詔諭，愛麗絲的心中不由得生出一點小悸動。她對自己搖搖頭，現在不是想新婚之夜的時候，她必須集中精神完成儀式。她和她的父親已經仔細演練過她要向詔諭許下的諾言。幾個月以來，他們已經交換了誓詞，協商了需要修改的內容和用辭。在繽城，婚約必須被仔細審查和斟酌，就像對待其他一切契約一樣。今天，在商人大堂，各個家族和賓客面前，這份婚約將被高聲宣讀，而他們兩個將在最終完成的契約上簽名。所有人都將見證詔諭和她達成的約定。詔諭家族的要求精細明確，其中一些要求讓愛麗絲的父親皺起了眉頭。但最後，父親還是建議愛麗絲接受這一切。今天，愛麗絲就會在眾人的眼前讓這份協議最終生效。

然後，等到交易達成，人們就會開始慶祝一對新人的結合了。

他們的協定也將在今晚圓滿達成。

期待和恐懼在愛麗絲的心中翻騰、爭鬥。她的一些已婚朋友警告過她放棄童貞時的疼痛。另一些人則露出別有深意的微笑，悄聲稱羨她得到了如此俊美的如意郎君，並送給她香水、潤膚霜劑，以及鑲綴花邊緞帶的睡衣。許多人都誇讚詔諭有多麼英俊、舞跳得多麼好、騎馬時的身形是多麼挺拔秀美。一位不那麼拘於禮數的愛麗絲友人，甚至咯咯地笑著說：「馬騎得好的人，騎別的也一定好！」所以，儘管詔諭在追求她的時候沒有偷過她的香吻，也沒有過其他親暱的表示，但她還是憧憬著詔諭在他們獨處的第一夜，能夠打破自己的保守風格，向她展露出他一直隱藏的激情。

愛麗絲打開一柄花邊小摺扇，為自己搧著涼風。一點香味隨著微風從灑過香水的摺扇上飄來。她最後一次看著梳妝鏡。她的眼睛閃著光，她的面頰呈現出兩團紅暈。就像是沒有腦子的小姑娘。她一邊在心中想著，一邊向鏡中的自己露出原諒的微笑。又有什麼樣的女人不會傾倒於詔諭的魅力呢？他是那麼英俊，詼諧，聰穎，說起話來那樣讓人高興。他不停地送給她各種小禮物，而每一樣禮物都是那樣精美又貼心，一看就知道他花了許多心思。他不僅接受了愛麗絲要成為一名學者的野心，還用各種禮物向她表明，他完全支持她的研究——兩支銀筆尖的豪華墨水筆，五種不同顏色的墨水，一支可以將舊手稿上褪色的文字放大的放大鏡，一條繡著長蛇和巨龍的披巾，用模仿龍鱗的彩色玻璃製成的耳墜。每一件禮物都很合她的心意。愛麗絲相信：詔諭正是用禮物表明了他因為過於矜持而無法用語言表達的感情。作為回應，她也一直在詔諭面前表現得莊重文雅，但儘管表面始終保持著冷靜，她在內心裡卻不由自主地開始對詔諭產生了溫暖的感受。白天裡一次又一次的克制，只是成為了她在深夜裡種種綺夢的動力。

就算是最醜陋的女孩，獨處時也會夢想著會有男人愛上她的內心。詔諭已經明白地告訴她，他們的婚姻只是一種便利，但一定會是這樣嗎？她對此一直抱有懷疑。如果她全心全意地愛上詔諭，難道她不能讓他們的婚姻對他們兩個人都多一些意義？自從他們訂婚的訊息被宣布之後，數個月的時間就這樣慢慢過去了。詔諭在她心中占據的空間變得越來越大。當他對她說話的時候，她開始注意他的唇形，他端起茶杯時秀美的雙手，他寬闊的肩膀撐起外衣的輪廓。她不再問為什麼，不再不相信愛情也會找到她，將她淹沒在喜悅的迷戀中。

戰爭對繽城造成了嚴重的破壞，即使她的父母能夠把錢順風灑遍全城，也還是有許多東西買不到。但即使如此，這一天對愛麗絲而言依然像是一個傳說。她的結婚禮服是用祖母的長裙改製的，沒有關係，這只會讓她的禮服更顯得意義非凡。裝飾商人大堂的花朵並非來自於雨野原的溫室，而是從她家和朋友家的花園中採來的。她的兩位親戚會在婚禮上獻唱，她的父親拉小提琴伴奏。一切儀式都會從簡，但這些都沒有關係，這一切都會真誠且真實。

在之前的幾個星期裡，愛麗絲想像過一百種他們的新婚之夜。她幻想過詔諭膽大莽撞，孩子氣的羞赧，溫柔，猶豫；或者也許是下流淫蕩，甚至向她索取無度。每一種可能都讓她感受到欲望的熱度，將睡魔從他的床邊趕走。好吧，現在只要再過幾個小時，她就不必再猜想了。她在鏡中瞥到自己，為自己臉上的微笑吃了一驚。她側過頭，審視著自己的鏡影。愛麗絲．金卡羅恩，正在為她的婚禮而展露笑顏——誰能想像會有這樣的一天？

「愛麗絲？」她的父親正站在門口。愛麗絲驚慌地轉過身，卻看到父親臉上溫柔而哀傷的笑容，心不由得顫抖了一下，「親愛的，該下樓了。馬車正在等我們。」

斯沃格僵直地站在小船艙裡。他的船長向他點了一下頭，他才坐下來。他一雙粗糙的大手輕輕放在桌子的邊緣。萊福特林坐在他對面。這位船長歎了口氣。這是漫長的一天，不，這是漫長的三個月。

為了保守祕密，他們的工作量變成了三倍。萊福特林不敢挪動那根巫木，更不敢將它沿河拖到更適宜進行加工的地方。任何過往的船隻都會看出他找到了什麼。所以他們只能在這片河岸邊的酸性泥沼和灌木叢中，將這段巫木切割成能夠使用的長度。

今晚，這份工作終於結束了。巫木原木憑空消失，變成了柏油人號船艙中的一塊塊襯板。甲板上，船員們正在狂歡慶祝。有鑑於他們需要共同完成這件大事，萊福特林決定所有船員應該都重新確認自己和柏油人號的關係。所有船員都在契約上簽了名，只有斯沃格除外。明天，他們就會讓柏油人號啟程，回到崔豪格，放下他們精心挑選、處事謹慎的木匠。木匠的工作完成得非常好。然後，他們會重新開始在這條河道上的常規航行。但現在，他們可以盡情慶祝一項大工程的完成。終於完成了，萊福特林發現自己沒有任何遺憾。

一瓶萊姆酒和幾只小杯子被放在這張桌子的正中央。其中兩個杯子被用來壓住一份卷軸。卷軸旁邊還有一瓶墨水和一支鵝毛筆。再多一個簽字，柏油人號就安全了。萊福特林自顧自地點點頭，然後審視著對面這名河上水手。泥土和焦油形成的乾結紋路，黏附在這名舵手的粗布襯衫上。他的厚指甲縫裡還塞著銀色的木屑。在他的下巴上有一道髒汙，也許他之前曾經撓過那裡。

萊福特林暗自一笑。他有可能像這名舵手一樣髒。這是漫長而辛勞的一天，而且這種工作是他們所有人都不習慣的，現在這一切都結束了。斯沃格向他的船長充分證明了自己。他心甘情願地加入萊福特林的小陰謀，而且毫無怨言地做了遠超過自己分內的工作。這正是萊福特林喜歡這個人的原因之一。現在該是讓他知道這一點的時候了。

「你從不抱怨，從不發牢騷。如果有事情明顯出了錯，你從不會去追究是誰的責任，只會竭盡全力去修正錯誤。你很忠誠，也很謹慎，所以我想要將你留在船上。」

斯沃格瞥了一眼那些小酒杯，萊福特林從他的眼神中得到了訊息。他拔起瓶塞，在兩個杯子裡各倒了一點酒，又告誡他的舵手說：「在吃喝之前最好先把手洗乾淨。那些東西可能有毒。」斯沃格點點頭，小心地在襯衫前襟上擦了擦自己的手。然後他們都拿起酒杯喝了一口，斯沃格才說道：

「永遠。我從其他人那裡聽說這份契約的內容了。你是要讓我簽名，承諾永遠留在柏油人號上，直到死亡。」

「是的，」萊福特林向他確認，「我希望他們也告訴你了，這樣你的薪水也會增加。有了新的船殼，我們就不必再像過去那樣需要大量人手來駕駛這艘船。但我還是會用同樣的預算支付薪水，船上的每一名船員都能得到均等的一份。這樣很好，不是嗎？」

斯沃格向船長點了一下頭，但並沒有看船長的眼睛。「我的後半輩子還有很長呢，船長。」

萊福特林發出響亮的笑聲，「莎神的血啊，斯沃格，你在柏油人號上已經有十年了。對於一個雨野原人來說，這就是永遠的一半了。所以，簽一份文件又有什麼問題？這對我們兩個都有利。這樣我就能知道，柏油人號上永遠都會有一位好舵手。而你也知道，沒有人會因為你太老不能工作就把你丟在岸上，一個銅子兒都不給你。你簽下這個，這對我的繼承人也一樣有效。你向我做出承諾，你在這張紙上簽下名字，我就能承諾，只要你活著，柏油人號和我都會照顧你。斯沃格，除了這艘船，你還有什麼地方可以去？」

斯沃格用他自己的問題回應了船長的問題：「為什麼要簽終身契約，船長？是發生了多大的改變，讓我必須承諾永遠跟隨你一起航行，或者現在就離開這艘船？」

萊福特林壓抑下自己的微笑。斯沃格是一個好人，而且非常善於掌舵。很少有人能像他這樣懂得這條河。柏油人號在他的手中總是能走得很舒服。最近這艘船經歷了很大的變化，萊福特林不想在這個時候更換舵手。他直視斯沃格的雙眼，「你知道，我得到了這段巫木，而我們的行動是違反禁令的。這件事必須保密。我相信，最好的保密方式就是確保每一個知道祕密的人都會獲益，並將知道祕密的人聚在一個地方。」

「在我們開始做這件事以前，我已經送走了所有我認為不屬於我的人。任何有貳心或者靈魂有瑕疵的人，都不能知道這件事。所以我只帶了一小隊人，每一個都是我親手挑選的。我想要把你們全都留下。這是因為我信任你們，斯沃格。我留下你，因為我知道你年輕時幹過修造船隻的活。我知道你能幫助我們重建柏油人號，並且對此絕不聲張。現在，這件事已經做好了，我希望你繼續做柏油人號的舵手，而且永遠都是他的舵手。如果我讓一個新人上船，他立刻就會知道這艘船有非常不同尋常的地方，甚至對一艘活船而言，也是不同尋常的。我無法知道能不能信任他，和他分享這個大祕密。他也許會是個大嘴巴，或者他也許是那種自以為能夠靠保持沉默而賺到錢的人。到那時，我將不得不做我很不願意做的事。所以我希望能留住你，能留多久就是多久。如果你簽下這份契約，那就是留你一輩子。」

「如果我不簽呢？」

萊福特林沉默了片刻。他沒有想過要為這件事討價還價。他以為自己的選擇非常謹慎。他從沒有想過斯沃格會是那個臨陣退縮的人。他隨即說出了從腦海中冒出來的問題：「為什麼你會不簽？是什麼不讓你簽名？」

斯沃格在椅子裡挪動了一下重心，瞥了一眼酒瓶，又將眼睛挪開。萊福特林等待著。這名舵手從來都不是一個饒舌的人。萊福特林又為他們兩個各自倒了一點萊姆酒，繼續等待著，他已經可以稱得上是很有耐心了。

「一個女人。」斯沃格終於說道。他只說了這麼一句，雙眼看著桌面，抬起眼睛看了看船長，又繼續看著桌面。

「女人怎麼了？」萊福特林也終於問道。

「我一直想求她嫁給我。」

萊福特林的心沉了下去。這已經不是他第一次因為女人及家室而失去好船員了。

最近的修復工程讓商人大堂煥然一新，散發出新鮮木材和過油木材的氣味。為了這場儀式，原先擺放在大堂中的長椅都被挪到了旁邊，露出一大片空地。下午的陽光從窗戶斜射進來，讓暗淡的方形光斑投射在拋光的地面上，或者變成碎片落在眾人身上。大家聚在大堂，見證一對新人相互立下誓言。大部分賓客都穿著正式的商人長袍，袍服的顏色代表了他們的家族。他們之中還有幾個三船人，也許是詔諭家族的生意夥伴，甚至還有一名身穿黃色絲綢長裙的紋身者。

詔諭還沒有到。

愛麗絲告訴自己，這沒有關係。他會來的。正是他安排好了這一切。他不可能在這個時候反悔。愛麗絲衷心希望自己的長裙不要這麼緊，而這個下午也不要這麼熱。「妳看上去面色很蒼白，」她的父親悄聲對她說，「妳還好嗎？」

愛麗絲想到了母親在她臉上敷的那麼多白粉，不得不微笑了一下，「我很好，父親，只是有一點緊張。我們能走幾步嗎？」

他們在房間中緩步前行。愛麗絲的手輕輕搭在父親的臂彎裡。一位又一位客人向她表示問候，向她祝福。他們之中有些人已經喝了不少香料酒，另一些人則不加掩飾地仔細審視著他們婚姻契約中的每一項條款。寫有婚姻協議的兩份卷軸被釘在大堂中央的一張桌子上。銀製燭台上的白色細蠟燭正閃動著火光，照亮了協議中的每一個纖細精緻的文字。兩支黑色鵝毛筆和一瓶紅墨水正等待著她和詔諭。

這是繽城特有的一種傳統。婚約將提供給賓客做詳細審查，然後被大聲閱讀出來，並由雙方家族簽字，隨後才是簡短許多的祝福致辭。愛麗絲很能理解這樣做的原因。他們是一個商人的國家，他們的婚禮當然需要像其他一切契約一樣，經過很仔細的協商。

直到聽見門外的馬車輪聲，愛麗絲才明白自己有多麼急切。「一定是他來了，」她緊張地悄聲對父親說。

「最好是他。」父親有些不高興地回答，「我們也許不像芬波克家那樣富有，但金卡羅恩也是和他們一樣的商人家族。我們不是無名之輩，不應該遭受怠慢。」

愛麗絲第一次意識到她的父親是多麼擔心詔諭會留下她一個人在這裡，會不簽署他們的契約。她細看父親的眼睛，看到了憤怒混合著恐懼。父親正恐懼著自己會被羞辱，會不得不帶著無法成婚的女兒回家。愛麗絲將目光從父親的身上轉開，感覺到這一天的光彩也有一些消褪了。就連她自己的父親也無法相信詔諭會真的愛上她，會想要娶她。

愛麗絲在緊繃的長裙所允許的範圍內，深吸了一口氣，挺起脊梁，也堅定了自己的決心。她不會回去住在父親的房子裡，做他失敗的女兒。再不會了，無論發生什麼。

然後，大堂的門被打開，詔諭的朋友和生意夥伴們，穿著代表各自家族世系的正式長袍一擁而入，走下台階，一邊還不停地發出肆無忌憚的哄笑。詔諭被他們簇擁在中間。第一眼看到他，愛麗絲的心就飛快地跳動起來。他的黑髮像孩子一樣散亂，面頰格外紅潤。他在眾人簇擁中快步走向前，露出了親切的笑容。剪裁合身的深綠色遮瑪里亞絲綢上衣更加突出了他寬闊的肩膀。他繫著一條白色的領帶，翡翠領帶夾比他的眼睛還要綠。

當他的眼睛看見愛麗絲的時候，他的表情一下子凝滯了。微笑從他的臉上退去。愛麗絲與他對視，用眼神質問他是否要現在改變心思。但他只是嚴肅地看著愛麗絲，緩緩點了點頭，彷彿在向自己確認著什麼。數十位賓客走上前向詔諭表達問候和祝福。詔諭走過他們，就像一艘船切開波濤，毫不粗魯，但絲毫容不得這些人的耽擱和打擾。他一直走到愛麗絲和她的父親面前，鄭重地向兩個人鞠了一躬。愛麗絲被嚇了一跳，急忙行了一個屈膝禮。當愛麗絲站起身的時候，詔諭已經向她伸出一隻手，同時卻又微笑著向她的父親說道：「我相信她現在是我的了，不是嗎？」

愛麗絲將手放在詔諭的手中。

「我相信首先需要簽訂契約。」愛麗絲的父親說道。不過他的語氣相當愉悅。詔諭的動作打消了他的焦慮。看到女兒被一個如此俊美又富有的男人確切無疑地擁有，這位父親的臉上煥發出了自豪的光彩。

「那就這樣！」詔諭朗聲說道，「我提議我們立刻簽字。我對冗長的儀式沒有興趣。這位女士已經讓我等得夠久了！」

一陣激動的情緒湧過愛麗絲全身。此時大堂中，饒有興致的竊竊私語和被壓抑的笑聲正在賓客之中散播開來。詔諭，永遠都是那樣魅力四射，光彩耀人，已經牽著愛麗絲的手快步走過大堂，奔向等待他們的契約。

按照傳統，他們走到長桌兩側，面對面站好。塞德里克．梅爾達走上前，為詔諭握住墨水瓶。愛麗絲的姊姊羅絲求得了作為愛麗絲伴娘的榮譽。詔諭和愛麗絲一同來到長桌邊，分別交替高聲誦讀婚姻契約中的條款。在每一項條款得到認可之後，兩個人就會就此條款簽字。最後這對夫妻將一同站在長桌末端，接受父母的祝福。每一份契約卷軸都將被仔細地撒上細沙，吸乾多餘的墨汁，然後卷起來收藏在大堂的檔案庫裡。關於嫁妝和子嗣繼承權的條款很少會遭到質疑，但總需要文字紀錄來防止在這樣的事情上發生爭執。

這些文字之中沒有半點浪漫可言。愛麗絲高聲念誦出，如果詔諭在得到繼承人之前突然死亡，她將放棄對詔諭財產的一切所有權，將其交予詔諭的堂弟。與之相對應，詔諭念誦並簽字確認如果他突然死亡，作為寡婦的愛麗絲將在他的家族土地上得到一處私人房產。而如果愛麗絲在沒有繼承人的情況下去世，作為她嫁妝的一小片葡萄園，將被交予她的妹妹。

契約中還有所有繽城婚姻契約中都不會缺少的標準誓約。他們結婚後，雙方對於家庭的財政決定都有發言權。雙方的個人津貼也被確定並得到認可，還有更加詳細的條款規定當他們的財富增加或者縮減的時候，這份津貼也要隨之有所增減。雙方都同意要忠誠於對方，並都鄭重宣布自己尚未有任何子嗣。愛麗絲要求以古早方式訂立協定，意即他們的頭生子無論性別為何，都擁有全部繼承權。讓她感到溫暖的是，詔諭對此完全沒有反對。當她大聲讀出她堅持要寫入契約中的條款——她可以前往雨野原繼續進行巨龍的研究，至於具體行程日期，日後再協商確定的。詔諭立刻用華麗的字體簽下了自己的名字。愛麗絲眨眨眼，努力壓抑下喜悅的淚水，她希望眼淚不要現在流淌出來，在她塗著厚粉的臉上留下淚痕。她到底做了什麼才能得到這樣一個男人？她發誓，一定要讓自己值得詔諭這樣的慷慨大度。

契約條款的內容非常精細，沒有半點含糊的地方。從這些條款中能清楚地看到，婚姻從來都不是完美的。數不盡的條款涵蓋了各種可能發生的狀況。每一個細節都被考慮到了，任何事情都不會因為夫妻之間的親密關係而被忽略。如果詔諭在婚姻之外又有了孩子，這個孩子沒有資格繼承他的任何東西；而愛麗絲如果願意，可以選擇立刻終止他們的婚姻契約，同時得到詔諭現有財產的百分之十五。如果愛麗絲被發現對婚姻不忠，詔諭不僅能將她趕出家門，還能夠否認愛麗絲出軌日期之後出生的任何孩子與他的親子關係，這樣的孩子將由愛麗絲的父親承擔起對其的經濟責任。

誦讀和簽名的步驟不斷地重複。一些條款規定了兩個人在特定情況下都有權結束契約，尤其是出軌的行為會讓契約完全失效。每一個條款都要大聲朗讀，並由兩個人莊重地簽署認可。通常這一過程都會持續數個小時。但詔諭在這件事上完全無心糾纏。他念誦條款的節奏越來越快，顯然是急著要完成儀式的這一部分。愛麗絲發現自己也在緊追著詔諭的節奏，和他一樣越念越快。一些客人一開始似乎認為他們的表現很失禮，但看到愛麗絲緋紅的面頰和詔諭臉上不時顯現的狡黠笑容，他們也露出了微笑。

在相當短的時間裡，他們已經走到了桌子末端。愛麗絲幾乎有些喘不過氣地拿起她家族的最後一項條款，開始高聲念誦這一項標準的婚約內容：「我會將我自己，我的身體和我的愛意，我的心和我的忠誠，全都只給你一人。」詔諭也將這項條款重複了一遍。有了前面那麼多的承諾，這段話在愛麗絲看來實在是有些多餘。他們簽了字。鵝毛筆被交還給伴郎和伴娘。終於從這段繁文縟節中解脫出來，他們手拉著手向前走去，長桌不再會隔開他們。他們一同轉身，面對著正在等待他們的父母。詔諭的手很溫暖，愛麗絲的手卻格外冰涼。詔諭輕柔地握住她的手指，彷彿唯恐力量大一些就會傷到她。愛麗絲握緊了詔諭的手，讓他知道，現在她已經再沒有半分疑慮。她是他的，她將自己的全部交在他的手中。

首先是他們的母親，然後是他們的父親給予這對新人祝福。詔諭父母的祝詞要比愛麗絲的父母長很多，他們乞求莎神賜予這對小夫妻事業的成功，眾多子嗣，快樂的家庭，他們兩個都要健康長壽，孩子也要健康而且孝順——祝詞一段接著一段，愛麗絲感覺到自己的微笑都要凝固在臉上了。

當祝福最終結束的時候，他們轉身面對彼此，親吻對方。這將是他們的第一個吻。突然間，愛麗絲很高興詔諭將這個吻保留到了這一刻。她在長裙允許的範圍內深吸一口氣，向詔諭仰起臉。詔諭俯視著她，一雙綠色的眼睛中閃爍著難以解讀的神情。當詔諭向她俯下身的時候，愛麗絲閉起眼睛，放鬆嘴唇，讓詔諭完全主掌這個時刻。她感覺到詔諭的呼吸。他的雙唇就懸浮在她的唇上。然後，詔諭吻了她。她只感覺到一點最輕微的碰觸。彷彿一隻蜂鳥的翅膀剛剛拂過她的嘴唇。

一點瑟縮掠過愛麗絲的全身。看到詔諭向後退去，她不由得屏住了呼吸，心臟開始劇烈地跳動。

他在逗弄我，愛麗絲心想，卻又無法壓抑浮上嘴角的微笑。詔諭不看她的眼睛，但一抹狡黠的笑容也掠過了他的面龐。殘忍的男人，他要讓她承認，她也像他一樣充滿渴望。*就讓夜晚到來吧*，愛麗絲一邊在心中想著，一邊偷偷側目又瞥了一眼丈夫俊美的臉。

「那麼，和我說說她。」在沉默持續了很長時間之後，萊福特林終於問道。

斯沃格歎了口氣，抬起頭看著船長，露出微笑。這讓這名舵手的容貌一下子發生了變化。他彷彿年輕了許多歲，那雙藍色的眼睛中幾乎閃爍起了柔和的光彩。「她的名字是貝霖。她，嗯，她就和我一樣。她能吹笛子。我們是在兩年前遇到的，在崔豪格的一家酒館裡。你知道那家酒館。那裡的老闆是約納。」

「我知道那裡。河邊的人們都在那裡做交易。」萊福特林側過頭，看著他的舵手，很不想問出心中的問題。他在約納的酒館裡遇到的女人大多都是妓女，其中的確有好人，但絕大多數只是在那裡做生意，並不想為了一個男人而放棄賺錢的機會。萊福特林懷疑斯沃格可能在這件事上昏了頭，受到了欺騙。他幾乎要問斯沃格是不是給了那女人錢，要那個女人去為他們買一幢房子。萊福特林不止一次見到容易受騙的水手上了這種當。

但還沒等萊福特林開口，斯沃格一定已經從船長的眼睛裡看出了他的疑慮。「貝霖是河上水手。那時她正在和她的水手夥伴們喝酒，吃熱飯菜。她在那艘名叫薩夏號的小駁船上幹活。那艘船隻在崔豪格和卡薩里克之間來往。」

「她做什麼？」

「撐篙手。這讓我們很難在一起。經常是我進港的時候，她卻在河上；她進港的時候，我又在河上了。」

「就算娶了她，也無法改變這一點。」萊福特林向斯沃格指出。

斯沃格低頭看著桌面。「上次貝霖和我都在港口的時候，薩夏號的船長給了我一份工作。他說如果我想要跳船，他會接受我做薩夏號的舵手。」

過了一段時間，萊福特林才將攥緊的雙拳鬆開，努力控制住聲音說道：「你答應了？甚至沒有告訴我你想要走？」

斯沃格用手指敲擊著桌子邊緣，然後主動給自己和船長倒了一些萊姆酒，並將杯中的酒一飲而盡，「我什麼都沒有說。就像你說的那樣，船長，我在柏油人號上工作已經超過十年了，而且柏油人號是一艘活船。我知道我和他不是親人，但即便如此，我們依然有一種羈絆。我喜歡他在水面上行駛的感覺。就像我知道該期待什麼，那種感覺，甚至會讓我全身都微微顫慄。薩夏號是一艘很好的小駁船，但它只是浮在河面上的一塊木頭。我很難離開柏油人號。但……」

「但為了一個女人，你會離開。」萊福特林語氣沉重地說。

「我們想要結婚，生養孩子，如果我們可以的話。你剛剛說過，船長，十年對於一個雨野原人來說已經是永遠的一半了。我不會再年輕了，貝霖也是。如果我們要完成這個心願，我們就要趕快。」

萊福特林一言不發地掂量著自己的選擇。他不能讓斯沃格走，現在不行。現在這艘活船還有很多問題需要解決，在這個時候又要讓他適應新舵手，簡直是不可想像。他是否還需要多一名船員？他已經讓軒尼詩負責甲板和船篙，還有皮包骨的絲凱莉，大埃德爾，再加上他自己。他希望斯沃格負責掌舵。如果多一名船員應該不是壞事。這甚至能讓柏油人號在行船的時候更加靈活。是的，他決定了。這筆生意是划算的。他壓抑住浮現在臉上的笑容，隨後做出決定。

「她有什麼能耐？」萊福特林問斯沃格。看到舵手臉上被冒犯的神情，他又澄清道：「作為撐篙手，她的工作出色嗎？她能不能在柏油人號這種尺寸的駁船上工作？能不能應付棘手的狀況？」

斯沃格只是看著萊福特林，許久沒有說話。希望在他的眼睛裡閃爍。然後，他又有些慌張地低下頭看著桌面，彷彿是要向船長掩飾自己的眼神。「她很優秀。她可不是嬌氣的小女孩。她是一個有肌肉的女人。她熟悉這條河，知道她該做些什麼。」斯沃格撓了撓頭，「當然，柏油人號要比薩夏號大得多，而且還是一艘活船。」

「所以你認為她沒辦法來這艘船？」萊福特林追問他。

「她當然能來。」斯沃格猶豫了一下，然後幾乎是有些惱怒地問，「你是在說，她能加入柏油人號？我們可以一起在柏油人號上工作？」

「還是你寧願和她一起待在薩夏號上？」

「不，當然不。」

「那麼就問問她。我不會要你簽下契約，除非她也同意簽。不過我的條件還是那樣，這是一份終身契約。」

「你甚至還沒有見過她。」

「我認識你，斯沃格。你認為你能和她過一輩子，那麼我就相信我也能信得過她。去問問她吧。」

斯沃格向筆和契約伸出手。「不需要，」他一邊說，一邊將筆尖蘸進墨水中，「她一直都想要上一艘活船，又有哪個水手不想呢？」隨後，他便用流利又工整的筆跡，將自己的一生簽給了柏油人號。

在商人大堂的婚禮儀式，愛麗絲紅潤的面頰，不止一名客人注意到了。當客人們跟隨新人前往他們的新家享用婚禮筵席的時候，愛麗絲幾乎嘗不出蜂蜜蛋糕的味道，也聽不清周圍的人都在說些什麼。晚宴彷彿沒有結束的時候，別人對她說的話，她連一個字都記不住，更沒辦法進行任何聰明的交談。她只是在長桌的另一端看著詔諭。詔諭修長的手指捧著一杯葡萄酒，舌尖舔了舔嘴唇，柔軟的髮絲落在額前。難道這一餐飯永遠都不會結束，這些人再也不會離開了嗎？

依照傳統，當詔諭和他的朋友前去新書房品嘗白蘭地的時候，愛麗絲向客人們正式道別，然後前往她的新婚房間。蘇菲和愛麗絲的母親陪著她，幫助她除去沉重的長裙和襯裙。她和蘇菲已經有幾年時間不曾如此親近過了，但既然塞德里克一直陪在詔諭身邊，他的妹妹留在愛麗絲身邊顯然是恰當的。母親留下許多充滿關愛的祝福之後便離開他們，去協助愛麗絲的父親向離去的客人們道別。蘇菲留在房裡，協助愛麗絲繫上薄紗綢緞睡衣的幾十個小緞帶結。然後，愛麗絲坐下，她幫助愛麗絲解開紅色的頭髮，把披散到肩頭的紅髮梳理平整。

「我是不是看起來很傻？」愛麗絲問她的老朋友，「我只是這樣一個普通的女孩。這件睡衣對我來說是不是太艷麗了？」

「妳就像是一位新娘。」蘇菲回答道。她的眼神中顯露出一絲哀傷。愛麗絲明白。今天，隨著愛麗絲成婚，他們童年時代的最後一點痕跡也一去不返了。她們現在都是已婚女人。儘管心中充滿期冀，愛麗絲還是為自己丟棄的人生感到了片刻的遺憾。再也不會是一個女孩了。再不會有任何一個晚上住在她父親的房子裡，做父親的女兒。想到這一點，愛麗絲突然感覺一陣輕鬆。

「妳擔心嗎？」蘇菲問愛麗絲。她們的目光在精緻的化妝鏡框中交會在一起。

「我沒有事。」愛麗絲一邊回答，一邊竭力抑制自己的微笑。

「這樣不奇怪嗎？你們三個人住在同一個家裡？」

「妳是說塞德里克？當然不！他永遠都是我的朋友。知道他和詔諭相處得那麼好，我高興還來不及呢。和詔諭打交道的那些商人我知道得很少。當我進入新生活的時候，能夠有一位老朋友陪在我身邊，我會非常高興。」

蘇菲看著鏡中愛麗絲的眼睛，臉上顯露出驚訝的表情。然後她側過臉向她的朋友說道：「嗯，妳總是能看到事情好的一面！我相信，我的哥哥一定也很高興擁有妳這樣一位一直對他那麼好的盟友！我真是沒辦法讓妳比現在更漂亮了，妳看上去是這樣高興。妳真的很高興，對不對？」

「是的，我很高興。」愛麗絲向她的朋友回答道。

「那麼，我應該走了，將我最好的祝福給妳。晚安，愛麗絲！」

「晚安，蘇菲。」

愛麗絲一個人坐在梳妝鏡前，拿起髮刷，再一次梳理起她赤褐色的頭髮。她幾乎不認識鏡子裡這個穿著蕾絲睡裙的女人。今天早晨，她的母親以巧妙的手法為她敷了粉，遮住了她的雀斑，不僅僅是臉上的，還有她胸前和手臂上的。她知道，她正在走進一段人生，一段甚至在她還是個充滿夢想的小姑娘時都不曾想像過的人生。在樓下，樂手們演奏起向客人道晚安的最後一段樂曲。她的臥室窗戶敞開著。她聽到馬車輪轉動的轔轔聲，客人們正一家接一家地離開。她儘量讓自己有耐心。她知道，詔諭必須留在樓下，直到最後一位客人走出大門。終於，她聽到房子大門最後關閉的聲音，又從窗外聽到了父母和詔諭的父親互道晚安的聲音。她相信，他們是最後離開的。她又向身上噴了一點香水。兩輛馬車駛遠了。她吹熄了一半的香水蠟燭，讓房間裡的光線變得暗一些。樓下一片靜瑟。被燭光照亮的房間裡，到處都是插著芬芳花朵的精緻花瓶。她期待著丈夫的到來，在心跳中等待著，耳朵努力地捕捉著靴子踏在台階上的聲音。

在等待中，夜越來越深。她感到寒冷。她披上一條柔軟的羔羊毛披巾，坐到壁爐邊的椅子裡。夜蟲已經停止了鳴叫。一隻孤單的夜鳥正在號啼，卻得不到任何回應。慢慢地，她的情緒從期待變為緊張，又變為惱怒，最終，她陷入了迷惑。壁爐中溫暖房間的火焰正漸漸變小。她又向爐膛裡加了一根圓木，吹熄華麗的銀燭台上快要燃盡的蠟燭，重新點亮另外一些蠟燭。她坐在壁爐旁的軟墊椅裡，雙腿盤曲在身下，等待著她的新郎到來，贏取對她的權利。

當淚水從眼眶中溢出的時候，她無法阻止，她也無法修復被淚水破壞的敷粉。於是她從臉上洗掉一切偽裝，面對著鏡子裡滿臉斑點的自己，問自己什麼時候變得這樣愚蠢。詔諭早就清楚地說明了他的條件，從一開始就清楚地告訴了她。是她編織出愛情的愚蠢幻想，並用它來覆蓋住他們冰冷如鐵的契約。她不能責備他，要怪只能怪她自己。

她早就應該脫掉衣服去睡覺。

但她只是坐在爐火旁，看著火焰漸漸吞噬圓木，又漸漸暗淡下去。

子夜之後又過了很久，當黎明的陰影落入屋中，最後幾根蠟燭也快要燃盡的時候，她喝醉的丈夫走了進來。詔諭頭髮蓬亂，步履不穩，衣領已經鬆開。發現愛麗絲正在即將熄滅的爐火旁等他，他似乎嚇了一跳。他將愛麗絲上下打量了一番。突然之間，愛麗絲覺得讓詔諭看到自己只穿著一件純白色的繡花睡衣，實在是一件很困窘的事。他的嘴唇抽動了幾下。在那一瞬間，愛麗絲看到了他牙齒的閃光。然後他便轉過頭不再看愛麗絲，只是用含混的聲音說：「那麼，我們就來吧。」

他沒有走向愛麗絲，而是向臥床走去，一邊脫下他的衣服。他的外衣和襯衫先後落在厚地毯上。走到最後四根還有光亮的蠟燭前，他停住腳步，彎下腰，一口氣把它們吹熄掉，讓整個房間陷入黑暗。愛麗絲能夠嗅到他呼吸中的酒精氣味。

愛麗絲聽到臥床在丈夫的身體下發出嘎吱聲。詔諭坐到床邊。咚的一聲響，他扔下一隻靴子，然後是另一隻。一陣布料的窸窣聲，愛麗絲知道詔諭已脫下褲子。隨著詔諭躺下，臥床又發出一聲歎息。愛麗絲還留在椅子裡，驚訝夾雜著恐懼，讓她一動也不能動。她對於夫妻之愛的全部期待，她愚蠢的浪漫夢幻都化為了泡影。她聽著詔諭的呼吸。又過了一會兒，詔諭說話了，他的聲音中帶著一股充滿酸氣的打趣意味。「如果妳也到床上來，我們應該會容易得多。」

愛麗絲從椅子裡站起身，向詔諭走過去。她甚至不知道自己為什麼要這樣做。只是這似乎是不可避免的。她不知道自己對這件事有這麼高的期待，是不是因為在這方面缺乏經驗。當她離開壁爐的溫暖，走過這個陰冷的房間，她感覺自己彷彿在游過一條冰冷的河流。她終於走到床邊。詔諭沒有再對她多說一個字。這個房間是這樣幽暗。他不可能看見她走過來。她笨拙地坐到床邊。又一段時間過去了，詔諭用渾濁的聲音對她說：「妳必須脫掉衣服躺下來，我們才能完事。」

愛麗絲的睡衣前襟上繫著十幾個小絲帶結。當她將它們逐一解開的時候，一股可怕的情緒從她的心中升起。她是多麼愚蠢，竟然會幻想他的手指怎樣將每一根絲帶從扣袢中解脫出來。她穿上這件衣服的時候竟然會有這種白癡一樣的期盼。只是在幾個小時以前，這件奢侈繁複的絲裙還彷彿充滿了女性的誘惑。而現在，愛麗絲感覺自己實在是選了一件很蠢的衣服，還妄想扮演一個她永遠也不可能成為的角色。詔諭早已看穿了這一點，像她這樣的女人，根本沒有權利穿上這種美麗嬌柔的絲緞衣裙。浪漫不屬於她，甚至連欲望也不是她能享有的。對詔諭而言，她只是一份責任。僅此而已。愛麗絲歎了一口氣，站起身，讓睡衣沿著身體滑落到地板上。然後她掀起被子，躺在臥床的另外半邊。這時，她感覺到詔諭翻過身，正在看著她。

「那麼，」詔諭的氣息直接吹在她的臉上，「那麼，」他歎息一聲，片刻之後，他深吸了一口氣，「妳準備好了嗎？」

「我想是的。」愛麗絲說道。

詔諭在床上挪動身體，湊近愛麗絲。愛麗絲也轉身面對著詔諭，卻又突然全身一僵。她現在非常害怕詔諭的碰觸。儘管心中揣著種種畏懼，她卻又害羞地感覺到一陣暖意湧起。畏懼和渴望絞纏在一起。她厭惡地想到她的兩個朋友，他們曾經不厭其煩地念叨著若被恰斯劫匪強姦是多麼地危險。愛麗絲能明顯地感覺到她們在說這件事的時候那種又害怕又興奮的情緒。愚蠢，她一直這樣看待她們，那兩個蠢女人竟然會因為欲望和暴力的幻想而喘不過氣來。

而現在，當詔諭的手落在她的臀部，她不由自主地微微驚呼了一聲。在這以前，還從沒有男人碰過她裸露的肌膚。這個想法讓一陣雞皮疙瘩掠過她的皮膚。然後，隨著詔諭增加力量，隨著他的手指緊握住她的身體，將她拉近，愛麗絲驚懼地發出輕聲尖叫。她聽說過，第一次會很痛，卻從沒有擔心過詔諭也許會很粗暴。現在，她有了這樣的擔心。

詔諭突然輕呼了一口氣，彷彿有什麼東西一下子合了他的心意。「沒有什麼不同嘛。」他嘟囔了一句，或者也許是「沒有那麼難嘛」，愛麗絲幾乎沒有時間細想他到底說了什麼。她肺裡的空氣被一次突如其來的撞擊擠壓了出去。詔諭將她按在床上，用自己的身體壓住她。他的膝蓋將她的大腿向左右分開。「準備好了。」他一邊說，一邊將她從沒有見過的一樣東西插進她的身體。

愛麗絲努力配合詔諭。她抓住床單，卻無法讓自己擁抱丈夫。她早就被告知會出現的疼痛並不像她害怕的那樣強烈。她聽過朋友們悄聲談論，但自己也滿懷期待的那種喜悅卻沒有到來。她太容易被騙了，她甚至不知道自己是否喜歡這樣。騎在她身上的詔諭，在她沒有意識到便已結束。隨後，他立刻將讓自己的身體離開她，耷拉懸盪的那根東西拖過她的大腿，留下一道溫熱的液體。愛麗絲覺得自己被弄髒了。當詔諭躺回到臥床的另外半邊時，愛麗絲猜測著他是否會立刻熟睡過去，還是會休息後再對她做一遍那種事，也許這一次他會更從容一些。

詔諭沒有做這兩件事，他只是躺在床上，直到呼吸恢復平穩，然後就從床上翻身坐起，摸索了一番，找到為他準備好的溫暖柔軟的睡袍。愛麗絲更多是聽到，而不是看到他這樣做。一道微弱的光亮突然落進屋中，那是走廊外被罩住的蠟燭。房門緊接著便在詔諭身後關閉，愛麗絲的新婚之夜結束了。

片刻之間，愛麗絲只是躺在床上，她全身都起雞皮疙瘩，很快地，全身顫抖。愛麗絲沒有哭泣，她只想要嘔吐。不過她只是用詔諭那一側的床單揩淨了自己的腿和腰，然後就翻身到了臥床乾淨的那一邊。她努力將空氣吸進肺裡，再呼出去。她有意讓自己的呼吸緩慢下來。她開始計數，每吸一口氣都數三下，然後再緩緩地呼出去。

「我很平靜，」她高聲說道，「我沒有受傷，沒有問題。我履行了我的婚姻契約上的各項條款。」片刻之後，她又高聲說，「他也是。」

愛麗絲從床上坐起身。壁爐中應該再加上一根圓木。她將木柴放入火中，看著火苗在上面跳躍，她則陷入了沉思。在黎明前的一段時間裡，她仔細思考了自己簽署的這份契約有多麼荒唐。淚水不斷地落下。這段時間，她因為失望、羞辱和對自己愚蠢選擇的懊悔而感到窒息。片刻之間，她興起從詔諭的房子裡衝出去、回家去的念頭。

但「家」又在哪裡？她父親的房子？那樣她就必須面對無數的問題和流言蜚語。她的母親會不遺餘力地追問她這一晚發生的每一個細節，搞清楚到底是什麼事在困擾她。她能想像父親的表情。如果她去店舖，市場上就會充滿竊竊私語；如果她走進茶館想要喝杯茶，就會聽到鄰桌的悄聲議論。不，她沒有家可以回了。

當太陽升起的時候，愛麗絲將自己孩子氣的幻想和苦惱都放到了一旁。沒有人能夠將她從這個命運中拯救出來。於是她讓自己恢復成那個她早就在不斷演練的老處女。心志柔弱的少女不可能承受落在她身上的命運。最好還是把那個少女丟在腦後吧。只有那個意志堅定的老姑娘能夠從容地接受這份命運，並清醒地衡量這其中的利益。

太陽親吻天空時，愛麗絲站起身，叫來一名女僕。這是她的女僕，完全沒有錯，是她的貼身女僕。一個美麗的女孩，只是在鼻子上紋了一隻小貓，表明她曾經是一名奴隸。這個女孩端來了熱茶和香草熱水供愛麗絲清洗眼睛。然後，在愛麗絲的要求下，她用一隻漂亮的琺瑯托盤端來熱早餐供愛麗絲選擇。在愛麗絲吃飯的時候，這個女孩又擺出幾件華美的新衣服讓愛麗絲挑選。

當天下午，愛麗絲首次舉辦了歡迎諸位賓客的茶會。她穿著一件端莊嫻雅的淺綠色長裙，上面點綴白色蕾絲。簡潔的剪裁樣式，讓這件衣服看上去不像實際上那樣昂貴。當母親的朋友悄聲告訴她，她看上去很適合婚姻生活時，她露出喜悅明媚的微笑。當詔諭出現的時候，她的美好心情到達了頂點。她的丈夫身著盛裝，一塵不染，只是眼神空洞，面色蒼白。

詔諭站在客廳門口，已經遲誤了參加茶會的時間。很明顯，他是來找她的。當他的目光找到愛麗絲的時候，愛麗絲微笑著向他擺動了一下手指。妻子的氣色非常好，當他快速地悄聲向她為昨晚的「狀況」致歉時，她卻似乎毫不在意，這些顯然都讓詔諭吃了一驚。愛麗絲只是點點頭，就將自己的全部注意力轉回到了周圍的客人身上。她正盡全力成為一位優秀的女主人，顯示出自己的美麗以及睿智。

奇怪的是，愛麗絲發現這並不是那麼困難。就像任何決定一樣，一旦她下定決心，整個世界彷彿突然就變得簡單了。隨著晨曦在天穹中升起，她決定一絲不苟地履行她的契約。而且她會確保詔諭也是如此。

第二天，她召集木匠，將她臥室旁邊精雅的女紅室變成她的私人圖書館。鍍金的白色小桌子被更換成一張巨大沉重的烏木桌，上面付有許多抽屜和櫥格。在隨後的數個星期中，書商和古董商人們很快就知道，要把最新得到的好貨先送到芬波克府上供芬波克夫人挑選，之後才能公開銷售。不到六個月，愛麗絲的小圖書館中的書架和卷軸架上已經有了許多收藏品。她相信：如果她必須要賣掉自己，至少她應該賣一個高價。

雨月第十七日
最高貴與偉大的沙崔甫王柯思闍統治的第八年
商人聯盟獨立第二年
來自黛托茨，崔豪格信鴿管理人
致艾瑞克，繽城信鴿管理人

在封閉的卷軸匣裡有兩份文件，其中第一份要公開宣示，以詢問水手和農夫是否見到過任何與巨龍婷黛莉雅的相關跡象，她已經離開雨野原數個月之久。第二份是要交給繽城商人議會的一封信，提醒他們儘快提供資金，向那些照料幼龍以及為幼龍狩獵的人們支付薪水。務必迅速做出答覆，急切地期盼答覆。

艾瑞克：

對於你的損失，我致以最深切的哀悼。我知道你是多麼盼望著與法麗成婚。聽聞她突然去世，我的哀傷無以言表。現在對我們所有人都是一個艱難的時代。

黛托茨

綠月第十日
最高貴與偉大的沙崔甫王柯思閣統治的第八年
商人聯盟獨立第二年
來自艾瑞克，繽城信鴿管理人
致黛托茨，崔豪格信鴿管理人

密封的卷軸裡有一封繽城商人議會致雨野原議會的一封信。對於已經付出用於養護幼龍的資金，繽城商人議會要求得到一份詳盡的帳目清單。如果卡薩里克的議會無法清楚列出資金使用情況，繽城商人將不會再籌集並提供新的資金。

黛托茨：

最近這個月，我這邊孵出來的半數幼鴿幾乎都有蜷足問題。妳是否在妳的鴿群中見到過這種狀況，或者聽說過治療該病症的方法？我擔心營養匱乏是此種缺陷普遍發生的根源，但該死的議會，總是不給我充足的資金購買各種優質穀物和乾豆子，而這些對於鴿子的健康是至關重要的。為了重建道路和港口，他們收的重稅會徹底把我們吸乾，但我呼籲要為信鴿提供合理營養，他們卻充耳不聞！

艾瑞克

魚月第二十三日
最高貴與偉大的沙崔甫王柯思闍統治的第九年
商人聯盟獨立第三年
來自黛托茨，崔豪格信鴿管理人
致艾瑞克，繽城信鴿管理人

在密封的卷軸裡是卡薩里克和崔豪格的雨野原議會在這個月所花費的資金帳目，其中包含繽城商人議會提供的資金開銷明細。你們會從另外一隻信鴿那裡得到一份布告的文本，其中寫明：若有人提供巨龍婷黛莉雅的切實訊息，就能得到賞金。所有外出的船隻都應該攜帶這份布告。

艾瑞克：

我的親戚賽馨，正在為她的兒子雷亞奧尋找一份學徒的工作。雷亞奧是一位很有責任心的十四歲男孩，已經有不少照顧和餵養信鴿的經驗。我毫無保留地向你推薦他，儘管我相信你應該對此不會很在意，但我還是會向你保證，他身上的標記很輕，就算在工作時不戴面紗，也不會招惹任何麻煩。如果有人走進你的鴿舍，也不會對他產生任何不必要的好奇。如果你需要學徒，我們將很高興把他送到你那裡去，車馬費由我們出，同時我還會送去下一批幼鴿以更新繽城鴿群的血統。雷亞奧本來應該負責管理卡薩里克的鴿群。現在卡薩里克人決定要建立他們自己的鴿群了，但卡薩里克議會卻雇傭了兩個紋身者做這件事。雨野原不再是過去的雨野原了！請單獨派一隻鴿子來，讓我知道你對這件事的決定。

黛托茨

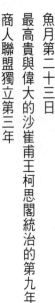

更月第十七日
商人聯盟獨立第四年
來自艾瑞克，繽城信鴿管理人
致黛托茨，崔豪格信鴿管理人

在密封的卷軸裡，是一份繽城商人議會向卡薩里克和崔豪格的雨野原商人議會發出的警告。在繽城發現了一枚偽造的璽戒，有人在用這種璽戒偽造交易書和許可證，以便於在雨野原河沿岸各處行動。繽城商人議會建議在結交新的交易夥伴時一定要保持謹慎，尤其是那些來自天譴海岸的外國人，必須詳細查勘他們的文件。

黛托茨：

關於妳的外甥和我的學徒雷亞奧，我有一點小小的擔心。過去一年裡，他一直專心照料信鴿，讓我看到了他的安穩可靠和認真盡責，對此我非常欣賞。但最近，他結交了幾個年輕朋友。那些年輕人將太多的時間用在賭博和酗酒上面，這對他的工作非常有害。商人、三船人和紋身者中的年輕人都混雜在我們的城市裡，這並不總有利於我們建立牢固的工作倫理規範。我已嚴厲地警告他，但我相信同樣的懲罰如果來自於他的家人，應該會對他產生更大的影響。如果他不能繼續安心工作，恐怕我就只能送他回家，同時不能給他熟練工的證明書。

遺憾的，艾瑞克

望月第十四日
商人聯盟獨立第五年
來自黛托茨，崔豪格信鴿管理人
致艾瑞克，繽城信鴿管理人

此份密封函件為商人高申致三船城戴倫．索耶的一封信，詢問一艘運硬木的船之所以遲誤的緣由。

艾瑞克：

向你和雷亞奧致歉。雷亞奧的津貼遲誤了，感謝你幫助他解決了財務困難。這場風暴實在太可怕了，不僅延誤了河上的船運，還對人和信鴿都造成了許多災難。請先讓蒂塔好好休息，再派她飛回到我這裡。等到強勇號停泊在繽城，雷亞奧的錢就會送到了。再一次致上我們的感激。

黛托茨

5
勒索和謊言

萊福特林站在甲板上，看著恰斯人船上的小艇向他靠近。這艘小艇吃水很深，對它施以重壓的是一名肥胖的商人、數名槳手以及一大堆裝滿穀物的麻袋。和他們的三桅大船相比，柏油人號頓時小了許多。這也是萊福特林拒絕靠近那艘船的原因之一。如果恰斯人想要和他做交易，就讓他們過來罷，萊福特林可以站在高處好好盯著他們登船。而他沒有在他們的身上看到武器。

「你不打算在做交易之前先看看貨嗎？」斯沃格問他。這名肌肉發達的舵手，正緩緩拽動著長長的舵柄。

萊福特林靠在船欄杆上搖了搖頭。「如果他們想要我的金子，就讓他們過來吧。」萊福特林對恰斯人沒有好感，也不信任他們。他不會去恰斯人的甲板，在那裡，任何狡詐的罪行隨時都可能落在誠實的人頭上。斯沃格拖曳船舵緩緩划過水面，毫不費力地讓駁船穩穩停在逐漸寬闊的河面湍流中。在他們周圍，乳白色的雨野原河水正分散進淺海的灣口中。這是萊福特林讓柏油人號行駛的最遠距離。實際上，柏油人號很少會來這裡。他的航路基本上只是沿著雨野原河上下，經過河岸邊的各處聚落。萊福特林的父親和祖父也都是這樣駕駛柏油人號的。海洋和異國海岸不屬於他們。每年萊福特林來到河口的次數屈指可數，往往只有可靠的中間人聯絡他，他才願意到這麼遠的地方來。而他在這裡交易的只有雨野原居民為了生存所必需的食物。在河口，不管和誰做生意，他不可能過於挑剔，但他一直保持著戒心。聰明的商人知道做生意和交朋友的區別。和恰斯人做生意的時候，他只會談生意，絕不會提什麼友誼。無論是誰和恰斯人做生意，最好在後腦勺上多長一對眼睛。現在這兩個國家處在和平狀態，但和恰斯國保持的和平，永遠不可能持久的。

萊福特林看著這些靠近的恰斯人，眯起了眼睛，嘴角露出懷疑的紋路。那些划槳的恰斯人看上去像是普通水手，那一袋袋穀物應該也只是穀物。不管怎樣，當這艘小艇在他的駁船旁邊停下，扔過一根纜繩的時候，他還是讓絲凱莉，他們最年輕的水手抓住纜繩，在船上固定好。他則一直站在欄杆後面，盯住了小艇上的那些人。大埃德爾不聲不響地站到了他身邊，撓著他的黑鬍鬚，看著恰斯人的小艇。「盯住那些水手，」萊福特林輕聲對他說，「我來盯住那個商人。」

埃德爾點點頭。

繩梯從柏油人號上掛下來。恰斯商人輕鬆地爬上繩梯。萊福特林對這個人重新做了評估。他的體重也許非常重，但他的體力並不弱。他披著沉重的海豹皮斗篷，斗篷用紅布鑲邊和襯裡。一條用白銀做裝飾的寬皮帶勒緊了他的羊毛長外衣。海風吹來，將他的斗篷不斷翻扯。但這名商人卻彷彿對此毫不在意。**是商人，也是水手**，萊福特林心中想。登船之後，這名商人嚴肅地向萊福特林點點頭，萊福特林微鞠一躬作為回禮，然後恰斯商人在船邊俯下身，用恰斯語向他的槳手們喊了幾句，之後又轉回身朝向萊福特林。

「你好，船長，我會讓我的船員送來一些小麥和大麥的樣品。我相信我的貨物品質肯定會符合你的要求。」

「那就讓我們看看吧，商販。」萊福特林態度親切卻毫無推讓，自始至終，他的臉上都帶著微笑。恰斯商人向柏油人號光禿禿的甲板瞥了一眼。「那麼你用來交易的東西呢？我本以為能夠看到它們被堆放在這裡，以供我檢查。」

「錢幣不需要檢查。到時候你就會看到天秤已經在我的房間裡擺好。我喜歡稱重，而不是數錢。」

「對此我沒有異議。國王和他們的鑄幣廠有興有衰，但黃金就是黃金，白銀就是白銀。不過……」他忽然壓低了聲音，「……來到雨野原河口的人不一定都想要得到金銀。我希望能有機會從你這裡購買一些雨野原特產。」

「如果你要找雨野原特產，那麼你就必須到繽城去。所有人都知道，那是唯一能購買到雨野原出產的地方。」萊福特林的目光越過恰斯人的肩膀——另一名恰斯人正爬上甲板。埃德爾向那個人走去，不過並沒有要從那個人肩頭接過麻袋的意思。貝霖就站在不遠處，手中握著沉重的船篙。雖然並不是有意為之，但她卻顯得比埃德爾更加令人生畏。

恰斯槳手跨過船欄杆向前走了兩步，把肩頭沉重的麻袋拋在萊福特林的甲板上，然後回身去接另一隻麻袋。這些麻袋看上去都很好，麻線編織緊密，沒有鹽漬和水浸的痕跡。但這並不意味著裡面的穀物就是好的，更不意味著所有那些口袋裡都會是優質糧食。萊福特林繼續保持著面無表情的樣子。

恰斯商人又向他靠近了半步。「沒錯，人們都這樣說，許多人也只知道這些。但還有少數人能得到另一些訊息，簽訂不同的契約，悄悄做成生意，讓雙方都發大財。我們的中間人提到過，你名氣很大，人們都知道你是一位精明的船長，也是一個明白事理的商人，擁有世上僅見、最高效的駁船。他說，如果有人能弄到我正在尋找的特殊貨物，那一定就是你。或者你會知道我應該去找誰。」

「他是這麼說的？」萊福特林和藹地問道。這時恰斯槳手又將一隻麻袋放在他的甲板上。這只口袋也和第一隻一樣，編織緊密，保存良好。萊福特林向軒尼詩點點頭，他的大副打開了艙室門。船上的黃貓格裡格斯比悠閒地走上了甲板。

「他是這麼說的。」恰斯商人直率卻又平靜地向萊福特林確認。

萊福特林的目光越過恰斯商人的肩膀，望向那隻貓。那個淘氣的小雜種正用爪子摳住柏油人號的甲板，伸了個懶腰，然後把一雙爪子拖向自己，在木頭上留下一些細小的抓痕。他漫步向船長走過來，在甲板上閒遊了一圈，然後開始他的任務。他走向那些剛剛出現在船上的麻袋，隨意地嗅嗅它們，然後用頭頂了一下麻袋，彷彿在把它標記為自己的財產，之後他便向廚房門走去。萊福特林咬住嘴唇，微微點點頭。如果麻袋上有一點老鼠的氣味，這隻貓都會對它們更加感興趣。也就是說，這名穀物商人的船很乾淨。這一點相當不簡單。

「特別的貨物，」那個人又低聲重複了一遍，「他說他早就聽說你能弄到這種東西。」

萊福特林猛地轉過目光，盯著這名商人專注的灰色眼睛，皺起眉頭。恰斯商人誤解了他的表情。

「各種都可以，哪怕是最小的鱗片，一片皮膚。」他將聲音壓得更低，「一片繭木。」

「如果你想要交易的是這個。那你就是找錯人了。」萊福特林粗魯地說道。他從恰斯商人面前轉過身，走過甲板來到穀物麻袋前，單膝跪倒，抽出腰帶上的匕首，割開縫住麻袋口的繩子，將麻袋口打開。將手插進穀物裡，挖出一滿把穀粒。這是上好的穀物，非常乾淨，沒有穀糠和稻草。他將穀粒拋回到麻袋裡，又伸手到麻袋深處挖出一把穀粒。當他在陽光下張開手時，掌心的穀粒就像剛才那把一樣乾淨漂亮。他用另一隻手拈起小麥粒放進嘴裡咀嚼起來。

「是在陽光下曬乾的，而且保存得很好，沒有被曬得過乾，也沒有失去香氣和美味。」恰斯商人說道。

萊福特林用力點點頭，將手中的穀粒倒回麻袋裡，拍拍雙手，又將注意力轉向另一個麻袋。他割開繩結，打開麻袋，繼續檢查。檢查結束之後，他坐到腳跟上，嚥下嘴裡的大麥，承認道：「品質非常好，如果你的貨物品質都如同這兩個麻袋，我很樂意把它們買下來。我們談好每一袋的單價之後，你就可以開始搬貨了。我會保留拒絕任何一袋的權利，而且我會檢查每一袋送到我甲板上的糧食。」

恰斯商人緩慢地一點頭，算是正式和萊福特林達成協議。「你的條件很公允。那麼，我們是否應該去你的艙室談妥每一袋穀物的價格，也許還可以談一談其他的生意？」

「或者我們可以就在這裡談。」萊福特林平靜地說。

「如果你願意的話，你的艙室應該更有利於保護隱私。」商人回答道。

「如你所願，」萊福特林的確做過違禁物品的販運生意。只是他現在沒有這樣的貨物願意出售，不過他願意讓這個傢伙提出些可以被控罪的交易。那時他也許會感覺遭到了冒犯，然後告訴這名商人，要把他所提供的這些非法交易條件都向雨野原政府報告，這名商人在雨野原的貿易權肯定會因此被剝奪。用這種方法，萊福特林能夠把穀物的價格進一步壓下來。他並不排斥這種手段。畢竟，現在他打交道的這個傢伙是恰斯人。他們可不會講究什麼公平正義。萊福特林向他的小艙室一指。他相信這名衣裝考究的商人一定會被他的小房間嚇一跳。

「我們說話的時候，我可以讓我的人把糧食送到你的駁船上。」

「在我們談妥價格之前？」萊福特林吃了一驚。這樣會讓他占很大的便宜。如果他一直拖延談判，直到大部分貨物都在他的船上堆放妥當，再拒絕恰斯商人的價格要求，那麼恰斯人就只能讓船員再把全部貨物搬回去了。

「我非常確定我們能夠談妥一個令我們雙方都感到滿意的價格。」恰斯商人平靜地說。

那就這樣吧，萊福特林心想。永遠不要拒絕在談判時能夠獲得的優勢。他回過頭向大副喊道：「軒尼詩！你和格裡格斯比看著他們送過來的糧食麻袋。記得點清楚數量。任何看上去分量不足或者有水漬鼠咬痕跡的麻袋，都要仔細查看，別不好意思。裝好貨之後，就來敲敲我的門。」

當他們進入艙室，關好艙門之後，萊福特林坐到自己的床上，恰斯商人坐進了艙室小桌子旁唯一的一把椅子裡。這名商人始終都是一副鎮定自若的樣子。他看看這個簡陋的房間，然後再一次鄭重地向萊福特林點頭並說道：「我希望你知道我的名字。我是亞力克家族的辛納德。在繽城出現之前，我的家族子弟就已經是商人了。我們並不喜歡那場讓我們兩個國家成為仇敵的戰爭，這限制了我們的貿易，削減了我們的利潤。所以，既然我們之間的敵意已經被消弭，我們就立刻與雨野原河的商人們直接進行了聯絡。我們希望建立起良好的貿易往來關係，並希望這最終能讓我們雙方都得到豐厚的利潤。實際上，如果你們能夠只和恰斯國少數有信譽的商人進行貿易，我們一定會非常高興。」

儘管萊福特林對於全體恰斯人有著很糟糕的看法，但這個人的直率還是贏得了他的好感。他拿出在貿易談判時飲用的萊姆酒和兩個小杯子。他的玻璃酒杯很沉重，呈現出非常深的藍色，是一對古董。他將萊姆酒倒進酒杯裡，酒杯口立刻有一圈銀星閃亮。萊福特林是有意讓這名商人看到這一幕。恰斯商人微微驚歎一聲，貪婪地向前俯過身子，未經邀請便拿起酒杯，把杯子舉到艙室的小窗戶前。當他還在欣賞這件無價珍品的時候，萊福特林開口說道：

「我是萊福特林，河上駁船柏油人號的船長和船主。我不知道我的家族在離開遮瑪里亞之前做什麼謀生，不過我認為這並不重要。現在我的工作就是運營這艘駁船，做各種生意。如果你是一個誠實的人，有乾淨的貨物，我們就能達成交易。下次我見到你的時候，我甚至會更願意和你做交易。但我不會只限定某些人做我的交易對象。能得到我的錢的人，都是能給我最好契約的人。所以，我們還是做好眼前的事吧。每一袋小麥要多少錢？每一袋大麥又要多少錢？」

恰斯商人將酒杯放回到桌子上。他並沒有喝杯中的酒。「對於這樣的貨，你的出價是多少？」他用指甲彈了彈面前的玻璃杯，「我願意給你一個很好的價格。」

「這一趟，我只出錢幣、銀幣和金幣。稱重而不是算錢幣個數，沒有別的。」這一雙酒杯是古靈製作的。萊福特林還有幾樣這種寶物：一條能夠發熱的女士圍巾；一隻堅固的匣子，被打開蓋子的時候就會發出亮光並響起音樂。另外還有一些東西，大部分是他的祖父在許多年以前為他的祖母購買的。他將所有這些寶物都收藏在他船舖下面的一個暗艙裡。在這個看似簡陋的小艙室裡，用珍貴的古董酒杯請一個恰斯人喝萊姆酒，這讓他感到非常有趣。

辛納德．亞力克靠進那把小椅子裡。椅子在他的重壓下發出嘎吱的聲音。他聳起寬闊的肩膀，又將雙肩垂下。「用穀物換錢自然是很好。無論是哪家鑄幣廠鑄造的金銀幣都很有用。有了錢，一個人就能購買他看中的任何貨物，比如這一趟的穀物。但在我上一次帶著錢去繽城的時候，我用錢買到的是情資。」

一陣寒意在萊福特林心中升起，他不知道這個傢伙要幹什麼。這個恰斯人沒有任何威脅的表示，但他剛才所說的「高效的駁船」，現在卻讓萊福特林有了一種不懷好意的感覺。萊福特林露出微笑。但這笑容並沒有觸及他的淺色眼睛。「我們商量好穀物的價格，做完這筆生意吧。我想要趁著漲潮到河裡去了。」

「我也想如此。」辛納德表示贊同。

萊福特林拿起酒杯猛灌了一口。沖下喉頭的萊姆酒散發出熱量，但他手指碰觸到的玻璃杯卻冷得非同尋常。「你的意思是希望趁著漲潮的時候回到海裡去吧。」

辛納德很有紳士風度地吮了一口杯中的萊姆酒。「喔，不。我總是會很仔細地嚴格說出我的意思，尤其是當我在使用一種曾經對我來說很陌生的語言時。我希望等到漲潮的時候，我的糧食和我的個人物品都已經被送到了你的駁船上。我相信那時我們就能為我的穀物和你的服務談妥一個價格，然後你就會帶著我溯流而上。」

「我不能。你一定知道我們在這件事上的規則和法律。你不只是一個外國人，你還是恰斯人。要訪問雨野原，你必須得到繽城商人議會的允許。要和我們做交易，你必須有雨野原議會核准的許可文書。沒有正式的旅行文件，你甚至不能進入雨野原河。」

「我當然不是傻瓜，這些我都有。上面有蓋章，有蠟印，還有紫色墨水的簽字。我還有幾位繽城商人的推薦信，以證明我是最誠實和有信譽的商人，哪怕我是一個恰斯人。」

一滴汗水開始沿著萊福特林的脊椎滾落。如果這個人真的擁有他所說的那些文件，那麼他或者是一個能創造奇蹟的人，或者是一個最優秀的詐欺犯。萊福特林想不起自己這輩子曾經見到過哪個恰斯人能夠合法地訪問雨野原。恰斯人永遠都只是入侵者，大多數時候是軍人，偶爾是間諜，但從沒有過守法的商人。萊福特林根本不相信恰斯人知道如何做一名守法的商人。不，這個人是個麻煩，是危險分子。他挑中萊福特林和柏油人號一定是有預謀的。這很不好。

辛納德小心地將玻璃酒杯放回到小桌子上。杯子只空了一半。他向杯子微微一笑，然後從容不迫地說道：「你的這艘船簡直讓我著迷。有一件事讓我感到很有趣，那就是它曾經需要十二名槳手才能航行。而現在，你的船員包括你在內只有六個人。對於一艘這種規模的駁船，這麼少的人手只能讓我感到吃驚。同樣讓我感到吃驚的還有你的舵手，他能夠讓船如此平穩地停在河流入海口，而且他看上去完全不費半點力氣。」他再一次朝著陽光舉起酒杯，彷彿是在欣賞杯口的小星星。

「我重新設計了船殼，讓這艘船的效率更高了。」第二滴汗和第一滴汗匯合在一起，繼續沿著他的脊背下滑。到底是誰說的？金羅德，當然。他聽說幾年以前金羅德從崔豪格遷居到了繽城。那時萊福特林就懷疑，正是他付給金羅德改造柏油人號的酬勞，讓那個人有足夠的錢去繽城生活。金羅德是一位技藝高超的工匠，一位加工木材的大師，甚至懂得如何雕鑿巫木。四年以前，萊福特林為了他的技藝和他的沉默而支付給了他很豐厚的酬金，那實在是一大筆錢。而從金羅德那裡買到的，遠遠超乎萊福特林的期望。萊福特林現在才回想起，金羅德曾經不止一次哀傷地叨念：「最偉大的作品卻只能是一個祕密，要永遠地淹沒在水中。」他的心沉了下去。不是因為金錢，而是金羅德渴望炫耀自己的高傲自負讓他背叛了萊福特林的信任。如果他再見到那個皮包骨的小個子，他一定會給金羅德的腸子打個結。

這個恰斯人只是不眨眼地盯著萊福特林。「我當然不會是唯一注意到這些事的人。我相信，你的許多同行都在羨慕你的船。毫無疑問，他們也都在努力想要從你這裡得到你的新船殼的設計祕密。我聽說，你的船屬於最古早的一批用那種神奇的龍木建造的貿易船隻，如果你成功改造了這樣古早的一艘船，那麼其他船主一定也會想要以同樣的方法改造他們的船。」

萊福特林希望自己的面孔沒有變得蒼白。他突然開始懷疑自己的判斷，也許金羅德並不是走漏所有這些情資的源頭。那位木匠也許吹噓過他在柏油人號上留下的巧工妙手，但他也是一個徹頭徹尾的商人。他不會公開談論柏油人號作為最古老活船的血統。這個恰斯商人一定從不止一個來源搜集到了各種傳聞。萊福特林決意要從他的口中套出洩密者的名字。「商人都會尊重彼此的祕密。」他說道。

「是嗎？那麼他們就和我所認識的其他商人都不一樣了。我所認識的每一名商人都是在努力發掘其他人所擁有的優勢。有時候，他們會用黃金收買這樣的祕密。當黃金也買不到他們想要的東西時，沒錯，我聽說過曾經為此而訴諸暴力的故事。」

「黃金或暴力都不可能買到你想要從我這裡得到的東西。」

辛納德搖搖頭。「你誤解我了。我要討論的不是使用黃金還是暴力，我只要告訴你，那筆交易已經完成了，對於你和你的船，需要知道的，我都已經知道了。讓我們開誠布公好了。恰斯大公已經不年輕了。每一年，不，每一個星期都會有一些新的小毛病增添他的煩惱。一些最有經驗，最受尊敬的治療師被從恰斯國各處召來試圖對他進行治療。許多治療師都因為自身的失誤而被處死了。所以，也許正是為了逃脫責任，許多治療師都開始說他恢復健康，獲得長久壽命的唯一希望，就是用龍的軀體製成的靈藥。他們充滿深深的歉意報告恰斯大公，他們並沒有製造靈藥所需的藥材，同時他們又向大公承諾，只要得到一應藥材，他們就能製造出讓大公返老還童，變得俊美健壯的靈藥。」這名商人歎了口氣，將目光轉向艙室的小窗戶，望向遠方。「所以，大公原本憤怒並憎恨他的治療師及其療法，該股憤怒與贈恨隨後轉向了恰斯國的商人家族。他質問我們，為什麼無法獲取他所需要的東西？我們是叛徒嗎？我們是不是想要被他處死？一開始，他給我們黃金，要我們去購買藥材。當黃金沒有作用，他就轉而開始採用一直都很有效的貨幣：血。」辛納德的目光轉回到萊福特林身上，「你是否明白我在對你說什麼？你是否明白，無論你是多麼鄙夷恰斯人，我們終究也還是愛著我們的家人？懂得孝敬父母，養育子女。你要明白，我的朋友，為了保護我的家人，我會不擇手段。」

在這個恰斯人的眼睛裡，絕望和冷酷交織在一起。這是一個極度危險的人，他兩手空空地踏上萊福特林的甲板，但這名雨野原船長現在才意識到他並非沒有武器。萊福特林清了清嗓子說道：「我們現在可以為那些穀物設定一個合理的價格了。然後，我想我們的生意就算是做成了。」

辛納德向他露出微笑。「我的生意夥伴，我的穀物價格就是送我到河上游去，並且你要多向你的船員說我的好話。如果你找不到我需要的東西，你就要將我介紹給能搞到那種東西的人。」

「而作為回報，我會將我的穀物給你，並且嚴守你的祕密。還有什麼交易，能比這樣更划算？」

早餐非常美味也很周到。為三個人準備的餐點還有很多絲毫未動，被精心擺放在鋪著白色桌布的餐桌上。餐盤都被蓋住，徒勞地想要保留住食物的溫度。愛麗絲一個人坐在餐桌旁。她使用過的碗碟已經被迅速而有效率地清理乾淨。她提起茶壺，為自己又倒了一杯茶，繼續等待著。

她覺得自己就像是一隻蜷伏在蛛網邊緣的蜘蛛，等待著蒼蠅撞進陷阱。她吃飯時從不會耽誤時間，詔諭知道這一點。她懷疑正是因為如此，詔諭待在家中的時候才會這樣頻繁地遲誤進餐。她希望如果自己在這裡坐得夠久，詔諭就會來吃東西，而她終究能夠有機會和他正面相對。

這些日子裡，詔諭刻意躲避她，不只是在餐桌旁，而是在他們任何可能單獨相處的地方。愛麗絲對此並不感到苦惱。她很樂意自己能夠單獨而平靜地用餐，甚至當詔諭在晚上不來床上打擾她的時候，她會感到更加高興。不幸的是，昨晚並非如此。在臨近早晨時，詔諭大步走進她的房間，用力關上屋門。響亮的撞擊聲將她從熟睡中吵醒。詔諭的身上有著一股濃重的雪茄和昂貴葡萄酒的氣味。他脫下長袍，扔到床腳，爬到了愛麗絲的身邊。在黑暗的房間裡，愛麗絲覺得他只是一道更黑的影子。

「到這裡來。」他說道，就像是在命令一條狗。愛麗絲躺在床邊上，動也不動。

「我睡得很香。」愛麗絲抗議道。

「現在妳已經醒了，我們都在這裡。所以，讓我們造出一個漂亮的胖嬰兒來讓我的父親高興吧，好不好？」詔諭的聲音中充滿了苦澀，「我們只需要一個，親愛的愛麗絲。所以，配合我一下吧。這不會用很長時間，然後妳就能繼續睡覺了，一直睡到早晨醒來，再用一整天的時間，把我的錢送給那些卷軸商人。」

原來如此。他去見了他的父親，又一次因為沒有繼承人而遭到譴責。昨天，愛麗絲不是購買了一份，而是兩份相當昂貴的古老卷軸。兩份都來自於香料群島。這兩份卷軸上的文字她一個都看不懂，但上面的插畫看起來很像是描繪古靈。愛麗絲認為這樣的卷軸出現在香料群島是合乎邏輯的。如果古早時代的古靈曾經在天譴海岸生活，他們一定也會有交易夥伴。那些交易夥伴很可能會記錄下和古靈進行交易的情況。最近，她一直致力於搜尋這樣的古代紀錄。香料群島的卷軸是她真正找到的第一批成果。看到它們的價格時，就連她也曾有所退縮。但她必須得到它們，於是她付了錢。

今晚，她將再次付出代價，為了他們還沒有子嗣的窘境，也為了她擴張圖書館的大膽。如果她不是剛剛熬夜細讀自己的收穫，她也許會簡單地容忍一下詔諭。但她很累了，關於詔諭在他們這一部分婚姻生活中的行為方式，她突然極度厭倦了。

她說了以前從不曾說過的話：「不，也許明天晚上吧。」

詔諭盯著她。在黑暗中，她感覺到丈夫眼睛裡的憤怒。「這不是由妳來決定的。」詔諭粗魯地說道。

「這也不是能由你單獨決定的。」愛麗絲一邊反駁，一邊起身準備離開。

「今晚，就是今晚。」詔諭說道。他毫無預警地衝過臥床，抓住愛麗絲的胳膊，把她拽了回來，然後用身體把愛麗絲壓倒在床上。

愛麗絲短暫地掙扎了一下，但詔諭用手指扣住她的上臂，死死壓住了她。愛麗絲很快就明白，自己不可能躲過他了。「放開我！」愛麗絲向他悄聲尖叫。

「一會兒就好。」詔諭用繃緊的聲音回答道。片刻之後，他又說，「如果妳不掙扎，我就不會弄痛妳。」

他說了謊。就算愛麗絲已經默許了，將頭轉向一旁，眼睛死死盯住牆壁，他依然用力攥緊她的手臂，狠狠刺穿了她。這很痛。痛苦和羞恥讓愛麗絲覺得詔諭的這個任務彷彿永遠都不會結束。她沒有哭泣。當詔諭從她身上滾開，在她的床邊坐起身的時候，她的眼睛是乾的，也沒有發出任何聲音。

詔諭在黑暗中坐了一段時間。然後愛麗絲感覺到他站起身，又聽到了他穿上長袍時的窸窣聲。「如果我們的運氣夠好，我們就都不必再經歷這種事了。」他語音乾澀地說道。在那一夜剩下的時間裡，愛麗絲只覺得自己從沒有聽過詔諭如此真誠地說過話。而詔諭已經離開了她的床和她的房間。

愛麗絲無法入眠。那一夜，她一直在思考詔諭和他們羞恥的婚姻。詔諭很少對她如此野蠻，和詔諭之間的性生活往往是敷衍了事，很快就會結束。他走進她的房間，宣布他打算那樣，和她交配，然後離開。他們在一起的這四年，詔諭從沒有在她的床上睡過，也從沒有給過她帶有激情的吻，更是從沒有帶著興趣碰觸過她身體的任何地方。

愛麗絲曾經不顧羞恥地努力想要取悅他，使用各種香水，尋找又丟棄掉各種睡衣。她甚至嘗試過浪漫的行動，在深夜去了詔諭的書房，想要擁抱他。詔諭並沒有將她推開，只是從椅子裡站起身，告訴愛麗絲現在他很忙，然後便將愛麗絲領到房間門口，把她關在門外。愛麗絲逃走了，哭泣著一直跑回到自己的房間裡。

那個月晚些時候，當詔諭來到愛麗絲的床邊，愛麗絲又一次讓自己蒙羞。當詔諭騎在她身上的時候，她抱住詔諭，挺起身子想要親吻他。詔諭只是讓自己的臉遠離她。不管怎樣，愛麗絲饑渴的身體，還是竭力地從詔諭的碰觸中索取任何可能的歡愉。詔諭沒有回應她的意願。一完事，他就從她的身上滾開，完全無視她想要抱住他的努力。「愛麗絲，不要這樣，不要再讓我們兩個難堪了。」詔諭低聲丟下這句話，便在身後關上了屋門。

即使是現在，當愛麗絲回憶起自己對詔諭那些失敗的引誘時，還是會感到雙頰發紅。冷漠已經夠糟糕的了，但昨天晚上，當詔諭證明只要他願意，他不僅能執行它，而且完全會強迫愛麗絲，愛麗絲不得不認清了這個醜陋的事實。詔諭正在改變。在過去一年中，他變得對她越來越粗魯。他對愛麗絲的那些帶刺的話，已經不僅限於私下場合，甚至當著外人也不會再加以掩飾。女人應該從自己丈夫那裡得到的各種細緻禮貌，完全從她的生活中消失了。一開始，詔諭還會勉為其難地和愛麗絲一同出現在公眾面前，當他們並肩而行的時候將手臂遞給愛麗絲，扶愛麗絲上馬車。現在這些小小的關懷都消失了。而昨天晚上是他第一次用殘忍取代了所有這些好意。

甚至連那些珍貴的香料群島卷軸也無法補償他對她做的事情。該是結束這場鬧劇的時候了，愛麗絲已經有了他背叛的證據。是時候用這份證據來終止她的婚姻契約了。

愛麗絲擁有的線索都很小，但很明確。第一份證據是一張護膚霜劑的帳單。這張本應該寄給詔諭的帳單，被錯誤地放到了愛麗絲的桌子上。當愛麗絲向寄出帳單的商人詢問此事的時候，那名商人拿出了有詔諭簽名的商品收據。愛麗絲付了賬，但保留了帳單和收據。以大致相似的方式，她發現了詔諭在離家有半日騎馬路程的一片小農場中，租了一間農舍，居住在那些農場裡的大多是三船移民。最後一件事就是在昨天晚上，愛麗絲注意到詔諭戴著一枚她從不曾見過的戒指。當詔諭凶狠地攥住她的手臂時，她感覺到那枚戒指上的寶石刺痛了自己的皮膚。詔諭喜愛珠寶，經常會戴戒指。但他喜歡的是大尺寸的雕銀戒指，那卻是一枚金戒指，上面還鑲嵌著一粒小寶石。愛麗絲確信那絕不是詔諭買給自己的。

現在，愛麗絲明白了。詔諭娶她只是為了讓自己的家族滿意，讓他們能夠向世人展示一個正當的商人兒媳。芬波克家族絕對不會接受一個三船女孩進入他們的家族，更不要說承認她的孩子是繼承人了。愛麗絲相信，那瓶護膚霜劑正是詔諭送給情人的禮物，而這一次詔諭戴在手上的戒指肯定代表著那個女人和他的誓約。詔諭是不忠的，他違背了他們的契約。愛麗絲則可以利用他對誓言的毀棄將自己從他手中解放出來。

到時候，愛麗絲會變得貧窮。芬波克家族當然會安置她，但愛麗絲不會欺騙自己，以為她還能過上在詔諭屋簷下的這種生活。她將不得不回到曾經是她的嫁妝的那一小片土地上，只能過著簡樸的生活。當然，她還能留下她的書籍，還有……

餐廳門被打開，塞德里克走進來，一邊因為某件事而發出歡笑，一邊回頭和詔諭說著話。他轉頭看見愛麗絲，微笑著說道：「早晨好，愛麗絲！」

「早晨好，塞德里克。」愛麗絲的聲音中帶著下意識的愉快。

然後，當詔諭瞪視著她，因為發現她還在早餐桌邊而感到氣惱的時候，愛麗絲聽到自己的話脫口而出：「你對我不忠，我們的婚姻契約成為了一紙空文。你可以讓我安靜地離開，否則我會向商人議會發起控告，並拿出我的證據。」

塞德里克正坐進椅子裡。他的屁股一下子落在椅子上，面色蒼白地盯著愛麗絲，眼睛裡淨是恐懼。讓塞德里克見證了這一幕，這讓愛麗絲一下子感到很慚愧。「你不必留在這裡，塞德里克。很抱歉讓你參與到這種事上。」愛麗絲刻意挑選了鄭重的言辭，但她顫抖的聲音把一切都毀了。

「參與到什麼事上？」詔諭問道。他向愛麗絲豎起了一道眉毛。「愛麗絲，這是我第一次聽到這種胡話。如果妳夠聰明，這也應該是妳最後一次說這種話！我看到妳已經吃完了，為什麼妳不離開這裡，讓我安靜一下！」

「就像你昨天晚上那樣安靜地離開我？」愛麗絲苦澀地問道，然後又說出一段嚴厲的話語，「我知道了一切，詔諭。我已經把一切都拼湊在一起了。昂貴的護膚霜、三船人社區的一幢小房子、你戴在手上的戒指。這些都只說明了一件事。」愛麗絲吸了一口氣，「你有一個三船情人，對不對？」

塞德里克發出一點充滿驚駭意味的聲音，彷彿他在努力想要吸進空氣。但詔諭卻面不改色。「什麼戒指？」他問道，「愛麗絲，這根本全都是胡說！妳用這些荒謬的指控，侮辱了我們兩個。」

現在他的手上沒有戒指。沒關係。「昨晚你戴的那枚戒指。上面的那粒小石頭刮傷了我。如果你願意，我可以讓你看刮痕。」

「我想不出有什麼事情比這個更讓我感到無聊了！」詔諭反駁道。他一屁股坐到桌邊的椅子裡，掀起食碟的蓋子，舀了一滿勺煎蛋，瞪著它們，然後又把它們扔回到盤子裡，向後靠在椅背上，看著愛麗絲。「妳確定妳沒有事？」聽語氣，他幾乎是有一點關心愛麗絲。「妳搜集了一些奇怪的零碎事實，把它們拼湊成一個非常有侮辱性的結論。昨天晚上妳見到的那枚戒指是塞德里克的。妳怎麼能想像它是我的？塞德里克把它丟在了客棧的桌子上。我把它戴在手上，這樣它就不會被丟掉了。今天早晨，我把它還給了塞德里克。妳滿意了嗎？如果妳願意，就問問他吧。」他又掀起另一個食碟的蓋子，一邊嘟囔著，「沒想到吃早飯還會遇到這種白癡。」他插住幾根小香腸，將它們抖落在自己的盤子裡。塞德里克沒有動，也沒有說話。「塞德里克！」詔諭突然向他喊道。

塞德里克愣了一下，張口結舌地看著詔諭，然後急忙轉向愛麗絲。「是的，我買了那枚戒指。詔諭把它還給了我，是的。」他的樣子看上去非常可憐。

詔諭一下子放鬆下來。他冷漠地搖鈴召喚僕人。一名女僕出現在門口，詔諭向桌上指了指，「送些熱的來。這些簡直令人作嘔。再煮一壺新茶。塞德里克，你要茶嗎？」

塞德里克只是盯著他。詔諭惱恨地哼了一聲。「塞德里克也要茶。」屋門剛在女僕的身後被關上，詔諭就對他的祕書說：「塞德里克，解釋一下護膚霜的事，還有我那個所謂的『愛之小屋』。」

塞德里克的樣子變得更糟糕了。「那瓶護膚霜是一件禮物。」

「給我母親的禮物，」詔諭插口道，「而那幢小屋是塞德里克使用的，不是我。他說他需要一個私人場所，我同意了。在為我工作之餘，他可以盡情使用那個小宿舍。如果他想在那裡享受一下生活，邀請別人去做客，那都不關我的事，也不關妳的事，愛麗絲。他是一個男人，一個男人有自己的需求。」詔諭咬了一口香腸，咀嚼幾下，嚥進喉嚨，「說實話，這件事讓我感到震驚。妳是我的妻子，想到妳會窺看我的文件，希望從裡面找到某種骯髒的祕密，這實在是讓人沮喪。女人，是什麼讓妳如此困擾，甚至引申至這種事情？」

愛麗絲發現自己在顫抖。所有這些事竟如此輕易就有了解釋？她真的錯到這步田地嗎？「你也是一個男人。」愛麗絲用顫抖的聲音說，「你有需求，卻很少來找我。你根本無視我的存在。」

「我是一個忙碌的人，愛麗絲。我需要關心的事情遠比……嗯，遠比妳肉體的需求更重要。我們必須在塞德里克面前談論這種事嗎？如果妳不在乎我的感受，妳是否至少能考慮一下他的感受？」

「你一定有別的人。我知道你一定有！」愛麗絲的聲音如同顫抖的哭泣。

「妳什麼都不知道。」詔諭突然用充滿厭惡的聲音對她說，「但妳會知道的。塞德里克，既然愛麗絲已經讓你參與到了我們可怕的小口角中，那你也應該給我出一分力。坐起來，告訴她實話。」詔諭突然又轉回頭看著愛麗絲，「妳相信塞德里克，對不對？哪怕妳認為妳的丈夫是一個說謊的通姦者。」

愛麗絲緊盯住塞德里克。現在這個人面色白得可怕。他的嘴半張著，愛麗絲能聽到他呼吸的聲音。愛麗絲不知道自己是著了什麼魔，竟然會在他面前說出這種事？現在塞德里克會怎樣看她？塞德里克曾經是她的朋友。她還能夠挽救他們的友誼嗎？「他從沒有對我說過謊，」愛麗絲說，「我會相信他。」

「愛麗絲，我……」

「安靜，塞德里克，先聽清楚問題。」詔諭將手臂放在桌面上，撐住身體，擺出一副若有所思的架勢。他的聲音也變得平穩冷靜，就好像他是在陳述一份契約的條款，「真實而完整地回答我的妻子。在我工作的日子裡，你幾乎每個小時都陪著我，有時會直到深夜。如果有人知道我的生活習慣，那一定就是你。看著愛麗絲，告訴她實話：我的生活中是否有另一個女人？」

「我……這個，沒，沒有。」

「我在繽城，或者在我們的商務旅途中，是否對任何女人表現過有興趣的樣子？」

塞德里克的聲音變得有力量了一些。「不，從沒有過。」

「看，妳應該明白了。」詔諭向前俯過身，給自己切了一片水果麵包，「妳愚蠢的指控完全沒有半點基礎。」

「塞德里克？」愛麗絲幾乎是用懇求的語氣對塞德里克說。她曾經對自己的指控那樣有信心，「你是在對我說實話嗎？」

塞德里克顫抖著吸了一口氣：「詔諭的生活裡沒有其他女人，愛麗絲，完全沒有。」

他低下頭，看著自己的雙手，臉上淨是困窘。愛麗絲在他的手指上看到了昨晚詔諭戴著的戒指。羞慚烙印在愛麗絲的心上。「我很抱歉。」愛麗絲悄聲說道。

詔諭以為愛麗絲是在對自己說話。「抱歉？妳侮辱了我，在塞德里克的面前讓我蒙羞。而妳為此的補償只是一聲『抱歉』？我認為我受到的傷害要遠遠大過這個，愛麗絲。」

愛麗絲想要站起身，但她感覺到自己有些腳步不穩。突然間，她只想走出這個房間，遠離這個可怕的、已經控制了她的人生的男人。現在她只希望回到自己安靜的房間裡，讓自己沉浸在古早的卷軸中，去另一個世界，另一時間。「我不知道我還能說什麼。」

「是的，在如此嚴重的侮辱之後，妳的確沒什麼可以說的。妳已經道過歉，但這幾乎無法修復妳造成的傷害。」

「我很抱歉。」愛麗絲再一次說道。她向他投降了。「我很抱歉提起這件事。」

「這是對我們兩個的道歉。現在，讓這件事徹底結束吧。不要再用這樣的事情來指控我。妳不應該這樣。我們不應該有這樣的交談。」

「我不會了。我承諾。」愛麗絲離開餐桌跑向門口，差一點撞倒了她的椅子。

「我會記住妳的承諾！」詔諭在她身後喊道。

「我承諾。」愛麗絲沉鬱地重複了一遍，然後就從房間裡逃了出去。

夜幕降臨。即使是夏天，白天似乎也很短暫。高大的雨林覆蓋著寬闊平坦的谷底，中間只有一道灰白色的河流。只有當太陽高掛在天空中的時候，陽光才會落到河面和狹窄的河岸上，再遠一些就是如同高牆一般沿河而生的樹林，大概只有涓滴光亮滲透進其中。當太陽落到這堵高牆以下的時候，夜晚就開始緩緩地爬了過來。明亮的白晝時間很短，統治他們生命的更多是昏暗的夜色。自從她從繭中出來已經有四年時間。這是個希望不斷破滅、食物短缺、完全被忽視的四年。四個有太多陰影的夏季，四個灰暗多雨的冬季。四年裡，她的生活除了吃就只有睡。每一天，她都睡了太多個小時。但辛泰拉的感覺並不是睡得太多，而是一種模糊的疲倦。這片幽暗的沼澤地是蠑螈的王國，不是巨龍之鄉。龍，她想道，*應該擁有的是明亮陽光，乾燥沙土和漫長炎熱的日子*。還有飛翔，她是多麼渴望飛翔。從這片泥濘中飛出去，離開這片擁擠陰暗的河岸。

她彎過脖子，用鼻子蹭了蹭在翅膀後面乾結的一片多沙的淤泥，先是想用鼻子把汙泥擦掉，然後又伸展開發育不良的翅膀，朝身上用力拍打了幾次，試圖除去這些可惡的泥巴。大部分乾泥都離開她的身側，變成一片傾瀉而下的塵土。這讓她感到稍稍輕鬆了一點。她渴望能夠在一池寧靜的熱水中洗淨身體，在強烈的陽光下把身子曬乾，然後在沙子上打滾，直到自己的鱗片被磨得閃閃發亮。但所有這些距離她現在的生活都很遙遠。只有祖先的夢告訴她，這些都是真實存在的。

逗弄她的不僅僅是巨龍的回憶。她做了許多夢：關於飛翔，關於狩獵，關於交配；關於一座城市中有一口溢滿銀色液體的井，巨龍能夠在那裡止息水無法緩解的乾渴；許多關於飽餐獵物的回憶，那些肉溫熱新鮮；在飛翔中交配的回憶，在沙灘岸邊挖洞，為她的蛋築巢。許多，許多的回憶，卻全都令她感到沮喪。儘管有這麼多回憶，她卻知道，她的回憶並不完整。讓她想要發瘋的是，她知道自己完全失去了許多領域的智慧，卻連具體丟失了什麼智慧都不知道。她所擁有的巨龍回憶是如此清晰，以致於她明白自己的此種缺憾，就連她的肉體也不會對她如此殘忍。

那些回憶是一份她沒有能繼承到的遺產。而這正是她的種族存續之道。在他們還是長蛇的時候，他們都擁有祖先長蛇的記憶。遷徙路線、暖水洋流、魚群位置，他們知道的不僅僅是這些，還有長蛇的聚集地點，誦唱的歌曲，以及他們的社群結構。當長蛇進入繭中，這些記憶就會消褪。等到一頭龍從繭殼中出來的時候，他作為長蛇的生活，就只剩下了一點模糊的記憶。取而代之的是巨龍的智慧——龍族世代流傳的寶藏。如何在繁星中飛翔，每個季節最佳的狩獵地，交配決鬥的挑戰傳統，最適合產卵的海岸，這些只是巨龍回憶的一部分。每一頭巨龍都擁有自身巨龍血統中更特別，能追溯到更久遠時代的記憶。這些記憶並非只是來自長蛇改變的身體，更來自於幫助長蛇塑造繭殼的巨龍唾液。也許正是因為這樣，現在他們全都缺少了這一份記憶；也正是因為這樣，她的一些同族才像牲畜一樣愚鈍。

太陽一定已經到了她看不見的地平線，星星開始出現在河面上那一道狹窄的天空中。她抬起頭，看著這一道夜空，覺得那很像是她被削減、受到約束的今生。自從她從繭中孵化之後，在她身後這一片被密林圍繞的泥沼河岸就是她所知唯一的地方。龍無法進入森林，那些粗大的樹幹將他們擋住了。果然樹如其名，他們被這一大片「圍樁」困住了。這些大樹之間的確頗有一些空隙，但它們的支撐氣根和各種灌木、藤蔓和蒿草將這些空隙都堵死了。就連比龍小很多的人類也無法在雨林的地面上輕鬆穿行。許多小路在灌木叢中被開闢出來，但用不了多久，它們就會滿是積水，變得泥濘不堪，最終成為河邊泥沼伸出去的沼澤手指。不，對於龍來說唯一出去的路在上面。她又拍打了幾下無用的翅膀，才將它們收疊在背上。然後她低下頭，不再凝望那點點繁星，而是向周圍環顧了一圈。其他龍正擠在樹下。她鄙視他們，他們都是一些發育不良的畸形怪物，病態，軟弱，又喜好爭鬥，毫無價值。

就像她一樣。

她邁著沉重的腳步走過泥潭，來到龍群之中。她很餓，但她幾乎沒有注意到自己的饑餓感。自從鑽出繭殼之後，饑餓就一直伴隨著她。今天，她吃了七條魚，魚肉不新鮮，但魚還算很大，還有一隻鳥。那隻鳥已經變硬了。有時候，她會夢到溫熱柔軟、裡面還有熱血流動的肉，而現在這只是一個夢。獵人們在這附近很少能找到大型獵物。如果他們獵到了一隻沼澤麋鹿或者是水豚，也一定要將獵物切成碎塊才能運送到龍群這裡來，而且龍很少能吃到這些野獸身上肥美的部位。骨頭、內臟、皮、乾硬的小腿和帶角的頭，龍能夠吃到的只有這些。水豚豐厚的背部和沼澤麋鹿多肉的腰臀部位，極少會留給他們。那些肉往往都在獵人的餐桌。龍則只能得到碎肉和腸子，就像在城門外乞食的流浪狗。

每次當她抬腿的時候，沼澤都會吸住她的腳。她的尾巴彷彿永遠都沾著泥塊。這片土地就像他們這些龍一樣飽受磨難，卻沒有任何可能能變得堅硬並獲得治癒，包圍住這片狹小空地的所有大樹，都顯露出龍給這裡帶來的影響。低處的樹幹傷痕累累，樹皮大塊剝落，那是龍在磨掉皮膚上的寄生蟲時造成的。一些樹根暴露出來，這是龍用帶爪子的四足來回爬行的結果。她曾經聽到人類憂心忡忡地議論，即使是這種規模的大樹，最終也會因為龍的蹂躪而死亡。如果這樣的樹倒下了，會發生什麼事？有些家建造在這些受影響的樹，聰明的人類已經搬走了，但他們難道沒有意識到？如果一棵樹倒下了，勢必會撞斷臨近大樹的樹枝。在這方面，人類要比松鼠更愚蠢。

只有在夏季的幾個月中，這些泥土河岸還能算是牢固，讓行走不會那麼吃力。到了冬天，這些還沒有長大的龍都必須高高抬起他們的腿才能向前邁步。至少他們還在掙扎。他們之中的大部分都已經死在上一個冬天了。想到這裡，辛泰拉心中不無遺憾。她曾經期待所有弱者都死掉，而且應該死得快一些。她先後兩次用死龍的肉填飽了肚子，用他們的記憶填補了自己的心智。但現在，他們都已經死光了。除非發生意外或者瘟疫，還活著的這些同伴們，看上去應該都能活過這個夏季。

她向擠成一團的那些龍走去。這樣不對，長蛇才會這樣睡覺——在波濤下面相互絞纏，以免海流將他們沖開，星落雲散。現在她的絕大部分長蛇記憶都已經變得模糊了，本就應該如此。在這副身體裡，她不需要那些記憶。現在她是辛泰拉，一頭龍。龍睡覺的時候不會像獵物一樣堆在一起。

除非他們都是一些殘廢無用的弱者，比行屍走肉好不了多少。她走到這些正在熟睡的怪物身邊，用肩膀擠開一條路，鑽了進去。她踩到了芬提的尾巴。這頭小綠龍扭過頭衝她咬了一下，但完全沒有碰到她的鱗片。芬提性情很凶猛，不過並不愚蠢。她知道，如果自己咬破了辛泰拉，那麼她就再不可能有機會咬別的東西了。「妳擋到我的路了。」辛泰拉警告她。芬提將尾巴收到了身旁。

「你是個笨蛋，要不然就是個瞎子。」芬提反唇相譏，但她的聲音很小，似乎是不想讓辛泰拉聽見。作為報復，辛泰拉漫不經心地用肩膀把芬提朝蘭克洛斯一頂。那頭紅龍已經睡著了，他根本沒有睜一下那雙銀色的眼睛，就一腳將芬提踢開，重新趴穩了身子。

「妳幹什麼去了？」塞斯梯坎問。這頭龍群中第二大的藍色公龍詢問趴臥在他身邊的辛泰拉。這是辛泰拉的位置，她一直都睡在塞斯梯坎和性情剛硬的默爾柯之間。這並不代表他們之間有什麼友誼或者是任何形式的聯盟關係。辛泰拉選擇這個地方因為他們兩個都是體型最大的公龍，所以他們之間是最聰明的安睡之處。

辛泰拉並不介意塞斯梯坎這樣問。他是少數幾頭辛泰拉認為有足夠智慧，值得與之交談的龍之一，「去看看天空。」

「作夢。」塞斯梯坎猜測道。

「憎恨。」辛泰拉糾正他。

「作夢和憎恨對我們來說是一樣的，在此生此世裡。」

「如果這是我們的最後一世，如果我全部的記憶都必須隨我而死，為什麼這一世要如此沉悶無聊？」

「如果你們繼續這種無用的談話，打擾我睡覺，我也許能讓你們最後這一生結束得比妳預料之中更快。」說話的是卡羅。他藍黑色的鱗片讓他在黑暗中幾乎是隱形的。辛泰拉感覺到自己喉嚨裡的小毒囊中漲滿了對卡羅的恨意，但她閉住了嘴。卡羅是他們之中最巨大的，也是最凶惡的。如果辛泰拉能夠製造出足以摧毀他的毒液，那麼她也許真的會對他來一番不計後果的噴吐。但就算是在她能吃飽的日子裡，她的毒囊也只能勉強產生出毒暈一條大魚的毒液。如果她向卡羅噴吐，卡羅立刻就會用牙齒殺死她，把她吃掉。無用的，一頭軟弱的龍的憤怒根本就是無用的。她將尾巴盤在身上，折疊起背上殘疾的翅膀，閉上了眼睛。

現在他們只剩下十五頭了。辛泰拉的意識回到過去。超過一百條長蛇聚集在河口，溯流而上。有多少真正結了繭？不超過八十條。她不知道有多少龍能破繭而出，也不知道其中有多少活過了第一天。現在這些都不重要了。瘟疫帶走了一些龍。有幾頭龍死在了氾濫的洪水中。瘟疫曾經是辛泰拉最害怕的。她的回憶裡沒有任何與之類似的災難。那些有足夠智慧、能說話的龍，對此也都是大惑不解。一開始是在夜晚的乾咳，整個龍群都受到了影響。這種咳嗽一直持續，並不斷擴散，直到幾乎所有龍都不同程度地深受其害。

然後，一頭比較小的龍發出嘶啞的嚎叫，將睡夢中的龍群驚醒。那頭橙色的小龍腿有殘缺，翅膀更只是兩根短小的殘肢。如果他有名字，辛泰拉也想不起來了。他努力想要扒開被黏液糊住的雙眼。他短小的前爪卻根本碰不到眼睛。他一聲又一聲地發出哀嚎，吐出一股股濃稠的黏液。其他龍都厭惡地躲開了他。到上午的時候，他就死了。沒過多久，他只剩下了潮溼土地上的一片血漬。幾頭龍因為他而填飽了肚子。那以後，又有兩頭龍開始呼吸困難，從口鼻中流出了黏液。

略微乾燥的季節結束了這種可怕的事情。所有龍都在不同程度上受了苦。辛泰拉懷疑是潮溼的河岸，他們存身的泥沼再加上擁擠的生活方式，引發了這場瘟疫。如果他們之中有誰能飛起來，一定早就離開這裡了。她也相信這樣一定能把這種瘟疫甩掉。

的確有一頭龍離開了。格雷索克曾經是紅龍之中最巨大的，也是身體最健壯的公龍之一，但在精神上，他卻屬於最魯鈍的。一天下午，他宣布要離開這裡，去找一個更好的地方，一座他在夢中見到的城市。然後他就走掉了，一路撞開大樹下的灌木，直到其他龍再也聽不見他的腳步聲。他們沒有阻攔他。為什麼要攔著他？他看上去知道他想要什麼，而且這意味著留下來的龍們，能夠從人類獵人那裡得到稍微多一點食物。

但還沒有超過半天，他們就感覺到了他臨死前的意念。他大聲吼叫，不是朝他們，而是向他自己怒吼。人類攻擊了他，這一點很清楚。當他們感覺到了他的死亡，另外兩頭龍，卡羅和蘭克洛斯都沿著他離去時留下的小徑衝了過去。他們不是去幫助他或者為他復仇，只是為了得到他的屍體作為食物。那一晚，兩頭龍回到河岸邊，隻字未提他們做了什麼。但這無法抹消辛泰拉心中的懷疑。他們的身上除了格雷索克的肉味，都有人類的鮮血氣味。辛泰拉懷疑他們遇到了正在屠宰格雷索克的人類，也把那些人類變成了他們的美食。辛泰拉不覺得這有什麼錯，任何敢於攻擊龍的人類都該去死。而死掉的肉除了被吃掉之外還有什麼用？她看不出為什麼應該把人類丟給蛆蟲去吃。

但所有龍都知道，這件事最好還是被完全隱瞞下去比較好。那些人類根本不懂得隱藏自己的想法。群龍能清楚地感覺到一些人類對他們的憤怒和怨恨。更加不合邏輯的是，人類似乎寧可讓他們的死者被魚吃掉，也不願意讓龍利用那些鮮肉。前幾天的一個下午，一隊人類剛剛將一個死人的屍體丟入河中。辛泰拉一直涉水跟著那個被緊緊纏裹的帆布包，直到水流將它捲入深水中，讓它沉在河底。辛泰拉在河床上找到了那個帆布包裹，把它拖到河岸上，在遠離人類視野的地方吃掉了它，就連包裹屍體的帆布也沒有放過。她回來的時候，發現人類都很難過。為了照顧人類的情緒，她否認吃掉了那具屍體，但人類並不相信她。

人類的反應對她而言毫無道理。如果那具屍體沉在河底，魚和蟲豸肯定會吃掉它，把它撕成碎片。但現在，屍體被她吃掉了，那個人類的一點點記憶也因為她被保留下來。實際上，那些記憶中絕大多數對於她都沒什麼意義。死掉的那個女人只有須臾之間的短促生命——大概只持續了五十個季節的輪迴。即使是這樣，她的人生中依然有值得保留下來的東西。難道人類認為讓這個女人變成小魚的食餌才是更好的做法嗎？人類真是愚蠢至極。

她的巨龍回憶中還包括了一點零散的古靈記憶。她希望那些古靈的記憶能更清晰一些。那些記憶不停地滑過她的意識，就像是魚兒游在幽暗的水中轉眼即逝，但對於這些記憶的感知，讓她對人類也有了一分容忍，甚至是喜愛的。他們是有用的、值得尊敬的生物，願意為龍服務並會向龍表達敬意，將他們的城市建造得適合巨龍居住。他們完全了解巨龍的智慧。像古靈那樣精緻而高級的生物，怎麼可能來自於人類？

那些裝滿海水的小皮囊本應該為了照料龍群而盡心竭力，現在他們卻不停地議論和抱怨他們單調的工作。而他們在這份工作上的懈怠，直接導致了辛泰拉和整個龍群惡劣的生存現狀。他們一點都不喜歡照顧龍群，對此他們也絲毫不加掩飾。所有這些身上沒毛的樹猴子只想著要劫掠卡薩里克，古老的古靈城市遺跡就埋藏在靠近結繭地的地下，他們會洗劫這座城市，就像洗劫位於崔豪格的那座古城一樣。在崔豪格，他們不僅搶走了那裡的各種裝飾，拿光了他們根本不可能理解的神奇物品，他們甚至還殺死了隱藏在那裡的幾乎所有巨龍，最後只剩下一頭活了下來。在遠古時期，一場災難即將爆發之際，古靈將那些已經結繭的巨龍放置在他們城市中被認為是安全的地方，卻沒有想到最終卻落得這樣的結果。一想到此，怒火就再一次在辛泰拉的心中燃燒起來。

即使是現在，一些用巫木製造的活船依然漂在水面上，為人類服務著，那其中的巨龍英靈已經化身入船體之中。即使是現在，那些人類依舊用無知作為這場可怕屠殺的藉口。那些繭中的龍為了有朝一日破繭而出等待了那麼多年，最終卻只是拖著半成形的軀體從繭殼中落在冰冷的岩石地面上，每當辛泰拉想到這點，她就感到怒不可遏。辛泰拉感覺到自己的毒囊充滿了液體，並使喉頭變硬了，一陣激動的情緒湧過她的全身。這些作惡多端的人類只應一死，他們每一個都應該去死。

在辛泰拉身邊，默爾柯說話了。儘管他身材高大，而且顯然孔武有力，但他很少說話，也很少以其他任何方式表達自己的意思。一種可怕的哀傷彷彿壓垮了他，吸乾了他所有的野心和激情。當他說話的時候，其他龍都會停止行動，認真傾聽。辛泰拉不知道其他龍有什麼感覺，她自覺默爾柯的哀傷一直在吸引她，又讓她有一種負疚感，這種複雜的感情讓辛泰拉很是氣惱。默爾柯的聲音刺激著辛泰拉的記憶，彷彿他一說話，辛泰拉就應該能回憶起一些非常神奇的事情，但她卻什麼都想不到。今晚，默爾柯只是用他渾厚響亮的聲音說：「辛泰拉，不要再計較了。妳那沒有正確目標的憤怒，是沒有用處的。」

這是默爾柯另一件讓辛泰拉感到困擾的事情。他好像總是能知道辛泰拉的想法。「你根本不明白我為什麼生氣。」辛泰拉嘶聲對他說道。

「我不知道？」默爾柯悲哀地在他們棲身的泥塘中動了一下身子，「我能嗅到妳的憤怒，我知道妳的毒囊裡充滿了毒液。」

「我想要**睡覺**！」卡羅嘟囔著。他的聲音中充滿了強烈的怒意，但就算是他也不敢與默爾柯發生正面衝突。

在擁擠的龍群邊緣，一頭智力低弱的小龍，也許正是那頭幾乎走不動路的綠龍突然在睡夢中尖聲喊道：「克爾辛拉！克爾辛拉！在那裡，就在遠方！」

卡羅用長脖子撐起頭顱，朝綠龍所在的方向咆哮一聲：「安靜！我想要睡覺！」

「你已經睡過了。」對於那頭高大藍龍的憤怒，默爾柯完全無動於衷，「你睡得太沉了，甚至連夢都沒有了。」他抬起頭。他的身形沒有卡羅那樣巨大，但依然充滿了壓迫感。「克爾辛拉！」他突然用銅號般的吼聲向黑夜發出咆哮。

所有龍都激動起來。「克爾辛拉！」他再一次高聲吼叫。辛泰拉敏銳的聽覺分辨出遠方人類從沉睡中驚醒，發出尖細的喊聲。那種尖叫聲完全無法與默爾柯的長嘯相比，「克爾辛拉！」

默爾柯將那座古老城市的名字向遙遠的星辰送去。「克爾辛拉，我記得你！我們全都記得，就算想要忘記也無法遺忘！克爾辛拉，古靈的家園，銀色瓊漿之井所在的地方。寬闊的岩石廣場沐浴在夏季炎熱的陽光中，不遠處的山麓中到處都是獵物。不要嘲諷還會夢到你的龍，克爾辛拉！」

「我想要去克爾辛拉。我想要揚起翅膀，再一次飛翔。」一個聲音在黑夜中響起。

「翅膀，飛翔！飛翔！」一陣陣喊聲含混不清。發出吼聲的是那些神智昏聵的龍。他們無法清晰地表達自己的意思，但那吼聲中早已充滿了他們的渴望。

「克爾辛拉，」另一頭龍發出呻吟般的吼聲。

辛泰拉將頭低垂在胸前。她為他們感到羞愧，也為自己感到羞愧。他們簡直就像是一群被圈養起來，等待宰殺的牲畜。「那就到那裡去，」她充滿厭惡地嘟囔著，「離開這個地方，到那裡去。」

「如果可以，我們早就出發了。」默爾柯用充滿渴望的聲音說道，「但去那裡的路很遠，即使我們有翅膀，也必須經過長途飛行。而且我們根本不知道去那裡的路徑。還是海蛇的時候，我們就幾乎無法找到回家的路。誰又知道現在我們和曾經的克爾辛拉之間的世界發生了怎樣的變化？」

「曾經的，」卡羅重複了一遍，「那麼多事情都只是曾經，都面目全非。提起那些或想起那些，根本沒有任何用處了。我只想繼續睡覺。」

「也許是沒有用了。但不管怎樣，我們還是會提起它。我們之中還是會有一些龍夢到它，就像還是會有一些龍夢到飛行，親身去狩獵，為了交配而戰。我們之中還是會有一些夢到自己還活著。你並不想睡覺，卡羅。你想要死去。」

卡羅抽搐了一下，彷彿被一支箭射中了。辛泰拉感覺到那頭大龍全身僵硬，感覺到他的毒囊突然開始膨脹。不久以前，辛泰拉認為兩頭高大的公龍之間是一個安全的休憩之地。現在，她意識到自己正處在巨大的危險之中。她被塞斯梯坎和默爾柯擋住了。卡羅卻在這時高抬起頭，從上向下瞪著默爾柯。如果他這時噴吐毒液，默爾柯一定無法閃避。而辛泰拉也會被殃及。她縮緊了肩膀，儘管他知道這樣做並沒有什麼用處。

卡羅並沒有噴出毒液。「不要對我說話，默爾柯，你根本不知道我在想什麼，也不知道我有什麼樣的感覺。」

「我不知道？我知道的要比你回憶起來的更多，卡羅。」默爾柯突然揚起頭，高聲吼道，「你們每一個我都知道，每一個！我哀悼你們，因為我記得你們的過去，知道你們本應該成為什麼！」

「安靜！我們還想睡覺呢！」這不是憤怒的龍的吼聲，而是一個氣惱的人類在尖叫。卡羅朝聲音傳來的方向轉過頭，發出一聲怒吼。塞斯梯坎、蘭克洛斯和默爾柯突然全都發出應和的吼聲。當這一陣吼聲漸漸消失的時候，龍群邊緣低智的龍紛紛開始效仿。

「你們都閉嘴！」卡羅用銅號般的吼聲向人居之處吼道，「龍想說話的時候就說話，你們不能控制我們！」

「啊，他們可以。」默爾柯低聲說。這一句聲音不大的話，卻將所有龍的注意力都引到了他身上。卡羅猛地轉過頭。「你，也許被人類控制了，但我沒有。」

「難道你沒有吃他們的食物？你沒有留在這裡，留在他們圈養我們的地方？你沒有接受他們為我們安排的未來？讓我們留在這裡，一切都依賴他們，直到我們慢慢死去，不再成為他們的負累。」

雖然很不情願，但辛泰拉發現自己正在專心聽著默爾柯說出的每一個字。默爾柯的話讓她感到恐懼，又讓她不由自主地產生了興趣。默爾柯沉默下來，這種沉默壓在每一頭龍的身上。辛泰拉聽到河水拍打著泥土堤岸，聽到遠處人類的嘈雜聲音和樹梢上夜鳥的叫聲，還有群龍的呼吸。「那我們該怎樣做？」她聽到自己在問。

所有頭顱都轉向了她。她沒有去看其他龍，只是盯著默爾柯。黑夜偷走了默爾柯鱗片的顏色，但辛泰拉能看到他閃爍的黑眼睛。「我們應該離開，」默爾柯平靜地說，「我們應該離開這裡，找到前往克爾辛拉的路，或者去任何比這裡更好的地方。」

「怎麼走？」塞斯梯坎突然問，「難道我們能撞倒那些圍住我們的樹？人類能夠在樹幹之間穿行，在沼澤上找出小路。也許你還沒有注意到，我們要比人類稍稍大一點。格雷索克頭也不回地走了，但他只能去樹幹允許他穿過的地方。我們出不去，周圍只有沼澤、未知和饑餓。現在我們都在餓肚子，但人類至少每天還會送一些東西來給我們吃。如果我們離開這裡，我們都會餓死。」

「我們根本不需要挨餓，我們應該吃那些人類。」龍群邊緣的一個聲音如此建議。

「如果你沒有腦子，就安靜一些。」塞斯梯坎呵斥道，「就算我們吃掉人類，他們也會跑掉，而我們卻還是只能被困在這裡，根本沒有食物。」

「他們也想讓我們離開。」卡羅突然說道。他的話讓所有龍都吃了一驚。

「誰想？」默爾柯問。

「那些人類。雨野原議會派了個人來和我們說話。一個餵養我們的人，請求我和他談談。那個人說我是最大的一頭龍，所以我是首領，於是議會來的人和我進行了交談。他問我是否知道婷黛莉雅什麼時候能回來，或者是不是能回來。我告訴他，我不知道。然後他說有些事令他們非常不安，一具屍體從河中被拖出來吃掉了；一名工人在通往城市遺跡的隧道中被追趕。他說他們已經快沒有辦法餵養我們了。他的獵人們已經將範圍內的許多大型獵物都殺光了，而今年的漁汛也將近枯竭。他說議會希望我們能夠召喚婷黛莉雅，讓她知道議會需要她回來，解決迫在眉睫的難題。」

在黑暗中，有幾頭龍對於如此愚蠢的要求發出藐視的哼聲。

默爾柯輕蔑地說道：「說要召喚婷黛莉雅，就好像她會回應我們的召喚一樣。卡羅，你為什麼不早點說這件事？」

「他們所說的我們都已經知道了，為什麼還要費力重複這些事？那些人類只是拒絕接受他們已經知道的事情。婷黛莉雅不會回來了。」卡羅用苦澀的聲音承認，「她沒有理由再回來。她找到了一個配偶。他們能夠一同自由自在地飛翔、狩獵。再過一、二十年，等到她完全成熟，她就會生下她的蛋。當那些蛋孵化，就會生出新一代的長蛇。她不再需要我們了。她幫助我們活下來，只是因為我們曾經是她最後的希望，而現在，我們不是了。如果婷黛莉雅在我們從繭殼中出來的時候已經有了配偶，她早就拋棄我們了。她和我們都知道，我們並不適合生存下來。」

「但我們生存下來了！」卡羅的話讓默爾柯爆發出一陣怒火，「我們是龍，不是奴隸，不是寵物，也不是供人類宰殺、用最高價格賣出的牲畜。」

塞斯梯坎張開了脖子上的小尖刺。「誰敢這麼想！」

「既然我們是殘廢，我們就最好不要再是傻瓜了。」默爾柯用挖苦的語氣說，「有很多人類根本就聽不懂我們說話。而他們之中的一些人認為我們不過是一群野獸，還是很不健康的野獸。我聽過他們的議論。有不少人想要買我們的肉、我們的鱗片、我們的牙齒或者身體的其他部位配製靈藥。你以為可憐的蠢貨格雷索克為什麼會有那種遭遇？卡羅和蘭克洛斯都知道，卡羅只不過是裝作不知道而已。人類殺死了格雷索克，想要用他的血肉以牟利。他們不知道我們能感覺到他的死亡。卡羅，那裡有多少人？那些人足夠讓你們在吃掉格雷索克之後繼續飽餐一頓嗎？」

「一共有三個人。」蘭克洛斯開了口，「我們抓住了三個人，有一個人逃走了。」

「他們是雨野原人嗎？」默爾柯問。

蘭克洛斯輕蔑地哼了一聲。「我可沒有問他們。他們殺死龍，犯下大罪，我只是讓他們為自己的罪行付出代價。」

「真可惜，我們不知道。如果我們知道的話，也許就能搞清楚對雨野原人可以有幾分信任了。這樣說讓我很難受，因為我們還是需要他們的幫助。」

「他們的幫助？他們對我們的幫助幾乎沒有什麼價值。他們給我們帶來的食物都是半腐爛的，或者僅僅是他們獵物的殘肢碎屑。我們從沒有吃飽過，人類又能幫助我們什麼？」

默爾柯故作平靜地回答：「他們能夠幫助我們前往克爾辛拉。」

群龍立刻七嘴八舌地說道：

「克爾辛拉甚至可能已經不復存在了。」

「我們不知道它在哪裡。我們的記憶幾乎沒法幫助我們找到那裡。如果沒有人類的幫助，我們甚至找不到結繭地。一切都改變了。」

「為什麼人類會幫助我們去克爾辛拉？」

「克爾辛拉！克爾辛拉！克爾辛拉！」龍群邊緣那些弱小的龍開始齊聲呼喊。

「讓那些蠢貨安靜下來！」卡羅怒喝道。一陣突如其來的呼痛聲之後，喊嚷的聲音消失了，「為什麼人類會幫助我們去克爾辛拉？」他將這個問題重複了一遍。

「因為我們會讓他們認為，這是他們自己的主意。因為我們會讓他們想帶我們去那裡。」

「他們為什麼會那樣認為？要怎樣做？」

天色已經一片漆黑。就連辛泰拉敏銳的眼睛也看不見默爾柯的臉了。但她能清楚地聽見默爾柯那饒有興致的聲音：「我們要利用他們的貪婪。你見到過他們是多麼狂熱地在這裡挖掘、尋找，希望能發現古靈的寶藏。我們會告訴他們，克爾辛拉的規模比卡薩里克還要大三倍。那裡埋藏著真正的古靈寶藏。」

「古靈寶藏？」卡羅問。

「我們得欺騙他們。」默爾柯耐心地解釋，「讓他們想要帶我們去那裡。我們知道，他們想要除掉我們。如果我們任由他們擺布，他們會讓我們慢慢餓死，或者生活在這片汙穢中，直到瘟疫殺死我們。我們這樣做只是在給他們機會除掉我們，同時牟取利益。但他們會很願意幫助我們，因為他們會認為我們將引領他們找到財富。」

「但我們不知道去克爾辛拉的路。」卡羅沮喪地低吼道，「如果他們知道有古靈城市可以劫掠，他們早就衝過去了。所以他們也不知道克爾辛拉在哪裡。」他壓低聲音，沉悶地說，「一切都改變了，默爾柯。克爾辛拉也許已經被埋沒在淤泥和樹木之下，就像崔豪格和卡薩里克一樣。即使我們能找到回去的路，那裡對我們又有什麼益處？」

「克爾辛拉的地勢要比崔豪格和卡薩里克都高出很多。難道你不記得那座城市背後山崖上的景觀？也許流過來埋葬這些城市的淤泥並沒有波及克爾辛拉。或者也許克爾辛拉就在這條淤泥河流的上游。任何事都是有可能的，甚至那裡可能還有存活的古靈。那裡不會有龍，不，如果還有龍活著，我們一定能聽到他們的音訊，但那座城市也許還在。還有那片富饒的原野，城市外的曠野中到處都是羚羊和其他獸群。牠們也許都還在那裡，正在等待我們回去。」

「或者那裡已經什麼都沒有了。」卡羅沒好氣地回答。

「不管怎樣，我們在這裡也是一無所有，那麼我們又能失去什麼？」默爾柯堅定地問道。

「為什麼我們需要人類的幫助？」辛泰拉在兩頭龍沉默的對峙中問道，「如果我們想要去克爾辛拉，為什麼不立刻就走？」

「儘管承認這一點很羞恥，但我們的確需要他們的幫助。我們之中有一些龍甚至沒辦法在泥灘上爬行。而且我們根本找不到足夠的獵物填飽肚子。我們是龍，應該能自由地在大地和天空中往來。但我們沒有健康的身體，也無法使用翅膀，這讓我們沒有狩獵的能力。如果遇到魚群，我們能自己捉一些魚，僅此而已。我們需要人類為我們狩獵，並幫助我們之中那些肉體和頭腦都不健全的龍。」

「為什麼不丟下弱者？」卡羅問。

聽到這個問題，默爾柯厭惡地哼了一聲。「讓人類屠宰，肢解他們，賣掉他們的身體器官？讓他們發現，是的，人類吃了被焙乾的龍肝，的確能得到驚人的癒合能力？讓他們發現我們血中的靈藥？讓他們發現我們的爪子能夠做成多麼奇妙的利刃？讓他們知道，是的，那些傳說都有相當真實的基礎？然後，人類會立刻來找我們。不，卡羅，任何龍，無論他有多麼虛弱，對人類而言都是寶貴的獵物。我們數量太少了，絕不能如此隨意地減少我們的族群。我們也不能讓他們成為其餘龍的食物和記憶來源。我們必須團結一致。當我們出發的時候，我們必須帶上每一頭龍。我們必須要求人類陪同我們，為我們提供鮮肉，直到我們找到一個可以自給自足的地方。」

「那會是什麼地方？」塞斯梯坎尖酸地問道。

「克爾辛拉，最好是那裡。或者至少應該是一個更適合龍生存的地方，有著更多獵物。」

「我們不知道路。」

「我們知道要去的地方不在這裡。」默爾柯鎮定地回答，「我們知道克爾辛拉就在卡薩里克的上游，就在這條河邊。所以我們就沿著這條河走。」

「這條河已經發生了很大的變化。它的河道曾經很窄，河流湍急，兩岸是獵物豐富的平原。而現在，它寬闊曲折，流經之地淨是沼澤、樹林和灌木叢。又輕又小的人類都無法輕鬆地穿越這一地區。誰又能知道從這裡到高山之間的地區發生了什麼變化。曾經有數十條河流和溪流注入這條河，現在它們還存在嗎？那些河是否也改變了流向？做這種事是沒有希望的。那些人類在這裡居住了這麼長的時間，也沒有探索過這條河的上游。他們像我們一樣迫切想要找到乾燥開闊的土地。如果人類能朝那個方向前進，他們一定在很早以前就去那裡了。如果克爾辛拉依然存在，能夠被人類找到，他們早就應該發現那座城市了。你想要我們離開現在僅有的安全和食物，穿過沼澤，希望最終找到堅固的土地和克爾辛拉。這是一個愚蠢的夢，默爾柯，我們只會死在遷徙的路上。」

「所以，卡羅，你寧可死在這裡？」

「為什麼不？」那頭高大的龍帶著挖苦的語氣質問默爾柯。

「因為對我而言，我寧可作為自由之龍死去，也不願意當一頭牲畜。我想要得到再次狩獵的機會，讓我的鱗片再一次感覺到熱砂。我想要痛飲克爾辛拉的白銀瓊漿。如果我只能一死，我要作為巨龍而死，而不是現在這種泥漿裡的可憐怪物。」

「我想要睡覺！」卡羅斷喝一聲。

「那就睡吧，」默爾柯低聲回答，「那是很好的死亡練習。」

默爾柯最後這句話結束了全部的交談。群龍聳動身體，紛紛倒臥在地上，相互擁擠。辛泰拉知道，他們都想找一個舒適的位置，但現在沒有一頭龍會感覺到舒適。困擾他們的不只是寒冷和潮溼泥濘，默爾柯的話摧毀了他們最後一點逆來順受的心境。辛泰拉覺得自己長期以來的憤怒和頑強的忍耐，現在更像是怯懦和馴服了。

辛泰拉從繭中出來之後，就知道自己這一生中的一切都錯了。默爾柯的建議充滿著她的腦海，讓她看到許多可能。她不想驚醒其他龍，於是便伸展開自己孱弱的翅膀，又伸長脖子，開始梳理她的翅膀。這兩片翅膀有長大嗎？她每次都是等到天色全黑的時候，才開始進行這種毫無意義的儀式。一個又一個黑夜裡，她欺騙自己這對翅膀已經長大了，而且還會繼續長大。它們真是一對可笑的東西，幾乎還不到正常尺寸的三分之一。拍打它們就連一陣微風也很難鼓起來，更不要說是讓她的身體從地面上升起了。梳理完之後，她又小心安靜地把翅膀在背上折疊好。

辛泰拉相信，是翅膀成就了巨龍；沒有翅膀，她根本無法狩獵，更永遠無法希冀一個配偶。憤怒之情突然在她的胸中沸騰。只是幾個星期以前，當她伸展開身體，睡在一小片陽光中的時候，她突然被驚醒了，原來是多提恩粗暴地想要騎到她身上。她立刻發出一陣憤怒的咆哮。多提恩是一頭橙色龍，四肢短粗，尾巴細瘦。像這樣的畸形都想與她交配，這讓辛泰拉感到異常恥辱。這個愚蠢的可憐傢伙伸開滿是泥巴的四條腿，趴在辛泰拉的背上，急不可耐地朝她弓起身子。和辛泰拉記憶中巨龍在晴空中交配的情景相比，眼前這一切只讓她感覺到厭惡。

一旦母龍表達出交配的意願，公龍通常都會為了爭奪交配權而進行戰鬥。當最強大的雄性擊敗競爭者，衝上天空與母龍比翼齊飛的時候，他往往還要想辦法統馭這頭母龍，完成最後的挑戰。巨龍女王們不會與弱者交配。公龍也不會接受一頭溫馴的雌性作為配偶。為什麼要讓自己的血脈裡混入母牛一樣的雌性之血？那種母龍的後代很可能會缺乏真正的巨龍烈焰。對雌性而言，被一個呆傻畸形的怪物跨騎在身上，更是無法容忍的侮辱。辛泰拉轉過身，凶狠地啃咬他，揮起短小的翅膀抽打他——儘管這並不能造成什麼傷害。一開始，與其是要阻止這頭公龍，辛泰拉這樣做更是為了發洩怒火。但多提恩還在不停地向她撲上來，脖子上滿是泥濘，一雙小眼睛裡閃爍著狂熱的欲望。他還想將辛泰拉抱住，但辛泰拉的尾巴凶狠的一抽將他打倒，讓他落進了永遠不會乾燥的泥漿裡。多提恩畸形的四足一時無法撐起身體。辛泰拉衝進河水中，洗去背上和身上的泥爪印。她希望酸性的河水也能夠洗掉她所遭受的恥辱。

她安定下來，想要睡覺，但睡眠遲遲沒有來找她。許多記憶卻不停地在腦海中閃現——飛行的記憶、交配的記憶——她的心中充滿哀傷。在遙遠的海岸，她的祖先將蛋產在熱砂上。漸漸地，可怕的思念取代了哀傷。「克爾辛拉，」她對自己輕聲說道。讓她驚訝的是，關於那個地方的記憶如同洪水般向她湧來。將那裡描述成一座河邊城市實在是太過蒼白。那裡是一片用巨石梁柱建造成的宏偉奇觀，也是智慧和心靈凝聚成的神奇樂土。那是一座古靈與巨龍友善相處的都市。其街道寬闊平坦，通向公共建築的門戶寬敞高大。牆壁上和噴泉周圍的各種繪畫與裝飾，都彰顯著巨龍和古靈之間的友誼。

那裡還有一些別的東西。辛泰拉慢慢回憶起來。那裡有一口井，在那座城市的邊緣有一口比這條河還要深的井。一隻桶落在井的深處，穿過普通的清水，沉入到一條更深處的河流中。在那裡流淌的是最奇異的物質。即使是一點點那種物質，都能夠讓古靈陷入危險的沉醉之中，對於人類更是有可能致命，但巨龍能夠痛快地飲用它。辛泰拉閉起眼睛，讓其他龍族的古老回憶浮出意識的表面。一位古靈女子，身穿綠色和金色的長裙，轉動井口絞盤的曲柄，提起滿滿一桶光華閃爍的銀色液體。那些液體被倒進一隻拋光的水槽中，隨後，一桶又一桶銀水被汲取上來，直到光滑的石槽中盛滿了銀色瓊漿。辛泰拉在夢中痛飲這種汁液。銀光在她的血管中流動，讓她的心臟充滿歌聲，腦海裡洋溢詩篇。她任由自己飄浮在這極樂的回憶裡，將現世的真實全都拋諸腦後。

在記憶中，前世的她是巨龍女王，正在修飾自己的姿容。她用不斷滴下銀色光華的口液，在羽毛般的鱗片上鋪成一片薄薄的光膜。那名穿金綠色長裙的女子高興地看著她痛飲銀色的液體。她們一同離開那口井，漫步走過城市中陽光綺麗的街道。在她們的身邊，花草蔥郁的方形廣場上到處都點綴著繽紛流光的噴泉。服色艷麗的市民紛紛向她鞠躬或行屈膝禮。市場中人聲嘈雜，吟遊藝人的歌唱聲和商人與顧客的話語交織在一起。烹調肉食的香氣，一袋袋香料的辛辣，珍貴香水的芬芳和草藥的刺激氣味充滿了她的鼻腔。當她和她的同伴到達河邊的時候，她們像老友那樣親密道別。隨後巨龍女王就張開布滿光彩鱗片的翅膀，彎曲有力的後腿，輕鬆自如地躍入半空。翅膀拍打了三下，四下，五下，從河面吹來的風托住她，將她送往蒼穹。她乘著夏季的上升熱氣，在空中翱翔。

這位朱紅色的女王睜著一雙金光旋繞的眼睛，眨了眨透明的眼瞼，衝入風中，乘著氣流向更高的地方飛去。輕風拂體，溫暖的夏季陽光親吻著她的脊背，廣闊的世界在她身下向遠方拓展。這是一片金黃色的土地，寬闊的河谷兩側是連綿起伏的丘陵，點綴著小片橡樹森林。再向遠處則是陡峭的懸崖和犬牙交錯的山峰。在河邊平坦的土地上，鋪滿穀物的農田和牧場交錯分布。一群群牛羊在牧場上緩緩移動。一條用平整的黑色石塊鋪就的大路沿河岸向遠處延伸，許多小路與大道相連，另一端通向各處田園。在人類聚落以外，丘陵山麓和高山山腳下的峽谷之中，有著豐富的獵物。

丘陵地帶的上升氣流中，還有另一些龍在盤旋。他們身軀上光芒閃爍的鱗甲身軀，就如同夏日驕陽下的一顆顆寶石。一頭全身覆蓋淺綠色鱗片、在肩膀和腰臀處有著點點金光的巨龍，向她發出銅號般的吼聲。她全身一陣顫慄，那是她當時的配偶。她回應了他的召喚，看到他轉頭向自己飛來。當他轉身的時候，她也轉過了身，長鳴一聲，拍打強有力的翅膀，向高處飛去。他發出一聲挑戰般的深沉吼聲作為回應，向她緊追過來。

雨。冰冷的凍雨突然開始擊打她的後背，就像是一陣從天而降的石子。辛泰拉猛地睜開眼睛，美夢和夢中的美妙世界全都變成的碎片。在下一個瞬間，冷水便從她的肋側和腹部流淌下來。在她周圍的黑暗中，龍聳動著身體，不情願地相互擠得更緊。哀傷和憤怒在她的心中相互衝突著。「克爾辛拉，」她高聲向自己承諾，「克爾辛拉。」

在黑暗中，另一些龍的聲音正在回應著她。

綠月第十七日
商人聯盟獨立第五年
來自艾瑞克，繽城信鴿管理人
致黛托茨，崔豪格信鴿管理人

在密封的卷軸匣中，藏有一封繽城商人議會致崔豪格和卡薩里克的雨野原商人議會的信，信中建議古靈瑟丹應該出發去尋找婷黛莉雅，說服她返回此地，再一次擔負起照料幼龍的任務。

黛托茨：

我拿起筆，代妳的侄子雷亞奧向妳保證，那個名叫卡琳的三船女孩的確是一個好人。她工作勤勉，孝順雙親，還能夠閱讀和寫字。儘管雷亞奧在這件事上還很年輕，但我願意支持我的學徒與她訂婚。只要他向我保證，在他符合正式養鴿人標準之前，他們不會結婚，我很願意在此證明卡琳的人品，並真心相信她在任何方面都能成為雷亞奧的好妻子，沒有任何商人家的女兒比她更優秀。當然，這件事絕非兒戲，但我要特別強調，她來自於一個有五個健康孩子的家庭，而且她的兩位姊姊都已經結婚，並生育了健康的後代。在這個時代，許多年輕人都遠遠比不上卡琳。

艾瑞克

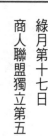

6 賽瑪拉的決定

結束了一天的採集工作，回家時，她的媽媽帶著微笑迎接他們，這實在是很不尋常。而更加不尋常的是，媽媽忽然爆發出和他們說話的強烈熱情。賽瑪拉和她的父親提著籃子還沒有走進家門，媽媽的聲音已經響起。她的眼睛裡閃動著希望的光亮：「有人看上賽瑪拉了。」

片刻之間，年輕女孩和她的父親都僵在原地。賽瑪拉幾乎不明白這幾個字的意思。看上？她了？十六歲的賽瑪拉早已過了絕大多數雨野原女孩訂婚的年紀。她知道，在這個世界的某些地方，她還會被看做是一個剛剛長大的孩子；在另一些地方，她可能是剛到結婚年紀的女人。但在雨野原，人們的壽命不像其他地方的人那樣長久。他們知道，如果要存續一個家族的血脈，他們最好在孩子小的時候就找好親家，等到他們有生育能力的時候就儘快讓他們結婚，最好在婚後一年就有小孩。即使一個來自貧窮家庭的女孩，如果她長相尚可，在她十歲的時候都會有人上她家提親；就算是醜女孩，到十二歲的時候也會有婆家了。

除非是賽瑪拉這樣的女孩。她根本就不應該活下來，更不要說結婚生子了。對於一些人來說，她根本就是不存在的，還有一些人幾乎無法容忍她出現。但今天她的媽媽雙眼放光地說有人看上了她。這太奇怪了，她甚至被禁止生孩子，難道現在她也有機會論及婚嫁了嗎？這毫無道理可言。誰會向她提親，為什麼她的母親會考慮這種事？

「有人向賽瑪拉提親？是誰？」父親的聲音中也充滿了懷疑。不好的預感在賽瑪拉心中滋長，她審視著母親的臉，母親的笑容中並沒有多少快樂。這時母親沒有再看他們，而是蹲在籃子旁邊，開始挑揀晚餐的食材。她對著他們採集來的食物說：「我說的是，有人看上賽瑪拉了，傑魯普，並不是向她提親。」

「那看上她什麼？是誰看上了？」父親質問道。一朵又一朵憤怒的暴雨雲，正積聚在他的話語中。

母親保持著鎮定的神情，繼續挑揀食材，甚至沒有抬一下頭。「有人願意雇傭她，讓她可以獨立謀生，不必再依賴日漸衰老的我們。至於說是誰，願意雇傭她的是雨野原商人議會。所以，不要對此嗤之以鼻，傑魯普。這對賽瑪拉而言是一個絕佳的機會。」

父親的目光轉向賽瑪拉，等待著女兒說話。賽瑪拉的母親一直在擔心自己的「衰老」，這在他們的小家庭中已經不是祕密了。很明顯，她相信如果他們能擺脫掉養育賽瑪拉的責任，就能為他們的老年生活留下更多積蓄。賽瑪拉對此抱持懷疑，她一直在父親身邊努力工作。父親帶回家的許多食物都是她從最高處的樹枝上採摘來的。其他人根本不敢爬上那些陽光充足的樹梢。她的母親真的認為當父親的籃子每天都變得更輕時，他們就擺脫了一個包袱？如果賽瑪拉走了，當他們的身體衰老，虛弱無力的時候，又有誰能為他們完成每日的工作？

賽瑪拉沒有把這些疑慮說出口，只是平靜地問道：「他們提供了什麼樣的『雇傭機會』？」她讓自己的聲音中不帶有任何責備的意味，或者是儘量如此。她很害怕母親會回答她的問題。在崔豪格有各種雇傭機會。深埋在地下的古靈城市中，總是藏著最危險、但也是最好的機會，同時那也是一種能讓人累斷腰的工作。那裡的勞工經常要在接近全黑的環境裡，用鏟子和推車移走大量淤泥，而那座古老城市裡常常會有一道門或者牆壁突然塌陷，隨之而來的便是泥土大量崩塌。他們通常都選擇讓男孩來幹這些活，因為男人體力更強。像賽瑪拉這樣「不能生產」的女孩，經常會得到維護橋梁的工作，尤其是那些位於樹冠最高處，由最細的樹枝支撐的小橋。最近，連接雨野原河兩岸散亂聚落的步橋網路，正在進行規模龐大的擴張，成為了人們熱議的話題，有許多人都在爭論一座用鎖鏈和木頭建造的橋能夠延伸多遠。賽瑪拉心中一沉，她懷疑自己將加入探索這個答案的隊伍。是的，也許就是這樣。她的鄰居們都知道她爬樹的能耐，而這種工作一定會要求她居住在工作場所附近，她將離開家並且遠離雙親，有可能活不了多久。也許這正合她母親的心意。

她的母親開口時，聲音中帶著虛偽的歡愉：「今天，樹幹市場上來了一個商人，他穿著非常華麗的刺繡長袍，帶著一份雨野原議會的卷軸。他說他是來尋找一些健壯的年輕人，沒有婚娶，沒有孩子，他需要這些人為崔豪格，為全體雨野原人完成一個特殊任務。他說任務的酬勞會很豐厚，而且在任務開始之前就會有預付酬金。等到任務結束，參與任務的人回到崔豪格，還會得到重酬。他說他相信很多人都會願意被選上，但候選人必須非常勇敢堅強，能夠吃苦。」

賽瑪拉壓抑下心中的急躁。她的母親從來都沒辦法簡單地說清楚一件事，總是說著說著就離題萬里。如果現在提問，只會把母親帶到另一條路上去，所以她只能緊咬住牙，管住自己的舌頭。

父親卻沒有她這樣的耐心。「那就是說，不是有人來提親，而是一份工作。賽瑪拉已經有工作了。她幫我採集食物。為什麼她還會想要像妳說的那樣『獨立謀生』，離開我們？我們已經不再年輕了。如果說我希望她能在什麼時候陪在我身邊，那就是妳所說的，我們『日漸衰老』的時候。否則妳認為還有誰會照顧我們？雨野原議會？」

母親緊緊抿住嘴唇，額頭上的皺紋也變深了。「喔，那麼好吧，」她苦澀地說，「我不再說什麼了。我知道，我聽那個人的話就是在犯傻，我根本不應該去想賽瑪拉也許希望生活中能有一點冒險。」母親的聲音因為氣憤而顫抖。她沒好氣地瞪了他們一眼，在沉默中散發著怒氣。

他們房子的主屋很小，賽瑪拉的母親將晚餐放在桌面的編織墊上，卻裝作完全沒有看到屋中的另兩個人。賽瑪拉和父親也都保持著沉默，更多的詢問只會讓母親更不願意說出她到底聽見了什麼，若裝作對此不感興趣，倒是有可能從母親那裡得到更多訊息。所以父親只是在盆中倒上水，洗淨手臉，然後把髒水潑出窗戶，再為賽瑪拉倒了一盆水，遞給女兒，並輕鬆地說：「我覺得明天可以不做採集了。我們可以出一趟遠門，帶一些新植物回來。妳能早起嗎？」

「這樣應該最好。」賽瑪拉也故作輕鬆地回答道。

母親受不了他們這樣漫不經心地交談。她對著正被她磨成糊的庫拉堅果說：「我想，我對自己的女兒根本不了解。我以為她知道能夠在龍身邊工作一定會非常激動。她小時候似乎對龍很感興趣。」

父親向賽瑪拉做了一個小手勢，提醒賽瑪拉保持安靜，讓母親能繼續說下去。賽瑪拉卻沒能管住自己。「龍？那些我親眼看著孵化出來的龍？那些被遺棄的龍？我能在他們身邊工作？」

母親滿意地輕輕噴了一下鼻息。「顯然，妳不能。妳的父親認為妳最好留在這裡，和我們一起生活，直到我們衰老、死亡，然後妳就要自己一個人度過一生了。」她將一碗搗碎的庫拉堅果放在餐墊上，又在旁邊放了一盤子韋德草莖。今天早些時候，她在社區烤爐裡烤了餅。一共六塊餅，每個人兩塊。晚餐並不豐盛，也不精緻，但就像爸爸說的，它能「填飽肚子」。就在幾秒鐘以前，賽瑪拉還感覺自己餓得厲害，而現在她甚至不想去看一眼那些食物了。

但父親是對的，賽瑪拉的提問只是更加激發了母親的怒火。現在她的母親全身都散發出氣勢洶洶的冰冷怒意。她微笑著，在吃飯時幾乎沒有再說話，彷彿家中一切正常，她只是一位溫柔的妻子，對丈夫言聽計從。賽瑪拉又問了兩次關於那份工作的事。她完全無法抵抗母親的誘餌。每一次，她的母親只是對她說，她一定不想離開家和親人，所以就不要再談論這個愚蠢的話題了。

賽瑪拉只能讓自己的心被強烈的好奇煎熬著。

晚餐一結束，傑魯普就宣布他還有別的事，離開了家。賽瑪拉收拾好剩菜，同時竭力不去看母親怨恨的瞪視。一切收拾好之後，她走出樹屋。當然，她沒有踏上通往鄰家的小步道，而是一直向高處爬，鑽進了樹冠。她需要思考，而孤身一個人才能清醒地思考。龍，龍和她的工作又會有什麼關係？

賽瑪拉一生中見過兩次龍。第一次是五年以前，那時賽瑪拉快十一歲了。她的父親帶她下了大樹，經過項鍊橋，一直下到了地面上。通向河邊孵化場的小路已經被許多人踩成了一片爛泥。那也是賽瑪拉第一次前往卡薩里克。

關於那些龍的記憶，直到現在還不斷在她的腦海中浮現。他們的翅膀很軟弱，一個個瘦得皮包骨。婷黛莉雅不停地飛過來，丟下新鮮的獵物供他們食用。賽瑪拉的父親很同情那些畸形的龍。當賽瑪拉回憶起父親向一頭剛剛孵化的龍跑過去的時候，嘴角浮現出一抹苦澀的微笑。

在群龍孵化後的一段日子裡，所有人都希望活下來的龍能夠成長為壯麗強大的生物。她的父親也曾受雇成為獵人，為龍捕捉食物。但雨野原茂密的森林很快就無法供養這些巨大貪婪的食肉動物了。獵人們就算用盡力氣也無法讓獵物變得更多。議會在獵人們的薪酬上也越來越吝嗇。她的父親很快就放棄了這份差事，回到了崔豪格的家裡。他向賽瑪拉講述了一個哀傷的故事——患病的龍很快就要紛紛死去，還活著的龍的確在變大，但他們的身體並沒有變得更加健壯，也無法獨力生存下去。「婷黛莉雅有時會來，帶來獵物，但一頭龍沒辦法餵養這麼多龍。大家都能感覺到她在為這些可憐的生物感到慚愧。恐怕這件事對誰都不會有一個好結果。」

對於那些只能在地面上爬行的龍，情況的確不斷在惡化。婷黛莉雅經歷種種艱難，終於找到了配偶。所有人都相信婷黛莉雅是這個世界上最後的巨龍。所以另一頭巨龍的出現就格外令人震驚。人們傳說有一頭黑龍從寒冰中復活，這個故事實在是離奇得讓人難以置信。

是遠方六大公國的某位親王挖掘出了那頭龍，將他從冰封墳墓中尋找出來。至於為什麼要這樣做，那位親王有自己的理由，賽瑪拉並不關心。不管怎樣，那頭黑色公龍還活著。他從冰凍的長眠中醒來，成為婷黛莉雅的配偶。他們一同飛翔、狩獵並彼此交配。不管這個故事如何聳人聽聞，有一件事是確定無疑的。從那時起，巨龍女王就只是很偶爾才會返回雨野原。一些雨野原人報告，他們見到了兩頭巨龍在遠處飛過。一些人懊喪地說，現在婷黛莉雅不需要人類的友誼和幫助了。她離開了他們，不僅是將一群貪吃的幼龍丟給他們照顧，還終止了對雨野原河的保護。

即使婷黛莉雅放棄了和人類簽訂的契約，雨野原人卻沒有選擇，只能繼續照顧這些幼龍。有許多人指出，如果說有什麼事情能夠比一群龍居住在自己的城市腳下更糟糕，那就是一群饑餓、憤怒的龍居住在你的城市腳下。儘管結繭地實際上位於崔豪格的上游，但它幾乎就在卡薩里克城的正上方。在很久以前，位於崔豪格下方的那座遠古時代的古靈城市當中，容易進入的部分就開始被發掘了。現在卡薩里克很可能蘊藏著同樣珍貴的財富，但只有將那些幼龍圈養起來，人類才能進入那裡。

賽瑪拉很想知道現在那些幼龍中還有多少活著。並非所有結繭的長蛇都能成為龍破繭而出。上一次父親前往卡薩里克的時候，賽瑪拉就跟隨在他身邊。那僅只是兩年以前的事情。如果她記得沒有錯，那裡應該還有十八頭活下來的龍。瘟疫橫行以及缺乏新鮮的食物，還有龍之間的爭鬥，嚴重削減了他們的族群。賽瑪拉從樹上遠遠看著他們，不敢靠近。那些生物髒兮兮的，看上去很可憐。賽瑪拉回想起他們剛剛出世時新鮮光亮的鱗甲，更覺得現在這些龍的狀況實在是很糟糕。他們已經大了很多，但身體都有各種各樣的畸形，委身在河邊的爛泥塘裡，身上除了泥巴還是泥巴，還散發出一股臭氣。他們都顯得倦怠乏力，無精打采，在他們自己的屎尿中爬行，嗅著腐爛的食物殘渣。沒有一條龍能夠飛行。他們之中的一些龍能為自己尋找一些非常有限的獵物，比如涉水進入河中，從經過的魚群中叼一條魚。當時有一種被壓抑的矛盾情緒在賽瑪拉的心中升起，甚至要比那些龍散發出來的爬蟲類臭氣更讓她難以忍受，迫使她轉過了頭，無法再去看那些骨瘦如柴，卻又脾氣暴躁的生物。

賽瑪拉搖搖頭，將自己的思緒清理一下，繼續向上攀登。她的爪子不斷扣住樹枝，把她的身子向上提起，進入到覆蓋她家屋頂的樹冠裡面。這已經是崔豪格的最高處了。從這裡，她能夠俯視這座樹上城市絕大部分的地方。

賽瑪拉坐下來，將膝蓋收在下巴下面，眺望著正在吞沒森林和這座城市的黑夜，靜靜地思考著。她喜歡這個地方。如果她傾過身子，朝正確的角度向上望去，就能從交錯分布的樹枝間找到一個小窗戶，透過那裡望見夜空和數不清的點點繁星。她相信，沒有人知道藏在這裡的這道風景。這是屬於她一個人的。

在短暫的時間裡，她獲得了安寧。然後她感覺到樹枝微弱的震動——有人來到了她搖搖欲墜的靜思之地。不是她的父親，不，這個人的動作比父親更敏捷。她沒有回頭去看，但簡直就像看見那個人一樣說道：「你好，刺青。是什麼讓你今晚願意到樹冠上？」

她感覺到刺青聳了聳肩。刺青一直站在樹枝上，現在他俯下身，手腳並用地爬過細樹枝，來到她身邊。他坐下來，用兩條細腿鎖住身下的樹枝。「只是想要來看看。」這個身上帶著刺青的男孩低聲說道。賽瑪拉終於向他轉過了頭。

刺青沉靜地看著賽瑪拉的眼睛。賽瑪拉知道，最近自己的眼睛已經有了一些雨野原人的淺藍色光澤，刺青對此從沒有過任何評價，就如同對她的黑色爪子一樣。賽瑪拉也從沒有對他臉頰上鼻子旁的刺青花紋問過任何問題。最靠近他鼻子的是一匹小馬的花紋，一張蜘蛛網覆蓋他大部分的左側面頰，這些花紋表明他出生時是一名奴隸。賽瑪拉大約知道他的故事。六年以前，隨著長蛇的回歸，雨野原議會邀請繽城的紋身者遷居到這裡。許多剛剛得到自由的奴隸，還看不到自己能有什麼未來。一些人成為了罪犯，還有一些欠下了債務。不過奴隸的紋身讓他們有了一種幾乎完全平等的社群關係。議會邀請他們來到雨野原河上游，在此安居，並與雨野原人通婚，以重啟新的人生。作為交換的條件，紋身者們提供勞力疏浚河道，建起階梯圍堰，讓長蛇能夠完成他們的遷徙。許多紋身者都成為了雨野原值得尊敬的公民。那些欠下債務的人常常是有技巧的工匠和手藝人，也將他們的技藝帶到了雨野原。

不幸的是，他們之中也有盜賊、殺手和扒手，而這些人也將這種技藝帶到了雨野原。儘管有了新生活的機會，他們卻依舊抱持著舊日的能力自甘墮落。刺青的母親就曾經是其中一員。賽瑪拉只聽說過她是一名竊賊，直到一次夜盜行徑出了意外，變成一樁殺人案。刺青的母親逃走了，沒有人知道她逃到了哪裡，而刺青對此更是毫不知情，那時候他只是一個十歲的小男孩，遭到母親遺棄，在其他紋身者中被撫養長大。在賽瑪拉的印象裡，刺青總是居無定所，能得到什麼食物就吃什麼食物，身上都是別人丟掉的衣服，為了能夠掙一兩個小錢，做著各種卑微的工作。賽瑪拉和她的父親曾經在一處樹幹集市上遇到過他。那是一個盛大的集市日，整個集市的範圍囊括了崔豪格中心五棵主樹的樹幹。他們在那一天要出售一些禽鳥。刺青願意為他們做任何事，只要他們能夠將最小的一隻鳥給他。他已經有幾個月沒有吃過肉了。賽瑪拉的父親一如既往地動了善心，他讓這個男孩負責販賣他們的貨物。通常這件事都是由父親自己來做的，而且父親做得會更好，因為他的嗓門更響亮，聲音更好聽。不過，刺青很願意，不，應該是渴望著能夠為自己掙得一餐飯食。

從那天開始直到兩年以前，賽瑪拉與父親經常會看見他。當賽瑪拉的父親能夠給他一些工作的時候，他總是對他們給他的一切報酬都滿懷感激。他是一個手腳伶俐的小子，那些在地上出生的人們從不會進入的高層樹冠，他都能穿梭自如。賽瑪拉總是很喜歡他的陪伴。她沒有什麼朋友，那些小時候曾經和她一同玩耍的孩子現在都已經長大結婚，有了自己的家庭，開始他們的新生活。賽瑪拉一個人被留在她奇怪而又漫長的青春期裡。能夠找到一個像她一樣單身的朋友給她帶來了非比尋常的安慰。她不知道為什麼刺青不結婚，甚至從沒有追求過任何女孩子。

賽瑪拉一直處在出神的狀態。刺青問道：「妳今晚想要一個人嗎？我不想打擾妳。」她才意識到自己沉默了太久。

「不，你沒有打擾我，刺青。我剛剛花了點時間想事情。」

「想什麼？」刺青坐到了一根更加牢固的樹枝上。

「我在想我的未來有什麼選擇，但選擇似乎並不多。」她努力笑了一聲。

「不多？為什麼不多？」

賽瑪拉看著他，不知道他是不是在取笑自己。「嗯，我已經十六歲了，還和我的父母生活在一起。沒有人來向我提親，根本沒有人願意這樣做。所以，我或者繼續和我的父母一起生活下去，就這樣終老；或者我只能自己出去討生活。我對打獵有一些了解，也知道一些採集的技巧。但我很清楚，如果我自己一個人，靠著我僅有的那一點技巧，我的生活一定會很悲慘。在雨野原，生活中至少需要兩個人結伴共同努力工作，才能得到最基本的溫飽。而我只有自己一個。」

刺青驚訝地看著滔滔不絕說出這番話的賽瑪拉，顯露出一點不安。他清了清嗓子：「為什麼妳會認為只有妳一個人呢？」然後他用更輕的聲音說：「妳說起和妳的父母一同生活時，好像這是很可怕的事。而我，我很願意有一個母親或者父親能和我在一起。」他短促地笑了一聲，「我甚至無法想像我能同時擁有父親和母親。」

「和我的父母一同生活，並不可怕。」賽瑪拉承認，「但有時候，我知道我的媽媽很希望我不在這裡。爸爸一直都對我很好，他讓我知道，這個家一直都會歡迎我。我相信，當他將我帶回家的時候，他就知道我的一生可能都會走得很艱難。」

刺青的眉毛擰在一起。他困惑的神情讓他臉上的蜘蛛網變成了奇怪的形狀。「把妳帶回家？妳去哪裡了？」

現在輪到賽瑪拉感到尷尬了。她一直以為所有人都知道她是什麼人，以及這背後的故事。任何雨野原人只要看到她，都會明白她的身世。但刺青不是在雨野原出生的，雨野原人也不會向外人提起賽瑪拉這樣的變種，一些雨野原人甚至從不會和賽瑪拉說話，也不會正眼看她。賽瑪拉的存在根本就不是一個能夠和外人閒聊的話題。刺青不知道賽瑪拉的事情，意味著這裡大部分的人依然將他視作一個外人。他是真的不知道。這件賽瑪拉從不曾想到的事情刺激了她。她咬緊牙關，臉上露出異樣的微笑，向刺青伸出了自己的手：「有沒有注意到什麼？」

刺青將頭探過來，細看她的手。「妳的一隻爪子裂了？」

賽瑪拉氣得笑了起來。突然間，她第一次理解了刺青身上的一件事——他將自己當作朋友，是因為他真的不明白。

「刺青，你應該注意的是我有爪子，而不是指甲。蟾蜍或者是蜥蜴一樣的爪子。」她將爪子按在樹枝上，拉回來，在樹皮上留下四道割痕，「爪子是我獨有的。」

「我見過許多雨野原人有爪子。」

賽瑪拉盯住他，過了一段時間才繼續說道：「不，你不可能見過。你見到的是許多人有黑色的指甲，也許是很粗很厚的指甲，但不是爪子。因為如果嬰兒在出生時有爪子而不是指甲，父母和接生婆就會知道他們必須做些什麼，而他們都會那樣做。」

刺青在樹枝上向賽瑪拉傾過身子，用沙啞的嗓音問：「做什麼？」

賽瑪拉在他的注視下轉過頭，望向遮住夜空的樹枝，「除掉那個孩子，把他放在遠離人跡的地方，不再去管他。」

「讓他死去？」刺青驚駭地問。

「是的，讓他死去，或者被野獸吃掉，比如樹貓或者是一條大蛇。」賽瑪拉回頭瞥了刺青一眼，發現自己沒辦法去正視刺青恐怖的眼神。那眼神彷彿帶著譴責的意味，賽瑪拉不覺得他是在關心自己，反而覺得自己在談論那些畸形小孩是某種不忠的行為，「有時候，他們會把那些孩子餓死或者悶死，這樣孩子就不會受太多的苦。然後他們會把孩子扔進河裡。我猜，要怎麼做全看接生婆的決定。我的接生婆只是把我放在了野外，將我塞進一叢遠離道路的樹枝裡，就匆匆回到了我母親的身邊，那時我母親流了很多的血。」說到這裡，賽瑪拉清了清喉嚨。刺青注視著她，嘴巴微微張開。賽瑪拉第一次注意到刺青的一顆下門齒稍有些歪斜。她急忙將目光從這個專心的傾聽者身上移開。

「那名接生婆不知道我的父親一直在跟著她。我不是他們的第一個孩子了，但我是他們第一個活著出世的孩子。爸爸說，他沒辦法就這樣丟下我，他覺得我應該有一個機會。於是他跟蹤接生婆，又把我抱回家裡，即使他知道許多人會說他做錯了。」

「做錯了？為什麼？」

賽瑪拉的目光又朝向刺青，她依然不知道刺青是不是在取笑她。刺青有一雙淺色的眼睛，在不同的光線中會呈現出藍色或者灰色。但那雙眼睛從不會發光，和賽瑪拉的並不一樣。現在那雙眼睛看著賽瑪拉，沒有任何愧疚之意。這種最真誠的目光幾乎要讓賽瑪拉感到氣惱。「刺青，你怎麼會不知道這些事？你居住在雨野原已經有……六年了吧？許多雨野原的孩子在出生時就……嗯……受到這片荒原的影響。隨著他們長大，他們會變得越來越與眾不同。所以，雨野原人必須設置一個底線。畢竟，如果你出生的時候就非常與眾不同，如果你已經有了鱗片和爪子，那誰知道你長大以後會變成什麼？如果像我這樣的人結婚生子，我的那些孩子就有可能更不像人類，並長大成只有莎神才知道的怪物。」

刺青深吸一口氣，又重重地呼出來，搖了搖頭。「賽瑪拉，聽妳的話，妳好像根本不認為妳是人類。」

「嗯。」賽瑪拉應了一聲，又閉住嘴。一段時間裡，她只能努力追逐在腦海中盤旋的各種辭句。**也許我真的不是**。她真的這樣相信嗎？當然不。嗯，也許不。如果不是人類，那她到底是什麼？但如果她是人類，她又怎麼會有爪子？

不等她想好該怎樣回答，刺青又說道：「和絕大多數雨野原人相比，妳並沒有顯得更奇怪。我在這裡見過許多有鱗片和肉鬚的人。現在我已經不會為這種事大驚小怪了。當我還很小的時候，我剛剛來到這裡，覺得你們實在是有些可怕，但現在我已經不會這麼想了。你們只是，嗯，帶著標記的人，就像刺青也是一種標記。」

「你們的主人為你們留下標記，標明你們是奴隸。」

刺青的雪白牙齒在他的笑容中向賽瑪拉閃動了一下。他用這個笑容否定賽瑪拉的話。「不，他們在我們身上留下標記，是要讓人們相信：他們擁有我們。」

「我知道，我知道。」賽瑪拉急忙說道。許多如同刺青擁有奴隸背景的人，都會堅持這是兩回事。賽瑪拉不明白，為什麼這對他們而言是如此重要，但他們顯然很看重這一點。賽瑪拉很願意讓刺青解釋一下，不過這全要看刺青是否願意。「我只是想說，這是別人強加給你的，在那以前，你就像其他所有人一樣。而我，我出生時就是這種樣子。」她轉過手，看著向手心彎曲的黑色爪子。「一直都與眾不同。我是不適合婚姻的。」她壓低聲音，將目光別向一旁，又說道，「甚至不適合活著。」

刺青沒有回答她的話，卻輕聲說：「妳的媽媽剛剛走出來，從下面看著我們。她還在那裡，正盯著我。」然後他稍稍移動了一下身子，低垂下髮絲蓬亂的頭，將肩膀向窄小的胸前躬起，彷彿這樣就能讓別人看不見他。「她不喜歡我，對不對？」

賽瑪拉聳聳肩。「其實她真正不喜歡的是我。我們，嗯，剛剛發生了一點家庭矛盾。我爸爸和我採集完食物回到家裡，我的媽媽說有人會給我一個機會，不是結婚的機會，是一份工作。爸爸說我已經有工作了。於是媽媽很生氣，甚至根本不告訴我那是一份什麼樣的工作。」她躺在樹枝上歎了口氣。在他們周圍，雨野原的夜色越來越濃。一幢幢掛在樹枝上的小房子裡亮起了燈光。賽瑪拉目力所及之處，崔豪格上層茂密的枝葉間到處都是星星點點的燈光。她翻身俯臥，朝下方望去。下方的燈光更加稠密明亮，那裡是這座樹城更加繁榮熱鬧的地方。燈光照亮了連接大樹的橋梁，讓那些橋如同落在森林中一串閃爍的項鍊。幾乎在每一個黃昏，這裡的燈光彷彿都會變得更多一些。六年以前，如同洪流一般湧來的紋身者，讓崔豪格和卡薩里克的人口急劇增加。從那時起，越來越多的外路人來到了這裡。賽瑪拉聽說下游有許多小型貿易村落也正迅速成長起來。

下方燈光閃爍的森林顯得非常美麗。這是屬於賽瑪拉的，卻又永遠都不會是她的。她咬緊牙，透過牙縫說道：「真可恨，我只有那麼點選擇，我的媽媽卻還是不告訴我。」她抬頭瞥了一眼和她坐在同一根樹枝上的細瘦男孩。

刺青笑了。他的表情變化總是讓賽瑪拉感到吃驚。他突然開口道：「我想，我知道那個工作是什麼。」

「你知道？」

「我知道那個工作，因為我也聽說了。這正是我今晚來這裡的原因之一。我想問問妳和妳的父親，你們對此有什麼想法。因為你們比我見過更多的龍。」

賽瑪拉猛地坐起身。刺青不由得猛吸了一口氣，但賽瑪拉知道自己不可能摔下去。「那是什麼工作？」她再一次問道。

刺青的臉上洋溢著熱情。「嗯，有一個人在每棵樹幹上都貼了布告。然後他又打開一份布告，向我們大聲宣讀了上面的內容。他說雨野原議會正在尋找工人，年輕健康的工人，『沒有牽絆』——他說，意思就是沒有家人。」興奮的刺青忽然停頓了一下，「所以我猜妳可能不適合這份工作，對不對？因為妳有家人。」

「快說。」賽瑪拉急切地催促他。

「好吧，簡而言之就是，卡薩里克的龍已經製造了太多的麻煩。他們開始做壞事，引發恐慌，而且情況越來越糟。議會決定必須讓他們離開。所以議會在找人將他們帶離卡薩里克。執行這一任務的人必須一路照顧龍群，為他們尋找食物，做各種事情，並確保他們在別處安居，再也不會回來。」

「巨龍守護者。」賽瑪拉輕聲說道。她轉頭不再去看刺青，腦海中開始想像那會是怎樣的一份工作。她見過龍，知道和那些生物打交道並不容易，「我想，這應該是一份危險的工作。所以他們才會尋找孤兒和沒有家人的人來做。那樣的話，如果龍吃掉你，也不會有人抱怨。」

刺青乜斜眼睛看著她，「妳是認真的？」

「嗯……」

「賽瑪拉！」賽瑪拉的母親在黑暗中高聲喊叫，「已經很晚了，進屋來。」

賽瑪拉嚇了一跳。她的母親很少會在公開場合喊她的名字，更不要說喊她回家了。「為什麼？」她低頭向下喊道。也許是父親回家了，想要見到她。她想不起自己的母親什麼時候曾經叫她回過家。

「因為很晚了。我說了，進屋裡來。」

刺青睜大了眼睛，悄聲說：「我知道她不喜歡妳。我最好還是走吧，不要讓妳因為我惹上麻煩。」

「刺青，這和你無關，這一點我很清楚。你不必走，她也許只是要我去幹些活。」實際上，賽瑪拉也不知道為什麼她的母親會突然叫她回家。她知道自己也許真的應該滑下樹枝，回到那個在樹枝間輕輕搖擺的小家裡去，但她不想走。父親不在家的時候，那個房子就會小得讓她感到不舒服，裡面充滿著母親對她的厭棄。一種突然出現的固執占據了她的心頭，完全取代了她平時對母親的奉成與順從。她會回去，但不是現在。畢竟，她的媽媽能做什麼？母親從沒有爬上過她和刺青所在的這種細小樹枝。母親甚至連崔豪格這一部分的樹間道路都不願意走。這個只有一些小房子、靠近樹冠的區域，被稱為「蟋蟀籠」，生活在這裡的人，只能依靠小橋和窄小的路徑在樹枝間移動。她的母親很不喜歡居住在崔豪格這個貧窮的區域，但他們只能負擔起這裡的懸掛小屋。在這片高處的樹冠上，幾乎所有東西都要比下面更便宜。

「妳要回去了嗎？」刺青低聲問她。

「不，」賽瑪拉堅定地說，「現在還不要。」

「那妳剛才在想什麼？」

賽瑪拉聳聳肩。「我在想，現在一切都改變了。」她的目光越過樹枝，望向燈光閃爍的崔豪格。那些燈光分散在各處，被雨林中的樹幹和粗大的樹枝遮擋住許多。「我的家庭並不是一直這麼窮。在我出生之前，我的父母剛剛結婚的時候，他們住在下面、很靠下面的地方。我的父親是一位雨野原商人的第三個兒子，他的家族在那座被埋葬的古城中有一份資產。他們經營得很好，但我的祖父在那時去世了。我的父親有兩位兄長。他的長兄繼承了資產，二哥知道該如何管理那份資產。但他們家族的財富不夠支撐三個家庭。於是我的父親不得不獨自謀生。有時候，我覺得正是這一點讓我的母親心懷怨恨，甚至在我出生之前就是這樣了。我覺得她當初一定是想要過上輕鬆的生活，擁有各種漂亮東西，還有美麗的孩子，孩子們也都有美好的婚姻。」

一抹怪異的微笑扭曲了賽瑪拉的臉。「只是一點小細節，人生就會完全不同。我覺得，如果我的父親是長子，繼承了家族產業，現在一定會有人要和我結婚了，就算我有一根猴子尾巴，只能像樹貓那樣尖叫。」

一陣笑聲從刺青的口中冒出來，讓賽瑪拉吃了一驚。過了一會兒，賽瑪拉也笑了起來。

「妳會覺得那樣的人生比現在的更好嗎？」刺青提問的語氣顯得很真誠。

賽瑪拉對這個蠢問題哼了一聲。「我喜歡我小時候的生活，那時我們還不是這麼窮。」

「窮？」

「你知道，每天的工作勉強能糊口，住在崔豪格最高的細樹枝上，出門的道路都很窄。我們並非一直都是住在這裡的。」

「我不覺得你們窮。」刺青表示反對。

「不管怎樣，我們曾經比現在更富有，這一點是肯定的。」賽瑪拉的思緒回到了她童年的時候。那時他們住得還很好。「我的爸爸那時是獵人，很優秀的獵人。他在那一行裡做了相當長的時間。後來他為龍打了一段時間的獵，直到議會不再付給他們應有的報酬。那時他決定做一名農夫。」

「農夫？在哪裡做？在雨野原根本沒有能夠種植的土地。」

「並非所有莊稼都是生長在土地上的，他一直都這樣說。我們收穫的許多食物，其實都來自於樹冠頂部，樹幹彎曲處的小塊土壤中，或是氣根上，或者是寄生在大樹的植物上。」她想要向刺青解釋，但想到這些事總是讓她感到厭煩。現在她的父親已不再穿行於樹枝、樹頂和雨野原的荒僻小路，只為了狩獵野獸或採集食物，他開始嘗試在樹冠上進行種植。這是一個古早的主意。至今為止，還沒有人能夠讓雨林在一段時間之內提供出產量可以預期的食物。但一直以來都有人像她的父親一樣，以為自己找到了辦法。父親已經採集來各種可食用的植物，竭力在他所選擇的地點，而不是莎神種下的地方栽培它們。

她的父親不是第一個做這種嘗試的人。在他之前有許多人都失敗了。父親只是更頑固，比之前那些失敗的人更有決心。有些人會說有決心是一件好事，但她的母親有一次卻對她說，這只意味著他們的家庭要在貧困中掙扎更多個年頭，而其他失敗的人很快就會繼續去狩獵和採集了。他們的「種植」工作占用了大量的時間，收穫卻要比採集少得多。但父親堅持要這樣做，因為他相信總有一天，他們能夠得到回報。

「我能看出，妳爸爸很認真地在做這件事。」刺青低聲說，

「我的媽媽曾經說過，她所珍視的一切東西，都因為我父親的夢想被犧牲掉了。也許這是真的，我不知道。當我還很小的時候，父親是一名採集者，我們居住在一幢有四個房間的房子裡。它很靠近樹幹，甚至在暴風雨中都不怎麼會搖晃。」

那是雨野原最好的房子。越是靠近樹幹的房子本身也越牢固，更少被風雨侵襲，距離樹幹集市也更近，沿樹幹下去還很容易到達酒館和戲院。的確，靠近樹幹的房子陽光會少一些，但賽瑪拉一直都覺得，如果她想要感覺一下陽光和風，自然可以爬到高處去。他們第一個家周圍的橋梁和步道都很牢固，有著密實的護欄，並且被維修、保養得很好。從那裡，她可以爬上樹梢去尋找陽光，也能下到地面上，偶爾讓雙腳感受堅實的土地。她倒是從不曾對地面有過很大的熱情，但她的母親很喜歡那裡。

「為什麼妳不喜歡地面？我覺得那是我居住過最正常的地方。我很想念地面，我想念能跑能走，不必害怕會掉下去的時候。」

賽瑪拉搖搖頭。「我從來不覺得地面是可以信任的。在這裡，在雨野原，如果你靠近地面，你也就靠近了河流。河水遲早都會上漲氾濫。有時候水漲得非常突然，沒有半點預告。我們知道，地面上的一切建築都無法持久。有一次，河水上漲得非常厲害，完全淹沒了那座古城。那時的情形很可怕。許多工人被困在城裡淹死了。」那條寬闊而殘忍的河流一直讓賽瑪拉感到害怕。她知道那條河會季節

性地上漲、氾濫，有時候還會突然爆發洪水。就算是在最好的情況下，河水也會帶有微弱的酸性。在地震之後，那條河有時甚至會變成一條致命的灰白色洪流。當河水變成那種顏色的時候，就意味著掉進去的人必死無疑。在河上有船的人都知道要把船從水面上吊起來，直到河水變回平時的顏色。站在地上的每一刻，賽瑪拉都害怕河水會突然沖過來將她吞沒。只有當她站在堅固的大樹上，遠遠離開那條喜怒無常的大河和河兩岸的大片沼澤，她才覺得自己是安全的。這是一種愚蠢的恐懼，一種孩子氣的恐懼，但許多雨野原人都有這樣的恐懼。

刺青聳聳肩，沒有和她分享這種恐懼。他瞥了一眼周圍的枝杈樹葉，這些枝葉遮住了他們，讓他們看不見附近的鄰居，也看不見天空和地面。「我從來不覺得你們窮。」他低聲說，「我一直都覺得你們在這裡過得很好。」

「的確沒那麼糟。只是我的母親會感到很辛苦。她已經習慣了優渥的生活，那種生活裡有派對、漂亮衣服和各種好東西，但在我們曾經居住過的地方，還有另一些東西是我想念的。也許那只是因為我在那裡度過了童年。在那時，在下面，我有許多朋友。我們都很小的時候，我猜沒有人會很在意我生的是爪子還是指甲。我們在一層層房屋之間的平台上玩耍。我的父親供我上學，為我買書，而大部分其他孩子只能付一點錢，把書借回家看一個星期。人們都覺得父親很溺愛我。而我的母親認為這只是在浪費錢，並因此而更加惱火。我們還會去許多地方。我記得我們有一次從樹幹下去，看了一場遮瑪里亞來的藝人表演的戲劇。我那時還不明白那是什麼，但他們的戲服真的很漂亮。我們曾經去看過一場非常盛大的演出，那裡有音樂、戲劇，還有雜耍藝人和歌唱家！我真的很喜歡那個時候。那座舞台搭在幾棵樹之間的空地上，下面有高台支撐。用繩網編成的座位非常結實。那是我第一次發現崔豪格竟然是那樣大的一座城市。樹枝和樹葉遮住了我們腳下絕大部分的地面，但我能清楚地看見河道。在頭頂上方，透過樹冠中間的空洞，我能看見很大一片黑色天空，還有各種星星。成千上萬的燈光在窗口亮起。在我們周圍的樹林中，兩邊綴著燈籠的步道連接起一棵又一棵樹，讓我想起了寶石項鍊。」賽瑪拉閉上眼睛，仰起臉，回憶起那時的美景。

「那時，每個月有一次，我們一家會去格拉薩拉的香料市集吃一次晚餐。我們會用肉做主菜。我自己可以吃一整塊肉，我的媽媽和爸爸也都能吃一塊肉。」她搖搖頭，「就算在那個時候，我的媽媽也總是會不滿意。不過我猜她一直都是那麼不滿意，而且將來也會這樣，無論我們擁有多少，她都只想要更多。」

「在我聽起來很正常。」刺青平靜地說。賽瑪拉睜開眼睛，驚訝地看到刺青又向她靠近了一些，而她甚至完全沒感覺到。刺青在樹枝上移動的技巧又有了進步。還沒等賽瑪拉恭維他一句，他已經問道：「那麼，這一切是在什麼時候發生了改變。」

「當我的父親將更多時間放在嘗試種植上的時候。那時我們幾乎每年都會搬得更高一點，距離城市中心更遠一點。」她向刺青瞥了一眼。刺青正跨坐在樹枝上，一隻腳踝勾在另一條腿上。看上去，他坐得很穩當，只是不那麼舒服。被他這樣盯著自己的臉看，賽瑪拉覺得有些難為情。他是在審視她的鱗片嗎？看她嘴唇周圍的細鱗，她下巴上短小的肉穗？她將臉轉開，朝著樹林說：「來到蟋蟀籠之前，我們最後居住的地方是鳥巢。那裡曾經是崔豪格最窮的地方，但紋身者和其他新來的人，把我們從那裡擠了出去。」

鳥巢只有小房子，都是用藤蔓和木板條編成的。窄小的淩空步道要一直向下延伸幾層，才能到達真正寬闊的步道和搭在粗大樹枝間的路徑。「我們在鳥巢只住了兩年，就看見洪水一樣的手藝人和工匠湧了進來。他們之中有許多是紋身者，剛剛來到雨野原，需要廉價的出租房屋，並且他們的鄰居也不會因為他們人數眾多、嘈雜紛亂和奇怪的生活方式而提出抗議。」賽瑪拉自顧自地微笑，她對鳥巢的喜愛程度絲毫不亞於她的母親對那裡的鄙夷。手藝匠人在那裡的每一根樹枝上展示他們的創作。原先城市中最貧窮的這區變得美不勝收。風吹動懸掛在每一個交叉路口的藝術品，道路兩邊的護欄上掛滿了色彩艷麗的珠串；支撐起一幢幢小屋的樹枝上，依循粗糙樹皮的紋路被畫上了一張張面孔。就連她家的小屋也被圖繪了亮麗的色彩，因為她的父親用種植出的一點小莊稼和那些人做交易的時候，只能換回這些。在戴安娜還尚未成為名聞遐邇的紡織天才時，賽瑪拉就穿上了她用一雙巧手編織的毛衣和圍巾，就給她裝衣服的箱子更是拉弗雷親手雕製的。她喜歡這些東西，不是因為它們很值錢，而是因為它們有著大膽而新穎的藝術風格。直到後來，她母親將它們出售的時候，他們才因為這些東西高昂的價格而大吃一驚，但這些都無法彌補賽瑪拉的失落。

她的父親說，生活一直都是如此，那些贊助藝術家的富人們開始頻繁進出鳥巢。他們不滿足於僅僅購買藝術家的作品，更開始購買藝術家的生活方式。很快，雨野原富有的商人家的子女們就開始居住在這些藝術家中間，依照這些藝術家的行為模式作為生活方式，但除了製造噪音、擁擠，和給鳥巢增添一分狂野的聲譽之外，他們什麼都做不出來。他們的家庭能夠支付的租金遠遠超過她的父親。那些有錢人將這裡當成了度假場所，他們要求在這裡鋪設更加安全的步道和更寬闊的樹間道路。於是這裡的居民也要被徵收稅金。商店和餐館也紛紛在臨近的樹上開張了。已經開始嘗到成功滋味的藝術家們當然很高興，他們變得富有，也擁有了越來越高的聲望。「但高租金把我們趕了出來，我們連稅金都負擔不起，更不要說在餐館裡消費了。我們不得不賣掉了父親用食物換來的所有藝術品，拿著錢再一次搬家。」她仰起頭向上望去。那裡有幾點黃色的燈光在小屋的窗口閃動。「我覺得，下次我們被趕出來的時候，就只能去頂層區了。在那裡每天都能看見陽光，但我聽說，那裡的屋子幾乎都一直在風中擺動。」

「我覺得我不會喜歡那種擺動的。」刺青附和道。

「是啊，誰也不會喜歡。不過我也喜歡在蟋蟀籠的生活。在這裡我們能得到足夠多的雨水，這樣我們就不必自己提水，或者從送水人那裡買水了。我們剛搬到這裡來的時候，我的媽媽為我們編織了一張洗浴吊床。當夏季雨水溫暖的時候，躺在上面非常舒服。這裡的苔蘚不算很多，還能看到小樹蛙、蝴蝶和曬太陽的蜥蜴。向上不用爬多遠就能找到向著太陽綻放的花朵。尤其是我找到花朵之後，我的母親就能把它們帶到下方的樹幹集市去賣掉。那裡的人很難見到來自於頂層區的鮮花。

一提到母親，下面就傳來賽瑪拉母親尖利憤怒的叫嚷，平靜的夜色也被這喊聲撕得粉碎：「賽瑪拉！馬上下來，立刻！」

賽瑪拉一下子站了起來。她的母親聲音中有某種東西，那不是一般的氣惱。一種恐懼或者危險的感覺讓賽瑪拉不由得咬緊了牙。

「等我為妳讓路。」刺青一邊說，一邊鬆開扣住樹枝的腿。

「賽瑪拉！」

「我必須走了！」賽瑪拉喊了一聲。她飛快地向刺青走了兩步，將雙手撐在刺青的肩膀上，輕盈地從他頭頂一躍而過。同時聽到刺青發出一陣驚呼。這時她已經落在了不停搖擺的樹枝上，然後快步向樹幹跑去。在輕盈的奔跑中，賽瑪拉想起了父親對她說的話：『妳就是為了樹冠而生的，賽瑪拉。絕對不要為此而感到羞愧！』而這是她第一次為此而感到了一種奇怪的驕傲。她的敏捷讓刺青感到震驚。她的手摸到了刺青的肩膀，感覺很溫暖。

「我明天能見到你嗎？」刺青在她身後喊道。

「也許吧！」她回答道，「等我把活幹完。」

她快速滑下樹幹，完全不在意安全繩和踏腳，只是將爪子扣在樹皮上，飛快地滑了下去。當她到達掛住她家的兩根樹枝上時，她沿著它們一直跑過去，向下一擺，鑽進了她的臥室窗戶，正好落在當作她臥床的厚樹葉墊子上。這張墊子完全占據了她的臥室地面。一轉眼，她已經進了主屋。「我到家了。」她氣喘吁吁地說。

她的媽媽正盤腿坐在小屋正中心，憤怒地質問道：「妳想要對我做什麼？這就是妳向我報復的方式？因為妳的父親禁止我說那份工作？妳是想要讓妳的整個家庭都蒙羞嗎？人們會如何看待我們？會怎樣看待我？當他們將我們完全趕出崔豪格的時候妳才會高興嗎？因為妳，我們不得不住在城市的最邊緣，這樣還不夠嗎？妳覺得正因為這樣，妳才要徹底羞辱我們嗎？」

在樹冠頂層有一種被稱作「弓箭手」的花。它的樣子很可愛，會散發出芬芳的氣味。但是只要輕輕碰一下它的花莖，細小的棘刺就會如同雨絲一般激射出來。她的母親的問題刺中了她，就好像弓箭手的一團棘刺，每一根都刺在她的身上，而她甚至沒有閃避的機會。她的母親停下來開始喘氣，胸口一起一伏，面頰變成了粉紅色。

「我沒有做錯事！我沒有讓自己和家人蒙羞！」賽瑪拉是如此震驚，幾乎沒能把話說出口。

而她的這兩句話只是點燃了母親眼睛裡更強烈的怒火。那雙眼睛彷彿要從眼窩裡凸出來。「什麼！妳還要這樣睜眼說瞎話嗎？真是無恥，無恥！我看見了，賽瑪拉！所有人都看見了，光天化日之下坐在那裡，和那個男人調情。妳知道妳不能這樣做！妳怎麼能讓他和妳說話，怎麼能讓他坐在妳身邊，只有你們兩個？」

賽瑪拉的意識陷入了混亂，她努力理解著母親的話，片刻之後，她才說道：「刺青？妳是說刺青？他有時會為父親工作，在集市上。妳也見過他，妳認識他！」

「我的確認識他！刺青覆蓋了他的臉，讓他像是一頭野獸。我只知道他是一個盜賊和殺人犯的兒子！妳允許一個男人和妳說話已經夠糟的了，而妳竟然還和一個最低賤的男人打情罵俏！」

「媽媽！我……正是他偶爾會在樹幹集市上幫助父親！他只是一位朋友，僅此而已。我知道我絕不能……沒有人會娶我。會有誰想娶我？妳太不公平了，還很愚蠢。看著我，妳真的認為刺青是來追求我的嗎？」

「為什麼不？否則還有誰會願意理睬他？他也許認為，反正妳也找不到更好的人家了，所以只要能高興一下，妳都願意，無論是誰妳都願意！妳覺得，如果妳懷孕了，我們的鄰居會如何對待我們？妳以為議會將如何處置我們？喔，我早就警告過妳的父親，從一開始就在警告他，遲早會有這樣的事情發生。但他從來都不聽我說的任何一個字！我問過他，妳最終會有什麼結果，會有怎樣的人生？他說：『不，不，我會照顧她，我不會讓她成為負擔，不會讓她帶給我們羞恥。』好吧，現在他又在哪裡？拒絕了我給妳找的工作，根本不聽我的話，然後他就跑了，把我一個人丟在這裡對付妳，看著妳在外面賣弄風情！」

「媽媽，我沒有做錯任何事，沒有。我們只是坐在樹枝上聊天。就是這樣。刺青沒有追求我。我們在交談，而且就像妳說的，我們是在光天化日之下，在眾人的眼前。刺青沒有追求我，他沒有以那樣的方式看待我。沒有人會以那樣的方式看待我。」賽瑪拉的聲音低沉而又壓抑，但是當她說出最後幾個字的時候，喉嚨已經緊得只能擠出一點尖細的聲音了。她很少流淚，而現在，刺痛的酸性淚水從她的眼角滑落，刺激著她眼皮的鱗片邊緣。她憤怒地將淚滴抹掉。突然間，她再也不能和這個生下她，又一直在恨她的女人站在同一個房間裡了。「我要出去坐一下，一個人。」

「只能坐在我看得見妳的地方。」她的母親用嚴厲的聲音說道。

賽瑪拉根本不想再回答她。

但她也沒有抗拒母親的命令。她爬上作為他們房子主要懸臂的樹枝，一直向樹枝末端走去。她知道，這樣會讓她的媽媽滿意。這根樹枝的末端不連接任何地方，如果媽媽真的想確認她是孤身一人，只消從窗戶向外望一眼就行了。賽瑪拉坐到比平時更遠離家的地方，兩條腿垂在樹枝的同一側，晃著腳向下望去。她並不感到害怕，如果她聚精會神，就能看到在身下閃爍的燈光。每一點燈光都是一扇被蠟燭照亮的窗戶。其中有一些更亮，裡面點的應該是油燈。這些光點就像是下方森林深處的星星。

如果她集中目光朝正下方望去，就能看見橫欄和其他黑色的條紋層層疊疊分布在森林各處。一個掉下去的人不會直接落在遙遠的森林地面上。不，她的身體會反彈起來，不管她心中怎麼想，她都會拚命抓住自己碰到的每一根樹枝，哪怕只是擦身而過。她不會因迅速掉下去而立即死亡。

她在十一歲的時候就知道了這一點。這很奇怪，她還依稀記得那一天的情形，那開始於樹幹集市上的一次遭遇。在她的回憶中，那是她最後一次從頂層區摘鮮花下來，和她的母親一起去集市上販賣。樹幹集市是最適合賣花的地方。靠近樹幹的平台非常大，而且有許多從其他大樹連接過來的吊橋匯集。當然，那裡會聚集許多人。越是低處的平台，就越有富裕的顧客經過。那天她採到了深紫色和亮粉色的花，花盤就像她的頭一樣大，散發出濃郁的芬芳，花瓣厚實光亮，彷彿塗了一層蠟，亮黃色的花蕊和花萼甚至延伸到花瓣的邊緣以外。那些花被賣出了很好的價錢，有兩次，當母親將銀幣塞進口袋時向她露出了微笑。

賽瑪拉蹲在母親的販售墊子旁邊，注意到面前出現了一雙穿著便鞋的腳，上面是一件藍色的商人長袍。很長一段時間，那雙腳都沒有動一下。賽瑪拉抬起頭，看到了一個男人的臉。那個男人向她皺起眉頭，後退了一步，用嚴厲生硬的話呵斥她的母親：「妳為什麼要留下這樣一個孩子？看看她，她的指甲，她的耳朵……她絕對不能懷孕生子！妳應該把她扔掉，再生一個。她今天吃我們的食物，卻不會給我們的明天帶來任何希望。她是一個無用的生命，對我們所有人都是一種累贅。」

「這都是因為她的父親想讓她活下來，這件事他說了算。」賽瑪拉的母親立刻說道。在這個老男人的責備面前，她羞愧地低垂下目光。恰好和賽瑪拉四目相對。賽瑪拉一直抬頭盯著她，因為自己的母親不保護自己而感到傷心。也許她的瞪視從母親枯萎的心裡刺激出了一點憐憫，母親又對那個老男人說道：「她工作得很努力。有時候，她會和她的父親連續幾天在外面採集食物，她帶回家的食物幾乎和她的父親一樣多。」

「那麼她就應該每天出去採集食物。」老男人嚴肅地說，「那樣她找回的物資也許才能抵償她所消耗掉的。雨野原的一切都很珍貴。難道妳沒看到嗎？」

「一個孩子的生命才是最珍貴的。」賽瑪拉的父親說道，這時他來到了那個老男人的背後。這個集市日已經接近尾聲，他是來找她們的。他剛剛從樹冠上下來，衣服在攀爬的時候，被樹皮和樹葉蹭髒了。賽瑪拉的年歲已經太大，無法再被抱起來了。但她的父親還是彎腰把她抱了起來，讓她靠在肩膀上，大步離開了集市。父親另一側肩膀的背簍裡裝了半簍東西。賽瑪拉的母親匆匆捲起墊子，把沒有售出的商品裹在其中，沿著步道快步追上了他們。

「愚蠢，偽善的老頭子！」賽瑪拉的父親低聲吼道，「我倒想知道，他到底又做了什麼，讓他值得吃我們的食物？妳怎麼能讓他那樣說賽瑪拉？」

「他是一位商人，傑魯普。」母親回頭瞥了一眼，幾乎顯得有些恐懼，「一個天生擁有地位、財富和特權的人。他能夠得到這個地位，就像其他長子一樣。他很聰明，知道要在正確的女人肚子裡第一個長大，不是嗎？」

她的母親喘息著，竭力想要跟上他們。她的父親身材並不高大，但像絕大多數採集者一樣筋骨強韌，肌肉有力。儘管抱著賽瑪拉，他還是能輕鬆地走過吊橋，登上環繞大樹幹的螺旋階梯。她的母親只拿著趕集用的袋子，卻幾乎趕不上父親在憤怒中邁出的大步。

「他看到了她的爪子，傑魯普，像蟾蜍一樣漆黑彎曲的爪子。她還只有十一歲，身上的鱗片卻像是三十歲的女人。他看見了她腳趾間的蹼，知道她從出生時起就已經被標記了。這讓他感到惱火，因為你——留下了她。傑魯普，為此而憤怒的不只有他一個。他只是恰巧年老和傲慢到足以大聲說出事實。」

「的確很傲慢。」她的父親絲毫不加掩飾地說。然後他再一次向前邁出大步，將母親丟在後面。

在很久以前的那個黃昏裡，賽瑪拉一個人坐在他們家的小陽台上，用手指摩挲著下巴邊緣的小凸起，膝蓋收在胸前，偶爾會活動一下帶蹼的腳趾，看看每根腳趾末端粗大的黑色爪子。房間裡一片寂靜，那代表著她的母親最強烈的怒火。她的父親從那種怒火前逃走了，雖然時間已經晚了，他還是想拿他帶回家的物品做一些交易。人們能夠用言語爭吵，但她母親的沉默拒絕了一切。寂靜讓那個老男人的話有足夠的空間在母親的腦海中迴盪。

在賽瑪拉的周圍，雨林樹冠中發出窸窸窣窣的喧鬧聲。樹葉在風中擺動。各種光色的昆蟲在樹皮上爬行，或者從樹枝飛向葉片。色彩細膩的蜥蜴和帶有寶石色調的青蛙，正在匍匐攀爬，或只是靜待在原地，綻放出生命的脈動。她的森林家園中，一切活生生的美麗都環繞著她。賽瑪拉透過自己彎曲的腳爪，向遠處的陰影望去。陰影下面是涵蓋她所有生活圈的沼澤。她看不見地面，在下方更加粗大安全的樹枝中，聚集著那些有錢人牢固的家。黃色的燈光從窗口中射出，照亮了正變得濃重的夜色。那也是一種活生生的美麗。

賽瑪拉曾經試著想像生活在另一個地方，一座房屋建築在地面上的城市，明亮溫熱的陽光一直照到地面上。那裡的土地堅硬乾燥，人們在地上種植莊稼，騎在馬背上旅行，而不是撐著筏子或者小舟在河中漂流。也許是繽城，那裡的人們用巨大的獸類拖曳有輪子的車輛。爬樹對任何有身分的女士都是不可思議的事情，更不要說一生中絕大部分時間都居住在一棵樹上了。賽瑪拉虛構出自己的城市，想像自己逃往那裡。這些想像讓她的臉上浮起微笑，但這笑容來得快，去得也快。雨野原人很少會去繽城，就連那些身上沒有太多雨野原標記的人，也知道他們的外表會引來很多不必要的注意。如果賽瑪拉去那裡，她就必須一直用斗篷和面紗包裹全身。即使是這樣，人們也會盯著她，懷疑她的重重偽裝下面到底是一副怎樣的面容。不，那不會是她所夢想的生活。無論賽瑪拉的想像力有多麼強，她還是無法想像出自己擁有美貌，甚至是普通的面容和身體會是什麼樣子。她歎了口氣。

就在那時，她覺得自己似乎將身子向前傾得太過分了。她還記得最初襲來的那種古怪的興奮與喜悅，那時她已經向掠過身體的疾風伸展開四肢。她幾乎……幾乎想起了飛行的感覺，但就在那時，第一根樹枝拍在她的臉上，讓她感到一陣劇痛，然後又是一根更粗的樹枝打在她的上腹部。她在那根樹枝上捲曲起來，張大嘴想要吸進空氣，卻又鑽進樹枝中間的一個空洞裡，繼續下落。這一次她改換成背朝下方，跌在下一層樹枝上。樹枝抽在她的腰上。如果她的肺裡有空氣，一定會尖叫。這根樹枝被她壓下去，又猛地彈起來，把她甩上半空。

直覺救了她的命。她又一次跌墜，穿透了一叢更細的樹枝。她手腳並用地抓住它們，當她穿過這些樹枝的時候，樹枝也被她拽了下去，讓她的手有時間將它們抓緊。她掛在那裡，頭腦空空，但還活著。她大口吸著空氣，但呼吸的速度很快就變得越來越快。最終，她絕望地哭泣起來。她太害怕了，不敢鬆手去找一個更好的支點，不敢睜開眼睛尋求幫助，或者張開嘴呼救。

彷彿過了整整一生的時間，她的父親終於找到了她。父親沿著繩子一直滑落到她身邊，抱住她，將她牢牢拴在繩子上，然後費力地割斷她死也不鬆手的那些細樹枝。她一直攥著那些樹枝，直到在深夜裡沉沉睡去。

黎明時分，她的父親將她喚醒，帶她去採集果實。那一天和那以後的每一天，她都一直緊跟在父親身邊。她仔細思考那時的情形，一個令人不寒而慄的問題從她的心中升起。父親一直把她帶在身邊，是不是在害怕她想要自殺？或者因為父親懷疑是母親把她推下去的？

她的母親有沒有推她？

她竭力去回憶墜落前的那一刻，是否背後有一點碰觸推動了她？還是那只是她自己想要掉下去？回憶很模糊，她眨眨眼睛，停止去回憶過往，事實並不重要，那是多年以前發生在她身上的一件事，就讓它去吧。

賽瑪拉感覺到自己坐著的樹枝上傳來一陣父親菸斗的氣味，父親來找她了。她沒有回頭，直接說道：「她有沒有再說那份工作的事？」

「沒有，但我到下面去了。蓋德和辛蒂想知道妳決定得如何。我懷疑妳的母親還沒和妳商量就向辛蒂說了妳要去。賽瑪拉，這份工作不好。這不是妳應該去做的。妳的母親竟然會想讓妳做那種事，我很生氣。那不只是骯髒和辛勞，而且非常危險，妳甚至有可能回不來。」她的父親皺緊了眉頭，說話的速度比怒火傾瀉的速度更快，「我相信妳一定已經聽說了，雨野原議會厭倦了將資源消耗在對龍群的餵養上。婷黛莉雅早已不再履行契約中她的責任，但我們還要支付稅金給雇傭獵人，或者更糟糕，要購買牛羊以餵養這些龍。這份責任看不到盡頭，所有人都知道巨龍有漫長的壽命，而且每一個人都能看出來，這些龍永遠都不會有能力養活自己。當代表庫普魯斯和維司奇商人家族的瑟丹還在此地時，他們還能安撫議會，他們能承諾議會：婷黛莉雅和她的新配偶最終一定會來幫助解決這個問題。他還微微地威脅議會：如果議會遺棄那些幼龍，或者故意以殘忍的手段對待他們，婷黛莉雅一定會發怒。但瑟丹被召喚回繽城了，古靈雷恩和麥爾妲庫魯普斯成為龍群的代言人，他們不像年輕的瑟丹那樣有說服力，而且這座城市正在竭盡全力與一群饑餓的龍共處，誰又能責備他們？」

「但這還是議會第一次聽取眼前困局的應對意見。議會的討論是在保密情況下進行的，但不可能每扇門都那麼緊，讓訊息無法傳播出來。一名憤怒的議員說那些龍沒有未來，結束他們悲慘的生活才是對他們的仁慈。商人博斯克剛剛說完話，商人勞瑞克就站起來指責博斯克，說他只是想要回收那些龍的屍體並將他們賣掉。有傳聞說恰斯國大公願意用超乎想像的巨款購買一整條龍，無論是活的還是經過炮製的死龍，他都願意收購。如果只是龍身軀的某一部分，他也願意用重金購買。眾所周知，博斯克的生意最近很不景氣。她也許受到了這個發財機會的誘惑。還有謠傳說，已經有一頭龍從龍群中被引誘出來，被妄圖牟利的人殺死了。而能夠確定的是，的確有一頭龍在夜晚時消失了。一位議員說那是恰斯間諜幹的，也有人懷疑就是雨野原人自己幹的，不過大多數人都認為那頭可憐的生物是在雨林中走失，死在那裡。於是博斯克又重複強調龍群的狀態是如此可悲，只有殺死他們，才是對他們的仁慈。」

「商人勞瑞克問他，難道他不害怕婷黛莉雅也許會對崔豪格施以同樣的『仁慈』？另一名議員指出，現在已經有許多富有的貴族，甚至是平民百姓都希望能購買一頭龍。他說，這肯定要比殺死那些寶貴的生物更好，也更加理智。他提議向那些被認為最有可能購買龍的人士發出通知，推薦各種色彩和性別的龍，將那些被選中的龍轉讓給出價最高者。」

「杜吉愛女士，就是議會的那位紋身者事務顧問，憤怒地起身表示反對。她是一個能聽到龍的聲音的人，所以她極力強調那些生物能夠思考和交談，並不是可以放在拍賣台上出售的牲畜。另外幾名商人則認為龍其實只是動物。他們都說她言過其實。龍畢竟只能與某些人交流，而不是和所有人對話，所以不應該被看做與人類等同。當然，這場爭論由此開始惡化。一些人提出，這是否意味著只說外國語的人就不完全是人。另一些人則用嘲弄的語氣說當然，恰斯國人就是例證。從我聽聞的情況來看，至少現在壓抑的沉默已經被打破，人們開始討論解決龍族問題的各種可能了。」

賽瑪拉全神貫注地傾聽著。她的父親並不經常和她討論雨野原的政治。賽瑪拉早已聽說過關於龍群的各種零星謠言，但在以前都沒有太注意過其中的細節。「為什麼我們不能完全不理會那些龍？如果他們都死了，問題很快就自行解決了。」

「恐怕不會那麼快。那些活下來的龍會變得更加強悍，而且每一天都會變得更加凶暴，難以預料。」

「在我看來，錯不在他們。」賽瑪拉低聲說道。她回想起在很久以前的那一天，那些剛剛孵化、彷彿前景不可限量的龍。她不由得為了今天的他們搖了搖頭。

「不管錯是否在他們，現在的狀況肯定不能繼續下去。在卡薩里克進行挖掘的工人，他們拒絕在龍隨意行動的地方繼續進行任何挖掘。龍群的確很危險，他們對人類沒有半點尊重。有的龍跟著工人一直到了挖掘場的深處，撞壞了支撐地下隧道的梁柱。一名工人遭到追逐，有些人說龍是想要吃掉他；另一些人則說是他刺激了龍；還有人說是那頭龍想要得到他身上帶的食物。但結果都是一樣，對於那些前往卡薩里克進行挖掘的人來說，龍是危險而可惡的。在他們身上發生的一系列意外都與死亡有關。最近的一次葬禮上，一個家庭將一位祖母的屍體拋入河裡，讓河水帶走被緊緊包裹的屍體。當他們將花環和鮮花拋撒在河面上的時候，一頭藍龍涉水進入河中，叼住那具屍體，把它帶進了雨林。那個家庭追了過去，卻沒能追上藍龍。沒有龍承認發生了這種事，但那個家庭親眼見到了他們祖母的屍體被一頭龍吞吃。當然，令人擔心的是：當他們對我們的死者有了胃口之後，很快就會將這種胃口轉向活人。」

賽瑪拉驚駭地坐在樹枝上，一句話也說不出來。終於，她低聲說道：「我覺得，他們不是我想像中的巨龍。他們不過是一些野獸，這讓我很失望。」

她的父親搖搖頭。「如果我們聽到的傳聞屬實，親愛的，他們就要比最低劣的野獸更糟。龍能夠說話，能夠進行理性思考。對真正的巨龍而言，墮落成這種樣子是不可原諒的。除非他們都已經瘋了，或者根本就缺乏智力。」

賽瑪拉很不情願地回想起她在孵化場上的所見所聞。「他們從繭中出來的時候似乎都很不健康。也許他們的心智就像他們的身體一樣發育得很不好。」

「也許。」她的父親歎了口氣，「事實和傳奇相比，總是那樣殘酷。或者也許在遙遠的過去，龍是聰明和高貴的。或者也許我們以前只看過古靈流傳下來的畫像，所以我們對龍的想像和他們實際的樣子完全不同。不過，有一點我很贊同妳，當我發現他們是如此低等的生物，我和妳一樣感到失望。」

過了一段時間，賽瑪拉問道：「但這些和我又有什麼關係？」

「嗯，蓋德和辛蒂也只和我講述了大概的情況——經過長時間爭論之後，議會終於針對最關鍵的問題做出了決定。龍必須離開卡薩里克。古靈瑟丹曾經說過，在更上游的一個地方，巨龍和古靈曾經生活在一起，那裡有充足的獵物，華美的宮殿和花園……嗯……在我聽來，那個地方就像是古早以前的一個傳說。那時崔豪格和卡薩里克都還在地面上。數年以前，瑟丹提議進行一次探險，以尋找那個地方，但那時沒有人對這個提議感興趣。誰能知道那裡是不是已經完全沉入水底，或者被沼澤埋葬了呢？不過議會對那裡產生了希望。而且那些幼龍對那個地方也有著模糊的記憶。一些幼龍曾經滿懷渴望地提起過那裡。有傳聞說，那裡是古靈的首都，他們的寶藏聚集之地。當然，這引起了許多人不小的興趣。議會希望龍群能夠離開，到那裡去生活。龍同意離開，但前提是需要有人陪伴他們，為他們狩獵，在旅途中為他們提供幫助。於是，議會裡那些聰明人動起了歪念頭，想要把他們認為可以消耗掉的人丟給那些龍。這就是他們想給妳的『機會』，讓妳去照顧龍群，帶他們去河上游的某個可能早已不復存在的地方。任何雨野原人都不曾見過那個地方。」父親哼了一聲，「這將是一個無人關心、異常危險，又不會有結果的任務。所有人都知道，從這裡向上游和下游走上許多天，都只能看到大樹、無盡的溼地、沼澤和泥潭。如果真的有一座大型都市存在，我們的偵查員在很早以前就會找到它了。我到現在還搞不清楚，大家想要找到那座城市，是因為貪圖那裡虛無的財富，還是只想儘快將這些龍趕走。」

父親越說越氣憤。他不停地用力吸著菸斗。很快，賽瑪拉就覺得自己彷彿坐在一片香甜的煙草雲霧裡。當他終於沉默下來的時候，賽瑪拉轉回頭瞥了他一眼。在黑暗中，父親的眼睛微微發著冷光。賽瑪拉知道，她自己的眼睛已經在閃爍更加明亮的藍光。這是表明她是畸形的另一個標記。她看著父親的眼睛，低聲說道：「我想，我願意去，父親。」

「別犯傻了，孩子！我根本不相信有這樣的地方存在。這場旅程會超越我們所擁有的一切地圖，隨行的只有饑餓的龍、雇傭獵人和財寶販子。這個任務不會有好結果。為什麼妳想要去？因為妳的媽媽說了那些話？無論她對妳、對別人說了什麼關於妳的話，我一直都……」

「我知道，父親。」賽瑪拉打斷了父親即將開始的長篇大論。她一邊說話，一邊轉過頭，透過密集的枝葉望向崔豪格的點點燈光。這是她所知道的唯一的家，唯一的世界。「我知道你的家一直都會歡迎我，我知道你愛我。你一定，你一定是一直都在愛著我，當我出生只有幾個小時的時候就拯救了我的生命，這些我都知道。但我相信，我的媽媽也是對的。也許我應該出去尋找自己的人生了。父親，我不是傻瓜。我知道這次探險可能不會有好結果，但我也知道，我能夠在劫難中倖存下來。如果這場探險的結局是一場失敗，我也會回到你身邊來，一如既往地在這裡度過我的人生。但我的一生中至少要有一次探險。」她清清嗓子，竭力讓自己的聲音輕一些，「如果這場幫助龍遷徙的探險成功了，如果我們真的能為他們找到一個安居之地，或者如果我們獲得了巨大的成功，真的發現了那座傳奇的城市，想一想，那對我們將意味著什麼，對全雨野原人來說將意味著什麼。」

她的父親遲疑片刻才開了口：「妳沒有必要證明自己，賽瑪拉。我知道妳的價值，我從沒有懷疑過。妳不必向我證明，更不必證明給妳的母親或者其他任何人。」

賽瑪拉露出微笑，再一次越過父親的肩膀向遠處望去。「也許我是想要向我自己證明，父親。」她深吸一口氣，決然說道，「我明天會去議會大堂。我要接下這份工作。」

她的父親用了很長的時間才做出回答。當他說話的時候，他的聲音比任何時候都更加深沉，出現在他臉上的微笑讓人看了幾乎要感到心痛：「那麼，我和妳一起去，為妳送行，我親愛的女兒。」

望月第二十日
商人聯盟獨立第六年
來自黛托茨，崔豪格信鴿管理人
致艾瑞克，繽城信鴿管理人

在密封的卷軸匣裡裝有商人莫喬恩致商人佩爾茲的密函。機密要件，遞送中必須保證一切封錮完整無缺。

艾瑞克：

非常感謝你送我的兩籠遮瑪里亞帝王鴿，他們已經由金色黃昏號安全運抵我處。我已經將他們妥當地安置在新鴿舍裡。那些成年鴿子的體型真是令人驚歎，我希望他們的載重能力和耐力會與他們巨大的身形相稱。感謝你將這個新的鴿種與我分享，我希望雷亞奧能夠繼續依照你的期望，持續成長，讓他的家人感到驕傲。他的父親很快就會前來看望他，並與他的三船意中人的家人見面，看看他們兩個是否匹配。請不要告訴他這件事。他的父親想要在他不知情的情況下，看看他的工作情況。再一次感謝你送來的帝王鴿。

黛托茨

7 承諾和威脅

「因為我想要去。」她說出口的每一個字都清晰而明確，「因為五年以前，你承諾我可以去。實際上，你在將這份卷軸給我的時候，就做出的這個承諾。」愛麗絲在她超大尺寸的書桌上俯過身，用手指敲了敲有著玻璃頂蓋的玫瑰木盒子。那份卷軸被放在盒中展示，並用絲綢襯裡保護著。她一直盡可能少直接用手碰觸這份卷軸，即使是必要的謄錄工作也相當艱鉅。如果有需要，她只會查看自己精心抄錄的副本，而不會再去碰那些寶貴的原著。

「親愛的，我長期在外旅行，很少回家。難道我就不能有幾天時間思考一下這件事？說實話，我承認我忘記了曾經答應過妳會有這樣一趟旅行。妳竟然要去雨野原！」他的聲音中充滿驚愕。

詔諭的話並不完全準確。他昨天下午剛剛從恰斯國回來，經過這麼多年的婚姻，愛麗絲早已知道，詔諭回到繽城並不代表他一定會返回他們的這個家。詔諭經常對愛麗絲說，有太多事務需要他去處理，比如關稅碼頭，與其他商人的緊急接洽，通知他們他帶回了什麼樣的貨物，這些貨物經常在到岸的幾個小時之內就已經被分銷一空。而所有交易都需要美酒佳餚和徹夜長談，方能打通繽城的各個關竅。昨天愛麗絲早已知道詔諭回到了繽城，他的旅行箱被送回家了。但是午宴和晚宴都過去了，詔諭卻連影子都見不到。愛麗絲也沒有費心去等他。昨天是他們結婚五周年的紀念日。愛麗絲不知道詔諭是否還記得這個日子，並和她一樣對此深感遺憾。然後她又不由得笑出了聲——她怎麼會這樣愚蠢，竟然以為詔諭會記得他們的結婚紀念日？那天晚上，愛麗絲像往常一樣，很晚才回到自己的床上。因為除了很偶爾的時候詔諭會來找她，他們很少會同室而眠，所以愛麗絲並不知道他回家了。到早餐的時候，這個房子主人回來的證據，就是備餐桌上出現了他所喜愛的大蒜香腸，沉重的銀托盤上除了有愛麗絲喜愛的咖啡，還多了一大壺茶，而詔諭依然不見蹤影。

等到上午的時候，詔諭的祕書塞德里克來到愛麗絲的書房，詢問主人不在的這段時間，是否有重要的邀請等待主人赴約，或者有沒有其他重要的信件被送達。塞德里克的態度很鄭重，但是他的臉上帶著微笑。沒過多久，他的好脾氣和魅力就讓愛麗絲不得不以同樣的好意回饋他。儘管詔諭讓她很是惱火，但愛麗絲不會將這股火氣發洩在他的祕書身上。絕大多數人都很容易會對塞德里克產生好感。其實他只比詔諭小兩歲，比愛麗絲年長，但愛麗絲卻忍不住將他看成一個男孩。這不僅是因為愛麗絲從小時候起就認識塞德里克，和他的妹妹蘇菲曾經是親密的朋友。即使塞德里克比她們兩個都要年長，她們還是會將他當弟弟對待，在愛麗絲的眼裡，塞德里克一直都是這樣。他的眼睛裡有一種愛麗絲在其他人身上從沒有見過的溫柔。他總是願意停下手中的事情，傾聽愛麗絲和索菲的那些女孩子說話。而這種來自年長男孩的關注總是讓她們感到很高興。

愛麗絲覺得塞德里克至今還是對她很有好感。在餐桌上，塞德里克對她的注意和興致盎然的交談，經常能緩和詔諭對於愛麗絲的種種想法，以及近乎輕蔑的諷刺。塞德里克不僅是氣度溫婉，外表更是迷人。他有一頭光亮蓬鬆的褐色捲髮，永遠都顯得那麼天真爛漫，卻又那麼潔淨秀麗。他的眼睛明潤動人，哪怕是陪同他的主人一起熬夜賭博，或者和詔諭的生意夥伴看戲看到很晚，也不會顯露出任何疲憊的痕跡。無論梳妝打扮的時間多麼倉促，塞德里克總是能光鮮亮麗地出現在眾人面前，衣著得體，鬢髮整潔，又同時有著一種從容風範，讓人覺得他保持這種完美無瑕的樣子絲毫不費力。

愛麗絲早已不再去想為什麼詔諭總是讓塞德里克跟隨在身邊。無論在怎樣的社交場合，塞德里克都會是一名很好的隨從。他出身於商人世家，在繽城社交圈中可謂是遊刃有餘，同時又具備過人的機敏，懂得如何幫助詔諭應對他的生意夥伴。當詔諭聘請塞德里克成為他的祕書時，曾經有不少人對此竊竊私語。很明顯，依照塞德里克這樣的社會地位，無論家中已是多麼貧窮，受雇於人依舊是一件令人咋舌的事情。當塞德里克接受這份工作的時候，愛麗絲也有一點吃驚。但在那之後的數年裡，所有人都能看到，塞德里克絕非僅僅是一名謙卑的僕人。他證明了自己是詔諭出色的祕書，同時也是詔諭在每年都要進行的長途海上旅行中，不可缺少的一位親切有趣的同伴。在穿衣打扮方面，詔諭完全聽從他的建議，接受他的幫助。當詔諭偶爾因為自己直率的脾氣而冒犯別人，導致還未建構完成的生意關係冷卻下來的時候，塞德里克也會用他藝術性的手腕和個人魅力將問題的死結一個一個解開。

詔諭在家的時候，和藹可親的塞德里克出現在愛麗絲的書桌旁是愛麗絲非常喜歡的一件事。塞德里克精通一切社交活動，從美食、棋牌到漫長下午的品茶，不一而足。在他身邊，愛麗絲更傾向於做一名傾聽者，而不是說話的人。塞德里克能夠用各種笑話活絡餐桌的氣氛，即使是他們最近旅行中發生的災難，也能被他談笑風生地說出來，有時還不忘溫柔地揶揄詔諭。有時候，愛麗絲覺得正是因為有塞德里克在，她才能對她的丈夫有幾分了解。

她真的了解詔諭嗎？愛麗絲看著向自己露出冷漠微笑的詔諭。她的丈夫顯然有自信能繼續拖延關於這個問題的討論。他們兩個都很清楚，只要詔諭拖延得夠久，他就能再次踏上貿易旅程，將愛麗絲一個人丟在家裡。愛麗絲鼓起勇氣向他回答道：「也許你已經忘記了曾向我承諾，有一天我可以前往雨野原，親眼去看看那些龍。但我沒有忘記你的承諾。」

「同時妳也還沒成熟起來，明白妳的想法有多麼幼稚？」詔諭溫和地問她。

愛麗絲因為這句帶刺的話而打了哆嗦，並且像以前很多次那樣，尋思詔諭是否明白他的話常常對她造成怎樣的刺痛。「成熟？」愛麗絲低聲反問道。她的聲音顯得格外僵硬。

詔諭走進這個房間，不是為了找愛麗絲。他進來的時候非常安靜，只是從書架上挑選了一本書，就想要這樣悄無聲息地離開。他能夠將腳步放得非常輕，如果不是愛麗絲恰巧抬起頭，可能根本不會知道他來過。當詔諭就要走出屋門的時候，愛麗絲叫住了他。現在他將屋門用力地在身後關緊，挑選出的那本書還在他的手中。愛麗絲注意到，那是一本很昂貴的書，採用了新式的裝訂風格。詔諭將那本書在手中輕輕轉動，還一邊低聲重複著愛麗絲的問題。

「那麼，親愛的，妳知道時代已經改變了。我們結婚的那一年，龍的確是很時髦的話題。但那已經是五年以前的事情了。那時婷黛莉雅剛剛出現，繽城剛剛從灰燼中復興。人們都在談論巨龍、古靈、新發現埋藏珍寶的城市，並討論我們擺脫遮瑪里亞贏得獨立——的確，那些都是非常令人興奮的話題，不是嗎？女士們爭相裝扮成古靈的樣子，每一種布匹的花紋都好像是鱗片！那時巨龍點燃妳的想像，並不奇怪，妳也剛剛經歷過繽城的艱難時期。妳需要逃避現實，又有什麼能比關於古靈和巨龍的傳說更適合在這件事上幫助妳呢？和新貿易商的生意往返是如此舉步維艱。他們的奴隸勞工削減了我們的利潤。妳家族的財富更是飽受打擊。然後，我們又承受了一場戰爭。如果婷黛莉雅沒有出現並援助我們，我想我們現在都要說恰斯語了。然後婷黛莉雅要我們接受她的契約，幫助她的長蛇前往大河上游，並在他們成為龍之後繼續照料他們。於是，我們發現真實的龍和妳能想像的任何樣子都不相同。」

詔諭輕蔑地哼了一聲，將書本夾在胳膊下面，走過房間來到窗前，向下方的花園望去。「我們都是一群傻瓜，」他低聲說，「竟然以為我們能和一頭龍談條件！實際上，是她占了我們的便宜，不是嗎？我們現在和恰斯國之間，比以往任何時候都更有可能實現真正的和平，貿易在重建，繽城在恢復繁榮，婷黛莉雅找到了新的配偶，幾乎不會再回來。對所有人而言，這都應該是一個更好的時代！但雨野原人還在對付她那些畸形的後代，為他們消耗掉了大量資源。他們要不停地進食，將土地踐踏為淤泥，弄得到處都是汙穢，妨礙人們探索地下遺跡。他們是可憐的殘廢，無法狩獵，更無法照顧自己。商人們必須籌集資金雇傭獵人，讓他們能夠吃飽肚子。但這對我們沒有絲毫回報！沒有人曾經想過要給我們和婷黛莉雅簽訂的契約加上一項終止條款。根據我聽說的訊息，這份契約永遠都不會改變。那些可憐的生物永遠都不能照顧好自己，又有誰知道他們能夠活多久？我們已經等待了五年，他們卻依然沒有長大獨立。他們是長不大的，結束他們的生命才是對他們的仁慈。」

「也能借此賺取豐厚的利潤。」愛麗絲冷冷地說道。她感覺到沉默正在她的心中滋長。有時候，這種沉默讓她想起迅速生長的藤蔓。沉默覆蓋了她，吞沒了她，她懷疑終有一天，她會在詔諭創造的沉默中窒息。要打破這種令人窒息的沉寂需要很大的力量，但她能夠做到。「所有人都聽說恰斯大公願意為一片真正的龍鱗付出多少金錢，那麼他為了購買一具完整的龍屍又會付出多少。」她將這段話插進詔諭的停頓之中，就像是要將一把匕首插進硬木。那是幾乎從不會被刺出刀痕的硬木。

詔諭轉向她，彷彿吃了一驚。「我傷害到妳的感情了嗎，親愛的？我無意於此。我忘了妳對這些生物是多麼關心。」他向愛麗絲露出能令人解除戒心的微笑，「也許我在這些日子裡太專注於生意上的事情。這一點妳也應該能想到，畢竟我剛剛從長途旅行中回來。過去兩個月裡，我和人們談論的只有生意。利潤和滴水不漏的條款，商談妥當的契約。恐怕現在裝滿我腦子的還是這些東西。」

「當然。」愛麗絲低頭看著自己的書桌說道。在憤怒溜走之後，她對自己說，當然是這樣。但憤怒並沒有消失，只是沉沒進充滿疑團的泥潭，吞噬了她的生命。她怎麼能如此克制自己的怒火？當詔諭在眨眼間就繞過了她的問題，而她卻只是覺得詔諭的回避是如此不公平。詔諭一直都很忙碌，僅此而已。他日理萬機，深陷在商業談判、契約和繁瑣的社交細節裡。他忙碌這些事是為了他們兩個，這樣愛麗絲才能避開人群社交，生活在自己安靜的港灣裡，而這不正是她的心願嗎？愛麗絲不能期待詔諭能夠處處讓她感到生活和諧完美。不止一次，詔諭曾溫和地向她指出，只要他們之間出現哪怕是最輕微的爭執，她都會以最壞的可能予以解讀。不止一次，詔諭對愛麗絲的行為感到大惑不解，因為愛麗絲竟然會為了他對她的庇護而感到怨恨。

愛麗絲心中一點孩子氣的情緒讓她用力踩著地板，咬緊了牙。**他一直在躲避妳的問題。向他要一個答案。不，明白告訴他：妳要走了。妳有這個權利，只需要明白地告訴他。**

詔諭已經向門口走去。他在一個菸草盒旁停下腳步，打開它，皺了皺眉。很明顯，僕人們在他回來以後並沒有更換盒子裡的菸草。

「我早已計畫前往雨野原，我要在這個月末啟程。」這句話從愛麗絲的口中跳出來。謊言，其中每一個字都是謊言。愛麗絲根本沒有具體的計畫，只有夢想。

詔諭轉回身看著她，驚訝地弓起了眉毛。「真的？」

「是的，」愛麗絲斷然說道，「這是一個去雨野原的好時機，至少我是這樣聽說的。」

「一個人？」詔諭顯得異常震驚。片刻之後，他又氣惱地說道，「親愛的，我已經安排好了行程。我不可能打破自己的計畫，這個月底我不能和妳一起去。」

「這一點我還沒有仔細想過。」愛麗絲不得不承認。其實我什麼都沒有仔細想過。「我相信，我能為這段旅程找到一個合適的同伴。」對此她完全沒有信心。她從沒有想過自己會需要這樣一個人。她本以為婚姻已經讓她不再需要有別人陪護才能出行了。「我無法想像你會懷疑我對你的忠貞，」她繼續說道，「你出去做生意，一走就是幾個月，我也從來沒有人陪護過。為什麼我在旅行的時候就需要有人陪在身邊？」

「也許我們應該避免使用『懷疑』或『忠貞』這類的詞彙。」詔諭語氣尖酸地說道，「或者也許我們應該以正當的方式來討論這件事。畢竟，一個人要搜集一些微不足道的『證據』，以此來證明根本不曾發生的事情，實在是太容易了。」

愛麗絲轉過頭不再去看詔諭。只要一有機會，詔諭就會提起她那一次對他錯誤的指控。愛麗絲將那個恥辱的日子和那些令人刺痛的回憶都推到一旁，努力想要尋找一個足夠體面的女性作為她的同伴。「我想，我可以問問塞德里克的妹妹蘇菲。但我聽說她已經懷了孩子，身子也不是很好，就算是接待訪客也不方便，更不要說是旅行了。」

「啊，看來她的丈夫在這方面要比我幸運得多。那麼妳的身體又如何呢，愛麗絲？」

「我的身體很好。」愛麗絲毫不容讓地回答道。

詔諭失望地搖搖頭，清了清嗓子，怪聲怪氣地問：「那這可以說，我們最近的一次努力又是一無所獲？」

「我沒有懷孕。」愛麗絲明白地告訴他，「我向你保證，如果我懷孕了，那就會是我首先要告訴你的訊息。」愛麗絲差一點想問詔諭怎麼想到她會懷孕。不過她還是把這個問題收了回去。詔諭離開家有三個月時間，在他離家的兩個月以前，他來了兩次愛麗絲的臥室。現在他很少會來找愛麗絲，每次來的時間也很短，這對愛麗絲而言，已經變成了一種寬慰，而不是失望。愛麗絲覺得他來找她就像是一個人在完成一件計畫表上的任務，而他對她的熱情也僅限於計畫表上的要求。有時候，愛麗絲會懷疑詔諭是不是將他們在一起的每一次都記錄在案。她覺得那很可能是詔諭社交日曆上的各種事項之一。也許詔諭又會在計畫表上寫一句：**嘗試受孕，結果尚未確定**。回憶起他們婚前，她對詔諭那短暫而充滿孩子氣的迷戀，愛麗絲總是會感到羞恥。

那以後的幾個月裡，愛麗絲意識到愛和欲望根本不存在於她的婚姻中，隨後又是幾年過去了，她全然不惜代價地尋求著智慧。作為平衡，她也從沒有拒絕過詔諭偶爾走進她的臥室，行使他作為丈夫的權利。她從沒有因為詔諭對她缺乏浪漫的興趣而哭泣過，也沒有再嘗試過用魅力引誘詔諭改變主意。以前只有兩次，她嘗試刺激詔諭對她的性欲，卻只落得可恥的失敗。她不允許自己沉陷在這些恥辱的記憶中。但詔諭卻用殘忍的嘲諷讓這兩個夜晚被永遠銘刻在她的記憶裡。不，還是聽天由命更好些，不要理會他的動作，就讓他繼續這樣匆匆敷衍了事罷。

詔諭每次來找過她之後，都會等到她報告說未能懷孕之後才會再來找她。他們結婚的這五年裡，她只有兩次宣布自己懷孕了。每一次詔諭都會非常興奮。而當幾個月以後，當她流產，詔諭又會顯得格外沮喪。

這一次，當她直白地讓詔諭的希望破滅之後，詔諭只是微微歎了一口氣：「那麼我們就應該再試一下了。」

愛麗絲默然考慮了一下詔諭剛剛交給她的武器，然後冷酷地使用了它：「也許等到我從雨野原回來的時候吧。在懷孕的時候進行這樣的旅行，會對胎兒造成危險。所以我認為，我們應該一直等到我回來的時候，再進行下一次嘗試。」

愛麗絲看到自己的對手在顫抖。詔諭的聲音變得更加響亮，其中夾雜著一些憤慨：「難道妳不認為生下一個兒子和繼承人，要比妳的這種心血來潮的旅行更重要嗎？」

「我不確定你是不是這樣認為的，親愛的詔諭。如果這對你來說是最重要的事情，你當然應該在這方面做得更多一些。也許你應該放棄一些旅行和深夜社交了。」

詔諭攥緊雙拳，轉過頭瞪著窗外。「我只是在竭力照顧妳的感受。我知道，教養良好的女士不會縱容男人的欲求。」

「親愛的丈夫，難道你認為我不是『教養良好』？當然，我只能贊同你，如果我將我們私生活的細節告訴我認識的一些女人，她們才會覺得我是『教養不良』吧。」愛麗絲的心在胸膛裡砰砰直跳。她以前從不敢對詔諭說出如此尖刻的話，更是從沒有說過任何對他有批評意味的話。

這段話顯然刺激了詔諭。他轉回頭看向愛麗絲，身後的陽光讓他的面孔陷入一片陰影之中。「妳不能那樣做。」他說道。愛麗絲竭力想要解讀他的語氣，這是懇求？還是威脅？

該是賭一賭的時候了。愛麗絲突然有一種感覺，她必須拚上自己的全部再次冒險一搏，否則就只能永遠認輸。她向詔諭露出微笑，讓自己的聲音保持平靜，就如同他們在進行正常的交談：「要讓這樣的事情不會發生，最方便的辦法莫過於讓我遠離我素日的朋友們，比如說，讓我去雨野原旅行一趟，讓我能觀察那裡的龍。」

儘管不是很多，但他們的婚姻中的確有過幾次這樣的對抗。愛麗絲很少能取得勝利。曾經有一次，愛麗絲購買了一份非常昂貴的卷軸，她曾經提出將那份卷軸退掉，讓卷軸商知道她的丈夫買不起這種東西。就像現在這次一樣，她看到了詔諭的遲疑和思慮。那一次，詔諭修改了對她的態度和決定。這時，他在愛麗絲面前側過了頭，愛麗絲突然非常想要更清楚地看到丈夫的臉。詔諭是否知道她現在的心情有多麼忐忑？他能看到在她虛張聲勢的大膽外表後面，躲藏著一個怯懦的女人嗎？

「我們的婚姻契約清楚地表明，妳必須與我全力合作，生出一個孩子。」

他以為這樣就能讓她處於劣勢了？他以為她的記憶不如他嗎？愚蠢的男人！憤怒讓愛麗絲更加膽大。「契約上是這樣寫明的嗎？我不記得你曾經念出過這些話。但我相信，如果你想讓我那樣做，我會去核實正式文件。當我向文件管理人請教的時候，我還能確認一下你承諾會允許我前往雨野原研究龍族的條款。那個條款我記得非常清楚。」

詔諭身子一僵。愛麗絲知道自己太過分了。她的心臟開始狠狠地撞擊胸口。詔諭不是沒有脾氣的人。愛麗絲見到過他衝著物品和動物發脾氣。她不認為詔諭就會對她有所容忍。毫無疑問，在詔諭的眼裡，她並不比一樣東西或者一隻動物更加珍貴。詔諭的面孔變得通紅，他向愛麗絲露出了自己的牙齒。愛麗絲一動也不動地站在原地，彷彿正面對著一隻瘋狗。也許愛麗絲的靜止不動幫助詔諭恢復了一些自控能力。當詔諭說話的時候，他緊繃的聲音顯得異常低沉：「那麼我認為妳**應該**去雨野原。」

然後，他就離開了房間，狠狠地撞上了門，讓愛麗絲書桌上花瓶裡的水都被震了出來。愛麗絲站在原地，渾身顫抖，咬緊了牙。有那麼一瞬間，她不知道自己是不是贏了。然後她決定對此完全不在乎。當愛麗絲拽動鈴鐺，召喚來侍女的時候，她已經忙著考慮該打包些什麼東西了。

「你毀了這件襯衫。」

詔諭從臥室一角的書桌上抬起頭，手中依然拿著鋼筆，因為受到打擾而眉頭緊皺。「毀了就毀了吧。我不想聽這種抱怨。把它丟掉好了。」他又將筆尖在墨水裡蘸了蘸，怒不可遏地繼續他的書寫。

現在他的脾氣很糟糕，最好還是保持安靜，繼續為他整理好這次回家攜帶的行李。

塞德里克暗自歎了一口氣。他想起曾經有那麼一段日子，他完全想像不出還有什麼樣的未來，能夠比一直侍奉詔論更好。但也有一些日子裡，比如今天，他不知道自己是不是還能再多容忍這個男人一分鐘。他又看了一陣這件藍色絲綢襯衫的袖子上，被毫不在意地燒出的許多小窟窿。他知道這件襯衫是如何被毀掉的。一支菸斗，粗心地在馬車門上敲掉菸灰，飛濺的火星落下來，在詔論來得及抽回手臂之前燒壞了袖子。他用指甲撓了撓藍色的絲綢，更多被燒焦的痕跡變成了小洞。不，想要挽救這件衣服已經全無可能了，真是可惜。

塞德里克清楚地記得那個陽光晴朗的日子，他們買下這一匹藍色絲綢的那座恰斯市場。那是他跟隨詔論第一次前往恰斯國。對他而言，跨越海洋去異國進行貿易，還是一種令人興奮的經歷。看到他的朋友和雇主，皆信心滿滿且從容不迫地穿行於喧鬧紛亂的異國市場之中，詔論的形象在他的眼睛裡變得格外高大。那時，兩名繽城商人進入恰斯國首都的市場依然相當危險。戰爭的記憶在每一個人的腦海中都還異常清晰。和平剛剛到來，還完全不值得信任。也許有一些商人急於在這個時候爭取到新市場，但恰斯士兵至少要比商人的數量多出了一倍。他們曾經入侵繽城又被打退，為此耿耿於懷，只想將怒火傾瀉在疏於防範的外國人頭上。許多寡婦成群結隊地在市場周邊乞討。她們對於繽城人只有唾沫和詛咒。孤兒們偶爾會像他們乞討錢幣，偶爾又會向他們投擲小石塊。

片刻之間，所有這些回憶都湧入了塞德里克的腦海。熾熱的太陽，狹窄迂迴的街巷，穿著短上衣，赤裸的兩條腿上滿是灰塵的奴隸男孩急匆匆地跑來跑去。濃烈刺鼻的藥草煙氣從開闊的市場中飄出來，還有那些滿身蕾絲、綢絹和緞帶的女人們。她們走起路來就像是一艘艘裝滿布匹的小船。他記得最清楚的就是詔論在他身邊，和他並肩前行，嘴角帶著笑容，一雙眼睛貪婪地盯著每一樣新奇的東西，從一個貨攤跑到另一個貨攤，彷彿正在參加一場競逐珍奇商品的賽跑。儘管詔論的恰斯語還有些生疏，但他完全沒有讓這一點拖慢他做生意的腳步。如果一名商販向他搖頭或者聳肩，他就會提高說話的聲音，再加上大幅度的手勢，直到讓對方明白自己的意思。他買下這匹藍色絲綢的時候，只是大喇喇地丟下一把錢幣就匆匆跑開了，留下塞德里克完成討價還價的任務，再匆匆追上他。那卷天藍色的絲綢當時靠在塞德里克的肩頭，隨著他奔跑的腳步不住地蹦跳。他們又在那一天去了靠近旅店的一家裁縫舖。詔諭讓裁縫用那匹絲綢給他們兩個人各做了三件襯衫。第二天上午，那些襯衫就已經做好，等待著他們拿走。「恰斯國還真是可愛！」詔諭在拿到襯衫之後對塞德里克說：「在繽城，我要付三倍的價錢，再等上一個星期才能得到它們。」而且這些襯衫都很合身。

現在，兩年以後，詔諭的最後一件藍色絲綢襯衫被他粗心灑出的菸灰毀掉了。這是他們第一次共同旅行的紀念品，就此不復存在了。這就是標準的詔諭風格，他永遠都是那麼充滿激情，從沒有過多愁善感的時候。塞德里克的三件藍色絲綢襯衫都還完整無損，但塞德里克覺得自己不會再穿它們了。他最後一次將這件襯衫疊好，微微歎了口氣，不情願地把它放到棄物堆裡。

「如果你有什麼話要對我說，那就說吧。不要在這裡繞圈子，像是糟糕的遮瑪里亞戲劇中害相思病的女孩子。」看樣子，無論詔諭正在籌畫什麼，進展一定不順利。他將一疊紙從面前推開，讓其中幾頁落在地板上。「你這樣總是讓我想起愛麗絲，想起她責難的眼神和暗自歎息的樣子。那個女人實在是令人難以忍受。我已經給了她一切，一切！但她只是那樣鬱鬱寡歡，或者突然就宣布她還想要更多。」

「她只有在被你虐待的時候，才會鬱鬱寡歡。」塞德里克說出這些話的時候，甚至還不知道自己打算說些什麼。他看著詔諭冷硬的眼睛。詔諭眼角的紋路和緊緊抿起的嘴唇，預示著他們之間將發生爭吵。現在道歉或者解釋都太晚了。如果詔諭的臉上出現這樣的神情，就代表爭吵已經無可避免。他必須趁著有機會的時候把想說的話都說出來，否則詔諭很快就會用他冰冷犀利的邏輯進行反擊，把他的觀點切成碎片了。「你**的確**承諾過愛麗絲要讓她去觀察龍。那項條款就寫在你的婚姻誓辭裡。你曾經將它大聲宣讀出來，並在它上面簽下了你的名字。當時我也在場，詔諭。你一定也還記得，並且你知道這對愛麗絲意味著什麼。愛麗絲不是孩子氣地心血來潮，那是她一生的興趣。她對於那種生物的研究，和她作為一位學者對於相關智慧的追尋，實際上是她的全部樂趣所在，詔諭。向她否認這一點是你的錯，這對她是不公平的。而你裝作不記得對她做出的承諾也是有失榮譽的，不僅有失榮譽，你根本就不值得這樣做。」

塞德里克停頓一下，想換一口氣，這是他的錯誤。

「有失榮譽？」詔諭的聲音冰冷，顯然對他的話難以置信，「有失榮譽？」他重複了一遍。塞德里克感覺到自己的氣息變淺了。

然後詔諭笑了。那笑聲就像是一股冰水潑在塞德里克的頭上。「你還真是天真。不，不，並不是這樣。你不天真，你就是一個孩子，只知道你心裡的『公平』。你說，對她要『公平』。那麼，對我的『公平』又是什麼？我們立下了契約，愛麗絲和我。她要和我結婚，為我生下一個繼承人。作為回報，我會讓她自由支配我的財產和我的家，隨心所欲地進行她的研究。對於我的財產，你非常清楚，塞德里克。她購買那些罕見的手稿和卷軸時有沒有短少過金錢？我認為沒有。但她承諾給我的孩子在哪裡？能夠結束我母親的嘮叨和父親責備目光的繼承人，在哪裡？」

「一個女人無法強迫自己的身體懷孕。」塞德里克大著膽子低聲指出。他是一個懦夫，所以他沒有繼續說出：「她也不可能獨自一人懷孕。」他知道最好不要和詔諭討論這件事。

但即使是他沒有說出這句話，詔諭似乎還是聽到了。「也許她不能強迫自己懷孕，但所有人都知道，女人有辦法阻止自己懷孕，或者是除掉她不喜歡的孩子。」

「我不相信愛麗絲會這樣做。」塞德里克堅定地低聲說道，「我只覺得她非常孤獨。我相信她一定也想在自己的人生裡增添一個孩子。而且，她曾經立下誓言，會竭盡全力給你一個繼承人，她不會食言，我了解愛麗絲。」

「你了解？」詔諭如同啐痰一樣說出這幾個字，「那麼如果你聽到了我們剛才的對話，你該有多麼驚訝啊！她拒絕履行作為妻子的責任，說她先要去雨野原旅行。她還胡說些什麼不願意在懷孕的時候旅行，然後又將她沒有懷孕的責任都推給了我！還威脅要公開羞辱我，因為她認為那是我犯的錯誤！」詔諭從書桌上拿起一根象牙筆架，狠狠地砸了下去。塞德里克聽到那件貴重的文具碎裂的聲音，悄悄打了個哆嗦。現在詔諭的脾氣越來越大了。等到明天，當他想起自己是如何打碎了如此貴重的筆架，一定會再一次怒不可遏。詔諭惱恨地嘶聲歎了口氣。「我不會容忍這種事。如果我的父親再教訓我一頓，再給我提什麼建議，說什麼抓住那頭紅母牛的腿，我就……」因為恥辱，他甚至無法把話說完。詔諭與他父親的衝突最近也變得越來越頻繁了。這些日子裡，所有人都讓他的心情變得更加糟糕。

「這聽起來不像是我認識的愛麗絲。」塞德里克試著想要轉移話題，他知道自己什麼時候踏進了危險之地。詔諭非常善於誇大甚至扭曲事實，編造對自己有利的故事，但他極少會直接說謊。如果他說愛麗絲威脅了他，那麼愛麗絲就應該是真的這樣做了。但這真的很不像是塞德里克所認識的愛麗絲。他認識的愛麗絲是一名溫婉寡言的女子。不過他也知道，愛麗絲有時候相當固執。難道她真的固執到了會威脅丈夫遵守諾言的程度？對此塞德里克不是很確信。詔諭從他的臉上看到了猶疑的神情，他向塞德里克搖搖頭。

「你始終認為她是一個天使般的女孩，當所有人都疏遠你的時候，她卻願意和你交朋友。也許她曾經是那樣的人，儘管我還是對此抱持懷疑。我懷疑：她只會對那種像她一樣笨拙和沒朋友的人，表示友善之意，這不過是不適應環境的人結成的聯盟罷了。或者就像你說的，她曾經有一顆仁善的心，但她現在早已不是那樣的人了，我的朋友。你不應該讓那些舊日的記憶混淆你的判斷。她正在從我們的關係裡竭盡全力為她謀求好處，同時她還想儘量少付出代價。」

塞德里克沉默了。**笨拙和沒有朋友的人、不適應環境的人。**這些話就像是一堆鋒利的小石子，在他的心裡不停地糾結著。是的，他曾經就是那樣的人。

詔諭一如既往地述說著事實。他的訣竅就是能夠在事實中，塞上許多令人痛苦卻又無法否認的細小而真實的羞辱。塞德里克不由自主地想起了過去的一天。那是在恰斯國的一個炎熱夏日。他和詔諭受邀去一名商人家中享受下午的放鬆生活。那時的餘興節目是一頭被困在深坑中的野豬。客人們可以用飛鏢和吹箭射那頭野豬。其他人都玩得不亦樂乎，爭相把飛鏢射在那頭被困住的瘋狂野獸身體最脆弱的部位上。這個節目的最高潮是把三頭大狗放進坑內，結束野豬的生命。塞德里克一直都想從他的椅子上站起身走開。詔諭則暗中抓住他的手腕，悄聲對他說：「留下來，否則我們兩個不僅會被看做是弱者，而且還冒犯了主人。」

於是他留了下來，即使他痛恨這樣。

詔諭用那種細小的羞辱刺激他，讓他想起了他也曾參與折磨那隻豬。那時詔諭的臉上也是這樣平靜如常，只有眼神中充滿了算計。他用細小鋒利的言辭戳刺塞德里克身體最柔軟的部位。他如同雕刻出來的嘴唇抿成了一條細線，一雙綠色的眼睛眯起來，其中射出冷光，如同貓一樣看著塞德里克。「我不是沒有朋友，」塞德里克低聲說，「愛麗絲就是我的朋友。她來探望我的姊妹，但她總會找些時間和我說說話。我們交換喜愛的書籍，一起玩牌，在花園中散步。」塞德里克想到自己那時的情景。學校裡的男孩都躲著他，這讓他的父親感到困惑，也成為他的姊妹們調笑他的緣由。「我沒有別的朋友了。」他輕聲說道，然後他又恨自己為什麼要說這麼多，「我們彼此幫助。」

但塞德里克的悄聲絮語似乎觸動了詔諭，讓他的朋友軟化下來。「我相信你的話，」詔諭立刻表示同意，「那時的那個小女孩也許曾因為得到一個『年長男性』的關注而感到高興。也許她甚至還迷戀過你。」詔諭向塞德里克露出微笑，又低聲說道，「她這樣又有什麼錯？那時候如果換做別人，難道就不會這樣做嗎？」

塞德里克盯著他，只是無聲地喘息著。詔諭目不轉睛地和他對視。現在詔諭的眼睛就像是樹影下的兩團深綠色的苔蘚。塞德里克從他面前轉過身，感覺到胸腔中的心臟彷彿被緊緊攥住。該死的詔諭，是什麼給了他這樣的權力？詔諭怎麼能如此傷害人，並在片刻之後又溫暖了此人的心？

他低頭看著自己的雙手，詔諭的藍襯衫仍然被他攥在手中。「你是否想過會有不同的生活？」他低聲問，「我已經如此厭倦了欺騙和偽裝，厭倦了繼續虛偽矯飾。」

「什麼虛偽矯飾？」詔諭問他。

塞德里克驚訝地向他抬起頭，詔諭只是漠然地看著他。「如果我有你的財富，」塞德里克說，「我就會去別的地方，遠離所有認識我的人，開始一段新生活。完全依照自己心意的生活，不必對任何人有歉意。」

詔諭大笑起來。「很快，財富就會不翼而飛了。塞德里克，我以前就告訴過你，擁有金錢和真正的財富之間有著巨大的差別。我的家族很富有，但財富是需要一代代人累積起來的。財富必須伸展出寬廣綿長的根系，才能發育出茂盛的枝葉，延伸並纏繞住整座城市。你能夠帶著錢逃走，但當錢用光的時候，你就只是一個窮人。你所看見的，都是經過前人在漫長歲月中的艱辛工作，才為下一代人建立起來的財富基礎。」

「而這樣的事情，我絕對沒有興趣去做。我喜歡我的生活，塞德里克。我喜歡現在這種樣子，非常喜歡。所以我才那麼不喜歡愛麗絲干擾我的生活。而你似乎認為她的行為是可以接受的，這只會讓我更加不喜歡。如果我失去了這一切，你認為你又會怎麼樣？」

塞德里克發現自己正低頭看著腳尖，彷彿感到羞愧。他聚集起最後的勇氣支持愛麗絲。「她需要去雨野原，詔諭。讓她去吧，我相信這是她一生的志願。一個出去看看世界的機會，做些事情，看看她只在破碎的老卷軸上見到過的奇蹟，就是這樣。讓她去雨野原吧，這是你欠她的，這也是我欠她的，如果我沒有提議讓她嫁給你，就不會有這些事！答應她的這個小要求吧。這又會有什麼害處呢？」

詔諭哼了一聲。當塞德里克抬起眼睛看向他的時候，他的臉上滿是嘲諷的神情，雙眼就如同兩塊綠冰。塞德里克回想了一下自己說的話，發現了自己所犯的錯誤。詔諭從來都不喜歡聽到他欠別人什麼。這時詔諭從書桌後面站起身，繞著房間走了一圈。「這又有什麼害處？」他模仿塞德里克的語氣不斷地說著，「這又有什麼害處？受害的只有我的錢袋。有我的聲譽！還有我的自尊心，不過我想這對你而言大概不算什麼。我應該讓我的妻子在雨野原閒逛，去尋找藏在石頭下面的古靈，拯救可憐的瘸腿龍，而且根本沒有人在她身邊陪護？她將每天的閒置時間都用在那種白癡的事情上，難道我應該讓所有人都知道她在癡迷什麼？」

塞德里克竭力讓自己的聲音顯得理性一些。「那不是癡迷，詔諭，那是她的學術興趣……」

「學術興趣！她是一個女人，塞德里克！而且還不是什麼得到過良好教育的女人！看看她受的教育——和她的姊妹共用一名家庭教師！還是一名便宜的家庭教師，也許只能教教她們如何閱讀、算數和在圍巾上繡小花。要我說，那點教育剛好能讓她惹麻煩！剛好夠讓她自以為是個『學者』，以為她能買一張船票自己上路，完全不考慮她應該遵守的禮儀，還有她對丈夫和家庭的責任。而且我相信，她根本就沒想過這樣一次毫無意義的旅行，又要花掉她丈夫多少錢！」

「這筆錢對你來說不算什麼，詔諭！前幾天我還聽布拉道克說過他的妻子為了購置衣服，舉辦招待朋友們的小宴會，還有為了不斷重新裝潢房子上花了多少錢。愛麗絲根本不需要你花這些錢，她的生活非常簡樸，只有為了進行學術研究才稍有花費。實際上，詔諭，在她等待了這麼多年之後，難道你不覺得你應該讓她出去散散心嗎？讓她去旅行吧。你在雨野原河沿岸有著很多關係。只要你說一句話，她甚至可以免費乘坐金色黃昏號或者任何其他活船。我現在就能想起五六個雨野原商人會很高興招待她，無論她可能是怎樣一個古怪的人。他們這樣做可以贏得你的好感，而且……」

「然後我就要還他們這個人情。這一點你自己也剛剛說過——『無論她可能是怎樣一個古怪的人』！她一定能給我帶來不錯的聲譽。我現在就能聽到：『喔，是啊，我們招待了詔諭．芬波克的瘋婆娘。她一直都在聒噪那些廢墟和那些龍。真是個可愛的女人。她的大腦混亂得就像是一棵住滿了甲蟲的樹！』」

詔諭很擅長模仿別人的聲音和動作。儘管現在心煩意亂，塞德里克還是不得不努力壓抑住發笑的衝動。但是看著詔諭突然變成了一個帶著雨野原沼澤口音的長舌老婦，他沒有說什麼，只是帶著責備的神情向詔諭搖了搖頭。

詔諭用不容置疑的聲音說道：「我不在乎她說了什麼，做了怎樣的安排。她不能去，絕對不能一個人去。」

塞德里克終於找到了說話的契機。「那就不要讓她一個人去。把這個看成一個機會。和她一起去雨野原，順便重新簽訂你在那裡的貿易契約。你上次去那裡已經是六年以前……」

「我不去那裡自有原因。塞德里克，你根本無法想像那條河的氣味，還有那片幽暗陰沉，沒有邊際的森林。人們居住在用紙和木棍搭建的房屋裡，以蜥蜴和臭蟲為食。他們之中有半數都受到了雨野原的影響，我只要看他們一眼就會渾身打顫，這件事我可控制不住自己。不，去面對那些雨野原商人只會破壞我在那裡的契約，而不是加強它們。」

塞德里克咬住嘴唇，許久沒有說話，然後他說出了一個在他的腦海深處已經醞釀過一段時間的想法：「你還記得貝佳斯提．柯雷德在我們上次去恰斯國的時候對我們說過的話嗎？如果有商人能向恰斯大公提供哪怕是龍身上的一點點血肉，都能夠得到一輩子享用不盡的財富？」

「貝佳斯提．柯雷德。那個口氣可怕的禿頭商人？」

「那個口氣可怕、禿頭，但極為富有的商人，」塞德里克笑著糾正詔諭，「那個並非利用大量的物資交易而獲取財富，而是——按照他的說法——將少量珍貴商品在正確的時機出售給正確買家的人。」

詔諭發出一聲飽受折磨的歎息。

「塞德里克，最近一年半以來，這種傳聞已經婦孺皆知了。所有人都知道恰斯大公年事已高，可能步入死亡。他在垂死掙扎，嘗試太陽之下的每一種庸醫伎倆來逃避死亡。」

「但他有錢這麼做。詔諭，如果你和愛麗絲一起去雨野原，你就有了完美的藉口接近那些龍和照料龍的人。愛麗絲和他們一直都有聯絡——這一點我很清楚。我曾經為她寄出信函，並為她收了幾十封來自崔豪格的信。你也知道，如果她去那裡，一定會前往卡薩里克，直接進入龍活動的區域，直到抵達龍的身邊。」塞德里克發現自己正漸漸壓低聲音，「幾片脫落的龍鱗，一瓶龍血，一顆龍牙。誰知道你能夠帶回什麼？我們清楚知道的是，你在那裡取得的任何東西都極具價值。那不是一筆小錢，而是一筆很大的財富。」塞德里克鬆開手，拋下已經疊好的衣服，然後坐到詔諭的床上，低聲說，「有了那麼多錢，一個人能去任何地方，能夠過上他想要的任何生活，而不必再受責備。那筆錢足夠實現任何願望，無論你做什麼，那筆錢都將為你贏得人們的尊敬。」他透過牆壁注視著遙不可及的遠方，沉浸在夢想之中。

詔諭的聲音把他拉回到當下。「我說的話，你有沒有聽清楚過一個字！我喜歡我生活的地方和我的生活方式，沒有人會責備我。為什麼我要冒險失去我現在這麼舒適的生活？白癡！我可不想交易什麼龍的血肉，若做那種事，我才會引來罪責。」

「我們曾經為了更少的錢交易過更怪異的東西！」有些話被塞德里克塞回喉嚨，沒有說出來。這筆錢對他，對他們兩個將意味著什麼？它能購買到一種遠離繽城的人生。而詔諭要不是無法理解這種可能性，就是根本拒絕這樣思考。

詔諭完全沒有被塞德里克的言辭影響到。「你剛剛說到尊敬。我現在就很受尊敬！如果人們看到我的妻子孤身一人前往雨野原，我會受到尊敬嗎？他們會怎樣看她，會認為她真正想要尋找什麼？你以為我不知道人們都在搖著頭可憐我們，只因為她還沒有生下一個孩子？如果她一個人跑進雨野原，那些搖舌鼓唇的人又會說些什麼？」

「喔，莎神在上，詔諭！她又不是第一個懷孕有困難的繽城女人！否則你認為這裡為什麼會被稱為天譴海岸？一個家族要在這裡保持住姓氏的傳承已經夠難了，更不要說是人丁興旺了。沒有人會因為你沒有子嗣而多想些什麼，大家只會對你表示同情！看看這座城市，和你有同樣遭遇的不是你一個！至於說她單獨旅行的問題，我已經給了你解決問題的辦法：你親自陪她去！如果你不願抽出時間親自護送她，就為她找一名旅伴，這很容易解決！」

「那麼，好吧！」詔諭恨恨地說道。他不再試圖壓倒塞德里克，而是用發洩怒火的語氣吼道，「我會讓她去。我會放任她衝進雨野原，去盯著龍和古靈發抖，讓她那個可憐的小靈魂感到滿意。我會讓她打開我的錢袋，拋撒裡面的錢幣，就好像那個袋子是沒有底的。你是對的，親愛的，親愛的塞德里克，我想要為她尋找一個合適的旅伴並不困難。今天晚上，你已經不止一次對我說她曾經是你的一位多麼好的朋友！那麼，你當然應該會很高興和她一同前往雨野原。很明顯，你已經厭倦了為我這樣一個沒有榮譽又自私的人當祕書。那麼就去為愛麗絲服務吧。做她的祕書。為她抄寫筆記，扛扛背包，鑽到臭氣燻天的淤泥裡去尋找掉落的龍鱗吧。這樣我至少能有一個月不必看見你們兩個！我還有我自己的旅程。看樣子，我必須再找一個親切的同伴和我一同踏上這段旅程了。」似乎一切事情都得到了圓滿解決，詔諭走過房間，坐回到書桌後面的椅子上，拿起鋼筆，再一次端詳起面前的紙鎮，彷彿塞德里克根本不存在一樣。

片刻之間，塞德里克什麼都說不出來。然後他驚呼一聲：「詔諭，你不可能是這個意思！」

但詔諭沒有再理睬他。塞德里克突然明白了，他就是這個意思。

生月第十七日
商人聯盟獨立第六年
來自艾瑞克，繽城信鴿管理人
致黛托茨，崔豪格信鴿管理人

繽城商人議會致崔豪格和卡薩里克的雨野原商人議會。近來出現了許多關於那些幼龍健康和身體狀況的謠言與猜測。更有許多人在議論他們具有商業價值，能夠作為商品進行交易，甚至有人說：這還是參照了我們與巨龍婷黛莉雅最初簽訂的契約。對於這些傳聞，繽城商人議會向雨野原商人議會提出質詢。

黛托茨：

能遇到妳的叔叔貝東實在是一件令人高興的事。他對妳有著很高的評價，而且他顯然也非常了解鴿子。我托他送給妳兩袋上好的乾黃豌豆。我發現，用這種食料長期餵養鴿子，能夠讓他們的翅膀更加強壯有力。一些龍因為生病而必須被殺死的謠言，我希望都是假的！

艾瑞克

8

面試

賽瑪拉在與陌生人打交道的時候，從沒有感到舒服過。理所當然，他們只掃了她一眼，就知道她不應該活到現在。而獨自站在幾名最有身分的雨野原商人面前，回答關於自己的問題，只會讓賽瑪拉更加不舒服。現在她面前一共有八個人，大部分是中年男性，全都穿著正式的商人長袍。這是一個非常寬大的房間，他們都坐在一張沉重的長桌後面結實的烏木椅子裡，賽瑪拉腳下的地板是用厚木板鋪成的，就連這個房間的牆壁和天花板也都是木製的。她以前從沒有見過如此厚重堅固的建築物。她和父親沿樹幹下來，到了這個地方。父親正在外面等她。這裡是雨野原商人大堂。這座建築物非常古老，非常靠近地面。看上去它更像是一幢遮瑪里亞宅邸，而不是雨野原房屋。只有在大樹如此靠下的地方才會有這麼高大醒目的建築物存在。但奇怪的是，賽瑪拉對於這幢大屋一直都保持著警惕，它並不能讓賽瑪拉感到安全，反倒是這些沉重的地面、牆壁和屋頂彷彿隨時都會垮塌下來，狠狠摔在下方的地面上。就連這裡的空氣彷彿也被困在屋子裡，動彈不得。

負責審查賽瑪拉的委員，只有兩位直視著她的眼睛。其他人都只看著旁邊或賽瑪拉的身後，要不然就是盯著長桌上眼前的紙張。那兩個能夠看著她的人，一個是商人莫喬恩，審查人員的首腦。他不停地上下打量賽瑪拉，眼神中明確地透露出他對這個女孩的想法。然後，他直白地問道：「妳為什麼在出生時沒有被拋棄掉？」

賽瑪拉沒有想到自己會遭遇到如此不加掩飾的質問。片刻間，她只是啞口無言地站在商人莫喬恩面前。如果她說了實話，又會給她的家庭帶來多少麻煩？她的父親祕密跟蹤接生婆，把剛剛出生的她抱回家，而不是留給野獸和大自然去結束她的生命，這個行為打破了雨野原所有的規則。賽瑪拉深吸一口氣，沒有正面回答商人的問題：「我的缺陷隨著我長大而逐漸明顯，它們在我出生時並沒有完全顯現出來。」

商人莫喬恩懷疑地哼了一聲。另一名商人動了動身子，彷彿是在為她感到困窘。「妳是否明白妳接受雇傭的條件？」莫喬恩又生硬地問道，「妳的家人是否認可：在妳隨龍群離開之後，我們不會保證妳的安全，甚至無法保證妳能回來？」

賽瑪拉回答的時候，甚至也為自己的鎮定感到驚訝，「我的父母全都在你們面前簽署了契約，他們明白這膽，更重要的是，我也明白。我已經到了可以接受這種委託的年紀。」莫喬恩點了一下頭，靠進椅子裡。賽瑪拉又說道，「但我想要更明確地知道我的任務，還有我們最終的目標是什麼？」

莫喬恩皺起眉頭，「難道妳沒有讀過給妳的契約，孩子？那上面說得很清楚。龍要求有人陪同他們前往大河上游的新家。妳將被指定照顧一頭龍或數頭龍。妳要幫助龍群向上游前進，到達一個更適合他們生存的地方。一路上妳的工作需要遵照龍的要求，或者是妳得到的命令。妳要進行狩獵和捕魚，以供養由妳照顧的一頭或數頭龍，而且妳將留在龍群的新棲息地，直到他們能在那裡安定生活、自給自足，或者已不再需要妳。」

賽瑪拉冷冷地說出下一句話：「那麼如果屬於我照顧的一頭龍或數頭龍死了，我就能回家了。」

莫喬恩坐直身體。「這不是我們所希望的態度！我們相信妳應該竭盡全力執行商人和巨龍婷黛莉雅簽訂的契約。妳的任務是幫助妳的龍找到更理想的居住場所。讓他們能夠自給自足。」他在椅子上略微動了一下身子，又幾乎有些不情願地說道，「這並非祕密，我們都希望龍群能夠引領你們找到他們聲稱在回憶之中的那座古靈城市，克爾辛拉。」

賽瑪拉嚥下其他的話語和問題，轉而問道：「我們是否有明確的前進方向？是否有人在前方探查過地形環境，讓我們知道要走多遠的路？」

莫喬恩的嘴動了動，彷彿嘗到了某種汙穢的東西，只想把它吐出來。當他再開口的時候，他的話語顯然像是某種託辭：「那些龍應該擁有某種遺傳自先輩的記憶，知道要去哪裡。他們會成為你們最好的嚮導，帶領你們找到一個適合他們生存的地方。那座遠古城市也許會是你們最終的目的地，但也完全有可能你們會發現另一片適合龍群生存的土地。」

「我明白了。」賽瑪拉簡單地回答了一句。她的確明白了，她的父親是對的。這不是一次遷徙，而是一次流放。麻煩的龍群和不應留在這座城市的劣等人類，都是這次流放的對象。

「妳明白了？太好了！」商人莫喬恩立刻顯示出寬慰的神情，「那麼我們就達成一致了。」他從身旁的桌面上拿起印章，在契約上蓋好大印。「妳簽字之後，就正式得到了雇傭。當妳走出這個房間的時候，妳將得到妳的物資背包，並被帶去與龍見面。妳會在出發前得到妳的一半薪酬。妳要儘快和妳的家人道別，因為妳將盡早出發。」他將一張紙推過桌面，放到賽瑪拉面前，「妳會寫字嗎？能在這裡簽字嗎？」

賽瑪拉沒有回應商人的問題，她不在乎這是否對商人有失敬意，只是拿起正等待她使用的筆，仔細地寫下自己的名字。然後她站直身子，「那就這樣了？你們完事了吧？」

「是的，」另一名商人輕聲說道。有人發出一點聲音，彷彿是一陣不舒服的咳嗽。賽瑪拉裝作沒有注意到，只是低下頭，走上前，接過她那一份蓋了章的協議書。她驚訝地發現自己的手在顫抖。她用了一點時間才控制住自己，轉動這個房間大木門上沉重的把手。她推門的時候太過用力，差點一頭栽進前廳裡。她急忙穩住身子，用力關上屋門。門板因為她用力過猛而狠狠撞在門框上，讓她感覺更加羞恥。其他正在等待面試的人，都帶著一些驚奇和不以為然的神情看著她。

「祝你們好運。」賽瑪拉對他們嘟囔了一句，就避開他們的目光，快步跑出了這幢大屋。通向室外的門更加高大，也更加沉重。但這一次她有了準備。用力衝出大門，來到屋外。這裡也沒有她所希望的安慰感覺。在如此靠近地面和河流的大樹幹旁，空氣似乎也變得更加黏稠，充滿了味道。這裡的光線也很昏暗，賽瑪拉覺得自己無論怎樣睜大眼睛也看不清周圍的景物。她發現父親正在環繞大堂的木板大平台邊緣等她。她手中緊攥著自己的契約，快步向父親跑去。父親身邊大約一臂以外的地方站著刺青。他也在等賽瑪拉，但顯然和她的父親不是一起的。

賽瑪拉同時對他們兩個人說道：「我拿到了，他們蓋了章。我要參加為龍尋找新家的遠征了。」

刺青向她露出笑容。當他們四目相對的時候，刺青向她揮了揮自己手中捲起來的契約。賽瑪拉的父親背靠在平台的老式護欄上，一看見賽瑪拉，他便站起身，露出了微笑。但是他對女兒說話時的聲音卻低沉而且異常嚴肅：「恭喜妳。我知道妳想要得到這個，我希望一切都能如妳的心願。」

「我知道她一定會如願以償的！」刺青的話脫口而出。賽瑪拉的父親看了他一眼。他們今天到這裡的時候，便看見了刺青。刺青禮貌地向賽瑪拉的父親打了招呼，賽瑪拉的父親則顯得很不高興，完全沒有平時對這個男孩表現出來的熱情。賽瑪拉懷疑是母親因為刺青之前來找她，而對父親說了些什麼，甚至可能還有些無中生有的內容。賽瑪拉靠在兩個男人之間的欄杆上，試圖填補他們之間的鴻溝，將三個人連為一體。她背對著商人大堂，向大河和河邊的沼澤地望去。如此靠近地面，讓她感覺很奇怪。她聽到身後大堂的大門開啟又關閉。一個男孩的聲音高喊道：「我簽約了！」那些面試他們的商人沒用多久就又一次蓋了章。賽瑪拉很想知道，他們是否會拒絕任何報名的人——她懷疑，無論是誰報名，他們都不會拒絕。

「父親，誰也不知道最後這件事會是怎樣，但我知道，我將離開家，獨立生活，開始一段屬於我的人生。這一定會是一件好事，無論它有多麼難。」

「我已經等不及想去看那些龍了！他們告訴我，只要他們簽下其餘的人，我們就能到龍那裡去了！」

這個陌生的聲音讓賽瑪拉吃了一驚，她猛地轉過頭，看到了說話的那個人。那個人正靠在刺青身邊的欄杆上。賽瑪拉在等待面試的時候就見過他。他顯然是出生在雨野原的，身上的標記幾乎像賽瑪拉一樣重。儘管如此，他依然有著一種怪異而且充滿野性的英俊。他有一雙淺藍色的眼睛，賽瑪拉以前從沒有見過誰的眼睛色澤像他一樣淺。他的一頭濃密的黑髮很有光澤。因為緊張，他腿上的肌肉不住地抽動著，腳尖不耐煩地敲擊著地面，腳趾上黑色的爪子撞在木板上，發出「篤篤」的聲音。「這一定會是一場偉大的探險！」他開心地笑著，向刺青保證。同時伸出了他的手：「我是拉普斯卡。」

「他們都叫我刺青。」刺青一邊說，一邊握住了他的手。賽瑪拉第一次意識到「刺青」也許並不是這個男孩從父母那裡得到的名字，而是他從小就被稱呼的外號。現在那個充滿野性的陌生人又朝她笑了笑，並向她的父親伸出手。賽瑪拉的父親握住他的手說：「我是傑魯普。這是我的女兒，賽瑪拉。」

拉普斯卡用力握了握她父親的手，然後毫不在意禮數地問道：「那麼你要隨同龍遠征嗎？還是只有她？不要介意，你看上去有些老了，可能不適合這趟旅程。有一點老，而且長得也不夠奇怪！」他因為自己粗魯的笑話而發出會心的大笑。在他身後，刺青皺起了眉頭。

賽瑪拉的父親保持著鎮定的神情。「我不會參加這個任務。只有賽瑪拉會參加。但就像你一樣，我也注意到大多數參加任務的人都有很深的雨野原痕跡。」

「是的，你說得沒錯！」拉普斯卡歡快地表示同意，「他們或許認為我們比普通人更強悍；或者他們希望龍和大河能夠做到我們的父母在我們出生時沒有做到的事情。」他將目光轉向刺青，「當然，你要除外。你甚至連一點雨野原人的樣子都沒有。你為什麼要參加？」拉普斯卡似乎很擅長問出直白又粗魯的問題。

刺青挺直腰背。他要比拉普斯卡高了半頭。「因為這個工作報酬很好。而且我喜歡龍，還想要一點冒險。還有，在崔豪格沒有什麼值得我留戀了。」

那個男孩又歡快地點點頭，咧開嘴露出微笑，面頰上細小的鱗片也隨之閃動著光澤。他的牙齒很好，和他的嘴相比顯得有一點太大了。隨著他不斷地笑，那兩排牙齒也一直在閃耀著白光。賽瑪拉覺得他看上去就像是一個即將突然成長起來的男孩。「沒錯，沒錯！我也是這樣。你說得很對。」他在欄杆上俯下身，響亮地向下啐了一口，然後又直起腰，「現在崔豪格也沒有任何東西值得我再逗留了。」說完這句話，他第一次顯得不再那麼快活。但一眨眼的工夫，光彩就回到了他淺藍色的眼睛裡。他高聲宣布道：「我要為我自己建設出一個更好的人生，就是這樣。過去的已經過去了，我要給我找一頭龍，成為他最好的朋友。我們要一同飛翔，一同狩獵，永永遠遠地做好朋友，絕對不生彼此的氣。這就是我想的。」

他用力向自己的夢想點點頭。刺青則露出懷疑的神情。賽瑪拉一直緊閉著嘴，心中感到惶恐——這不是因為拉普斯卡狂野的夢想，而是這種夢想和她自己的渴望竟然如此相近。和龍一同飛翔，就像古早以前的古靈一樣。當他將這些幻想大聲說出來的時候，它們竟然顯得如此愚蠢！

拉普斯卡沒有注意到他的話語帶來的沉默。他的眼睛裡忽然又閃爍起光芒，顯然有新的東西引起了他的興趣：「看那邊！我打賭，他們正在找我們。該是去拿物資背包的時候了。然後我們就去找龍！走吧！」

他沒有做絲毫停頓，也不曾看看其他人是否跟上來，而是徑自衝向了那個身穿黃袍，看上去並不像是有什麼權威的商人，他的手中握著一支很大的卷軸。人們正向他那裡聚攏過去。他打開卷軸，念出一個個名字，同時發放一份又一份單據。

「只要看一眼那個拉普斯卡，我就會覺得好累。」刺青低聲說。

「他讓我想起飛鏢蜥蜴，永遠不會在一個地方停留上一分鐘。」賽瑪拉附和著刺青的話。她跟著那個陌生的年輕人跑了起來，卻不知道拉普斯卡到底是讓她感到有趣還是氣惱。最後她決定，拉普斯卡在這兩方面都有一些。她深吸一口氣，然後說道：「但拉普斯卡是對的。我相信我們最好現在就搞清楚我們要做些什麼。」她沒有瞥一眼自己的父親，就徑自走過了平台。她的心中充滿了怪異且分裂的感覺，她不知道自己是希望父親就此向她道別，讓她自己應對隨後發生的事情，還是盼望著父親能夠一直留在她身邊，陪她度過一切難關。其他人似乎都是獨自一個人，刺青和拉普斯卡當然也沒有父母的照看。除了自己的父親，她只看見另外一個成年人藏在年輕人群外的陰影裡。回應這次徵召的絕大多數是年輕人。有一、兩個亮出契約，接過單據的雨野原人看上去大概有二十多歲，但一些人看上去只有十四五歲。

「他們有許多還只是孩子。」賽瑪拉的父親抱怨道。他一直跟在賽瑪拉的身後。

「拉普斯卡是對的，我們的身上全都有很重的標記。只有刺青例外。」賽瑪拉終於朝父親看了一眼，「所以我們才都這樣年輕。」她又簡單地補上了一句。她和父親都不需要別人提醒，身上有明顯標記的人很少能活過三十歲。

賽瑪拉的父親握住她的手腕，低聲說：「你們就像是被送去屠宰的羔羊。」父親奇怪的話和緊緊攥住她的手都讓賽瑪拉感到驚奇。這時父親又說道：「賽瑪拉，妳不必去做這種事。留在家裡。我知道妳的媽媽總是讓妳很難過，但我……」

賽瑪拉打斷了父親的話：「爸爸，我必須這樣做！我已經簽下了契約。我們一直都是怎樣說的？商人唯一可以憑依的就是他說出口的話。而我所做的遠不止是說一句話。我已經在紙上簽下了我的名字。」她想到了自己和龍聯繫在一起的那個夢。她不會對父親講述那個夢。拉普斯卡的理想，彷彿癡人說夢般，還迴盪在她的腦海中。她深吸一口氣，以講求實際的口吻說，「而且我們都知道，我的確需要這份工作。這樣我才能說我獨立了，以我自己的力量做了一些事。我很高興能成為您的女兒，但我不可能永遠都只是您的女兒。我需要……」她努力尋找著適切的詞彙，「我要用這個世界來衡量我的能力，證明我能夠自立，能夠有所作為。」

「妳已經有所作為了。」父親堅持說道。但他的爭辯已經沒有了力量。當賽瑪拉將手放到他的手上時，他終於鬆開了賽瑪拉的手腕。賽瑪拉站在原地，沒有挪動腳步。刺青已經跑到他們前面，正回過頭好奇地看著他們。賽瑪拉朝刺青微微搖搖頭，刺青便繼續向前跑去。

「我們應該在這裡道別了。」賽瑪拉突然說道。

「我不能。」她的這句話讓父親顯露出恐慌的神情。

「爸爸，我必須走了。現在正是我們應該告別的時候。我知道您在為我擔心。我知道我會想念您。但我們就在這裡分開吧。我的探險就要開始了。祝我好運，讓我上路吧。」

「但……」父親只說了一個字，突然將賽瑪拉緊緊抱住。他在賽瑪拉的耳邊啞著嗓子悄聲說，「那就去吧，賽瑪拉。去吧，去找到自己的位置。這不會向我證明任何事，因為我已經知道了妳的能力，我從沒有對妳有過懷疑。但去找到妳要找的東西吧，然後回到我身邊來。求妳，不要讓現在變成我和你的永別。」

「爸爸，別犯傻了。我當然會回來。」賽瑪拉回答道。但一根恐懼的棘刺已經從父親的話語中落下來，沿著她的脊骨一直滑下去。不，我回不來了。這個想法是如此強烈，甚至讓賽瑪拉無法將它說出口。於是她只能更加用力地抱緊父親。鬆開父親之後，她將一小袋錢放在父親的手中，對父親說：「這些您替我留著，直到我回來。」不等父親有反應，她已經轉過身，從父親的懷中衝了出去。這趟遠行不需要錢。也許，如果她再也無法回來，這些錢能夠對父親有所幫助。現在就讓父親將這些錢當作她能夠回家的承諾吧。

「祝妳好運！」父親在她身後喊道。「謝謝！」她也回頭高喊。她看見刺青驚訝地看著她的父親，同時轉回身，彷彿也要向她的父親道別。但就在這時，那個手拿卷軸的商人向他喊道：「你還想不想要單據了？沒有它，你可拿不到你的物資背包！」

「我當然想。」刺青急忙高聲應答，並從商人的手中拿過了單據。

黃袍商人對他搖搖頭，低聲說道：「你是個傻瓜。看看你周圍，孩子。你和他們不是一夥的。」

「你不知道我和誰是一夥的。」刺青有些激動地對他說。然後他的目光越過賽瑪拉，高聲問道：「妳的父親去哪裡了？」

「回家了。」賽瑪拉回答。她避開刺青的目光，向那名商人走過去，讓商人看過她的契約並說道：「我需要我的物資背包單。」

物資背包其實和它的名字很不相配。這是一種針腳粗大的帆布背包，上面打了些蠟以防水，裡面裝了一條厚實的毯子，一袋水囊，一個便宜的金屬盤子和一把勺子，還有一把帶鞘的匕首，一袋麵包乾，一袋肉乾和一袋水果乾。「真高興我在家裡就把行李都準備好了。」賽瑪拉不假思索地說道。而刺青的表情則讓她瑟縮了一下。

「總比什麼都沒有更好。」刺青用粗啞的聲音說道。拉普斯卡已經黏上了他們，就像猴子身上的一隻蝨子。他情緒高漲地說道：「我的毯子是藍色的，是我喜歡的顏色。我怎麼會這樣走運？」

「它們都是藍色的。」刺青回答道。拉普斯卡又點了點頭。

「就像我說過的，我很走運，因為我喜歡的正是藍色。」

賽瑪拉竭力不讓自己的眼睛翻起來。眾所周知，一些有著嚴重雨野原標記的人智力也會有問題。拉普斯卡也許是有一點弱智，或者真的只是精神過於外向樂觀。現在，他歡快的情緒的確支持著賽瑪拉的勇氣，但他不停地嘮叨也在折磨著賽瑪拉的神經。他怎麼這麼容易就與她和刺青打成了一團？這一點讓賽瑪拉感到很困惑。賽瑪拉早已習慣了人們對她心懷戒懼，和她保持距離。就連那些在集市上經常和她家做買賣的人，也總是待在她的一臂距離之外，但拉普斯卡就在她的身邊。每一次她轉過身瞥向拉普斯卡的時候，拉普斯卡都笑得像一隻小猴子。那雙神采飛揚的淺藍色眼睛似乎在告訴她：他們分享著一個祕密。

他們在一片光禿的土地上，蹲成一個環形。一共是十二個身上有標記的雨野原人，大多數都還是少年，再加上刺青。他們來到這裡，拿到自己的物資背包，並被告知背包裡的物品可以支持他們活過旅途的最初幾天。他們將乘一艘駁船前往上游，會有幾名專職獵人與他們同行，這些獵人都擁有探索未知地域的經驗，船上還運載了更多能夠維持人類和龍群生存的給養，但每一名巨龍守護者都應該儘快學會利用現有資源，維持自身和受其照料的巨龍的生存。賽瑪拉對此很感懷疑。她已經查看過那些將成為她的同伴的人，並覺得其中沒有幾個曾經為自己尋找過食物，更不要說餵養一頭龍了。不安一直攪動著她的心。

「他們說：我們要幫助我們的龍尋找食物，但根本沒有適合狩獵的工具。」刺青憂心忡忡地說。

一個大約十二歲的女孩向他們靠近了一點，有些羞赧地說：「我聽說他們在離開時會給我們捕魚的工具和一杆長矛。」

賽瑪拉對她微微一笑。這個女孩非常瘦，一縷縷淡金色的頭髮，從帶有粉色鱗片的頭皮上垂掛下來。她的眼睛是銅褐色的，接近於純粹的銅色。她的嘴幾乎看不到嘴唇。賽瑪拉瞥了一眼她的雙手。完全正常的指甲。賽瑪拉突然為這個女孩感到一陣揪心。這個女孩在出生時一定看起來一切正常，直到接近青春期的時候才發生了變化。有時的確會發生這樣的情況。賽瑪拉很慶幸自己一直都知道自己是什麼。她從沒有真正夢想過長大結婚，孕育孩子。而這個孩子可能一直都在這樣想像自己的未來，

「我是賽瑪拉，他是刺青，他是拉普斯卡。妳的名字是什麼？」

「希爾薇。」女孩看著拉普斯卡，後者向她笑了笑。她挪到賽瑪拉身邊，用更輕微的聲音問，

「隊伍裡只有我們兩個女孩嗎？」

「我剛才見到過另一個女孩。大約十五歲，金髮。」

「我想妳見到的可能是我的姊姊。她是陪我一起來的，給我勇氣。」希爾薇清了清嗓子，「並把我的酬金拿回家。我去的地方用不到錢，而我的媽媽病得很重。那些錢能買到她需要的藥品。」女孩

的聲音中顯露出無私的自豪。賽瑪拉點點頭。這支隊伍中的女性真的只有她和希爾薇，這讓稍有一點氣餒。她用笑容掩飾住自己的情緒，然後說道：「那麼，至少我們有了能聽懂彼此在說些什麼的同伴了！」

「嗨！」刺青表示抗議。拉普斯卡看著賽瑪拉說，「什麼？我不明白。」

「這個不需要明白。」賽瑪拉向他保證。然後她轉向希爾薇，又朝拉普斯卡翻翻眼珠，小女孩立刻笑了起來。

希爾薇突然跳起身。「看啊！他們來找我們了，要帶我們去見龍了。」

賽瑪拉站起來的速度要慢很多。她從家中拿來的背包已經背在她身後。她又將他們發給她的物資背包甩到肩頭。「那麼，我猜我們要出發了。」她低聲說道，又下意識地向上方的樹冠層瞥了一眼。那裡是她的家所在的地方。父親還站在環繞大樹的寬闊階梯上看著她，這並沒有讓她很感到驚訝。她最後一次向父親揮揮手，又做了一個小手勢，示意父親回家去。

刺青順著她的目光向上望去，用力向她的父親揮手，並衝動地高聲喊道：「不用擔心，傑魯普！我會照顧她的！」

「你照顧**我**？」賽瑪拉用嘲弄的語氣說道。她說話的聲音很大，因為她希望這句話也能讓父親聽見。然後，她最後一次向父親揮手，轉過身跟上了其他人。他們向河邊的碼頭走去。船隻會帶他們離開崔豪格，前往上游的卡薩里克，抵達龍的孵化地。

「我覺得他很不對勁。」

萊福特林撓著面頰。他需要刮臉了，但最近，他的顴骨和下巴根上開始出現了鱗片。他能夠忍受鱗片，如果它能快一點長出來就好了。鬍鬚實在讓他很煩惱，不幸的是，在靠近鱗片的地方刮鬍子，總是會弄出許多讓人難受的小傷口。

「他不是過去的他了。」

斯沃格接連說出兩句評論，這很符合他的說話風格。萊福特林對著舵手聳聳肩。「他一定會改變的。我們知道這種事一定會發生。他知道這一點，也接受這一點。這正是他想要的。」

「你確定？」

「我當然確定，柏油人是我的船，是我家族的活船。我們之間是有聯繫的，斯沃格。我知道他想要什麼。」

「我在他的甲板上已經有將近十五年光景。他對我也早已不是陌生人了。他似乎，嗯，很焦慮地在等待什麼。」

「我想我知道那是什麼。」萊福特林的視線越過甲板，落在河中。在他們的頭頂上方，星星正在一道寬闊的夜空中閃爍。他們兩旁，雨野原高大的樹木彷彿好奇地向他們俯過身。這是一段平靜的時光。河岸邊傳來夜行獸類和鳥雀的聲音，就像是每一個平凡的夜晚。河水潺潺流過柏油人號的船殼，這艘船正穩穩地向上游駛去。船艙中透出黃色的燈光。船員們正在吃晚飯。陶製碗碟的碰撞聲、微弱的閒談聲和新鮮咖啡的氣味一直飄散到他的身邊。貝霖說了些什麼，絲凱莉發出笑聲，那聲音在黑夜中顯得格外溫暖柔和。大埃德爾也「咯咯」地笑起來，如同一條在地底深處流淌的喜悅河川。

萊福特林的雙手緩緩撫過柏油人的欄杆，向他的舵手點點頭。「他沒有事。他知道會有變化發生。」

「我一直都在作夢。」

萊福特林點點頭。「我也是。」

一抹微笑在舵手的臉上緩緩浮現。「真希望我能飛。」

「他也是，」萊福特林表示贊同，「我們都是。」

「為什麼妳一定要乘**這樣**的一艘船？」塞德里克突然問道。

愛麗絲驚訝地看著他。他們正並肩站在甲板上，靠著欄杆，看著雨野原森林中一棵棵粗大的喬木從眼前經過，彷彿正在進行一場沒有盡頭的閱兵式。一些古老的巨樹就像瞭望塔一樣高大。和它們相比，愛麗絲以前見過的大樹彷彿都細小了許多。一片片藤蔓形成的掛毯從樹枝上垂下來，上面的苔蘚就像是裝飾的蕾絲——它們將整片森林編織在一起，變成了一堵看上去完全無法穿透的牆壁。在這些藤蔓苔蘚形成的蓬蓋下面，森林的地面變成了幽暗的泥沼，只有一點微弱的光線能夠落在那一眼看不到頭的陰影中。

愛麗絲來到甲板上是為了享受短暫的白晝時光。儘管容納這條河流的沼澤谷地相當寬闊，但高聳在雨野原兩岸的森林，用濃密的樹葉鋪成了兩道地平線，遮擋住大部分天空。透過它們，愛麗絲只能看見一條藍色的天空。雖然明知道它幾乎就像身邊的這條大河一樣寬，但在愛麗絲的眼中，它只像是一條細窄的緞帶。

當塞德里克要陪她一起來的時候，愛麗絲曾經大吃了一驚。自從離開繽城之後，愛麗絲就幾乎沒有看見過塞德里克。塞德里克一直都在他自己的艙室中用餐，在旅途中的大部分時間裡都閉門不出，更不會說什麼話。他變得比愛麗絲印象中更加壓抑和嚴肅了。很明顯，他並不喜歡這份護送愛麗絲的工作。對愛麗絲而言，當她得知丈夫給自己安排的旅伴時大吃了一驚，這在她看來完全沒有道理。如果詔諭想要保護她的名譽，為什麼要讓他的男性祕書來看護她？就像詔諭對她的人生做過的許多武斷決定一樣，他根本沒有想過要向愛麗絲做一下解釋。

「我讓塞德里克在妳去雨野原亂逛的時候，聽憑妳的差遣。」他們發生對抗之後的第二天早晨，詔諭一走進早餐室就突兀地宣布。他就站在餐桌邊為自己準備好食物和茶，「妳無論怎樣使用他，都可以。」他繼續說道。當塞德里克走進房間的時候，詔諭甚至沒有瞥他一眼，只是又說了一句，「他將服從妳的每一個命令，保護妳、取悅妳，無論妳想讓他做什麼，我相信他都很高興能為你做好。」最後這句話中所包含的鄙夷，讓愛麗絲打了個哆嗦。

隨後，詔諭就離開了房間。當愛麗絲在困惑中轉向塞德里克的時候，她更是驚訝地發現塞德里克竟然顯得如此沮喪。她本想和塞德里克談一談，但塞德里克只是悶頭擺弄著他的早餐，他們自始至終沒有交換過一個字。

詔諭甚至沒有等到愛麗絲啟程那天，就已經開始了自己的另一趟商務旅行。他讓整幢房子都因為他的事情而忙碌起來，並邀請他的兩個年輕友人做他的旅伴。在他離開前的日子裡，塞德里克一直在為他的各種雜事來回奔忙，書寫旅行文件，按詔諭的命令準備新衣服和旅行用品，還有相當數量的上好葡萄酒和美食供詔諭在路上享用。這種情形顯然讓塞德里克很不高興，愛麗絲也為他感到難過。愛麗絲竭盡全力做好旅行的準備，讓塞德里克能夠節省出一點時間。但不管怎樣，她終於能開始這段旅程了，她絕不可能為了自己的決定而後悔。儘管詔諭選擇塞德里克陪伴她的確很奇怪，但即將到來的遠大前景還是讓愛麗絲感到歡欣鼓舞。而且這段見證巨龍的冒險還會有她的老朋友一路相伴，這讓愛麗絲對未來更加充滿了期待。她只希望塞德里克能夠和她一樣對此充滿熱情。

但在他們出發之前的幾個星期裡，尤其是在詔諭離開之後，塞德里克總是顯得鬱鬱寡歡，甚至沒來由地就對愛麗絲表現出冷漠的態度。他服從了詔諭的吩咐，每天早餐時都會來到愛麗絲面前，報告旅行準備的情況，並請示他當天的工作。他們有對話，但完全不帶感情。在他們出發前的幾天裡，塞德里克請求愛麗絲給他一點時間，讓他能夠和詔諭的一名恰斯國生意夥伴一起吃一頓飯。那個恰斯商人沒有預先告知就突然來到了繽城。愛麗絲很高興地允許他自行安排那一晚的活動。她希望這樣能夠幫助塞德里克打起精神。但第二天早晨，當愛麗絲問他與貝佳斯提·柯雷德的見面是否順利時，他卻迅速將話題轉到了前往雨野原的種種細節上。在那一天，塞德里克為自己多找了十幾項任務。

登上典範號之後，愛麗絲希望塞德里克的精神能振作起來，但塞德里克在旅行最初的日子裡一直都以暈船為理由縮在他的艙室裡。愛麗絲對此深感懷疑——塞德里克曾經和詔諭乘船去過那麼多地方，現在他的腸胃一定早就習慣了船上的生活。不管怎樣，愛麗絲沒有打擾他，而是趁這段時間認真對活船進行了研究，並嘗試結識這艘船上的水手們。當塞德里克終於和她一同站到甲板上的時候，她感到非常高興，更讓她高興的是塞德里克終於願意和她說話了，即使他的問題總是那樣陰鬱，沒有半點熱情。

「這是在那個時候唯一能夠容納兩名乘客的出港航船。」愛麗絲說。

「啊，」塞德里克沉思了片刻，「那就是說，當妳告訴詔諭，妳已經做好了旅行準備時，妳說了謊？」

塞德里克的話中沒有任何情緒，算不上是指責，但他說出的每一個字還是帶著尖刺。愛麗絲後退了一步，不過並沒有投降。「嚴格來說，不是謊言。我早就做好了計畫，即使我當時還沒有買船票。」她望向船外紛亂的灰色水流。「如果我不說我即將出發，他還是會對我不理不睬，或者繼續拖延我。我必須這樣做，塞德里克。」她轉過身看著塞德里克。儘管面色依舊陰沉，今天穿著白色襯衫和藍外衣的塞德里克卻又流露出一種快活得意的神情。刮過水面的風讓他的亂髮在額頭前飄舞。愛麗絲向他露出微笑，真誠地對他說：「很抱歉讓你陷在我和詔諭的爭吵。我知道這不是你想要的旅行。」

「的確不是，我也不會選擇一艘帶厄運的船。」

「帶厄運的船？這一艘？」

「典範號？不要這樣看我，愛麗絲。繽城的所有人都知道這艘活船和他的名聲。他曾經傾覆在水中，殺死了所有的船員。這種事發生過幾次？五次？」塞德里克向她搖搖頭，「而妳還要乘著他前往雨野原河的上游。」

愛麗絲轉過頭不再看塞德里克。她突然感覺到被自己按住的船欄杆似乎傳來了某種脈動。這是用巫木做成的，他很大一部分的船身和整個船首像也都是巫木做的。巫木——這個詞其實只是無知的人們編造出來的錯誤詞彙。正是因為使用了這種特殊的材料，典範號成為了一艘已經甦醒的活船。他擁有自我意識，他的船首像能夠和船員，押貨人和碼頭水手交流，就如同這艘船也是一個人。愛麗絲聽說活船知曉他承載的人所說的每一個字，而她的手心感覺到那種極其輕微的脈動顯然來自於這艘船的生命力。於是愛麗絲用堅定的口吻說：「的確有過這種事，但我相信沒有五次那麼多。而且那已經是很久以前的事情了，塞德里克。我聽說他現在已經完全改變了，變成了一艘更加快樂的船。」她看了自己的旅伴一眼，用眼神懇求他或者閉住嘴，或者換一個話題。塞德里克向後揚起頭，離愛麗絲遠了一些，困惑地朝愛麗絲挑起一道精心修剪的眉毛。愛麗絲則繼續快速說道：「我們已經知道了那些被稱為『巫木』的實際上是什麼。所以我不能因為他所做的事情而責備他。實際上，我覺得這真是一個奇蹟，在活船了解自己是什麼、以及如何被建造出來之後，竟然能恢復得這麼好。我們這些商人所做的事情才是不可原諒的。處在他們的位置上，我懷疑自己能否像他們一樣寬仁大度。」

「我不明白。為什麼他們要憎恨我們？」

在這一刻，愛麗絲感覺更加不舒服了。她覺得她是在為了典範號而教訓塞德里克。「塞德里克！雨野原人發現了正在保護鞘殼中休眠的龍。這種鞘殼有時會被錯誤地稱為繭。而那時的雨野原人根本不知道他們找到的是什麼。他們以為發現了大塊原木，因為久存於地下而變得異常堅硬耐腐。那似乎是唯一能不受雨野原河的酸性河水影響的材料。所以他們將那些原木鋸成木板，建造船隻。如果他們曾經在這些原木的中心發現了顯然不屬於一棵樹的東西，他們也將那些全部丟棄了。那些半成形的巨龍都從他們的鞘殼中被傾倒出來，毀於一旦。」

「但他們肯定早就死了，畢竟他們已經在寒冷和黑暗中滯留了那麼久。」

「婷黛莉雅就沒有死。她孵化出來只需要一些陽光和一點熱量。」愛麗絲停頓下來，因為她忽然感覺到喉頭一陣哽咽。她帶著由衷的激動與遺憾說道，「如果我們能早些明白，那麼巨龍早就應該回到這個世界了！而我們卻讓他們失去了自己真正的形態，將他們的身體做成木板，建造船隻。當他們暴露在陽光中，與其他智慧相互交流，逐漸熟識，他們便逐漸發生了變化。他們甦醒了，不是作為巨龍，而是水上的航船。」愛麗絲陷入沉默，她在努力平復自己的心情。無知的人類所做的一切太讓她感到痛心了。

「愛麗絲，我的朋友，我認為妳這樣折磨自己是毫無必要的。」塞德里克的語氣很溫和，而且其中並沒有遷就或任何鄙夷的意思。但愛麗絲還是能感覺到，她的話只是讓塞德里克感到更加困惑，而不是對那些夭折的龍產生同情。對此，愛麗絲覺得很驚訝。塞德里克一直都是那樣多愁善感，現在卻對活船和龍如此冷酷，這也讓愛麗絲感到了困惑。

「夫人？」

來到他們身後的那個男人沒有發出半點聲音，結果他一說話就把愛麗絲嚇了一跳。愛麗絲轉回頭，看到了這名年輕的甲板水手，「你好，樂符，有什麼事嗎？」

樂符點點頭，又把頭一擺，將飽受日曬的沙色頭髮從眼睛上甩開。「是的，夫人。不過不是我要找您，是這艘船，典範，他有話要和您說。」

愛麗絲察覺這名水手的聲音中有一種微弱的意涵，卻又有些不明所以。在他們登船的時候，愛麗絲就有點搞不清楚樂符的身分。他是以甲板水手的身分被介紹給愛麗絲的，但其他船員卻彷彿將他視作船長的兒子。特瑞爾船長的妻子艾惜雅總是嚴厲卻又親切地命令他去做各種事。船長的小兒子常常會不顧危險地在甲板和索具中亂跑。樂符在他的眼中彷彿是一件會動的大玩具。於是對於這個年輕人，愛麗絲露出了比對於一般僕人更加熱情的微笑，向他問道：「你說這艘船想要和我說話？你指的是他的船首像嗎？」

一點氣惱或者與之類似的神情從樂符的臉上掠過，一轉眼又消失了。「是這艘船，夫人，典範要我來找您，邀請您去和他一談。」

塞德里克已經轉過身，背靠在船欄杆上。「這艘船的船首像想要和一位乘客說話？這是不是有一點非同尋常？」他的聲音中有一種充滿熱情的愉悅，並帶有明艷的笑容，總是能贏得人們的好感。

儘管樂符一直保持著禮貌謙恭的態度，但他並沒有掩飾自己的怒意。「不，先生，這沒有什麼特殊之處。大部分活船的乘客都會在登船的時候用一點時間向活船表示問候。有一些乘客很喜歡和他聊天。一般而言，來到我們船上的人，都會和典範有一、兩次朋友般的交談，就像與特瑞爾船長和艾惜雅的交談一樣。」

「但我一直都聽說典範號有一點，嗯……也許不算是危險，但他的確曾經……有過很古怪的行為。」塞德里克繼續保持著微笑，但他的魅力沒能贏得這名年輕水手的好感。

「實際上，我們不都有過一些古怪的行為嗎？」樂符語氣尖刻地喃喃說道。然後他挺直腰杆，對愛麗絲說道，「夫人，典範邀請您和他談話。如果您不願意，我也會如實告訴他。」他僵硬地說道。

「不，我很想和他談一談！」愛麗絲高聲說道。她的這句話脫口而出，而且充滿了熱情，因為這正是愛麗絲的肺腑之言，「我自從上船之後就想要和他說說話，只是我不想顯得太失禮，或者對船員們有所妨礙。如果可以，我現在就想和他開始談話！塞德里克，如果你覺得不舒服，不必陪著我。我相信樂符不會介意陪我過去。」

「當然不會不舒服。我相信這一定會是一次很吸引人的交談。」靠在欄杆上的塞德里克直起了身子。

「那麼我們現在就過去吧。」

樂符顯得有些不安，如同下定了決心一般，他堅定地插口道：「但是夫人，活船只想和妳說話，而不是他。」

愛麗絲吃了一驚。「那麼你認為活船不希望見到他？」

樂符將身體的重心在雙腳之間來回挪動，思考了一段時間才聳聳肩，「不知道。就像這個人說的，我們的典範有一點古怪。讓這個人過去也許會讓典範感到氣惱，也許會讓他覺得高興。想要搞清楚，大概只有一種辦法。」

「那麼我會護送這位夫人過去。」塞德里克輕鬆地回答道。他向愛麗絲伸出手臂，愛麗絲高興地挽住了他。塞德里克也許讓人有些生氣，但要原諒他很容易。

「我先去告訴典範你們來了。」樂符輕聲說了一句，就邁著輕盈的腳步走過甲板。他赤著一雙腳，走路時像貓一樣沒有半點聲息。愛麗絲看著他向遠處走去，低聲對塞德里克說：「他真是個奇怪的年輕人。你有沒有注意到他臉上的奴隸紋身？」

「看樣子，他曾經想要把那片紋身刮掉。真是可惜，如果沒有那些傷疤，他的相貌會很英俊。」

「我想，幹他這一行，有一兩道傷疤不會是什麼特別的事。我們從碼頭上登船的時候，我注意到就算是這艘船的船首像也有一點傷損。看樣子他是被故意雕刻出了一支斷掉的鼻梁。」

「我還真沒有注意到。」塞德里克承認了自己的疏忽。片刻之後，他又說道，「我應該向妳道歉，愛麗絲。在這次航行中，我忽略了妳，這一點很惡劣。我剛剛返回繽城，還沒有出遠門的心情。」

對於塞德里克禮貌的道歉，愛麗絲微微一笑，誠懇地說：「塞德里克，我相信，無論你在家裡待上多久，都不會有心情去雨野原。我也要向你道歉，因為詔諭把我當成了對你的懲罰。我真的沒想到會發生這種事。當他認為應該為我找一名旅伴的時候，我曾經很吃驚。他說我必須有人陪護，我以為他會為我挑選一個受尊敬的老婦人，整天追在我身後嘮叨個不停。卻沒想到他會挑中你！我從沒有想過他會讓你離開他來護送我。」

「我也沒有想到。」塞德里克的回答帶著些許的幽默意味。他們全都笑了起來。愛麗絲的微笑是真心的。這樣要更好，更好得多。現在塞德里克更像是以前的那個塞德里克了。

愛麗絲不假思索地輕輕捏了一下塞德里克的手臂說道：「知道嗎，我很懷念我們舊日的友誼。你也許不喜歡這裡，但我想，因為有你的陪伴，能和你說說話，我一定會更加喜歡這次旅行。」

「能陪伴妳，和妳說說話，」塞德里克的聲音中隱藏著一種怪異的腔調，「我想妳一定更願意由妳的丈夫陪著妳。」

塞德里克的話破壞了眼前的氣氛。愛麗絲也為自己強烈的反應感到驚訝。因為她明明知道塞德里克這樣說也許只是想開一個無傷大雅的小玩笑。愛麗絲卻很想告訴他，詔諭根本沒有陪伴過她，也沒有和她說過什麼知心的話。對婚姻的忠誠鎖住了她的舌頭——或者只是因為羞恥。詔諭對她只有徹底的沉默，這個令人難過的事實沉重地壓在愛麗絲心頭，讓她久久無法釋懷。就算是詔諭不在眼前，愛麗絲也因為他而無法暢所欲言。她沒有女性密友可以分擔她的哀傷。她知道一些女人還有另外一種親密的朋友，而這更是她從不曾有過的。和塞德里克談談心，回憶一下他們年輕時的友誼，這卻喚醒了她心中對於友誼的深切渴望。但塞德里克不是她的朋友，已經不再是了。他是她丈夫的祕書，向他講述她和詔諭的婚姻有多麼枯燥乏味，實際上是雙重背叛。她等於是背叛了對詔諭立下的誓言，更糟糕的，這樣會將塞德里克推上一個無法自處的位置。不，她不能這樣對塞德里克。塞德里克是否注意到了她突然的沉默？她希望沒有。愛麗絲從塞德里克的臂彎裡抽出手，離開他，向前快走了幾步，愚蠢地喊道：「這些大樹簡直沒有盡頭！它們把地面和河水都遮住了！」

樂符正站在通向前甲板的短階梯旁。他向愛麗絲伸出手，但愛麗絲只是歡快地向樂符一擺手——她甚至不知道自己是從哪裡得來的這份信心。當她登上前甲板時，寬大的裙襬和襯裙不斷蹭到台階兩邊的立柱。一站到前甲板上，她就踩到了裙襬的邊緣，向前一步，差一點就摔倒了。

「夫人！」樂符在她身後驚慌地喊道。愛麗絲回過頭說：「喔，我沒有事。只是有一點笨手笨腳的。我還真是的！」她輕輕拍了拍自己的頭髮，撫平上衣，滿懷期待地向周圍望去。甲板在她的前方收窄，上面堆滿了繩索、栓釘和她叫不出名字的東西。愛麗絲一直走到船頭，清楚地看見了位於船首斜桅下面典範頭部的背面，還有他捲曲的黑髮。

「請上前去，他就會和你說話了。」樂符催促道。愛麗絲聽到身後傳來塞德里克嘟嘟囔囔的聲音，他也上了前甲板。愛麗絲沒有回頭去看他，而是一直向前走，俯身在最前端的欄杆後面。現在她能從側後看到典範的身體了。她早就聽說過這尊船首像，但看到這個比真人還要大許多，赤身裸體的雕像，她還是感到有一點驚訝。典範茶褐色的脊背對著她，肌肉虬結的手臂交叉抱在胸前。

「你好，」愛麗絲只打了個招呼就停下來，感到有些張口結舌。對活船應該這樣打招呼嗎？她是應該喊他「先生」還是「典範」？應該把他看做一個人還是一艘船？

就在這時，典範扭動身體和脖子，轉過頭看著她。「妳好，愛麗絲．金卡羅恩。很高興終於見到了妳。」

他有一雙淺藍色的眼睛，在飽經風雨的臉上閃閃發光。愛麗絲的目光一下子就被這雙眼睛吸引住了。他的膚色和人類很像，只是臉上還帶有細膩的巫木紋理。雖然明知巫木有多麼堅硬，但愛麗絲還是覺得他的身體表面就像人類一樣包裹著一層柔軟有彈性的皮膚。她意識到自己正死死地盯著典範，便急忙將目光別開。「實際上，我的名字是愛麗絲．芬波克。」她開口說道。然後她又開始覺得奇怪，這艘活船怎麼會知道她的閨名。她將這個令人不安的想法推到一旁，決定要更大膽直接一些，「我也很高興能和你說話。和你見面依然讓我感到有些羞怯，我不知道自己是不是有什麼失禮的地方，但還是要感謝你的邀請。」

典範將頭轉向前方，繼續注視著河流。他聳了一下赤裸的肩膀。「就我所知，與活船交談不需要什麼禮儀，不過其他活船也許會有自己的規矩。一些乘客會在上船之前就來和我打招呼。也有那麼幾個人不會對我說一個字，至少不會有意和我交談。」他又回過頭，給了愛麗絲一個會心的笑容，彷彿是察覺到了自己的話讓愛麗絲有些困擾，而且還覺得這頗為有趣，「也有少數一些乘客，會讓我非常感興趣，於是我就邀請他們來和我聊一聊，」他又將目光轉向了河面。

愛麗絲的心跳得更快了，面頰也在發熱。她無法確定自己是高興還是害怕。這艘船是不是在暗示他已經知道了她和塞德里克關於龍的交談？像巨龍這樣的生物竟對愛麗絲「感興趣」，這本應該是種高度的恭維。如此雄偉壯麗的生物對她做出這樣的評價，愛麗絲不由得有些頭暈目眩，但在激動之餘，塞德里克強迫她回憶起來的事情，又讓一股不安的暗潮在他的心中湧動。這是典範號，著名的瘋船，曾一度以「賤船」而著稱。在繽城流傳著各種關於他的謠言。他曾經不止一次殺死過全船的人甚至不是謠言，而是不可否認的事實。而現在，愛麗絲正在和他交談，看著他似乎是在獨自決定河中行駛的路線，愛麗絲才明白自己的命運已經完全要由這艘船來掌控了。直到現在，愛麗絲終於知道了一艘真正的活船是什麼樣子。這是一種危險的生物，要小心而尊敬地對待他們。

彷彿是聽到了愛麗絲的想法，典範轉過頭，向愛麗絲微微一笑，露出了兩排白色的牙齒。一陣顫慄感沿著愛麗絲的脊骨一直湧上來，典範原先那張男孩子一般的面孔，曾經遭到破壞且被砍成了碎塊，愛麗絲記得這件事。有人說那是海盜幹的，也有不少人相信是典範的船員們幹的。不過現在這塊破碎的木頭上，被重新雕刻出了一張英俊卻又傷痕累累的年輕男人的臉。在愛麗絲的想像中，典範一直是一頭睿智而蒼老的龍。現在她眼前這張年輕的人類面孔，實在是和她的想像有些格格不入，也更加讓愛麗絲感到不安。於是她在提問的時候，聲音也變得更加僵硬和鄭重：「你想要和我聊些什麼？」

典範波瀾不驚地說：「龍，還有活船。我聽到傳聞說妳要到上游去，不止是去崔豪格。我最遠只能到崔豪格，但妳還要離開深水區域，繼續向上，直到卡薩里克。是這樣嗎？」

傳聞？愛麗絲很想問問活船是從哪裡聽來的。不過她只是回答道：「是的，正是如此。我可以算是一名研究龍族和古靈的學者。我此行的目的是親眼看一看幼龍，我想要研究他們。我希望能夠與他們進行交流，詢問他們關於古靈的古早回憶。」說到這裡，愛麗絲露出微笑，她又愉快地說道，「我的確有一點驚訝，在我之前竟然沒有人想到要這樣做。」

「他們也許想到過，卻發現要和那些可憐的生物交談實在是浪費時間。」

「請原諒，你是什麼意思？」活船對於那些幼龍的蔑視讓愛麗絲感到震驚。

「他們都和我一樣算不上是龍。」典範不在意地回答道。這次當他回頭來看愛麗絲的時候，他的眼睛變成了灰色，如同蒙上了一片暴雨雲。「難道妳沒有聽說過嗎？他們都是殘廢，沒有一頭健康的。當他們從殼中爬出來的時候就都是六肢不全，在這段時間裡，他們也沒有良好的發育。那些長蛇在海裡滯留的時間太漫長了，實在是太漫長了。他們本應該在夏末沿河流上溯，進入殼中休眠。那樣他們的身體就儲存了足夠的脂肪，還有一整個冬季能夠讓他們發生蛻變。但他們在休眠的時候又瘦又疲憊，而且已經老得無以復加。他們來到世界的時令太晚，做殼的時間也太短。我聽說他們已經有半數死掉了，剩下的大概也活不了多久。研究他們不會讓你對真正的龍有任何了解。」典範將頭轉開，盯著河面。愛麗絲看到他的黑色捲髮在不住地跳動，知道他是在搖頭。這時他又壓低聲音說：「真龍一定會對這些怪物嗤之以鼻，就像他們會對我嗤之以鼻一樣。」

愛麗絲弄不清楚活船這段話後面隱藏的感情。那可能是深深的哀傷，也可能是對於巨龍決然的挑釁。愛麗絲只能努力尋找適切的辭句來回應他這兩種可能的情緒：「這麼說很不公平。你無法決定自己是什麼，那些幼龍也是一樣。」

「的確，妳說得沒有錯。我無法阻止我所遭遇的一切，也不能改變人們對我的塑造。但我知道我是誰，並決定繼續成為我。這不是一頭龍要做出的決定，所以我心裡知道，我不是龍。」

「那麼你是什麼？」愛麗絲不情願地問。她不喜歡他們之間這番談話的走向。活船的話幾乎就像是一種指責。愛麗絲感覺到這個船首像釋放出一種緊張的氣氛，或者這只是她的想像？

「我是一艘貨船。」典範回答道。他的聲音中並沒有怨恨的意味，但愛麗絲感覺到那聲音深處的一種情緒正在顫動她腳下的船板。活船的言辭中充滿了一種決絕的意味，彷彿他在宣告一個已經終結、再也不會改變的命運。愛麗絲突然明白了，他就是在做出這種宣告。

「你一定非常恨我們對你做了這種事吧。」愛麗絲說道。她聽見身後傳來塞德里克微弱而慌張的驚呼聲。但她沒有理會塞德里克。

「恨妳們？」典範慢慢咀嚼著愛麗絲的話，但沒有回頭看愛麗絲，只是盯著前方的河面。這艘船正衝破波濤，穩穩地向前航行。「為什麼我要把時間浪費在恨上？當然，你們對我做的事情是不可原諒的，完全不可原諒。但做出這件事的人都已經死了，無法再予以懲罰，或者向我道歉。即使他們還活著，接受了懲罰並向我道了歉，他們所做的一切依然是無法挽回的。我承受的折磨不可能被消除，被偷走的未來也不可能再交還給我。與我的同族為伴，狩獵和捕殺，戰鬥和交配，過著既不是僕人，也不是主人的生活——所有這些都永遠離我而去了。」

他回頭瞥了一眼愛麗絲，那雙藍眼睛色澤淺得如同灰色的寒冰。「妳能想到有什麼人，什麼辦法能夠彌補這一切嗎？有什麼犧牲能夠真正補償我嗎？」

愛麗絲的心在劇烈跳動，甚至引起了一陣陣耳鳴。難道正是因為如此，這艘活船才會傾覆那麼多次，奪走那麼多人類的生命？他是否認為他殺死的人已經足夠多，足以抵償人類對他犯下的罪行？還是他想要更多生命？

愛麗絲沒有回答活船的問題。活船用更強勢的語氣催問她：「如何？什麼樣的犧牲才能補償我？」

「我想不出。」愛麗絲輕聲回答。她抓緊了船欄杆，不知道這艘活船是否會立刻翻轉過來，把他們全部淹死。

「我也想不出。」活船回答道，「復仇解決不了這個問題。無論怎樣的犧牲都無法補償已經造成的傷害。」他將目光轉回到河面上，「所以我決定繼續向前，繼續做現在的我，留在這副軀殼中，其餘一切對我都沒有價值。你們沒有對我做過什麼，但就算是你們做的，殺死你們也無法挽回什麼。」

塞德里克在愛麗絲身後突然開了口：「我認為龍不應該以這樣的態度對待人。」

典範哼了一聲，語氣中半是輕蔑，半是感到有趣。「我告訴過你們，我不是一頭龍。你們想要去訪問和研究的生物也不是。我請妳來，就是要告訴妳這一點，告訴妳這趟旅行是毫無意義的。研究那些可憐的怪物不會讓妳得到任何關於龍的智慧。正如同妳研究我，也無法得到龍的智慧。」

「他們怎麼可能不是龍呢？」

「在龍生存的世界裡，他們根本活不下去。」

「其他龍會殺死他們？」

「其他龍根本不會理睬他們。他們都會死掉，然後被吃掉。他們的記憶和智慧，都將由吃掉他們的龍保留下去。」

「這感覺很殘酷。」

「難道這會比讓他們繼續保持現在這種狀態更殘酷嗎？」

愛麗絲吸了一口氣，壯起膽子說道：「你也選擇繼續保持現在的狀態。難道他們不能得到這樣的選擇嗎？」

典範寬闊的脊背繃緊了肌肉。愛麗絲感覺到一陣恐懼，但是當活船轉回頭的時候，愛麗絲看到他藍色的眼睛裡有了一點之前從未出現過的、充滿敬意的火星。他緩緩地向愛麗絲一點頭。「妳說得有道理。但我還是要請妳注意，當妳研究那些生物的時候，他們不可能讓妳明白龍是什麼。就我所知，他們之中有半數在孵化出來的時候，就沒有祖先的記憶，就連他們自己也不知道龍是什麼，他們又怎麼能夠成為龍？」

典範的話將愛麗絲的思緒帶入一股新的洪流。「但你也有關於龍的記憶。儘管你現在有了不同的軀殼，你關於龍的記憶卻是完整的。」她用力抓緊船欄杆，一個狂野的希望突然充滿了她的胸膛，「喔，典範，你能和我談談他們嗎？作為一名巨龍學者，能夠親耳聽到你的回憶，這對我是一個非常難得的機會！龍能夠回憶起他們的前世，這對人類實在是一個非常難以掌握的概念。我非常想要傾聽你願意告訴我的一切，並對你的回憶進行完整的記錄。這樣，僅僅是你和我的對話就能讓我不虛此行！喔，求你，請告訴我你願意！」

隨後是一陣令人緊張的沉默。「愛麗絲，」塞德里克用警告的語氣對她說，「我覺得妳應該離欄杆遠一些。」

但愛麗絲還是緊抓著欄杆，就連她也能感覺到在這艘船內湧動的不安波濤——活船的航行不再像剛剛那樣順暢，她腳下的甲板在微微擺動。風比剛才更冷了，這肯定是她的想像吧？典範在風與河水的喧囂聲中開了口：「我選擇不去回憶。」愛麗絲感覺活船的話彷彿打破了某種咒術，一切聲音和生命突然回到了這個世界上。她聽到身後甲板傳來一陣腳步聲。一個女人的喊聲突然響起：「恐怕妳正讓我的船感到困擾，我不得不請妳離開前甲板。」

「她沒有讓我困擾，艾惜雅，」典範說道。愛麗絲轉過頭，看見船長的妻子正在向她走過來。愛麗絲在登船的時候就見過她，那之後又和她說過幾次話，但至今為止，愛麗絲在她面前都會覺得不舒服。她是一個身材瘦小的女人，將頭髮在背後結成了一根長辮子。她身上的水手制服剪裁得體，質料上乘，但不管怎樣，她是一個穿著褲子和短上衣的女人，這是愛麗絲能想到的最缺乏女性風格的裝束，這種非常不適合女性穿著的衣服，卻似乎更加突出了她的身材。她的眼睛非常黑，現在這雙眼睛裡正閃爍著強烈的光芒，那或者是因為憤怒，或者是因為恐懼。愛麗絲向後退了一步，將手放在塞德里克的手臂上。塞德里克轉動身體，擋在兩個女人中間並說道：「我相信這位夫人毫無惡意，是這艘船請我們過來和他交談的。」

「是我請她過來的。」典範對塞德里克的話予以確認。他轉過頭看著這三個人類，「艾惜雅，我向妳保證，這裡沒有什麼事情。我們正在談論龍。她很自然地問起我還記得什麼關於龍的事情。我告訴她，我選擇不回憶任何事。」

「喔，船啊。」船長的妻子說道。愛麗絲覺得自己彷彿完全不存在一樣。艾惜雅．特瑞爾甚至沒有瞥她一眼，就走上前取代了她在船頭的位置。她俯身在欄杆上，眺望前方的河面，就像在分享這艘船的思緒。

「典範！」一個孩子的聲音突然在他們身後響起。愛麗絲轉過頭，看見一個大約三、四歲的小男孩爬上了前甲板。他裸露在外面的手臂和腿都被太陽曬黑了。上了前甲板之後，他繼續手腳並用地向前爬，直到船頭，將腦袋從船欄杆下面探了出去。愛麗絲倒吸了一口氣，覺得這個孩子隨時都有可能從船頭栽出去。但這個男孩只是高聲尖叫著：「典範？你還好嗎？」他稚嫩的聲音裡充滿了關切。

活船轉過頭盯著那個孩子，以一種奇怪的方式抿起嘴唇，又突然露出了微笑。這個表情完全改變了他的面容。「我沒事。」

「抓住我！」男孩子命令道。不等他的母親轉向他，他已經跳出船頭，落在船首像伸出的雙手上。「讓我飛！」這個小鬼命令活船，「讓我像龍一樣飛！」

活船一言不發地服從了命令，將孩子捧在他的一雙大手上，將他高高舉起。隨著船隻向前航行，這個孩子毫無畏懼地靠在活船的手上，張開一雙小手臂，彷彿那是一雙翅膀。船首像輕輕地擺動雙手，讓孩子左右晃動。一陣歡快的尖叫聲傳入眾人耳中，剛才緊張的氣氛一下子就消失了。愛麗絲不知道典範是否還記得他們在這裡。

「我們就不要打擾他們了，好不好？」艾惜雅低聲說道。

「這對那個孩子安全嗎？」塞德里克有些心驚膽戰地問。

「對那個孩子而言，那裡是最安全的地方。」艾惜雅篤定地回答，「對於這艘船，這樣也是最好的，請下去吧。」她指了指通向下方甲板的階梯。當他們向那裡走去的時候，她又說道，「請不要誤解我的意思，不過如果你們能夠不再和典範交談，我會非常感謝你們。」

「是他邀請我過來的！」愛麗絲的面頰紅得發燙。

「我相信是他邀請了你們，」艾惜雅平靜地回答道，「但即使是這樣，如果你們能拒絕他的再次邀請，我也會非常感激。」她停頓一下，彷彿是在思考該如何結束這番談話。然後，就在愛麗絲轉過身，試著讓自己的裙襬擠過往下的階梯時，她又壓低聲音說道：「他是一艘好船，有一顆偉大的心。但沒有人能知道什麼樣的話題會讓他感到不安，甚至連他自己也不知道。」

「你真的相信他忘記了作為龍的記憶？」愛麗絲大著膽子問道。

艾惜雅緊緊抿起嘴唇，片刻之後才說道：「我選擇相信我的船告訴我的一切。如果他說他忘記了，那麼我就不會要他去回憶那些事。有一些回憶最好還是不要再去翻撿。有時候，如果一個人選擇忘記，那很可能是因為那些事還是被忘記會比較好。」

愛麗絲點點頭，將一隻腳踏在下去的台階上。這時一個男人在她下方說了話。

「典範還好嗎？」特瑞爾船長抬頭問道。愛麗絲面色一紅，險些一腳踩空，摔在台階上。她的裙子也差一點蓋在她的頭頂上。

「他沒有事。」艾惜雅回答了船長，又注意到愛麗絲的困境，便立刻又建議說，「貝笙，你能幫芬波克夫人下去嗎？」

「當然。」船長一邊回答，一邊向愛麗絲伸出手，幫助她能夠像一位女士那樣走下去。沒過多久，塞德里克就和她一起站到了船中的甲板上，並向她伸出手臂。愛麗絲很高興地挽住了他的手。過去這一個小時中發生的種種事件讓她激動不已，她第一次開始認真地懷疑自己此行是否明智。這艘活船不僅告訴她那些幼龍很難被看作是真正的龍，還暗示他們恐怕都已經沒有了祖先的記憶。這些訊息已經足夠令人氣餒了，而愛麗絲又突然感覺到，也許她還嚴重低估了與這些生物打交道的危險程度。她與典範的交談讓她對龍有了全新的概念。她意識到，自己曾將剛剛孵化的龍視為幼雛，但他們並不幼小，婷黛莉雅在從殼中出來的時候也不是幼雛。他們也許身材矮小，還帶著殘疾，但龍在從鞘殼中出來的時候，就已經是完全成年的生物了。

船長並沒有從愛麗絲的面前走開。這時他的妻子艾惜雅也來到他身邊。他們肩並肩地站在一起，幾乎擋住了愛麗絲的去路。船長很有禮貌卻又語氣堅定地說：「以後如果妳想要與這艘船聊天，也許還是讓我們中的一個人陪在妳身邊會更好。有時候，不熟悉活船或典範的人，也許會覺得他有些令人緊張。有時候他又會有一些……激動。」

「這位夫人並無意驚嚇你們的船。」塞德里克對特瑞爾船長說道。他的聲音有些僵硬，挽住愛麗絲的手肌肉緊繃，彷彿是要保護她。這給愛麗絲帶來了一種奇怪的安慰。「是這艘船邀請她來交談的，也是他主動提起了關於龍的話題。」

「是他提出來的？」船長和他的妻子交換了一個眼神。艾惜雅微微一點頭。船長微微挪動了一下腳步，愛麗絲感覺到船長的意思是允許她離開了，船長也用更加柔和的語氣認可了她的猜測：「實際上，我並不感到驚訝。我們每次到崔豪格，幾乎都會得到關於那些幼雛不好的訊息。我相信典範其實很關注那些龍。我們只是希望他不要過於掛懷那些讓他煩擾的事情。」

「我明白了。」愛麗絲無力地回答道，她希望這次對話能就此結束。她突然明白了，自己並不擅長和陌生人打交道。對於她自己的丈夫，她幾乎沒辦法堅持自己的立場，因為她沒有足夠的勇氣。而來到外面的真實世界，當一切全要靠她自己的時候，她覺得自己依然沒有能應對好第一次的挑戰，即使她能感受到塞德里克的支持，並為此心存感激，這份感激也令她感到羞愧。

「我相信，你們可以在乘客遭遇這樣的尷尬之前給予適當的提醒。」塞德里克刻意加重了語氣，「受到驚嚇的並不止有你們的船。我們本來無意和他交談，恰恰相反，是他邀請我們去和他聊天。」

「這話你已經說過了。」特瑞爾船長回答道。他的語氣彷彿是在警告對方，他已經沒有多少耐心了。「你們應該記得我早就說過，我們並不常搭載乘客。平時這艘船隻會運送貨物，乘坐這艘船的通常都是我們的親人或者朋友，他們都很清楚典範的脾性。我記得芬波克夫人在聽我說過這一切之後，還是堅持立刻要乘坐這艘船。」

愛麗絲攥緊了塞德里克的手臂，她只希望能夠立刻回到她的小艙室去。她本以為自己是一名無所畏懼的探險者，勇於探索新的世界，獲得關於龍族的第一手資訊。現在這種幻想漸漸從她的腦海中消失。她相信，如果不是塞德里克就在她身邊，她一定會轉頭逃走，或者更糟糕，當場痛哭流涕。想到這裡，愛麗絲真的感覺到眼睛一陣刺痛。不，喔，不，天啊，現在不行。

也許是無法容忍自己在陌生人的面前失態，愛麗絲的心中反而生出了勇氣。她深吸一口氣，挺起肩膀，用盡全力偽裝出勇敢的樣子——如同她所希望的那樣勇敢。「幼雛。」她輕聲說道。然後她讓自己的聲音變得更加堅定有力，同時讓臉上露出微笑，「很遺憾我為你的船帶來了困擾，先生。不過我非常希望你能告訴我一些訊息，一些關於你所說的那些幼雛的訊息。典範說我不應該將他們看作是龍，我覺得他的話十分匪夷所思。你能向我詳細解釋一下他的意思嗎？你是否親眼見到過那些龍？你覺得他們是什麼樣子？」愛麗絲追問一個又一個的問題，彷彿是要築起一道保護自己的牆壁。

「我沒有見過他們。」船長承認說。

「我見過。」他的妻子平靜地說道。艾惜雅轉過身，緩步從他們面前走開。愛麗絲好奇的目光一直跟隨著她。她又回過頭，一言不發地招手示意他們跟上去，隨後就引領他們來到船長艙室門前，邀請他們進去，而後關好艙門。

「你們介意坐下來嗎？」她問他們。

愛麗絲無聲地點點頭。船長妻子突然的禮遇，讓她有一點困惑，不過她也很希望能改善和船長夫婦之間的氣氛。對愛麗絲而言，這個封閉的空間要比開放的甲板更加熟悉，她在這裡立刻就感覺舒服了不少。這間艙室不算大，不過和一般的船艙相比也相當寬敞了。房間裡的結構設計很有效率，家具裝潢都很簡單，不過每一件物品肯定都不是便宜貨。閃亮的黃銅和光澤豐潤的木材都很賞心悅目。房間正中央是一張鋪著圖紙的桌子，一副用不同色澤的木料製作成的刻度羅盤鑲嵌在桌面上，厚重的錦緞簾幕遮住了這個木板房間角落裡的一張床，一些顯然是古靈製造的小器具分散擺放在房間各處。一群小魚懸掛在窗前，被光線照射到的時候，那些魚就會在空中「游動」，不斷改變色彩。一只有閃亮銅嘴的綠色大罐子被放在桌子正中央。愛麗絲覺得自己彷彿走進了一家繽城富人的客廳，而不是一間船艙。她坐進船長夫人指給她的椅子裡，其他人也紛紛在桌邊落座。

艾惜雅撥開垂到臉上的幾縷亂髮，瞥了一眼她的丈夫。特瑞爾船長並沒有和他們一起走到桌邊，而是靠在一扇小窗戶旁的艙壁上，看著不斷從窗外掠過的河岸。「典範曾經護送長蛇前往雨野原河的上游，他直到即將擱淺才停止前進。對那些長蛇，他抱有最深切的希望。當最終孵化出來的只是一些巨龍的影子時，他便陷入了深重而苦澀的失望之中。沒有一隻幼雛的身材能與婷黛莉雅相比。這幾年裡他們成長了一些，但依舊非常矮小。」

艾惜雅拿起桌上的壺子，用手感受它的重量，確認裡面還有水。「想要喝杯茶嗎？」她一邊說，一邊又將壺子放下，彷彿他們真的是在繽城的一間客廳裡。她用手指描摹著壺子側面的一個圖案，看上去那很像是一隻帶有羽冠的雞。壺子內幾乎立刻就響起了微沸的聲音，一縷熱汽從壺嘴中飄散出來。

「這是無價之寶！」塞德里克驚呼道，「我聽說有幾個這樣的古靈水壺被挖掘出來，但沒有一件真品出現在繽城的市場上。這一定能賣一大筆錢。」

「這是家人送給我們的結婚禮物。」特瑞爾船長說，「對我們而言是很珍貴的禮物。它不需要火焰就能將水煮沸。當然，在一艘船上，用火一直都是需要格外小心的事情。」他從牆邊櫃中取出一個托盤，上面擺放著茶杯和茶壺，放在桌子上。艾惜雅開始履行女主人的職責。剛剛見識過她在甲板上的男子氣概，現在又看她有條不紊地沏茶和放置茶杯，愛麗絲不由得感到有些怪異。她突然意識到，自己瞥到了一種以前完全不知道，但的確有可能存在的人生。她奇怪自己為什麼從沒有考慮過在這個世界上走出自己的道路？為什麼嫁人或者獨守空閨會是她僅有的選擇？直到艾惜雅向她投來一個捎帶疑惑的眼神，她才意識到自己一直盯著這位船長夫人。她立刻用一個問題重新開始了談話。

「但典範從沒有見到過那些新孵化的龍吧？」

艾惜雅用古怪的眼神瞥了她一眼。「當然沒有見過。河水太淺，讓他無法行駛到那麼遠的地方。

為了讓長蛇能夠游過這一段河水，我們花費了很大力氣疏浚河道，但最終的結果依然不理想。這幾年冬季的暴風雨和洪水又將大部分的工程都摧毀了。就像你們見到的，這裡的河岸遍布沼澤，難以行走。茂密的森林更是讓那種體型的生物舉步維艱。所以那些龍從沒有離開他們的孵化地。」

「但妳去那裡看過他們？」

「是的，在典範的要求下，我去了。也是因為我想去看看我的外甥女，麥爾妲。」

「麥爾妲．庫普魯斯？那位古靈女王？」

艾惜雅露出更加爽朗的微笑。「的確有人這樣稱呼她，不過她不是任何人的女王。遮瑪里亞的沙崔甫王敕封雷恩和她作為古靈國王和女王，只是一個不足為道的故事。實際上，他們都是商人，就像你們和我一樣，根本沒有任何皇家血統。」

「但他們是古靈！」

艾惜雅本想要搖頭，不過最終只是聳了聳肩。「是巨龍婷黛莉雅這樣稱呼他們。他們的身體經年累月地發生變化，越來越像是我們在雨野原古早城市中發掘出來的古靈形象，但麥爾妲出生時完全是一個人類，就像我一樣，雷恩也是，他們身上有雨野原的標記，但許多雨野原商人都是如此，這一點他們並沒有非同尋常之處。當然，現在他們就不一樣了。他們兩個和我的外甥瑟丹．維司奇遇到婷黛莉雅之後，身體就發生了巨大的變化，我們的家人也親眼看到了。我覺得是因為暴露在那頭巨龍面前才導致他們發生了那樣的改變。他們三個人都變得更高。麥爾妲現在作為我家的一個女人，已經高得出奇了。從某種角度看，他們也變得更加美麗，不過那和人類之美並沒有關係。當她不穿戴斗篷和面紗行走的時候，她會讓我覺得彷彿一尊寶石雕像有了生命。婷黛莉雅已經告訴他們，他們的生命將會比普通人類還要長得多。但在發生了這麼多變化之後，麥爾妲依舊是麥爾妲。」聽艾惜雅的語氣，她似乎對此感到遺憾。然後她又說道，「我覺得她和雷恩願意用他們全部的古靈榮耀，換一個健康的孩子。」

「那麼那些龍呢？」塞德里克突然插口問道，「他們真的是那樣畸形，智力也有缺陷？難道我們一路辛苦來到這裡，真的只是白跑了一趟？」

塞德里克的話讓愛麗絲感覺到雙重的氣惱，首先是他打斷了艾惜雅對於現世僅存的古靈的描述，其次是他的語氣彷彿很希望愛麗絲的探險真的會一事無成。艾惜雅將雙手交疊在桌子邊緣，看著自己粗大的褐色指節，許久之後才又開了口。

「他們和婷黛莉雅不同。」船長夫人低聲說道，「他們都不會飛。我們沿河上溯的時候護送了一百二十九條長蛇。其中不到半數成功地結繭孵化。現在那裡還剩下了多少？上一次我們聽說不到十七頭了。」她抬頭瞥了一眼，正遇到愛麗絲絕望的目光。片刻之間，艾惜雅的眼睛裡閃過一絲同情，「哪怕只是為了讓典範好受一些，我也不希望發生這樣的事情。對他而言，讓長蛇到達結繭地，曾經是極為重要的任務。儘管典範那樣對妳說，但我相信這艘船依然擁有一頭龍的心，他渴望能夠讓他的族類回到天空中，這對於他自己的命運也有著巨大的意義。」

「但當我到達卡薩里克的時候，我只看到了一些可憐的畸形怪物。據說婷黛莉雅可能已經徹底拋棄他們了。巨龍不會憐惜弱者，只會讓他們去迎接自己的命運。與他們比鄰而居的雨野原人很快也不再同情他們。他們狂躁而危險，聰明卻不可理喻。但要接受如此可悲的命運，也許只有變得不可理喻，才是唯一合理的反應。他們對人類既沒有敬意，也不懂得感激。至今為止他們還沒有攻擊過人類，但我有聽到傳聞說他們曾經追逐過幾個人，並在家族葬禮上吞吃了至少一具人類屍體。除了緩慢地衰弱死亡之外，我不知道他們還會變成什麼樣。」艾惜雅停頓一下，歎了口氣，又說道，「我相信典範認定他們不是龍，是因為這樣能讓他少一些痛苦。他無法幫助他們。只能將他自己與他們分隔開，也許這樣他的羞愧就會少一些。我真心認為我們對於他們已經是無能為力了。」

連續三次喘息的時間中，愛麗絲坐在椅子裡，沒有話語，也沒有動作。然後她低聲說道：「這些訊息在繽城幾乎是聽不到的。」

艾惜雅微微一笑，這代表著一種只有在商人之間才會分享的祕密。她將氣味芬芳的茶水倒入杯中。特瑞爾船長來到桌邊，接過他的杯子，立刻又端著茶杯回到窗前，看著河水。「我們的雨野原同胞一直都對他們的事務三緘其口。連續多個世代裡，過去的繽城人都被訓練得不會多說一個字。我甚至感到奇怪，外部世界現在竟然還知道他們的存在，想要訪問他們的城市。畢竟這麼長的時間裡，他們的存在一直都是我們努力保守的祕密。這是我們保護他們的方法。」

愛麗絲注視著艾惜雅，突然很感謝這個女人的直率。「妳覺得我能和那些龍說幾句話嗎？能不能從他們那裡得到任何訊息？」

艾惜雅在椅子裡動了動身子。愛麗絲用眼角的餘光瞥到特瑞爾船長遺憾地搖了搖頭。「我認為不行，」艾惜雅回答道，「根據我對他們的觀察，他們只有一些最基本的生存能力。我聽說他們開口只有要求食物，抱怨他們所處的環境。根據我對婷黛莉雅有限的了解，我相信巨龍不認為人類是值得認真對話的對象。而在卡薩里克的幼雛也徹底蔑視我們，就好像他們是完全長成的強大龍族。這種對人類的蔑視，再加上他們所感受到的痛苦……」她聳了聳肩，「我不認為他們會向妳吐露祖先的記憶。即使他們真的擁有那種記憶。」

愛麗絲無言地點點頭。她感覺到空虛和噁心。她喝了一點茶水，讓自己有時間進行思考。但她的腦子裡已經沒有了任何想法。「我覺得自己是這麼愚蠢。」她輕聲說出這一句，又看了看塞德里克，帶著歉意說，「我將你拖到了這裡，卻沒有任何收穫。我本應該聽詔諭的話。」她將手指搭在身前的桌沿上，克制著喉頭的哽咽，對艾惜雅說道，「我只能乘你們的船到達崔豪格。我本來計畫在那裡改乘一艘運貨的小型駁船。我沒有買回程票，因為我希望在那裡停留幾個星期，甚至幾個月，以學習各種關於巨龍的智慧。」她抬手揉搓著自己的額角，一陣風暴般的頭痛正在她的顱骨中醞釀。在竭力壓抑住哭腔之後，她才又問道：「有沒有可能立刻安排我們返回繽城？」

「你們可以和我們一起回去。」船長在窗前說道。他的聲音中流露出了同情。

「但你應該明白，我們需要時間來卸下貨物，補充給養，並裝載新的貨物。」艾惜雅提醒愛麗絲，「我還計畫去探望麥爾妲。所以我們不會立刻返回繽城。你們將不得不在崔豪格住上幾天。」

「我明白，」愛麗絲無力地說，「我相信我們會在崔豪格找到些值得一看的東西，直到你們準備好出發返回繽城。」

「那麼妳甚至不打算去一趟卡薩里克嗎？我真是無法相信！愛麗絲，妳一定要去看看，我們已經走了這麼遠，不去看一眼那個地方真是太愚蠢了。」

塞德里克聲音中明顯失望的情緒讓愛麗絲感到驚訝。幾分鐘以前，他似乎還在急切地希望他們此行不會有任何結果。

「這樣做又會有什麼意義？」愛麗絲木訥地問他。

「嗯……」塞德里克似乎是努力想要找到一個答案，「……嗯，妳至少應該看到妳一直想要看到的東西。完成妳的宿願。妳說過，妳想要親眼看到那些幼龍。那妳就應該這麼做。」突然間，他似乎對自己的話更有信心了。他在桌面上傾過身子，握住愛麗絲的手，用熱切的目光注視著愛麗絲的眼睛，「難道這些年裡，妳不是一直在這樣告訴詔諭嗎？妳不想親眼看到他們了？」他又給了愛麗絲一個扭曲的微笑，「妳肯定不想回到繽城向他承認，妳一路來到這裡，卻連一條龍都沒有見過吧？」

愛麗絲盯著塞德里克。突然間，她彷彿看到了詔諭幸災樂禍的笑容。怒火一直湧到了愛麗絲的喉頭。不，不，她的失望已經夠大了，不能再讓詔諭如此贏得勝利。愛麗絲眨眨眼，壓抑下淚水，突然對塞德里克充滿感激。幸好塞德里克這樣為她著想，才讓他免於遭受這種羞辱。「你是對的，」她用顫抖的聲音說道。她想到這些年裡，她曾經多麼勤勉細緻地編輯各種紀錄，一支又一支卷軸，一頁又一頁精心書寫的文字。她下定了決心。「你是對的，塞德里克。我必須去看看，至少我要親眼看看他們。」她深吸了一口氣，「我犯下了一個嚴重的錯誤，一個太多學者都會犯的錯誤。我讓我的設想和期望影響了我的思考。如果我看到的只是畸形和幾乎沒有智力的生物，那麼我也必須對他們進行觀察和記錄。我的研究並不一定能夠符合我的希望，但這一點不是我放棄他們的理由。謝謝你，塞德里克。」她坐起身，挺起肩膀，看著艾惜雅充滿揣度神色的眼睛，「我要前往卡薩里克。」

艾惜雅緩慢地點點頭，露出一種帶有理解意味的冰冷微笑。

「但我們不會停留太長時間，」塞德里克匆匆補充說，「我想，我們還是會和你們一同返回下游。實際上，我現在就想安排好我們的回程計畫。」

艾惜雅和貝笙全都用怪異的眼神看著塞德里克。愛麗絲明白，如果她不是很了解這個人，一定也會對他的反復無常感到奇怪。剛剛他還在勸說愛麗絲必須前往卡薩里克，現在卻又強調他們只會在那裡逗留一段很短的時間。愛麗絲知道那是為什麼。當塞德里克和船長討論他們返回繽城的日期時，她只是靜靜地坐在椅子裡。隨後，她又一言不發地簽下了購買回程船票的支票。這段時間裡，她一直都看著塞德里克，不是以新的眼光，而是溫情脈脈地回憶起他們舊日的友誼。塞德里克並不想來雨野原，愛麗絲相信塞德里克一定也不喜歡辛苦地乘坐平底駁船前往卡薩里克，但他願意這樣做，全都是為了愛麗絲。他幫助愛麗絲挽救了自己的顏面，不至於在詔諭面前遭受羞辱，無論這會給他帶來怎樣的辛勞和不便。

談好回程事宜之後，愛麗絲從桌邊站起身。像往常一樣，塞德里克向她伸出手臂。愛麗絲挽住他的手臂，抬起頭向他露出微笑。塞德里克也用微笑回應愛麗絲，並安慰地拍了拍愛麗絲的手。「謝謝你，我的朋友。」愛麗絲低聲說。

「沒關係。」塞德里克回答道。

生月第二十三日
商人聯盟獨立第六年
來自黛托茨，崔豪格信鴿管理人
致艾瑞克，繽城信鴿管理人

卡薩里克和崔豪格的商人議會致繽城商人議會，密封的卷軸匣中有一張轉移龍群的預算清單，我們將要把龍群遷移到對他們的身體健康更加有益的棲息地，其中列有繽城商人議會所應負擔金額的逐條細帳。

艾瑞克：

你不應該相信那些愚蠢的謠言。那些龍將被轉移走，而不是被宰殺或出售！謠言最大的兩個特點，就是不脛而走和面目全非。我已經收到了豌豆，我的鴿子在吃過豌豆之後，翅膀羽毛果然發生了明顯的變化。這種飼料很昂貴嗎？如果不是很貴，你能不能為我運來一百磅這樣的豆子？

黛托茨

9
旅程

萊福特林正懶洋洋地靠在船欄杆上，看著碼頭。發現那一行人向柏油人號走過來，他便站直了身子。這就是特瑞爾送來的那些人？他撓了撓滿是鬍鬚的面頰，自顧自地搖搖頭。兩個碼頭工人推著裝滿沉重箱子的手推車，另外兩名工人跟在後面，扛著大概有衣櫃那麼大的行李箱。他們身後是一個男人，身上的衣服更適合出現在繽城茶會，而不是沿雨野原河上溯的駁船上——他沒有戴帽子，上身是一件深藍色長外套，下襟罩住了鴿子灰色的長褲，腳上穿了一雙矮靿黑皮靴。他的身材很不錯，不過作為男人，他大概從沒有為任何營生使用過自己的肌肉。除了一根散步手杖以外，他的手中什麼都沒有。「他一生中從沒有幹過一天活。」萊福特林低聲做出評價。

挽著他手臂的女人，至少在著裝上考慮了這裡的實際環境。一頂寬簷帽遮住了她的臉。萊福特林認為掛在帽檐下面的那副寬鬆的網子是為了遮擋飛蟲。她穿著一件深綠色的長裙，貼身的上衣和一直遮到手腕的袖子顯示出她苗條的上半身。但萊福特林估計她膨大的裙襬如果改成衣服，應該足夠十二個像她這樣體型的人穿。白色的小手套保護著她的雙手。在她向柏油人號走過來的時候，萊福特林瞥到了她穿著一雙小巧的黑靴子。

一段時間以前，就在萊福特林即將命令船員們做好準備向卡薩里克起航的時候，一個送信的男孩跑到了他面前。「典範號的特瑞爾說他有兩位乘客想要儘快趕到卡薩里克。如果你願意等他們上船，他們會付給你優渥的酬金。」

「告訴特瑞爾，我等他們半個小時，然後我就走。」萊福特林對那個送信的男孩說。男孩點了一下頭就轉身跑開了。

實際上，萊福特林等待的時間要遠遠超過半個小時。在看清楚他們的樣子之後，萊福特林有些懷疑接受這兩名乘客是否明智。他本以為要上船的是急於回家的雨野原人，卻沒想到是帶著大包小包的繽城人。他向船外啐了一口。現在只能希望他們真的能付給他不錯的船錢，才值得他這一番苦等。

「我們的貨物到了，把它們裝上船。」他命令軒尼詩。

「絲凱莉，把它們搬上來。」他的大副將命令傳達給一名年輕的甲板水手。

「是，先生。」那個女孩應了一聲，就輕盈地跳上碼頭。大埃德爾跟上去要幫她。萊福特林依然站在船欄杆後面，看著那兩名乘客走近。他們來到碼頭邊緣。那個男人看到又長又矮的駁船，顯得有些畏縮。看他東張西望，顯然是希望能找到另一艘搭載他們前往上游的船隻，萊福特林暗暗笑了兩聲。蕾絲，那個花花公子在襯衫的襯衫衣領和外套袖口上還綴著蕾絲。這時，那個人終於抬頭看定了萊福特林。柏油人號的船長也擺出一本正經的面孔。

「這是柏油人號嗎？」他幾乎是絕望地問道。

「沒有錯。我是萊福特林船長。相信你們就是要儘快前往卡薩里克的乘客了，歡迎登船。」

那個人再一次慌張地向周圍瞥了一眼。「但……我還以為……」他驚恐地看著眼前的景象。這時他們沉重的箱子被搖搖晃晃地傳遞，穿過柏油人號的欄杆，穩穩地落在甲板上，發出響亮的撞擊聲。那個人轉向他的女伴：「愛麗絲，我們不應該這樣。這艘船不適合女士。我們只能再等一下。在崔豪格居住一、兩天，對我們而言沒有什麼害處。我一直都對這座城市很好奇，而我們幾乎還沒有好好看它一眼呢。」

「我們別無選擇，塞德里克。典範在崔豪格至多只會停留十天。而從這裡前往卡薩里克就需要兩天，我們還要用另外兩天時間從那裡返回，在典範出發之前與他會合，所以我們在卡薩里克至多只能停留六天。」這個女人的聲音平靜卻又沙啞，其中帶著一絲哀傷。她的面紗遮住了她大部分面孔，但萊福特林能瞥到她堅毅的下巴和一張過大的嘴。

「但，嗯，但是愛麗絲，如果特瑞爾船長告訴我們有關那些龍的情況是真的，那麼六天時間應該很富裕了。所以我們可以在這裡等待一天，如果有必要甚至可以等兩天，找到更合適的船前往上游。」

絲凱莉完全沒有注意這兩名爭論不休的乘客。她已經從大副那裡得到了命令。這時她正在向軒尼詩揮手。大副操作著一部小型起重架，將吊臂再次擺出船外，放鬆纜繩。那個女孩伶俐地抓住晃晃蕩蕩的吊鉤，將它固定在那只大衣箱上。埃德爾和貝霖站在旁邊，準備將它抬上船。萊福特林的船員都很優秀。當那個男乘客還在咬嘴唇的時候，他們就能把行李都運上船了。最好現在就搞清楚這兩個傢伙的打算，不要讓船員再費力把這些笨重的箱子搬下去。

「你們可以在這裡等，」萊福特林對那個男人說，「不過我相信你們在隨後的幾天裡都找不到去上游的船了。現在崔豪格和卡薩里克之間往來的船隻並不多。而且其他船比我的船還要小很多。不管怎樣，選擇權在你們，但你們需要快點做出決定，我等候的時間早就超出限度了，我還有我的時間表要遵守。」

萊福特林說的是實話。從卡薩里克商人議會傳來的緊急文書，顯示那裡似乎正有一些頗可以牟利的工作，前提是萊福特林要能趕得上承接那個感覺有些可疑的任務。萊福特林暗自笑了一下。他知道，他會接下那個任務。他在崔豪格就已經裝載好了大部分物資。但現在還不是向商人議會做出答覆的時候。把答應他們的時間拖到最後一分鐘是抬高傭金價格的好辦法，等他到達卡薩里克的時候，就算是他提出要月亮，他們也會準備好答應他。因為這兩名乘客而拖延一段時間，並不會對他造成真正的困擾。他靠在船欄杆上問道：「你們到底上不上船？」

他等待著那個男人做出回答。但讓他吃驚的是，給出回答的是那個女人。她揚起頭向萊福特林說話，陽光透過她的面紗，映出她的五官——這讓萊福特林想到了向太陽綻放的花朵。這個女人有一雙灰色的大眼睛，在一張心形的臉上分得很開。她紮起了頭髮，不過萊福特林能看出她有一頭深紅色的捲髮，在她的鼻子和面頰上布滿了雀斑。如果換做別人，也許會覺得她的嘴和她的臉相比有些太大了，但萊福特林不這樣認為。她只是掃了萊福特林一眼，萊福特林就覺得被她看進了自己的心裡。不過她很快又將視線移到一旁，和一名陌生男人對視，並不合乎禮數。

「……的確是別無選擇。」這個女人在說話，萊福特林不知道她前半段說的是什麼，「我們很高興能搭乘你的船，先生。我相信你的船對我們來說將會很合適。」一種含恨的微笑，扭曲了這個女人的嘴唇，當她將注意力轉回到自己同伴身上的時候，萊福特林看到她側過頭，用帶有歉意的甜美嗓音說，「塞德里克，我很抱歉，很抱歉把你拖進這一團麻煩之中。讓我感到羞愧的是，我必須將你從一艘船拖到另一艘船上，甚至沒辦法讓你在乾燥的陸地上喝一杯茶，休息幾個小時。不過你一定也明白，我們必須現在出發。」萊福特林感覺到一陣失落的痛楚。

「那麼，如果妳想喝一杯茶，我可以在船上的廚房為你們煮茶。如果你們想要尋找乾燥的陸地，崔豪格非常缺乏這種資源。整片雨野原都很難找到這樣的地方。所以你們並沒有錯過什麼。乾燥的陸地在這裡是不存在的。上船吧，歡迎你們。」

萊福特林的話讓這個女人的目光轉回到他身上。「天哪，萊福特林船長，你的心地可真好。」她高聲說道。她聲音中那種真誠的寬慰之情讓萊福特林感到溫暖。她提起面紗，直視萊福特林。萊福特林幾乎無法呼吸了。

柏油人號的船長抓緊欄杆，縱身一躍，輕盈地落在碼頭上。他向這個女人鞠了一躬。女人因為他的動作而吃了一驚，向後退了一步。年輕的絲凱莉彷彿是在輕聲嗤笑。她的船長瞪了她一眼，她立刻回身去工作了。萊福特林又將注意力轉回到這個女人身上。

「柏油人也許看上去不像妳見過的一些船那樣漂亮，但他能安全地送妳到上游去。像他這樣大的船還能在這段河道上行駛的，實在是不多。要知道，再向上河水就很淺了。在這裡行船的人必須知道如何在險灘密布的河道中找出最好的航線。妳肯定不會願意等那些像玩具一樣的小船搭載妳，他們看上去可能比我的柏油人更漂亮一點，但他們顛簸得就像風中的鳥籠一樣，他們的船員都要拚盡全力對抗急流。坐我的船，妳會舒服得多。我能幫助妳登船嗎，夫人？」他向她露出笑容，並斗膽向她伸出一支手臂。她有些猶豫地瞥了一眼萊福特林的手臂，又看看她不以為然的旅伴，那個男人將雙臂交叉抱在胸前。萊福特林相信，他不是她的丈夫，否則他一定會明確提出反對。若是這樣，情況就好多了。

「請上船吧。」萊福特林催促著她。直到她柔滑潔淨的白手套落在自己粗糙髒汙的襯衫袖子上，萊福特林才想起他們之間懸殊的身分差距。在萊福特林的注視下，她的目光低垂下去，萊福特林不由得多看了幾眼她的睫毛和滿是雀斑的面頰。「這邊走。」柏油人號的船長一邊說，一邊引領這名女子走過作為舷梯的粗木板。當他們走在這些木板上的時候，木板發出「吱吱嘎嘎」的響聲，開始不住地晃動。女子微微驚呼一聲，抓緊了他的手臂。從木板末端到甲板有一點落差。萊福特林希望自己有膽量抱住她的腰，把她安穩地放在甲板上。但他只是繼續伸出手臂讓她倚靠。她將體重全都靠在他的手臂上，勇敢地向下一跳。他看見白色的襯裙閃動了一下，她便已經安全地落在他的身邊。

「我們上船了。」萊福特林親切地說。

片刻之後，那個男人也砰地一聲跳到了他們身邊，瞥了一眼絲凱莉以及和其他貨物堆在一起的那些箱子，高聲喊道：「我們需要把這些送到我們的艙室去。」

「柏油人號上恐怕沒有私人艙室。當然，我很高興在前往卡薩里克的旅程中，將我的艙室讓給這位夫人。你和我恐怕不得不和船員們一起在甲板艙室睡覺了。那裡不是很大，不過既然只是兩天的路程，我相信我們還能湊合一下。」

這位名為塞德里克的人，顯然完全陷入了恐慌。「愛麗絲，請重新考慮！」他向女子懇求道。

「解開纜繩，我們出發！」萊福特林對軒尼詩說。

隨著船員們在大副的指揮下開始忙碌，船上的小貓格裡格斯比決定在乘客面前露一面。他悠閒地走到這個女人腳前，大膽地嗅了嗅她的裙子，然後突然用後足立起，將橙色的爪子按在她的裙襬上，開口問道：「喵？」

「下去！」塞德里克向貓高聲喊喝。

但萊福特林卻沒來由地感到一陣高興，因為這位女子俯下身，接受了小貓的自我介紹。她的裙子在甲板上展開來，如同綻放的花朵。她向格裡格斯比伸出一隻手，小貓嗅了嗅那隻手，又用帶條紋的頭頂了一下。「喔，他真是可愛。」女子說道。

「他的跳蚤一定也很可愛。」那個男人有些驚慌地低聲嘟囔著。

但女子只是輕輕笑了一聲。那笑聲讓萊福特林想起了河水在他的船頭流過的聲音。

夜幕降臨。謝天謝地，這一頓擺在破木桌上錫鑞盤子裡的糟糕晚飯終於吃完了。塞德里克坐在甲板艙室的一張窄床邊緣，思考著自己的命運。他真可憐，但也很堅決。

甲板艙室就像它的名字一樣，是建造在甲板上，供船員居住的一個低矮艙室。它一共分為三個房間，三個算不上是房間的房間。其中一間是船長艙室。愛麗絲住進了那裡，第二間是廚房，有一個木頭火爐和一張窄桌子。桌子兩邊擺放著長凳。第三間房間就是這一個船員艙室。艙室末端的一道簾子將他們睡覺的船舖隔開，為斯沃格和他身體強健的妻子貝霖提供了一點隱私。塞德里克覺得這樣總算還有一點人情味。

他一直在儘量躲避他的舖位，陪著愛麗絲在甲板上看更多的森林從兩岸滑過。這艘駁船的行駛相當平穩，而且逆流而上的速度更是驚人。在兩側船舷撐船的船員們彷彿都毫不費力。大埃德爾和絲凱莉，貝霖和軒尼詩不斷用粗大的船篙推動駁船向上游前進，斯沃格負責掌舵。駁船在河水中穩步前行，如同有魔法一般躲避開一處處淺灘和障礙。這真是令人歎為觀止的駕船藝術，愛麗絲對此驚歎不已。儘管塞德里克也知道這些船員的技巧非同尋常，但他很快就厭倦了看著他們駕船，根本無法像愛麗絲那樣欣賞他們的技藝。沒過多久，他就離開了正和那個髒兮兮的船長談得熱絡的愛麗絲，向船尾走去，徒勞地想要找到一個可以休息的安靜角落。最後，他坐到了他的箱子上，他們的大衣箱立在旁邊，為他提供了一些陰涼。這些船員肯定都不懂得有智慧的交談。他們之中名叫埃德爾的甲板水手和這只大衣箱一樣高大；那個名叫貝霖的女人幾乎像她的丈夫斯沃格一樣滿身肌肉；大副軒尼詩根本沒有時間和乘客聊天，對此塞德里克倒是感到慶幸；絲凱莉的年齡和性別都把塞德里克嚇了一跳，什麼樣的船會讓一個年輕女孩完成甲板水手的全部工作？在去過一趟那間臭氣燻天的甲板艙室之後，塞德里克放棄了午睡以打發這段無聊時間的念頭。他還不如睡在狗舍裡。

但現在天色已經黑了，一群群小蟲子飛來飛去，將他趕進了艙室。疲憊感迫使他坐到了鋪位上。他的周圍只有濃厚的黑暗。船員們都睡了。斯沃格和他的妻子已經鑽進了他們的隔間。絲凱莉和那隻貓睡一張床。那個女孩蜷身在那隻橙色的怪物旁邊。絲凱莉是船長的侄女，這個可憐的女孩很可能是他的繼承人，所以必須從甲板開始學習各種技藝。大副軒尼詩趴在他的舖位上，身子占滿了他的床板，一隻肌肉虯結的手臂垂下來，手撐在地上。船員們在床上不停地翻動，每個人散發出的汗味，帶著痰音的鼾聲和偶爾的哼哧，讓這裡的空氣顯得格外渾濁。

這間艙室裡一共有四張空鋪位可以供塞德里克選擇。很明顯，萊福特林的船員曾經比現在多得多。塞德里克選了一張下鋪。絲凱莉毫無怨言地清理掉了那張床上的所有雜物，讓塞德里克能夠睡在上面。她甚至還在那張床上扔了兩條毯子供塞德里克使用。這些船鋪都很窄，上下鋪位之間的距離也很小。塞德里克坐在床沿上，竭力不去想跳蚤、蝨子或者其他更大的害蟲。折疊整齊的床單看上去很乾淨，但塞德里克也只是從燈光下看到過它們。透過熟睡船員們發出的聲音，他還能聽到船外汩汩的水流聲。和身處在高大宏偉的活船上相比，這條溼膩、灰暗的酸性河流現在距離他更近，也變得更加可怕。這艘駁船實在是太矮了，太過於接近水面。河水和周圍的叢林讓這間艙室裡充滿了濃稠的酸澀氣味。

隨著夜幕降臨，黑暗如同第二條河流從水面上淌過。水手們已經將這艘駁船撐到河邊水淺的地方，把船纜繫緊在岸邊的大樹上。他們使用的纜繩又粗又重，打的結也很結實，但雨野原河顯然很想要這艘船。它貪婪地吸吮著柏油人號，這艘船不住地搖晃，繫船的纜繩也在不停地發出咯吱咯吱的聲響。駁船不時會笨重地向前衝撞一下，彷彿是將腳跟用力踏在地上，拒絕被拖進急流之中。塞德里克不知道如果現在繩結鬆了會發生什麼事。他提醒自己，晚上一直都會有人守夜，大埃德爾會值守前半夜，注意任何的異常，然後會叫醒軒尼詩守後半夜，而且船長在甲板上抽菸。在塞德里克終於支持不住、打算在這間惡臭難聞的艙室中入睡之前，他曾經短暫地考慮過睡在露天的甲板，畢竟現在夜裡的氣溫並不低，但是當那些成群亂飛的咬人蟲子不停地在他的周圍盤旋，他只得匆匆逃進了艙室。

他脫下靴子，把它們放在舖位旁邊，又疊好外套，不情願地把它橫放在床腳。然後，他和衣躺在薄床墊和毯子上。這裡的枕頭不過是床上隆起的一塊，上面還帶著前一個使用者的濃烈氣味。他坐起身，拿過外套，放在頭下面。「只要兩天。」他悄聲對自己說道。他能夠堅持過這兩天，難道他不能嗎？兩天以後，駁船會在卡薩里克停泊。他們那時就能上岸。他相信，愛麗絲能夠想辦法得到允許以研究她的龍，而他會陪著她，用她的證明做掩護，等待機會。他們停留時間不會超過六天，就像他對愛麗絲指出的那樣，這段時間已經足夠了。然後，他們就會返回崔豪格，再乘坐典範號回到繽城，帶著他的新財富。

家。他非常想念那裡。潔淨的床單，空氣清新的寬敞房間和美味的食物，還有水洗乾淨的衣服。難道對生活有這些要求算多嗎？不就只是潔淨和樂趣嗎？同桌而食的人不要張嘴咀嚼食物，不要允許貓吃盤子裡的碎肉，這些是過分的要求嗎？「我只想過得好一些。」他哀傷地對黑暗說。而這句話所勾起的回憶，他不由得打了個哆嗦。

他是那麼清楚地記得，那時他縮起肩膀，吃力地嚥了一口唾沫，努力堅持說：「我不想去。」

「那能讓你成為一個男人！」他的父親毫不容讓，「這對你來說是一個很重要的機會，塞德里克。你不只能證明你自己，還能向一個可以在繽城提拔你的人證明你的能力。我已經安排了幾條人脈讓你得到這個機會，繽城中半數年輕人都會願意跳過繩圈去搶這樣的機會。商人瑪雷想要為他的新船招募人手。你不會是一個人，會有其他和你同齡的小夥子和你一起生活在船上，學習如何在甲板上工作。你在那裡結交的朋友會是你一輩子的朋友！只要努力工作，引起船長的注意，你就能做更重要的事。商人瑪雷是一個富有的人，他的女兒、船和錢都很多。如果他看上了你，那你就不知道會走什麼樣的好運了。」

「塔希婭．瑪雷是一位非常漂亮的姑娘，」他的母親在一旁幫腔。

塞德里克感覺到自己被雙親充滿希望的目光困住了。他的幾個姊妹都已經喝完茶，匆匆離開桌邊，去了花園、音樂室，或者拜訪朋友去了。只有他坐在原位，被父母對他的夢想緊緊包圍。那是他無法接受的夢想。

「但我不想在船上工作。」他小心地說道。看到父親抿起嘴唇，目光也變得陰鬱，他又急忙補充說，「我不介意工作。真的，這是實話。但為什麼我不能在店鋪或者房間裡工作？在明亮乾淨的地方，和討人喜歡的人一起工作。」他將目光轉向母親，又飛快地說道，「我不喜歡離開家人那麼久。船隻離開繽城之後要行駛幾個月，有時候甚至會是幾年。我怎麼能那麼長時間看不見你們？」

他的母親咬住了嘴唇，眼睛也變得溼潤。這樣的話語也許能夠讓母親回心轉意，但他的父親沒有被打動半分。「現在應該是你出去闖一闖的時候了。兒子，學校教育很好，我也因為能有一個懂得閱讀和書寫，還能準確計算的兒子感到自豪。如果我們的生意在最近這幾年裡能好一些，也許這樣就足夠了。但我們的產業狀況並不理想，所以你應該出去找一些自己的事業，帶些收穫回來，也能增加一下你的資產。如果你在船上工作，你就能掙得一份不錯的薪酬，可以存下不少錢。這對於你是一個機會，塞德里克，城裡任何男孩都會迫不及待接受這樣的機會。」

塞德里克努力積聚起自己絲絲縷縷的勇氣。「父親，這不適合我。我很抱歉，我知道你為了給我爭取到這個機會，欠了別人的人情，但我希望你能先和我談一談。我曾經在船上待過，看過那些水手在船上的生活。那裡很髒，很臭，還很潮溼，食物也很糟糕。你身邊的人有一半都是不識字的粗笨鄉下人。在甲板上工作只要求一個人有強壯的脊背和粗硬的雙手。我不想當這種人，成為一個赤腳的水手，在別人的船上拽纜繩！我想要一個未來，為此我願意努力工作，但不是這樣的工作！我會在乾淨體面的地方工作，和優秀的人共事。我只想過得好一些。難道這就是錯的嗎？」

他的父親突然靠在椅背上坐直了身子。「我真不明白你，」他嚴厲地說道，「一點也不明白。你知道為了幫你爭取到這個機會，我花了多大力氣嗎？你知道如果你拒絕，我又會多麼沒面子？無論我為你做什麼，難道你都不懂得感謝一下嗎？這是你的黃金機會，塞德里克！如果你『只想過得好一些』，你就要把這個機會毀了！」

「請不要喊叫，」塞德里克的母親明智地插了口，「求你，鮑隆，難道我們不能平靜而禮貌地談論這件事嗎？」

「我想，我們還能很『好』地談論這件事！」他的父親吼道，「我放棄了。我已經竭盡全力為這個孩子謀出路，但他只想在這幢房子裡晃盪、看看書，或者跟他那些沒用而且無所事事的朋友出去玩樂。是的，他們的父親都有錢養得起沒用而且無所事事的兒子，但我沒有！塞德里克，你是我的繼承人，但如果你不趕快努力起來，我根本不知道你能繼承到什麼。不要那樣看著地板！在和我說話的時候要看著我的眼睛，兒子！」

「求你，鮑隆！」他的母親懇求他，「塞德里克還沒有做好準備。你知道他是對的。在你為他找這份工作之前，你應該先和他談談。你甚至沒有和我說過這件事！」

「因為這樣的機會是不等人的！機會出現的時候，誰能及時抓住，就能在其中找到自己的前途。但這次抓住機會的不會是塞德里克，對不對？是的，因為他沒有準備好，因為這對他來說不夠『好』。所以，好吧，妳就把他留在家裡，和妳在一起吧。妳的縱容毀了他，毀了他！」

塞德里克在狹窄的船舖上動了動身子，將那些令人不快的記憶推開，但那些記憶很快又帶著一個新的問題回來了。他的父親是否依然認為他是被「毀了」？他知道，當他成為詔諭的祕書時，他的父親曾經懊惱不已，就連遠比父親更加耐心、更願意容忍他的母親也只是對此感到驚惶不安，「這不是商人的兒子應該做的事，無論你還多麼年輕也不應該。我知道這是一條有上升空間的道路，就連你的父親也說過，也許你在陪同詔諭外出貿易的時候能夠拓展自己的人脈。但難道你不認為你能夠在比祕書更高一些的位置上，開始自己的人生嗎？」

「詔諭對我很好，媽媽，他給我的薪水也很豐厚。」

「我希望你在這件事上能夠把錢放到一邊。詔諭．芬波克很英俊，他的家族也很有財富，但誰都知道他的性情反覆無常。不要指望他會成為你一生中可以依靠的朋友，塞德里克。」

在黑暗的艙室中，塞德里克回憶起母親的話，不由得微微呻吟了一聲。那時候，母親的話和平日裡對他的種種嘮叨與擔憂似乎沒有區別。而現在，這些話就像一段預言。他怎麼會如此愚蠢，竟然任由自己這麼嚴重地依賴詔諭？他的手向上摸索，碰到了自己戴在脖子上的小盒子。在黑暗中，他的手指摩挲著雕刻在盒子表面的那個詞。**永遠**。難道這個「永遠」對他來說真的到了盡頭？

他又在床上翻了個身。但想要入睡還是很難。睡眠遲遲不來找他，只有回憶和憂慮在不斷地騷擾他。他當然很愚蠢，他和詔諭之間只是發生了一點小口角。以前他和詔諭也有過爭吵，隨後他們又會很快因為那些爭執而一同歡笑。這樣的情形曾經發生在那座恰斯國的城市中，怒氣沖沖的詔諭將塞德里克丟在旅店裡，塞德里克不得不搶在他們乘坐的船起航之前跑過街道，衝上甲板。詔諭曾經打過塞德里克一次。平心而論，那次詔諭喝醉了，而且在和塞德里克爭吵之前脾氣就很糟糕了。對詔諭而言，毆打某人是很少見的事情，他有許多方法可以表現他的統治和操控能力，諷刺和羞辱才是他更加常用的武器，身體暴力是他最後的手段，這意味著他的火氣已經到達了白熱化的程度。

但這一次詔諭的怒火和以前全然不同。這次的詔諭非常冰冷，在他命令塞德里克陪同愛麗絲進行這次探險之後的數日中，詔諭對他一直都冷若冰霜。之前的每天早晨，當他將一份長長的任務清單交給塞德里克的時候，都會面帶微笑。而現在，在塞德里克面前，詔諭成為了一位一絲不苟的主人，每天晚上，詔諭都要聽取塞德里克關於任務完成情況的報告，他似乎完全不在意塞德里克有沒有負責地為愛麗絲的行程進行準備。同時他還要求塞德里克把日常工作也都做好。

於是塞德里克就需要為詔諭、沃隆姆．柯思爾和傑夫．塞克杜斯安排好前往海盜群島的航程。在這次遠行即將開始的最後一刻，顯然是經過深思熟慮的詔諭帶著一絲殘忍的微笑，命令塞德里克寫信邀請雷丁．科普與他同行。在信寄出後不到一個小時，詔諭就收到了充滿喜悅，表示願意接受邀請的回函。詔諭命令塞德里克為他大聲朗讀回函的內容，然後又高興地說雷丁．科普是一名多麼討人喜歡的同伴，是那樣的親切，對於任何新的探險都是那樣充滿熱情。

第二天下午他們就出發了。當船隻緩緩駛離碼頭的時候，科普歡快地向塞德里克揮手告別。這是詔諭第一次前往曾經異常危險的海盜群島嘗試建立貿易關係。在此之前，他和塞德里克曾經為了這次遠行討論了將近一年時間。詔諭很清楚塞德里克是多麼期待這樣一次旅行，而他不僅選擇了其他旅伴，還命令塞德里克為他預定了一艘高級航船，為乘客提供文明人所珍視的每一種享受。當塞德里克在黑暗中被水手們的鼾聲和放屁聲包圍的時候，詔諭和他的朋友們也許正在那艘南行的船上，在燈光柔和的棋牌室裡小口啜飲著好酒。塞德里克不舒服地動著身子，撓了撓頸後，又開始擔心讓自己發癢的會是臭蟲，或者是蝨子。他摸了摸脖子，手指什麼都沒有碰到。然後他又突然打了個哈欠，把自己嚇了一跳。

是的，他已經累壞了。這都是因為愛麗絲。他在典範號上的時候匆匆收拾好他們的全部物品，安排好行李運送，然後他們就忙不迭地從典範號趕到了柏油人號。他幾乎沒有能看一眼傳說中的樹冠城市崔豪格，更不要說在那裡的集市中轉一轉。在天譴海岸，尋找珍貴的古靈物品的商人們一定會來到崔豪格。他卻不得不以最快的速度從這座城市旁邊跑過，只是因為愛麗絲害怕來不及去看她那些臭氣哄哄的畸形龍。

他向黑暗中打了個哈欠，果斷地閉起了眼睛。在這種惡劣的環境裡，他必須盡力睡上一段時間，這樣才能以良好的姿態迎接明天。如果一切順利，當愛麗絲弄到許可、能夠和那些龍交流的時候，他也會和她一起去。愛麗絲也說過，想要他陪在身邊，記錄她和龍的談話和當時的具體情況，甚至協助她進行計畫已久的素描。他會在那裡，在那些龍中間，幫助愛麗絲搜集她需要的資訊。如果運氣夠好，他能搜集到的就不會只是一些資訊。塞德里克在黑暗中抱住自己，然後急忙拉起毯子蓋住身體。他這時才發覺即使是在夏天，河面上的夜晚也相當寒冷，黑夜就像詔諭一樣寒冷，但他要讓詔諭看看，他要讓詔諭知道，他這一生不會只是詔諭的祕書。他要讓他知道，塞德里克·梅爾達會有自己的視野，更有自己的野心和夢想。他要讓所有人都知道。

賽瑪拉坐在煮食營火旁邊的地面上，向周圍的新朋友們問道：「一個月以前，我們之中是否有人想到，我們會準備與龍見面，並護送他們去大河上游？甚至有誰能想像一下我們現在的樣子，圍著一堆火，坐在地上？」

「我沒有。」刺青喃喃地說道。他一直都陪在賽瑪拉的身邊，另外有幾個人發出贊同的笑聲。格瑞夫特坐在賽瑪拉的右邊，只是搖了搖頭，他的黑色捲髮和下巴邊緣的肉鬚隨著他的動作不住地來回晃動。他最初來到這支隊伍中的時候戴著面紗，對此沒有人會多說些什麼。受雨野原影響嚴重的男女都習慣用面紗遮住自己，尤其是如果他們生活在崔豪格下層——那裡會有更多的人被他們的樣子嚇到，甚至還會有來自於外面的人。在成為巨龍守護者的第二個夜晚，他終於在同伴面前揭下了面紗，就連賽瑪拉也不由得瞪大了眼睛，格瑞夫特身上的標記比她見過的任何人都要重。他大約二十多歲，身上的肉墜和肉鬚卻比賽瑪拉見過的最老的雨野原人還要多。他手腳上的指甲很光滑，卻五色斑斕，而且彎曲得如同利爪。他的眼睛呈現出不自然的藍色。到了晚上，那雙眼睛就會放射出光芒。他每一寸暴露在外的皮膚上都布滿了鱗片。他的嘴幾乎沒有嘴唇，舌頭是藍色的。他的一舉一動都顯得相當幹練，那種非同一般的成熟與穩重更是深深著吸引賽瑪拉。與隊伍中的那些男孩子相比，他顯得更加可靠且更懂得思考。

今晚，格瑞夫特一直像其他人一樣安靜。期待和緊張在所有人的心中激烈地爭鬥，再一天，他們就要與龍見面了。

商人議會為他們提供了堅固的獨木舟，這些船有很好的密封性，足以對抗酸性的河水。他們還得到了兩名嚮導，一男一女。這兩個人無論煮食、吃飯還是睡覺，都是和他們分開的。至今為止，他們的食物還算充足，一些守護者甚至還趁閒暇時施展了狩獵技巧，並尋找到了一些水果和蘑菇。但他們發現當他們睡在地面上的時候，毯子幾乎無法為他們保暖，而且就像一直以來他們聽說的那樣，河面上的蚊子和咬人的小蟲子非常多。他們還知道了，在大樹下，黑夜要比樹冠上更黑、更漫長，並且幾乎看不到星星。他們已經學會了儲存可飲用的淡水，利用每一點機會收集新鮮的雨水。一路上，他們不斷地講著故事，並漸漸相互熟識起來。

在一路同行的這幾天裡，他們變得越來越親近了。

現在賽瑪拉看著這一圈被火光照亮的面孔，為自己的好運氣感到驚訝。她從沒有想到會有這麼多人叫她的名字，從她的手中接過食物，卻不會因為她的爪子而瑟縮一下，並和她公開談論遭受雨野原的影響是一種怎樣的感覺——以前就算是他們的兄弟姊妹，也無法輕鬆地正視他們。他們來自於樹冠不同的階層，有商人家庭的子弟，也有人甚至無法回憶起自己的家庭來自於哪一條商人世系。有人的生活一直很貧困，也有人受到過教育，能夠吃紅肉、喝更紅的葡萄酒。賽瑪拉看過一張又一張面孔，在心中念出他們的名字，就好像是點數珠寶盒中的寶石，他的朋友們。

她的身邊是刺青，她最早的朋友，並且至今依然是她最親密的朋友。刺青的身邊是拉普斯卡，正在因為刺青說的笑話而大笑不止。拉普斯卡的身邊是希爾薇，正在為拉普斯卡無止境又沒有來由的樂觀性情而搖頭。這個年輕女孩似乎很喜歡被喋喋不休的拉普斯卡注意。凱斯和博克斯特坐在希爾薇的旁邊，他們都有著紅銅色的眼睛，身材矮壯。他們有著親緣關係，所以面容也很相似。在隊伍中，他們是分不開的一對，常常會彼此推搡著，因為他們私密的笑話而發出肆無忌憚的笑聲。

賽瑪拉發現，和她年紀相當的這些男孩全都很喜歡各種惡作劇和愚蠢的玩笑。現在，銀色眼睛的埃魯姆和皮膚黝黑的諾泰爾正放肆地大笑著，因為沃肯剛剛放了一個聲音響亮的屁。四肢修長，個子也很高的沃肯似乎也很高興，完全不覺得自己受到了冒犯。對此，賽瑪拉只得搖搖頭。男孩們竟然認為這種事很有趣，這讓她完全無法理解，不過他們的笑聲也終於讓她也露出了一點微笑。潔珥德坐在男孩子中間，同樣面帶笑容。賽瑪拉對潔珥德還不是很了解，不過她的釣魚技巧讓賽瑪拉很佩服。當賽瑪拉意識到潔珥德是女性的時候曾經深感震驚。她健壯的身軀上沒有任何女性線條。她的一頭金髮更是被剪得很短。賽瑪拉和希爾薇都想要和潔珥德交朋友，潔珥德對她們也很親切，但她似乎更願意與男性為伍。她的雙腳和肌肉強健的雙腿上覆滿了鱗片和傷痕。她一直都赤著腳。幾乎沒有雨野原人會這樣行走在地面上。

潔珥德身邊是哈裡金和萊克特，這兩人沒有血緣關係，但在七歲的萊克特父母雙亡時，哈裡金的家庭收養了他。他們就像兄弟一樣親密。不過哈裡金身材細長，就像一條蜥蜴；而萊克特讓賽瑪拉想到了有角的蟾蜍——他身材矮胖，沒有脖子，身上生滿了肉刺。哈裡金今年二十歲，除了格瑞夫特以外，他們之中數他最年長。格瑞夫特大概二十五、六歲的樣子，無論氣度還是行事風格，隊伍中其他男性和他相比都還像是一群孩子。看到有著一雙發光藍眼睛的格瑞夫特時，賽瑪拉知道自己已經看過了自己全部的朋友。格瑞夫特發現賽瑪拉在看著他，便帶著詢問的神情側過頭，極薄的嘴唇上露出微笑。

「看到聚在營火周圍的這些人，知道他們之中的每一個都是我的朋友，這種感覺真是奇怪。我以前從沒有過朋友。」賽瑪拉低聲說。

格瑞夫特的藍舌頭在嘴邊掃了一下。他靠近賽瑪拉，用沙啞的聲音警告她：「蜜月期而已。」

「你是什麼意思？」

「以前我也遇過這種事。我做過很長時間的獵人。和一隊人出去，第三天的時候，他們之中的所有人都是你的朋友。到第五天，環境變得有一點讓人不舒服。第七天，整隊人都開始吵鬧起來。」他的眼睛掃過營火周圍的小隊。在他們對面，潔珥德正在和兩個男孩友善地打鬧著。沃肯似乎暫時贏得了勝利，他將潔珥德拽過來，讓她坐到了自己的大腿上。但片刻之後潔珥德就跳起了身，帶著嘲笑的神情向沃肯搖搖頭，並坐回到自己原先的位置上。格瑞夫特眯起眼睛看著這番粗野的遊戲，然後低聲說：「等到兩三個星期之後，妳對他們的恨也許就會像愛一樣多了。」

賽瑪拉稍稍後退了一點，格瑞夫特這番帶刺的話語讓她感到一陣寒意。格瑞夫特對她聳聳肩，似乎是意識到自己似乎已經冒犯到了這個女孩。「或者也許不會。也許只是我覺得事情總是這種樣子。我並不是很容易相處的人。」

賽瑪拉向他露出微笑。「你並不難相處。」

「的確不難，只要是對的人。」格瑞夫特表示同意。他的微笑正說明賽瑪拉是一個對的人。他向賽瑪拉伸出手，手心向上，也許這是一種邀請的表示。「但我有我的界線。我知道什麼是我的，我也知道我的東西要不要與別人分享必須由我來決定。有一些東西是不能與別人分享的。在這樣一支許多成員還是孩子的團隊裡，這樣說似乎顯得有些冷酷或者自私，但我認為這樣才是理智的。現在，如果我狩獵時打到獵物，讓自己吃飽之後還能剩下一些，我不介意與別人分享。我認為我有權利期待別人也這樣做。但妳應該知道，我不會為了讓別人覺得我是好人而委屈自己。實際上，我早就知道，這樣做很少能得到別人的感激。另外，我也知道我的狩獵能力完全要依靠我的體力。如果我為了在今天成為一個好人而變得虛弱無力，也許明天我們全都會因為我動作變得遲緩或無力殺死獵物而挨餓。所以我要在今天保護我的利益，才能在明天更有能力幫助每一個人。」

刺青俯身越過賽瑪拉向格瑞夫特說話。賽瑪拉一直沒有察覺刺青在傾聽他們的交談。「那麼，」刺青用閒聊的口吻問道，「你又該如何區分今天和明天呢？」

「請原諒，你是什麼意思？」格瑞夫特似乎因為被刺青插話而感到有些氣惱。他和藹的表情消失了。

刺青完全沒有動一下身子。現在他實際上就躺在了賽瑪拉的大腿上。「依照你所謂的分享，你怎麼知道什麼時候是今天，什麼時候是明天呢？我昨天沒有把食物給別人，所以我今天有力氣，能狩獵，得到了一些肉，所以我今天能把這些肉分給別人，你就是這樣的意思嗎？還是你依然會想，我最好把這些肉也全部吃掉，這樣我明天也會有力氣？」

「我認為你誤會了我的意思。」格瑞夫特說。

「是嗎？那就再解釋一下吧。」刺青的聲音中帶著挑戰的意味。

賽瑪拉輕輕推了刺青一下，讓他離開自己。刺青坐起身，但他卻靠賽瑪拉更近了。現在他的屁股直接貼在了賽瑪拉的身上。

「我會儘量解釋給你聽。」格瑞夫特卻露出饒有興致的表情，「不過你也許還是會不明白。畢竟你比我要年輕許多，而且我覺得你熟悉的生活規則和我們的並不一樣。」他停頓一下，瞥了一眼對面的營火，哈裡金和博克斯特已經站起身，正嬉笑著開始了一場角力比賽。他們將雙手按在對方的肩頭，雙腳踩住泥濘的地面，努力把對方向後推。其他守護者都為他們高聲吶喊鼓譟。格瑞夫特搖搖頭，似乎很不喜歡他們這種歡快的比賽。「當你不必面對那些認為你根本無權活下來的人們時，生活應該會很不一樣。我年輕的時候，沒有人認為我值得擁有任何東西。我很小的時候一直在乞討，等我大了一點，我就開始為我所需要的一切而戰鬥。待我成長到能夠養活自己，也許還能掙得更多一點東西的時候，就有人認為他們有權利分享我努力獲得的一切，他們似乎認為我應該感激他們對我的寬容，哪怕那寬容只是允許我活下去。所以，除非你曾經在這樣的環境下生存過，否則我不認為你能明白我的感受。我將這次冒險視作擺脫舊環境和舊規則的機會，我將在新的環境中建立自己的規則。」

「你的第一條新規則，是不是永遠要先照顧好你自己？」

「也許是。但我已經告訴過你，你也許並不會明白。當然，你也有一些事是我不會明白的。為什麼你不向我們解釋一下，你又是出於什麼原因才會到上游去？為什麼你要拋棄掉在崔豪格的生活，和像我們這樣一群遭到排斥，不適應生活的人混在一起？」格瑞夫特的語氣聽起來幾乎是友善的。

在營火對面，博克斯特贏得了勝利。哈裡金倒在泥地裡，又一翻身躲開博克斯特。「我放棄！」他喊道。一陣哄笑聲隨之響起。他們兩個人都回到了營火旁原先的位置上。笑聲漸漸消失，寂靜取代了剛才的喧鬧。所有人都開始察覺到刺青和格瑞夫特正在彼此瞪視著。

刺青開口的時候，他的聲音比平時更加低沉：「也許我不是這樣看的。也許我並不擁有你想像的那種美好生活。你離開崔豪格前往一個能改變生活規則的地方，想讓自己過得更舒服，這種心情我也許明白，也許這裡的絕大多數人都是這樣想的，但我不認為新規則的第一條，就應該把自己放在第一位。」

刺青的話說完之後，營火旁邊的鴉雀無聲。陷入沉默的不止是他們三個人。河水一如既往地在眾人身邊流淌。遠處，一頭野獸發出尖聲呼吼，很快又陷入沉寂。賽瑪拉向周圍瞥了一眼，意識到大多數巨龍守護者都在注意他們的交談。突然間，她覺得自己坐在格瑞夫特和刺青中間很不舒服，彷彿她就是這兩個人所爭奪的戰場。她挪動了一下身體重心，稍稍離開刺青，剛才和刺青身體接觸的地方，便立即感覺到了清冷的空氣。

格瑞夫特吸了一口氣，彷彿是要在憤怒中作答，卻又緩緩地歎息一聲。當他開口的時候，他的聲音平靜、低沉，還帶著愉悅的語氣，「我是對的。你不明白我在說什麼，因為你不曾處在我的位置上，不曾經歷過我們早已熟悉的生活。」在說出最後幾個字的時候，他提高聲音，將其他人全部囊括進來。然後他停頓一下，向刺青微微一笑才又說道，「你和我們不一樣，所以我不相信你真的能理解我們為什麼會在這裡，就像我也不理解你為什麼會在這裡。」他將聲音降低了一度，但還是能讓周圍的人聽見，「議會找的是像我們這樣的雨野原人，一些他們想要拋棄掉的人。但我聽說，他們會向一些特別的人頒布赦免令，比如說罪犯。我聽說有人更願意得到一個離開崔豪格的機會，而不是去為他們曾經做過的事情承擔後果。」

格瑞夫特讓自己的話飄浮在夜空中，就像是從營火上冒起的煙塵。刺青說道：「我不知道你在說什麼。」他的話語卻無法令人信服，「我只聽說這個活有很好的報酬，他們希望招納和崔豪格沒有太多聯繫，對這座城市沒有背負任何責任、可以輕易離開的人，這說的正是我。」

「是嗎？」格瑞夫特禮貌地問。

這一次輪到刺青向周圍正在看著他的人掃視了一眼。一些人只是在聽他們的交談，但已經有幾個人帶著接近於懷疑的好奇神情注視他了。「是的，」刺青有些嚴厲地回答道。他突然站起身，「正是這樣。我在任何地方都沒有羈絆。而且我能掙到不少錢。我和你們之中的任何人一樣有理由在這裡。」他轉過頭不再看眾人，嘟囔了一句：「我要去撒尿。」就大步走進了遠處的黑暗之中。

賽瑪拉動也不動地坐在原地，感覺到刺青離開之後留下的空曠。剛剛發生了一件事，一件比兩個年輕人發生吵鬧更嚴重的事。賽瑪拉竭力想要給這件事一種定義，卻又完全說不清楚。他改變了平衡，賽瑪拉向格瑞夫特瞥了一眼。此時格瑞夫特正向前俯過身，將木柴的末端推進火焰中。他讓刺青變成了外人，他在代表我們所有人說話，彷彿他有這個權力。突然間，格瑞夫特在賽瑪拉的眼中，變得比片刻之前少了一點美麗。

格瑞夫特重新在營火旁坐穩，向賽瑪拉露出微笑。但賽瑪拉的臉上毫無表情。在跳動的火光中，其他人又開始了談話。巨龍守護者們將話題轉移到他們眼前關心的事情上。他們必須早些入睡，畢竟明天還要早起。拉普斯卡已經抖開了他的毯子。潔珥德突然站起身。「我要去找些綠色的枝葉來，讓營火冒的煙多一些，這樣能趕走一些蚊子。」

「我和妳一起去。」博克斯特說道。哈裡金已經站起來了。

「不，謝謝你們。」潔珥德回答道。她大步走進黑暗的森林，方向和刺青完全一樣。

格瑞夫特忽然靠近賽瑪拉。「我很抱歉。我並不想這樣煩擾妳的情郎，但必須有人讓他明白現實。」

「他不是我的情郎。」賽瑪拉急忙說道，格瑞夫特的話讓她大吃了一驚，然後她突兀地感覺到自己的否認似乎是對刺青的一種背叛。

但格瑞夫特還在對她微笑。「他不是你的情郎，對嗎？好吧，好吧，真是令人驚訝。」然後他向賽瑪拉豎起一側的眼眉，更靠近一些，帶著揶揄的笑容問，「他知道嗎？」

「他當然知道。他知道法律。像我這樣的女孩不能談情說愛，更不能結婚。我們不能生下孩子。所以我不可能有情郎。」格瑞夫特安穩地看著她，一雙閃動著藍光的眼睛突然充滿了溫柔的同情。

「妳被他們的規矩教導得太好了，對不對？真是可憐啊。」他緊緊抿起自己的薄嘴唇，搖搖頭，輕聲歎了口氣。隨後的一段時間裡，他只是看著火焰。當他向賽瑪拉轉回頭的時候，那雙薄嘴唇鬆弛下來，恢復成微笑的樣子。他貼近賽瑪拉，將一隻手按在她的大腿上，直接在賽瑪拉的耳邊開了口。他的溫熱氣息吹在賽瑪拉的耳朵和脖子上，讓一陣顫慄掠過賽瑪拉的脊背。「到了我們要去的地方，我們可以自己制定規則。好好想一想吧。」然後，就像是一條盤捲的蛇展開身體，他悄然無聲地離開賽瑪拉，站起身去照顧營火了。

榖月第二日
商人聯盟獨立第六年
來自金姆，卡薩里克信鴿管理人
致艾瑞克，繽城信鴿管理人及黛托茨，崔豪格信鴿管理人

管理人艾瑞克與管理人黛托茨：

當我得到這個職位的時候，同時得到嚴格的命令，這些信鴿只能被用於議會的官方事務，不過商人們也可以支付傭金使用他們傳遞私人訊息。向我傳達命令的人還特意強調，信鴿管理人沒有權利免費傳遞訊息。在我看來，這項禁令也包括附加在官方通信後面的私人信件，我不想將你們違反規則的行為上報，但如果關於私人通信的證據再落入我的手中，就像這次的偶然事件一樣，我會將你們的行為報告給三個議會。關於你們私自發出的信件，我相信你們要支付所有的費用。

致以敬意

信鴿管理人金姆

10 卡薩里克

當他們到達卡薩里克的主碼頭時，天色已經黑得快無法視物了，就連蚊子都因為夜色太深而放棄了咬人。掛在駁船四角的油燈只能照到撐篙手們全神貫注的面孔，他們正在愛麗絲周圍不停地走動、撐船，彷彿沿著甲板邊緣跳起一場具有催眠效力的舞蹈。愛麗絲直到現在都對他們逆流行進的速度感到驚歎。當她向萊福特林船長提起這件事的時候，船長只是笑了笑，說了一些很複雜的關於船殼設計的描述。

愛麗絲一直待在甲板上，為了抵禦黑夜的寒意和隨夜幕而來的蚊蟲，她穿上了厚實的衣裙。頭頂的繁星顯得格外遙遠，但還是閃亮耀眼。當她第一眼看到那座城市的燈光時，不由得驚訝地吸了一口氣。卡薩里克比崔豪格要年輕許多，但就像崔豪格一樣，它的民居都散布在河面上方的樹冠中，透過茂密的樹枝，能看見從許多窗戶透出的黃色燈光。一開始，它們好像是落在網子裡的星星，但是隨著駁船不斷向那座城市靠近，那些燈光也變得越來越大，越來越明亮。

「用不了多久了。」不斷走過來和她說兩句話的萊福特林船長有一次對她說，「我們通常都會在一個小時以前停船過夜，但我知道妳急於來到這裡看看妳的龍。所以我今天催促我的船員們加快了一點速度，我希望我們能夠在天還亮的時候進港，不過我們沒有這樣的好運。所以我建議妳在船上再過一夜，明天一早下船。」

塞德里克已經來到甲板上，和他們站在一起。在黑暗中，船長和愛麗絲都沒有注意到他的到來。所以塞德里克一說話就把他們都嚇了一跳。「我相信我們沒有那麼累，至少多花些力氣，我們就能找到一家可以洗熱水澡、有柔軟床墊、低度葡萄酒和熱飯菜的客棧了。」

「你在這裡找不到這種東西。」萊福特林船長警告他，「卡薩里克還是一個很年輕的聚落，居住在這裡的絕大多數是在此工作的人。我們也許能找到一家人給你們一個過夜的房間。但在天黑之後，你很可能敲遍每一扇門，仍然一無所獲。你們將不得不在黑暗中爬過許多級台階，或者還需要使用吊籃升降機，前提是你們要找到操控升降機的人，並願意付給他們錢。」

愛麗絲向船長點點頭。「現在收拾好我們所有的行李，在黑暗中去那裡尋找可能向我們提供食宿的家庭是很不理智的行為。在柏油人號上再過一夜，不會有什麼壞處。塞德里克，等到了早晨，你就能為我們去尋找一個宿處，同時我會去找本地議會商討關於龍的事情。」這在她看來才是一種合理的安排。這艘船不算寬敞，不過也足夠舒適。這裡的食物很普通，但很有營養。船長萊福特林的行事也許有一點粗魯，但他對他們的種種殷勤都顯得很真誠。塞德里克顯然看不上他的粗野，但愛麗絲很喜歡有他作伴。今天有好幾次，當這位船長尋找各種詞彙恭維愛麗絲的時候，塞德里克都在用眼神問愛麗絲怎麼能受得了這種人。有一次，當船長努力想要展現一些魅力出來的時候，塞德里克甚至發出一陣嘲諷的悶笑。愛麗絲驚訝地發覺，當塞德里克取笑這位船長的時候，她自己卻感覺受到了冒犯。不管怎樣，塞德里克這樣做的確顯得冷酷又小氣。

不過船長的確一直在向她獻殷勤。

愛麗絲竭力不這樣想，卻又無法阻止自己。萊福特林對她的注意是她完全沒有想到的。一開始，他讓她感到很不舒服，甚至心生疑慮。但在最後這一天裡，她已經確信萊福特林對她的好感是真誠的。她不能否認，想到這個肌肉發達、性情粗莽的駁船船長，竟然會認為她很有吸引力，她便無法否認自己心中的喜悅。萊福特林和她曾經遇到過的所有男人都不一樣，他的陪伴讓愛麗絲感覺到自己是真的很喜愛冒險。沒錯，她踏上這次旅程甚至可以說是魯莽的。與此同時，他過人的力量和能力又讓愛麗絲感到安全。愛麗絲享受著他的陪伴，同時告訴自己這只是暫時的，她不會對詔諭不忠。她只是想要在這短暫的時間裡感受一個男人對她的欣賞。

這時塞德里克對這個男人的反應，在她看來只可能是一種對她的保護，這讓愛麗絲感到吃驚，同時又勾起了童年時代愛麗絲對塞德里克的迷戀心境。那時別的男孩根本不會看一眼愛麗絲，因為愛麗絲只有蓬亂的紅髮，濃重的雀斑和平坦的胸脯。塞德里克卻對她格外垂青。他是個很好的人。那時愛麗絲的夢裡都是他，她最好的朋友的兄長，對她格外地好。愛麗絲曾經將他們兩個名字的首字母一起寫在她的課業紙上，還偷走過他的一只騎馬手套。那隻手套上有他的氣味。回想起自己是如何將那只手套藏在枕頭下面，每天晚上入睡前都會拿出來聞一聞，愛麗絲便不由得面色發紅地偷笑，現在愛麗絲已經記不起那只手套怎麼樣了，也記不起是什麼時候不再幻想他會突然來找她，承認他也愛她。他是不是真的曾經非常在意她？是不是有可能在他心中的某個角落裡，還深藏著對她的感情？

喔，這真是一種愚蠢的幻想，就像她怯懦地接受船長的調情一樣愚蠢。愚蠢卻又是那麼美好。而且，只是想像一下這兩個如此不同的男人都被她所吸引，只是一兩天的時間，又有什麼害處？連續幾年時間裡，詔諭一直讓她覺得自己是那樣寒酸、愚蠢和乏味。在船長溫暖明亮的凝視中，在塞德里克保護的目光裡，她覺得自己就像是一朵恢復了生命的鮮花。

在柏油人號上的短暫時間裡，愛麗絲感覺到自己的冒險正漸漸和自己的想像相吻合。這艘大型平底船吃水很深，船舷彷彿緊貼在水面上。周圍的大樹看上去比他們在典範號上的時候更高大了。鳥雀和怪異的河中生物，無論是危險的還是溫和的，都離她更近了。站在駁船的甲板上，她瞥到了萊福特林所說的沼澤麋鹿和水野豬。一頭正在泥岸上曬太陽、滿口利齒的巨大水螈，滑入了水中，跟著駁船游了一段時間，直到絲凱莉用船篙狠狠敲了他一下，他才逃回到岸上。愛麗絲還看到了幾種很大的水禽。萊福特林看到愛麗絲的日記本上有這些鳥獸的素描，完全嘆服於她的藝術天賦。他還說服愛麗絲讓他看了前幾天的旅程中愛麗絲所做的各種素描，並對愛麗絲的所有作品都驚歎了一番。當他從素描中認出特維爾船長，又告訴了愛麗絲她所描繪的幾種雨野原奇異植物的名字時，愛麗絲喜悅得臉都紅了。他還將那些植物的名字逐一寫在愛麗絲的素描圖下面，讓愛麗絲更是歡喜異常。「能夠為您這樣一位學者效勞，我感到非常高興，夫人！」他的話語中充滿了真誠，讓愛麗絲不由得又紅了臉。

但萊福特林透露的一件事讓愛麗絲感到很是驚慌。當愛麗絲坐在艙室頂上的椅子上，用厚實的衣服抵抗著夜晚的寒冷，放下帽檐的圍網阻擋蚊蟲的時候，萊福特林找到了她。「介意聊幾句嗎？」他小心拘謹的語氣和他粗莽的樣子顯得很不相稱，「我忽然想到，我有一點訊息也許會讓妳感興趣。」

「當然，歡迎！這是你的船，不是嗎？」船長諱莫如深的語氣，立刻就引起了愛麗絲的興趣。

船長沒有多說廢話，直接坐到了愛麗絲的椅子旁邊。看到他魁梧的身體竟然如此輕盈柔韌，愛麗絲不由得吃了一驚。「嗯，事情是這樣，」船長開門見山地說道，「卡薩里克的議會對龍制定了一個方案。而且龍也同意了。只是因為一些原因，這個訊息並沒有被廣泛傳播。我知道，能夠和龍進行交談對妳來說非常重要，所以我決定把這個還需要保密的事情告訴妳。實際上，議會正準備將龍群從這裡遷移走。我得到的訊息是這一行動很快就要開始了。肯定就在這個月之內。」

「將他們遷移走？要怎麼做？要把他們送到哪裡去？為什麼要這樣做？」愛麗絲驚駭地問道。

「嗯，要怎樣遷移，唯一的辦法就是他們自己走。徒步行進。要去哪裡？這件事我還沒有被告知。我只知道是河上游的某個地方。遷移的原因很簡單，雨野原的每一個人都知道那些龍在卡薩里克越來越受到厭惡。對於在城市遺跡中工作的人和卡薩里克的居民，他們成為了一種真正的危險。他們很饑餓，脾氣很差，而且其中有一些還不夠有智力，甚至連餵養他們的人也要咬——妳應該懂得我的意思。我不知道他們是如何說服龍群離開的，但他們的確做到了。只要他們召集到一批人護送龍群，他們就會馬上將那些龍送走。」

愛麗絲感覺到一陣暈眩。如果她趕到卡薩里克，卻發現所有的龍都已經被送走了，那又該怎麼辦？該怎麼辦？她努力尋找著自己的聲音，想要表達心中的恐懼。讓她驚訝的是，船長卻向她露出了粗魯的笑容。「不過，夫人，我還要告訴妳一件事。知道嗎，我正是他們想要召集的人之一。就我所知，如果我拒絕，那麼遷移龍群這件事都不會發生。議會也許還不明白這一點，這條河上的其他任何駁船，都無法像我的老柏油人那樣在淺水中行駛。其他駁船都不會接受議會的契約。到現在為止，我只是在尋思該向議會要多少錢，但現在如果我真的接受這份契約，我可以再增加一項條款，那就是讓妳有機會在龍群離開之前和他們交談。對此，妳是怎樣想的？」

愛麗絲感到一陣錯愕。「我很驚訝你會將如此機密的事情告訴我。而你又會為一個初次見面的陌生人這樣做，更令我感到吃驚。」她靠在椅子扶手上，掀起遮臉的圍網，低頭看著萊福特林，「為什麼？」她的問話中帶著真切的困惑。

萊福特林聳聳肩，轉開目光，臉上的笑容變得靦腆起來。「我猜只是因為我喜歡妳，夫人。妳不辭辛苦來到這裡，我想讓妳能夠如願以償。讓他們等上幾天又能有什麼害處？」

「我也不認為這對他們會有什麼害處。」愛麗絲說道。感激和寬慰的心情在她的胸中湧起。「萊福特林船長，如果你叫我愛麗絲，我會很高興。」

萊福特林回頭瞥了她一眼，一種孩子氣的喜悅在他飽經風霜的臉上閃動。「嗯，我也很高興能這樣！」然後他又轉開目光，很不自然地轉移了話題，「夜色很好，不是嗎？」

愛麗絲放下防蟲網，遮住自己紅色的面頰。「這麼久了，這是我看到的最美的夜色。」

當船長向愛麗絲告辭，離開艙室頂棚的時候，愛麗絲發現自己像一個女孩一樣感到頭暈目眩。他喜歡她，甚至願意為她冒險而簽下一份重大契約。她努力回想是否有男人真的對她說過「我喜歡妳。」不，她找不到任何這樣的記憶。詔諭在早先「追求」她的時候，是否曾經這樣對她說過？她不記得了。就算詔諭說過，那意思也只可能是她符合他的目的。當萊福特林這樣說的時候，他是真心實意的，沒有別的原因，他在為她冒險。這太讓她震驚了。

沒過多久，萊福特林就回來了，還帶來了裝在陶製杯子裡又甜又濃的咖啡。愛麗絲覺得這是她和別人分享過的最美味的飲料。

這艘駁船上簡樸的生活對愛麗絲卻有著一種特別的魅力。睡在船長鋪著厚羊毛毯的床上，身上蓋著船長的色彩華麗拼布被，這種帶著一點危險的感覺是非常奇特的。這個房間裡彌漫著一股菸草氣味，到處都擺放著船長的收藏品。當愛麗絲醒來的時候，就會看見陽光落在窗前那一組精巧的游魚風鈴上。萊福特林可能在任何時間敲響屋門，請求進屋來拿他的菸斗、筆記本或者是一件乾淨襯衫，這讓愛麗絲一直都有著一種隱祕的顫慄感。

駁船緩慢而穩定地對抗著波浪。它一直靠近著河邊或水流，在不是那麼湍急的淺水區域航行。有時候，船員會使用船槳，有時會用長篙推動這艘船。在愛麗絲看來，這艘寬大沉重的船能夠逆流而上，如此平穩的前進，簡直就像魔法。在她上船的第一個早晨，船長將一把椅子放在艙室的頂上，讓她坐在上面就能飽覽旅途中的景色，傾聽森林河面發出的種種聲音。有時候，塞德里克也會來到她身邊。她非常喜歡塞德里克的陪伴。但萊福特林船長才是一直陪在她身邊的那個人。

萊福特林船長知道許多關於這條河和河上航船的故事。經過他講述的雨野原歷史，就完全變成了另一番面貌。愛麗絲覺得，現在她更能夠理解雨野原商人是如何看待他們自己的。她也漸漸喜歡上了這些生氣勃勃的船員，甚至還有惹人喜愛的格裡格斯比。她從沒有養過寵物貓，但她很快就愛上了這隻小動物。如果提出養一隻貓的要求，她不知道詔諭會說什麼，隨後她又突然決定不要提這種要求。她會給自己找一隻貓，就是這樣。這真的很奇怪，她心中想，一點粗糙的生活竟然會讓她感覺到對自己的生活有了更多的控制，還能如此為自己做出決定。

萊福特林建議她在柏油人號上多留宿一晚，這讓她很高興。塞德里克歎了口氣，翻翻眼珠。看到他憂鬱的表情，愛麗絲不由得笑出了聲。「既然可以，就讓我決定自己的冒險之旅吧，塞德里克。很快這一切就要結束了，對我來說其實是太快了。我們兩個會回到繽城。我絕不會懷疑，在那之後我的人生中都會有柔軟的床、熱飯菜，還有熱水浴。只是不會再有什麼能令人興奮的事情了。」

「像妳這樣身分尊貴的女士，肯定不會只有乏味無聊的人生。」

「喔，恐怕正是如此，先生。我是一名學者，萊福特林船長。我大部分的時間都是在案頭度過的，閱讀和翻譯古早的卷軸，竭盡全力闡釋它們的意涵。能夠與真正的龍對話，是我終生期盼的冒險。在特瑞爾船長和他的妻子將他們的狀況告訴我之後，我一直在擔心此行終究難如人願。不過，什麼這麼有趣？你在嘲笑我嗎？」

萊福特林船長發出一陣會心的大笑。「喔，不是笑妳，親愛的，我向妳保證不是在笑妳。而是艾惜雅．維司奇成為了『特瑞爾船長的妻子』。這對我來說實在是太好笑了。她根本就是一名船長，絲毫不亞於特瑞爾。不過典範在這段日子裡也不需要船長了。那艘活船已經決定要自己掌管一切了！」

塞德里克插口道：「這裡一定有能夠住宿的地方吧？就算是一個簡樸些的地方也行啊。」

「我認為不會有適合一位女士安歇的地方。不，塞德里克我的朋友，恐怕你將不得不再忍耐一個晚上，接受我的招待了。還請原諒，我想要去看一下我的舵手。在到達卡薩里克之前，還有一段不太好走的航道。在海蛇上溯的那一年，人們在那裡建造了攔水圍堰，那些圍堰對可憐的海蛇沒有多大幫助，卻對在那之後的船隻航行造成了不小的危險。」說完這句話，他就離開船欄杆，向下方的甲板走去。沒過多久，他就消失在黑暗的夜色中。

卡薩里克的街燈越來越清楚，愛麗絲抬起頭遠望著。塞德里克用一種帶著酸味的腔調，低聲說：「我真想離開這個發臭的罐子。」

這句話中的怨毒讓愛麗絲吃了一驚。「難道你真的這麼討厭這裡？」

「這裡根本沒有隱私可言，食物粗劣，船上的人比街上的狗好不了多少。我的『床位』還散發著上一個使用者的臭氣。我不能洗澡，就連刮鬍子都變得很困難。我為了這次旅行收拾好的每一件衣服，現在都散發著艙底臭水的氣味。我並不奢望能夠在這次旅行中舒舒服服地陪著妳，但我也沒想到自己會淪落到這種骯髒的環境。」

這番激動的話語給愛麗絲帶來震撼，讓她一時啞口無言。塞德里克似乎將她的沉默看做是她在譴責自己的失態。「聽著，妳不能裝作喜歡這裡，就算是妳單獨擁有一個充滿臭氣的房間，這種隱私也不表示他對妳有任何敬意。每一次我看到他的時候，他都在恬不知恥地盯著妳，還叫妳『親愛的』，就好像妳是他看中的酒館蕩婦。他在妳身邊晃蕩的時間，要比他駕駛這艘船的時間還多。」

愛麗絲終於找回了自己的舌頭。「你認為這樣是不適當的？還是我在這件事上的行為應該受到譴責？」

「喔，愛麗絲，妳知道該怎樣做。」塞德里克聲音中的尖刻意味變少了，「我知道妳不會做任何有辱名譽的事情，更不要說是為了一個滿身臭氣、只要最近兩天沒有穿過的襯衫就算是『乾淨襯衫』的河上船工了。不，我不是在指責妳。妳是一名非常有決心的女子，儘管那些龍讓妳失望，但妳還是為了真正看上他們一眼而付諸行動。我只是因為不得不留在這艘船上而覺得有些可悲。不過與此同時，讓我感到寬慰的是妳也看清了我們所處的真實環境。我們訪問雨野原的時間，不會像妳最初計畫的那樣久了。」

「塞德里克，我很抱歉！你之前並沒有對這件事說過什麼。我不知道你是這麼不高興。也許明天你就能為我們找到一個合適的宿處，能夠洗上一個熱水澡，吃一頓像樣的飯。如果你願意，你甚至能夠休息很長一段時間。我相信我能夠和當地議會達成一個良好的協議。如果他們不提供給我一位幫助我訪問龍的嚮導，我一定會非常吃驚的。你完全沒有理由去面對那些生物。一開始，我以為會和龍進行長久而詳細的交談，所以希望你能夠幫我記錄我們交談的內容，並為我做一些素描。但現在，既然知道了我只能看見一些怪獸，那麼再用這種工作折磨你，就沒有意義了。」她在這樣說的時候，還堅定地將失望的情緒從自己的聲音中趕走。她很想在自己與龍見面的時候塞德里克能陪在她身邊，這並不僅僅是為了在她身邊能有一張熟悉的面孔。

愛麗絲希望有人能夠見證她與龍的會面。她想像著他們兩個返回繽城，在某一場古板的晚宴中，也許會有人問起她見到龍時的情景。她會謙遜地說，這算不上是一場冒險，而塞德里克也許就會提高聲音，提出讓她感到愉悅的反駁，並講述一個關於她面對龍群的機智的故事。她想像自己穿著黑色的靴子和帆布長褲——那是她為了和龍見面而專門購置的——大步走過平坦的河岸，最終站到那些鱗甲巨獸的面前。愛麗絲不由得暗自露出微笑。

在她遇到龍群之前，她必須先去找當地的商人議會，以自我介紹進而得到他們的許可。她希望在那個時候也能有塞德里克的陪伴。她不知道自己會在這裡的議會遇到什麼樣的人。她想要挽住塞德里克的手臂，讓人們看到她是多麼厲害，竟然能擁有這樣英俊而且魅力四射的男伴，但塞德里克為了送她來到這裡已經做了那麼多犧牲。為了塞德里克的舒適，現在她該把自己的虛榮心放到一旁了。

塞德里克坐直了身子。「愛麗絲，我完全沒有這種意思！我很高興能與妳相伴。我相信，我會非常高興地見證妳如願以償地看到那些龍。我為我那些令人沮喪的話向妳道歉。讓我們早些安睡，明天早點起身。妳應該和我一起去尋找宿處。我絕不應該將妳丟棄在一座陌生的城鎮裡。不管萊福特林船長怎樣說，我們畢竟不知道這個地方到底是安全還是危險。我們能找到一個理想的歇宿地方，就像妳說的那樣，好好吃一頓飯，洗個澡，換掉髒衣服。然後我們一起去議會。然後，再一起去見那些龍！」

「那麼你不介意和我一起行動？」塞德里克的態度突然轉變，又讓愛麗絲吃了一驚。她甚至無法壓抑住浮現在臉上的微笑。

「一點也不，」塞德里克堅持道，「我像妳一樣，期待著能夠接近那些龍。」

「不，你才不會。」愛麗絲笑著說道。她大膽地看著塞德里克的臉。躲在黑色的夜幕後面，她能夠無所顧忌地讓自己的眼神中充滿對塞德里克的喜愛。「但這真是一個非常好心的謊言，塞德里克。我相信，你知道這對我來說是多麼重要。你被從繽城中流放出來，卻還是這麼好。我承諾，當我們回去的時候，我會想辦法補償你。」

塞德里克突然顯得很是不安。「愛麗絲，這是完全沒有必要的，這一點我可以向妳保證。就讓我先送妳回妳的艙室吧，該是道晚安的時候了。」

愛麗絲想要告訴塞德里克，她能自己返回艙室，但這樣做就意味著她在向自己承認，她很喜歡與萊福特林船長那些單獨的交談，並且希望萊福特林船長能在晚上再來找她。但塞德里克已經清楚地表明，他對於這種交談持反對態度。愛麗絲不會讓塞德里克為了陪護她而不得不一直保持警醒，這只會讓塞德里克更加難過。於是她站起身，讓塞德里克挽住了自己的手臂。

辛泰拉在黑暗中醒來。這一片黑暗讓她感到驚愕，因為她正夢到自己在陽光燦爛的碧空中飛行，下方是一座光芒閃爍的城市和一條銀藍色的寬闊大河。「克爾辛拉。」她喃喃地自言自語，然後在黑暗中閉起眼睛，想要讓自己回到夢中。她還記得高聳在那座城市中央的地圖塔，寬闊的城市廣場，不住跳動的噴泉，還有通向主建築又寬又矮的台階。那裡的牆壁上布滿了描繪古靈和巨龍女王的壁畫。她的某一位祖先曾經安睡在那些寬闊的台階上，在溫暖的石塊上沐浴著太陽灑下的光和熱。在那裡打瞌睡曾經是多麼美好的事情，她幾乎對那些匆匆跑過身邊，為各種瑣事而忙碌的人們全無察覺。遠方大河流淌的聲音和這些人的話音融合在一起，彷彿是動聽的樂曲。

辛泰拉再一次睜開眼睛。她已經找不回那個夢了。那些記憶全都稀薄破碎，完全無法代替現實。她能聽到河水沖過泥濘岸邊時的咕噥，同時還有另外十幾頭龍沉睡時發出的響亮呼吸聲。她所處的真實環境根本無法比擬剛剛的夢。

默爾柯已經一絲不差地讓他的計畫付諸實施，他從沒有將自己的意圖直接向人類說明，而是安排龍們在人類靠近的時候，用閒聊的口吻感歎克爾辛拉的種種奇蹟。有一次，工人們在那座被埋葬的城市中挖掘出一面美麗的鏡子，辛泰拉認得製造這面鏡子的金屬，這種特別的金屬被撫摸的時候就會發光。默爾柯一瞥到它就轉頭對塞斯梯坎說：「你還記得克爾辛拉女王宮中的那座鏡室嗎？只是鑲嵌在天花板的鏡子上就裝飾了超過七千枚寶石。當女王進入那個房間的時候，那些瑰麗的光彩和誘人的芬芳，真是奇妙極了！」

又有一次，當那些獵人給他們拿來一些變質的牡鹿殘骸時，默爾柯接受了他那可憐的一小份肉，然後說道：「在克爾辛拉的國王大廳有一尊麋鹿雕像，不是嗎？那是一尊象牙鑲金的雕像。鹿的眼睛是兩塊巨大的黑色寶石。還記得那尊雕像被啟動的時候，那雙眼睛會閃耀起多麼明亮的光芒，當有人進入國王房間的時候，那尊雕像又會怎樣用蹄子蹬踏地面，高高地昂起頭？」

謊言，全都是謊言。就算這樣的寶物真的存在，辛泰拉也不記得它們所在的位置了。但每一次人類都會停下腳步，仔細聽他的閒聊，就算他對那些人類全不理睬，也絲毫不會減弱他們的興致。在月亮發生變化之前，人類在黑暗中來找他們，沒有用火把照亮，只是悄聲提出關於克爾辛拉的各種問題。那座城市距離這裡多遠？它坐落在高地還是低地上？它有多龐大？它的結構又是怎樣？默爾柯隨心所欲地又向他們說了許多謊言，告訴他們那座城市並不是那麼遠，它位於一片高地之上，那裡所有的屋宇都是用大理石和玉石建造而成的。但除此之外，他沒有向人類透露任何訊息，沒有指向那裡的地標，也沒有從卡薩里克到達那裡所需的時間。他更不會幫助人類繪製關於那個地方的地圖。

「要說清楚這些是不可能的。」他和藹地說道，「在古早歲月中，那條河有上百條支流匯入。克爾辛拉前面有一片大湖。我就記得這些。更多的情況我也說不清楚了。我相信，我能夠到那裡去，重新找到那座城市，只要我想這麼做，並且能找到填飽肚子的食物。但，現在不行，我沒辦法答應這種事。」

第二天晚上，又來了另外一些人，也提出了同樣的問題。兩個晚上以後，更多的人來了。所有人都得到了同樣充滿嘲弄意味的回答。最終，卡薩里克商人議會的六個議員，在白天來到龍群面前，向龍提出一個動議，而跟隨他們同來的還有既憤怒又恐懼的古靈麥爾妲。她穿了一身完全用金絲布料做成的衣服，頭上繫了一條紅白兩色的頭巾。

只是在麥爾妲的懇求下，所有龍才聚集在人類面前，聽取議會的提議。議會似乎認為只要和體型最大的龍交談，獲得他的許可，就能得到所有龍的贊同。麥爾妲高聲嗤笑議會的這個想法，堅持要所有龍都參加這場談判。然後，議會的頭領，一個身材乾瘦入骨、都不夠給一頭龍塞牙縫的人，說了很長時間的話。他的話裡充滿了虛情假意的辭藻和承諾，他宣稱議會正在因為龍群所處的惡劣環境而感到哀痛，衷心希望能夠幫助他們回到真正的故鄉去。

默爾柯向這些議員保證，群龍知道人類在為他們的最大利益著想，但龍並沒有「故鄉」，他們是大地、海洋和天空三界之主。他冷漠地裝作聽不明白議會頭領的種種暗示，直到麥爾妲最終打斷了議會頭領的發言，坦誠地說道：「你們可以帶領他們前往克爾辛拉，讓他們在那裡找到巨大的寶藏——他們是這樣認為的。他們想要說服你們離開此地，起身尋找那座傳說中的城市。我是真正愛著你們的，我很害怕他們只是想要讓你們去送死。你們必須拒絕他們。」

但默爾柯完全不聽麥爾妲的建議。他只是哀傷地說道：「我們走不了這麼遠的路。不等我們領你們找到克爾辛拉，我們就要餓死了。我們之中的每一個都想要到那裡去。但我們之中有一些太過弱小。我們需要獵人為我們捕捉食物，還要有人照料我們，維持我們身體的潔淨，就像曾經的古靈那樣。不，恐怕這是不可能的。我甚至不需要拒絕你們，因為就算我答應了，也沒有任何意義。」

然後，儘管麥爾妲不斷地勸阻、哀求，甚至憤怒地叫喊，他們還是簽訂了契約。議會將為他們募集獵人和守護者，陪伴他們，為他們獵捕食物，並在各個方面照料他們。作為回報，所有龍都要引領人類前往克爾辛拉，或者是克爾辛拉曾經所在的地方。

「我們可以同意這樣的條件，」默爾柯嚴肅地對人類說。

「他們在欺騙你們！」麥爾妲表示反對，「他們只想要擺脫你們，這樣他們就能更輕鬆地挖掘卡薩里克，也不再需要費力餵養你們。巨龍，求求你們，請聽我的話。」

但契約已經簽訂。卡羅已經將他滿是汙泥和墨水的爪子，按在了一份鋪開在他面前的文件上，彷彿如此荒謬的儀式就能束縛住一頭龍，甚至是所有的龍。麥爾妲緊咬牙關，死死攥住雙拳，聽著議會宣布這是最佳的方案。辛泰拉對於那名年輕的古靈感到一絲憐憫。她如此努力地反對這個方案，殊不知這正是群龍自己操縱人類提出的。她本希望默爾柯能想辦法在暗中告知麥爾妲這其中的關竅，但或者是默爾柯不在乎，或者是他覺得這有可能會對他的計畫造成危險，他終歸沒有對麥爾妲有過任何特別的表示。當議員們離開的時候，麥爾妲也跟著他們一起走了，那名年輕古靈的面頰，依舊因為憤怒而泛起粉紅色。

「還不到最終定論的時候。」麥爾妲警告他們，「你們要讓每一名議員簽字，才能讓這份契約生效！不要以為我會袖手旁觀！」

看到麥爾妲，辛泰拉就會感到哀傷。毫無疑問，這也是因為她的那些夢。麥爾妲還是一個很年輕的古靈，一個剛剛被轉變為此種形態的人類。如果要成為那種古早的古靈，她還需要成長許多年，要變化許多年。

但她不會再成長了。一些人類在看著她的時候，目光中會帶有驚奇；而更多的人類只會向她投去鄙視的眼神。辛泰拉不知道麥爾妲、瑟丹和雷恩會變成什麼樣子——婷黛莉雅已經拋棄了這些新的古靈，就像她拋棄了其他龍一樣。辛泰拉並不責怪婷黛莉雅的離開。龍永遠都會首先重視自己的需求。婷黛莉雅已經找到了一個配偶，結成了更好的狩獵隊。她最終會產下自己的卵，那些卵將孵化出長蛇。當那些長蛇進入海洋的時候，巨龍的輪迴，真正的巨龍輪迴將再一次開始。

但至少在那發生前的數年之內，辛泰拉和她身邊的這些龍將是雨野原現存全部的龍。他們全都是來自於另一個時代的生物，重生在一個已經不記得他們的世界裡。不幸的是，他們萎縮的身軀讓他們在重新回歸之後，完全無法適應這個世界。

三界之主，這是他們曾經對自己的稱謂。海洋、大地和天空曾經完全屬於巨龍和他們的親族。以前從不曾有任何生物能夠否認他們。他們曾經是一切的主人。

而現在，他們誰的主人也不是，只能在爛泥和腐肉中等死。辛泰拉毫不懷疑，就算他們向上游前進，等待他們的也只有緩慢的死亡。她再一次閉上眼睛。等那個時刻到來，她自會上路。不是因為她要服從卡羅的承諾，而是因為留在這裡也不會有任何未來。如果她必須作為一個殘疾、破敗的怪物而死，她至少能夠讓自己的生命先具有一點意義。

當愛麗絲醒來的時候，時間甚至還未到黎明。她懷疑自己沒有睡幾個小時。是艙門被打開時發出的微弱聲音讓她睜開眼睛，並同時屏住了呼吸。直到這時，她才意識到將自己喚醒的是剛剛輕柔的敲門聲。「妳醒了嗎？」萊福特林船長低聲問。

「醒了。」愛麗絲一邊說，一邊將被子拽到下巴上。她的心臟猛烈地撞擊著胸膛。這個男人在黎明前的黑暗中走進她的艙室，想要幹什麼？

萊福特林回答了她沒有說出口的問題。「抱歉打擾，但我需要拿一件乾淨襯衫。本地議會找我去談話，而且要我馬上就去。他們顯然等我入港已經望眼欲穿了。昨天深夜裡就有一名信使給我送來了一封信，說他們需要儘快簽訂轉移龍群的契約。」說到這裡，萊福特林搖搖頭，更像是在自言自語地說道，「發生了一些事。聞聞這裡的氣味就能知道，一些人在為了某種利益要打垮另一些人，這根本就不像是議會的作風。他們以前總是會裝出一副從容不迫的樣子，一直等到我不得不接受他們的全部條件或者是花掉所有現金之後，才會和我簽約。」

「儘快轉移龍群？」一聽到這句話，愛麗絲的腦子都凍住了。她從船長的床上坐起身，將被單抱在胸前，「他們這麼快要把龍轉移到哪裡去？為什麼？」

「我不知道，夫人。我相信，等見到他們的時候，我就能知道了。他們送來的信中只是說他們想要儘早見到我，所以我必須現在就去。」

「我和你一起去。」當這句話從口中說出的時候，愛麗絲才意識到這個要求有多冒失。萊福特林船長完全沒有過一點暗示表明他歡迎愛麗絲同行。而愛麗絲以前也從沒有問過自己是否能陪同他，現在卻直接提出了這種要求。難道她剛剛有了為自己做決定的能力，就要因此而讓自己陷入麻煩了嗎？

但船長只是說：「我早就覺得妳會想和我一起去。我拿些東西就走，然後妳可以收拾一下。我會多炸兩片麵包，再給妳準備一杯咖啡。」他一邊說話，一邊在艙室中走動，從衣鉤上拿下襯衫，又拿起了一個裝有刮鬍刀和肥皂的盒子。愛麗絲不由得注意到塞德里克所說的的確沒有錯。他拿起來的襯衫正是兩天前他穿過的襯衫，而這兩天裡，愛麗絲從沒有見他漿洗晾曬過這件襯衫，但愛麗絲發現自己一點也不在乎。

艙門剛被船長輕輕關上，愛麗絲就從床上跳起來。她猜測自己要在這一天裡爬上爬下好多級台階，甚至是梯子，所以她穿上了騎馬時才會穿的裙褲和皮靴，並套上了一件布料粗厚的罩衫，外面又加了一件果殼褐色的硬粗布夾克，腰間還繫了一根結實的腰帶。著裝完畢之後，她看上去更像是個男人——她已經為這一天所有可能的遭遇做好了準備。在船長的小鏡子裡，她發現自己在河中度過的日子讓她的雀斑變得更多更深了，儘管她一直戴著遮陽帽，但她的頭髮還是被太陽烤成了橙紅色，幾乎像乾草一樣散亂。片刻之間，鏡子裡的那個鄉野姑娘把她嚇了一跳。然後她挺起肩膀，抿住嘴唇。她來到這裡不是為了炫耀美麗，而是為了研究巨龍。她的才能從來都不是她的面孔，而是她的頭腦。她向鏡子眯起雙眼，揚起下巴，抓起一頂樸素的草編帽戴在頭上。

她在廚房的桌邊只看到了萊福特林船長一個人。兩杯冒著熱氣的咖啡正等在桌上。她走進廚房的時候，船長正背對著她，在廚房的爐子上炸著黃色的厚片麵包。炸鍋旁邊是一瓶黏膩的糖漿罐子和兩個沉重的陶製盤子。萊福特林轉過身，向兩個盤子裡各放了一片麵包，對愛麗絲露出微笑。「喔，妳可真快！我的妹妹無論幹什麼都要用半天的時間穿衣服。而妳一眨眼就過來了，還漂亮得就像一幅畫！」

愛麗絲在驚訝中感覺到一片紅暈升上了雙頰。「你真是太好了。」她努力說道，卻又不喜歡自己這種過分莊重的回應。她希望塞德里克沒有向她的腦子裡塞過那些斥責和批評，這樣她也許就不會認為這位粗魯的船長是在和她調情，也不會認為她是在鼓勵船長這樣做了。*這只是因為他很禮貌，*愛麗絲堅定地告訴自己，*這和我是誰並沒有關係。*然後她坐到了桌邊。

看樣子，現在船上起床的只有他們兩個。愛麗絲吮了一口咖啡。咖啡很濃很黑，也許在廚房的爐子裡熬了一整夜。這裡沒有奶油來調和咖啡，愛麗絲學水手們在咖啡裡加了許多糖漿，於是咖啡變成了一種甜焦油，而不只是單純的焦油。愛麗絲又將一點糖漿滴在她的炸麵包片上，將麵包片趁熱吃掉。他們這頓早餐更講求效率，而不是禮儀。吃過飯之後，萊福特林清理了桌面，將盤子和杯子丟進一隻洗碟盆裡。「我們現在出發嗎？」他問愛麗絲。愛麗絲點點頭。

他們一同離開廚房。萊福特林在下船的時候向愛麗絲伸出手。現在沒有水手給他們搭好踏板，所以愛麗絲必須從駁船稍稍跳一下才能落在碼頭上。她在碼頭上站穩之後，挽住萊福特林的手臂似乎變成了一件非常自然的事情。當他們信步走在清晨曙光中的碼頭上時，船長指著他們經過的一艘艘船，告訴愛麗絲它們的名字和每艘船的一點軼聞。柏油人是愛麗絲在這裡見到的最大的船。「也是最古早的，」船長驕傲地對愛麗絲說，「人們建造他的時候，絲毫沒有吝惜巫木。自從他下水之後，這條河已經吞噬掉了成千上萬艘船，但柏油人戰勝了這條河，無論礁石，酸性水流還是其他各種障礙，都無法阻止他劈波斬浪。」

他們離開漂浮碼頭，踏上一段寬闊的夯土路面。愛麗絲覺得腳下的地面有些奇怪。「這是一條用皮革鋪成的路，」萊福特林對她說，「是一種古老的技術。一層層經過鞣製的皮革被鋪在原木上，上面再鋪上雪松樹枝和樹皮，再鋪上皮革和一層炭灰，最後鋪上泥土。這種道路被腐蝕的速度很慢，而且木頭和皮革層會有一定的浮力。它無法永遠持續下去，但如果不鋪設這樣的道路，土質路面只要被人們踩上幾個星期就會變成爛泥，隨後河水很快就會湧上來，讓這裡變成泥塘。這條路看上去沒什麼，但卡薩里克人可是花了不少錢才鋪設完成的。我們可以乘坐升降機，還是妳更願意走階梯？」

在一株無比高大的樹下，有一道螺旋階梯圍繞樹幹盤轉而上。愛麗絲揚起頭，看到頭頂上方卡薩里克的最低一層。在階梯旁邊還有一個看上去很不結實的平台，平台邊緣有一圈繩網圍欄當作防護，旁邊懸掛著一根很長的纜繩，纜繩末端還帶有握柄。「那根繩子另一端有鈴鐺，拉響鈴鐺，如果操作升降機的人在工作，就會放下平衡重物，把妳拽上去。上去一次需要花費一或兩個便士，不過這是最快的辦法，也要比爬階梯輕鬆得多。」

「我想我更願意爬階梯。」愛麗絲做出決定。但她向上走了不到一半的路，就為自己的決定感到後悔了。這段階梯要比看上去陡得多。船長也英勇地跟隨著她，只是現在每踏出一步，船長都會輕輕哼一聲。愛麗絲到達第一個平台，向周圍掃視一圈，一下子就忘記了自己痠痛的雙腿。

這是一座圍繞大樹幹的環形平台，背靠樹幹的一圈商鋪剛剛捲開帆布簾帳。以這座平台為中心，許多寬闊的步道如同蜘蛛網上的輻軸朝各個方向伸展，連接到環繞其他大樹的平台上。儘管這些步道都有藤蔓編織成的護欄，但它們都不停地在半空中搖晃，而且鋪在上面的木板之間能看到不少空缺。「商人大堂在那邊。」萊福特林將愛麗絲的手放在自己的手臂上，引導愛麗絲踏上一條步道。

剛走了四步，愛麗絲就覺得有些頭昏眼花。步道上的木板隨著他們的腳步發出「篤篤」的響聲，倒是很像某種樂曲。萊福特林沒有去扶那些纖細的護欄，似乎也完全不在意吊橋的搖擺。愛麗絲向下看了一眼，看到和自己距離遙遠的地面，不由得倒吸一口氣，又急忙將目光轉到一旁，同時突然感到一陣不舒服。吊橋在他們的重壓下不斷晃動，愛麗絲踏在一塊塊木板上，覺得自己隨時都有可能掉下去。萊福特林按住她搭在自己胳膊上的手，用安慰的語氣低聲對她說：「看著對面的平台，有節律地邁步，這就像爬那些階梯一樣。不要低頭看，不要擔心不可能的事情。雨野原人建造這些步道已經超過一百年了。它們就是我們的街道。妳可以信任它們。」

船長的話語簡單實際，絲毫沒有自傲的意思。他並沒有因為愛麗絲的膽怯而小看愛麗絲，而是將她的不安看做一種很正常的事。這讓愛麗絲能夠更容易接受他的建議。愛麗絲抓緊船長的手臂，跟隨著船長的步伐節律。很快，他們的步調就完全一致了。突然之間，愛麗絲覺得自己和船長彷彿跳起了舞蹈。他們到達了吊橋的最低點，然後以一步步緩慢向上。腳下的木板變成一道傾斜的梯子。又是在不經意間，他們已經到達了下一座平台。愛麗絲停下來喘了口氣。萊福特林船長陪在她身邊。

「只要再走三個平台就到了。」船長對她說。儘管感到有一點害怕，但愛麗絲沒有半點退卻的心思。她知道這是對自己的一種挑戰，但她不害怕接受這種挑戰。

「那麼，我們繼續走吧。」她說道。

在第二座吊橋上，愛麗絲差一點失去了前進的勇氣——一隊勞工正從他們對面走過來。她和萊福特林不得不貼在吊橋邊上讓他們過去。他們的步伐讓整座吊橋搖晃得就像是一頭被輕撫頭頂的狗。不過走到第三座吊橋上的時候，愛麗絲又找回了那種和萊福特林共舞的感覺。他們到達最後一座平台上的時候，愛麗絲微微有一點喘息，卻又覺得自己贏得了勝利。

卡薩里克人對他們的城市有著很大的雄心，這一點從他們的商人大堂就能看出來。這座大堂所環繞的樹是愛麗絲來到這裡之後見到的最高大的一株。支撐並環繞它的平台也是格外寬闊。四道階梯以這座平台為起點盤旋向上，連接到相鄰大樹的平台上。現在還是早晨，只有一點細微的陽光透過樹冠，落到位於樹林底層的這個地方。步道上還亮著嗶啵作響的火把。他們已經遠離河岸，能照射到這裡的光線要比河岸邊少得多。愛麗絲覺得自己走進了一座充滿怪異人群的幽暗城市。

她從小居住在繽城，身邊的人祖祖輩輩都是定居在那裡的商人。她早就知道，雨野原人和他們有著親緣關係，並且都很尊重雨野原與繽城之間的關係。只在雨野原才能發掘出古代古靈的魔法寶藏，但生活在雨野原，在被埋葬的古靈城市中勞作的人們，卻要承受一種特別的苦難，幾乎所有雨野原人在出生時就會出現某些變異。這些變異會隨著他們一年年的成長而加劇。有時候，那會是頭頂或嘴唇邊的一點鱗片，或者沿著下巴生長出來的肉鬚。他們眼睛的顏色可能會隨著年紀發生變化，指甲也會漸漸增厚。前往繽城的雨野原人身上都會有這樣的現象，就連萊福特林船長身上也不例外。他手背和手腕關節處的皮膚有一點發藍，還能看到細小的鱗片。在他濃密的眼眉後面和脖子後面，愛麗絲也似乎瞥到了一些鱗片，只不過那些小鱗片很容易被忽略。

卡薩里克就像崔豪格一樣，絕大多數雨野原人是不會戴面紗的。這是他們的城市，如果來訪的外人不尊敬他們，就會很快被趕走。剛才那些勞工從他們身邊經過的時候，愛麗絲就竭力不去盯著他們。那些人的手背和臂肘上都有厚厚的鱗片，而且所有鱗片都不是肉色，而是藍色、綠色或者嚇人的猩紅色。一個人完全沒有了頭髮，鱗片如同做工精細的鱗甲覆蓋了他的頭皮，前額，並取代了他的嘴唇。另一個人的下巴邊緣和眼睛上面出現了一簇簇濃密的肉鬚，看上去就像是公雞的冠子。愛麗絲將視線從他們身上移開，心中慶幸僅僅是在這座晃動的吊橋上，維持平衡就需要她集中全部注意力。

但現在，她站到了一座牢固的平台上，反而不知道該將視線放到哪裡了。在這麼早的時間，平台上還沒有多少人，但毫無疑問的是，所有人的身上都帶有雨野原的標記。許多人都向她投來好奇的目光，愛麗絲急切地告訴自己，這全都是因為她的裝束和他們不同，才吸引了這些人的目光。這些雨野原人都穿著幾乎完全一樣的厚藍色棉布襯衫，棕褐色的厚帆布長褲還有寬鬆的帆布外衣。他們的靴子也都很厚重，工作時黏在上面的泥巴都已經乾了。他們會將午餐放在帆布口袋中。厚手套和羊毛帽子從他的的褲袋中伸出一角。「是挖掘工，」萊福特林告訴她，「他們整天都會在地下工作，那裡無論是冬天還是夏天，都是又冷又溼。」

他們終於看見了一個女人穿著柔軟的皮製長褲和裘皮背心。萊福特林說：「她是一名攀爬者，所以才會赤著腳，為的是能夠更好地踩穩樹幹。今天她會一直爬到樹冠頂部，以採集水果或者捕獵鳥雀。」

就在愛麗絲差一點以為卡薩里克的女人都在過著艱苦清貧的生活時，兩個女孩閒聊著從他們身邊走過，朝另一個方向去了。她們穿著晨裝長裙，也許是要去拜訪朋友，或者逛一下早市。她們帶著荷葉邊的裙襬要比繽城現在流行的款式短一些，露出了她們腳上的褐色軟鞋。她們的肩頭搭著裝飾蕾絲的小圍巾，頭頂的帽子彷彿是一些柔軟的大樹葉。愛麗絲轉過頭看著她們的背影，片刻之間，一種熟悉的羨慕情緒在她的心中湧起。她們看上去是那樣歡快而忙碌，邊走邊聊，在來到一座橋頭的時候，她們便挽起手臂，繼續聊著天並肩走了過去，像兩個假小子一樣快步走過了吊橋。

「妳為什麼要歎氣？」萊福特林問愛麗絲。愛麗絲這才意識到自己一直在注視著那兩個女孩。

她搖搖頭，有些緊張地露出一個自嘲的的微笑。「我只是剛剛想到了不曾屬於我的青春年紀，我一直都在為此感到後悔。我總是覺得自己從一個小女孩直接變成了居家女子，中間完全沒有過那種青春衝動的歲月。」

「妳彷彿是在說你已經是一個老人，過完了自己的一生。」

愛麗絲的喉頭一陣哽咽。是的，她心中想，只是幾天以後，我就要回家去，度過我的餘生。再沒有冒險，沒有不可知的未來。除了規規矩矩地過一輩子，什麼都看不到。她努力壓抑住喉頭的滯澀，當她可以說話的時候，她使用了更加合適的言辭，「實際上，我是一名生活穩定的已婚女子。我想我錯過的應該是一種不確定的感覺，一種就藏在某個轉角處的可能性。」

「妳說妳從不曾擁有過那種可能性？」

愛麗絲停頓一下，因為事實對她而言過於恥辱。「是的，我相信我不曾擁有過。我相信我的人生或多或少已經從一開始就被注定了。結婚對我而言是一個意外，我從沒有想過自己會結婚。但在我成為已婚女子之後，我的生活就進入了一個和我獨身時沒有太大區別的軌道。」

船長沉默了太長的時間。當愛麗絲轉過去瞥他的時候，看到他以怪異的方式咬住嘴唇，彷彿是要努力把即將脫口而出的話嚥回去。「說吧，」愛麗絲對他說道，卻又不知道自己是否有足夠的勇氣承受船長沒有說出口的評判。

船長向她露出笑容。「嗯，這樣說並不禮貌，但如果我是一個男人，娶了一個像妳這樣的女人，她對另一個人說，她作為我妻子的生活和她單身時並沒有什麼不同，那麼我會想我有些什麼事情做得不對。」他向愛麗絲挑起一道眼眉，用一種有些粗俗的腔調悄聲說，「還是有什麼事根本就沒做！」

「萊福特林船長！」愛麗絲驚呼一聲。她這純粹是出於驚訝。然後，當船長放聲大笑的時候，她驚恐地發現自己也跟著船長一同笑了起來。

當他們的笑聲止歇下來時，船長警告性地抬起一隻手。「不，不要告訴我！有些關於丈夫的事情，妻子是絕不應該談論的！不管怎樣，既然到了這裡，我們的聊天時間也結束了。」

他們來到了商人大堂的門口。面前是兩扇高大的黑色木門，足有一個人的兩倍高。萊福特林推開其中一扇。木門無聲地轉向一旁。

這座大堂沒有窗戶。他們走進前廳。這裡的光源是一座大燭台，上面的蠟燭散發出一股橙花香氣。萊福特林沒有停下腳步，直接走過鋪著地毯的地面，又穿過另一道高大的門戶。愛麗絲跟隨在他身後，發現自己來到了一個圓形房間裡。一層層逐漸升高的長椅環繞著一座寬闊的基台。檯子上有一張淺色的木制長桌，桌子後面擺著十二把沉重的座椅，只有半數的椅子有人坐著。懸浮在半空中的圓球就像是黃色的玻璃珠，向整個房間裡灑下金色的光芒，也讓地面上出現了角度各異的陰影。這個房間的牆壁完全被懸掛的織錦遮住了。那或者是古靈的遺物，或者就是非常精緻的仿品。愛麗絲的眼睛一下子就被它們吸引住了。她很希望能夠乞求一點時間，好好研究一下這裡的每一幅織錦。

但他們突然闖入，顯然驚擾了桌子後面的這六個雨野原人。儘管時間還早，他們已經穿上了正式的商人長袍。每一件長袍的顏色和款式都不一樣。他們以這種方式表明自己的商人家系傳承，但這些禮服愛麗絲全都不認識。雖然多年以來繽城和雨野原的商人家族一直都有聯姻，但這兩地的家族仍然各不相同。在靠近長桌中央的位置上，一名滿臉皺紋，有著一頭灰色硬髮的女子正在瞪著他們。「這是祕密會議，」她朗聲說道，「如果你們來此是為了商人事務，你們必須進行預約，隨後再來。」

「相信我們有受邀參加這次會議。」萊福特林回答道。他使用了「我們」這個詞，也把愛麗絲包括進來，這讓愛麗絲的心猛然一跳。他會竭盡全力將愛麗絲留在這裡，親眼見證這裡所發生的和龍相關的一切事件。「我是柏油人號的萊福特林船長。我相信昨晚我在這裡停泊的時候，就被邀請在今天早晨『盡可能早』地前來此地，商討將龍群移往上游的事宜。如果我錯了……」

他故意沒有將這句話說完，而那名年長的女子已經揮揮手，表明剛才她的話語有誤，但不等她再次開口，愛麗絲和萊福特林身後的屋門被狠狠關上，發出響亮的撞擊聲。愛麗絲轉過身，驚訝地發現一名古靈女子身穿銀藍色的長裙站在門前。她的眼睛在金黃色的燈光下閃耀出金屬光澤，面孔就像是憤怒被雕刻在岩石上。「這不是合法的會議，萊福特林船長。你也看見了，這裡沒有足夠多的議員，所以他們不能授權任何行動。」

「恰恰相反，麥爾妲·庫普魯斯。」剛才說話的年長女子拿起一份文件，「我有兩位議員的授權書，他們正忙於他們的生意，無法參加今天的會議。我能夠代替他們投票。如果我們在座的這些人一致同意某件事，就能拿到多數票，無論其他人是否投票。」

「但我打賭，你們不可能從我的弟弟瑟丹·維司奇那裡得到授權書，商人博斯克。我的弟弟代表了巨龍婷黛莉雅的利益，沒有他在場，你們怎麼可能進行相關投票。」

「他只有一票。不管他是否同意，他的一票都無法改變結果。」

「他代表著婷黛莉雅的意志，是龍族的代言人。你們怎麼能不徵詢他的意見，就對龍群的命運做出最終決定？你們不能這樣做！」

那位古靈女子一邊說話，一邊大步從船長和愛麗絲的身邊走過。愛麗絲竭力不讓自己盯著她看，卻還是無法控制自己。所有人都知道麥爾妲·維司奇的故事。她被捲進了一場對抗遮瑪里亞的沙崔甫王的失敗綁架中，和沙崔甫王一同被海盜俘虜，最終又與其他夥伴為遮瑪里亞和海盜王國之間構建起和平，但讓所有人記住她的並非是這一功績，她在婷黛莉雅從殼中孵化出來之前，就和那頭巨龍有著密切的聯繫。有人說，正是這種聯繫，她從一個普通的繽城商人女孩，變成了一位古靈。還有人說，這是巨龍給她的禮物。她的未婚夫和弟弟也都受到了巨龍的影響，在巨龍孵化的時候得到贈禮。他們的身上全都出現了類似的變化。

「我們曾試圖邀請瑟丹．維司奇參加這場會議，但他不在這裡，也不在崔豪格。我們被告知，至少四個月的時間裡，我們不可能期盼他回來。但到了那個時候，我們將不得不面對惡劣的季節。又一個漫長溼冷的冬天裡，龍群將再一次把卡薩里克的地面攪成一片沼澤。我們必須現在就採取行動，絕不能只為了聽取一個議員的意見就繼續耽擱下去。」

「你們現在採取行動純粹是因為他不在雨野原，無法代表婷黛莉雅表達意見。」

坐在長桌後面的灰髮女子看起來很是氣惱。她的幾名同伴都顯得惴惴不安，但至少有一個人，將手指按在桌子邊緣，以此表達了自己的氣憤。那是一位年輕人，高高的顴骨上閃爍著橙色鱗片，顯然已經怒不可遏，緊咬著牙關，彷彿有憤怒的話語隨時會破籠而出。這場會議的主導者說道：「我們去和龍溝通的時候，妳也和我們在一起。妳明確地聽到了他們的話，知道他們理解我們的提議。妳看到了最大的那頭黑龍贊同我們的提議，願意遷徙到一個更好的地方去居住。我們甚至接受了他們的要求，會派遣獵人與他們同行。現在受雇傭的獵人隨時都有可能到達，龍群也都期待能立即離開。實際上，我們今天早晨的會議是為了確保滿足龍群的一切要求。萊福特林船長，我們召喚你來到這裡，是希望你和你的駁船能夠護送龍群和獵人們前往上游。」

愛麗絲不得不欽佩這名女子高超的語言技巧，如此不著痕跡地將對話從麥爾妲轉向了萊福特林。但她還在努力理解現在的狀況。龍群將離開卡薩里克？會有獵人陪同他們？萊福特林船長的駁船也可能隨行？

「這件事實在是太突然了。」萊福特林船長回答道。他深吸一口氣，減慢了說話的速度，並且每字每句都顯得格外小心，「太突然了，幾乎不可能做到。在給你們答案之前，我需要確切知道我到底要答應些什麼。」

愛麗絲聽出了船長這番話背後的深意。麥爾妲的激烈抗議讓船長知道，現在卡薩里克的議員們在和他的談判中已經完全處在下風。這些議員承認，他們不得不迅速行動。如果萊福特林對愛麗絲說的是實話，那麼他的駁船就是唯一有足夠規模，又能夠陪同龍群前往上游的船隻。無論萊福特林開出什麼樣的價格，他們都要照單付款，否則就會失去這個機會。愛麗絲很清楚，他們只希望那些龍能夠在冬季或者瑟丹．維司奇到來之前出發。

灰髮女子犀利的目光從萊福特林轉向麥爾妲，看起來她已經被困住了。「我們的確有一份工作要給你，萊福特林船長。我們希望能和你簽訂一份包租契約。我們想雇用你的船護送龍群和他們的守護者。柏油人號將為守護者和龍群攜帶額外的補給，並讓我們的獵人搭乘。它將成為一艘母船，如果有需要，守護者的小艇晚上可以停靠在它的旁邊。我們挑選出的獵人將與你同行，他們之中有一位經驗豐富的探索者，除了為龍群提供肉食，他還會繪製一份河道地圖，在旅行日誌上記錄下一切有價值的見聞。他還是議會的代表，有權決定何處是龍群理想的棲息地。他在做出這個決定之後就會通知你，那時，你將返航回卡薩里克。」

麥爾妲用一個尖銳的問題打斷了灰髮女子的話：「如果守護者的小艇需要繫在一艘漂浮的船上過夜，那時龍群又將在何處歇宿？我很想知道這一點，商人博斯克。」

灰髮女子搖搖頭。「母船的功能只是以防萬一，麥爾妲。我們只想對一切意外都做好準備。」

「那個議會的代表呢？為什麼需要這樣一個人？難道龍群不知道哪裡是他們『理想的棲息地』，何時可以讓他們的守護者回來？」

這位古靈的眼睛裡閃動著一點奇異的光芒。愛麗絲意識到，那是那雙眼睛自己發出的光。麥爾妲緊繃的嘴唇顯示出了她的盛怒，但愛麗絲還看到了別的異象。分散在屋中各處的發光圓球開始緩慢地移動，剛才固定住它們的力量消失了，它們開始緩慢卻目標明確地向麥爾妲移動。一名議員不安地吸了一口氣，但其他人仍然保持著面無表情的冷漠狀態。

灰髮女子竭力平靜地說道：「也許當我們到達了某一個地方，那已經是我們竭盡全力能為龍群找到的最合適的地方，龍群卻不知道。這種結果會令人感到傷心，但的確有可能出現。所以我們需要安排一個人與龍群同行，提供一個公允的評估。」

麥爾妲說道：「公允？一名議會代表怎麼可能會『公允』？也許我們也應該安排一位龍族的代表，監管我們的契約，確認龍群得到了公平的對待。你們是否考慮過要安排專人監督你們履行對巨龍婷黛莉雅的諾言？就像履行我們簽署過的每一份契約？」現在那些金色的光球已經在麥爾妲的身周組成了一個環，而房間裡其餘的地方大多陷入了黑暗。球中的光線不住地閃爍，掃過麥爾妲遍布鱗片、光芒閃爍的臉和手臂，讓麥爾妲就如同一尊寶石雕像。現在她的眼睛就像是兩枚堅不可摧的菱面寶石。

「她會在意這些嗎？」商人博斯克對古靈嘶聲說道，「婷黛莉雅早就消失了，只丟給我們一群餓餓的龍來照管！妳要我們怎麼做？把他們留在卡薩里克門口？這對他們和對我們都很不好！把他們留在這裡不能解決任何問題。而如果我們送他們去上游，他們也許還能為自己找到一塊更適宜生存的土地。看看他們已經死了多少，那些活下來的又處在怎樣糟糕的環境裡。現在不是炫耀妳的力量而使我們瑟縮的時候，妳最好幫助我們制定出幫助遷徙的最優計畫。我們竭盡全力也只能為他們做到這些，麥爾妲。這一點妳一定也明白！」

「我完全看不出你們盡了什麼力。」麥爾妲低聲反駁，但她的話語中已經流露出讓步的意思，「我只知道，你們還向我隱瞞了一些事，一些讓這次遷徙變得格外急迫的事。你們到底願不願意對我誠實一些？」她周圍的光線變弱了，只是變弱了一點。

商人博斯克沒有理會麥爾妲的話，只是繼續推進她的優勢：「妳有沒有關於妳弟弟或巨龍婷黛莉雅的訊息？」

「我的弟弟在旅行，所有人都知道從外面寄信回來有多麼困難。這幾個月以來，我也沒有聽到過婷黛莉雅的訊息，沒有感覺到她的接觸。我不知道她現在情況如何。她可能只是距離我們太遠，或者也可能是遭遇了某種可怕的意外。我不知道。」麥爾妲的話語顯得格外苦惱。但隨後她的語氣又堅定起來，「但我知道許多繽城商人都曾經向婷黛莉雅許下諾言，說他們願意竭盡全力幫助她的後代，以此回報她對他們的援助。在我們和恰斯人的戰爭中，如果沒有婷黛莉雅，繽城可能早已化為一片焦土。是她從雨野原河口趕走了恰斯國的戰船。當我們最需要她時，她及時伸出援手。而現在，她離開了，我們就要拋棄那些幼龍，讓他們自己去送死，只因為養育他們是一項沉重的任務？難道在時局好轉之後，商人的話就變得如此無足輕重了嗎？」隨著麥爾妲的話語，包圍她的光球釋放出更強的熱量。光線從她的身上反射出來，讓她彷彿也變成了一個光源。

房間裡陷入一片寂靜，也許是因為古靈的問題讓這些商人感到羞慚。幾名議員交換了一下眼神。

愛麗絲小心翼翼地打破了眼前的沉默。「我當時就在那裡。巨龍來到繽城商人大堂，和我們簽訂契約的那個晚上，我是在場的見證人之一。我聽到了婷黛莉雅所說的每一個字。儘管我很年輕，但我參與了和巨龍簽署契約的整個過程。」說到這裡，她的聲音漸漸微弱了下去，「當雷恩．庫普魯斯開口請求婷黛莉雅幫助他尋找麥爾妲，以此作為契約的條件之一時，我就在雷恩．庫普魯斯的身邊。」她的目光從震驚的古靈轉向商人議員們，然後挺直身子，凝聚起勇氣——她甚至不知道自己還擁有這樣的勇氣。她提高聲音，希望自己的話語能夠充滿整個房間，「我的名字是愛麗絲．金卡羅恩．芬波克。在見證過與巨龍婷黛莉雅簽訂契約一事之後，我開始對與之相關的各種事件產生了興趣。現在我是繽城中對於龍和古靈了解最為廣博的專家之一。我從繽城來至此地，正是為了與龍進行交談，希望對他們的族群有更多了解。」

「自從婷黛莉雅第一次出現在我們面前，我將我全部的時間，用於研究和翻譯現存於繽城中與龍族有關的每一份卷軸及殘簡斷片。當你們談論要撕毀一份巨龍用她的真名和人類定下的契約時，我認為你們並不完全明白你們在說些什麼。作為全繽城對龍族最了解的學識權威，我是明白的。」

她深吸一口氣。也許在繽城根本不會有人承認她的這番陳辭，但她將所有這些疑慮都推到了一邊。至少沒有人從繽城來到這裡反駁她。而且她知道她的話絕無虛假，這才是此時最重要的。她的聲音變得清晰果決，聽到自己的話語，就連她自己也感到驚愕不已：「我不相信卡薩里克商人議會有權威做出這一決定，事關……」

「妳一直在研究龍和古靈，」麥爾妲突然打斷了她，這位古靈甚至沒有顧忌這樣做有多麼失禮，「在所有妳研究過的古代卷軸中，妳是不是讀到過一個被稱為克爾辛拉的地方？我相信那是一座古靈城市。」

愛麗絲覺得自己就像是一艘航船突然失去了推動帆篷的風。麥爾妲的問題是如此出乎意料，讓她打算與這些商人議員們進行爭辯的思路鏈條一下子斷掉了。當得知這些人打算「遷移」龍群的時候，她曾經感到無比震驚。萊福特林在船上對她說過的那些話，讓愛麗絲曾經相信她至少還有幾天的時間能夠和龍群對話。而現在，她可能連這麼短的一點時間都得不到了。在這一刻，她已經下定決心，無論要做什麼或者說什麼，她都必須將這幾天爭取回來。但麥爾妲的插話讓她一下子失去了有條理的思維和心中的勇氣。她剛才的一切虛張聲勢一下子都煙消雲散了。她向議員們瞥了一眼，以為他們會因為麥爾妲的突兀發問而感到氣惱，但這些人卻似乎像麥爾妲一樣，只是一心期待著她的回答。商人博斯克向前傾過了身子，兩隻眼睛死死地盯住她。愛麗絲本來已經忘記了站在身邊的萊福特林船長，現在船長伸出手按在她的小臂上，給她帶來安慰，「繼續說，告訴他們。」

船長的話反而在愛麗絲的心中引起一陣波瀾。她的確知道克爾辛拉，但萊福特林船長又是怎麼知道的？這時愛麗絲回憶起昨天下午，萊福特林船長和她講述河上航行的故事，向她描述柏油人號在其他船隻無法航行的淤塞河汊中來去自如。愛麗絲也渴望表現自己，當時就故作聰明地點點頭，也講述了一個從古代卷軸中看到的故事。那個故事說的是克爾辛拉的碼頭要多麼頻繁地進行疏浚。萊福特林船長當時說他從沒有聽說過這樣一座城市。愛麗絲聳了聳肩，不在意地表示：也許雨野原河在很早以前，就將那座城市淹沒了。

愛麗絲的目光轉向麥爾妲。那位古靈顯得格外激動，她向愛麗絲稍稍俯過身，一雙眼睛裡燃燒著希望。飄浮在她周圍的光球再次鋪展開來，但她依然是這個房間裡全部光源的中心。愛麗絲怎麼能告訴這位古靈，克爾辛拉之於他，也不過是一份卷軸上的名字？她有些無能為力地向周圍掃了一眼。不知是因為命運還是巧合，她的目光落在了麥爾妲左側的一幅織錦。一陣奇異的激動感受，湧過了她的全身。她緩緩舉起手，向那裡指去。「克爾辛拉就在那裡，」她一邊說一邊向那幅織錦走去，每向前邁一步，她的心跳都會更快一些，「請多給我一些照明。」新發現的興奮心情讓她幾乎忘記了自己身在何處，正在向誰說話。

一聽到她的要求，麥爾妲就讓許多光球飄到她身後。光球跟隨著愛麗絲，愛麗絲停住腳步，它們也立刻停下。當光球聚集在織錦周圍的時候，那幅織錦看上去就像一扇通往編織世界的窗戶。那裡面的一切都變得栩栩如生。當年製作這幅織錦的匠人，一定是有意想儘量將廣闊的地理風景囊括入這幅作品之中。「在這裡，」她指向一個點說道，「這裡就是克爾辛拉著名的地圖塔。根據我閱讀到的資料，我相信不止一座大型古靈城市有這種地圖塔，每一座這樣的高塔中都保存有周圍區域的大量地圖，從這種高塔的窗戶向外眺望，就能看到塔中地圖所描繪的地區。有時塔中還有關於更遙遠地方的地圖。我看到的卷軸裡還提到，這種地圖塔能夠幫助人們迅速前往遠方，只是我還沒有能從卷軸中找到這種旅行的具體方法。克爾辛拉的地圖塔在幾份不同的卷軸中都有被提及，也許這表明它要比其他地圖塔更加重要。」

愛麗絲聽到自己的話音彷彿從很遠的地方傳來，那聲音如同課堂上的教師一般高亢清晰。她曾經夢想過有朝一日能被承認學者的身份，人們會聚集到她面前聆聽她的教誨。那時她就會用這樣的聲音向世人傳授種種智慧。但她從沒有想到過自己會在卡薩里克進行演講，更想不到她的聽眾之中還會有一位古靈。她又指向織錦上的另一個地方，「你們能看到這座地圖塔位於一座非常宏偉的建築物頂部，前方的這些裝飾紋樣中顯示出一位元古靈女子正在催趕一頭公牛犁地。你們還能看到，臨接的這堵牆壁上描繪了一頭巨龍女王。我認為這兩幅壁畫連綴在一起並非偶然，而且這兩個形象是被描繪在這座城市主要建築的兩面支撐牆壁上，這更加凸顯了它們的重要。但我們不知道這座建築另外的兩面牆壁上描畫了一些什麼。」

「請注意通向這座建築高大入口的階梯，它是這樣寬，它的每一級台階又是這麼高。無論人類還是身材與人類相仿的古靈都不會需要這樣的台階，更不需要這麼高大的門戶。在我看來，這種建築的功能可謂一目瞭然，正像一份名為《都市紀錄》的卷軸中所記載，這樣的城市建築是同時供古靈和巨龍使用的。」

「但這座城市到底在哪裡？克爾辛拉在哪裡？」麥爾妲急不可耐的提問打斷了愛麗絲的演講。

這位繽城女子緩慢地向古靈轉過頭。「我無法告訴妳它的準確位置。就我所知，在這片現在被我們稱為雨野原的土地，還沒有發現這樣的地圖。但從我們得到的文字描述判斷，我可以確切地說，這座城市就在崔豪格和卡薩里克的上游。我們從古文獻的描述中能夠得知，這座城市周圍是大片豐饒蔥翠的草原，有足夠的食物可以同時供養許多人工放牧的畜群和野生獵物，而這二者又都能為巨龍們提供豐足的美食——這是他們在那座城市享有的天然資源。但這種開闊平坦的草原和我們所熟知的雨野原叢林，是兩種截然不同的地貌，古老文卷中對於雨野原河的描述也和現在不同。根據我看到的卷軸，流淌過克爾辛拉的河流很深。在洪水季節，河水湍急而危險。卷軸的插圖和這幅織錦都清晰地顯示：裝有龍骨的深水航船，能夠一直抵達克爾辛拉，並停泊在它的碼頭。請看，就是這幾艘規模相當龐大的貿易船隻。這和我們今天看到的雨野原河都不一樣。所以我們可以推測，這條河可能發生了變化——從這裡發掘出來的地底遺跡觀之，這一點是毋庸置疑的。我們也可以猜想這裡或許還有另一條完全不同的大河，一條支流，或者是一條已經被我們的雨野原河併吞的古代河流，曾流經克爾辛拉。」

愛麗絲的氣息已告枯竭，幸好她的演講也在此時完成了。她從織錦前轉過身，面向她的聽眾們。麥爾妲的臉上交雜著勝利和悲傷的神情。桌邊的那名灰髮雨野原女子用力地點著頭。「非常好！」她搶在所有人開口之前高聲說道，「您讓我們受惠良多，女士。那頭黑龍說過，克爾辛拉是他們最有可能到達的目的地。根據他們提供的一些線索，我們能知道那是一座巨大的古靈城市。但至今為止，我們都無法證明它的存在。您不僅讓我們看到了這幅織錦作為實際證據的巨大價值，還以您的學術觀點向我們證明了這個地方的確有還可能存在。這是我們能夠得到的最好訊息！」

「但是，」麥爾妲堅決而篤定地說，「我還是需要一份地圖，能清楚顯示那座曾經存在的城市和我們已經找到的這兩座古靈城市的相對位置。」她彷彿有些氣惱地抖動了一下手指，那些光球就像被嚇到的貓一樣，向四周逃散開去。她走到環繞房間的一排排長椅前，慢慢坐了下去。突然間，她彷彿又變成了一個普通人，而且看上去疲憊不堪。「我們曾經深深地辜負了他們。我們向婷黛莉雅做出承諾。一開始，我們也曾經竭盡所能幫助他們。但漸漸地，我們放棄了我們的原則。最近這兩年簡直就是一場惡夢。他們死了那麼多。」

「若沒有我們的幫助，他們全都會死。沒有我們的幫助，他們之中的絕大多數，根本不可能成功結繭，更不要說孵化了。」商人博斯克說出了這個簡單的事實。

「若不是我們將他們切割成塊建造航船，他們之中的大多數都將活過那場地震，成功孵化。」麥爾妲反駁道。

「如果沒有活船，你們會來到這裡嗎？」愛麗絲斗膽提出這個問題。麥爾妲顯然已經深陷在絕望之中。但愛麗絲的心中卻生出一股興奮之情。她出生以來所擁有的最精彩的想法正慢慢在她的腦海中展開。她幾乎不敢將這個想法說出口。她內心搖擺於兩種恐懼——恐懼他們會拒絕她，也恐懼他們會接受她的提議。她只能竭盡全力讓自己的聲音保持平穩：「龍群再過多久要出發？」

「越快越好。」商人博斯克回答道。她用雙手撫平自己紋絲不亂、像巨龍鬃冠的灰髮，「繼續耽擱，對我們和龍群全都不會有好處。我希望他們最好能夠在明天起程。」

「但我們從繽城一路趕來就是為了能研究這些龍，並希望和他們進行交談。」愛麗絲反對說。

「你會發現他們都不喜歡談話。」麥爾妲鬱鬱寡歡地說，「即使妳在幾個月以前就來了，妳可能也找不到什麼機會和他們暢談。雖然我很不願意承認，但商人博斯克是對的。他們現在的處境非常惡劣。我曾經盡可能經常去探望他們，我知道為了遵守我們和婷黛莉雅簽訂的契約，人們付出了怎樣的代價，對此我絕沒有視而不見，我只希望這件事能夠有一個更好的結局。我希望我能夠和他們一起走，確保他們安全地找到一個更好的棲息地。但我沒法子這麼做。」

聽起來，她是如此頹唐沮喪，愛麗絲甚至有些懷疑這位古靈女子是不是生病了。但就在這時，她將雙手放在了肚子上——毫無疑問，這個手勢表明一個女人懷了孩子，並且看重她的孩子更甚於自己的生命。整個謎題的最後一塊拼圖終於就位了。眼前的一切就是為愛麗絲準備的，如果不是命中注定，那也所去不遠了。

「妳不能去，但我能，」愛麗絲清楚地說出這句話。她在這一瞬間交出了自己，也為自己抓住了一個機會，「我願意和他們一同旅行，利用我關於巨龍一族的知識，盡我所能幫助他們。我也渴望和他們一同旅行，竭盡所能了解他們、觀察他們。請恕我斗膽直言，我最大的希望莫過於能夠和他們一起重新發現克爾辛拉。就讓我去吧。」

愛麗絲的話只換來房間中的一片寂靜，但愛麗絲能夠清楚地感覺到這片寂靜下面的暗流湧動。麥爾妲看著她，彷彿看到了一種救贖。商人博斯克顯然對她很有興趣。另外兩名商人議員盯著她，眼睛裡充滿了厭惡和恐懼。愛麗絲下意識地做出了一個判斷——這兩個商人已經得到某種線索，確認克爾辛拉是真實存在的，他們可以在那裡發掘出極具價值的古靈珍寶。而她剛剛在無意中破壞了他們兩個的某種祕密計畫。這個想法點燃了愛麗絲的勇氣。她高聲向麥爾妲說道：「如果克爾辛拉重新被發現，並且依然完好如初，那麼它就會成為了解古靈和巨龍如何互動的最好資源。在崔豪格和卡薩里克發現的許多祕密，也許都能在克爾辛拉得到解答。」

「這當然是雨野原商人需要討論的一個議題。」一名商人議員帶著思忖的語氣說道。

「這當然是古靈和巨龍的事務。」麥爾妲反駁道。

「第一步是找到那個地方，並且將龍群平安地帶往那裡。」萊福特林露出燦爛的笑容。他大步走過陰暗的房間，和愛麗絲一起站到光球灑下的光亮中。「如果這位女士願意繼續這趟旅程，進行她對龍族的研究，那麼我很願意請她搭乘我的船，」商人議員的灰髮女首領向前俯過身子，彷彿是要表示反對，船長卻又鎮定地搶先說道，「實際上，我願意將此作為我接受這一任務的條件之一。」他大膽地轉向麥爾妲，淺淺地鞠了一躬，「也許我們應該聽從麥爾妲．庫普魯斯的意見，她建議龍群應該有一位代言人。在我看來，請一位龍族學識專家隨船同行，也許才是一種更為明智的選擇。」

麥爾妲露出虛弱的微笑。然後她轉向商人議員們。「在這件事上，我可以代表婷黛莉雅發言。」她的目光又轉向愛麗絲。愛麗絲從她的眼睛裡看到了古靈對自己的期待。不等麥爾妲再開口，愛麗絲便向她點了點頭。於是麥爾妲說道：「如果愛麗絲．芬波克願意參加這次遠行，我很樂意接受她成為我們公正的評審者，確認這一行動是否符合龍群的最大利益。」

穀月第四日
商人聯盟獨立第六年
來自黛托茨
致艾瑞克

艾瑞克：

那個卑鄙的小雜種，就連他的鴿子也不會把屎屙到他身上！難道我們在紙卷一角留下的一點墨水，能夠增加鴿子承載的重量嗎？那個自以為是的傢伙，總是找機會讓我丟臉，因為如果我被解雇了，他的兄弟就能受雇取代我的位置！我只能懇請你，如果你要在紙條上添加什麼訊息給我，一定要仔細注意你使用的鴿子。請記得，我鴿舍中的鴿子全都繫著紅環帶。金姆甚至沒有給他的環帶塗上顏色，只是使用素色皮子，那個懶惰的大便。

黛托茨

11

遭遇

泥濘的河岸已經乾透了，棕褐色的泥土上遍布龜裂和縫隙。辛泰拉淌著如同灰色泥漿一般的河水走上岸邊，腳底鬆軟的泥土不停地向下塌陷，讓她一邊走一邊搖晃。她心中不由得又想到，巨龍這種生物絕不該被困在陸地上。

她剛剛想去河裡洗個澡，河水還不停地從她藍色的鱗片上滴落下來，在她身後留下一道水痕。她張開自己發育不良的翅膀，拍打幾下，甩出一片水滴，又將它們在肋側收疊起來。她徒勞地夢想著一片寬闊的河岸，上面鋪滿熱砂，讓她能夠在太陽下烤乾整個身子，再打磨自己的爪子和鱗片，直到她全身閃閃發光。在這一世中，她從來沒能享受過一場痛快的沙浴，更不要說在細沙河岸上打磨身體了。她相信，細小的沙粒一定能清除掉孳生在她和其他所有龍身上的那些吸血的小蟲子。儘管她每天都會洗淨自己的身體，但其他龍都很少這樣做。只要他們的身上還有寄生蟲，她又生活在他們身邊，那麼無論怎樣清潔身體，都不會有多大的意義，但辛泰拉還是沒有放棄這種儀式。她是一頭龍，不是沒有思想的泥巴蜥蜴。

河灘上的森林讓大部分河岸籠罩在永恆的陰影中。被困於此地的這些年裡，龍群擴大了這片空地的面積。他們會在樹幹上磨礪自己的爪子，或者摩擦覆滿鱗片的身體，以此來緩解寄生蟲對他們的叮咬。一些樹都被這樣磨死了，還有一些樹是被他們故意殺死的。他們也想讓這一片他們無法逃離的棲息地變得更大一點，但這種努力的效果其實非常有限。殺死一棵樹，它的樹葉就會脫落乾淨，會有多一點陽光灑落在地面上。但想要推倒一棵樹就沒那麼容易了。儘管嘗試的次數不算多，但現在所有龍都明白了，就算是合數頭龍的力量，也無法推倒一棵真正的大樹。

每天太陽升到最高位置的時候，陽光會直接照射在河岸上。這樣的時間只會持續一、兩個小時。辛泰拉審視著分散在面前的這十四頭龍，他們之中大部分都在沉沉大睡，或者是打著瞌睡，盡可能吸收太陽的光和熱。在這個午後，他們實在是沒有什麼事情可以做，體型最大的龍占據了陽光最充足的地方，體型小的龍也竭力尋找一個適合曬太陽的位置。現在，斑駁的樹葉陰影已經落在大部分龍的身上，最小的龍已經完全陷入到陰影裡，就算是最好的位置也說不上有多麼舒服。被曬乾的河泥上騰起了一團團塵埃，刺激著每一頭龍的眼睛和鼻腔，但至少天氣還算溫暖，他們還能得到一點陽光。辛泰拉的皮膚和骨骼只是渴望著光與熱，就像她的肚子只渴望著食物。

陽光在極少數幾頭還算注重自身清潔的龍身上閃耀著。卡羅，他們群落中最大的龍，一身藍黑色鱗片光芒閃爍。他正匍匐在陽光最明亮的一片土地上，頭枕在前腿上，一雙眼睛閉起，緩慢的呼氣每一次都吹起了一小團塵土。他的翅膀收疊在背上，看上去幾乎沒有什麼毛病。他很少會將翅膀張開，但每當他這樣做的時候，就會暴露出翅膀下脆弱的肌肉組織。

在他的身邊，蘭克洛斯一身閃閃發光的猩紅色鱗片和汙濁的河岸形成了鮮明的對比。他的銀色雙眼被眼瞼覆蓋，顯示出他正在熟睡中。他的身材比例非常糟糕，彷彿有人將三頭不同的龍各截出一塊，拼合在一起。他的前腿和肩膀強壯有力，但後部身體卻瘦小羸弱，尾巴更是細得可笑。他的一雙翅膀總是耷拉著，根本沒辦法整齊地收疊起來。真是可憐。

辛泰拉眯起眼睛，看著趴伏在地上、天藍色的塞斯梯坎。那頭龍張開翅膀，占據了辛泰拉的地盤。他那四根骨瘦如柴的長腿，在睡覺的時候還不停地抽搐著。在辛泰拉和塞斯梯坎之間還睡著幾頭身體更小，更沒有力量的龍。他們灰暗的皮膚上全都是汙泥。睡著的時候，他們就像同一隻腳上的腳趾頭一樣擠在一起。

辛泰拉從這些小龍之間徑自擠了過去，絲毫不在意他們的感受，一頭小龍發出尖細的叫聲，另外兩頭在被她踩到的時候哼了幾聲。有頭小龍在她腳下翻了個身，讓她失去了平衡。她甩動尾巴防止自己摔倒，同時拍動了兩下還沒有全乾的翅膀，在這些龍的身上灑下了一片冰冷的水滴，引來一連串的咆哮。但沒有一頭小龍真的敢挑戰她。當她來到自己的位置時，她故意踩住了塞斯梯坎藍色的翅膀，把爪子一直踩進泥土裡。

塞斯梯坎驚訝地咆哮一聲，想要翻身滾開。辛泰拉卻向被踩住的翅膀加了一些力量，故意讓那片翅膀裡精緻的骨骼凹陷下去，一邊向塞斯梯坎咆哮道：「你占了我的地方。」

「別碰我！」塞斯梯坎也向她吼叫著。辛泰拉稍稍抬起爪子，讓塞斯梯坎只能勉強將自己已經瘀傷的翅膀拽走。當塞斯梯坎將翅膀緊緊收束在身側的時候，辛泰拉已經倒臥在塵土之中。她仍然很不高興。這片土地上還留有塞斯梯坎的體溫，但這完全無法和她幻想中的灼熱陽光相比。不管怎樣，她還是躺了下來，又粗暴地將維拉斯擠開一些，為自己奪取了更多的地盤。那頭深綠色的雌龍動了動身子，露出她的小牙齒，但很快就又昏昏欲睡了。

「不要再到我的地盤上睡覺。」辛泰拉警告那頭藍色大龍，然後她又躺得更舒服一些，忿恨地將尾巴收在身子周圍，而不是照自己所希望的那樣將它甩在身後，但她剛剛將頭枕在前爪上，塞斯梯坎突然猛地站起身。感覺到那頭藍龍的影子落到了自己身上，辛泰拉氣惱地吼了一聲。在入睡的龍群邊緣，一頭小龍抬起頭愚蠢地問：「食物？」

現在不是他們的進食時間。但還是有不少龍抬起了頭，迷迷糊糊地站立起來，想要看看是什麼來到了岸邊。

「是食物嗎？」芬提憤怒地問道。

「這要看你有多餓。」維拉斯回答，「是一些裝滿了人的小船，他們正把小船拖到岸上。」

「我聞到了肉味！」卡羅高聲說道。其實在他說出這句話之前，龍群已經開始行動了。辛泰拉將維拉斯擠到了一邊。那頭壞脾氣的綠色雌龍咬了她一口，辛泰拉抽了她一尾巴，但她的報復也就僅止於此。首先搶到食物要比任何復仇都更重要。辛泰拉聚集起力量，縱身一躍超過芬提。她下意識地張開皺縮的翅膀，但仍然是毫無用處。辛泰拉用力把翅膀收回到身側，繼續跌跌撞撞地向河岸邊跑去。

那一群年輕人類在河岸上縮在一起，顯露出畏懼的樣子。其中一個人叫喊著，向他們停在河灘上的小船跑去。隨著龍群向他們逼近，又有另外三個人也跟著第一個人轉身逃走。還有另一些人正從他們的樹上窩巢中沿著梯子爬下來，來到通往河岸的那條夯土窄路上。辛泰拉在那些人中嗅到了她熟悉的一個獵人的氣味。那個獵人提高聲音，向乘小船而來的人們喊道：「沒事的，他們只是嗅到了食物，僅此而已。不要亂跑，準備好和他們見面吧，你們就是為了他們才到這裡來的。我們已經為他們準備好了肉。我們先餵飽他們，然後你們就能夠在他們中間走動，和他們打個招呼。不要亂跑！」

辛泰拉能在那些乘小船而來的人身上嗅到恐懼的氣味。她注意到小船上的那些人都很年輕。現在那些人全都爭先恐後地喊出各種問題，或者尖叫著發出警告。這時，獵人們紛紛推著手推車從夯土窄路上走過來。每一輛木製手推車上都高高地堆著肉和魚，數量要遠超過平時。辛泰拉選擇了第三輛小車，將本打算占據那輛車的蘭克洛斯推到一旁。蘭克洛斯咆哮了一聲，但很快就選擇了第四輛手推車。就像以往一樣，推小車的人很快就離開了進食的龍群，站到大樹後面很遠的地方。直到每一頭龍都吃完，他們才會過來把小車推走。

辛泰拉將自己的長嘴插進成堆的肉裡面。這些肉都已經硬了，血液乾結在裡面，肌肉粗韌難嚼。車中的這頭鹿也許是昨天，甚至前天就被殺死了。屍體的內臟散發出一陣陣腐臭的氣味。但辛泰拉不在乎。她咬下一大塊肉，吞進肚子裡，再咬，再吞嚥，以最快的速度吃光車中的一切。即使每一頭龍都能分到一輛手推車，如果有的龍搶先吃光了自己車裡的食物，就很可能會過來爭搶她的最後一口食物，這樣的事情並不少見。

在匆忙之中，辛泰拉推翻了自己的小車，讓最後幾塊肉散落了一地。最後一條鯉魚身上沾滿了塵土，又黏住了她的喉嚨，讓她不得不用力甩頭，努力想把它嚥下去，但這條魚仍然哽在她的喉嚨裡。辛泰拉顧不得其他，只好先跑到飲水坑去——河水從側面滲進這個坑裡，充滿坑中的水不像河水的酸性那麼強。辛泰拉將長嘴探進飲食坑，長飲了一口水，向天空抬起頭，把水吞進肚子。但那條魚仍然黏在她的喉嚨上。她又喝了一大口水，終於把魚沖進肚子裡，寬慰地打了個嗝。這時一個人提問的聲音嚇了她一跳：「妳還好嗎?看起來妳噎住了。」

辛泰拉緩緩地低下頭。站在她肩膀旁邊的是一個身材細瘦的雨野原女孩，在她的面頰上有一些細小的鱗片被太陽照亮，閃耀著點點銀光。辛泰拉沒有對這個人類說一句話，而是轉過頭，看著河邊的泥土平地。乘小船來的人類仍然有一些擠在他們的小船邊，沒有走過來，但他們之中已經有零零星星的幾個人離開群體，來到龍群之中。辛泰拉將注意力轉回到和她說話的這個女孩身上。這個人類幾乎還沒有她的肩膀高。她嗅到了木頭的煙氣和恐懼的氣味。她張開口，深吸了一口氣，充分吸進這個女孩的氣味。她將這口氣呼出去的時候，看到女孩被她的氣息噴到，向後瑟縮了一下。「為什麼妳要問這個？」她問道。

女孩沒有回答這個問題，而是向森林指了一下說道：「妳孵化的那一天，我就在那裡，在那棵樹上看著妳。」

「我沒有在這裡『孵化』。我是從我的繭中出來。妳對龍竟然這麼無知，不明白這其中的區別嗎？」

女孩面部的皮膚溫度和顏色都發生了改變——她體內有更多血液湧向了那裡。「我並不無知。我知道龍的生命之初，是開始於在遙遠的沙灘上孵化出的長蛇。『妳在這裡孵化』，這只是一種說法。」

「這樣用辭很不謹慎。」辛泰拉糾正她。

「我很抱歉。」女孩道歉。

「很抱歉。」賽瑪拉匆忙地說道。這頭龍看上去脾氣很不好，也許選擇她是一個錯誤。賽瑪拉向刺青瞥了一眼。那個男孩正試圖接近一頭綠色的小雌龍。而那頭綠龍似乎完全沒有注意到他，直到刺青過於靠近那頭綠龍的肉車，綠龍才向他發出威脅的嘶吼。拉普斯卡已經伸出雙臂，抱住了一頭體型如同小牛的小紅龍，用手指撓著小紅龍頭部靠近頸鬃的地方。小紅龍靠進他的懷裡，愉悅地蹭著他。片刻之後，賽瑪拉意識到拉普斯卡正在從小紅龍的身上撓掉大量的寄生蟲。那些多肢蟲子像雨點一般從龍身上落下，拉普斯卡則越發賣力地撓著小紅龍的鱗甲。

其他大部分龍群守護者仍然簇擁在小船周圍看著他們。格瑞夫特在小船碰到岸邊的時候就宣布了他挑中的龍：「那頭大黑龍是我的。所有人都別過去，在你們靠近其他龍的時候，先讓我有機會和他聊聊。」

也許真的有一些人被格瑞夫特自封的領袖權力鎮住了，但賽瑪拉沒有。她已經看到了她想要照顧的龍。那是一頭閃閃發光的藍色雌龍，在她短小的翅膀上還有閃耀的銀色斑紋，連續不斷的鱗甲皺摺覆蓋了她的全部脖頸，就像是貴婦人的長裙，儘管翅膀過小，但在龍群之中她依然是外形姣好的。賽瑪拉相信她擁有著非凡的生命力，所以一開始就大膽地靠近了這頭龍。現在她卻有些懷疑自己是不是做了一個糟糕的選擇。這頭藍龍看起來對她並不算特別友善，而且這頭龍很高大，剛才她大口吞吃小車上的魚肉，那樣子似乎表明，要填飽她的肚子會是一項難度很大的挑戰。不，這是不可能的——賽瑪拉心情沉重地意識到了這一點。她在崔豪格時以為自己能夠勝任這份工作，現在她才明白這根本是一個毫無希望的任務。如果她要一個人餵養一頭龍，那頭龍在大部分的時間裡一定都只能饑腸轆轆。

這頭龍就算填飽了肚子，脾氣似乎也不會太好。如果等她走了一天的路又肚子空空的時候呢？賽瑪拉很不情願地掃了一眼其他龍，想要尋找一個更好的對象。面前這頭龍顯然一點都不喜歡她。

但其他守護者已經紛紛鼓起勇氣，進入了龍群。凱斯和博克斯特向兩頭橙色的龍走去。賽瑪拉心中掠過一個疑問——這兩兄弟是不是無論幹什麼都會做出相似的選擇？希爾薇有些羞怯地將雙手背在身後，低垂著頭，正低聲和一頭金色雄龍說著話。就在賽瑪拉看到他們的時候，金色雄龍昂起頭，露出一段藍白色的喉嚨。潔珥德站在一頭有黃金條紋的綠色雌龍身邊。當其他守護者在龍群中分散開的時候，賽瑪拉迅速點數了一下，守護者的數量並不夠。龍要比他們多兩頭，這會成為一個問題。

「你們為什麼會來這裡？這種侵擾算是怎麼回事？」龍的聲音中帶著怒意，彷彿賽瑪拉冒犯了她。賽瑪拉被嚇了一跳。「什麼？難道他們沒有告訴你們，我們為什麼會來？」

「誰應該告訴我們？」

「議會。雨野原議會成立了一個委員會，專門負責解決龍的問題。他們決定要讓龍群遷移到河上游一個更好的地方去，這樣對龍才更好。那裡有開闊的草原，乾燥的土地，還有大量獵物可以供你們享用。」

「不。」龍冷冷地否認。

「但……」

「這不是他們決定的。沒有人類能決定我們的任何事。是**我們**告訴照顧我們的人類，我們要離開這個地方，為此我們需要他們的服務。我們要他們提供獵人和隨從一路照料我們。我們告訴他們，我們打算返回克爾辛拉。小傢伙，妳有沒有聽說過那裡？那是一座古靈城市，一片陽光燦爛的遼闊原野，還有砂質河岸。居住在那裡的古靈是擁有高度文明和淵博學識的物種，並且非常喜愛巨龍。那裡的建築物都是為了供我們使用而設計的。那片平原上充滿了牲畜和野味。那才是我們要去的地方。」

「我從沒有聽說過這個地方，」賽瑪拉有些猶豫地說。她不想再冒犯這頭龍。

「妳聽說過或者沒有聽說過什麼，我完全不感興趣。」龍轉過身不再看她，「那裡就是我們要去的地方。」

這樣不行。賽瑪拉無助地向周圍望了一眼。還有兩頭龍沒有守護者。他們的身上全是汙泥，遲鈍的雙眼沒有半點光彩，只是蠢笨地嗅著空空如也的手推車。那頭銀龍的尾巴都潰爛了，另一頭龍也許有著一層古銅色的皮膚，但已經骯髒到看上去更像是灰褐色，而且那頭龍瘦得簡直是皮包骨。賽瑪拉懷疑他體內也像體表一樣有大量寄生蟲。根據賽瑪拉冷靜的評估，這兩頭龍都不可能在前往上游的漫長旅途中生存下來，但也許這沒有什麼關係。看起來，她那個和她守護的龍成為朋友的幼稚夢想，也不過如此。那是一個多麼愚蠢的夢，她竟然想和如此強大高貴的生物建立友誼。在重新思考過這次遠行的種種狀況之後，她的心被沉重地現實狠狠壓了下去。她要餵養並照料一個對她毫無善意的生物，而且這頭巨大的生物只要隨便一擊就能要她的命。至少她的母親還要比她矮一點呢！想到自己寧可待在母親的身邊，也不願意陪伴這頭脾氣糟糕的龍，賽瑪拉不由得扭曲嘴唇，露出一絲微笑。

龍向她的耳邊噴了一口氣：「怎麼了？」

「我什麼都沒有說。」賽瑪拉低聲說道。她想要躲到一旁，但這頭龍已經盯住了她。

「我知道克爾辛拉。妳沒有聽說過那個地方不代表它就不存在。我相信，我們要尋找的克爾辛拉，正是你所說的：『開闊的草原，乾燥的土地，和大量獵物。』而且我覺得，如果任何一個雨野原人聽說過那個地方，那裡現在一定已經有雨野原人的居民聚落了。」

「的確，」賽瑪拉不情願地表示同意，同時又暗自思忖自己以前為什麼沒有想到事情會是這樣？當然，那個委員會，那些年長而且睿智的雨野原商人告訴她，那片富饒之地將能被她找到，但他們又知道些什麼？他們之中沒有一個人看上去像獵人或採集者，甚至很可能連樹冠層都沒有去過，更不要說沿河岸進行探索了。如果這樣的地方並不存在呢？這會不會只是一個將龍群和照料他們的人趕出卡薩里克的陰謀？

賽瑪拉將這個想法推到一旁。這個念頭讓她感到害怕，不只是因為這也許是真的，而是因為她突然明白了，和她簽署契約的那些人，完全有能力將這些龍和他們的守護者放逐到一場只能沿沼澤河岸不斷前行的艱險旅程中。「為什麼你們如此確信克爾林格是存在的？」她問這頭高大的藍色雌龍。

「如果妳想要談論克爾辛拉，那麼妳至少應該先念對它的名字。妳對於言談用語實在是太不注意了。不過我估計像你們這樣小腦子的生物，記憶任何資訊都應該是很困難的。至於說我們為什麼知道它的存在，那是因為我們記得它。」

「但你們從沒有離開過這片河灘。」

「我們擁有祖先的記憶。嗯，至少我們之中的某些龍，擁有一部分祖先的記憶，而克爾辛拉正是我們得以繼承的記憶之一。那座城市矗立在陽光下的寬闊河岸上。那裡的井中會湧出甜美的銀色水流，那裡的廣場和建築物可以同時供古靈和巨龍使用，那裡的秀美原野上全都是肥美的牛群。」龍用夢幻般的聲音描述這些。片刻之間，賽瑪拉幾乎感覺到這頭龍正渴望著充滿溫熱血液和多汁肉塊的肥碩牛隻，然後是痛快的洗浴和在河邊白色沙灘上打著瞌睡，度過漫長悠然的一天。賽瑪拉搖搖頭，清理掉頭腦中的這些想像。

「怎麼了？」龍問道。

「我們發現的古靈城市都被深埋進了淤泥裡。這些城市的居民也早就死了。他們留下來的織錦和繪畫，讓我們看到了一個和現在的這裡截然不同的地方。這使得我們的學者在很久以前就宣稱古靈的故鄉還在南邊很遙遠的地方，而不是他們曾經在這裡建造的城市。」

「那麼你們的學者就錯了。」龍斷然說道，「我們的記憶也許是不完整的，但我能告訴妳，我記得卡薩里克旁邊是一條很深的大河，湍急河水在貼近河岸的地方形成輕緩的亂流，再向外就是夾雜銀色條紋的黏土河岸。那條河的水深足以供長蛇輕鬆上溯。古靈船隻也能夠一直航行到卡薩里克以及更向上游的其他城市。卡薩里克本身並不是一座很大的城市，但它也有許多奇妙的地方。如果被你們稱作崔豪格的那片結繭地被占滿了，卡薩里克就會成為長蛇的第二結繭地——這也是卡薩里克最著名的地方。這片第二結繭地並不是在每一個遷徙年都會使用，但在一些年分裡，它的確還是用得到的。所以卡薩里克擁有一些足夠高大的房間，能夠供前來照料龍繭的巨龍們居住。這裡還有觀星室，它的屋頂是玻璃的。古靈們一直習慣於在夜晚借助那片玻璃屋頂研究星象。進入星室需要經過一條長長的走廊。那條走廊的牆壁上裝飾有寶石鑲嵌的各種圖案。那些寶石能夠自己閃耀出明亮的光彩。那條走廊中沒有窗戶，這樣來訪者就能更容易地欣賞閃閃發光的寶石壁畫。我還記得古靈在卡薩里克建造了許多娛樂設施，其中有一座水晶牆壁的迷宮。他們稱它為時間迷宮。當然，那只是一些愚蠢的奇技淫巧，不過他們似乎很喜歡那東西。」

「我不知道那樣的房間有沒有被找到，我從沒有聽說過這種事。」賽瑪拉遺憾地說。

「沒什麼關係，」龍回答道，她的聲音突然變得嚴厲起來，「永遠消失的奇蹟並不只有這些。你們人類在那片廢墟中挖掘，就像是鑽進屎堆中的甲蟲。你們根本不知道要尋找什麼，對於那座城市，你們根本不懂得欣賞。」

「我想我該走了。」賽瑪拉低聲說。當她轉過身的時候，失望的情緒從她的胃裡冒出來，不斷齧咬著她。她看了看另外兩頭無人照料的龍，想要找到一點對他們的同情，但他們的眼睛裡沒有半點光彩，可能他們根本就是瞎子。他們甚至沒有去注意其他龍正在和各自的守護者進行交流。那頭泥巴褐色的龍正懵懵懂懂地咬著手推車血汙的邊緣。不管怎樣，賽瑪拉簽下的契約中，並沒有規定她要成為一頭令人敬畏又非常聰明的生物的同伴，她只在契約中承諾她會竭盡全力陪同一頭龍進行這場可怕的探險，也許挑一頭不要讓她有什麼期待的龍是更明智的的選擇。也許她最明智的做法是根本不要有任何期待。

其他所有守護者的選擇看上去或多或少都已經獲得了成功。拉普斯卡和他的紅龍顯然是最喜歡彼此的。他已經帶領那頭肢體短粗的小傢伙走到森林邊緣，用一把把松針清理紅龍鱗片縫隙中的寄生蟲。那頭小紅龍在他的撫摸中快樂地扭動著身體。看樣子，潔珥德也贏得了她那頭有著金色斑紋的綠龍的信任。那頭龍正抬起一隻前爪，讓潔珥德檢查她的爪子。格瑞夫特尊敬地和那頭黑龍保持著一段距離，但也相談甚歡。希爾薇和她的金色公龍找到了一個陽光很好的地方，一同在滿是裂隙的河邊泥岸上安靜地坐了下來。

賽瑪拉回頭去看刺青和刺青接近的那頭身材細瘦的綠龍。一開始，她沒有看見他們，不過她很快就發現他們兩個已經到了水邊。刺青手中拿著他的魚叉，沿著岸邊來回走動。綠龍則饒有興致地看著他。賽瑪拉懷疑刺青根本找不到能夠讓他使用魚叉的大魚，甚至可能連魚都看不見。但刺青顯然贏得了他的龍的注意。而賽瑪拉就沒能做到。對於剛才她最後說的那句話，這頭藍龍甚至沒有任何反應。

「謝謝妳和我說話。」賽瑪拉不抱任何希望地留下這句話，就轉身打算安靜地走開。就那頭銀龍吧——她做出決定。那頭銀龍尾巴上的傷口需要得到清潔和包紮。賽瑪拉推測他們將沿河岸，或者在河中行進。如果沒有得到治療，酸性河水肯定會讓傷口的潰瘍進一步擴大和惡化。至於那頭皮包骨的古銅色龍，如果賽瑪拉能找到一些魯斯金葉和一條魚，她會嘗試給那條龍除去肚子裡的寄生蟲，但她不知道魯斯金葉是否能清理龍的消化系統。她向那頭龍走過去，仔細審視他，隨後便決定這樣做應該不會有害處。關於餵龍服藥的問題，她找不到任何人能提供建議，但如果任這頭龍繼續這樣瘦弱下去，他很快就會死了。

賽瑪拉突然意識到自己其實能夠得到這樣的建議。她轉回身看著那頭對她絲毫不掩飾敵意的藍龍，鼓起勇氣問道：「我能問您一個關於龍和寄生蟲的問題嗎？」

「妳關於言談舉止的禮儀，都是在哪裡學的？」這個問題之後緊跟著一陣「嘶嘶」的聲音。藍龍的氣息並沒有噴到賽瑪拉身上，但賽瑪拉能夠看到混雜在這股氣息中的稀薄毒霧。

賽瑪拉被嚇了一跳。她只能小心地問：「提出這樣的問題是很無禮的嗎？」她想要後退一步，卻又不敢有任何動作。

「妳怎麼敢背對著我？」

在這頭龍的長脖子上，那些鱗片「皺摺」全都立了起來。賽瑪拉不明白它們的用處，但根據她對動物的了解，這應該是攻擊性的表現。一抹亮黃底色出現在豎起的鱗片下面，彷彿一朵鮮艷的爬蟲之花綻放在賽瑪拉的眼前。這頭龍用一雙古銅色的大眼睛緊盯著賽瑪拉。賽瑪拉注意到這雙眼睛在緩緩地轉動，就好像兩潭熔融銅水形成的漩渦。這種景象美得令人窒息，又恐怖得令人心悸。「我很抱歉，」賽瑪拉無助地向面前的龍表示歉意，「我不知道這是失禮的行為。我還以為妳想要我走開。」

有某個地方出了問題，辛泰拉卻不知道出了什麼問題。這個女孩本應該被她徹底迷住，跪倒下去乞求她的注意。但女孩卻轉過身要走開。眾所周知，人類很容易就會被龍的魅力迷倒。辛泰拉進一步張開自己的鱗甲，晃了一下頭，播灑出一片魅惑的霧氣。「妳不想侍奉我嗎？」她問這個女孩，「妳不覺得我很美麗嗎？」

「妳當然很美麗！」這個人類喊道，但她的姿態和從她身上散發出來的恐懼臭氣，暴露出她的心情不是癡迷，而是害怕。「我今天第一眼看見妳的時候，就選了妳作為我最想照顧的龍。但我們的交談很……」女孩的話沒有說下去。

辛泰拉向女孩的思緒伸展過去，卻只找到一片迷霧。也許這就是問題所在。也許這個女孩太過愚蠢，無法受到魅惑。辛泰拉在自己的前世記憶中尋找與之相似的人類。一些人類的確非常愚鈍，甚至聽不懂龍在說些什麼。這個女孩卻似乎能夠清楚地領會她所說的每一個字。那她的問題又在哪裡？辛泰拉決定稍稍測試一下她的力量，看看這個女孩是不是真的很脆弱。「妳的名字是什麼，小人類？」

「賽瑪拉。」女孩立刻回答道。但就在辛泰拉對自己的手段感到得意時，女孩卻反問道：「那麼妳的名字呢？」

「我不認為妳有權利知道我的名字！」辛泰拉反駁道，同時也看見了這個女孩的瑟縮，但賽瑪拉的心中只有真正的畏懼，絲毫找不到在受到這種拒絕時應該有的絕望。隨後，這個人類什麼都沒有說，也沒有再次請求知道辛泰拉的名字。辛泰拉便直接問道：「妳難道不想知道我的名字？」

「我想知道，因為這樣能讓我更方便地和妳說話。」女孩猶豫著說。

辛泰拉笑了起來，又語帶挖苦地問道：「但妳不是為了擁有對我的權力？」

「妳的名字能給我什麼樣的權力？」

辛泰拉俯視著這個女孩。她真的對龍的真名所具備的威力全然無知？如果她知道龍的真名，只要用法正確，就能迫使龍說實話，遵守承諾，甚至能夠讓龍為她做事。如果這個賽瑪拉是如此無知，辛泰拉當然不打算將如此寶貴的資訊讓她知道。於是辛泰拉轉而問道：「如果妳為我選一個名字，妳要叫我什麼？」

女孩的心境從害怕轉變為感興趣。辛泰拉讓眼睛轉動得更慢了一些。賽瑪拉向她靠近了一步。好的，這樣好多了。「怎樣？」藍龍再一次發問，「妳會給我一個什麼樣的名字？」

女孩咬住上嘴唇，沉默了片刻，然後說道，「妳的身體是一種可愛的藍色。在樹冠層高處有一種紮根在樹幹裂縫中的絞纏藤蔓。它的花朵是深藍色，花蕊是亮黃色。它的香氣會吸引來昆蟲、小鳥和小蜥蜴。儘管它沒有妳這樣美麗，但妳讓我想起了它。我們稱那種花為天空之喉。」

「所以妳要給我一朵花的名字？天空之喉？」辛泰拉一點也不高興。她覺得這個名字又愚蠢又脆弱。但這個問題是她向女孩提出來的。也許在這件事上，她可以遷就一下這個人類。但她還是問道：「妳難道不認為我應該有一個更加剛強犀利的名字嗎？」

女孩低頭看著自己的腳，彷彿龍戳穿了她的謊言。然後她低聲承認說：「天空之喉很危險，不能觸碰。它們非常美麗，散發出的芳香更是充滿誘惑，但它們花蕊中的蜜露能夠在轉眼間融化一隻蝴蝶，也能在不到一個小時的時間裡消融一隻蜂鳥。」

辛泰拉愉悅地張開長顎，總結道：「那麼，讓妳把我和那朵花聯想在一起的並不止是顏色？而是那朵花的危險？」

「我想，是的。」

「那麼妳可以叫我天空之喉。妳有沒有看見那個男孩對那隻紅色小鴿子所做的事情？」

女孩順著辛泰拉的一瞥望向遠處，拉普斯卡從樹上折下了一滿捧生滿松針的小樹枝，正賣力地用這些樹枝摩擦他的龍的脊背，被擦掉一切汙泥和塵垢之後，就連那頭肢體短小的紅龍也彷彿太陽下的一顆爍爍放光的紅寶石。賽瑪拉回答說：「我覺得他那樣做沒有任何惡意。他應該只是想要除去紅龍身上的寄生蟲。」

「沒有錯。而且松針上的蠟質對皮膚很有好處。」辛泰拉和藹地對賽瑪拉說，「我允許妳如此為我服務。」

隨著柏油人號緩緩駛向泥濘的河岸邊，愛麗絲看到眼前奇異的景色，不由得感到一陣劇烈的嫉妒。在最後幾個小時的午後時光，炙烤著裸露河岸的灼熱陽光正漸漸退去，至少有十幾頭色彩各異的龍散布在河岸邊，他們就是雨野原人一直在照料的龍群。一些龍倒臥在泥土中，安靜地沉睡著。兩個手持魚叉的男孩，在河岸邊緩步徘徊以尋找游魚，兩頭龍站在水邊，不耐煩地等待著男孩們捕捉的魚。一頭身材修長的金龍，正躺在陽光最後照射到的泥岸邊緣，露出藍白色的腹部，接受太陽最後的親吻。金龍的旁邊躺著一個小女孩，粉紅色的鱗片在她的頭頂閃爍著明亮的光澤，就像她照料的龍一樣。在長長的堤岸盡頭站立著一頭體型最大的龍，他非常高，全身黑色，陽光落在他的身上，在他伸展開的雙翼上映射出青藍色的點點光亮。一名赤裸胸膛的年輕人正在擦洗黑龍的翅膀，他身上的鱗片幾乎像龍鱗一樣厚重。在河岸的另一端，彷彿與之相對應，一個女孩拿雪松樹枝當作掃帚，正在勤勉地為一頭俯臥在地的藍龍清潔身體。當這個女孩工作的時候，她的黑辮子就在背後一下一下地跳動。

在愛麗絲的注視中，藍龍動了一下，伸出一條後腿讓女孩清掃。

「沒想到這些龍都有人類照料。我是說，我知道有獵人在為他們提供食物，但我還不知道……」

「這些人也是剛剛才到。」萊福特林有一種特別的本領，讓他每次在打斷愛麗絲說話的時候，都只讓愛麗絲感到友善，而不是粗魯，「他們就是妳聽說的守護者，將會陪同龍群向上游遷徙。他們來到這裡也只有一天，至多兩天。」

「但他們之中有些人還只是孩子！」愛麗絲說道。她的語氣變得嚴厲，但並不是在關心這些孩子。她明白，她其實是在嫉妒。這些守護者還只是乳臭未乾的年輕人，卻在做著她夢寐以求的事情。曾幾何時，她一直在幻想自己會是第一個和龍交朋友的人，第一個與龍進行友善的接觸，贏得龍的信任。聽艾惜雅和貝笙對龍的描述，她本以為這些龍都是心智未開的巨大爬蟲，也許正等待著她用理解和耐心，以開啟他們先天的睿智。而這片河岸卻如同她夢想上的一扇破碎窗櫺，讓她看到了冰冷的現實——她不會成為巨龍的拯救者，她不是唯一能理解龍族的人。

對於愛麗絲的斥責，萊福特林只是聳了聳魁梧的肩膀，他誤會愛麗絲是在為這些孩子而擔心。

「雨野原人成熟得都很早，尤其是他們這樣的年輕人更不會有什麼童年可言。看看他們。他們的父母能夠把他們養大就已經是奇蹟了。這些年輕人身上的變異不可能都是最近才出現的，他們之中有的人還有爪子，那只可能是生來就有的。看到那個小夥子了嗎？我打賭，他生下來的時候頭頂就覆蓋著鱗片，而且全身都沒有一點毛髮。不，他們的身體全都有問題。所以他們才會被挑選出來。」

船長對於那些守護者生硬冰冷的評述，讓愛麗絲在驚駭中一時陷入了沉默。

「那麼你和柏油人號也有問題嗎？所以你們才會被選中參加這次遠征？」塞德里克的聲音就像河水一樣酸。

誰也不知道萊福特林有沒有注意到塞德里克聲音中那種明顯的厭惡情緒，對此他沒有任何表示。

「不，我和柏油人是被雇傭的，給我們的契約條件相當優厚，而且責任規定也像最好的契約一樣清晰嚴密。總而言之，這份契約對於柏油人和我都非常有利。」他以明顯的動作朝愛麗絲眨了一下眼。愛麗絲的面頰差一點變成了紅色——這一點塞德里克並沒有注意到，他只是聽船長繼續說，「這不只是因為除我以外，沒有人願意接下這份任務，更是因為雨野原議會知道，這個任務其他人根本沒有能力接下來。柏油人和我能向上游航行得比其他任何大型船隻都要遠。也許有一些尋找獸群的獵人或是其他孤身探險者，會乘坐獨木舟向上游走得更遠，但議會要做的事情可不是獨木舟能做到的。」

「議會只想把這些龍從卡薩里克趕走。」

「塞德里克，你這樣說未免有點太苛刻了。好好看看他們，他們現在的生存環境顯然很不好。他們的身體也很不健康。這裡沒有野獸能供他們狩獵，而且他們正不斷地殺死周圍河岸上的樹木。」

「他們還阻礙了對於這座城市廢墟的挖掘——這可是一項很有利可圖的生意。」

「是的，這一點的確沒錯。」萊福特林回應道。塞德里克的話顯然有些激怒了這位船長。

愛麗絲側目看了塞德里克一眼，塞德里克的最後這句話是帶刺的。現在塞德里克顯得相當煩躁不安，愛麗絲明白這位朋友的心情，畢竟她和船長在卡薩里克商人大堂停留的時間，比自己預料中的還要長久得多。他們與負責龍群遷徙的委員會逐條商討和萊福特林簽訂的契約細節，僅這一件事就用了幾個小時的時間。古靈麥爾妲參與了整個漫長的商討過程，但每過一個小時，她都更像是一位疲憊不堪的孕婦，而不是兼具優雅和強大的古靈。愛麗絲一直在溫婉有禮卻又貪得無厭地觀察著她。

當愛麗絲第一次知道人類能夠變成古靈的時候，這個事實一下子打破了她對現實的認知。她從小時候就知道，古靈是一種傳奇，是只存在於傳說和神話中的飄渺而又強大的生物。在四處傳播的神奇故事裡，古靈擁有非凡的優雅和美麗，更擁有強大的力量。有時候，他們會英明地運用他們的力量，有時候他們又顯得恣意殘忍。當最初的雨野原居民在這裡發現了古代文明的遺跡，後來又將這些遺跡和無比神祕的古靈聯繫在一起的時候，許多人對此都充滿懷疑。又過了許多年，世人才逐漸接受這一事實——古靈是真實存在的，埋藏在雨野原地下的那些帶有魔力的神祕寶藏，是他們在這個世界上最後留下的痕跡。他們曾經是輝煌一時的魔法族群，而現在已經永遠地消失了。

居住在雨野原的人們有時會發生不幸的變異，呈現出醜陋怪異的樣子。很長時間裡，都沒有人將這些變異跟卷軸、織錦和傳說中描繪的擁有非凡美貌的古靈聯繫在一起，皮膚上的鱗片和發光的眼睛並不會給人帶來美感，而雨野原人的後代在承受這些變異折磨的同時，壽命也大幅度縮短了，這和傳說中幾乎擁有永恆生命的古靈，更是截然不同的。禿鷲和孔雀都有羽毛和尖喙，但任何人都不會將這兩種生物混為一談。繽城的麥爾妲和瑟丹·維司奇，雨野原的雷恩·庫普魯斯都發生了改變，就像那些受到雨野原影響的人也發生了改變，但他們沒有變成怪物，而是成為了仙子。巨龍的碰觸讓他們變得超凡脫俗。愛麗絲相信，當婷黛莉雅脫出繭殼的時候，他們就在那位巨龍女王的身邊，並且隨後又和婷黛莉雅共同生活了很久，才使得他們的容貌發生了這樣大的變化。

在萊福特林和商人議員們討價還價的漫長時間裡，愛麗絲一直這樣觀察著麥爾妲·庫普魯斯，心中思考著各種問題。柏油人號的船長對這段耗時甚多的商談絲毫不感到無聊，他一字一句地確定著契約的內容，為此而爆發出來的熱情，就好像是一頭竭盡全力要將公牛拽倒的鬥牛犬。就在他和商人議員們討論誰應該出錢購買食物，柏油人號能夠運載多少物資，供守護者們使用的小艇是否應該由他來負責，如果龍對他的船造成損壞又該由誰來賠償，以及上百項其他條款的時候，愛麗絲只是悄悄地端詳著那位古靈女子，心中暗自感歎。一個人類身上出現了類似於龍的變化，實在是太難被忽略了——或者可以說是類似於爬蟲的變化，愛麗絲審慎地做出如此推斷。這些鱗片，這些非同尋常的增生，麥爾妲額頭上的突出物都說明了她與龍的聯繫。但還有一些變化依然讓愛麗絲感到困惑不解，比如這位古靈全身骨骼的怪異延長。

愛麗絲不知道，古靈是否確切知道是什麼因素讓他們從人類變成了古靈，因為他們沒有在這個問題上留下任何隻言片語，至少在愛麗絲讀過的卷軸是沒有記載的。同時愛麗絲又有些好奇，古靈是否已經與人類完全不同，屬於另外一個種族了？是否一直都有人類變成古靈？還是古靈群體完全脫離人類獨立生存？就算是那樣，古靈和人類也許還會有一些交流？愛麗絲完全陷入自己的沉思中，直到萊福特林船長突然宣布說：「那麼，一切都安排好了。等你們將物資送到碼頭上以後，我立刻就能出發。」愛麗絲才像突然從夢中被驚醒。她向周圍掃視了一圈，看到議會成員們紛紛從椅子上站起身，走過來與萊福特林握手。一份合約擺放在船長面前，上面清晰地寫下了雙方約定的每一項條款，並留下了全部與會成員的簽名，又被謹慎地用細沙吸乾了多餘的墨水。麥爾妲看上去比剛才更加衰弱了。她也簽下了自己的名字，現在正注視著愛麗絲。這位來自繽城的女客人鼓起勇氣，向前走去。

但沒等她走到麥爾妲面前，疲憊卻依然不失優雅的古靈女子，已經向她走來並握住她的雙手，對她說：「我真的不知道該如何感謝妳。我很希望能夠親自參加這次探險。這不是因為我愛那些龍，而是因為他們實在很難相處，幾乎像人類一樣頑固又剛愎自用。」

愛麗絲吃了一驚。她本以為這位古靈會向她表達對於那些龍無比的摯愛，並懇求她盡可能保護好他們，但這位古靈女子只是繼續說道：「不要信任他們。不要以為他們有什麼特別高貴之處，或者以為他們比人類擁有更高的道德水準，他們絕非如此。他們就像我們一樣，只不過身體更大，更強壯有力，並以他們的方式繼承了許多前世的記憶。所以，一定要小心。無論妳從他們那裡學習到什麼，無論妳是否找到了克爾辛拉，請一定要將所有資訊都記錄下來，帶回給我們。因為人類遲早都必須與種群發展到相當規模的龍分享這個世界。我們已經完全忘記了與龍的相處之道。但他們並沒有忘記人類。」

「我會小心的。」愛麗絲有些無力地做出承諾。

「我會記住妳的話。」麥爾妲微笑著說，片刻之間，她的面孔看上去彷彿更像一個人類了，「妳看上去像是一位懂得承諾有什麼意義的商人。在這個時候，我們正需要更多像妳這樣的人。但現在，恐怕我必須回家去休息一下了。」

「需要有人陪伴妳回家嗎？」愛麗絲大著膽子問道。但麥爾妲只是搖了搖頭，放開愛麗絲的雙手，緩慢而優雅地登上了通向門口的短樓梯。愛麗絲繼續看著她的背影，直到萊福特林沉重的手掌按在她的肩膀上。

「好了，妳可不只是我們的旁觀者！我倒是想知道，貝笙・特瑞爾在傳訊要我接待妳的時候，是否知道他給我送來了怎樣的運氣！我估計他根本不知道。不過事實就是這樣。來吧，我的幸運女士，契約上就差你的簽字了，我們全都在等著呢。」

在一陣錯愕之中，愛麗絲走過房間。她不應該這樣做，她不能這樣做。她以前有簽署過這樣束縛住她的文件嗎？只有她和詔諭的婚姻契約。在她的記憶中，那份契約只剩下一場惡夢，而那時她是那樣心甘情願地在眾人面前簽下了自己的名字。那是她唯一一次像商人那樣簽下對自己有約束力的契約。一次又一次，她回想那個下午。現在當她想到詔諭是那樣急於完成儀式，她才明白當時的詔諭根本不是迫不及待想要進入洞房的新郎，而是急於簽完一份普通契約的商人。愛麗絲一直都很後悔自己走到今天這一步。她怎麼還會想要將自己的名字簽在另一份檔上？她的目光在自己名字上方的文辭上掃過。有人為她爭取到一份酬金，她隨船而行的每一天都會得到定額的薪水。她能夠掙得金錢，屬於她自己的金錢，這種感覺真的很奇特——只要她接受這個任務。她知道，她會接受的。

因為她想要這個任務。因為儘管成為了詔諭的妻子，她的血管中仍然流動著商人的血液，她也還能夠做出自己的決定。這是她的手，熟悉的布滿雀斑的手。她拿起筆，蘸入墨水瓶中。她有一種奇怪的感覺，自己彷彿在很遙遠的地方看著這一幕，看著自己龍飛鳳舞地寫下名字的每一個字母。「好了，就這樣吧。」她開口說道，同時聽見自己微弱的聲音在寬大的房間中迴盪。

「好的。」商人博斯克表示同意，同時在檔上灑下了大量的細沙。愛麗絲看著她將沙粒抖落，讓自己黑色的簽名清晰地留在紙面上。她剛剛做了什麼？

萊福特林船長在她身邊發出衷心的笑聲，然後握住她的手臂，牽著她轉過身，帶她離開商人大堂。

「這真是個適合簽約的上午，對我們兩個都是。必須承認，有妳陪我進行這次探險，實在是太好了。

商人議會堅持說他們在今天傍晚之前就能為柏油人裝載好物資，讓我的船做好起航準備。我們兩個之間不必再有什麼客套了。我知道我得到了契約，並且我已經安排好了我想要得到的物資。現在，我們距離踏上行程的第一步已經不遠了。從碼頭後方再走一個小時，便是龍群棲息的地方。我們還有一點可以自由支配的時間。我已經雇了一個跑者把訊息告知給軒尼詩，他是一名優秀的大副，我相信他能把裝貨的事情安排妥當。所以，我們是否能在出發之前稍稍遊覽一下卡薩里克？妳和我說過，妳經過崔豪格的時候就沒有機會好好看看那座城市。」

愛麗絲本應該拒絕船長的邀請。她應該堅持立刻回到船上。但經歷過這個上午的冒險之後，不知為什麼，她已經無法再接受以前那種按部就班的怯懦生活了，她也不知道自己該怎樣看著塞德里克的眼睛承認剛剛所做的一切。塞德里克，喔，莎神憐憫！不，她現在還沒辦法去認真思考這件事。她大膽地伸手挽住萊福特林的手臂，同時向船長說道：「我很高興能看一看卡薩里克。」

於是，船長帶領她參觀了這座「城市」。實際上，卡薩里克很難被稱作是一座城市。這是一座充滿活力的小鎮，年輕而粗糙，還在迅速成長之中。愛麗絲相信，萊福特林船長是故意為她挑選了一條最有冒險氣氛的遊覽路線。他們首先走進一個令人頭暈目眩的籃子，關上看起來脆弱不堪的護欄門扇。然後萊福特林拽了拽一根一直通向他們頭頂上方的繩子，愛麗絲聽到一陣微弱的鈴聲。「我們要等他們給升降機加好配重。」船長告訴她。愛麗絲站在籃中，心臟因為興奮而劇烈地跳動著。等了沒多久，籃子猛地向上一跳，隨後便緩慢而穩定地越升越高。這部升降機用了很輕卻又很牢固的材料製作而成，內部空間非常小，讓他們兩個的身體幾乎貼在了一起。愛麗絲向籃子外面望去，卻依然能感覺到萊福特林健壯的身軀就在她的背後。在上升到一半距離的時候，升降機管理員站在對面的籃子裡降了下去，管理員的身邊還有一堆配重石，通過某種愛麗絲沒能發現的手段，他在半途中讓升降機停下來，從萊福特林手中接過使用升降機的費用，隨後才繼續下降，也讓愛麗絲和船長的籃子繼續上升，這樣的情景真是令人驚訝。他們經過了一些粗大的樹枝，上面架設著木板步道，還有一排排房屋像裝飾物一樣懸掛在樹枝上；還有搖搖晃晃的懸索橋，上面能夠行駛車鬥很小的手推車。懸掛這些吊橋的長索讓愛麗絲想起了家鄉的晾衣繩。當升降機終於到達目的地，管理員的助手操縱升降機停下來。這裡距離地面一定已經很遠了。一縷縷黃色的陽光透過濃密的樹葉照射在愛麗絲的周圍。管理員助手打開升降機的護欄門，愛麗絲走到一座由粗大樹枝支撐的露台上，越過露台邊緣向外望去，立刻倒抽了一口氣，差一點驚叫出聲。幸好萊福特林有力的大手握住了她的胳膊。「這是妳第一次來到樹上，很容易就會頭暈。」船長一邊提醒她，一邊引領她走上一條以這根粗樹枝為支撐的狹窄步道，向樹幹走去。

愛麗絲將雙手按在大樹幹粗糙的樹皮上，竭力表現出從容鎮定的樣子。其實她很想抱住這棵大樹，但那就像是要抱住一堵牆。雨野原的植物是如此巨大，看上去不像生物植株，倒更像是一種地理風貌。當愛麗絲調整呼吸，挽回自己的儀表時，萊福特林一句話都沒有說。直到愛麗絲轉回頭看著船長，他才向愛麗絲露出真摯友愛的微笑，眼神中看不到半點嘲諷的意味。他對愛麗絲說：「我知道這邊有一家非常好的茶點小店。」

他領著愛麗絲走過樹幹周圍牢固的木板路，現在這座城鎮要比愛麗絲剛剛到來的時候更熱鬧了。儘管這裡的步道不像繽城集市日時的街道那樣擁擠，但還是能看見許多行人。看到這些為了各種日常事務忙碌的人們，愛麗絲對他們的感覺也在慢慢發生變化。等到他們走進那家茶館，要了一點食物之後，愛麗絲幾乎已經不再對那些帶有鱗片的面孔和樣式陌生的服裝感到大驚小怪了。她和船長有說有笑地吃著飯。一時之間，愛麗絲甚至忘記了自己是誰，也忘記自己身在何方。

萊福特林船長身材粗壯，幾乎有些不修邊幅。他並不英俊，衣著也算不上光鮮整潔，甚至可能沒有接受過良好的教育。喝茶的時候，他絲毫不在意茶水濺在茶碟上。大笑的時候，他會揚起頭，讓笑聲在整個房間裡迴盪。結果茶館裡的每一位客人都轉過頭來盯著他。這讓愛麗絲感到很是困窘，但有這位船長的陪伴，愛麗絲覺得自己比任何時候都更像是一個女人。也許她一生中都不曾有過這樣的感覺，正是這種感覺讓她意識到，現在自己的行為不僅像是一名單身女人，更像是她不必為了自己以外的任何人負責。愛麗絲在驚駭中屏住了呼吸。下一刻，她才想起正是為了避免這種不應出現的情況，詔諭才會委託塞德里克作為她的監護人，保護她的名譽——不，愛麗絲隨後又想到，是他的名譽。塞德里克警告她要避免的正是眼前這種情況。她匆匆喝完自己的茶，幾乎是有些焦躁不安地坐在椅子裡。而萊福特林仍然只是悠然享受著眼前的時光。

「我們是不是應該再去別處轉轉？」他們離開茶館以後，船長這樣對愛麗絲說。他的臉上帶著笑容，顯然是相信愛麗絲會欣然同意。

「恐怕我應該回去找塞德里克，向他解釋計畫有變。我覺得他肯定不會因此而感到高興的。」愛麗絲說出的這番話在她自己的心底不斷迴盪，又勾起了她的一陣憂慮。塞德里克在柏油人號上只生活了幾天就已經困苦不堪了。如果知道愛麗絲主動加入了龍群遷徙的遠行，他又會有怎樣的反應？這趟旅行肯定要耗費幾天，甚至幾個星期的時間。塞德里克會不會拒絕參加遠行？

這個想法讓愛麗絲的心中充滿了冰冷的恐懼。很快，一個更讓她害怕的想法出現在她的腦海中。塞德里克會不會也禁止她參加這次遠行？如果塞德里克要求她必須放棄這個狂野的計畫，她會接受塞德里克的判斷嗎？如果塞德里克真的這樣說了，她又該怎麼做？她已經將名字簽在了契約上。任何商人都不可能考慮在這樣的事情上反悔。但如果塞德里克宣布她無權這樣做呢？那麼她又有多少權威可以讓塞德里克回心轉意？畢竟，塞德里克是她的監護人，旅伴只是表面上的說法。當然，塞德里克不是她法定的監護人，更不是她的父親。詔諭也清楚地說明過，塞德里克要聽從她的命令。所以，如果有必要，她能夠強迫塞德里克服從。這不正是詔諭付錢雇傭塞德里克的目的嗎？讓塞德里克聽從命令列事。畢竟他只是詔諭的僕人。

但他也是愛麗絲的朋友。

各種念頭在愛麗絲的心中不安地蠕動著。最近，她開始越來越常想到塞德里克。這位朋友對她表現出的關注和順從都讓她感到高興。今天早晨，愛麗絲在下船的時候，甚至沒有告訴塞德里克她將要離開，她認為自己沒有必要這樣做。作為她的朋友，塞德里克一定能理解她，但是作為她丈夫的雇員，她被指定的監護人，塞德里克還能理解她嗎？她是不是在無意中將塞德里克放到了一個非常艱難的位置上？於是，愛麗絲搶在自己受到引誘，決定跟隨船長繼續遊覽卡薩里克之前說道：「恐怕我現在就要回去了。我必須告訴塞德里克我已經……」她突然不知道該怎樣說下去。她決定要做什麼？如果塞德里克反對，她能夠坦然說出這樣的話又不感到羞恥嗎？突然間，她確信塞德里克一定會反對她。

「我想妳是對的，」萊福特林不情願地表示同意，「妳還需要列一張妳想要帶上船的物品清單。我在這裡能找到不少好東西，一切置辦物資的事情都可以交給我，等回到崔豪格的時候，我們再結算費用。」

「當然，」愛麗絲表示同意，但她的聲音變得更加虛弱了。要開始一場新的長途旅行，她的旅費當然會增加。她怎麼沒有想到這一點？誰又要為這筆多出來的旅費付帳？詔諭。喔，他看到帳單的時候一定會很高興吧！和僅僅片刻之前相比，愛麗絲突然又覺得自己並不具備能力，也沒有多獨立。也許，如果塞德里克禁止她這樣做，她反而會鬆一口氣？她看了看天空，或者想要這樣做，只是樹冠形成的蓬蓋將藍天完全遮住了。他們在這裡度過了多少時間？有多少個她本可以用來研究龍群的小時都被虛耗在了這裡？商人議會顯然是迫不及待地想要將龍群趕走。她還能有一整天的時間來研究龍群嗎？前來雨野原的這趟旅行是不是將要就此告終。她能夠想像詔諭會怎樣責備和嘲諷她對時間和金錢的浪費。這讓她感到面頰一陣灼熱。不能再有任何浪費了。

她咬緊牙關，和萊福特林一起快步走過搖晃的吊橋。當他們乘坐那個籃子，以她能夠承受的最快速度下降時，她從沒有過這種胃一直飄到了牙齒後面的感覺。萊福特林仍然在竭力放慢腳步，在遇到每一個熟人的時候都會寒暄一番。愛麗絲只能焦急地站在船長的身邊——這樣的情形在他們返回碼頭的路程中，彷彿重複了幾十次。

對每一個熟人，船長為愛麗絲做的介紹都是：「繽城龍族專家，將會隨龍群一同前往上游，負責龍群在新棲息地的安居工作。」這樣的稱謂本來會讓愛麗絲得意洋洋，現在卻只是不停地刺激著她。當她終於回到柏油人號上，卻發現塞德里克不在船上的時候，她心中的煩亂不安一下子達到了頂點。

軒尼詩正在忙著將一個又一個裝滿各種物資的箱子和木桶運送上船。看到愛麗絲，他顯得很驚訝。「噢，我們都以為妳還會再睡一會兒。那個叫塞德里克的要我轉告妳，他上岸去為你們兩個尋找『合適』的宿處了。」大副故意拙劣地模仿塞德里克的用辭，讓愛麗絲明白了這些船員是如何看待塞德里克上流社會的做派和潔癖的。

隨後的一段時間裡，愛麗絲只是站在甲板上，看著船員們向柏油人號的船艙中裝載了那麼多貨物，不由得心中感到一陣驚歎。隨後，她回到船長艙室中，試著想像在這裡生活超過一個星期，或者有可能一個月會是怎樣一種情景。這是一件標準的水手艙室，看上去相當有趣，不過當愛麗絲認真考慮要在這裡生活一段比較長的時間，便開始覺得這裡似乎的確有些幽閉狹小。她找了個理由，把頭探進船員的統艙，又急忙退了出來。不，她無法想像讓塞德里克繼續住在這種地方。現在她更加確信，塞德里克一定會反對她參加這次遠行。她回到甲板上，憂心忡忡地向上游望去。萊福特林曾經幾次想和她談一談她個人所需的物品，而愛麗絲只是有些激動地問何時能看到那些龍。船長說，龍棲息的河岸就在上游，距離這裡不到一個小時的航程。不過如果她要回到城中，利用步橋和滑索前往那裡，那樣所需的時間就會更久一點。愛麗絲謝絕了船長的提議，竭力找回自己的耐心和鎮定。

在塞德里克看到她之前，愛麗絲就先看到了塞德里克。塞德里克大步走下碼頭，平時總是神情愉悅的他現在卻顯得冰冷陰沉。當他在碼頭上抬起頭，看見愛麗絲坐在船艙頂上的時候，愛麗絲發現他深吸了一口氣，隨後又屏住呼吸。爬上船之後，塞德里克立刻向愛麗絲走了過來。他沒有向愛麗絲問好，而是直接質問道：「我聽到的那些荒謬的謠言是怎麼回事？我本想為我們租下房間，但旅店的老闆娘卻問我要這麼多房間做什麼，因為她早已聽說從繽城來到這裡研究龍群的女士，將在明天天亮以前，搭乘柏油人號前往河的上游。」

愛麗絲驚訝地發現自己在顫抖。詔諭曾經無數次嘲諷譏笑她，卻從沒有向她提高過聲音。她認識塞德里克已經有很多年了，但從沒有聽到塞德里克的語氣如此嚴厲，言辭中噴發出如此猛烈的怒火。她將雙手攥緊，放在膝頭，竭力強迫自己的聲音穩定下來。「恐怕情況就是這樣。我主動要求參加這次旅行。你知道嗎，我陪同萊福特林船長參加了一場與卡薩里克商人議會進行的商談，發現他們想要將所有的龍從這裡遷移走，讓他們前往上游。沒有人確切知道他們將在何處建立自己新的家園。但這裡的議會已經決定必須立刻讓龍群出發。古靈麥爾妲也參加了那場商談，但她無法陪同龍群去尋找新家，這讓她非常哀傷。當我說我可以的時候，她……」

「不可能。」塞德里克打斷了愛麗絲的講述。他的面孔完全變成了赤紅色，「我根本無法相信自己的耳朵！我不能相信妳做了這種事！妳不告知我就擅自跟著這個人下了船，現在妳又讓自己捲進了雨野原的政治中，提出我們不可能履行的承諾！這個連目的地和確切的回程日期都沒有的魯莽遠征，妳是不能參加的！愛麗絲，妳在想什麼？這不是一切都已做好安排的遊戲。他們談論的上游是一片荒無人煙的蠻荒之地，甚至根本沒有人對那裡進行過探索，參加這次冒險活動的人會遭遇各種危險，更不要說這種旅行的種種不適和簡陋條件了。妳根本不適合這樣的艱苦生活，妳甚至不能想像妳在說什麼。或者妳能想像，但對於這樣的事情，妳能做到的也只有『想像』。妳對於真實的情況根本就不了解。而且你還要考慮時間的問題。夏天不會永遠持續下去，我們沒有帶來足夠多的衣服，也沒有為長期滯留在雨野原做任何準備。妳也許沒有認真打算過要回去，但我有！這太荒謬了！如果現在拒絕執行契約，一定會給我們造成巨大的困窘！詔諭在雨野原有生意夥伴。他的妻子答應了一件她不可能做到的事情，因此而食言，他們將會如何看待詔諭呢？妳到底在想什麼？」

從塞德里克開始他的長篇大論到他閉住嘴的這段時間裡，一件奇怪的事情發生了。愛麗絲體內的顫抖停止了，她的心志堅定下來。在塞德里克充滿怒火的眼睛裡，愛麗絲突然看見了塞德里克眼中的自己——愚蠢，習慣於接受庇護，幻想著去冒險，又只能逃回到家中，一輩子沒有自己「真正的目標」，根本不明白真實的世界是什麼樣子，而能夠在這個「真實世界」中承擔種種責任的，只有塞德里克和詔諭。

愛麗絲也許是這樣的人，但這不是她的錯。她從沒有被允許獲得成長的經驗，因此無法獨立自主、有能力應對這個世界。她從沒有被這樣允許過——這個想法彷彿熔融的鐵水一樣燒灼著她。突然間，這股鐵水凝固成為冰冷的決心。她不打算再接受什麼「允許」。她絕不會再服從於別人的「允許」或者「不允許」。她會跟從自己的決心，哪怕這樣會讓她失去生命。為了實現自己的理想而死，肯定要好過回到家裡，至死都不再被允許追隨自己的夢。

所以，當塞德里克以文雅堂皇的言辭詢問她在想些什麼的時候，愛麗絲只是直白地回答：「我在想，我終於可以對龍進行研究了。詔諭承諾過我可以，你很清楚，這是我和他結婚的條件之一。我可以來到這裡，研究龍群。如果詔諭信守諾言，我在幾年前就應該來了。那樣一切就會簡單得多。他一次又一次地忽略我們的婚姻契約，但我們已經到了這裡。現在他履行承諾的唯一方法，就是讓我跟隨龍群前往上游，一路對他們進行研究，」說到這裡，愛麗絲一時沒有了氣息，不得不停下來。

塞德里克盯著愛麗絲，張大了嘴。愛麗絲看到他吸氣想要說話，便搶在他之前繼續說道：「就是這樣，我已經和這裡的商人議會簽署了契約。我們要乘坐柏油人號前往上游，確保龍群重新擇地安居。而且我們將在傍晚之前出發。萊福特林船長還需要一份由你擬定的清單，說明我們要帶上哪些物資。等我們回到崔豪格，我會和他結清相應的款項。只要在這艘船上，我就能得到一份薪水，所以我有錢付給船長。當然，我會請求他改變船舖的安排，讓我們都能在旅途中睡得更加舒適。」

愛麗絲拋出最後這句話，作為與塞德里克達成和平的手段。她希望塞德里克能夠將注意力集中在這件事上，接受其餘的一切安排。但她的戰術沒能奏效。

「愛麗絲，這太瘋狂了！我們沒有準備好……」

「如果你不立刻開始列出我們所需要的一切物資，我們就不可能準備好！難道這不正是你一直在為詔諭做的事嗎？難道詔諭不正是命令你在這次旅程中為我做好這些事？那麼就去做吧。」

隨後，愛麗絲突然站起身，從塞德里克面前走開，就是這樣。當塞德里克真的按照愛麗絲的命令去做的時候，愛麗絲卻感到了震驚和持續不斷的不安。那以後，愛麗絲一直在躲避著塞德里克，這在一艘船上絕不是一件容易的事情。在為他們改換宿處這件事上，萊福特林更是令人驚訝地通情達理。

「我已經考慮過這件事了，畢竟每個人對生活的要求都不會一樣。我不介意將我的船舖讓出一、兩個晚上，但如果你們要在這裡住上一段時間，那只是這樣就不行了。不過妳看，我們能夠在甲板上建起臨時性的宿舍。我以前在運牛的時候這樣做過。為乘客搭建宿舍也不會有太大區別。柏油人號本來就是為了實現多種用途而設計的。喔，不要這樣看我！妳會發現，無論多麼精緻的小傢伙，我都能讓他感到足夠舒服。」然後船長帶著粗野的笑容，轉頭朝向悶悶不樂的塞德里克。

萊福特林果然說話算話。愛麗絲在之前還沒有注意到甲板上已經固定好了框架。很快，這些框架上就被安裝好了牆壁。為她和塞德里克建造的房間並不大，也不算精緻，看上去倒更像是一個盒子形狀的大畜欄。但它們是能夠確保個人隱私的房間。當吊床在房間中被布置好，愛麗絲的行李箱被擺放進去的時候，愛麗絲發現自己能用行李箱為自己營建出一個頗為溫馨的小巢。她可以在這裡坐下來書寫，還有一盞專供她使用的油燈。不過萊福特林也嚴厲地警告過她，如果使用油燈，就時刻都要小心。「將燃燒的燈油灑在一艘船上，從來都不會是一件小事情。」愛麗絲和塞德里克的房間有一道共用的牆壁。當房間的牆壁完全鋪設好之後，塞德里克就走進他的房間，並立刻關緊了房門。

那以後，塞德里克一直留在他的房間裡，直到柏油人號離開了卡薩里克的碼頭。不到一個小時之後，駁船已經來到龍群棲息的泥濘河岸旁邊。這時塞德里克的樣子看起來比之前好了很多。擁有私人空間，小睡一陣，能獨自吃一頓飯，再換上衣箱中的新衣服，這些似乎恢復了他的精神，只是沒能恢復他的魅力。他沒有針對愛麗絲的強硬手段直接說些什麼，但還是說了些刺耳的言詞，讓愛麗絲知道他沒有原諒她。愛麗絲只能暗自搖搖頭，轉過頭不再理塞德里克。她可以等到以後再對付塞德里克，現在她不會讓任何事情破壞她第一次見到幼龍的心情。

「他們可真大！」塞德里克的聲音中流露出氣餒，「妳不會打算下船到他們中間去吧！」

「我當然要這麼做，遲早會這樣做。」愛麗絲不想承認，她也覺得站在柏油人號的甲板上觀看龍群要更安全得多。

在河岸邊，那頭金龍突然抬起了頭。他身邊的小女孩也動了動。金龍向他們看過來，同時翕動鼻翼，發出響亮的抽氣聲，隨後便翻身站起，晃動著笨重的身軀向他們走來。

「他想要幹什麼？」萊福特林不安地喃喃說道。在他的眼前，金龍一步步向柏油人號靠近，一邊轉動著長脖子上的頭顱，用一雙爍爍放光的眼睛好奇地看著柏油人號。他又向前邁出幾步，探過鼻子嗅了嗅駁船。塞德里克從船欄杆邊向後退去。「愛麗絲。」他向愛麗絲發出警告，但船長沒有任何動作，所以愛麗絲也選擇留在原地。片刻之後，金龍用頭輕輕撞了撞厚木板船身。柏油人紋絲未動眨眼間，斯沃格和軒尼詩都到了萊福特林的身邊。大埃德爾高大的身軀出現在他們背後，正氣勢洶洶地瞪著向他們靠近的龍。格裡格斯比──船上那隻橙色的貓也跑了過來，跳到護欄上，瞪著金龍，豎起條紋尾巴，從喉嚨中發出一陣陣貓的咒罵。「沒事，沒事的。」萊福特林輕聲警告船員們，又伸手去輕輕撫摸發怒小貓的脊背。

「只是暫時沒事。」軒尼詩沒好氣地說道。

「會有危險嗎？」愛麗絲問。

「我不知道。」萊福特林回答道。然後，隨著守護金龍的女孩追過來，船長又低聲說了一句，「我覺得沒有。」

沒過多久，這頭巨大的猛獸平靜地跟隨女孩回到陽光下的河岸邊。愛麗絲將屏在胸中的一口氣長吁出來。「看他身上反射出來的陽光，是那樣絢麗和精緻。他們真是令人驚歎的生物。即使身體還有缺陷，他們還是美得令人難以置信。在河岸另一端的那位巨龍女王是最美麗輝煌的，當然，龍族之中的雌性色彩都會更加絢麗奪目。我的研究表明，他們都有著強大的自信，甚至可以說是傲慢。但考慮到他們的智力水準，這樣的『傲慢』，也許正是這個超級種族自然的態度。看看她，陽光浸透了她的身體，又從她體內煥發出了更燦爛的光彩。」

那頭藍龍和她的守護者距離他們至少有一百尺，愛麗絲相信她的聲音不會傳到那麼遠的地方，但躺在硬土地上的藍龍女王突然抬起頭，用一雙漩渦般不斷緩緩轉動的古銅色眼睛久久地凝視著愛麗絲。然後，她用清晰的聲音說道：「妳是在說我嗎，繽城女人？」

穀月第五日
商人聯盟獨立第六年
來自黛托茨，崔豪格信鴿管理人
致金姆，卡薩里克信鴿管理人

金姆：

難道你那個小小的腦子，沒辦法理解從艾瑞克那裡得到的訊息嗎？就是那段關於一種特殊食物可以增進鴿子健康、延長鴿子壽命的文字？難道你從沒有想過，他將這段資訊附在信鴿攜帶的官方文件後面，只是為了讓工作更有效率？難道你以為他和我有什麼私人通信嗎？這太可笑了。我們甚至沒有見過對方。如果你想要讓議會注意到這封信，喔，那就請立刻動手吧！這樣我們就都能有機會討論一下卡薩里克鴿舍的惡劣現狀，還有那二十多隻突然死亡的健康雛鳥的問題了。那是因為一條蛇鑽進了你的鴿籠嗎？還是就像謠言所說的那樣：自從你得到這個職位以後，你的家庭食譜上就特別頻繁地出現雛鴿這道菜？

黛托茨

12
龍群之中

他無法相信愛麗絲所做的一切，完全無法相信。這個女人已經不是和他一起長大的那個愛麗絲・金卡羅恩了！她甚至不是最近這五年中經常與之他同進餐的愛麗絲・芬波克。他根本不知道這個專橫跋扈的潑婦是從什麼地方蹦出來的，但他很高興看到這個女人啟程上路。如果不是因為陪這個女人去看那些龍之於他是極為重要的事，他絕對不會允許這個女人走這麼遠。

他俯身靠在愛麗絲身邊的船欄杆上。在愛麗絲的右邊，那個令人厭惡的萊福特林船長正緊貼著她，身子幾乎都要和她碰上了，而愛麗絲只是在忙著就她那些關於龍的無聊見解大放厥詞，好吧，就讓她享受一下這一天或兩天的時間吧。現在他對愛麗絲早已是怒不可遏，但他依然在為即將到來的任務感到恐慌。當愛麗絲「探訪」那些沉沉昏睡的怪物時，他作為她的祕書也要陪同她一起上岸。當然，愛麗絲很快就會意識到這些怪物到底是什麼，最終打消自己瘋狂的念頭，想到愛麗絲終究難免醒悟過來，他幾乎對這個女人產生了一點同情。在此之前，當愛麗絲提出那個瘋狂的夢想，要跟著那個船長和龍群一起去上游探險的時候，他還愚蠢地和她爭吵了一番，他真應該立刻點頭表示同意，他已經聽過特瑞爾夫婦談論那些關於龍的事，這次探險根本不會像愛麗絲一直以來想像的那樣。再過一兩個晚上，愛麗絲就會哭喪著臉，垂頭喪氣地來找他，到時候他就能好好安慰她一番，再帶她回家去。他要做的只是保持耐心繼續等待，還有就是在萊福特林黏上愛麗絲的時候，要壓抑自己的噁心。

萊福特林轉過頭來又瞥了他們一眼，愛麗絲也看著萊福特林，還向他報以微笑。她真的被這個頭髮斑白的水老鼠搞昏了頭？這絕不可能。這個男人像驢一樣的笑聲和恬不知恥的討好奉承，也許愛麗絲只以為是鄉下人質樸的表現，畢竟愛麗絲從不曾有機會和各種不同的男人打交道，也許正是那傢伙的粗野風格吸引了愛麗絲。他很了解愛麗絲，知道她不會為了任何人背叛詔諭，即使愛麗絲不喜歡她的丈夫，但她對自己還是有著很嚴格的約束，根本不會想到要背著詔諭有所不軌。所以就讓愛麗絲先任性一下吧，讓她以為她在這趟沉悶無聊的旅行中能夠主宰一切。但他始終都想不透的是，愛麗絲怎麼可能和萊福特林眉來眼去。這樣的一頭老海象怎麼能和優雅高貴的詔諭相比？

一想到詔諭，他的心情又消沉下去。現在詔諭在哪裡？在做些什麼？誰在和他同桌而食，享受他的詼諧妙語？有什麼樣的異域港口在吸引著他？他又購買了什麼樣的奢華和非同尋常的商品？只要閉起雙眼，他就能清楚地想像詔諭在華美舒適的宿處享受過一頓美餐之後叼起了菸斗。詔諭會不會稍微惦記起塞德里克正在蚊蟲肆虐的河面上的一艘小船裡，被困在一望無際的沼澤中？詔諭也許會想到他，也許每次當他出現在詔諭的思緒中的時候，詔諭還會快活地笑上兩聲。想到詔諭會與沃隆姆和傑夫，還有那個陰險狡猾的雷丁．科普分享快樂，塞德里克就會感到更加刺痛。他想像著喜歡模仿別人的科普那種令人惱怒的樣子。「這就是塞德里克，享受蚊子的塞德里克。」然後那個矮胖的小東西就會不停地拍打自己，四處亂蹦，以此來贏得詔諭的笑聲。即使只是想像這一幕，也讓塞德里克難以忍受。他發覺自己咬緊了牙，便努力讓自己的面部肌肉鬆弛下來。這整個倒楣的旅程都是因為詔諭，只因為他說出了自己的想法，詔諭就要毫無理由地懲罰他。他只希望詔諭能夠對愛麗絲溫和一點，結果卻給自己惹來這麼大的麻煩。現在他不僅被詔諭流放了，還被愛麗絲脅迫，不得不陪著那個瘋女人在這片荒蠻的不毛之地中越走越深。

愛麗絲卻絲毫不體恤塞德里克的痛苦，只是喋喋不休地和她左手邊的那頭山羊人聊個不停。片刻之間，愛麗絲的幾句話也傳進了塞德里克的耳朵：「看看她，陽光浸透了她的身體，又從她體內煥發出了更燦爛的光彩。她真是美極了。」

塞德里克心不在焉地「嗯」了一聲，任由愛麗絲繼續大驚小怪。龍群所在的地方幾乎沒辦法被稱為是一片河岸，那只是一片被踩得稀爛，又被太陽曬乾的泥塘，傾斜著一直延伸到河邊。他很快就要到那裡去了，跟隨在愛麗絲身後，為她做各種紀錄，在一堆堆龍糞和從河上飄來的各種垃圾之間晃蕩。他的靴子很可能要毀了。等那些水手把他們的繩子都綁緊，做完了他們那些不知所謂的工作，愛麗絲肯定就會想要到岸上去。他現在也許應該回他的「房間」，準備好他的工具。

「是的。是的，我是在說妳！妳真是太壯觀了！」愛麗絲喊道。

塞德里克睜大了眼睛。愛麗絲的樣子簡直是欣喜若狂。在她那數不清的雀斑下面，她的面頰飛起了兩團紅暈。她將自己的雙手在胸前握緊，彷彿要抓住在胸腔裡狂跳的心臟。她轉向塞德里克，塞德里克能夠從她興奮異常的眼睛裡看到，她已經完全忘記了他們早些時候的爭執。她彷彿中了魔一樣地高聲喊道：「塞德里克，她對我說話了！那頭藍龍，她對我說話了！」

塞德里克將自己的目光轉向在泥岸上或站或臥的那些爬蟲怪物，過了一段時間才問道：「是哪一頭藍龍？」

「那位藍龍女王。最大的藍龍女王。」愛麗絲似乎已經無法呼吸了。她再一次提高了聲音，「我能到岸上去和妳談談嗎？」

「女王？龍也有國王和女王嗎？」

「那頭高大的雌性藍龍。」愛麗絲對塞德里克的態度變得有些急躁，「就是那邊的那一頭。在那個拿著松枝的女孩旁邊。」

「啊，妳怎麼知道她是他們的女王呢？」

「她不是**他們**的女王，她只是一位女王。所有雌性巨龍都是女王，就像雌貓也都是女王一樣。好了，求你，不要再說話了！你說話的時候，我就聽不見她的話了！」

那頭怪物發出一陣吼聲，就像是一隻壞掉的風箱，但愛麗絲卻彷彿聽到了迷人的歌聲。當那頭龍停止嚎叫的時候，萊福特林船長彷佛也同樣被迷住了。「我們就到那裡去吧。」船長說。

愛麗絲已經開始行動了。她回頭瞥了塞德里克一眼，就快速向船頭跑去。「請帶上你的筆記本，塞德里克，你要記錄我們的交談，你要帶上為此所需的一切。快！」

「好吧，我這就來。」想到終於要走進龍群，塞德里克的心跳也快了一點。他轉向萊福特林為他臨時建起的棚屋。至少這個窩棚為他解決了一個問題。在那四面粗糙的牆壁之中，他有了一點私密空間，能夠任意取用他的行李。他打開自己的衣箱，拉開其中的一個抽屜。他已經盡可能仔細地準備好了一切，希望能應對所有意外狀況。他拿出膝頭小桌，坐到床上，將這張折疊小桌打開。這張「床」不過是一塊被架起來的厚木板，上面鋪了些沒有多乾淨的褥子。不過他至少能坐在這上面，要比他們原先為了供他睡覺而吊起來的那塊帆布好多了。

塞德里克迅速查看膝頭小桌裡面的物品，裝有各種顏色墨水的小瓶，其中一些是空的，一些是滿的。幾支削好的鵝毛筆和幾支完整的鵝翎毛。他的削筆刀，小而且鋒利。數種不同分量的大量紙張，還有一本素描簿。一個小匣子裡面放著炭筆和幾支素描鉛筆。塞德里克又用拇指頂開兩個隱藏的鎖扣，一隻紙盒的底部落下來。他拿出紙盒。這裡面收藏著他的標本瓶。更大一些的瓶子和粗鹽被藏在他的衣箱底部另外一個地方。不過在第一次行動裡，這些應該就夠了。也許，如果他的運氣特別好，等他們返回駁船的時候，他就已經拿到了所需要的一切。

當他回到甲板上的時候，其他人都已經不見了。這些傢伙就是這樣為別人著想的嗎？塞德里克壓抑住心中的氣惱，走到駁船邊上。一副粗糙的繩梯就是他從這艘船上下去的道路。要將小桌夾在胳膊下面，同時攀著這幾根繩子爬下去絕不是一件容易的事情，但他不想把小桌扔到被曬乾的泥岸上。當然，現在也不會有任何人向他提供任何幫助。愛麗絲已經在岸上走了很遠，而且還在一路小跑地奔向那些龍。那個不懷好意的萊福特林，甚至不知道要保護她，只把她一個人丟在龍群橫行的河灘上。她怎麼會對這種人有好感？

塞德里克爬下最後幾級繩梯，跳到地面上。落地的衝擊比他想像的更強，讓他差一點就失手掉落了珍貴的小桌。他彎下腰，捲起褲腳，同時為自己現在愚蠢的樣子皺了皺眉頭。他簡直變成了一隻高腳鸛。好吧，至少這樣要比他的褲腳整天溼噠噠地黏在腿上，又散發出一股爛泥的臭氣更好些。

這裡實在是太髒了。毫無疑問，這就是糞便的臭味。它混合著河水的酸苦味和叢林的臭氣，讓這裡的空氣就像是一種腐爛的濃湯。塞德里克只能慶幸自己今天沒有吃太多東西，否則他肯定會把胃裡的東西全都吐出來。「妳挑選的河岸真是個散步的好地方，愛麗絲。」塞德里克嘟囔了一句，又帶著嘲諷的意味低聲說：「妳就在龍糞堆裡，和你的水老鼠好好玩吧。」

他聽見一陣彷彿是低吼的聲音，急忙驚慌地向周圍望去。不，這附近沒有龍。但他還是清晰地聽到了一種相當龐大的生物發出充滿威脅意味的嘶吼。他有一種很不舒服的感覺，彷彿自己受到了監視。不只是監視，而是有一雙眼睛在直勾勾地盯著他，就像是貓盯住了一隻老鼠。他又一次環顧周圍，突然驚駭地發現那雙盯著他的大眼睛就在自己面前。他的心猛烈地撞擊著肋骨。片刻之後，他才意識到自己錯了。那雙俯視他的眼睛是畫在駁船船頭上的。他以前還從沒有注意到這艘船畫了一雙眼睛。他想起在船頭畫眼睛是一種迷信，為的是讓船能找到自己的航路。而現在盯住他的這雙眼睛裡充滿了輕蔑和憤怒。他打了個哆嗦，從那個可怕的怪物面前轉過身。

「塞德里克！快！求你！」

塞德里克抬起頭，發現愛麗絲正回過頭來看著他。他又在更遠處發現了萊福特林船長。那名船長正在和一支雨野原人的代表團說些什麼，其中一名代表手中拿著一份粗大的卷軸，看樣子是在和船長逐條查看一份清單。船長不住地點著頭，發出那種驢叫般的笑聲。拿卷軸的人則沒有半點高興的樣子。

愛麗絲就停在龍群旁邊，正急切地看著塞德里克，就像是一條渴望散步的狗。在她的臉上，焦慮和興奮彼此交織，正發生著激烈的衝突。塞德里克對此絲毫不感到奇怪。剛才愛麗絲選擇的那頭龍已經站起身，正饒有興致地看著愛麗絲。現在那頭龍要比從駁船甲板上看更大了許多。她是一頭藍龍，非常濃烈的藍色，這頭怪物的身體在陽光的照射下閃耀著彩虹般的光澤。她那雙看著愛麗絲的眼睛非常大，遠遠超出與她的頭顱相配的比例。那是一雙銅褐色的眼睛，裂縫形狀的瞳孔像貓一樣，但和貓不同的是，這頭龍眼睛裡的色澤彷彿熔融的金屬，在她的虹膜下面不斷渦旋，令人望而生畏。這時，這頭怪物從喉頭深處發出一陣吼聲。

愛麗絲這時已經轉過身，正快步向那頭龍跑去。「是的，當然。讓妳久等了，我向妳道歉，美麗的巨龍。」

如果這頭龍擁有勻稱的比例和完美的身形，也許她的確是美麗的，就像是雄壯的公牛或者牡鹿那種美麗，但她遠非如此。她的尾巴和她的長脖子相比實在是太短了，她的四條腿更是像四根短樹樁。她抬起了翅膀，向左右伸展，但那雙翅膀和她的體型相比，簡直小得可憐，也很不規整，軟塌塌的顯得一點力氣都沒有。這讓塞德里克想起了一頂被風吹翻過來的陽傘，他甚至能看到細脆的傘骨和薄弱的纖維。無論怎樣不情願，塞德里克也只好站直身子，將小桌收到胳膊下面，走過泥地追上愛麗絲。不遠處發生的一陣騷亂讓塞德里克停下腳步。一頭背上趴著一個男孩的小紅龍正笨重地在河岸邊走動。「張開妳的翅膀！」那個男孩高聲喊道，「張開妳的翅膀，拍打它們。妳要試一試，荷比，努力試一試。」

作為回應，那頭畸形的怪物張開了不是很對稱的翅膀，順從地拍打著這兩根大小不一的肢體，同時開始下向前跑動。她的「飛行」很快就結束了，因為她徑自衝進了河裡。男孩沮喪地喊叫了一聲，又帶著笑意高聲喊道：「妳要注意方向，荷比。不過第一次的嘗試效果很不錯。我們要保持，好女孩。」

塞德里克不是唯一停下來注視這番情景的人。龍和守護者們都在盯著他們兩個。一些守護者露出笑容，另一些則顯得很害怕。塞德里克看不懂龍臉上的表情，畢竟也沒有人能知道奶牛是高興還是生氣。愛麗絲也在驚訝中駐足觀望那一人一龍，隨後，她又快步向她的目標跑去了。

塞德里克的腿更長，他很快就追上了全力向前小跑的愛麗絲。看樣子，愛麗絲還在和龍說話：「妳的輝煌真是無以言表。我終於來到了這裡，還和妳說了話。我太激動了，這比我最瘋狂的夢還要瘋狂！」

龍向她低下頭。

塞德里克這時才真正注意到這頭龍身邊的女孩，她將臨時做成的松枝掃帚扛到肩頭，一看到兩個陌生人，她似乎一點也不高興。她陰沉的面色和眯起的眼睛，讓她看起來更像是一種爬蟲類生物。這就是塞德里克對她的第一印象。她滿是鱗片的臉就像蜥蜴一樣。塞德里克本以為她的手上沾了乾泥塊。現在他才看清，這個女孩的手指末端生著粗硬的黑爪子。她的黑色髮辮看上去就像是纏結在一起的蛇。她的眼睛裡放射出不正常的光芒。

「愛麗絲。」塞德里克用警告的聲音說道。看見愛麗絲毫無反應，他又提高聲音，用更具命令性的口吻說，「愛麗絲，聽我說！等等我。」

「好了，快一點！」

愛麗絲停下腳步，但塞德里克感覺到她不會等待很久。塞德里克又跨出兩步，徹底追上了愛麗絲，然後裝作扶住她胳膊的樣子將她抓在手心裡。「小心！」他低聲警告愛麗絲，又稍稍提高聲音，讓愛麗絲能夠在龍吼叫中聽到他的話，「妳對這頭龍一無所知。這個女孩看起來也很不友善。她們兩個之中的任何一個都可能很危險。」

「塞德里克，放手！你聽不到她的話嗎？她說她想要和我談談。我相信現在最容易激怒她的辦法，就是忽略她的要求，而且我來到這裡就是為了和龍交談。這也是你在這裡的原因！求你，只要跟著我就好，準備好你的筆，記下我們的談話。」

愛麗絲想要從塞德里克的手中掙脫開。塞德里克卻只是抓緊愛麗絲，俯下身盯住她。「愛麗絲，妳是認真的嗎？」

「我當然是認真的！否則你以為我為什麼會一路來到這裡？」

「但……這頭龍根本沒有說話。除非妳認為像奶牛或者像狗一樣的叫聲也有含義。我到底要記錄什麼？」

愛麗絲困惑地看著塞德里克，但她的表情很快又變成了沮喪和無法解釋的同情。「喔，塞德里克，你完全聽不懂她的話？一個字也聽不懂？」

「如果她說了某個字，我也完全無法理解。我聽到的只有，可以說只有龍的噪音。」

幾乎像是回應塞德里克的評論，那頭龍發出一陣渾厚的吼聲。愛麗絲轉回頭看著龍。「我請求妳，讓我和我的朋友先談一下！他似乎聽不到妳的聲音。」

愛麗絲再一次看著塞德里克，哀傷地搖搖頭。「我聽說過，有人無法明確地理解婷黛莉雅所說的話。還有少數一些人甚至不知道她在說話。但我從沒有想到你也有這樣的缺憾。現在我們該怎麼辦，塞德里克？你該怎樣記錄我們的對話？」

「對話？」起初塞德里克還只是氣惱愛麗絲像小孩子一樣假裝和龍交談。當人們管狗叫「老夥計」，問塞德里克「我的老夥計怎麼樣？」的時候，塞德里克也會感到同樣的氣惱。和寵物貓聊天的女人更是會讓他渾身打冷顫。循規蹈矩的愛麗絲這兩件事都不會做。塞德里克本以為她向龍叫喊是受到了雨野原不好的影響。而現在，愛麗絲堅持說這頭龍和她說了話，又向他報以那種憐憫的表情——這太過分了。「我記錄這種對話就像是記錄妳和一頭奶牛，或者是一棵樹的對話。愛麗絲，這太荒謬了。我承認巨龍婷黛莉雅有能力讓人們明白她的意思，因為我對此必須承認。但這又是個什麼樣的怪物？看看它！」

那頭龍扭動嘴唇，發出一陣毫無意義的「嘶嘶」聲。愛麗絲的面頰立刻變得通紅。龍身邊年輕的雨野原人對塞德里克說：「她要我告訴你，儘管你也許聽不懂她的話，但她能夠懂得你所說的每一個字。問題並不在於她所說的話，甚至也不在於你的耳朵，而是你的腦子。一直都有一部分人類聽不懂龍的語言。他們通常都是一些最傲慢、最無知的傢伙。」

這實在是令人無法接受。「女孩，對長輩說話的時候要注意自己的用辭。還是說雨野原人早就沒有教養可言了？」

龍突然噴了一口氣。塞德里克感覺到一股熱風撲面而來，其中還夾雜著龍剛剛吃下的半腐爛的臭肉味道，他轉過身，滿是厭惡地驚呼了一聲。

愛麗絲發出一陣恐懼的喘息，用哀求的語氣說：「他不懂得妳的話！他並不想冒犯妳！求妳，他並不想冒犯妳！」隨後，愛麗絲抓住了塞德里克的胳膊，並向他問道：「塞德里克，你還好嗎？」

「那個怪物朝我臉上打了個嗝！」

愛麗絲發出一陣窒息的笑聲。雖然她全身顫抖，但看樣子她是鬆了一口氣。「打了個嗝？你以為只是這樣？如果只是這樣，我們就都走運了。如果她的毒腺成熟了，你現在就已經完全溶解了。你對龍沒有任何了解嗎？難道你不記得攻擊繽城的恰斯劫匪變成了什麼樣子？婷黛莉雅只是向他們噴了一口氣。無論她噴的是什麼，那東西立刻蝕穿了他們的盔甲，又燒穿了他們的皮肉和骨骼。」愛麗絲停頓一下又說道，「你在無意中冒犯了她。我認為你應該回到船上去。現在就回去，等等有空時，請你解釋對她的誤解是怎麼一回事。」

那個雨野原女孩又說話了。她發出的是一種女低音，音色沙啞，卻又豐富得令人吃驚。她閃爍銀光的眼睛令人不安，卻有一種讓人難以抗拒的感覺。「天空之喉同意這名繽城女子的話。無論你是不是我的長輩，她說你都應該離開龍之地。立刻離開。」

塞德里克進一步感覺受到了冒犯。「我不認為妳有權告訴我該做什麼。」他對女孩說。

但愛麗絲的聲音卻蓋過了塞德里克：「天空之喉？這是她的名字？」

「我這樣叫她，」女孩修正了愛麗絲的猜測。承認這一點似乎讓她感到困窘，「她告訴我，我必須贏得一頭龍的真名，而不是由她給予我。」

「我完全理解，」愛麗絲回應道，「一頭龍的真名是非常特別的一種力量，沒有任何龍會輕易說出自己的真名。」她看著這名守護者，就像是看著一個打擾了成年人重要談話的可愛孩子。塞德里克注意到，這個「孩子」完全不喜歡這種目光。

愛麗絲向那頭巨大的爬蟲怪物轉回身。站在巨怪面前，塞德里克只能抬頭仰視她。她的眼睛如同被打磨光亮的紅銅，在陽光下熠熠生輝。現在這雙眼睛正穩穩地盯著塞德里克。愛麗絲對怪物說：「偉大高貴的巨龍，我希望有一日能夠贏得妳尊榮的真名。現在，我很高興將我的名字交給妳。我是愛麗絲．金卡羅恩．芬波克。」她還向那個怪物行了一個屈膝禮，頭都快垂到泥地上了。

「我從繽城一路來到此地，就是為了見到妳，聽到妳說話。我希望我們能夠促膝長談，讓我了解許多關於妳和妳種族的智慧。人類已經很久不曾與巨龍為伴了。恐怕我們對你們一族的認知都已被遺忘殆盡。我很想彌補這份缺憾。」她向塞德里克指了指，「我帶他來，本是為了記錄、描摹妳願意和我分享的一切智慧。很抱歉他聽不懂妳的語言。我相信，如果他能聽懂，他一定會立刻明白妳的睿智和聰慧。」

龍又低吼了幾聲。守護者女孩看著塞德里克說道：「天空之喉說，即使你能夠懂得她的話，她認為你也無法理解她的睿智和聰慧，因為你顯然非常缺乏這兩樣東西。」

女孩的「翻譯」顯然充滿了侮辱的意味。說話的時候，女孩銀灰色的眼睛又轉向了愛麗絲。塞德里克看不出愛麗絲是否察覺到了這個守護者的敵意，對此愛麗絲沒有半點表露，她只是轉向塞德里克，用輕微卻又堅定的聲音說：「我回到船上再去找你，塞德里克。如果你不介意，是否可以將你的膝頭小桌留給我？我可以儘量把在這裡交談的內容記錄下來。」

「當然。」塞德里克努力不讓自己的聲音流露出心中的苦澀和怨恨。他還記得自己在很久以前不得不學會保持謙恭和藹的談吐，哪怕是在詔諭公開用言語折磨他的時候也要如此。這並不是那麼難。他要做的只是拋棄掉自己的每一點自尊。他從沒有想過要在愛麗絲面前也使用這種能力。他將膝頭小桌遞給愛麗絲。看到愛麗絲在伸手接過小桌時因為這件物品的沉重而吃了一驚，他的心中幾乎感到有一點高興。*就讓她自己來扛這件東西吧*，他帶著報復的心情想道。讓愛麗絲明白他心甘情願地為她付出了怎樣的辛勞。也許這樣能讓愛麗絲對他多一點感激。隨後，他便轉過身向遠處走去。

突然間，塞德里克心裡一沉。他這時才想起那張小桌裡面，有一些他非常不希望愛麗絲看到的東西。他急忙又向愛麗絲轉回身。「這張桌子太沉了，不方便妳使用。也許我可以只給妳留下一些白紙，以及一支筆和一瓶墨水？」

他突然的好意似乎又讓愛麗絲吃了一驚。這讓塞德里克一下子明白了，當自己將整張沉重的小桌都丟給愛麗絲的時候，愛麗絲顯然明白他這樣做的粗魯用意。當塞德里克從愛麗絲手中拿回小桌，將它打開，愛麗絲顯露出哀傷卻又感激的神情。掀起的桌頂讓愛麗絲看不到小桌裡面，但她對於小桌裡放了些什麼顯然也沒有什麼好奇心。塞德里克仔細翻檢小桌，找出愛麗絲所需的物品。這時愛麗絲低聲說：「感謝你的理解，塞德里克。我知道這對你一定很難。為了這樣一場偉大的冒險走了這麼遠，卻發現自己無緣參與這其中最美好的部分。我想讓你知道，我絲毫沒有看低你，這樣的缺憾可能會發生在任何人的身上。」

「沒事的，愛麗絲。」塞德里克說道。他竭力保持著彬彬有禮的態度。愛麗絲以為他是因為無法和這隻動物進行交流而感到難過，所以才會對他感到抱歉。這個想法幾乎要讓塞德里克莞爾一笑。他的心也對愛麗絲軟了下來。他對愛麗絲感到抱歉已經有多少年了？現在他卻得到了愛麗絲的憐憫，這還真是奇怪。愛麗絲會在乎他的感受，這也讓他有了一點莫名的感動。

「我在船上還有許多事要做。我相信妳會在今天晚飯時回來？」

「喔，很可能要比那時候早得多。我向你保證，我不會在天黑的時候還在這裡和她聊個沒完。今天如果我們能夠認識彼此，建立一個融洽的關係，我就非常高興了。謝謝你，我會儘量不浪費你的墨水。」

「儘管用吧，真的不需要在意這些。我們稍後見。」

賽瑪拉看著這個衣著光鮮的男人和這個繽城女人之間的談話，心中不禁暗自思忖。他們似乎非常熟識，也許他們是一對夫妻。她回想起自己的父母——他們兩個永遠都是那樣若即若離，似乎密不可分，又似乎相隔甚遠。這兩個人的關係看上去很像是她的父母。

賽瑪拉已經對這兩個人都產生了厭惡。這個男人根本不尊敬天空之喉，又那麼愚蠢，連天空之喉的話都聽不懂；而這個女人，賽瑪拉厭惡她是因為她對龍是那麼了解，尤其又對天空之喉充滿了覬覦，也許這個女人真的能贏得天空之喉，因為她似乎很懂得如何討龍的歡心。這個繽城女人的花言巧語和那個過度誇張的屈膝禮，難道天空之喉看不出來只是為了討好她！賽瑪拉本以為天空之喉會對這種矯揉造作的阿諛逢迎感到憤怒。但天空之喉卻似乎很喜歡這個女人厚顏無恥的讚美。巨龍女王甚至還順應著這個女人的意思，看樣子是想要得到更多讚美。

不過從另一方面來看，這個女人顯然是完全被這頭龍迷住了。從她們見到彼此的第一眼開始，賽瑪拉幾乎就感覺到她們之間相互吸引。這讓她感到格外氣憤。

不，這絕不僅僅是氣憤。賽瑪拉承認，現在她的心中沸騰著嫉妒，因為自己完全被排除在她們兩個之外了。她才應該是天空之喉的守護者，而不是這個可笑的城裡女人。這個愛麗絲根本沒有能力餵養和照料巨龍，她能憑著那副柔軟的身體和蒼白的皮膚走在巨龍身邊，跨過大河上游的沼澤淺灘和密林嗎？她能獵殺野物，餵飽龍的肚子，並完成勞累乏味、卻顯然對天空之喉是必不可少的清潔工作嗎？賽瑪拉相信她根本不能！賽瑪拉剛剛用了大半天的時間，將天空之喉的每一片鱗甲都擦洗得閃閃發亮，從她的爪子和爪鞘中挖出淤塞的泥土，從她的眼角和鼻翼裡面清除掉數不清的小吸血蟲，甚至清理掉了一片散發著臭氣的新鮮龍糞，讓天空之喉能夠放心躺臥，不必擔憂自己剛剛被清潔的身體馬上又變得汙濁。

而這個繽城女人只拋出一兩句恭維話，這頭龍的注意力就完全集中在她的身上了，彷彿賽瑪拉從沒有出現過一樣。這個女人如果是在五個小時以前見到天空之喉，難道還會認為她「美得光彩燦爛」？肯定不會。天空之喉正在利用賽瑪拉勤勉工作的成果去為她吸引一個更好的守護者。她很快就會明白，她做了一個糟糕的選擇。

就像刺青一樣。

這個想法在不經意間襲入賽瑪拉的心中，讓她突然感覺到眼睛後面淚水的刺痛。她將所有關於刺青和潔珥德的想法都推到一旁。那天晚上，刺青一離開營火，潔珥德就跟了上去。賽瑪拉本來沒有多想些什麼，她知道刺青需要一個人待一段時間。但後來他們一起回到了營火旁，賽瑪拉才知道刺青剛才根本就不是一個人，而且刺青看樣子已經完全從與格瑞夫特的爭吵中恢復了過來。潔珥德因為他說了些什麼而發出笑聲。在營火旁，他們肩並肩地坐在一起，賽瑪拉聽到潔珥德在詢問刺青的身世，不停地提出各種私人問題——賽瑪拉一直沒有問過刺青這些問題，因為害怕刺青嫌她太聒噪。潔珥德不住地問著這些問題，面帶微笑，側過頭仰望著刺青的臉。刺青則用深沉溫柔的聲音回答她。賽瑪拉一直坐在營火旁，只有令人厭惡的拉普斯卡不停地和她說著話，猜測他們會在旅途中遇到什麼，明天該找些什麼當作早餐，能不能用投石索殺死一頭鷸鱷。格瑞夫特一直瞪著她、刺青和拉普斯卡。沒過多久，他自己一個人走進了樹林。諾泰爾和博克斯特似乎也發生了齟齬，開始相互拋擲帶刺的話語。哈裡金突然沉下了臉，變得悶悶不樂。但這一切對賽瑪拉都毫無意義，她只知道自己剛才那種快樂親切的感覺，比眼前這堆營火上升起的煙灰消散得更快。

那天晚上，刺青攤開他的被褥卷，睡在靠近潔珥德的地方，甚至沒有和賽瑪拉說一聲晚安。賽瑪拉還以為他們是朋友，很好的朋友。她甚至還愚蠢地以為，刺青願意簽約成為巨龍守護者，只是因為知道她也會這樣做。更糟糕的是，在賽瑪拉鋪好被褥之後，拉普斯卡將他的被褥鋪在了賽瑪拉身邊。賽瑪拉沒辦法馬上起身從拉普斯卡身邊挪開，儘管她非常想這樣做。自從他們離開崔豪格之後，拉普斯卡每晚都睡在她的旁邊。這個傢伙甚至在睡覺的時候也有說有笑。而賽瑪拉如果能在夜晚進入夢鄉，就總是會看到父親正在一片迷霧中尋找她。

賽瑪拉徒勞地努力將意識拉回到現在，集中精神傾聽她身邊正在進行的對話。繽城女人正在對天空之喉說：「親愛的巨龍，妳是否還記得上一輩祖先的經歷？是否還記得妳榮耀的母親的一生？妳是否知道這個世界發生了什麼，導致龍族幾近滅絕，讓人類在孤獨中哀戚了這麼久？」她等待著答案，她的筆就懸在紙上。那樣子真令人厭惡。

更讓人氣惱的是，天空之喉對這些空洞的讚美照單全收，並給出了一番龍所特有的那種如同謎語，卻又沒有任何實質內容的回答：「我的『母親』？如果他在這裡，妳就不會如此怠慢她了！龍從來沒有妳所知道的那種母親，那種是用牛奶做的小生物。我們從不會費力照顧只知哭叫的嬰兒，將我們的歲月浪費在予取予求、軟弱無力的幼崽身上。我們從不像人類，在出生時那樣柔弱和愚蠢，對於自己一無所知。這實在是太諷刺了，你們的壽命如此短暫，卻又要在那樣愚蠢的狀態裡浪費那麼多時間。我們的壽命是你們的數十倍，而且我們生命中的每一刻都清楚地知道我們是誰，我們的祖先是誰。所以妳應該明白，一個人類試著去理解龍族，完全是癡心妄想。」

賽瑪拉突然從巨龍和繽城女人面前轉過身，同時高聲說道：「我最好去看看能不能為妳找到些獵物。」她不在乎自己是否打斷了他們的對話。這實在是太讓人生氣了。那個女人一直在問天空之喉各種愚蠢的問題，謙卑地用各種甜言蜜語奉承她。而龍實際上一直在逃避她的問題，拒絕給她任何真正的答案。龍都會這樣做嗎？或者天空之喉只是有意在掩飾自己的無知？

現在，比起刺青突然對潔珥德有興趣，有一件事情更讓賽瑪拉心煩意亂，甚至像天空之喉和繽城女人都沒有注意到她離開，讓她同樣感到煩惱。

她大步邁過乾涸的泥岸，向他們的小船走去。她將自己的個人物品和背包綁在一起，放在了一艘小船上。到了岸邊，她瞥了一眼河中的那艘黑色的平底大駁船，柏油人號。那是一艘很奇怪的船，賽瑪拉見過的其他任何船，都比它方正短粗。它的船頭上畫著一雙眼睛。賽瑪拉聽說過這種古早的習俗，也許這項傳統比雨野原聚落建成的時間還要早，有了眼睛的船就能自己尋找航路，並能避開河中的種種危險。她喜歡那艘船的眼睛。它們看上去蒼老而又睿智，擁有這雙眼睛的船就像是一位親切的老者，正在向她露出同情的微笑。賽瑪拉希望這雙眼睛真的能引領他們完成這次任務。

她找到自己的魚叉，決定試試運氣。不過已經有不少守護者在河邊淺灘徘徊，他們都希望能找到不夠警惕的游魚。拉普斯卡獲得了小小的成功，他叉住了一條有他手掌大小的魚，當那條魚還在魚叉上掙扎的時候，他舉著魚叉跳了一段勝利的舞蹈，轉身朝向他的小紅龍。那頭小龍一直搖搖擺擺地跟在拉普斯卡身後，就像是一個孩子拖著的玩具。「張嘴，荷比！」拉普斯卡命令道。那頭龍順從地向他張大了嘴。拉普斯卡將魚從叉頭上拽下來，扔進龍嘴裡。小紅龍只是一動不動地站在原地。「好了，吃吧！妳的嘴裡有食物，閉上妳的嘴，吃掉它！」又過了一會兒，小紅龍才照拉普斯卡的話做了。賽瑪拉不知道那頭龍到底是太過愚蠢，甚至不知道吃掉放進口中的食物，還是那條魚太小，龍根本沒有注意到。

賽瑪拉對他們搖搖頭。她懷疑大魚根本不會停留在這種明亮陽光下的溫暖淺水中，她轉身背對著龍群和她的朋友們，向這片空地遠處的邊緣走去。在那裡，纏結的樹根懸垂在水面以上，水中生長著粗硬的劍草，灰色的蘆葦，還有矛兵草。在有著高低落差的水面，掉落下來的枯枝敗葉糾纏在爪子般的樹根，隨之伸入河中。如果她是一條魚，那裡就會是她躲避陽光和捕食者的理想場所。她要去那裡試試運氣。

穿行在盤結錯落的樹根上攀爬和在樹冠上，所經之處有相似的，也有前所未見的。在樹冠上，只要一次失足就可能意味著死亡。層層伸展的樹枝和纏繞在上面的藤蔓，也讓掉落的人有許多次機會拯救自己。在這裡，她腳下錯綜複雜的樹根之間有許多空隙，再向下就是湍流不息、具有強烈酸性的灰色河水。浸沒在這種水中，最好的情況也要生出一身皮疹，最壞則可能連皮肉都會被腐蝕掉，直至露出白骨，而且河水還有可能徹底淹沒她的頭頂，那時就算她爬回到樹根上，隨後的境況也只會更加可怕。現在她仍然站在樹上，就像她在樹冠層時一樣，但她腳下的危險已經完全不同了。這讓她很難想像自己還安穩地行走在雨野原的大樹上。

當她穿靴子的腳、第三次在樹根上打滑的時候，她停下來想了想，然後坐下去，小心地解開了靴帶，脫下靴子，將靴帶繫在一起，掛到脖子上，然後繼續向前走，用腳趾上的爪子抓緊樹皮。這時她才感到行動自如。頭頂的枝葉在她身上灑下一片斑駁的陰影。密集的樹根勾住了許多河中漂浮的雜物，但仍然露出了大片水面。河中的水草和落下的枯枝敗葉過濾掉了河水挾帶的淤泥，所以這裡的河水幾乎是透明的。賽瑪拉在樹根上坐下，同時小心不讓自己的影子落到水中，然後她就握緊魚叉等待著。

她用了一些時間觀察河水。雖然看不到魚，但她漸漸能看到一些影子了，還有魚游過時在沉積物中捲起的漩渦。她的肩膀因為長時間高舉魚叉而感到痠痛，魚叉本身也變得像樹幹一樣沉。她將痠痛的感覺從意識中推走，集中注意力觀察沉積物裡的漩渦。*應該是魚尾，那麼魚頭就在那裡，不，太遲了，它回到樹根下面去了。過來了，過來了，過來……不，回到樹根下去了。就是這條，是條大魚，等等，等等，等……*

她沒有擲出魚叉，而是手持魚叉刺了下去。她的手感覺到了魚叉撞擊到魚身上，便用力將魚叉壓下去，要把魚釘死在河床上，但河水比她預料中更深。突然間，他只能用爪子抓緊樹根，以免自己會掉進河中。那條被紮中的魚非常大，它開始在魚叉末端扭動掙扎，想要逃走。賽瑪拉竭力保持著身體平衡，同時用魚叉牢牢將魚插住。

有人從身後抱住了她。

「放手！」賽瑪拉大吼一聲，將魚叉向後一杵，叉杆末端狠狠戳在抱住她的人身上。她聽見身後的人從牙縫裡呼出一口氣，低聲罵了一句。她沒有轉身，剛才用魚叉杆的攻擊差一點放跑了她的魚。她將魚叉向上舉起，叉頭沉重的分量讓她不得不用腰抵住叉杆的末端，被提出水的魚真的很大，讓她吃了一驚。那條魚還在拚命扭動身體，但它這樣做只是讓魚叉更深地刺進了它的身體。賽瑪拉的獵物幾乎有賽瑪拉的半個身子那麼長，現在已經穿過魚叉杆，一點點向賽瑪拉滑過來。

「不要讓它滑下去。抓緊你的長矛！」刺青在她身後喊道。

「我抓住他了。」賽瑪拉怒吼一聲。刺青竟然以為她需要他的幫助，這讓賽瑪拉很是惱火。但不管賽瑪拉怎麼說，刺青還是繞過她的肩膀，抓住了魚叉的另一端。在他們兩個中間，那條已經被掛在水平矛杆上的魚還在拚命地掙扎。這時刺青的另一隻手抄出一把短刀，用刀背狠狠敲了一下魚頭。魚一下子就不動了。賽瑪拉終於呼出了一口氣。她覺得自己的手臂幾乎要從肩窩裡被拽出來了。

賽瑪拉抓住魚叉一端，轉頭要去向刺青道謝，卻驚愕地發現旁邊還有別人。那個繽城女人的朋友正坐在一個樹根形成的小丘上，雙手按在肚子上，除了緊緊閉住的嘴唇是白色的，他的整張臉都紅得嚇人。他眯起眼睛盯著賽瑪拉，繃緊喉嚨說道：「我本來想要幫妳的，我以為妳要掉下去了。」

「你在這裡幹什麼？」賽瑪拉問。

「我看到他在妳之後走進了森林，以為他在跟蹤妳。所以我過來想看看他要做什麼。」刺青回答了賽瑪拉的問題。

「我能夠照顧自己。」賽瑪拉有些怒氣沖沖地對刺青說。

刺青並沒有生氣。「我知道。妳打他的時候，我沒有插手。我只是幫妳抓住魚，因為我不想讓魚跑掉。」

賽瑪拉不耐煩地哼了一聲，又將注意力轉移到那個陌生人的身上。「為什麼你要跟蹤我？」刺青抓住大魚兩邊的魚叉杆，露出笑容。賽瑪拉將魚交給刺青，不過還是盯著他，確認他將她的捕獲在密集的樹根上放好。

「你把我肺裡的空氣都頂出去了。」陌生人一邊抱怨，一邊努力深吸了一口氣，稍稍直起身，臉上的深紅色也稍微褪去了一些。「我跟著妳過來只是因為我想和妳談談。我看到妳和那頭龍在一起。就是愛麗絲很感興趣的那頭龍。我想要問妳一些事。」

「什麼事？」一片紅暈不由自主地飛上了賽瑪拉的面頰。這個人也許誤會她是未開化的雨野原野人，而現在她已經開始覺得自己同樣誤會了這個人，雖然她還不打算道歉。實際上，在她心中還有些希望自己真的是誤會了這個陌生人。早些時候，她只注意到了這個人光鮮的外表。賽瑪拉從沒有見過穿著這樣漂亮的男人。現在看到的這個人，恢復了正常血色的面孔，賽瑪拉才意識到這個男人是多麼英俊。當賽瑪拉和那個繽城女人說話的時候，只是覺得這個男人太過古板，又對龍一無所知，還非常傲慢，對她說話的時候態度格外粗魯無禮。這個男人的臉蛋或許很漂亮，卻反而讓賽瑪拉更生氣，彷彿這個男人憑藉自己的俊美就更能夠看低她，但這個男人卻跟著她進入森林，真心實意地想要幫助她。她卻將魚叉杆杵在他的肚子上。

現在這個男人已經彌補了對賽瑪拉的一切不公平，因為他帶著有些哀傷的微笑對賽瑪拉說：「看起來我們的開始很糟糕。然後我還嚇了妳一跳，這當然不會讓情況變得更好。當我第一次和妳說話的時候，我感覺自己受到了侮辱，不過妳也應該承認，那時妳對我也不算有禮貌。現在妳又差一點用你的魚叉杆戳穿了我。」他停頓一下，深吸一口氣，面色幾乎完全恢復了正常，「就讓我們重新開始吧，好不好？」

不等賽瑪拉回答，他已經站起身，向賽瑪拉一鞠躬，口中說道：「向妳表示問候，我的名字是塞德里克．梅爾達，來自於繽城。我平時的工作是繽城貿易商芬波克的祕書。但這個月裡，我陪同貿易商芬波克的妻子愛麗絲來至此地，作為她的書記員和保護人，協助她尋求和記錄關於龍族和古靈所有全新的、令人興奮的智慧。」

不等這個男人把話說完，賽瑪拉發覺自己已經露出了微笑。他的態度可謂鄭重其事，但賽瑪拉還是能聽出來他在提及自己的工作時那種嘲諷的意味。他穿得就像是一位王子，頭髮一絲不亂，他的微笑和從容不迫的舉止更是讓賽瑪拉感到很舒服。賽瑪拉明白，這是因為他們彷彿是處在平等的位置了。

「什麼是書記員？」刺青突然問道。

「我會記錄下她做了什麼、去過哪裡，以及她的重要對話。有時候，如果她進行研究，我會記錄下她在研究中獲得的詳細成果。這樣她以後就能回顧我記錄的資料，確保她對每一個細節的記憶不會出錯。我還是一名能力尚可的畫師，會為龍做素描，並詳細描繪他們的眼睛、爪子、牙齒，還有他們身體的各個部位。直到今天，我才發現我在她與龍會面的時候根本沒有什麼用處。我似乎冒犯了龍，這意味著我在愛麗絲研究那頭龍的時候，沒辦法陪在她身邊了。而且即使我在那裡，我也聽不明白那頭野獸是如何回答愛麗絲問題的。」

「天空之喉，」賽瑪拉　明他糾正錯誤，「那頭龍的名字是天空之喉。」

「她把她的名字告訴妳了？」刺青驚訝地問。

刺青的插嘴讓賽瑪拉很生氣。「天空之喉只是我對她的稱呼，」她瞪了刺青一眼，「所有人都知道，龍不會立刻把他們的真名說出來的。」

「是的，我的龍也是這樣對我說的。只是她沒有要我另外給她起一個名字。」刺青愚蠢地笑了笑，「賽瑪拉，她真是個美人，像翡翠一樣綠，像透過樹葉的陽光一樣綠。她的眼睛，嗯，我形容不出來。不過她是個壞脾氣的小東西。我不小心踩到了她的腳趾，她就威脅要殺死和吃掉我！」

「請等一下，」打斷他們的是那個陌生人，「請問你們兩個，你們都和龍說過話？就像我們現在談話一樣？」

現在賽瑪拉已經不覺得塞德里克是個陌生人了。她向他微微一笑：「當然。」

「他們張開嘴，話語就能從他們的嘴裡出來，你們就能聽見？就像我們這樣說話一樣？那為什麼我只聽到了他們在低吼，發出牛叫聲或者嘶嘶聲，你們卻能聽到辭句？」

「嗯……」賽瑪拉猶豫了一下，她意識到自己從沒有想過是如何「聽見」龍的話語的。

「他們的話當然不是從嘴裡出來的。」刺青又在插嘴，「他們的口型完全不可能發出和我們一樣的聲音。他們只是發出了聲音，而我們能夠明白他們說了些什麼，即使他們說的並不是人類的語言。」

「你們用了很長時間學習他們的語言嗎？你們在來到這裡之前就開始學習了？」塞德里克問。

「不。」刺青篤定地搖了搖頭，「我剛到這裡就挑出了我的龍，向她走過去。我能夠理解她。我的龍是那頭綠色的雌龍。她不像另一些龍那樣大，但我認為她更美麗。而且她的速度也更快。除了她的翅膀以外，我認為她相當完美。她的精力很旺盛。她說其他龍都認為她凶惡，所以會遠遠避開她。她說這其實是因為她的速度很快，幾乎每一次都能第一個搶到食物。他們都在嫉妒她。」

「或者也許他們只是認為她很貪婪。」賽瑪拉說。這場對話的主導者是她，畢竟塞德里克不是跟隨刺青進入這片森林的，他的交談對象也不是刺青，哪怕現在他似乎對這個男孩所說的每一個字都很感興趣。「自從這些龍孵化出來之後，我就能夠理解他們，」賽瑪拉對繽城男人說，「他們孵化的那一天我就在場。儘管他們沒有直接看到我，我還是能感覺到他們自從出離繭殼之後就在思考。那時我還和他們進行交流。」賽瑪拉露出微笑，「一頭幼龍想要攻擊我的父親。我不得不堅持告訴他，我的父親不是食物。」

「一頭龍想要吃掉妳的父親？」塞德里克顯得很害怕。

「他們剛剛從繭殼中出來。那頭龍還什麼都不懂。」賽瑪拉回憶起那時的情景，「他們一出來就很餓。而且他們都不算強壯，身體發育也不完全。我覺得這是因為結繭的海蛇都太老了，又沒有足夠肥壯，在繭中休眠的時間也不夠。所以他們都不夠健康，也不能飛翔。」

「只是暫時不能飛翔，」刺青糾正她，又對她咧嘴一笑，「妳也知道拉普斯卡是怎麼說的。他斷言他的龍一定能飛起來。當然，他是個瘋子。但他這樣說過之後，嗯，我也仔細看過了我的綠龍的翅膀。它們的形狀都很好，只是還很小，不夠強壯。我的龍告訴我，龍一生都在長大。他們身體的每一個部位都在長大——脖子、腿、尾巴，當然還有翅膀。我在想，如果我一直都能餵飽她，讓她不停地鍛鍊翅膀，也許她的翅膀就會長大，她就能飛起來的。」

賽瑪拉驚愕地看著刺青。她剛剛接受了這些龍現在的樣子，還從沒有想過也許有朝一日他們能夠成長為真正的巨龍。她也回想起天空之喉的翅膀。當她清潔那對翅膀的時候，它們顯得很鬆軟。天空之喉在張開翅膀讓賽瑪拉清理的時候似乎也不是很配合。賽瑪拉覺得天空之喉可能都無法自由地活動自己的翅膀。一陣嫉妒從賽瑪拉心中湧過。有沒有可能當刺青的綠龍在天空中飛翔的時候，天空之喉仍然只能被困在地面上？

「你們真的能聽懂他們說的話，每一字一句都能聽懂？」塞德里克似乎是要把他們拽回到他關心的話題上。看到賽瑪拉點了點頭，他又問道：「所以妳那時對我說的那些話都不是編造的？妳真的是在翻譯龍對我說的話？」

賽瑪拉突然感到了一點窘迫，她竟然曾經那樣對塞德里克說話。「我只是逐字逐句重複了天空之喉的話而已。」她想為自己找些理由開脫，卻又因為將自己的無禮都歸罪於龍而生出一點負疚感。

「那麼，妳能為我做翻譯嗎？如果我想要和她談談，向她道歉……」

「不需要這樣。我的意思是，你可以直接和她說話。她完全懂得你在說什麼。」

「是的，她懂得，所以我才會讓她感到冒犯，但如果在愛麗絲和妳的龍進行問答的時候，妳能為我翻譯嗎？當然只是在一旁悄聲告訴我就好，我不想打擾他們的對話。」

「當然。不過愛麗絲應該……我是說，那位女士應該也能告訴你她們說了些什麼。任何守護者都能為你翻譯。」

「但這樣會耽擱愛麗絲的工作。我一直在想，如果有人能夠告訴我龍都說了些什麼，我就能把這些話都記錄下來。我寫字非常快。我想，的確是任何守護者都能幫我翻譯的。」他向刺青瞥了一眼，「但她畢竟是妳的龍，所以我相信妳才是合乎邏輯的選擇。」

賽瑪拉喜歡塞德里克不斷將天空之喉說成是她的龍。「我想我可以。」

「那麼……妳會為我做這件事嗎？」

「做什麼？在她們說話的時候站在旁邊，只是告訴你龍都說了些什麼？」

「正是。」塞德里克猶豫了一下，又說道，「如果妳願意，我可以付給妳酬金，用來補償妳花費的時間。」

這個男人提出的條件很有誘惑力，但賽瑪拉的父親從小就教育她要誠實。「我已經拿了酬金，現在我的時間是屬於龍的。我不能將我的時間再次出售，就像我不能把一粒梅子賣兩次。所以我沒辦法拿你的錢。而且我必須問問天空之喉，看她是否允許你靠近，是否介意我將她說的話告訴你。」

「好吧。」塞德里克聽到賽瑪拉不接受他的錢，似乎很吃驚，「那麼妳能問一下她嗎？我欠妳一個人情。」

賽瑪拉向塞德里克側過頭，「實際上，我認為欠我情的是愛麗絲．芬波克。畢竟是她買下了你的時間，讓你為她做這份工作。如果我讓你能夠為她完成工作，那麼……」賽瑪拉對自己笑了笑，「是的，我相信就是她欠了我人情。」她更喜歡這種想法。

「那麼，妳會問一下龍我是不是能待在她身邊？還有妳是不是能為我翻譯她所說的話？」

賽瑪拉彎下腰，抓住魚叉兩端，輕輕哼了一聲，抬起沉重的大魚，又向自己的獵物點了一下頭，才回答了塞德里克：「我們現在就去問問她吧。我認為我手裡的東西，能讓她有心情答應這件事。」

穀月第六日
商人聯盟獨立第六年
金姆致黛托茨

黛托茨：

一個關於法規的簡單提醒，我擔心妳將它當成了私人責難。黛托茨，我們都很了解彼此，所以妳一定明白，我提醒妳關於私人信件的法規，只是在履行我的職責，我不是那種會跑到議會去為些許小事而抱怨的人。我只是覺得，我應該提醒妳一下相關法規，以免萬一有愛管閒事的人注意到妳的行為，而讓妳陷入到不必要的麻煩和窘境之中，僅此而已。莎神垂憐，為了我們的友誼，請忘了妳在上一封信中寫的那些無憑無據的指控和殘酷的臆斷吧。

金姆

13 猜疑

他在黎明之前醒來，滿足的心情如同溫暖的繭殼一般包裹著他。生命真是美好。萊福特林動也不動地躺在黑暗中，又享受了眼前片刻的時光，才開始在腦海中逐一檢視今天的任務。柏油人像以往任何時候一樣動也不動地停在水上，船頭靠著泥岸。有時候，他覺得自己的船停泊在岸邊的時候，就會有更多思緒，彷彿這艘船在夢中回到了另外一段時光之中。他能聽到和感覺到河岸邊的亂流在輕輕揪扯船尾。除此之外，一切都是這樣安靜。如果這艘船是在河中拋錨，或者被纜繩繫在岸邊，他就會更加安靜，幾乎就像是柏油人正在陽光下的河岸上打盹。

床褥散發著一股香氣，是愛麗絲·芬波克用的香水，也是愛麗絲本身的氣息。他將臉埋進枕頭，深深呼吸著她的芬芳，又不由得嗤笑自己的愚蠢。他就像是一個還沒有長出鬍鬚的男孩，剛剛發現女人是如此和男人不同，專於於年輕人的激情正在他周圍雀躍起舞，一天中的每時每刻都因此變得格外美好。想到愛麗絲滿是雀斑的臉，他就會不由自主地露出微笑。還有她如蜂鳥胸部的羽毛一樣顏色的髮絲，從她的髮簪上落下，變成一個個小髮捲，圍繞在她的額頭上。當她害怕或者受驚的時候，就會伸出手挽住他的胳膊，這讓他感到從未有過的高大和強壯。

他們是沒有未來的，他因為渴望而痛苦，心裡的每一個角落都充滿了這種認知。當他想到這場浪漫史必然會以怎樣的方式結束的時候，他就感到一陣絕望。但現在，只是這個早晨，在這個黎明以及隨後的幾個星期，甚至是幾個月裡，他將用船帶著她前往大河上游，這讓他感到快樂和興奮。同樣的心情在整艘船中瀰漫，感染了所有船員。柏油人非常高興能開始這次的行程。萊福特林仍然認為這是一個荒謬的任務。這群不情不願的龍最終只能是無處可去，但商人議會的酬金非常豐厚，而且他一直夢想著率領他的船和船員去看看已被探索的世界以外的地方。這時，一位像愛麗絲這樣的女子不僅出現在他的生活中，還會在這次航行中一路與他作伴，這實在是他無法想像的好運氣。

他又深深吸了一口愛麗絲的芬芳，抱住他的枕頭，坐起了身。該是面對新的一天的時候了。他想要早點起床，不過他還是會等到特別為愛麗絲訂購的物資送來。他希望那些東西能夠讓愛麗絲在旅途中更加舒適。他撓了撓胸口，從床邊的牆鉤上挑了一件襯衫，穿在身上。他還穿著昨天的褲子，赤著雙腳離開船艙，走進船上的廚房，翻開小爐子裡的火灰，將昨夜的咖啡放在爐子上重新加熱，然後他擦淨一隻咖啡杯，放到桌子上。透過船艙的小窗戶，他能看見整個世界正在猶豫中進入新的一天。森林周圍濃重的陰影，依然將這艘駁船和河岸籠罩在一片幽暗之中。

他感覺到一點微弱的震動，然後是一陣警覺的刺激。有人，一個柏油人不認識的人上了他的甲板。萊福特林悄然無聲地站起身，從身邊的工具箱中拿出一根用來固定最沉重的纜繩的大硬木栓，在手中掂了掂分量，暗自微微一笑，就像貓一樣一聲不響地走向艙門。他輕輕將艙門打開，早晨清冷的空氣湧流進來。森林上層已經有鳥雀在鳴叫。森林的下層，蝙蝠還在歸家的路上。萊福特林走上甲板，開始悄無聲息地在他的船上巡邏。

他沒有找到任何人，但是當他回身走向艙門的時候，發現一個小紙卷就放在甲板上。他心中一沉，將紙卷撿起來。這張紙又軟又厚，聞起來有一股來自異域的苦澀辛辣的氣味。他將紙卷拿回自己的船艙，關上艙門。封錮紙卷的火漆是樸素的褐色，上面也沒有印章。他挑破火漆，打開紙卷，借著小窗戶外的灰色晨光閱讀上面的文字。

這不是巧合。我已經將你安插在合適的位置。你要全力幫助我在那裡安排好的人。很快你就會知道他是誰了。你也知道他在找什麼。此事關係到巨大的財富，也關係到我家人的血。如果一切順利，你也將分享這筆財富。如果不順利，將被哀悼的絕不會只有我的家人。

紙條上沒有署名，但也不需要署名。是辛納德．亞力克。幾個月以前，萊福特林就載著這個外國人一路到達崔豪格。幾乎是船一靠岸，那個恰斯國商人就消失了。他也沒有要萊福特林載他返回海上。兩天以後，當柏油人號重新載滿貨物的時候，萊福特林再沒有聽到任何關於那個人的訊息。柏油人號就這樣再次起航。那個外國貿易商在柏油人號上留下了幾個表明他曾經來過的痕跡。有一件曾經屬於萊福特林的襯衫落在船上，還有一些他使用的菸草。船員們都沒有過問他們的乘客去哪裡了。離開崔豪格的那一天，萊福特林也非常低調。那個人帶有一切所需的文件，已經搭乘別的船去上游了——如果有人問起那個恰斯國商人，萊福特林就打算這樣回答。但沒有人問他這件事，萊福特林希望自己已經可以將那場不幸拋到腦後去了。

他的希望落空了。他只期盼自己從沒有聽說過那個該死的恰斯國商人，期盼他在一年以前就能找個時機把那個商人扔出船去。自從見到辛納德．亞力克之後，這個恰斯國人就一直出現在他的惡夢裡。經過這麼長時間，萊福特林幾乎相信他們不會再打交道，相信那個人只想利用他那一次，然後就會放掉他。

但這次纏住他的是恰斯人。恰斯人一旦知道你的弱點，你的任何祕密，他們都會緊緊勾住你，榨乾你，直到你被殺死，或者能夠反手殺死他們。萊福特林緊咬著牙關。在片刻之前，他還像傻子一樣幻想著和自己深深癡迷的對象一同前往大河上游。而現在，他已經在猜測還有誰會加入這次航行，那些人又會多麼冷酷地執行他們所承諾的威脅。他不知道自己在這一路上是否必須殺人。如果真的要殺人，他又該如何去殺，他能隱瞞這件事不讓愛麗絲知道嗎？

這讓他感到哀傷。他懷疑，如果他這一生中所做的事情讓愛麗絲知道一半，愛麗絲都會摒除與他的一切關係。他不喜歡對愛麗絲有所隱瞞，但他只能這樣做。他能夠和愛麗絲在一起的時間太短了，他必須竭盡全力爭取到這一點時間。和這位美好的女士相比，他是如此不堪入目，一個雨野原的船夫，所擁有的不過是一艘內河小船。愛麗絲不可能知道柏油人號是多麼獨特和神奇的一艘船，她不可能因為一艘船就會認為萊福特林是個富有的人，所以萊福特林不知道為什麼這位女士看起來會很喜歡他。他一直努力工作，並相信自己會繼續努力工作下去。他沒有一個華美的家能夠獻給愛麗絲。他的衣服和愛麗絲的精美衣裙相比，不過是一堆破布。他也沒有珠寶戒指。在愛麗絲踏足於他的船上之前，他的野心只不過是繼續做他一直在做的事：沿河道運送各種貨物，掙錢支付船員們的薪水，當時間表允許他在城鎮過夜的時候，就吃上一頓大餐。他曾經有機會出售一大塊巫木，掙一筆大錢。那樣的話，他現在就會是一個富人，在遮瑪里亞或者恰斯國擁有壯麗的宅邸。他不後悔自己做出的決定，這是他唯一能做的正確的事。

想到自己曾經是多麼安於現狀、享受這種渺小的生活，他不禁有些感歎。現在他只能無可奈何地幻想自己以前能預見到有這樣的一天，這樣一位女子會走進他的生命。如果他預見到了這一天，也許他就會存下一筆足以配得上這位女子的財產。但他又要獲得怎樣的財富，才能與她在繽城的丈夫能給予她的財產相比？

他又看了看手中的小紙卷，在航行到崔豪格之前，自己是否應該殺死那個恰斯商人，把他從船上丟下去。他並不只是隨意這樣想想。他只殺死過一個人，那是在很久以前，一場賭局出了錯，他被指控出千。他沒有出千，但是與他對賭的那個傢伙及其友人，不打算讓他帶著贏得的賭注離開，甚至明顯有意要殺死他，他打暈了他們之中的一個人，殺死了另一個人，放跑了第三個人。這件事並不讓他感到驕傲，他只是生存了下來。這是他不後悔的決定之一。

所以，現在當他思考殺人的時候，他所想的只是殺人的後果。如果他殺了那個商人，他就不會站在這裡，手中攥著一張對他充滿威脅的紙條，不需要猜疑與他一起踏上這趟旅程的人們，到底誰是那個商人安插的叛徒，也不必揣測辛納德·亞力克在是否有插手這份如同甜美果實般的契約。他一邊將這張紙卷撕成碎屑，丟出舷窗，一邊想著：不必再擔心自己是不是會做出什麼事情，讓愛麗絲看不起他了。

「該起床了！」

「起床，收拾好你們的東西，喚醒你們的龍！」

「起床，上路的時間到了。」

賽瑪拉睜開眼睛，望向遠方灰色的晨曦，然後打了個哈欠，突然希望自己從沒有同意參加這個任務。在她的周圍，其他守護者正一邊咕噥，一邊從舖位上爬起來。將他們叫醒的是那些陪同他們從崔豪格來到這裡的人，這些人的責任到今天就將告結束。很明顯，那些人已經等不及要結束這趟差事了。守護者們越早起來喚醒龍群，開始他們第一天的旅程，送他們到這裡的人就能越早完事回家。

賽瑪拉又打了個哈欠。她知道，如果想要在一天開始之前弄到一些吃的，她最好馬上就起來。在和這些男孩子在同一口鍋裡掏食之前，她完全不知道男孩子能吃得多又快。她緩緩坐起身，同時繼續用毯子裹住身體，但冷冽的清晨空氣仍然滲透進她的身體。

「妳醒了？」拉普斯卡問她。自從他們離開崔豪格之後，只要她允許，拉普斯卡就會睡在儘量貼近她的地方。一天早晨賽瑪拉醒過來的時候，發現拉普斯卡就依偎在她的背後，一支手臂環抱著她的腰，頭緊貼著她。賽瑪拉很喜歡他的溫暖，但受不了醒過來的同伴們的竊笑。凱斯和博克斯特為此不停地嘲笑他們。面對他們的嘲笑，拉普斯卡總是露出瀟灑但又不是很確定的笑容。賽瑪拉懷疑拉普斯卡並不很清楚那兩個傢伙的笑話是什麼意思。賽瑪拉自己則堅決地無視他們。她告訴自己，拉普斯卡喜歡靠近她，就像一隻小貓喜歡睡在自己熟悉的東西旁邊，不是因為任何浪漫的情愫。他們之間沒有來電，就算拉普斯卡對她有這種感情，這也不是她會接受的。被禁止的就是被禁止的，她清楚這一點，他們都清楚這一點。

但賽瑪拉也不禁會懷疑，他們是否都能像她完全接受這條規矩。

格瑞夫特就強烈地暗示他不接受這種規矩。他早就說過，他打算建立他自己的規矩。那麼，潔珥德又是怎樣？她會遵循他們從出生時起就被要求接受的規矩嗎？

賽瑪拉將睡意從眼睛裡揉走，同時竭力不注意睡在自己身邊的是誰，也不猜測這到底意味著什麼。畢竟，所有人都必須找個地方睡覺。如果潔珥德總是在刺青身邊攤開她的毯子，這可能只意味著她睡在刺青身邊會感覺安全。如果格瑞夫特總是在其他人準備睡覺的時候找理由和她說話，這也許只意味著格瑞夫特認為她比較聰明。

賽瑪拉向格瑞夫特瞥了一眼。像往常一樣，格瑞夫特是第一批起身的人，正在收拾他的被褥。格瑞夫特在睡覺的時候不穿襯衫。賽瑪拉驚訝地發現許多男孩都是這樣。有兄弟的潔珥德則很驚訝賽瑪拉不知道這一點，但賽瑪拉完全想不起自己曾見過她的父親有赤裸上半身的時候。她看到格瑞夫特抓撓覆蓋鱗片的脊背。對於那種持續不斷的瘙癢，賽瑪拉也很熟悉，那意味著鱗片正在變得更厚更硬。她看到格瑞夫特微微彎下腰，這樣就能讓鱗片翹起來，進而撓到下面的皮肉。如果格瑞夫特在意雨野原在自己身上留下了多麼沉重的標記，他就不會將它們顯示出來。今天早晨，他彷彿就是要炫耀他的身體。

賽瑪拉忽然想起了格瑞夫特差一點將刺青趕走的那一晚所說的話。格瑞夫特說過，他要建立自己的規則。他已經開始這樣做了。讓賽瑪拉驚訝的是，格瑞夫特竟然就這樣輕易地成為了這支隊伍的領袖。他只是在按照他自己的想法做事，所有年輕人就立刻開始追隨他。現在只有為數不多的幾個人還沒有受到他的影響。刺青是其中一個。賽瑪拉懷疑，如果不是格瑞夫特這樣快、這樣堅決地向大家表明，刺青和他們不是一路人，刺青也許就會成為這支隊伍的領袖。她覺得刺青也許同樣明白這一點。潔珥德則是另一個對格瑞夫特投以懷疑目光的人，或者她至少還無法完全贊同格瑞夫特的觀念。**這是因為我們都是女性**，賽瑪拉想，**因為格瑞夫特看待我們的眼神，彷彿他總是在對我們進行評價**。賽瑪拉甚至注意到格瑞夫特第一眼看到希爾薇的時候，也流露出同樣的眼神，而且賽瑪拉覺得格瑞夫特幾乎在那時就淘汰掉了希爾薇，因為她太小了。

格瑞夫特突然轉過頭看著她，彷彿能夠讀出賽瑪拉的想法或者感覺到她的目光。賽瑪拉立刻對他生出一種奇怪的逢迎感覺和一點畏懼，急忙低下頭，但已經太晚了，格瑞夫特知道她一直在注視他。賽瑪拉從眼角看到格瑞夫特伸直腰，轉動肩膀，同時向她露出了微笑。在格瑞夫特要對她說話之前，賽瑪拉先對拉普斯卡開口道：「你醒了嗎？我們今天就要出發了。」

「我醒了。」那個男孩說，「但我們為什麼這麼早就要出發？在早晨還這麼冷的時候，龍不會喜歡活動的。」

格瑞夫特在賽瑪拉之前做出回應：「因為卡薩里克的那些好人們非常期待我們離開。等我們帶著龍走掉之後，他們就能在這片河岸上建造碼頭了。他們也許會修理或者重建曾經為海蛇建造的水閘。如果施工得當，他們就能讓更大的船隻直達崔豪格，擴大航運能力，這樣他們就能更順利地從那座古早城市挖掘各種古董並予以開發。沒有了龍，他們在靠近這個地方的挖掘場中進出會感到更安全，也能挖得更深。說得更明白一點，拉普斯卡，這一切都是因為錢。我們越早帶龍離開這裡，商人們就能越早終止在龍身上耗費金錢，把錢投資在那座被埋葬的城市上。」

拉普斯卡皺起眉頭，稍稍撅起嘴，這表明他正在努力思考。「但……他們為什麼要這麼早就叫醒我們？一個早晨能有多麼大的差別？」

格瑞夫特搖搖頭，說了些不好聽的話，轉身不再看這個男孩。一道受傷的影子閃過拉普斯卡的臉，賽瑪拉也在這一刻感覺自己非常厭惡格瑞夫特，這種強烈的厭惡情緒，甚至把她自己嚇了一跳。

「我們在出發前應該吃些東西，」賽瑪拉立刻提出建議，「這也將是他們最後一天為龍提供食物了。從明天開始，我們就必須自己餵養龍。希望那些龍自己也能找到一點食物。」

聽到賽瑪拉的話，拉普斯卡的面孔也亮了起來。讓這個男孩高興真的很容易，賽瑪拉甚至不需要對他表示友善，只要待他不要太壞就足夠了。賽瑪拉竭力不去想拉普斯卡過去的生活到底是什麼樣子，以至於他會將別人平常的態度當作友好。她微微歎了口氣，開始將自己的被褥疊起來，平時就算賽瑪拉對別人說話也會把拉普斯卡吸引過來，而直接和拉普斯卡交談，肯定會讓這個男孩一整天都黏著她，在她耳邊嘮叨個不休。

「我一直在擔心該如何餵養我們的龍。我覺得龍可以自己找些食物，他們能夠很容易找到死亡動物的屍體，也許還能捕到大魚，或者是死掉的大魚，這應該是他們最容易找到的食物了。我的荷比喜歡魚，她也不太在乎魚是活的還是死的。」

「荷比。那是那頭龍的真名嗎？」刺青突然出現在拉普斯卡身後。他已經將收拾好的背包背在身後，而且還刮了鬍子。看樣子，他醒來已經有一段時間了。他並不經常刮鬍子，通常一個星期只會刮一次。離開崔豪格之後，賽瑪拉看過一次他刮鬍子——對於這門手藝，他並不是很有信心。那時賽瑪拉看到他蜷起身子，將一隻小鏡子放在膝頭，非常小心地用一把折疊剃刀刮去面頰上的鬍渣。看到刺青刮鬍子的時候，賽瑪拉還吃了一驚。那時她才意識到，自己還是把刺青看成一個男孩，而不是男人。她又向拉普斯卡瞥了一眼，她似乎仍然把他們都看作是男孩，可能只有格瑞夫特才是例外。拉普斯卡和她的年齡可能很相近，其實根本就不是男孩了。至少，只要他不說話，就不會有人把他當男孩看。

「不是。我覺得在我來這裡以前，荷比根本就沒有名字。但她喜歡我，也喜歡我給她起的名字，所以我認為這樣很好。」拉普斯卡突然停頓了一下，臉上露出寵溺的微笑，「糟糕！我太想她，把她驚醒了。我最好快點吃完飯去找她，她很餓了。我還要告訴她，今天我們就要啟程去上游了，她很容易忘記事情。」

拉普斯卡把毯子捲起來，塞進背包裡，然後向自己睡覺的地方掃了一眼，抓起換洗襯衫也塞進背包頂部。然後他說了一句：「該吃東西了。」就帶頭向大營火堆跑去。刺青和賽瑪拉只是看著他的背影。

「我覺得拉普斯卡和荷比很匹配。」刺青微笑著說。他彎腰拿起一隻拉普斯卡丟掉的襪子，又用更加嚴肅的口吻說：「真希望他不要這樣粗心。」

「把它給我吧，我會帶給他的。」

「不，我給他吧。」刺青輕鬆地說道，「畢竟我也要去那邊。妳是對的。我們應該好好享受一下最後一餐輕易得來的飯食。」

賽瑪拉將折疊整齊的毯子收進背包裡，又將營地迅速檢查了一遍。不，她什麼都沒有忘記。其他人也都起來了。她注意到格瑞夫特在粥鍋前的隊伍中排第一個。賽瑪拉見過格瑞夫特是怎樣吃東西的，他吃得非常快，在其他人甚至還沒有盛上第一碗粥的時候，他就已經盛上了第二碗。格瑞夫特這種行為總是讓賽瑪拉感到惱火，儘管賽瑪拉也會思忖自己不學著格瑞夫特那樣做，會不會很愚蠢，畢竟昨天又有兩個男孩開始學習格瑞夫特了。賽瑪拉注意到，凱斯和博克斯特在許多事情上都在效仿格瑞夫特。現在那兩個人跟在格瑞夫特身後，各盛了滿滿一碗粥。這種情景讓賽瑪拉感到不安。當格瑞夫特坐下來吃粥的時候，他們就蹲在他的兩旁。賽瑪拉驚訝地看到諾泰爾的一隻眼睛周圍變成了青黑色，臉也腫了起來，便問道：「他怎麼了？」

「和另一個傢伙打了一架。」刺青簡單地回答了一句，轉而問賽瑪拉，「那些無人守護的龍會怎樣？」這個問題讓賽瑪拉不再有心思去盯著諾泰爾。

「什麼？」

「有兩頭龍沒有守護者。妳一定也注意到了。」

他們端著空碗站到諾泰爾和希爾薇身後。那個女孩立刻轉過身加入了他們的談話：「那頭銀龍和那頭很髒的龍。」

「我覺得，如果他能被擦洗乾淨，應該是紅銅色的。」賽瑪拉喃喃地說道。她早就注意到了他們。當天空之喉看似要拒絕她的時候，她差一點就選擇了他們之中的一個。「他們的境況都很糟糕。」賽瑪拉強迫自己說出藏在所有人心中的想法，「沒有守護者幫助他們，他們在這段路上支持不了多久。我甚至不知道他們是否會在我們離開的時候跟我們一起走。他們看上去都不很聰明。」

「妳是對的。我昨晚看到那頭銀龍擠在那艘駁船的旁邊，彷彿那艘船是另一頭龍。今天早晨，銀龍不在船邊了，也許他看出了那艘船不是龍。但他依然不是很聰明。但我猜卡薩里克議會不會允許我們留下任何一頭龍。」刺青說，「如果我們把他們丟下，他們可能在一個星期之內就會死掉。我懷疑在我們離開之後，根本不會有人再餵養他們了。」

「這就是說，」希爾薇說，「他們一直以來都對這些龍吝嗇又殘忍，可憐的默爾柯說：在回憶裡，根本找不到龍會被人類或者古靈如此地虐待。」

諾泰爾無言地點點頭。負責分粥的人將一勺黏稠的粥湯扣進諾泰爾的碗裡。諾泰爾仍然將碗舉在他的面前。那個人不情願地又朝他的碗裡添了一點粥。希爾薇走上前，將碗舉到粥鍋上面。當一大勺粥被扣進碗裡的時候，碗也沉了一下。

「嗯，」刺青有些猶豫地說，「如果我們只是讓那兩頭龍跟在我們身後，不為他們做任何事，他們一樣也會死，就像他們被丟在這裡會餓死一樣。」

「他們不適合生存下去，」埃魯姆說道。他排在刺青身後，「我的亞布克也許不聰明，但他速度很快，身體很健壯，所以我選擇了他。我認為他在這次遠征中最有可能生存下來。」

「為我接生的產婆，也說我不適合生存。」賽瑪拉在自己的碗被盛滿的時候低聲說道。她跟隨希爾薇來到一堆放在乾淨毛巾上的硬麵包捲旁。兩個女孩各拿了一個麵包捲就走開了。

「我們生活在一個嚴苛的世界裡，嚴苛的世界需要嚴苛的規則。」埃魯姆說道。但他的語氣已經不像片刻之前那樣確定了。

「我會照顧那頭紅銅色的龍。」刺青平靜地說。這時守護者們坐成一個環形，開始吃飯，「我會在今天早晨出發之前對他進行清理，儘量去除他的寄生蟲。」

「我幫你。」賽瑪拉沒有注意到潔珥德，但她已經湊了過來，小心地坐到了刺青的身邊，將她的麵包放在膝蓋上，一隻手托著碗，另一隻手拿著勺子。

「我照顧那頭銀色的。」賽瑪拉莽撞地宣布道。她知道這會讓天空之喉不高興。哪怕她稍稍關注一下別的龍，天空之喉一定也會心生嫉妒。**好吧，就讓她知道一下嫉妒的滋味吧。**賽瑪拉幾乎是帶著報復性的心情想道。

「我幫妳包紮他的尾巴。」希爾薇說。

「我也許能為他捕些魚。」拉普斯卡快活地擠進刺青和賽瑪拉中間，根本沒有注意到他也許打擾了別人。他大口吃著碗裡的粥，「糧食太貴了，我們家買不起，我們總是用湯做早餐，或者就是吃葫蘆餅。」

幾乎所有守護者都過來了。大家或蹲或坐，手中捧著粥碗和麵包。有幾個人在拉普斯卡說過話之後點了點頭。

「有時候，我們喝的粥裡會加蜂蜜。」希爾薇說，隨後她又補了一句，「但這樣的時候並不多。」彷彿承認她的家庭能夠負擔這種奢侈，是件很困窘的事情。

「我們經常會有水果吃，都是我的父親和我前一天採摘到，又沒有能賣出去的水果。」賽瑪拉說道。一陣想家的愁緒在不期然間襲入她的心中。她突然環顧周圍，她在這裡做什麼？坐在堅硬的地面上，吃著粥，準備到上游去？片刻間，這一切都沒有了意義。整個世界彷彿都在她的周圍旋轉。她這時才意識到自己距離家已經有多遠了。

「賽瑪拉？」

身後男子的聲音差一點嚇得她掉落了手中的勺子。她轉過身，看到塞德里克正局促不安地站在一圈守護者外面，依舊是那樣完美無瑕，還帶著一點香氣，就像飄浮在空氣中的花香。「什麼事？」她愚蠢地回應道。

「我不想打擾妳吃飯，但我們被告知馬上就要啟程了。我想問一下，妳是否能現在來為我翻譯？愛麗絲已經去了龍那裡……」

塞德里克的聲音消失了。也許是賽瑪拉的表情讓他閉住了嘴。賽瑪拉將頭轉向一旁，竭力壓抑下突然從心中冒起的嫉妒。愛麗絲已經去和天空之喉說話了？那個繽城女人這麼早就起來了？昨天，當賽瑪拉和塞德里克回去的時候，夕陽已經西下。隨著氣溫逐漸降低，龍都會沉沉睡去。等賽瑪拉和塞德里克找到愛麗絲和天空之喉的時候，那頭龍顯然已經很想睡覺了。不過，她還是欣然吞下了賽瑪拉帶回去的大魚——這讓賽瑪拉感到高興，但看到天空之喉對那個繽城女人如此青睞，她又感到更加憤憤不平，不過看到愛麗絲對那條碩大的魚顯露出毫不掩飾的驚愕表情，賽瑪拉還是很滿意。看到天空之喉那麼快就把大魚吞進肚子，愛麗絲就更顯得對她敬畏有加。在天空之喉吃魚的時候，愛麗絲也總算勉強得到她的許可，讓塞德里克能夠旁聽她和愛麗絲的交談。隨後，天空之喉立刻就向龍群的休眠地走去。賽瑪拉向塞德里克和愛麗絲道了晚安，看著他們回到了河灘的駁船上。

她注意到愛麗絲如何挽住了塞德里克的手臂，塞德里克又是如何扛起了愛麗絲的全部物品。這讓她不由得在心中揣度他們的關係。塞德里克說過，他只是愛麗絲的助手，但賽瑪拉感覺到他們的關係不僅於此。她在心中有點懷疑那兩個人是不是情侶。這個想法讓她全身湧過一陣古怪的寒意。但她很快又對自己感到羞愧。就算他們是情侶，也和她沒有什麼關係。所有人都知道，繽城人有他們自己的生活法則。

「翻譯？」格瑞夫特站起身。他的動作輕鬆隨意，但還是流露出一種挑戰的意味。塞德里克的注意力一下子轉向了他。

格瑞夫特的問題似乎把這個繽城男人嚇了一跳。其實賽瑪拉也有些被嚇到了。塞德里克急忙回答：「她說她能幫助我理解龍說的話，這樣我才能做筆記。」看到格瑞夫特仍然緊緊盯著自己，塞德里克又說道，「我似乎有一點不常見的缺陷。龍說話的時候，我聽不懂他們在說些什麼，只能聽到動物的叫聲。賽瑪拉昨天告訴我，她能夠幫助我，或者她現在還有別的事情要做？」

賽瑪拉花了一點時間才明白，塞德里克以為她是被格瑞夫特控制的，所以塞德里克正在向格瑞夫特求得許可，好讓賽瑪拉能夠跟他走。賽瑪拉將沒吃完的麵包放進衣袋裡，端著空碗站起身：「我現在沒有別的事情要做，塞德里克。等我把碗和勺子放好就過來。」

「難道我剛才不是聽到妳說要去照顧那頭銀龍嗎？必須有人包紮好他的尾巴，嘗試建立和他的關係。」

格瑞夫特這樣說道，就好像他是賽瑪拉的上司，正在提醒賽瑪拉不要忘記她的任務。

賽瑪拉轉向格瑞夫特，清楚地說道：「我說過要做的事情，我會去做，但時間要由我來決定，格瑞夫特。沒有人讓你來管我，也沒有人讓你去管理龍群。我更沒有聽到你自告奮勇去照顧其他龍。只有刺青這樣做。」

賽瑪拉的本意只是譴責格瑞夫特，當她發覺自己會導致刺青和格瑞夫特再一次發生正面衝突的時候，已經太晚了。刺青站起身，轉動著肩膀，彷彿是在放鬆自己的雙臂。他也許是在地上坐得太久了，但在賽瑪拉看來，他就像是在為一場可能爆發的戰鬥做準備。「是的，我這樣說了。希爾薇，如果妳需要有人幫妳包紮銀龍的尾巴，就告訴我。拉普斯卡，如果你能為他捕到一條魚，或者找些別的食物，那就太好了。我要去和我的綠龍道個早安，然後我會去查看那頭紅銅龍的情況，看看我能為他做些什麼。賽瑪拉，妳先跟塞德里克去吧。沒有妳，我們暫時也能應付得來。」

賽瑪拉看到塞德里克的視線從格瑞夫特轉向刺青。她突然明白了，這個繽城人正在猜測誰才是這支隊伍的首領，誰才是能控制賽瑪拉的人。這讓賽瑪拉同時對格瑞夫特和刺青都感到一陣怒意，她的聲音一下子嚴厲起來：「謝謝你，刺青，但我說過這事由我來做，我會做的。我不需要任何人幫忙，也不需要有人許可。」

刺青的神情讓賽瑪拉意識到，她的口氣要比她預料中尖刻許多。賽瑪拉只是想表明，除了她自己，沒有人能控制她。而格瑞夫特臉上得意的表情正告訴她，她只是把情況搞得更糟了。她不由得咬緊了牙。不到兩天以前，她曾經對格瑞夫特稍有迷戀，因為得到那個男人的注意而感到高興，而現在，她對這個傢伙充滿了厭惡。她知道，格瑞夫特正在操控眼前的局勢，她似乎無論如何也擺脫不了這個傢伙牽住她的傀儡線。現在所有人都會以為她在生刺青的氣，但她沒有，或者至少不想這樣傷害刺青。潔珥德看著地面，但賽瑪拉知道她在偷笑。刺青面容僵硬地從她面前轉開身。除了跟塞德里克走，她什麼都做不了。當他們離開的時候，就連這個繽城人都察覺到了營地裡尷尬的氣氛。

「我不想給妳惹麻煩，」塞德里克向她道歉。

「你沒有。」賽瑪拉只回了這麼一句，然後她吸了一口氣，搖搖頭，「我很抱歉。今天出了些問題。你的確沒有造成任何麻煩。問題出在格瑞夫特的身上，刺青有時候也挺麻煩。格瑞夫特想要成為巨龍守護者的領袖，他的所作所為只是想讓其他人都服從他。但有些人真的就會聽他的，這才是令人惱火的地方！其實我們之中並沒有誰是首領，我們全都是自由的，該怎樣完成我們的工作都由我們自己決定。格瑞夫特只是非常善於給拒絕服從他的人找麻煩，比如刺青和我。」

「我明白。」塞德里克點點頭，就好像他真的明白一樣。

「刺青和我平時都相處得很好。但格瑞夫特就不一樣了。他似乎很喜歡製造麻煩，操縱別人。有時候，我覺得我們只要不照他的話去做，他就會竭盡所能讓我們難堪。一開始，我以為他喜歡我，他的樣子就像是無法容忍我有一個朋友，彷彿這樣做就會讓他變得沒那麼重要。他就像是要將一支楔子打進刺青和我之間。為什麼會有人喜歡做這種事？」

賽瑪拉並沒有想從這個繽城人口中得到一個回答，但塞德里克流露出吃驚的表情，彷彿賽瑪拉在問他一個非常重要的問題。當塞德里克回答的時候，每一字一句都說得非常緩慢：「也許是因為我們縱容他們這樣做。」

塞德里克覺得自己彷彿在腦後狠狠被打了一兩下。首先是那個非同尋常的年輕人，似乎是質疑他有無權利要賽瑪拉為他做翻譯。塞德里克還從沒有見到過如此相貌的人——這種人至少應該用面紗或者兜帽將臉遮住，像格瑞夫特那樣受到雨野原嚴重影響的人，絕大多數都該戴上面紗，但格瑞夫特卻沒有，這是對傳統的挑戰。還是說，他們已經在雨野原河上溯太遠，這裡的人們已經不在乎外地人是如何看待他們了？

看這個人明確無疑的爬蟲相貌，塞德里克相信他一定也具備某些相應的特殊能力。他的藍色眼睛像拋光的天青石一樣閃閃發亮。那雙眼睛上面的眉毛已經變成了細小的鱗片。他臉上一條條深入肌膚的紋路，讓塞德里克想到了雕像，只是這些紋路並不在冰冷的石頭上。塞德里克還從沒有見到過如此像野獸的人。他幾乎能嗅到格瑞夫特身上刺鼻的野獸氣味，就好像這個傢伙正在散發出自己的氣息，以表明他的統治權。就連他的聲音也帶著一種不屬於人類的高亢音色，讓塞德里克聯想到一連串黑色的琴弦被弓弦拉響。此人的鱗甲讓塞德里克反感，聲音卻讓塞德里克覺得很有吸引力，怪不得他身邊的這個女孩在此人面前，是那樣焦慮不安。任何人都會這樣的。

就連詔諭也不例外。此人會和詔諭發生正面碰撞，就像長角的公鹿為了爭奪地盤爭鬥不休。就在這個想法出現在塞德里克腦海中的時候，那個女孩問了一個讓他大吃一驚的問題，他覺得自己腦子裡彷彿有一根弦被驟然彈響，詔諭不喜歡他和愛麗絲做朋友，不想讓他和愛麗絲交談，也不想聽他提起任何關於愛麗絲的話題。愛麗絲應該是一樣他完全交給詔諭的東西，是他過去的一部分，而當他提出用一場婚姻結束詔諭和父母之間的不和時，他就已經將愛麗絲奉獻給了詔諭。塞德里克不喜歡細想這到底意味著什麼。他將自己因為詔諭而疏忽的其他一切友誼都推到一旁。為了留在詔諭身邊，他放棄了自己打拚的機會，甚至拒絕繼承父親的事業——所有這些，他也都不願再想了。

他強迫自己將注意力集中在眼前的事務上，轉頭瞥了一眼身邊那個仍然忿忿不平的女孩。「很抱歉，為妳帶來了這麼多問題。」

女孩頗有興致地哼了一聲。「喔，這不是你帶來的。這些問題一直糾纏著我，當我簽下契約來到這裡之後，這些問題就成倍地增加了，就是這樣。」女孩清了清嗓子，塞德里克能清楚地感覺到她是有意要轉移話題，「為什麼愛麗絲這麼早就要起床和龍聊天？」

「我想，她是迫不及待要這麼做。等我們開始向上游前進之後，我估計她就沒什麼時間能夠和龍交談了。」塞德里克說了謊。實際上正是他叫醒愛麗絲，建議她在今天隊伍出發之前，嘗試和龍進行一次交談。愛麗絲也很願意這樣做，只用幾分鐘時間，她就把衣裙穿好了。塞德里克一直抱著一線希望，期盼他們兩個能在龍群離開這裡之前都得到自己想要的。現在這個希望已經非常渺茫，而這是他最後的機會。如果今天早晨的「交談」也像昨晚愛麗絲向他描述的那樣平淡無奇，也許他就能說服愛麗絲，讓愛麗絲相信留在卡薩里克探勘、進行幾天的田野調查，會比跟隨龍群更有收穫，更有收穫。如果幸運之神眷顧他，也許他們還能想辦法聯絡上貝笙·特瑞爾船長，然後乘典範號回家。

「或者她會發現她能夠利用的時間，要比預料的還多。不管他們是怎麼說的，我猜這次遠征要延遲很久才能開始。在我看來，這裡沒有人真正知道我們要去哪裡。那些不會跟我們走的人，根本不關心這件事，只要我們在離開的時候能把龍一起帶走。」

塞德里克認為這個女孩說得很有道理，但這種話不會讓任何人感到高興。他想要將話題轉移到他剛才聽說的事情上，卻又找不到合適的託辭，於是他只好直白地問道：「那麼，除了那頭藍龍之外，妳還要照顧一頭銀龍？」

「我是這樣說的。」賽瑪拉承認。聽起來，她現在似乎有些後悔了。

「刺青說那頭龍受了傷？傷在尾巴上？」

「我還沒有仔細查看過那頭龍，但他的確有傷口，而且看上去是感染了。龍對於這裡的酸性河水有很強的免疫力，就像這裡的水鳥和魚一樣。只要他們的皮膚是完整的，就不會害怕河水的腐蝕，但河水還是會燒掉暴露傷口上的血肉，所以我們需要清理他的傷口，為他進行妥善包紮，並在我們不得不涉水行進的時候，確保他的尾巴不會落進水裡。我想，這就是我們要做的事。」

愛麗絲和藍龍這時正並肩在水邊漫步。走在藍龍身邊，愛麗絲顯得非常瘦小。塞德里克知道賽瑪拉也看見了她們，因為這個女孩突然加快了腳步。塞德里克卻故意放慢腳步，拖住賽瑪拉。現在他要說的話不能讓愛麗絲聽見：「我一直對動物和醫藥有興趣，尤其是對龍。也許我能幫助那頭可憐的龍。」

賽瑪拉驚訝地看了他一眼：「你？」

這個女孩的話實在是很刺人。「是的，為什麼不能是我？」

「我只是……嗯，你甚至聽不懂他們在說些什麼。而且你是這麼漂亮，這麼特別。我的意思是，你是這樣乾淨。我真的沒法想像你會去照顧一條尾巴上有感染，滿身泥巴的龍。」

塞德里克在臉上裝出一副微笑。「妳才剛剛遇到我，賽瑪拉。相信我，妳會發現我有很多妳一眼看不透的祕密。」至少這句話是真的！

「嗯，我想我會需要你的幫忙。但首先，我會在愛麗絲和天空之喉交談的時候，協助你擔任翻譯，這應該不會用去太長時間，他們很快就會給龍送來食物了。我知道天空之喉像其他所有龍那樣想要吃東西。不過等他們吃完東西以後，我想檢查一下那頭銀龍，看看我能為他做些什麼。」

「太好了，到時我會帶好裝備去找妳。」

「裝備？」

「我有帶來一些基本醫療裝備，打算路上使用，像棉絨、繃帶以及鋒利的小刀，只是以備不時之需，還有清潔傷口用的酒精。」其實這些是為了保存標本用的。如果運氣好，他們在離開這片河灘的時候，他就能搞到一瓶龍鱗了。塞德里克向賽瑪拉露出安慰的微笑。

像這樣和龍相處，不會有任何收穫的。愛麗絲很清楚這一點，失敗的感覺正灼燒她的心。為什麼她會想像自己能和龍進行一場輕鬆的交談？在她的夢裡，她一抵達雨野原，這些巨獸就會和她親如一家，向她敞開心扉，暢談他們的記憶。當然，這種幻想肯定不會變成現實。

「妳能和我說一些妳祖先的記憶嗎？」愛麗絲問道。她這樣直白的提問，是因為她實在是已經有些無可奈何了。這頭被她的守護者稱為「天空之喉」的龍，幾乎拒絕了她提出的每一個問題。

「對此我表示懷疑。妳只是一個人類，而我是一頭龍。不管怎樣，要讓妳明白哪怕是作為一頭龍的最微小的意念，也是不可能的，更何況要理解我的記憶。」

天空之喉再一次撲滅了愛麗絲的希望。這頭龍的語氣平和溫婉，充滿了禮貌和善意。她那雙可愛的眼睛也在她說話時不停地轉動。愛麗絲的心渴望著和這頭巨獸建立聯繫。她知道，自己已經完全被這頭龍的魅力俘虜了，並且她也明白自己對這頭龍的崇拜是多麼令人絕望，不可能有任何回報，但她依然無法自已。這頭龍對她的輕蔑和侮辱越多，她就越發渴望要贏得這頭龍的青睞。她從那些古早卷軸中得到的智慧對她沒有半點幫助，就如同你即使非常清楚毒品的作用，卻還是會不由自主地吸毒成癮。

在絕望中，愛麗絲開始進行最後的努力：「妳會回答我的某一個問題嗎？」

龍一言不發地看著她。她們停下了腳步，這讓愛麗絲覺得她距離自己更近了。愛麗絲的心中充滿了對這頭巨獸自作多情的愛意。只要能將自己的全部時間都用來服侍這頭龍，她就會非常高興。她這時來到雨野原是正確的。如果她不能追隨這頭龍到上游去，她的全部生命都將毫無意義，悲慘可憐。天空之喉就是她的宿命。除此之外，沒有任何關係能夠讓她的人生這樣充實……

就像是一隻布娃娃突然落在地上，愛麗絲猛然地落回到夏日陽光下的河岸邊。「他們送食物來了。」龍突兀地說道。愛麗絲真切地感覺到這頭巨獸拋棄了她。那種感覺是那樣迷人，而那只是龍在戲弄她。她無法否認這一點——如此輕易就受到了龍的魅惑，她應該對此感到羞愧。她卑微地渴望著再一次受到天空之喉的注意，但這讓她回想起詔諭曾經給她的感覺，那一段因為徹底的羞辱才讓她最終對詔諭絕望的哀傷回憶。想到這裡，她堅定下心神，轉身離開了那頭龍。她所渴望的從不會成為現實，無論是詔諭和她在繽城的生活，還是她與龍同行的那些愚蠢的夢。突然間，她很想放棄眼前的一切，就此回家去。

龍是否知道已經失去了她的崇拜？天空之喉似乎的確有所察覺。在走向送肉小車的半途中，那頭龍突然停住腳步，回過頭來看向她。愛麗絲繼續堅決地一步步遠離那頭龍。不，她不會再一次落進那頭龍的圈套了。一切都結束了。

「喔，親愛的，看樣子我們來得太晚了。」

塞德里克的聲音嚇了愛麗絲一跳，更讓愛麗絲吃驚的，則是看到他和天空之喉的守護者一起走了過來。那個女孩像以往一樣對她沉著一張臉——或者這只是愛麗絲的想像？畢竟雨野原的環境損壞了這個女孩的外貌，要讀懂她的表情實在是很困難。

「天空之喉餓了，要吃東西，而不是回答問題。」愛麗絲做著沒有必要的解釋。她瞥了那個女孩一眼，只希望女孩不要在這裡，不過她還是把話說了下去。她說出口的每一個字都很僵硬，彷彿她的喉頭生了腫塊，將她聲音中的柔性都擠壓光了：「塞德里克，我發現你是對的。貝笙・特瑞爾和他的妻子是對的，就連詔諭也是對的。我和龍的交談毫無意義，她只是不斷地給我難堪。」要說出隨後的話就更加困難了，「為了來到這裡，我讓我們兩個費盡了辛苦。我愚蠢地簽字同意前往大河上游，現在我卻不知道自己能否在這趟旅程中獲得一點真正的智慧。那頭龍是那麼，那麼……」

「令人惱火。」賽瑪拉低聲為她把話說完，同時露出了一點微笑。

「沒錯！」愛麗絲回答道。讓她驚訝的是，她發現自己也在向那個女孩微笑。

「嗯，至少我知道有這種感受的不只有我一個人。」賽瑪拉向愛麗絲側過頭，有些羞怯地問，「妳的意思是不是要放棄這次遠征，返回繽城了？」

愛麗絲清楚察覺到了從塞德里克臉上閃過的那一抹複雜的情緒——其中帶有明顯的希望，但也流露出強烈的焦慮。不等愛麗絲說話，塞德里克已經搶先說道：「愛麗絲，如果妳決定不參加這次遠征，我完全理解妳。用不了多少時間，我就能將我們的行李收拾好，運下萊福特林的駁船。但在這件事之前，我已經答應賽瑪拉會幫助她照顧另一頭龍，一頭受傷的龍。」

「那頭銀龍。」賽瑪拉低聲說。

愛麗絲的目光從塞德里克轉向賽瑪拉，又轉回到塞德里克身上。她在努力理解塞德里克這番話的意思。她從來都不知道塞德里克還對動物有喜好。是的，塞德里克的確受到了她的影響，對龍也有一些學術見解，但愛麗絲從沒有見過他寵愛一條狗，或者和他的馬說話。而現在，塞德里克卻要幫助這個女孩醫治一頭龍？這其中一定有些非同尋常的緣由，愛麗絲感覺到自己正站在一條怪異暗流的邊緣，也許這還是一條黑色的暗流。塞德里克會是對這個女孩有興趣嗎？這個女孩是這麼年輕，相貌又這樣特別。他們之間如果發生任何關係將是很不適當的。愛麗絲不假思索地說道：

「我會參加這次遠征。也許和我難以相處的只有天空之喉。你是對的，塞德里克。我不應該這樣輕易就放棄，而且我已經向這裡的議會做出了承諾。我們現在就要去看那頭銀龍了嗎？」

塞德里克顯得非常不安。「也許再等一下吧。我想我們不應該去打擾那頭龍進食。」

「實際上，他吃東西的時候對我們來說可能是一個好機會，」雨野原女孩說，「他會把注意力都放在食物上，那樣我們就能方便地查看他的傷口了。」

「但我聽說任何動物都不應該在進食的時候被打擾！」塞德里克表示反對。

「也許普通的動物是這樣，」賽瑪拉表示同意，「但銀龍是一頭龍。儘管他看上去很愚蠢，但他的腦海深處仍然有著智慧的核心。如果我要照顧他一路前往上游，那麼我就應該儘早去摸清他的情況。」

「那我們就去吧。」愛麗絲表示同意。

「當然。」塞德里克虛弱地回應道。

穀月第六日

商人聯盟獨立第六年

來自黛托茨，崔豪格信鴿管理人

致艾瑞克，繽城信鴿管理人

這是一份卡薩里克雨野原商人議會和活船柏油人號萊福特林船長之間聯絡信件的副本，其中包括關於繽城龍族學者愛麗絲．金卡羅恩．芬波克的相關事項。根據其建議，這份文件的副本將被保存在議會檔案中，供愛麗絲．金卡羅恩．芬波克日後使用，其相關費用的詳細帳目將會隨後送至。

艾瑞克：

以崔豪格信鴿管理人的官方身分，我心存寬慰地告知你：那隻異常醜陋、只知道吃自己的屎、吐在自己身上的鳥，顯然只是自己遭受了詛咒。我們的鴿群都沒有被傳染的危險。莎神垂憐我們！

黛托茨

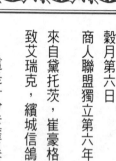

14 鱗片

辛泰拉用肩膀頂開維拉斯，一口叼住了這頭綠龍已經盯上的沼澤鹿。那頭比辛泰拉小許多的雌龍嘶嘶地吐著氣，繞過了已經被辛泰拉抓住的那塊肉，同時有意無意地撞了辛泰拉一下。辛泰拉沒有理會她，現在最重要的事情是進食，打架純粹是浪費時間。這一次從手推車上倒下來的肉，是這幾個月以來她見過最多的一次，所有龍都已經聚集過來，一頭頭饑腸轆轆的食肉猛獸圍成了半個環形。只要還能看到肉，辛泰拉就不打算有片刻停頓。等吃飽肚子，她會在陽光中打個盹，好好消化一下。就讓那些急著趕他們走的人類去吵鬧叫囂吧，等她準備好了，她自然會離開，但絕不是在那以前。

她的周圍都是龍進食的聲音。骨頭被咬碎，肉被撕裂，每一頭龍都哼哧著撲向最肥美的肉塊。越是大龍，就越能進入肉堆的中心，占據最大的獵物。小龍則只能彼此推搡著，滿足於吃些鳥、魚，甚至只是老鼠。

當辛泰拉揚起頭，吞下沼澤鹿的前半段時，她注意到另一頭龍身邊的那些人。那頭畸形的銀龍也在努力地進食，完全不理睬那些抓住並拽直他尾巴的人。很明顯，饑餓讓他無暇去顧及任何食物以外的東西。因為和銀龍同樣的理由，辛泰拉本來不想再看那些人，但這時她注意到，那兩個正在銀龍尾巴旁邊忙碌的人類，原本是屬於她的。

辛泰拉吞下沼澤鹿，發出一陣不悅的低吼。她想要過去阻止那兩個人，但還是決定繼續進食，同時再考慮一下這件事。

讓辛泰拉感到驚訝的是，她已經開始喜歡受到人類的關注了，能夠有追隨者的確是一件令人欣喜的事情，哪怕追隨崇拜她的只是人類。人類是那樣無知，根本不知道該如何恰當地正確頌揚她，甚至沒有為她帶來任何禮物，但那個年輕的人類的確擁有一些清潔技巧。昨天晚上，辛泰拉睡得很香，再也沒有為了撓掉鼻子和耳朵上的吸血寄生蟲而醒來，而且那個女孩還給她帶來了一條魚，一條又大又新鮮的魚。那個繽城女人至少也努力要給予她正確的尊敬和讚美。她明白，龍不是聽到幾句奉承就會改變心思的愚蠢動物，但聽到親切恭敬的話語，她還是會感到高興。那個人類很懂得使用言辭以表明什麼才是正確的順從。

同樣讓辛泰拉高興的是，她是唯一有兩名追隨者的龍，但那兩個人類似乎都去照顧那頭沒腦子的銀龍，這番情景讓辛泰拉覺得很不是滋味。當辛泰拉感覺到那兩個女人為了爭奪她的注意而從心中生出的嫉妒時，她曾經覺得非常有趣。賽瑪拉為她帶來那條大魚的時候，她是那樣興高采烈。女孩高興的不僅僅是能夠侍奉她，更是因為能比愛麗絲更好地侍奉她。辛泰拉一直期待著要將他們推向更加激烈的競爭，而她現在看到的是她們背叛了她，此時正協力合作，充滿熱情地照顧那頭銀龍，就像曾經對她那樣，這當然讓她感到極為不快，甚至感覺被冒犯，連愛麗絲的那個沒用的男性同伴也在那裡。

卡羅趁著辛泰拉分神的時候，叼住了他們之間的一頭山羊。那頭山羊本來距離辛泰拉更近的。辛泰拉嘶吼著表達她的不悅，並咬住了山羊的另一端。這只山羊並不大，而且幾乎已經腐爛了。不等辛泰拉撕扯，它已經斷成了兩半。卡羅吞掉了他偷走的那一半，然後說道：「妳應該教教照顧妳的人更尊重妳一些，否則妳就要失去她了。」

卡羅發現了那個女孩的變節，這實在是太恥辱了。辛泰拉立刻就想去找那個女孩和另外那個女人，但這一次是她的尊嚴阻止了她這樣做。「我不需要守護者。」她對卡羅說。

「當然不需要，我們都不需要。不管怎樣，我不會允許其他龍奪走我的人，現在他可是非常滿意。

當然，妳一定已經注意到了，這些人類的首領選擇照顧我。他說這是因為他們認為我是龍群的首領。」

「他們是這樣以為的？你還真是挺不錯的呢。不過可惜的是，任何龍都不會有什麼首領！」比蜥蜴眨眼的速度還要快，辛泰拉探出頭，咬住卡羅面前的一隻小水野豬，拽到了自己身邊。卡羅向她炸起了頭後的尖刺，就連他脖子上半成形的骨鬃彷彿也努力要豎起來。「真可惜，」辛泰拉低聲說道，彷彿她並不打算讓卡羅聽見她的話。她將水野豬咬碎，整隻吞進肚裡，隨後才又說道，「照顧我的一個女人對於龍和古靈很有了解，並且在她的城市中有很高的地位。她選擇跟隨我們是因為對我的敬慕。她知道，過去龍群的領袖永遠都是女王，就像我一樣。」

「像妳一樣的女王？那麼，過去也有沒翅膀的龍嗎？」

「我有牙齒。」辛泰拉張大了嘴，以此提醒卡羅。

在他們形成的半環形的另一邊，默爾柯緩緩抬起了頭。自從他的身體被清理乾淨之後，他的黃金色鱗片就一直在陽光下爍爍放光。在他的脖子側面有一些細碎的斑點，那是他在長蛇時期的假眼遺痕。默爾柯比卡羅和辛泰拉都要小，但當他一抬起頭，渾身都散發出威嚴的氣勢。「不要爭鬥，」他平靜地說道，彷彿他有權命令他們，「今天不要爭鬥。我們就要離開這個地方，開始返回我們故地的征途，回到真正屬於我們的地方。」

「你是什麼意思？」辛泰拉問道。辛泰拉暗中很高興默爾柯的插手。她並不想戰鬥，尤其是在有食物可以吃的時候。

默爾柯和辛泰拉對視著。這頭金龍的黑色眼睛顯得異常堅硬，放射出明亮的光芒，就像是一對鑲在金色眼窩中的黑曜石。辛泰拉從那裡面讀不出任何情緒。「我的意思是，今天我們將返回克爾辛拉。搜尋一下妳的記憶，也許妳就能明白我的意思了。」

「克爾辛拉。」卡羅的語氣中充滿了懷疑。辛泰拉覺得他也因為默爾柯的嚇阻而鬆了一口氣。他當然不會這樣承認，所以他只是輕蔑地轉過頭，不再去看那頭金龍。

「克爾辛拉。」默爾柯表示同意，並低垂下頭嗅了嗅地面，尋找遺留的食物殘片。這次人類送來了更多的食物，也許是送給他們的告別禮物，或者是一次性拿出了他們的全部存貨。即使是這樣，食物還是很快就被龍群吃光了。辛泰拉知道自己不是唯一沒吃飽的龍。她希望自己還能回憶起肚子被填滿的感覺。在這一世中，她似乎從沒有過這種感覺。

「克爾辛拉。」維拉斯突然對默爾柯的話做出回應。環繞在周圍的其他龍也紛紛抬起了頭。

「克爾辛拉！」芬提發出銅號般的吼聲，從地上一躍而起，將兩條前腿在空中揚起，張開翅膀，痙攣一般地搧動它們，卻沒有半點用處。她很快又將翅膀收回到背上，彷彿在為此而感到羞慚。

「克爾辛拉！」兩頭橙色的龍都發出銅號般的吼聲，彷彿這個詞讓他們感到喜悅。

默爾柯抬起頭，向周圍望了一眼，然後用嚴肅的語氣說：「該是離開這個地方的時候了。我們在這裡停留的時間太久了。在這裡，我們就像是人類圈養起來的肉食牲畜。我們睡在他們留給我們的地方，吃他們送來的食物，接受終將在這片陰影中朽爛的命運。龍不是這樣生活的。至少我不會這樣死掉。如果必須要死，我會像龍那樣去死。我們走吧。」然後他就轉過身，向河邊的淺灘走去。一時之間，其他所有龍都只是看著他。隨後，毫無預兆地，一些龍開始跟隨他。

辛泰拉發現自己跟在他們身後。

銀龍尾巴上的傷口看起來很像是另一頭龍的爪子造成的。傷口的形狀非常粗糙，更像是一道撕裂傷。賽瑪拉不知道這是有意造成的，或者僅僅是在他們每天爭搶食物的時候發生了意外。她也看不出這個傷口到底有多久了。傷口的位置距離尾巴和身體相接的地方很近，大約有賽瑪拉的前臂那麼長。沿傷口兩邊各有一道凸起的肉脊，表明銀龍的身體在努力癒合這道傷口，但它又再度裂開了。傷口的情況看上去很糟，散發出的氣味就更糟了。許多蒼蠅正在傷口上盤旋，或者直接落在上面。大蒼蠅發出響亮的嗡嗡聲，小蒼蠅更是多得不可勝數。

愛麗絲和塞德里克都要比賽瑪拉年長，站在賽瑪拉身邊卻像是兩個手足無措的孩子，只是等待著賽瑪拉採取行動。銀龍似乎根本沒有注意到他們。他只是縮在圍繞成半環形的龍群末端，從肉堆裡叼出任何他能碰到的東西，再退回半步吃掉它。賽瑪拉希望能有一些更大的肉塊餵他，讓他能在一個地方站定一會兒，嘴裡能有些東西咀嚼。她看到銀龍叼住一隻大鳥，扔上半空，伸頭接住，吞進肚子裡。賽瑪拉必須迅速行動。等食物吃完的時候，就不會再有其他東西能吸引住這頭龍了。

塞德里克拿來了他裝有綳帶和藥膏的醫藥匣，那個等會要使用的匣子被打開放在地上。賽瑪拉帶來了另一些更普通的工具：一個盛有淨水的桶子和一塊抹布。他們都在等待著對方動手。賽瑪拉覺得自己就像是一名接受了酬金，卻忘了要傳遞什麼口信的信使。她轉過身，努力思考：如果只有她一個人，她會做些什麼。

其實，她不得不對自己承認，她根本沒有想過這種可能。她本以為刺青會和她在一起，或者至少希爾薇或拉普斯卡會來。現在她覺得自己就是一個傻瓜，才會自告奮勇來照顧這頭倒楣的銀龍。要應付天空之喉已經很不容易了。她不可能同時再照顧好這頭弱智的龍。她將這個想法推到一旁，憤怒地碾碎自己在這兩個繽城人面前表現出的猶疑，將一隻手輕輕按在銀龍骯髒的身上，遠離傷口的地方，低聲向銀龍問道：「你好嗎？」

銀龍被碰觸的時候，微微地抽動了一下，但沒有回答愛麗絲。愛麗絲抑制住查看那兩個繽城人的衝動，她並不需要他們的許可或者指導。她向貼在銀龍皮膚上的手掌加了些力氣。銀龍沒有推開她。「聽著，龍，我是來照顧你的。我們很快就要到上游去尋找一個更適合你們生活的地方。但在旅程開始之前，我想要看一看你尾巴上的傷口。它看上去已經感染了。我想要清理它，把它包紮好。這樣做也許會有一點痛，但我相信我們必須這樣做。否則河水就會腐蝕它。你會讓我這樣做嗎？」

龍轉過頭看著賽瑪拉。半個死亡動物的屍體還掛在他的口邊。賽瑪拉不知道那是什麼，不過那東西散發出一股可怕的氣味，讓賽瑪拉覺得他不應該吃下這東西。不等賽瑪拉想好該如何警告銀龍，銀龍已經揚起頭，張大了嘴，把那塊腐肉吞進了肚子。賽瑪拉感覺到自己的胃口向外翻了一下。她刻意提醒自己，許多野獸都會吃腐肉，她不能讓自己因為這種事而煩惱。

銀龍又看了她一眼。那雙眼睛呈現出一種天空和小長春花融合在一起的藍色，在盯住賽瑪拉的同時緩緩地旋轉著。銀龍向女孩發出一陣疑問的低吼聲，但賽瑪拉沒有感覺到任何具體的言辭。她竭力想要在這頭龍的目光中尋找到智慧的火花，希望確認他對自己有著超越普通動物的認同。「銀龍，你會讓我幫助你治傷嗎？」賽瑪拉再一次問道。

銀龍低垂下頭，將嘴在自己的前腿上蹭了蹭，抹掉掛在口邊的一截腸子，然後又抓了抓自己的鼻子，哼了一聲。賽瑪拉心中一沉。她注意到這頭龍的鼻子和耳朵上爬滿了寄生蟲。這些害蟲也必須被除掉。但她用力提醒自己，首先要處理好他的尾巴。銀龍張開嘴，露出布滿閃亮尖牙的長嘴。現在他看起來很溫馴，彷彿對外界的一切都懵懂無知，但如果賽瑪拉弄痛他，甚至激怒他，這些牙齒會立刻結束賽瑪拉的生命。

「我要開始了。」賽瑪拉對銀龍和她的人類同伴說道，她強迫自己轉向兩個繽城人，又說道：「做好準備。他並沒有對我說的話做出任何真正的回應，我也不覺得他會比普通動物更聰明。所以，當我檢查他的尾巴時，我不知道他會做什麼。他也許會攻擊我，或者攻擊我們三個。」

塞德里克看上去完全被嚇壞了。但愛麗絲則堅定地咬緊了牙說道：「我們必須為他做些什麼。」

賽瑪拉將抹布蘸了蘸水，又把水擰在傷口上。水從抹布上滴落下來，流進傷口，又沿著尾巴流下去，彷彿一條骯髒的小溪。有幾隻蛆被沖走了，一團大大小小的蠅蟲飛起來，變成一片嗡嗡作響的烏雲，隨後又想要落回傷口。這樣做只能沖掉傷口表面的髒汙，但至少這頭龍沒有轉回頭來咬她。賽瑪拉鼓起勇氣，輕輕將抹布按在傷口上。傷口周圍的皮肉抖動了一下，但龍沒有發出吼聲，賽瑪拉輕柔地擦拭傷口，抹去一層汙穢和寄生蟲，露出深深撕裂的皮肉。然後賽瑪拉將抹布在水桶中洗淨擰乾，開始更加用力地清潔傷口。覆蓋在傷口上的痂殼脫落下來，一股散發著臭氣的液體突然滲出了傷口。

龍猛然哼了一聲，轉過頭來看這些人類在對他做什麼。當他將頭飛快地伸向賽瑪拉時，賽瑪拉覺得自己就要死了，她甚至找不到任何時間尖叫。

但龍只是用鼻子嗅了嗅滲出液體的傷口，然後又用鼻子去擠壓傷口旁邊腫脹的部分，將膿擠了出來。他這樣做了一段時間——從傷口的一端一直擠壓到另一端。膿水的氣味非常可怕，蒼蠅都興奮地在傷口上盤旋。賽瑪拉盡可能縮起鼻子，還用手腕背部捂住鼻孔。「至少他在幫助我們清理傷口。」她緊咬著牙關說。

突然間。龍失去了對傷口的興趣，又回過頭去進食了。賽瑪拉抓緊這個機會，再一次打溼抹布，從傷口上擦去濃汁。她將抹布在水桶中洗淨了三次。最後，她懷疑那桶水已經像她努力要清理的汙物一樣骯髒了。

「給妳，用這個。」

賽瑪拉轉過身，發現神情嚴肅的塞德里克遞給她一把窄刃小刀。一時間，賽瑪拉只是盯著這把小刀。她本以為塞德里克會遞給她藥膏或者繃帶。「幹什麼？」她問道。

「妳需要用這個割掉傷口上的贅疣。然後我們要把傷口合攏，也許還要進行縫合。否則，它是不會癒合好的。」

「贅疣？」

「就是那些在是傷口邊緣腫起來，看上去很硬的部分。妳需要把它切割下來，這樣才能給傷口紮上繃帶，讓新鮮的組織接合在一起，它們才能癒合起來。」

「割掉龍的肉？」

「必須這樣。看看這裡，它們全都乾了，而且非常厚。實際上，這些組織都已經死了。這樣的傷口是不可能癒合的。」

愛麗絲看著銀龍的傷口，有些膽寒地嚥了一口唾沫。塞德里克是對的，現在他手掌上有一塊乾淨的布巾，閃閃發光的小刀就放在布巾裡。

「我不知道該怎麼做。」賽瑪拉承認。

「我想我們都不知道，但我們知道必須這樣做。」

賽瑪拉接過遞過來的小刀，竭力將它握緊，並將另一隻手按在龍的尾巴上。「我開始了。」她警告兩名同伴，然後就小心翼翼地將刀刃放在傷口邊緣的隆起上。小刀非常鋒利，幾乎毫不費力地切進了龍的身體。賽瑪拉看到自己的手在移動，割下傷口邊緣乾硬的皮贅。乾皮一片片脫落，彷彿是一粒乾癟水果的皺縮外皮。在這些贅疣中夾雜著許多髒汙和鱗片，在移動的刀刃下出現了深紅色的血肉。新的傷口有血液緩緩滲出，凝結成一顆顆亮紅色的液滴。但龍只是在食物堆中哼哼著，彷彿根本沒有感覺到自己在被切割。

「就是這樣，」塞德里克用低沉興奮的聲音說道。「這樣就對了。把這些壞死的組織切下來，我為妳把它們取走。」

賽瑪拉按照塞德里克的吩咐去做，幾乎沒有注意到塞德里克是多麼靈巧的用戴著手套的手取走了被她切下來的部分。愛麗絲一直在旁邊沉默不語，可能是在全神貫注地看著他們的手術，也可能是在努力不看他們。賽瑪拉現在沒有餘暇去確認那個繽城女人到底是什麼樣。她剛剛清理掉一側傷口的贅疣。現在她深吸一口氣，再次打起精神，將刀刃放在傷口的另一側。

一陣顫慄湧過銀龍的全身。賽瑪拉身子一僵。鋒利的刀刃就壓在銀龍傷口隆起的邊緣上。銀龍沒有向賽瑪拉轉過頭，只是低聲發出一陣嘶吼。「戰鬥。」賽瑪拉幾乎聽不見這個詞。銀龍的聲音帶著一種孩子般的稚嫩，沒有半點力量。

這個詞中流露出了恐懼。賽瑪拉不知道這是不是自己的想像。

「戰鬥？」愛麗絲溫和地問銀龍，「和什麼戰鬥？」

「什麼？」塞德里克驚訝地問。

「戰鬥……一起，戰鬥，不，不。」

賽瑪拉一動也不敢動。她本來以為這頭銀龍的智力僅限於普通野獸的直覺。聽到他說話，賽瑪拉著實吃了一驚。

「不戰鬥？」愛麗絲彷彿是在詢問一個嬰兒。

「和誰戰鬥？」塞德里克問道，「誰在戰鬥？」

塞德里克的插嘴只是在讓局面變得更加混亂。賽瑪拉屏住呼吸，壓抑下心中的火氣，低聲解釋：「愛麗絲沒有和你說話。是這頭龍說了些什麼。這是我們第一次聽到他說話。愛麗絲正試著和這頭龍說話。」然後賽瑪拉又吸了一口氣，想起自己的任務，便推動刀刃穩穩地劃開傷口邊緣的硬皮。

「集中精神在手上，」塞德里克說道。賽瑪拉發現自己很感激他的支持。

「你的名字是什麼？」愛麗絲低聲問，「可愛的銀龍，有著星月顏色的龍，你的名字是什麼？」

她的話語如同甜美的樂音。賽瑪拉感覺到這頭龍有點不同。他沒有說話，但感覺上，他正在傾聽。

「你們在幹什麼？」刺青在賽瑪拉身後問。賽瑪拉被嚇了一跳，但她的手沒有絲毫抖動。

「在做我說過的事。照顧銀龍。」

「用刀子照顧？」

「我在割掉化膿的部分，然後才能將傷口合攏。」賽瑪拉感到一點小得意——她比刺青更懂得該如何正確地治療翼龍。刺青在她的身邊俯下身，仔細查看她的工作。

「這裡還有很多膿。」

賽瑪拉立刻又對刺青有些氣惱。感覺上刺青正在批評她。不過刺青立刻又說道：「我們再把傷口清理一下。我再提些水來。」

「謝謝。」賽瑪拉說道，同時感覺到刺青離開了。她小心地切削傷口旁的隆起，再一次感覺到死皮和黏附在上面的鱗片脫落下來，塞德里克接下這些壞死的組織，迅速將它們拿走。直到賽瑪拉將小刀還給塞德里克的時候，才感覺自己的手開始不住顫抖。「我想，我們現在應該把傷口再清洗一下。」她建議說。

塞德里克將一些東西收進醫藥匣裡，動作迅速又仔細，彷彿這件事本身比照料龍更重要。賽瑪拉聞到一股強烈的醋味，聽到了玻璃相互撞擊的聲音。「也許的確應該先這樣做。」他表示同意。

賽瑪拉一直都沒有去理會愛麗絲輕柔的說話聲。現在她才聽到那個女人說：「但你想要去某個地方，對不對？一個好地方。你要去哪裡，小傢伙？去哪裡？」

龍說了些什麼，那不是一個詞。突然間，賽瑪拉意識到自己聽見的根本不是什麼「辭句」，那種印象只是出於她的習慣性思維。這頭龍沒有向她「說」過任何話，而是向她表達了某些強烈的記憶。賽瑪拉回想起一道暖熱的陽光照射在自己生滿鱗片的背上，灰塵和柑橘花朵的氣味瀰漫在空氣中，遠方傳來了鼓聲和輕柔低沉的笛聲。

這幅情景突然出現，又同樣突然地消失了，只剩下賽瑪拉悵然若失地站在原地。的確有那樣一個地方，一個溫暖的，充滿食物和友誼的地方，一個名字已經失落在時間長河裡的地方。

「克爾辛拉。」

銀龍沒有說話。這個名字從至少另外兩頭龍那裡進入賽瑪拉的意識，這個名字就像是一副畫框正逐漸向一幅圖畫合攏。它所固定和包容的，正是銀龍竭力想要表達的那幅美景。克爾辛拉，那正是銀龍渴望前往的那個地方的名字。一道銀光劃過那頭龍，隨著這道轉瞬即逝的光芒，這頭龍給賽瑪拉的感覺完全不同了——那是堅定的信仰，幾乎還有著某種慰藉。

「克爾辛拉。」愛麗絲用低柔溫婉的聲音重複著這個名字，「我知道克爾辛拉。我知道它湧動的噴泉和寬闊的城市廣場。我知道它的石砌階梯和大廈前的巨型拱門。那裡的河岸上綠草如茵，井中有著源源不絕的白銀瓊漿。古靈們穿著如同行雲流水一般的袍服，睜大了金色的眼睛，注視巨龍降落在河中。」

隨著愛麗絲的話語，銀龍散亂的知覺彷彿也在逐漸凝聚。賽瑪拉不假思索地伸手按在龍背上。在電光火石的一剎那，她感覺到了他，就像在擁擠的集市上偶然間和一名陌生人雙手相接。他們沒有說一個字，但兩顆心中同時充滿了對一個地方的渴望。

「但不是這裡！」銀龍哀傷地說。愛麗絲喃喃說道：「不，親愛的，當然不是這裡。克爾辛拉，那才是屬於你的地方，那才是我們必須帶你去的地方。」

「克爾辛拉！」

「克爾辛拉！」

贊同的喊聲出其不意地從其他龍那裡傳來。賽瑪拉一直蹲在銀龍的尾巴旁。現在她站起身，剛剛察覺到龍群已經吃完了全部食物。另一頭龍突然用後腿立起，高聲咆哮一聲：「克爾辛拉！」隨後才重重地落回到地上。

賽瑪拉向塞德里克瞥了一眼，再一次意識到這個繽城男人只能聽懂他們對話的一半。她急忙解釋說：「龍群想要去克爾辛拉，就是那個愛麗絲向銀龍講述的地方。那是一座城市的名字，一座古靈城市，他們顯然全都記得那座城市。」

賽瑪拉感覺到了空氣中瀰漫著一種躁動不安的情緒，又看到一頭龍揚起了頭，轉過身，突然向河邊走去。「他們已經吃完了食物。我們最好趕快把這傢伙的尾巴包紮好，再收拾好我們的行李。我相信，我們的駁船很快就會發出啟程訊號。他們已經告訴我們，他們想要儘早離開。」

就像在回應賽瑪拉的話，龍一頭接一頭離開了進食的地方，大步向河邊走去。這是賽瑪拉第一次看到龍群如此目標明確地行動。她繼續將手按在銀龍身上，彷彿這樣就能把銀龍留住。這時她看到刺青提著一桶清水回來了。「他們只是要去喝水嗎？」她問刺青，好像刺青能給她答案似的。賽瑪拉曾經見過龍在河水中嬉戲，甚至是喝下河水。如果人喝河水，只有死路一條。

刺青看著那些離去的龍，神情中流露出和賽瑪拉同樣的困惑。「也許吧。」他說道。

不等刺青再多說一句話，銀龍已經高昂起頭，緊緊盯著離開的那些龍。賽瑪拉感覺到一陣興奮的悸動從龍體內傳來，轉眼間便湧遍了她的全身。「克爾辛拉！」銀龍突然發出銅號一般的吼聲。強烈的情緒衝擊著賽瑪拉，讓她感到頭暈目眩。就連塞德里克也從銀龍身邊踉踉蹌蹌地向後退去，抬起雙手捂住耳朵。幸好他這樣做了。銀龍此時已經甩開賽瑪拉，奮力向他離開的同伴追趕過去。他完全無視擋在面前的人類，只是一路向前猛衝。刺青即時跳向一旁，但還是差一點被他撞到。愛麗絲則被他跑過時用肩膀撞了一下，那個繽城女人重重地倒在地上，賽瑪拉以為她會高聲呼痛，但她一喘過氣來就喊道：「他的尾巴！我們還沒有包紮傷口。塞德里克，攔住他！不要讓他到河邊去！」

「妳瘋了嗎？我要擋住一頭奔跑的龍！」愛麗絲的那位朋友站在原地，將醫藥匣緊緊抱在胸前。

「妳還好嗎？」賽瑪拉快步跑到愛麗絲身邊。刺青比她更快一步，這時已經跪倒在愛麗絲身邊。塞德里克匆忙跪下，打開醫藥匣。賽瑪拉本以為他會拿繃帶出來，但他只是查看匣子裡的東西是否有損壞，滿臉都是焦急的神情。

「塞德里克，求你，去追上他，攔住他。河水會腐蝕他的尾巴！」愛麗絲用命令的口吻說道。

塞德里克用力關上醫藥匣，看著那些越走越遠的龍。「愛麗絲，我不認為有人能阻止那頭怪物，那一群怪物根本就是擋不住的。就讓他們走吧，他們就像是一群起飛的鳥。」

為這些龍的突然離去感到吃驚的並非只有他們。賽瑪拉聽到其他守護者都發出警惕和驚訝的喊聲。所有人都起身向這片泥灘跑來。人類小跑著追逐他們高大的夥伴，不斷向龍群，向其他人類呼喊。在駁船上，一個人指著龍群，向岸上的另一個人高聲示警。

愛麗絲呻吟一聲坐起來，揉搓著肩膀。

「妳受傷了嗎？」賽瑪拉再一次問道。

「只是一些擦傷。我應該沒事。他怎麼了？他們都怎麼了？」

「我不知道。」

「他們是不會停下來的，」刺青敬畏地說，「看看他們。」賽瑪拉以為龍群到河邊的時候自然會停下來。至今為止，龍群一直都只是生活在森林和大河之間的這片空地上。但現在，走在最前面的幾頭龍已經涉水進入河邊淺灘，正向上游走去。那些體型更小，力量較弱的龍也沒有絲毫猶豫，緊跟著進入河中。就連銀龍和骯髒的紅銅龍，也跟隨龍群衝進混濁的灰色河水。

「幫我一下！」愛麗絲命令塞德里克，「我們必須跟上他們。」

「你認為他們要離開這裡？就這樣離開？就是現在？不再想一下，不做任何準備？」

「畢竟他們沒有什麼可以打包的行李。」繽城女人說著，又因為自己這個不太好笑的笑話笑了兩聲。她坐起身，又吸了一口氣，抓住肩膀，隨後顫抖著喘息著，高聲說道：「塞德里克，不要再這樣張大了嘴傻瞪著我了。是的，他們要離開了。難道你感覺不到嗎？『克爾辛拉！』他們就是這樣呼喊著，突然走進了河中。如果我們不快一些，他們就會丟下我們。」

「這也不算是壞事。」塞德里克沒好氣地說道。但他還是向愛麗絲伸出手，幫助愛麗絲站起身。

「妳認為他們知道路嗎？」刺青頗感興趣地問道，「我是說，我早就聽說過那座城市的名字，但那聽起來就像是一片幻想中的土地。人們對它有著各種描述，卻沒有人知道任何關於它的真實資訊。」

「我知道。」愛麗絲相當有自信地說道，「確實，我對那座城市的了解很少，並不清楚它的具體位置，只知道它在上游的某個地方，也許是緊靠雨野原河的一條支流。但龍知道的肯定比我更多。他們擁有祖先的記憶。我覺得他們會成為我們最好的嚮導。」

「我無法確定他們能回憶起多少。」刺青低聲說，「我的小綠龍似乎對許多東西都一無所知。」

「比如？」愛麗絲問。

刺青在她的注視下，不安地動了一下身子。「喔，只是一些小事。我在清潔她時，也和她聊過天，但她似乎沒有什麼話可以對我說，所以我就什麼都和她聊。我問她是否還記得作為一條長蛇時的生活，她說不記得了。然後我告訴她，我已經有許多年沒有見過大海了，她問我大海是什麼。這實在是太奇怪了。她知道她是從一條長蛇變化而來的，但這條河似乎是她記憶中唯一的水體。」刺青停住話頭，彷彿是害怕承認某件事，然後他又說道，「我覺得她除了在這裡的生活，已經什麼都不記得了。」

「這……很令人不安，」愛麗絲表示同意，然後她望向那些龍，皺起了眉頭。

賽瑪拉緊張地挪動了一下腳步，「我們要跟上他們。」

萊福特林船長下了駁船，衝過泥灘向他們跑來。「愛麗絲！」他喊道，「塞德里克！快上船。我們需要馬上出發，儘快跟上那些龍。船隨時都能起航了。」

「我馬上就來。」愛麗絲喊道。但塞德里克只是無力地搖搖頭：「有那麼必要著急嗎？他們要去上游。在我看來，那麼多龍在河岸上前進，要找到他們的蹤跡，實在是太容易了。」

「如果雨野原河的河道是唯一的，你說得也許沒錯，」賽瑪拉說，「但實際情況並非如此。有許多支流都匯入了這條河。其中一些支流是季節性的小河，但也有一些規模相當大。我們不知道龍群會走到哪裡去。」

賽瑪拉的話剛一說完，萊福特林船長已經跑到了他們身邊。這名船夫因為剛才在泥灘上跑步而氣喘吁吁。賽瑪拉和萊福特林並沒有太多接觸，不過她已經喜歡上了這位船長。萊福特林是一個勤勉堅毅的人，他飽經風霜的面孔和靈活強壯的雙手，甚至是他多處磨損的衣服都表明了這一點。他和賽瑪拉說話的時候會直視賽瑪拉。甚至當他第一次見到這些巨龍守護者的時候，注視他們的目光也不曾有過任何畏縮。賽瑪拉還不能說是了解他，更不可能這麼快就信任他，但賽瑪拉不相信他會故意欺騙別人——這一點是賽瑪拉非常看重的。這時，萊福特林船長從衣袋裡掏出一條亮橙色的手帕，擦了擦臉上的汗水，然後才說道：「這個女孩是對的。這次遠征的困難之處完全來自於複雜的路徑。卡薩里克的『上游』區域至少有十幾個方向。不幸的是，我們的地圖上標明的方向不超過三、四個。而且這些地圖都很不可靠。去年能夠通行船隻的河道水體，也許到今年就被沙子淤塞了。」

「但我見過雨野原河的航道圖。那樣的地圖在恰斯國的集市上也有出售。它們非常昂貴，而且不是誰都可以購買的。但這樣的地圖的確存在。」

「你見過？」萊福特林笑著對塞德里克說，「我能想像，出售這種地圖的貨攤，一定也有海圖標明了海盜伊格羅特藏寶的小島，或者是香料群島上最好的港口。」船長搖搖頭，「我只能很遺憾地說，那都是欺騙和謊言。所有人都知道市場上總會有這種玩意出售——就算實際上根本不存在的東西，他們也會憑空捏造出來。不過不必難過，我見過經驗豐富的水手也會受到那些人的愚弄。」

那個繽城人看著萊福特林。「那麼我們該怎麼知道要去哪裡？」

萊福特林船長咧嘴一笑：「要我說，我們最好的辦法就是跟著那些龍。」

塞德里克的手心裡全是汗水。至今為止，一切都很順利。他的匣子裡已經存放好了兩條龍肉和皮，上面還黏附有龍鱗。他將其中一條皮肉放進了盛滿醋的瓶子，並旋緊了瓶塞。第二條皮肉被他放在一個裝滿粗鹽的小木匣中。匣蓋也被牢牢閂住了。他相信，這兩種保存手段中總有一種是有效的。兩個容器都是他在幾個星期以前就準備好的。那時他正在著手準備這次旅行。當他意識到詔諭對他的命令是認真的，他將不得不作為愛麗絲的陪護前往雨野原的時候，他就決定要從這場旅行中找到一條捷徑，讓他能夠逃離已漸漸變得負面循環的生活方式。所有人都知道，恰斯大公正不計一切代價尋找能夠治療他的各種疾患，並為他延長壽命的神奇藥料。塞德里克決定要成為這種藥料的供應商。

他成功了。

現在他正被勝利和沮喪這兩種強烈的情緒撕裂開來。他擁有了改變自己命運所需要的關鍵元素。只要回到繽城，他就能聯絡貝佳斯提．柯雷德。當塞德里克向那個恰斯人提出他的想法時，貝佳斯提就迫不及待地想要促成這筆交易。他會安排塞德里克前去覲見恰斯大公。這些龍肉為他帶來的並不只是財富，而是一種他渴望體驗的全新人生。

這是他平生第一次將擁有錢財，他的錢，完全因為他自己的努力而掙到的錢。不是他父親的錢，不是他家族的錢，甚至不是詔諭為了他的服侍而支付給他的高額工資。這是他自己的財富，他能夠隨心所欲地花銷。過去四年裡，一個夢想在他的心中漸漸成形，現在這個夢已經在向他高聲呼喊著要獲得自由。有了這筆錢，他就能帶上詔諭一同離開繽城。他們可以去南方，去遮瑪里亞，或去更遠的地方，去那些在地圖上只有幾個怪異名字的土地。一定有一些地方，兩個男人能夠按照自己的意願生活，沒有他人的質疑，沒有譴責和流言蜚語。這些龍肉換來的錢一定能幫他們兩個找到那樣的世界，遠離他們的家庭和過去，為他們買到一個不需要隱瞞任何祕密的未來。

塞德里克幾乎不敢再去構想進一步的未來。這筆錢能夠讓他和詔諭有同等地位。他在經濟上只能完全依靠詔諭，這樣的情形已經持續了太長時間，這種不公平的地位，正在越來越殘忍地侵蝕著他們的關係。最近詔諭已經不再只是獨斷專行，而是開始殘酷地統治他。如果塞德里克自己也擁有財富，也許詔諭就能夠給他更多尊敬了。

塞德里克已經拿到了他需要的東西，現在要做的就是帶著他的寶物平安返回繽城，與貝佳斯提進行聯絡。越快越好。前往恰斯國還需要經過漫長的海上旅行。而除了自己之外，塞德里克不敢把他的寶物交到任何人的手上。現在他的任務就是以最快的速度將貴重的商品送到買家面前。醋和鹽在保存蔬菜和肉類上都有很好的功效，但從沒有人測試過它們保存龍肉的效果。那個女孩從龍身上割下來的這兩條肉品質也不是最好的。塞德里克打算找一個私密安靜的時刻清除掉兩條龍肉上的蛆蟲，將它們進一步做些清理。他已經拔下了上面的鱗片，把它們和皮肉分開收藏。但現在最重要的是將它們盡可能快地帶回繽城。跟隨一群弱智的龍在河岸邊遊蕩，顯然不符合他的計畫。

「愛麗絲。」他說道。他的語氣不由自主地變得嚴厲許多。正在看著萊福特林船長的愛麗絲轉回頭，帶著疑問的神情挑起了眉毛。其他人也都看向他們兩個。但塞德里克只是旁若無人地說道：「妳不應該想要進行這種瘋狂的冒險。妳肯定已經看清楚了，就算是跟隨那些龍，妳也不會有任何收穫。他們幾乎不會對妳說話，他們說出口的話語也沒有半點用處。愛麗絲，妳應該承認妳已經在這裡搜集到了妳能得到的全部資訊。我們不可能乘萊福特林船長的船到上游去。如果這樣做，我們就要一直漂流幾個星期，甚至幾個月的時間。我們兩個都做不了這種事。我們必須承認，能為這些怪獸做的事情，我們都已經做了。」他讓自己的聲音變得更加柔和，「妳做了來這裡打算做的事。也許妳的收穫和妳所希望的不同，但這不是妳的錯。我很遺憾，愛麗絲，該是我們回家的時候了。」

愛麗絲只是動也不動地盯著他。這樣做的不止有愛麗絲一個人。萊福特林也在看著他，彷彿他已經失去了理智。兩個雨野原年輕人交換了一下眼神。刺青突然說道：「我認為賽瑪拉和我現在最好去追我們的龍。」這是塞德里克聽過最笨拙的託辭。誰都知道，他們只想逃離這場爭吵。不過那個雨野原女孩顯然對此非常感激——她立刻用力點了一下頭。緊接著，這兩個年輕人就快步跑開了。

愛麗絲又沉默了一段時間，顯然是在等待那兩個孩子再跑遠一些。塞德里克幾乎能看到愛麗絲正努力將對他的反駁修飾成更禮貌的辭句。是的，他們會爆發爭吵，但一切都將以禮貌和平靜的話語表達，就像所有文明人一樣。

但萊福特林顯然從沒有接受過這樣的禮儀教育。他的面孔早已改變了顏色。他深吸一口氣，竭力控制住自己，但還是莽撞地說道：「你怎麼能對她說這種話？她現在不能回去。她是唯一了解克爾辛拉的人。而且，她已經做出了承諾，還簽署了契約！她不能食言。」

「這與你無關。」塞德里克冷冷地說道。儘管強自克制，他還是提高了聲音。他受到了冒犯——萊福特林竟敢在這種事上挑戰他，甚至還公開支持愛麗絲。現在要將愛麗絲平安帶回繽城，已經很困難了，如果讓愛麗絲感覺到萊福特林是她的盟友，那麼塞德里克要解決的問題只會變得更加複雜。

「這與我有關。」船長冷冷地說，「當我和議會談定契約的時候，她就在場。如果不是她說她知道那個地方，相信那個地方的確存在，我會同意接受這個任務？我之所以簽下契約，只是因為我認為她能夠成為我的嚮導，而不是去找一個只有龍記得的、虛無縹緲的地方。」

塞德里克向愛麗絲瞥了一眼。愛麗絲似乎只是在縱容萊福特林代替她說話，但塞德里克還是將矛頭指向了愛麗絲：「妳也許聽說過那座城市，但這不代表妳知道去那裡的路。來吧，愛麗絲，冷靜一下，好好想一想。妳是一名學者，不是探險家。就算龍能夠和妳說話，也沒有告訴妳任何線索——這是妳自己說的。那頭銀龍和刺青的龍都不能算是確切的資訊來源。如果妳是誠實的，妳就必須承認，妳在崔豪格住上一個星期就能獲得比這裡更多的資訊。至少妳在那裡可以遊覽被發掘出來的地下城市。那裡有許多寶藏可以供妳研究，有許多文獻能讓妳翻譯。為什麼不和我回到那裡去。妳在那裡不僅能獲得古靈和龍的學識，還能從那些最了解這種生物的人那裡獲得尊敬，這麼好的事情，何樂而不為？」就算是他們還需要在崔豪格滯留幾天，撫慰一下愛麗絲的情緒，也要比踏上這趟輕率魯莽的旅程，鑽進一片未知之地更好。塞德里克知道，一旦他們登上駁船前往上游，再想回來就沒那麼容易了。到時候唯一能帶他回家的將只有那艘船，而那個頑固得像一頭老山羊的船長，在認真完成任務之前，是不太可能回頭的。「愛麗絲，這裡並不安全，」塞德里克急切地說，「我怎麼能陪妳走上這樣一條路？我怎麼能讓妳參加這種任務？妳必須承認，妳也不知道要去哪裡，要走多遠，甚至不能確定那座城市是否依然存在。這次探險實在是太荒謬了。」塞德里克下定決心，最終說道：「我們不會去的。就是這樣。」

塞德里克從沒有這樣嚴厲地對愛麗絲說過話。很長一段時間裡，愛麗絲只是一言不發地盯著他，嘴唇微微翕動著。塞德里克有些害怕她會哭出來，他不想讓愛麗絲哭泣，他希望愛麗絲能夠更明智一些。愛麗絲回頭瞥了萊福特林一眼。那位船夫已經將雙臂抱在胸前，面孔像石頭一樣堅硬，就連他面頰上沒有刮去的鬍渣也立了起來。塞德里克覺得那個傢伙就像是一頭被激怒的鬥牛犬。

當愛麗絲的目光轉回到塞德里克身上的時候，她的雀斑周圍的皮膚完全變成了粉紅色。她的聲音低沉，不是尖叫，卻充滿了不可動搖的頑固：「你想怎樣做都可以，塞德里克。就像你說的，這是一個愚蠢的任務。我不會和你爭論這件事，因為我不能。你是對的，這是在發瘋，但我會去的。」

塞德里克愣在原地，看著愛麗絲轉過身，伸出手，彷彿盲人在向前摸索。而萊福特林突然出現在她的身邊，向她抬起手臂。愛麗絲將手放在那個船夫骯髒的外衣袖子上，就這樣跟著船夫走遠了，只留下塞德里克盯著她的背影。塞德里克緊緊抓住收藏龍肉的珍貴匣子，衡量著自己的選擇。在熊熊的怒火中，他只想照愛麗絲所說的，將她丟在這裡，然後自己回去，留下這個做出愚蠢決定的女人，任由她去承受她迫不及待想去迎接的災難。

但塞德里克不能這樣做。沒有愛麗絲，他不能返回崔豪格，更不要說是回到繽城了。他沒辦法去找詔諭，就算是他的匣子裡有價值連城的龍肉和龍鱗也不行。將這些寶物換成錢需要時間，充足的時間和謹慎的行事。丟下詔諭的妻子單獨返回繽城，將是他能做出的最不理智的事情。他沒有辦法對這件事做出解釋。這將會引來人們的注意，而現在他最不需要的就是人們的注意。

塞德里克突然意識到，愛麗絲和萊福特林就要上船了。繫住駁船的纜繩正被解開。撐篙手已經開始將駁船推離河岸。他左右掃視了一番身邊的泥灘，龍都不見了。在河岸邊，守護者們正在將小船拖入河中。他知道，用不了多久，這個地方就會空無一人。「愛麗絲！」他高聲喊道。但愛麗絲甚至沒有回頭看他一眼。河水流動的聲音和永不停息的風抹消了他的喊聲。他咒罵了一句，開始用自己敢於邁出的最快腳步向駁船走去。「愛麗絲，等等！」他高聲喊叫著，卻看見愛麗絲已經踏上了掛在船尾的繩梯。於是他開始跑了起來。

穀月第七日
商人聯盟獨立第六年
來自黛托茨，崔豪格信鴿管理人
致艾瑞克，繽城信鴿管理人

收藏在這個封有蠟印的小管之中的，是崔豪格和卡薩里克商人議會關於遷移龍群的首筆費用帳目，其中繽城議會需負擔的費用，是單獨列出的。

艾瑞克：

你有一封信件，還沒有寄到我這裡，那封信是關於需要一百磅豌豆以增進崔豪格鴿群健康狀況，以及說明其費用和效用。請重新寄出。

黛托茨

15 急流

龍並沒有在河邊停住腳步。一些龍涉水進入淺灘，另一些龍則試圖在堆積著漂浮垃圾的河岸邊行進，直到茂密的植被迫使他們進入水中。不管怎樣，所有的龍都邁著堅定不移的腳步，頑強地向上游走去。

守護者們，包括賽瑪拉在內，都盡力划著小艇跟在龍群後面。賽瑪拉本希望能夠和刺青配對。這是一個自私的希望。刺青肌肉發達，划船技術也很嫻熟。賽瑪拉知道他能夠好好完成他份內的工作，也許還能做得更多。但潔珥德一直等在岸邊，站在一艘小艇旁。一看到刺青，她就歡快地揮著手向刺青喊道：「我已經裝好你的背包了，你這個慢手慢腳的傢伙。我們走吧！你的綠龍是第一批下水的呢！」

「抱歉，賽瑪拉。」刺青紅著臉嘟囔著。

「抱歉什麼？」賽瑪拉問他。但她開口太晚，刺青已經聽不到了。他正跑過去，將潔珥德的小艇推進水中。其他小艇幾乎都已經被推離河岸，每艘船上都坐著兩、三位巨龍守護者。只有拉普斯卡孤零零地坐在最後一艘小艇上，神情顯得格外沮喪。看到賽瑪拉，他的臉一下子亮了起來。「好呀，我猜我們是搭檔了。」他高聲喊道。滿心憤懣的賽瑪拉發現自己在點頭。刺青說的那句「抱歉」，仍然刺痛著她的心。那傢伙明明知道那樣做是對不起她，卻還是那樣做了。真是一隻爛老鼠。

「我去拿我的東西。」賽瑪拉對拉普斯卡說了一句，便向被遺棄的營地跑去。她抓起背包跑回來的時候，拉普斯卡已經在小艇裡坐好，放好了船槳。賽瑪拉把小艇推進河中，縱身跳過水面落進船內。小艇劇烈地搖晃著，不過她的雙腳都是乾的。她抓起自己那一副打過蠟的沉重木槳，插進深水裡面。她的腳下還有一副多餘的槳。她開始尋思手中的槳能在河水中堅持多久，這艘小艇又能堅持多久——這當然不是她第一次這樣想。這條河最近顯得很溫和，河水呈現深灰色。就像所有在雨野原長大的孩子一樣，賽瑪拉知道這條河在變成奶白色的時候是最危險的，那時跌進河中的人即使立刻被拉上來也會遭受嚴重的燒傷，甚至雙眼失明。今天從她的船槳旁流過的深灰色河水，只會讓人稍稍感到刺痛，不過還是應該儘量避免沾到。

這是賽瑪拉第一次和拉普斯卡同乘一條船。讓賽瑪拉感到驚訝的是，拉普斯卡很懂得如何划船。他的動作很有節律，與賽瑪拉配合得很好。小艇在他的引領下敏捷地繞過一處處障礙和泥灘。賽瑪拉則提供了大部分前進的推力。他們一直沿著河邊行進，走在向河面傾斜的大樹陰影下。這裡的水流最為遲緩。很快地，他們就追上了其他人。賽瑪拉注意到格瑞夫特、博克斯特和凱斯，三人都坐在一艘比較大的小艇上。他們划槳的動作很不協調。格瑞夫特更多是將他的船槳當作舵來使用。賽瑪拉和拉普斯卡輕鬆地繞過他們，超到了前面。這讓賽瑪拉有了一點心滿意足的感覺。拉普斯卡向她露出了一點帶有陰謀色彩的微笑，這讓賽瑪拉心中升起一種荒謬的感覺。

其他守護者的小船在他們面前形成一條散亂的行列。希爾薇和萊克特在一艘船上。沃肯和哈裡金同乘另一艘船。埃魯姆和諾泰爾看起來是一對很合拍的槳手。刺青和潔珥德已經到了隊伍的最前面。不過沒有人需要他們率領這支船隊——所有人都能清晰無誤地看到龍群留下的足跡，河中淺灘和沼澤河岸上都有。龍將灌木叢踩得一片狼藉，在淺灘裡，他們深深的足印讓灰色的河水泛起一片片迂緩的亂流。

「他們的速度相當快，不是嗎？」拉普斯卡熱情洋溢地說道。

「現在他們的確很快。但我懷疑這種速度不會持續多久。」賽瑪拉一邊回答，一邊奮力划槳。龍群腳步穩定，行動迅速，正不斷加大和他們之間的距離。看到他們竟然能走得這麼快，賽瑪拉不由得吃了一驚。她本以為輕快的小艇能輕鬆趕上他們，但每次她抬起頭向前瞥一眼，都只會看到龍群走得更遠了。就連那條銀龍和那條紅銅龍也能夠跟上隊伍。賽瑪拉注意到，那頭銀龍一直將尾巴舉在水面以上。她希望銀龍能繼續這樣做。沒有完成銀龍傷口的包紮，這與天空之喉一言不發就離開的態度相比，更讓賽瑪拉耿耿於懷。很明顯，她之於那頭藍龍女王是無足輕重的。

「今天你看到你的龍了嗎？」她問拉普斯卡。現在她又恢復了划槳的節律。她知道，她的肌肉一開始會痠痛一陣，然後它們會進入狀態，一切都將變得順暢自然。她害怕的是肌肉再次開始痠痛的時候，因為無論肌肉有多麼痛，他們也無法停止划槳，直到晚上小艇靠岸。之前從崔豪格到卡薩里克連續數日的划船行進，已經讓所有巨龍守護者都變得更加強韌，也讓他們學會了基本的划船技巧，但賽瑪拉有一種感覺，她的身體在完全適應這種勞役之前還會經歷更多的疼痛。她只能更加用力地將身子壓在槳柄上。

「當然，」拉普斯卡因為用力而縮短了自己的語句，「吃飯之後，我給荷比洗了澡。然後我們練習飛行。我看著荷比吃東西，我快瘋了。大龍如果吃得好，她就吃得就少。我們今晚停下以後，我會給她捉條魚，或者別的什麼，但我覺得這依舊是個問題。如果龍走得這麼快，我們就只能一直划船追趕他們。我們什麼時候能為他們捕魚或者狩獵呢？」

「駁船上應該有一些食物，是給我們的。有一些乾肉是給龍的。我們不知道他們還會以這種速度走多久。也許他們會停下來幾個小時，我們就能有時間狩獵了。」賽瑪拉搖搖頭，「我們有許多事還不知道，我猜我們只能在路上學習了。」

「我看到有獵人上了駁船。他們應該會幫助我們每天為龍捕獵肉食。」

「我沒有看到他們，幸好他們在龍群決定離開之前趕到了。但如果獵人都在駁船上，他們又該怎樣狩獵？」

「這是一個非常好的問題。我們前面是什麼狀況？」

賽瑪拉迎著在水面上躍動的陽光向前方斜睨了一眼。「看上去像是水中突起了一塊很大的礁石，礁石周圍還有許多浮木。」

拉普斯卡咧嘴一笑。「我們只能進入急流中繞過它了。」

「不，我們可以貼到岸邊，迫不得已，我們可以把小艇從岸上搬過去。我不想進入到急流裡。」

「妳害怕嗎？」拉普斯卡的語氣顯得很是快活。賽瑪拉回頭瞥了他一眼，看見拉普斯卡正向她露出燦爛的笑容。當這個男孩微笑的時候，他的一切怪異之處彷彿都消失不見了。他完全變成了一個非常英俊的雨野原青年。但對於他的質疑，賽瑪拉還是搖了搖頭。

「是的，我害怕。」賽瑪拉堅定地回答，「我們不能進入急流，我還不能很好地掌控這艘船。」但突然間之間，賽瑪拉覺得和拉普斯卡做搭檔而不是和刺青，算不上一件很糟糕的事。

一直等到愛麗絲登上駁船，萊福特林才踏上繩梯，他知道自己需要集中精力確保駁船裝載好最後一批貨物，再帶領柏油人號區。沒有人能想到龍群就這樣大踏步地出發了。原先的計畫是駁船走在最前面，守護者和他們的小艇跟隨在後，引領和鼓勵龍群。現在，龍群已經完全脫離了他的視野。走在最後面的小艇，很快也會繞過蜿蜒河流的一個轉彎，隨即消失不見，而他還待在這邊，身旁是大量等待裝運上船的肉乾、硬麵包乾、鹹肉和醃麵包葉。如果那些年輕的守護者們這時候翻了船，他將完全無法幫助他們。根據他對那些年輕人的觀察，他們很可能會惹些麻煩出來。

好吧，現在他能為他們做的只有擔心，其他事必須要到全部貨物都平安上船，之後才能接著後續了。他還要讓自己的駁船順利回到深水，才能開始向上游行進。萊福特林竭力不去想愛麗絲。現在不能再幻想和愛麗絲一起安靜地坐在船上廚房裡喝茶聊天了。當塞德里克嚇唬愛麗絲，想要逼她退出這次探險的時候，愛麗絲堅定地守住了自己的承諾，這讓萊福特林感到無比驕傲。在回到駁船的路上，愛麗絲的面孔如同岩石，完全顯示出了她不可動搖的決心。萊福特林在愛麗絲之後踏上繩梯的時候，還在尋思自己是否有時間讓她知道，她的一言一行是多麼讓他感到驚歎。

但船長一踏上甲板，就發現自己面前不止有一大堆剛剛被搬運上來的貨物，還有三個靠在貨箱上的陌生人。愛麗絲一動不動地站在繩梯旁邊，背靠著船欄杆。萊福特林下意識地擋在了愛麗絲和那三個人之間。只消一眼，萊福特林就確認了這三個人的全副裝備——長矛和弓，其中一張重型弓是專供遠距離射擊用的，一張折疊整齊的網，幾袋羽箭，都是獵人使用的武器。他們應該也是他在一直等待的人，議會雇傭的獵人。其中一個轉向他，臉上露出笑容。這時萊福特林才認出他是卡森，只不過留了鬍子。這名大漢向萊福特林伸出滿是老繭的手，同時說道：「我打賭，你見到我一定會很吃驚！或者你早就想到會是我了？我們總是會被這種倒楣事找上門，所以我們都簽下了這份契約，也沒什麼奇怪的。」

這些老友之間的日常對話，卻讓萊福特林的心一下子沉了下去。他現在只希望卡森的這番問候裡沒有隱藏另外一番意思，他會這樣說完全只是出於巧合。他不希望卡森是那張紙條裡警告他要等待的人。不要是卡森。他強迫自己的臉上也顯示出笑容，向卡森問道：「那麼，為什麼我要想到像你這樣的醉鬼會出現在我乾淨的甲板上？」

「因為不管是喝醉了還是清醒著，我都是這條該死的河上的最優秀獵手。我就是你需要的那個人，能保障那些龍在任務結束之前，不會相互吃掉或者把你吃掉。他是戴夫威，一個前途遠大的弓箭手，只不過需要時不時踢一下他的屁股。他是我的侄子，不過你不要因此不敢踢他的屁股。這個傢伙是傑斯，我今天早晨才見到他，不過他似乎認為他不會比我差，我很快就能教他搞清楚狀況了。」

戴夫威很年輕，面孔幾乎像繽城人一樣白淨，不過他的寬闊肩膀，已經清楚地顯示出他是一名優秀的弓箭手。他的模樣很像他的叔叔，有著同樣狂放不羈的褐色亂髮和一雙深褐色的眼睛。和萊福特林握手的時候，他的眼睛裡流露出真誠的笑意。如果卡森真有什麼見不得光的打算，萊福特林打賭，戴夫威對此一定一無所知。船長鄭重地看著戴夫威，用不容置疑的語氣對他說：「你看見絲凱莉了嗎？就是那個背後垂著黑色長辮子的甲板水手？聽著，她看上去也許是一個女孩，但她不是。她是我的甲板水手和我的侄女。這就是說，對你而言，她不是一個女孩。」

戴夫威顯然被嚇住了。不過卡森只是搖了搖頭，一絲微笑抽動著他的嘴角。「萊福特林，我向你保證，戴夫威在這件事上不會有問題。」聽到他的話，這個小夥子低垂下頭，面頰變得通紅。

傑斯是一個年紀稍長的人，有著灰色的頭髮和一雙灰色的眼睛。對於卡森語帶輕蔑的介紹，他皺緊了雙眉，只是向萊福特林微微一點頭。萊福特林從直覺上就不喜歡他。看到他的時候，因為不信任而產生的一陣寒意，掠過了萊福特林的全身。他沒有向傑斯伸出手，傑斯似乎也沒有注意到他這個失禮的行為。

卡森突然問道：「難道你不打算向我介紹一下，在你這艘就要沉沒的老駁船，突然出現的鮮花嗎？」

儘管看似很不可思議，但萊福特林在這一小段時間裡的確忘記了愛麗絲就站在自己的身後。他回頭瞥了愛麗絲一眼，然後又笑著看向卡森。「就要沉沒的駁船？只要你不在船上，他就不會沉，卡森。愛麗絲．芬波克，恐怕我必須向妳介紹我的一位老朋友。卡森．羽躍，獵人吹牛大王，還是個酒鬼。當然，他在這方面的能耐是沒人需要的。卡森，這位是愛麗絲。她是我們的龍族與古靈學專家，剛剛從繽城趕到。在這次航行中，她很願意為我們提供各種建議和教育。」

萊福特林本以為這樣的介紹能夠讓愛麗絲露出微笑。但愛麗絲只是低下頭，突然沙啞地說：「請原諒，我在出發之前還有一些事要做。」不等萊福特林再說些什麼，她已經快步跑向她的小屋，走進屋中，又牢牢地關上了屋門。萊福特林覺得那個小屋子裡一定又黑又熱，但她顯然會在那裡面躲上很久。儘管對女性所知不多，萊福特林還是猜到愛麗絲是想要找一個私密的地方痛哭一番。他真是個該死的傻瓜。他早就應該知道，和塞德里克發生衝突，一定會給愛麗絲帶來深深的煩惱和不安，而他只是在為了那個人不會繼續跟著他們而感到高興。如果沒有塞德里克在身邊，愛麗絲一定能更快地克服自己的疑慮。現在萊福特林只想追上愛麗絲，給她一些安慰，如果愛麗絲允許他這樣做。但萊福特林沒辦法這樣做，正有三個獵人帶著全套裝備站在他的甲板上。當他向卡森轉回頭的時候，發現他的老朋友正心領神會地看著他。

「除了龍族學問以外，她在另一些事上也是專家嗎？」卡森語帶揶揄地問。

「我不知道，」萊福特林沒好氣地把話頂了回去，然後又困窘地試圖緩和一下氣氛，「歡迎上船，卡森。也許今晚我們能有時間敘敘舊。現在，請你們三位在艙室中給自己找個舖位，把這些暫時用不到的東西放好。斯沃格！我們剩下的貨物還沒搬上船嗎？那些龍都已經跑遠了，我們最好快點追上他們。」

「他們用這種速度走不了多遠，」卡森推測說，「等到下午……」

獵人突然停住了口，一雙眼睛朝萊福特林身後瞪了過去。萊福特林轉過身，發現塞德里克正笨拙地爬過駁船的欄杆，一隻手還將他的匣子緊緊抱在胸前。「這船上到底都有些什麼人？」卡森低聲問道，同時一絲微笑緩緩地浮現在他的臉上。

「喔，他啊，」萊福特林努力保持著中性的嗓音，只對卡森說道，「他是跟著愛麗絲的，應該是負責照顧愛麗絲的人。」

「這一定很不方便吧。」卡森低聲嘟囔了一句。

「閉嘴。」萊福特林有些氣惱地說道。

戴夫威已經跑到繩梯前，想要幫塞德里克，接下他的匣子。而塞德里克只是緊皺眉頭盯著這個男孩，繼續抱緊那個匣子，笨拙地爬過船欄杆。在甲板上站直以後，他撣了撣自己的衣服，徑自向船長走過來，開口就問道：「愛麗絲在哪裡？」

「她回她的房間去了。我們很快就要出發。如果你想要把你的行李送上岸，最好快一點。」萊福特林依然保持著聲音的平靜。

那個繽城人死死地盯著萊福特林，看樣子，他總算還沒有把自己的牙咬碎。「我不會上岸的。」他恨恨地說了這麼一句，就從萊福特林面前轉過身，又意味深長地回頭扔下一句，「我不會把愛麗絲一個人丟在這艘船上。」

不會把她丟給我，萊福特林在心裡幫他把話說完，同時竭力不讓自己笑出來，*這個虛偽的小雜種，想要說他不會把愛麗絲一個人留在我身邊，但他連一根脊梁骨都沒有*。萊福特林高聲說道：「你知道，她當然不會是一個人。和我們在一起，她不會受到任何傷害。」

塞德里克回頭瞥了萊福特林一眼，冷冷地說：「她是我的責任。」然後他就打開他那個小房間的門，消失在房間裡，幾乎就像愛麗絲一樣牢牢地把門關上了。萊福特林只能竭力把自己的失望推到一旁。

「作為一條看門狗，他的叫聲還不算大。」卡森打趣地說道。萊福特林對他皺起眉頭，他只是笑得更加開心，又說道，「我可不認為他是真心想要守護那位女士。我能看出來，他的心裡有別的鬼點子。」

「把你的東西拿到甲板下面去。我現在沒時間和你聊天。我還要把一艘船駛回到河裡去呢。」

「你去忙吧，」卡森表示同意，「你去忙吧。」

昏暗的小屋裡非常悶熱。愛麗絲坐在地板上，盯著粗糙的屋頂。點亮蠟燭太麻煩了，爬上她的吊床又太困難。這個小房間曾經讓她感到溫暖又有趣，就像是一個孩子的樹屋。她覺得自己就像是一個孩子，在逃避著遲早會落在她頭上的訓誡與規矩。

為什麼她一定要反對塞德里克。那些突然爆發的莽撞的勇氣是從哪裡來的？為什麼她明明知道自己沒辦法照她說的那些話去做，卻還是會那樣任性地說出口？就算沒有他，她也會參加這次探險。喔，她當然會！出發到上游去，乘坐一艘只有水手和其他粗人的船，去一個沒有人知道在哪裡的地方。當她回來的時候，又該怎樣？那時萊福特林就會發現，詔諭不會支付她因違抗監護人的意願而花掉的那些錢。即使她因此獲得了一些智慧，她在繽城和崔豪格也會顏面盡失。她將無家可歸。她想到詔諭發現她逃走以後，可能會對她的書房和她的文件進行怎樣的處置。詔諭會把它們全都毀掉。她知道自己的丈夫是多麼恨自己。詔諭會賣掉珍貴的古卷軸，也許會賣到恰斯國去。她的翻譯會全部被燒掉。不，她突然苦澀地想到，詔諭會將她的翻譯連同那些卷軸一起拍賣。無論詔諭有多麼憤怒，也絕不會放棄掙錢的機會。

愛麗絲氣惱地咬緊牙齒，淚水刺痛了她的眼睛。她不知道詔諭是否明白她的研究和筆記有多麼珍貴。是否會有某個收藏家在得到她的寶藏以後，只是將它們束之高閣，根本不知道它們的價值？更可怕的是，會不會有人將她的作品著作權據為己有？她勤勉地研究古靈和巨龍的成果，會成為他人牟利的物品？

這個想法讓愛麗絲完全無法承受。她不能讓自己的作品落到如此下場。她不能這樣魯莽，這樣孩子氣地毀掉自己的人生。她只能回家去，這是她唯一的道路。

這個想法勒緊了她的喉嚨。一段時間裡，她只能嚎啕痛哭。多年以來，她從沒有這樣哭過。深深的抽泣讓她全身顫抖，喉頭哽咽。整個世界都隨著她的痛苦一同晃動。當激烈的情緒終於平靜下來，她覺得自己彷彿剛剛經歷了一場凶猛的災禍——一次嚴重的摔跌，或者是一通狠惡的毆打。汗水將髮絲黏在她的額頭上，鼻涕不停地從鼻子裡流出來，她感到一陣陣頭暈目眩。在黑暗中，她站起身，感覺全身都在疼痛。她摸索著，從衣箱中找出一件襯衣，用它擦了擦臉，完全不在乎把什麼髒東西抹在了上面。現在這還有什麼關係？一切又都還有什麼關係？她又在那件襯衣上找到一塊乾的地方，擦抹一下面孔，悶悶不樂地把這件衣服扔到地上。然後，她重重地歎了一口氣。淚水擦乾了、流完了，就像以往一樣，沒有換來任何效果。該是投降的時候了。

一陣膽怯的敲門聲響起。愛麗絲抬起雙手，下意識地拍了拍面頰，撫平一下頭髮。她絕不能讓別人看到自己現在這幅樣子。然後她清了清嗓子，試著用睏倦的聲音說：「是誰？」

「我是塞德里克。愛麗絲，我能和妳說句話嗎？」

「不，現在不行。」不等她多想一下，拒絕的話已經脫口而出。她心中深深的哀傷再一次被點燃，並再一次突然變成了不顧一切的怒火。又一陣暈眩感掃過她的全身。她伸手扶住那張她將永遠都不會使用的小桌子。片刻之間，門外只剩下一片冰冷的寂靜。然後塞德里克又開口了。這一次他的聲音顯得格外僵硬。

「愛麗絲，恐怕我堅持要見妳一面。我現在就要開門了。」

「不要！」愛麗絲發出警告。但塞德里克還是推開了門，讓一絲午後的光線照進這個小房間。愛麗絲直覺性地從門前退開，轉過臉躲開那道陽光。「你想幹什麼？」愛麗絲問道，但緊接著她又說，「我正在把衣服收拾到衣箱裡。」她說了謊，「我要準備馬上離開了。」

塞德里克是殘忍的。他猛地將門打開。愛麗絲彎腰從地上撿起那件襯衫，以此背對著塞德里克。當她這樣做的時候，她一下子失去平衡，差一點摔倒。塞德里克兩步走進房間，抓住她的手臂，把她扶起來。愛麗絲感激地用雙手抓緊塞德里克的胳膊，越過他的肩膀向屋外望去，同時氣喘吁吁地承認：「我有些頭暈。」

「這只是因為駁船在河中行進。」塞德里克說。與此同時，愛麗絲才察覺到駁船又動了一下。她看見巨大的樹幹正如同被檢閱的士兵，在塞德里克背後不斷掠過。這時她才知道自己的暈眩感，來自於腳下船板的晃動。駁船正在向上游駛去。

「我們起航了。」愛麗絲驚異地說道。她意識到自己仍然緊握著塞德里克的手臂，只是盯著塞德里克背後不斷掠去的河岸。她幾乎無法相信眼前的情景。她反抗了塞德里克，並且贏得了勝利。駁船正將她帶往上游。

「是的，起航了。」塞德里克的回答非常簡短。

「我很抱歉。」愛麗絲說道。但她又對自己的話感到費解。她沒有抱歉的感覺，一點也沒有。但她又止不住想要道歉。為什麼每次她想要為自己爭取任何東西的時候，她都要道歉？

「妳應該向我道歉，也應該向妳自己道歉。」塞德里克回應道。他深吸了一口氣，這讓愛麗絲突然意識到她和他之間的距離有多近，他們幾乎要擁抱在一起了。愛麗絲甚至能嗅到他的氣味，他身上的香料氣息，還有他使用的香皂氣味。愛麗絲驚訝地發現，她認得這個氣味。這將詔諭清晰地帶進了愛麗絲的意識裡。愛麗絲向後退去。她突兀地開始好奇，這兩個男人會不會在使用同一種香油。這讓她皺起眉頭，陷入了思考。

塞德里克打斷了愛麗絲的思路，他的聲音低沉而且充滿遺憾，「愛麗絲，這太瘋狂了。我們剛剛踏上了一段沒有目標的旅途。我們要進入一片連地圖上都不曾被標出過的地域。而且我們要走上幾個星期，甚至幾個月！妳怎麼能這樣做？妳怎麼能就這樣拋棄自己的人生？」

一種平靜的心情從她的體內湧起，然後又是一陣喜悅，就像輕輕搖擺的駁船那樣讓她感到暈眩。塞德里克是對的。她將一切都丟在了身後。片刻之後，愛麗絲找回了自己的聲音：「拋棄我的人生，塞德里克？我只是逃離了你所認為的我的人生，只要我可以，我當然要這樣做。連續數個小時坐在我的書桌後面，用一支筆寫寫畫畫，只和許多個世紀以前的東西打交道。一個人進餐，一個人入睡。」

愛麗絲嚴厲的話語似乎讓塞德里克感到震驚。「妳不必一個人進餐。」塞德里克笨拙地說。

愛麗絲感到喉頭發乾，嘴裡充滿了苦澀。「我想，我也不必一個人入睡。不管怎樣，一個人在結婚之後，總會認為自己的丈夫將要和她一起做這些事。當詔諭向我求婚的時候，我愚蠢地以為自己不必再為孤單感到憂慮了。我以為他會和我在一起。」

「詔諭在可以的時候就會陪伴妳。」塞德里克的語氣顯得很不確定。也許是因為他知道自己在說謊，「他是一名貿易商，愛麗絲。妳知道這意味著他必須四處旅行。如果他不到外面去，就無法找到特別的商品出售盈利，支持妳所擁有的生活。」

「你不明白，塞德里克。」愛麗絲打斷了這些她在婚姻最初的幾年中，無數次從詔諭那裡聽到的敷衍之辭。這些言辭形成的套索只是在證明她一夜又一夜，一個星期又一個星期地孤身被丟在家中時生出的怨恨是多麼自私。「問題並不在於他總是外出。我已經不再介意這種事了。我不會再苦苦地渴求他。難道你不知道我現在恨的是什麼，塞德里克？我恨我會在他離開時感到高興。這不是因為我喜歡一個人。我已經學會了如何容忍這種事。實際上，我已經非常善於此道了。他走的時候，我不會想他。我不會去揣測他和誰在一起，又是在怎樣對待他身邊的女人。」愛麗絲突然閉住了嘴。她已經向詔諭承諾，絕不會再指控他說謊，絕不會用這樣的猜疑攻擊他。塞德里克當時也在場，知道愛麗絲的承諾。愛麗絲緊緊咬住了嘴唇。

但愛麗絲的話已經讓塞德里克很不舒服了。她感覺到塞德里克在微微移動重心，彷彿想要從她身邊走開，卻又不知道如何保持禮貌。愛麗絲一下子有了信心。她知道自己的懷疑是有根據的。詔諭現在的確有了別人，而且塞德里克知道那個女人是誰。他清楚詔諭在偷情，卻又因為要替詔諭隱瞞而感到慚愧。愛麗絲突然決定要解脫塞德里克的負罪感。「不必為這件事擔心，塞德里克。我承諾過不會再問這種事，我會信守承諾。我也不會再去想繽城的其他女人是否知道詔諭是那麼不喜歡我們的床。如果她們喜歡他，就盡可以去找他。我已經厭倦了他堅硬的話語和堅硬的心，還有他堅硬的雙手。」

愛麗絲感覺到塞德里克的肌肉正在變得僵硬。「堅硬的雙手？」塞德里克用一種窒息的聲音說，「他……愛麗絲……他有沒有……詔諭有沒有打過妳？」聽起來，塞德里克似乎非常害怕。

「沒有，」愛麗絲低聲承認，「不，他從沒有打過我。但一個男人就算不打一個女人，也會有許多辦法讓女人難過。」她想到了詔諭在想要離開一場晚宴時，自己沒有能立刻回應他禮貌的建議，就被他抓住手臂直接拽走；有時候，詔諭會拿走她手裡的東西，不是接過去，而是將東西直接奪走，就好像她只是一個跑腿送東西的小廝。愛麗絲拒絕細想詔諭的手握住她的肩膀或者上臂時的感覺。有時詔諭會抓得那麼緊，甚至在她身上造成瘀傷，彷彿愛麗絲隨時都會逃走，儘管詔諭為了讓她懷孕做的每一件事，愛麗絲從沒有抗拒過。

塞德里克清了清喉嚨，從愛麗絲面前退開一些。「我認識詔諭已經有很長一段時間了，」他僵硬地說道，「詔諭不是一個壞人，愛麗絲，他只是……」塞德里克說到這裡，停頓了一下。愛麗絲看出他正在尋找合適的用辭。

「他只是詔諭。」愛麗絲替他把話說完，「他只是一個剛硬的人，手也硬，心也硬。他沒有打過我，他不必那樣做。他有一張堅硬、殘忍的嘴。他只消一個眼神就能羞辱我。他能夠用話語和笑容毆打我，同時卻又好像完全不知道他在做什麼。但他的確是這樣做的，我現在已經準備好向自己承認這一點了。他完全清楚他是多麼經常、多麼嚴重地傷害了我。」

愛麗絲從目瞪口呆的塞德里克面前轉過身，但依然望著向後移動的河岸。「我並不感到抱歉，」她終於說道，「我並不因為反抗你而感到抱歉。我也沒有因為前往上游而感到抱歉。我知道這樣做愚蠢又危險。我很害怕，我害怕去那片未知之地，也害怕當我回家的時候必須面對些什麼。但我絕對為這樣做而感到抱歉。塞德里克，我不是在拋棄我的人生。我是在奔向一個機會，一個能讓我真正擁有一點人生的機會，無論這是多麼短暫的一點時間。」

「我的確為了將你拖進這趟旅程而感到抱歉，塞德里克。我知道這不是你的選擇。我希望詔諭沒有把我丟給你。但我必須承認，我很高興你回到駁船上來，留在這裡。如果我要去做這樣一件愚蠢的事，我能想到的最好的同伴就是你。」

她感覺到塞德里克正笨拙地想要尋找一個適切的回答。她剛才對塞德里克說的這些話，讓塞德里克很是不安。這其中包含一些關於他的雇主的事情，是他絕不應該有所耳聞的。愛麗絲試著對此感到後悔，卻發現自己做不到。她只希望這些話不會割裂他們之間的聯繫。她甚至有些希望塞德里克能夠將她抱進懷中，支撐起她的身體，哪怕只是短短的一瞬，只是作為一位朋友。她努力去回憶上一次是誰帶著關愛擁抱了她。她想起自己的母親在和她道別時那匆匆的一次擁抱。什麼時候曾經有男人擁抱過她？

從沒有過。

塞德里克握住她的雙手，輕輕捏了一下，又將她放開，隨後便笨拙地偽裝出輕鬆的樣子，退到愛麗絲無法碰觸他的地方。「嗯，我想，這對我應該是一種安慰，只是我並沒有感覺得到了安慰。」他的話很刺耳，但愛麗絲在他的臉上看到了可憐的微笑。那笑容很快就消失了，彷彿塞德里克沒有力量繼續維持住它。他向愛麗絲搖搖頭，然後說道：「我最好回我的房間去安置一下東西。看樣子，我在這裡居住的時間要比我設想的更久。」

他在合乎禮儀的前提下以最快的速度離開愛麗絲，回到自己的房間裡，竭力不流露出逃跑的樣子。儘管他的心中充滿了恐慌。

他關緊自己小房間的屋門。早些時候，他已經打開了牆壁上方的通風孔——他拒絕將它們看做是窗戶。它們的位置太高又太窄小，根本無法讓他看到任何風景。不過它們至少還能讓外面的空氣流動進來，儘管這些空氣裡也都充滿了河水的味道。依靠這些通風孔，他的房間裡總算有了一點昏暗的光線，並給這個小房間的天花板灑上了一片河水漣漪的反光。他坐到自己的行李箱上，盯著被緊緊關閉的屋門。藏有珍貴貨物的小匣子就放在地上。龍身體的一部分就能變成一筆財富，而他正在跟隨龍群一起前往上游，離那筆財富越來越遠，離能夠讓他美夢成真的每一個機緣越來越遠。他希望鹽和醋能夠保存好那些破碎的龍肉。那是他擁有一個誠實人生的最後，也是最好的機會。他將臉埋進雙手之中，陷入沉思。

詔諭。喔，詔諭。我們對她做了什麼？我到底參與了怎樣一件殘忍的事情？

詔諭堅硬的雙手。

塞德里克不願去想那雙手，但他無法控制自己的心緒。他不願想像詔諭的雙手落在愛麗絲身上是什麼樣子。他知道，詔諭必須和愛麗絲行房，必須竭盡全力和愛麗絲有一個孩子。他曾經決定永遠不想這件事，永遠不思考詔諭對愛麗絲是否溫柔，是否會有激情。他不想知道，不想讓自己的心情被這樣的事情攪亂。這又有什麼關係？這與詔諭和他沒有半點關係。

他從沒有想像過詔諭會以粗暴或凶狠的手段對待愛麗絲。但是，詔諭當然會這樣，這就是詔諭。那個擁有強壯雙手，修長手指和精心修剪的渾圓指甲的人。塞德里克不願去想像那雙手抓住愛麗絲的肩膀，指甲陷進愛麗絲皮膚中的樣子。它們會在愛麗絲的身上留下新月形的印痕。到了早晨，這些印痕就會變成瘀傷。這些塞德里克都知道。他的雙手不由自主地離開面頰，抓住了自己的肩膀。詔諭在他的身上留下小瘀傷，已經是數個星期以前的事情了。他想念它們。

他孤寂地猜測著詔諭是否會想念他。也許不會。在他們共處的最後幾天裡，詔諭一直在無情地冷落他。與此同時，詔諭又命令他這個祕書邀請那些人來參加最新的商業冒險。詔諭現在並不孤單，而且肯定不會想起塞德里克。雷丁，那個該詛咒的雷丁，他對於詔諭的興趣總是那樣顯而易見。雷丁總是撅著他豐滿的小嘴唇，一雙小手總是向後拍打著他的捲髮。雷丁正和詔諭在一起。

強烈的哽咽感覺從他的喉嚨深處升起。如果能哭一場，他應該會感到一些安慰，但他不能。現在他的心情絕不是哭泣能夠舒緩的。詔諭，詔諭。「詔諭。」他高聲說出那個人的名字，這種像被匕首切割一樣的感覺才會給他安慰。詔諭是唯一真正知道塞德里克的人，是唯一懂得他的人。但他卻將塞德里克拋棄了，命令塞德里克跟著他完全不愛的妻子踏上這段荒謬的旅程。那個曾經被他堅硬的雙手緊緊抓住的妻子。同樣是那雙強而有力的手，也曾緊緊抓住塞德里克的肩膀，在第一次的悸動與激烈的擁抱時，就將他拽進他的懷中。

塞德里克那時剛剛脫離孩童的稚嫩，幾乎還不用刮鬍子。那時的他非常不高興，和他的父親發生了衝突，又無法向他的母親或者妹妹傾訴自己的煩惱——他的煩惱沒有辦法對任何人說。現在，他想到詔諭是多麼成功地將他趕回到這種孤寂之中，心中不由得充滿了苦澀，正是詔諭在當年為他打碎了這種孤寂。這就是他想要向塞德里克證明的？證明他可以將塞德里克打回原形？重新變成許多年以前的那個男孩？

他們的第一次相遇發生在一場貿易商的聚會上，那是一場在冬天舉行的婚禮。新娘十七歲，年輕的新郎是塞德里克的朋友和鄰居浦裡圖斯。他比塞德里克年長，曾經教授過塞德里克恰斯國語——這是塞德里克的父親堅持要他學會的。浦裡圖斯對塞德里克一直都很友善，也很有耐心。和塞德里克在另一位導師那裡進修的計算、歷史和基本航海課程相比，浦裡圖斯的課一直都讓他感到友好和快樂。另外那個導師需要同時教授他和其他幾個孩子——幾個貿易商家庭雇傭了他，讓這些家庭的兒子們一同接受教育。那個導師簡直就是一頭食人魔，而其他那些學生只會用粗話彼此嘲弄，或者就是刻薄地挖苦塞德里克精準的背誦和報告。塞德里克不喜歡上這些課，他害怕其他學生的排斥和嘲笑。他能在那些課中學到智慧簡直就是一個奇蹟。但浦裡圖斯完全不一樣，他是一位有愛心的教師，會為他的學生找到許多有趣的讀物。塞德里克非常珍視和浦裡圖斯共度的每一個小時。

在那場婚禮上，塞德里克只能在滿心的失望中，憂鬱地看著浦裡圖斯立下婚姻誓言。他不會有時間教導塞德里克了。他已經開始接手他父親的香料生意，更要全心全意地去照顧自己的家庭。塞德里克曾經擁有的友誼孤島，在他孤寂的海洋中完全沉沒了。

身材高挑的浦裡圖斯穿著樣式簡單的綠色貿易商長袍，搖曳的燭火在他閃亮的黑髮上，灑下了點點星光。隨著他們立下誓言，他轉向身邊的那個女孩，低頭俯視女孩的臉，而他的微笑對塞德里克來說是那樣熟悉。那個女孩的面孔因為喜悅而煥發出玫瑰色的光彩。浦裡圖斯伸出雙手，女孩將自己的小手指搭在上面。塞德里克不得不轉過身，因為嫉妒自己永遠都不可能得到的幸福而感到窒息。這對新人轉身面對賓客，歡呼聲在他們周圍響起，就像是溫柔大海上激揚的陣陣海浪。

塞德里克沒有鼓掌歡呼。當歡呼聲停息時，他只是喝光了自己杯中的氣泡葡萄酒，將酒杯放在擺滿美味佳餚的餐桌邊上。房間裡擠滿了人，每一個人都是面帶微笑，喋喋不休地說著話，渴望向這對新人夫婦送上良好的祝願。在靠近門口的地方，幾個年輕人正在愉快地交談著。看到他們下流的笑容，塞德里克知道他們已經為浦裡圖斯準備好了晚間餘興節目。塞德里克一邊說著抱歉，一邊從他們中間擠過去，走向門口。他要到商人大堂外面去透口氣，讓風吹一吹自己的臉。他甚至沒有心思穿上外衣。他想要感受外面的寒冷，那很適合他的心情。

一場風暴即將到來，只是還看不出這風暴帶來的將是凍雨還是急驟的潮溼雪花。寒風在怒吼一陣之後突然止息，隨即又甩下一片夾雜冰片的雨滴。濃密的雲層讓這個下午如同破曉前的黎明。這些塞德里克都不在意。他離開了大堂門廊的庇護，漫步走過等在外面的成隊馬車和用厚實衣物裹緊身子的馬車夫。天色越來越陰暗，他一直走進了商人大堂周圍整飭得一絲不苟的花園裡。

在一年中的這個時候，這片花園顯得格外淒涼荒蕪。大部分樹木的葉片都落光了。沒有遮攔的風放肆地吼叫著。碎石小路上鋪滿了落葉。一片由常綠樹木環繞的草藥園囿裡，種子已經埋入土中。塞德里克本能地向那片能夠擋風的小樹林走去。在那些常綠樹的圍護中，冷風找不到他。他抬起頭向寒風呼嘯的天空望去，想要透過烏雲找到一顆星星。但他什麼都沒有看見。他低垂下頭，從臉上抹去雨水。

「在婚禮上哭泣？你可真是個多愁善感的傻瓜。」

塞德里克驚愕地轉過頭。他沒想到這樣的天氣裡還會有別人跑到這個地方來。而看清對面的人是詔諭，他就更驚訝了。詔諭一定是跟著他來到這裡的。他走出大堂門口的時候，詔諭正是聚在門口的那些年輕人中的一個。塞德里克知道這個人的名字和名聲，但說不上對他有什麼了解。詔諭是一位富有而年輕的貿易商，在繽城名望很大，他所在的社交圈要比塞德里克高好幾個緯度。塞德里克不明白他為什麼要一直跟著自己，甚至天黑了也不回到屋裡去。在幽暗的夜色中，詔諭深藍色的長斗篷幾乎變成了黑色，衣領被高高豎起，遮住了他的面頰。

「只是雨水而已。我出來是想讓自己清醒一下。我喝的酒有點多了。」

詔諭只是默不作聲地聽他說話。隨後，他帶著一點嘲諷的神情側過頭，挑起了他像雕像一般的眉毛，似乎是在指責塞德里克說謊。

「我沒有哭。」塞德里克彷彿為自己辯護一樣地說道。

「你沒有？」詔諭在紛飛的雨雪中走向塞德里克。雪越下越大了，大片的雪花點綴在這個身材高挑的男人深褐色的頭髮上，「我發現你在看著那對快樂的新人，就在心裡想，有一個愛人被拋棄了，只能看著他的夢離他越來越遠。」

塞德里克警惕地看著詔諭向他靠近。「我並不認識你。浦裡圖斯是我的教師。我來這裡只是為了祝福他。」

「我們都是，」詔諭用輕鬆的語氣表示同意，「我們親愛的浦裡圖斯現在進入了人生的新階段，擔負起作為丈夫的責任。作為他親愛的朋友，我們祝願他未來之路皆能平安順暢，但我們能見到他的機會肯定要少得多了。」天空中的最後一絲光亮也在消失，常綠樹的陰影讓這個冬日的黃昏變得更加陰暗了。陽光完全消失的時候，也帶走了所有色彩。詔諭的臉上只剩下了灰色和陰影。他在微笑。他的薄嘴唇只剩下幾條如鑿子雕刻出來的細線，隨著這些細線的移動，他問塞德里克：「浦裡圖斯教你什麼？」

「恰斯國語。我的父親說每一名貿易商都需要熟練掌握恰斯國語，不能有任何口音。浦裡圖斯說的恰斯語就像恰斯國本地人一樣好，他有一位恰斯人導師。」

詔諭停下腳步。現在他距離塞德里克已經不到一臂遠了。「恰斯語？」他的微笑變得更加燦爛，甚至露出了牙齒，「是的，我同意你父親的見解。每一名貿易商都應該掌握恰斯語。有人說，恰斯人永遠都是我們的敵人。但我要說，正因為如此，我們才需要盡可能學習他們的一切。不只是他們的語言，還有他們的習俗傳統。不管是不是長久以來的宿敵，他們都將成為我們做買賣的對象。他們只能欺騙無力抵抗他們的人。所以你需要學習的不僅是語言。即使一個人能夠說一個地方的語言，只要他對於那裡的習俗缺乏了解，他都無法真正融入進那個地方去，當地人會一眼看出他是個外人。你不認為是這樣嗎？」

「我想，是的。」塞德里克相信，這個高個子商人一定是喝醉了。現在塞德里克能夠聞到他呼吸中的酒精氣味。

在黑暗中，詔諭那雙變成灰黑色的眼睛以一種令人張惶失措神情盯住了塞德里克的臉。他舔了舔嘴唇然後說道：「那麼，讓我聽聽你的口音。用恰斯語說些什麼吧。」

「什麼？」

「這不是恰斯語，」詔諭笑著說，「再試試。」

「你想讓我說什麼？」塞德里克感覺自己落進了陷阱。這個人是在嘲諷他，還是想要接納他？他的聲音彷彿一直走在刀刃上，刀刃的左邊是嘲諷，右邊是友誼。

「這樣吧，你就說：『先生，請問您想要什麼？』」

塞德里克用了一點時間在腦子裡組織好辭句。當他開口的時候，每一個字都說得很流暢。但詔諭只是搖搖頭，傷心地說：「喔，天哪，不是這樣，你要把嘴張得更大一些。他們可是非常健談的種族。」

「什麼？」

「再說一遍，但要把嘴張得更大一些。把你的嘴唇翻出來。」

詔諭是在嘲諷自己——塞德里克確定了，他的語氣也變得淩厲起來：「我很冷了，我現在要回商人大堂裡去了。」

但就在他從詔諭身邊走過的時候，詔諭突然伸出手，抓住了塞德里克的左肩，猛地將他拽了回去，逼著身材比他瘦小的塞德里克轉過身，差一點撞進他的懷裡。「再說一遍，」他帶著愉悅的神情催促塞德里克，「用你喜歡的任何一種語言都可以。說：『先生，請問您想要什麼？』」

他的手指透過正式的貿易商長袍，紮進了塞德里克的肩膀。塞德里克扭動身體，想要從他的手中掙脫出來，「放開我！你想幹什麼？」但詔諭反而又抓住了他的另一側肩膀，然後猛地一拽，差一點讓塞德里克雙腳離地。突然之間，他們胸口貼著胸口，詔諭低頭緊盯著塞德里克的臉。

「你想幹什麼？嗯，和我想要什麼不太一樣，不過這樣也可以了。你應該問的是你自己想要什麼，塞德里克。我懷疑你根本就不敢問這個問題，更不要說是回答它了。因為你的答案在我看來非常明顯，你想要這個。」他的一隻手一下子抓住了塞德里克喉嚨下面的長袍，另一隻手抓住了塞德里克的頭髮，然後他低垂下頭，嘴唇狠狠地壓在塞德里克的嘴唇上。那雙嘴唇有力地翕動著，彷彿要將他吞吃掉。那雙堅硬的手不斷將他拉近。塞德里克太過吃驚了，甚至忘記了抗爭，任由詔諭收緊雙臂，將他緊緊貼在自己的身體上。一陣突然的熱流湧過塞德里克的身體，那是他無法隱藏，更無法否認的欲望。詔諭的嘴裡洋溢著美酒的滋味，他的面頰雖然刮過了鬍鬚，但是當塞德里克想要推開他的時候，細小的鬍渣還是刮痛了塞德里克的臉。塞德里克拚命想要吸進一口氣，詔諭的親吻和他自己對那親吻的渴望讓他窒息。他將雙手放在詔諭的胸前向外推搡，卻無法凝聚起半點抗拒的力量。詔諭輕而易舉就抱住了他。對於塞德里克無力的掙扎，他只是從喉嚨深處發出低沉的笑聲，這笑聲透過他們兩個緊貼在一起的胸部傳入到塞德里克的體內。終於，詔諭結束了對他的親吻，但依然將他緊緊抱住。他在塞德里克的耳邊說：「不要擔心，如果你覺得應該掙扎，或者需要掙扎，那就奮力掙扎吧。我不會讓你贏的。這樣的事情一定會發生在你身上，就像你一直夢想的那樣。總會有一隻手牢牢地抓住你。」

「放開我！你是瘋了，還是喝醉了？」塞德里克的聲音在猶疑中發生了動搖。風越來越猛烈，但他幾乎已經感覺不到了。

詔諭毫不費力地將塞德里克的手臂按在身側。他比塞德里克更高，更強壯，他抱起了塞德里克。塞德里克的雙腳沒有離地，不過詔諭只是要讓他明白，自己可以輕易地控制他。他將塞德里克的身子按在自己的懷裡，透過牙縫在他的耳邊說：「我沒有瘋，也沒有喝醉，塞德里克，只是比你更誠實。我不必問：『先生，請問您想要什麼？』當你盯著那對快樂的小夫妻的時候，你想要的就已經完全寫在了你的臉上。你並不想要那個新娘，你想要浦裡圖斯。是啊，誰又不想要他呢？那樣一位英俊的男子。但你絕對不可能得到他了，我也不行。所以，也許我們應該滿足於我們能夠擁有的。」

「我不會，」塞德里克說了謊，「我不知道……」詔諭的嘴唇又落了下來，再一次長久而粗暴地親吻他，弄傷了塞德里克的嘴唇，直到塞德里克最終放棄，為他張開了嘴。在無意識的狀態下，塞德里克發出了一點微弱的聲音。詔諭的笑聲落進他張開的嘴裡。然後，突然之間，詔諭離開塞德里克的擁抱，向後退去。塞德里克差一點倒在地上。他也只得踉蹌著離開詔諭。夜色中的樹林彷彿在他的周圍搖擺，環繞他盤旋起舞。塞德里克用手背捂住嘴。刺痛的嘴唇流出鮮血，讓他嘗到了鹹澀的味道。

「我不明白。」他虛弱地說。

「你不明白？」詔諭又露出微笑，「我認為你明白。只要你承認自己明白，所有這一切就都會變得更加容易。」他向塞德里克靠近了一步，塞德里克沒有後退。他再一次向塞德里克伸出手，塞德里克沒有逃跑。詔諭的雙手堅硬而強壯，知曉他的一切，將他抓住，把他拉近。

塞德里克緊緊閉住眼睛，他再一次回憶起了這一切。在那個瘋狂的夜晚，在冰寒的風暴中所發生的一切都清晰地閃耀在他的記憶裡。那些記憶蝕刻在他的骨髓中，塑造了現在的他。詔諭是對的，當他承認他想要什麼，一切就都變得更加容易了。

詔論是殘忍的。詔論戲弄了他，傷害了他，然後又給他安慰和愛撫。他對他粗暴又溫柔，對他凶狠地索取，又甜美地乞求。風暴在他們周圍呼嘯，讓大樹彎腰、舞蹈，但寒冷無法觸及他們。在黑暗中，低垂的常綠樹枝下，厚厚的松針床墊散發出甜美的清香，被他們的身體壓碎。詔論的斗篷蓋住了他們兩個。時間、家庭，還有整個世界對塞德里克的期待和要求，都被狂猛的風暴吹走了。

將近黎明的時候，詔論在通向塞德里克家的馬車道盡頭離開了他。他穿著髒亂殘破的衣服，一瘸一拐地走回家。他的頭髮像一團亂麻，他的嘴上帶著傷痕。他一直睡到父親叫他起床。那天很晚的時候，他站在父親的書房裡，向父親講述了一個很長的謊言，其中包括在黑暗中從一條小溪的岸邊跌落，走了很長的路回家。他全身每一塊肌肉都在隱隱作痛，他的嘴唇已經完全腫脹起來。在連續三個困苦難熬的日子裡，他悄無聲息地待在父親的房子裡，大部分時間都只能躲在自己的房間中，只要他不是注視著黑暗，回味那時的每一分一秒，羞愧之心就會無休止地煎熬他。悔恨和欲望在他的心中發生了激烈的交戰。

在第四天早晨，詔論請他參加騎術聚會的邀請函寄到家裡了。他的名字被用粗體字清晰地寫在鴿灰色的大信封上，信封裡，一張輕薄的灰色信紙上是詔論親筆寫的短信。看到兒子結交了這樣的上等人物，塞德里克的父親又驚又喜。他的母親已經歡欣鼓舞地去為他準備短上衣和馬褲了。他的父親將自己的坐騎借給了他，這是他們家擁有的唯一像樣的馬匹。就在塞德里克出發之前，他的父親又警告他不要做第一個衝出去的人，還叮囑他，如果詔論喜歡他，不如就儘量留在詔論身邊。

詔論的確很想讓塞德里克留在身邊。實際上，這場「騎術聚會」中，除了詔論以外，他是唯一的參加者。他們一直跑到了詔論家族的一座偏僻的小農場。這裡只有一幢搖搖欲墜的農舍，裡面所有的房間都落滿塵土，髒亂不堪，只有一間臥室裝潢得異常豪華，而且靠牆擺放的櫃子中裝滿了好酒。

隨後幾個星期裡，塞德里克很快就知道，詔論的「騎術聚會」和馬匹幾乎沒有什麼關係。有一段時間，詔諭成為了他的整個世界。當他出現的時候，光明、色彩、聲音，全世界的一切都變得更加輝煌燦爛。詔諭帶著他跳進了一個充滿誘惑和滿足的世界，剝去了他的全部恐懼和壓抑。他從不敢面對的那種半成形的嚮往，詔諭教他用新的饑渴予以面對。回憶起那些日子，塞德里克發現自己露出了溫柔的笑容。他們一同享用美食，和詔諭的朋友們共度良宵。詔諭的朋友們——現在他才算是明白了！他們都是富有的商人，有的年輕，有的年長，有單身的，也有已婚的，但他們全都過著窮奢極欲的生活。塞德里克曾經為他們放縱無度，不顧一切追求各種快樂的生活方式感到震驚。當他向詔諭表達對這些人的不以為然時，詔諭大笑著說：「我們是商人，塞德里克，生來就是商人。我們事業的基礎就是發現其他人最想要的東西，並把東西賣出最好的價格。所以，我們當然會找到最令人嚮往的享受，而且我們自己也會想要它們，用我們掙到的錢購買它們。這就是我們所作所為的全部意義：掙錢，花錢。這又有什麼錯？如果不能用我們掙到的錢尋歡作樂，我們又為什麼要這麼努力地工作？」

對此，塞德里克無話可說。

詔諭重新塑造了塞德里克，讓他知道該如何梳理頭髮，怎樣為衣服配色，該挑選什麼風格的外衣，靴子又要在哪裡買。當塞德里克寒酸的錢袋追不上詔諭的品味時，詔諭第一次贈送給了他所需的布料。當塞德里克的父親對如此慷慨的贈與報以懷疑的目光，詔諭終於邀請塞德里克受雇成為他的祕書，這也需要塞德里克和他同住。詔諭完全改變了塞德里克的人生。不，他改變了塞德里克本人。塞德里克不僅學會了享用美酒和精心烹製的肉排，還開始認為餐桌上只應該有這樣的食物。做工糟糕的衣服更是無法被容忍的。而現在，他又算是什麼？如果他回去，發現詔諭已經用別人取代了他，他又該怎麼辦？塞德里克緊緊閉住眼睛，竭力想像著一個沒有詔諭的人生。沒有了詔諭的財富和品味，是的，沒有這些他可以想像，但沒有詔諭雙手的碰觸，他又該怎麼辦？

駁船在急流中不住地搖擺。塞德里克讓自己去感受這艘船的每一次擺動。船員們都在忙碌著。如果風向有利，他們可能會升起風帆。這艘駁船和它的行船動力對塞德里克而言，直到現在仍然是一個謎。在他看來，這樣的一個龐然大物根本不可能在如此湍急的河水中逆流向上。但他們的航行一直都非常穩定。

賽德里克也應該這樣。

他不會放棄。他會將愛麗絲的頑固當作榜樣，也堅定自己的決心。愛麗絲不顧一切要抓住她的這個機會。那麼，就隨她去吧。讓詔諭尋思他們去了哪裡，為什麼沒有按照事先約定的時間返回吧。讓那個傢伙的人生中出現一點不確定和不舒服，也是一件好事。塞德里克絲毫不懷疑，如果詔諭的生活中缺少一位妻子和一名祕書為他擋下許多不愉快的小事，他的舒適生活一定會減色不少。

至於說塞德里克自己的野心，是的，他的計畫一定也能實現得很好。如果他不得不跟著那些守護者和他們守護的對象走過這麼長的一段路，他一定能找機會收集到更多貴重商品。他緩緩坐起身，走到門邊。在他的衣箱底部有一個祕藏的抽屜。這是詔諭特別定製的衣箱，特別有價值的商品和他們的現金都可以安全地收放在這裡。詔諭絕對不會想到塞德里克會在這裡面放進什麼東西。

塞德里克打開那個祕格，細看他在今天放進去的兩瓶玻璃容器。在昏暗的光線中，他看不清容器裡的東西。這個抽屜裡還有其他玻璃和陶製容器，有一些是空的，有一些裡面已經盛有防腐液體或鹽粒。從他意識到能夠利用詔諭的懲罰為自己謀求利益的第一刻起，塞德里克就開始一絲不苟地進行著準備。

這個抽屜中甚至有一份清晰嚴整的清單，上面列出了他希望獲得的各種標本以及它們不同的價值。血，牙齒，爪子，鱗片，肝臟，脾臟，心臟。他回想起自己在看著那個女孩從龍的傷口上切下贅疣時的噁心感覺。他必須克服這種感覺，如果有某一頭龍受傷或者死亡，他就必須想辦法迅速接近那頭龍。他這次的放逐，也許正是財運的開始。

他將他的標本小心地收好，關上抽屜。不要後悔，他再一次告誡自己：不要後悔，不要猶豫。

辛泰拉一直和其他龍一起沿河岸前進，涉水走在他們身後。默爾柯率領著他們。讓辛泰拉驚訝的是，其他所有龍似乎都接受了默爾柯作為他們的首領。在這件事上，卡羅尤其讓她感到吃驚。幾個小時之前，卡羅不是才因為自己的體型最為龐大而要求成為龍群的領袖嗎？返回克爾辛拉的興奮心情感染了所有的龍，甚至讓他們能夠一致地行動，至少現在是如此。

他們在河邊的淺灘行進了一整個上午。這裡的水流更和緩一些，對他們造成的阻力也小一些。辛泰拉更願意留在岸上，但雨野原森林濃密的植被一直充塞到河邊。有時候，氣根和倒下的大樹甚至一直伸入到淺灘上。在大部分地方，龍能夠憑籍龐大的身體和強壯的力量將這些障礙物推開，但到了下午過了一半的時候，他們不得不進入更深的水域，好繞過一個直插進河中的障礙。

這是一個非常粗大的樹幹。辛泰拉甚至完全被它擋住了視野，看不到前面的情況。酸性河水已經不斷侵蝕著這個倒下的巨人，但辛泰拉還是不得不經過幾乎要讓她漂浮起來的深水，才能從它旁邊繞過去——走過這樣的深水讓她有些驚慌失措。腳趾第一次碰不到河底的時候，她擺動四隻腳，拚命掙扎，濺起大片水花。一頭名叫芬提的小綠龍發出尖細的銅號吼聲，聽起來格外悲苦。水流裹挾住了芬提。有那麼一段時間，她只能瘋狂地划動四肢，才成功地繞過了那棵倒下的大樹。隨後她急忙向淺灘跑去。當她重新穩定住步伐，開始向上游走去時，她的呼吸聲還是顯得異常響亮粗重。辛泰拉很高興自己比芬提更高，更強壯。河水沒有能將她舉起來。龍能夠游泳，但只是在迫不得已的時候。

辛泰拉一想到游泳，一些沉滯的回憶就在她心中泛起。其中一段回憶非常可怕：一道懸崖崩塌，一頭巨龍落進峽灣。那時她不得不拚命游泳。包圍峽灣的陡峭懸崖讓她根本不可能爬出去。當她找到一個足夠寬闊的地方，從水中爬出來的時候，她已經冷得幾乎無法張開翅膀並搧動它們，也無法讓它們變得乾燥，無法再讓它們帶自己飛上天空了。

她還有其他身在水下的記憶，隨著精神上的一陣悸動，她將這些記憶和克爾辛拉聯繫在一起。她沉思良久，竭力想要將這些時光的碎片拼接在一起。那座河岸上的城市，一座美麗的城市，在太陽下面閃閃發光。在這座城市前面，是一條又寬又深的大河。現實中不斷擠壓她胸口的河水，彷彿在幫助她回憶。是的，飛過那座城市，在它的上方盤旋，一次，兩次，三次。低飛俯衝或者在飛行中緩慢的翻滾，住在城中的古靈會給龍群一陣陣欣羨的歡呼聲，但這種盤旋並不止是為了得到喝彩，這是為了向所有巨龍和古靈昭示一頭龍的到來。河上的小漁舟會注意到飛落的巨龍，及時避讓。在克爾辛拉最好的降落方式就是收起翅膀，伸長脖子，撲向河面，跳入深水之中。河水能夠起到很好的緩衝作用。進入水中之後，龍不會游泳，而是會涉水直達河岸。走上河岸的時候，全身的龍鱗都會在太陽的照射下光華四射。上岸的巨龍只需要愜意地等待一下。古靈們早就準備好來迎接她了。這些人的責任就是……

辛泰拉踉蹌了一步。河床上的一塊大石頭擋住了她的腳。細弱的記憶絲線一下子就斷掉了。辛泰拉拚命尋找那根絲線的殘餘。那些回憶是如此甜美，如此精彩，而現在都一去不返。在她的周圍，其他龍也都在涉水前進，因為對抗水流而不停地喘著粗氣。在靠近河岸的地方，水流更淺、更慢，但河底的淤泥還是讓龍群舉步維艱。辛泰拉認為不斷吸住她四足的淤泥比深水處的急流還要好一些。她超過了另外幾頭龍，並且有意一直加速，超過了更多的龍，直到她的前面只剩下默爾柯和蘭克洛斯。

金龍默爾柯邁著堅定的大步不斷向前行進。他不像卡羅和塞斯梯坎那樣高大，但在河水中，他的身體顯得更加修長。也許這正是他能夠順利前行的原因。他挺直了脖子，長尾巴高舉在水面以上。「默爾柯！」辛泰拉向他喊道。她知道默爾柯聽見了，但默爾柯沒有回頭，也沒有放慢腳步。猩紅色的蘭克洛斯和默爾柯只有一兩步的距離。

「默爾柯！」辛泰拉再一次高喊。儘管默爾柯對她不理不睬，她還是問道，「你還記得我們到達克爾辛拉的時候，古靈是怎樣迎接我們的嗎？我知道，我們會在那座城市上方盤旋三次，讓他們知道我們要降落……」

「我記得他們看見我們的時候會在城市的塔樓上吹響號角。白銀，獸角和黃銅的號角。漁船聽到那號聲就會讓出河道。」回答辛泰拉的不是默爾柯，而是蘭克洛斯。那頭紅龍的銀色眼睛中突然旋轉起了喜悅的神情，「我剛剛回想起那一幕，就在妳提起繞城市旋轉三次的時候。」

「我記得！」維拉斯突然從河面上衝過來，努力追上了他們。她綠色的身體上有著一道道金色條紋。它們常常被汙泥和塵土所掩蓋，現在則閃耀著明亮的光芒。

「我不記得這個，」辛泰拉低聲承認，「但我記得在河中降落，沉入幽暗的河水。河底是砂質的。我記得涉水走出來，來到岸上。那裡總會有古靈等待我們。」

她停頓了一下，希望會有別的龍說些什麼。但沒有龍再說話。默爾柯只是在沉默中大步前行。

「我記得隨後就會有喜悅的事情發生。某種特別的歡迎……」辛泰拉讓這個誘人的思緒飄散開去。仍然沒有龍說話，她只能聽到河水永恆的奔流聲，龍沉重的踏水聲和他們逆流而上時發出的粗重的呼吸聲。又是一處障礙矗立在他們面前，幸好不像前一個障礙那樣龐大。辛泰拉感到一陣深深的失望。她已經很累了。

突然間，默爾柯抬起頭。他翕動鼻翼，在河水中停住了腳步。然後他向周圍環顧一圈，仔細審視右側寬闊的河流和左側茂密的森林，又突然噴了一口氣，環繞他脖子的毒刺盡數立起，在他金色的身軀上顯示出藍白顏色。

「出什麼事了？」維拉斯問道。緊接著她也停下腳步望向周圍。

「水野豬，」塞斯梯坎說，「我聞到了水野豬的氣味。」

彷彿是聽到了龍的召喚，一群水野豬突然從河水裡衝了出來。他們的皮膚像河水一樣是灰色的，濃密的毛髮很長，如同根鬚一般漂散在渾圓的後背周圍。他們本來聚集在這棵倒下的大樹後面，以此躲避河水的衝擊。

辛泰拉的行動並非出自於她精確的思考。另外一些古早到不知存在於哪個年代的巨龍似乎在催促她。她猛地探出頭，張大了嘴。她的目標是咬到最大的那頭豬。不等被她的牙齒碰到，水野豬已經有所反應。那頭豬拚命想要鑽到水下面去。辛泰拉的牙齒還是碰到了他。藍龍用力咬合雙顎，但她咬得還不夠深。正確的擒咬是要讓牙齒一直插進獵物的脊椎，使其癱瘓。而辛泰拉只是咬到了一層脂肪，厚皮還有長毛。肥美的肉汁和熱血噴入她的口中，讓她幾乎要暈眩過去。

隨後，她口中的水野豬開始為了求生而瘋狂掙扎。

在辛泰拉的周圍，其他龍也發動了相同的獵殺。有一些還在追逐奔逃的豬，一邊發出銅號一般的吼聲，一邊將頭伸向尖叫的獵物。這些肚子滾圓的生物在水中速度很快，但在淺灘和水草糾結的河岸邊就沒那麼靈活了。追獵野豬的龍不停地撞在辛泰拉的身上，差一點將她撞倒在水中。這時又有三頭水野豬同時撞上了她。他們本來是想要衝到深水中。

辛泰拉對這些事都毫不在意。她以前從沒有咬住過活的獵物。她古早的狩獵回憶中，充滿了從空中衝進畜群或者撲向其他獵物的情景。獵物被她摔在地上，陷入半昏厥的狀態，等著她俯身給出致命的一擊。現在她口中的獵物還在激烈地扭動，充滿活力，正以全部的本能進行抗爭。辛泰拉的頭隨著這頭瘋狂的野獸不停地左右擺動，又隨著沉重的野豬完全沒入水中。辛泰拉本能地關閉了鼻孔，放下眼瞼，四足出力，在河底的淤泥中踏穩，努力將獵物提出水面。有那麼一瞬間，她成功了。野豬掛在她的口中，發出一陣陣狂亂的尖叫，鋒利的兩瓣蹄子全力向辛泰拉踢蹬，還擺頭用口中的小獠牙來刺辛泰拉，卻完全碰不到她。辛泰拉也趁這個機會喘了口氣。

但她沒辦法一直這樣提起這頭豬。

辛泰拉本應該比現在更加強壯，她的脖子上應該生出狩獵猛獸所具備的厚實肌肉，她的肩膀應該粗壯厚重。但她知道，自己的肌肉就像吃穀物的母牛一樣薄弱——這個事實讓她感到厭惡。對付這種體型的獵物本應該是一件輕而易舉的事情，但如果她現在甚至無法張開口換一個更好的擒咬位置，那樣的話，野豬就會掙脫逃走。而當辛泰拉這樣咬住野豬的時候，野豬也在用有力的抗爭一點點削弱她。她需要讓這頭豬暈過去。但這時野豬再一次將她拖進水中。她的速度不夠快，沒有閉合鼻孔。她將一口氣噴進河水中。

環境的驟然改變刺激她找到了新的力量，將野豬提出水面。部分是出於偶然，部分是她有意為之——當她的力量消失時，她也將野豬撞在了倒在河中的樹幹上。片刻之間，野豬的身體在她口中鬆垂下來。而當野豬突然又開始掙扎尖叫的時候，辛泰拉也再一次將他狠狠撞在樹幹上。藍龍將沉重的野豬暫時壓在樹幹上，在不到一秒鐘的時間裡張開嘴，再次咬了下去。野豬最後痙攣了一陣，就掛在藍龍口中，不再動彈了。

她殺死了獵物！她第一次殺死了獵物！

辛泰拉用一隻前足將她的獵物按在樹幹上，從上面撕下一大塊肉。她從沒有嘗到過這樣的美味。鮮血溫暖潤滑，豬肉肥美新鮮。她大口吞吃著，血肉，內臟，最後就連骨頭也被她咬碎。當野豬的最後一些碎塊落進河中的時候，她又探頭下去，將那些碎肉一一揀食。

直到最後一點獵物也被吞進肚子裡，辛泰拉才開始查看周圍的狀況。許多龍都擒獲了獵物。維拉斯將她的豬一直追到岸上，在那裡殺死了他。兩頭最小的龍正在撕扯一頭尖叫的豬，直到那頭豬突然被撕裂成兩半。卡羅大口吞下一頭豬最後的一部分，巨大的爪子下面還踩著另一頭豬。看到此景，辛泰拉立刻開始尋找更多的野豬。

「豬群逃散了。」默爾柯平靜地說。辛泰拉發現那頭金龍正在清理爪子。他將自己的爪子舔乾淨，從一隻爪子下面叼下一塊碎肉。他的狩獵顯然很成功，就像辛泰拉一樣。回憶再一次撼動了辛泰拉。她捕殺了獵物！她，辛泰拉，捕殺了她自己的獵物，並且吃掉了它。她怎麼會不知道這件事有多麼重要？這在突然間就改變了一切。她望向周圍的大河和龍群。為什麼她要不假思索地跟隨其他龍，就像是牛群裡的一頭母牛？這不是龍應該做的事。龍不需要守護者，也不需要依靠人類為他們提供食物。龍都是孤身狩獵，為他們自己進行獵殺！

她本能地抖動肩膀，張開雙翼。她想要從這裡飛走，繼續去狩獵，擊殺另一頭野獸，吞吃掉它，然後找一片陽光燦爛的山坡或者岩台，好好睡上一覺。那頭豬很不錯，但喚醒她這種衝動的不是那頭豬。讓她覺醒的是殺戮的戰鬥，更是戰鬥的勝利和吞吃美味的快意。她已經等不及要再來一次了。

但她展開的雙翼只能可憐地在背上拍打幾下，沒有一點力量。她想起自己和水野豬那樣愚蠢的獵物竟然也要進行一番艱苦的搏鬥，這讓她感到格外憤怒。殺死那頭豬也無法讓她感到應有的喜悅，那根本無法和巨龍殺戮獵物的記憶相比。她是一個弱者，不適合生存。她一直像一頭母牛一樣被圈養。該是結束這種生活的時候了。

「正因為如此，」默爾柯彷彿聽到了她的心聲，平靜地對她說道，「我們才必須離開那個地方。正因為如此，我們才必須一同行進，到上游去尋找克爾辛拉。我能夠在這一路上成為真正的巨龍，或者在奮鬥中死去。」

金龍抬起頭，發出銅號一般的吼叫：「該上路了！」然後，不管其他龍是否跟上，他逕自走進河道深處，繞過了那段長長的樹幹。

辛泰拉跟隨著他。

穀月第七日
商人聯盟獨立第六年
來自黛托茨，崔豪格信鴿管理人
致艾瑞克，繽城信鴿管理人

這個裹蠟並有著雙重火漆印的卷軸匣中，封存著一封信，是傑斯寄給繽城起航點旅店中的商人貝佳斯提．柯雷德和辛納德．亞力克。此信被支付了額外郵費，以確保能夠迅速安全地送達，如果從寄信之日起四天內此信被寄到，信鴿管理人還能得到特別獎金。

艾瑞克：

我已經選擇金斯利完成這個任務！如果能有哪隻鳥為我們贏得這筆獎金，那一定是他！

黛托茨

P.S.有沒有可能給我一、兩隻金斯利的雛鳥？我會用我的星點的雛鳥和你交換。她也許不像金斯利飛得那樣快，但她曾經在許多場風暴中，為我平安地寄送過信件。

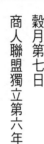

16

團體

黑夜降臨的時候，所有巨龍守護者在柏油人號的甲板上睡成了一排。賽瑪拉選擇了一個靠近船欄杆的位置。她將頭枕在胳膊上，盯著河岸。河岸邊除了即將被熄滅的營火和駁船舷窗的一點燈光，黑暗已然籠罩了整個世界，讓她什麼都看不見。現在每一次夜晚歇宿的時候都是這樣。卡薩里克已經在他們身後很遠的地方。這裡的大樹下，不像樹居城市星星點點的燈光會刺破黑色的夜幕，更沒有來自於臨近房屋中的各種聲音。賽瑪拉徘徊在睡夢的邊緣，卻總是走不進去。最近這幾天裡發生了太多的事情，一切變化都是這麼快。她伸手拍打一隻在她耳邊「嗡嗡」叫的蚊子，向黑暗中問道：「為什麼我們要做這件事？這太瘋狂了。我們不知道要去哪裡，會遇到什麼。我們根本看不見這個任務的盡頭。為什麼我們要這樣做？」

「為了錢，」潔珥德悄聲回答，她滿足地歎了口氣，在毯子裡一翻身，「為了做些新鮮的事情。」

「因為我們沒有更好的事情可做？」拉普斯卡在賽瑪拉左側的黑暗中問，「因為這是我一生中最好的時光。」聽起來，他對於這段日子顯然很滿意。

「為了擺脫其餘一切，開始一段新生活，」格瑞夫特鄭重其事地說道。賽瑪拉咬緊了牙。

「我要睡覺！」刺青抱怨道，「你們能不能小聲點？」今晚刺青將他的毯子鋪到了拉普斯卡旁邊。他似乎在因為什麼事而發脾氣。

有人，也許是哈裡金，發出了「咯咯」的笑聲。隨後甲板上再次陷入寂靜。河水拍打著駁船。在河岸上，一頭睡著的龍發出響亮的呼嚕聲，但這聲音很快也消失了。賽瑪拉用毯子蓋住頭，擋住蚊子的侵襲，但依舊只是盯著眼前那一小片黑暗。

一切都和賽瑪拉預料的不一樣。這根本不是什麼偉大的冒險。這幾天裡，一切都在一成不變地重複著——守護者們每天很早就會起床，一同吃早飯。早飯通常是船上的麵包、魚乾和麥片粥。然後他們會從前一晚掘出的沙井中汲水，裝滿自己的水罐。獵人們每天破曉之前就會離開營地向上游前進。他們需要在龍發出的聲音嚇跑所有獵物之前去狩獵。隨後，龍一醒過來就會出發。守護者則乘上小艇，跟隨駁船一同行進。

其他人都更換過划船的搭檔，但除了賽瑪拉以外，沒有人提出過要和拉普斯卡同船。有另外幾名守護者曾經表達過想和賽瑪拉做搭檔。沃肯和哈裡金都曾經問過她。希爾薇曾兩次建議她們在第二天可以同船而行。但每天早晨，拉普斯卡都會坐在小船裡，滿懷期待地等待賽瑪拉。賽瑪拉也曾經想過要和其他人搭檔。她知道，如果她選擇別人，那麼總會有另一個人被迫和拉普斯卡搭檔。但至今為止，她都沒有這樣做過。一部分原因是他們划船時合作得很好；另一部分原因是，在賽瑪拉感覺非常孤單的時候，拉普斯卡的好脾氣和樂觀天性總會鼓舞她。和拉普斯卡交談也許會顯得很奇怪，會不知所云，但拉普斯卡絕不是某些人所以為的蠢人。他只是在從一個不同的角度看待生活，就是這樣。

而且，畢竟他看起來也很討人喜歡。

賽瑪拉的身體已經逐漸適應了整日划船的勞作，但她每晚還是會感覺到筋骨痠痛。她手上的水泡變成了老繭。習慣船上生活之後，水面反射的陽光也不再那麼刺眼了。賽瑪拉每天都覺得自己的頭髮變得更像是乾草。她有一種不好的感覺——她的鱗片正在體表擴張，它們的生長速度要比她生活在樹上的時候更快了，但這些都在她的意料之中。雨野原人身上的鱗片總是會隨著年歲的增長而增多。這些事她都能夠接受，但日復一日，毫無變化的划船已經開始對她的精神造成了壓力。

今天也沒有什麼特殊之處。上午過得很慢，河邊無窮無盡的植被也沒有一點變化。中午過後，守護者們驚慌地聽到龍群在前方發出銅號般的狂野吼聲。他們追上龍群的時候，發現彷彿有某種災難落在了這些龍的身上。每頭龍都在水中狂亂地撲騰著，有時候甚至全身都沒入水中。

小艇上的一些守護者們幾乎因為過於慌亂而發生意外，遭受滅頂之災，但他們最終發現，那些龍只是攔住了一個大魚群，正在盡全力大吃特吃。沒過多久，龍群就爬上了蘆葦叢生的低矮河岸，開始睡覺了。等到守護者們來到龍群旁邊，太陽還高高地懸在天上。他們可以繼續向上游走一段路，但入睡的龍都拒絕聽從守護者的召喚。守護者們別無選擇，只能將小艇拖到淺灘上，開始在那裡休息。

天空之喉顯然是吃飽了魚。她的肚子鼓了起來，睏倦的神態就如同一頭飽足的掠食猛獸。她顯然不想因為清潔身體而受到打擾。當賽瑪拉打算這樣做的時候，她不僅拒絕醒來，還在睡夢中發出咆哮聲，露出了因為沾染了鮮血而顯得更長、更鋒利的獠牙。

芬提是唯一對守護者足夠友好的龍，她願意向他們講述捕魚過程。當刺青為她清理身體的時候，她非常興奮，一遍又一遍地講述著自己的狩獵故事。在她忙著誇耀自己的速度和力量時，為她擦洗身體對於刺青而言，似乎也變成了一件格外令人興奮的事情。芬提表演了如何一頭栽進深水，叼住一條巨大的魚，一口就咬斷了魚的脊骨。「我吃掉了它，把它完全吞進了肚子。現在你應該明白，我是一頭真正的龍，而不是被養在圍欄裡，滿身肥肉的母牛。我能夠殺戮，我殺死了一頭水野豬，我還吃掉了一百條我自己捉住的魚。現在你應該知道，我是一頭龍，我不需要被任何人類守護！」

賽瑪拉和另外幾個人聚在一旁，聽芬提說話，看刺青努力想要給這頭活力四射的小綠龍擦淨身體。這頭小龍的臉上滿是血汙，幾條長長的魚腸子還黏在她的下巴和喉嚨上。刺青賣力地擦洗她覆滿鱗甲的臉。對於她的炫耀和堅持說龍不需要人類照顧，刺青只是露出了縱容的微笑。他顯然很喜歡這頭小綠龍。賽瑪拉很清楚龍的魅惑能力。她絲毫不懷疑，刺青已經完全拜倒在這頭龍的魅力之下了。

賽瑪拉懷疑她自己也已經中了天空之喉的魅術。現在天空之喉甚至不屑於和她講一講自己擊殺獵物的勝利，這讓她感覺內心很受傷。她覺得自己被排除在天空之喉的生活之外，這讓她有一點嫉妒刺青。與此同時，賽瑪拉腦海深處卻有一種不安的雜音。無論賽瑪拉多麼不願意去理睬那個聲音，它卻還是在賽瑪拉的意識中變得越來越清晰。不管刺青從芬提的臉上擦淨血和魚腸子時露出怎樣的微笑，芬提絕不是一個可愛的、能夠稍稍被操控的生物。她是一頭龍，即使她在用孩子氣的話語自吹自擂，她依然正在迅速發現成為一頭龍意味著什麼。她宣稱自己不需要人類絕不是隨性的吹噓。至今為止，這些龍還在容忍這些守護者和他們的關注，但也許這種情況不會永遠維持的。

賽瑪拉覺得所有的龍都有相似之處。在賽瑪拉過去對自己全新人生的幻想中，她曾想像龍是高貴聰慧、天性慷慨的生物。不管怎樣，也許希爾薇的金龍稱得上有這樣的心性，但其他龍都和他們的守護者一樣各不相同。刺青的綠龍很任性，有時會變得非常難以對付。諾泰爾的淺紫色龍有些膽怯，旁人過於靠近他的時候，他會有所抗拒。性格溫和的萊克特和與他成為朋友的雄性大藍龍，彷彿是天生的一對，就連他們脖子上的尖刺都一樣。有著親緣關係的凱斯和博克斯特各找了一頭橙色龍，他們兩個和他們的龍彷彿也有著同樣的性情。

自從親眼見到龍破繭而出以來，賽瑪拉印象中的龍都需要人類的供養才能生存。這種觀念讓賽瑪拉一直都沒有意識到這些龍會變得多麼強大致命。當然，賽瑪拉早就知道這裡的任何一頭龍都很高大，完全可以輕易殺死一個人。其中有一些龍的速度很快，也很聰明，足可以變成食人者，變成人類恐怖而狡詐的敵人。他們對人類的蔑視和自我的優越感是一種專屬於龍的特質，而這種特質直到今天才引起了賽瑪拉的警覺，讓她感到氣惱。賽瑪拉的目光從情緒高亢、態度暫時變得溫和的芬提身上，轉向了正在沉睡中的她的天空之喉，又轉向卡羅。

卡羅是龍群中體型最大，最具有攻擊性的龍。他在茂密的蘆葦中，為自己建了一個粗糙的窩巢——用大爪子扒開潮溼的泥土和生長在泥土中的蘆葦，為自己清理出一片適合睡眠的地方。此刻他正將巨大的頭枕在前腿上，打著瞌睡，一雙翅膀疊在背後。像這裡的所有龍一樣，他缺乏飛翔的能力，但除此之外，他完全是一頭形態健康的龍。賽瑪拉仔細觀察他，發現他似乎正散發出強烈的憤怒和挫敗感，就彷彿他藍黑色的身體中正有一口大鍋，在熊熊的怒火中幾乎要爆炸了。他的守護者格瑞夫特就坐在距離他不遠的地上。這頭巨大的龍現在非常乾淨，鱗甲爍爍放光。賽瑪拉不知道是他的守護者為他進行了清理，還是卡羅自己清理了身體。格瑞夫特的眼睛幾乎是閉著的。賽瑪拉覺得這名守護者就像是一個坐在火邊取暖的人。片刻之間，賽瑪拉感覺到格瑞夫特正在享受卡羅的憤怒和攻擊之心所散發出的熱量。就在這種想像出現在賽瑪拉腦海中的時候，格瑞夫特睜開了眼睛。賽瑪拉捕捉到那雙眼睛中驟然亮起的藍色光芒，急忙將目光轉向一旁，竭力裝作剛才只是在看著格瑞夫特身後的景色。但她有一種很不舒服的感覺——格瑞夫特知道賽瑪拉一直在盯著他。

不過格瑞夫特只是露出微笑，略微一招手，示意賽瑪拉過去。賽瑪拉裝作沒有注意到的樣子。而格瑞夫特臉上的笑意更濃了。他伸手愛撫自己正在入睡的龍。他的手移動的速度很慢，輕柔地撫過龍的肩膀，彷彿是在向賽瑪拉顯示這頭龍是多麼強大。格瑞夫特的這種炫耀讓賽瑪拉感到更加心神不寧。她迅速轉過頭，好像被拉普斯卡說的一些話吸引住了。格瑞夫特似乎發出了「咯咯」的笑聲。

真正吸引賽瑪拉注意的是希爾薇的議論：「我很高興他們的運氣夠好，能夠自己狩獵。至少他們已經吃了一些東西。難道我們不應該為我們自己找些獵物或者魚嗎？我覺得他們已經準備在這裡過夜了。」

希爾薇當然是對的。駁船上的確載有一些物資，但新鮮的肉肯定更好吃。至今為止，獵人們每天都能有不少收穫。龍每天都能吃到鮮肉，即使那些並不足以餵飽他們。守護者們則算不上很成功。他們在每個晚上不多的休息時間裡為龍進行清潔，並儘量捕一些魚。今天，他們有半個下午和一個黃昏的時間。賽瑪拉能看出其他守護者也有類似的想法。他們之中大多數人都選擇在河中捕魚。這段河岸邊的燈芯草和蘆葦叢，賽瑪拉猜測能為許多魚群提供理想的棲息地，不過她也懷疑這裡的魚是否大到可以拿來餵龍。她已經厭倦了河水和泥濘的河岸。她需要一個人在森林中，在大樹上待上一段時間。

她裝備好弓和一支箭囊，一把匕首，一些繩子，然後就走進了幽暗的無盡密林。她不是在隨便亂走，也不打算在地面上逗留太長時間。她沿著平行於河道的方向走了不長的一段路，尋找獵物踩出的小路。發現這樣一條路之後，她迅速對其進行了研究。這裡有一些小型森林居民的爪印，一些更深的分瓣蹄印又蓋在這些爪印上。大多數足跡都很小。她知道這是被雨野原人稱為「舞蹈鹿」的一種小鹿。這種鹿的身體小巧輕盈，能夠在森林中迅速而無聲地移動，棲息在樹下乾燥地面的低矮植被中。還有人見到過他們爬上低處的樹枝，並沿著那些樹枝跑跳。一頭這樣的鹿根本滿足不了龍的胃口，而且他們非常機警，即使賽瑪拉找到一群正在酣睡的舞蹈鹿，只要她殺死其中一隻，其他鹿會立刻逃得無影無蹤。

但還有一些更大、更深、更寬的分瓣蹄印。沼澤麋鹿在一年中的這段時間裡會孤身行動。如果賽瑪拉的運氣夠好，獵殺到這樣一頭鹿，也許她能把這份獵物的一條整腿扛回到營地去。或許刺青會幫助她把剩下的獵物也都扛回去和大家分享。今天刺青和沃肯同乘一艘船，而不是和潔珥德在一起。也許這意味著今晚他會有時間做些事情，而不只是坐下來聽潔珥德說話。賽瑪拉搖搖頭，將刺青從自己的腦海中趕出去。刺青已經選擇了自己的同伴，賽瑪拉不應該為這種事感到煩惱。

她將希望寄託在麋鹿的身上，儘管她也知道，自己只要能獵到一隻舞蹈鹿就已經算是好運氣了。更有可能她只會遇到一隻在河岸邊扒泥的那種小雜食動物。那種小動物的肉也是可以食用的，只是算不上有多美味，她懷疑天空之喉對那種小動物連鼻子都不會抽一下。

一找到機會，賽瑪拉就離開地面，攀上了靠近地面的樹枝。在這裡，她生有爪子的腳能夠幫助她更有效和無聲地移動。她沒有在野獸小徑的正上方行進，而是在一旁隱蔽。她可以在這裡繼續監視小徑上的情況，同時她希望這樣不會讓小徑上的動物察覺到她的存在。

她逐漸遠離河邊的開闊地帶，周圍的光線也變得越來越陰暗。森林中的聲音同樣在發生變化。河水流動的聲音被層層密布的植被擋住了。鳥雀的鳴叫此起彼伏，她能聽到頭頂上方有松鼠、猴子和其他小動物穿行的聲音。某種近似安寧的情緒落在她的心頭。她的父親是對的，她生來就屬於這裡。林棲生物熟悉的聲音讓她露出微笑。她向森林裡越走越深。不過她已經規畫好了自己深入的限度。她希望能在這個限度之內捕殺到合意的獵物，如果運氣不夠好，她就會轉而去獵殺她能夠看見和聽到的小動物，希望可以帶回滿滿一袋獵物。不管是大是小，肉終歸還是肉。

就在她即將到達自己設下的極限位置時，她終於第一次嗅到了麋鹿的氣味，隨後麋鹿的聲音也傳入她的耳中。那是一頭年老的麋鹿，但仍然精力充沛。他正快活地在一根低垂的樹枝上摩擦自己隆起的肩背，發出一陣陣頗為響亮的聲音。就像其他麋鹿一樣，他並不習慣於抬頭向上尋找危險。他的個頭很大，絕大多數能夠威脅到他的生物都像他一樣生活在地面上。賽瑪拉幾乎對這頭麋鹿感到有些難過，不過她還是悄無聲息地在樹和樹之間移動，最終站到了這頭麋鹿的正上方。她繼續無聲地移動身體，找到了一個能清晰看到麋鹿的角度，然後抽弓搭箭，將弓弦拉開，深吸一口氣，握穩弓背，撒手放箭。羽箭筆直地向下射去，目標是麋鹿隆起肩頭的後面。賽瑪拉希望這支箭能夠穿過麋鹿的肋骨，即使不射中他的心臟，也能刺穿肺葉。她的箭正中目標，發出的撞擊聲，如同有人敲響了一下蒙著厚皮的大鼓。

麋鹿突然抽搐一下，又打了兩個哆嗦，彷彿這一箭不過是一隻蒼蠅飛落在他的身上。隨著疼痛在他的體內炸裂，他開始蹣跚地沿著野獸小徑向河邊逃去。賽瑪拉露出殘忍的笑容。至少這頭鹿逃走的方向是正確的！她跟隨在麋鹿身後，繼續在樹枝上奔跑。在確認獵物死亡或者瀕死之前，她絕不會下到和這頭麋鹿高度相當的地方。

麋鹿的步伐越來越笨拙，有一次他還跌倒在地，兩條前腿蜷跪下去。賽瑪拉覺得他應該不行了，但他又搖搖晃晃地站起來，繼續向前跑。鮮血從他的鼻子和口中流出，他的每一次喘息顯然都伴隨著劇痛。他第二次跌倒的時候沒有能再站起來。賽瑪拉抽出匕首，向麋鹿靠近，跳落到地面上。麋鹿用一雙棕褐色的大眼睛看著她，眼神中充滿怨毒。「我會結束你的痛苦。」賽瑪拉對他說，然後用盡全力將匕首刺進麋鹿下巴後面的凹陷中。刀刃刺穿了厚皮和肌肉。匕首被抽出來的時候，一股鮮血也隨之噴湧而出。麋鹿閉上了眼睛。鮮血一股股地向外湧流，每一次都更少一些。當血流只剩涓滴，賽瑪拉知道麋鹿死了。她為此生出一點歉意，但很快她就將這種情緒推到了一旁。死亡才能哺育生命。現在麋鹿變成了肉，而且全部是屬於她的。

天空之喉一定會因此而喜歡她。但她首先要將這堆肉運回到龍那裡去。她不可能讓天空之喉到這裡來。茂密的森林和林下草木，完全不允許像龍那樣大體型的生物通過。而將肉送回去的方法只能將這具屍體拆解開。賽瑪拉估量了一下這頭鹿的大小。她也許能將一條前腿連同肩膀拖回去。然後她會去找刺青，他們再回來把剩下的肉割下來，帶回去。刺青能夠為芬提帶回一份肉。他們還能在營火旁與所有守護者一同飽餐鹿肉。想到此，賽瑪拉感到一陣驕傲。她相信其他人都不會有她這樣好的狩獵成果。

沼澤麋鹿的皮要比賽瑪拉預料中的更厚。她的匕首和她要完成的任務相比實在是太小了，而且很快就變鈍了。她有兩次不得不停下工作，把匕首打磨鋒利。每一次她都感覺到白晝的時光正在迅速流逝。在這片雨林中，光線已經相當昏暗了。如果她不能在天黑之前回到營地，並叫人來帶走剩下的獵物，等到天黑，他們將絕對不可能再找到這頭鹿。明天天亮的時候，食腐獸早就已經將這頭鹿啃成骨架了。螞蟻和飛蟲也會聚集過來享用這頓大餐。

當賽瑪拉終於將厚皮完全切開，把肉切割到骨頭的時候，她不得不用盡自己的所有力量，才將匕首插進麋鹿的肩窩，把一條前腿割下來，而她也跟著突然鬆脫的前腿一屁股坐倒在地上。前腿半壓在她的身上。她在褲子上擦乾淨匕首，收回到鞘內，又抹了抹自己的雙手，將汗涔涔的頭髮從覆蓋著鱗片的額頭上撥開。那些鱗片摸起來更加緊密，也更完整了。它們的確正在生長。再過幾個月，她甚至有可能就不會再出汗了。片刻之間，賽瑪拉很想知道自己現在到底是什麼樣子。然後她又將這種好奇心也丟到一旁。她沒辦法改變自己的相貌，最好不要再想了。

她推開鹿腿，站起身，又因為脊背的痠痛而呻吟了一聲。穿過茂密的草木回到河岸邊——這絕對不會是一段舒適的旅程。她又瞥了一眼自己的獵物，帶著些許自嘲的意味說：「一條腿下來了，還有三條腿。」

「還有頭，別忘了頭。」格瑞夫特的聲音剛傳入她的耳中，那個傢伙跳落在她身邊，輕盈得就像是一條蜥蜴。他看著賽瑪拉的獵物，驚訝地抽了一口氣。當他向賽瑪拉抬起眼睛的時候，那雙眼睛裡閃爍著欽羨的光芒，「妳說妳是一個獵人，看來妳不是在吹牛。祝賀妳，賽瑪拉！如果以前有人問我，我會說這對於像妳這樣的一個女孩來說，根本是不可能完成的任務。」

「謝謝。」賽瑪拉猶疑地回應道。格瑞夫特是在恭維她，還是在說這只是她的僥倖？賽瑪拉有些不耐煩地又說道：「一張弓不會在意是誰拉開了弓弦，任何有力量能讓箭直射出去的人，都能射殺野獸。」

「沒錯，妳說得千真萬確，就像躺在我們面前的這頭鹿一樣真實。我要說的是，我以前從沒有想過妳有這樣的能力。」他舔了舔自己的薄嘴唇，一雙眼睛在微笑中閃爍著藍光。他的目光中流露出贊許之情，但那道目光在賽瑪拉的身體上遊移，讓賽瑪拉的心中多了一重不安。他的聲音溫暖而又充滿了渴望，「賽瑪拉，妳完全有權利為自己的這一次狩獵感到驕傲。」他指了一下自己的臀部，從他的狩獵口袋中伸出了幾根鳥雀的尾羽，「我希望能夠有和妳一樣的收穫，但現在白晝行將結束，而我能拿出來的只有兩隻鳥而已。」

「我們還有一、兩個小時能看見東西，」賽瑪拉說，「我最好充分利用這段時間，否則我就要失去這些肉了。我們在營地見，格瑞夫特。」她跪下來，匆匆用繩子捆住麋鹿腿蹄子上面的部位，然後將繩子結成一個大環，合適挎在自己的肩膀上。與此同時，她感覺到格瑞夫特一直站在旁邊，靜靜地看著她。她將手臂伸進繩環裡，站起身，重複說道，「那麼在營地見。」

但她還沒有走出兩步就聽見格瑞夫特問：「妳要把剩下的肉都丟在這裡？」

賽瑪拉不想回頭去看格瑞夫特，但她也不想讓格瑞夫特知道自己有一點害怕他。格瑞夫特比她更高大，肌肉更發達。他從沒有威脅過賽瑪拉，但他的關注總是讓賽瑪拉感到不安。賽瑪拉發現自己和格瑞夫特單獨相處的時候很不舒服。而最糟糕的是，在她的恐懼之下，還有一股受到格瑞夫特吸引的暗流。作為一名受到雨野原影響的人，格瑞夫特非常英俊。他光芒閃爍的雙眼，以及流轉在臉上鱗甲的那一縷微光，讓賽瑪拉很想多看他一眼。但格瑞夫特注視賽瑪拉的眼睛，彷彿總是會流露出一些禁忌的事情。對賽瑪拉而言，這個人的存在總是以一種非常危險的方式搖動著她的心，最好還是離他遠一點。

賽瑪拉竭力不讓這些情緒顯示在她的眼神中和聲音裡，只是輕鬆地說道：「刺青和我會回來取剩下的肉。」

格瑞夫特稍稍挺直身體，迅速瞥了一眼周圍的森林，「刺青在和妳一起狩獵？他在哪裡？」

「刺青可能還在河岸邊，」賽瑪拉覺得自己不應該回答他的問題，這讓她突然間覺得自己更加孤單了，「我會告訴他我獵到了麋鹿，他會來幫我取走獵物。」

格瑞夫特露出微笑，神情鬆弛下來，但他的表情只是讓賽瑪拉感到更加緊張。「為什麼要這樣費事？我能幫妳，我不介意幫助妳。」

「我需要和賽瑪拉的龍交談。」

愛麗絲猛地轉回頭。突然出現的打擾讓她受到了驚嚇，又感到氣惱。和天空之喉的交談本來就非常艱難，而她終於有了一些進展。天空之喉正在向她講述一個故事，內容是關於某個人在三座與巨龍等大的雕像周圍，建起了一座噴泉。為了讓天空之喉和她不斷交談，愛麗絲一直站在這頭龍的旁邊，在天空之喉將頭枕在前爪上的時候，愛麗絲小心地擦洗她眼睛周圍的鱗片。當這頭龍在渾濁的河流中捕魚的時候，許多泥沙都流進了她的眼睛和耳朵，這些泥沙乾燥之後就變成細沙黏在她的眼睛周圍，需要非常仔細才能清洗掉，是份艱澀繁難的工作。人類的手指做這件事的時候要比龍爪適切得多。

「請原諒，你要幹什麼？」

片刻之間，這名巨龍守護者只是緊緊地盯著愛麗絲。拉普斯卡，愛麗絲知道他的名字。他曾經兩次和拉普斯卡說過話，但每一次都讓她有一點不安。這個男孩的眼睛是一種非常淺的藍色。有時他眨一眨眼，眼眸中顯現的色彩和微弱的光芒彷彿就融合成為一體。以雨野原的標準來看，他是一個很英俊的男孩，而且一定會成為一個非同尋常的男子。現在，他的面孔正呈現出一種從青年向成年過度的未完成的樣貌。他的下巴逐漸變得剛毅方正。愛麗絲意識到，他散亂的頭髮讓他看上去比實際年齡更年輕，更像是一個男孩。

塞德里克對這個閉口不言的男孩說：「為什麼你要和天空之喉說話？她正在向愛麗絲講述關於克爾辛拉非常重要的細節。」

「我要找賽瑪拉。她就要錯過吃飯的時間了。」

「她不在這裡。」塞德里克幾乎在努力維持著自己的耐心。他沒有去看拉普斯卡，目光只是留在自己手中的筆上。這時他正坐在從柏油人號上運下來的板條箱上，膝頭上放著他的膝頭小桌。放在他面前的厚重紙張上幾乎已經覆滿了他的纖細筆跡。儘管龍說的每一個字都要由愛麗絲來翻譯，他的紀錄過程還算順利。實際上，這是他們進行最順利的一次交談。塞德里克又將筆尖在墨水瓶裡蘸了蘸，完成了他正在書寫的一句話，然後抬起頭，用期待的眼光看向愛麗絲。

焦躁的心情也在抓撓著愛麗絲的神經，她對這個年輕守護者說：「我不知道賽瑪拉在哪裡。你有沒有在營地周圍找一下？」

拉普斯卡側過頭，彷彿有一點癡傻的樣子：「我剛才就找過了。天空之喉，請告訴我賽瑪拉在哪裡。」

龍只是簡單地回答道：「她去狩獵了，我們這裡還有事。」她以非常微弱的程度側過頭，提醒愛麗絲繼續為他清理沙泥。愛麗絲便又開始了她的工作。

「在哪裡狩獵？」拉普斯卡仍然不肯甘休。

「在森林裡，走掉了。」

「這片森林很大，」拉普斯卡似乎根本不明白自己正在惹惱這頭藍龍。愛麗絲感覺到天空之喉的身體在蠕動，知道她正在將爪子紮進潮溼的泥土中。於是她決定說些話讓這頭龍分分神：「放鬆妳眼角的鱗片，就是這裡，我抬起它的時候不要眨眼。」讓她驚訝的是，天空之喉服從了她的命令。愛麗絲用指尖將這片鱗掀起來，不由得對這種奇妙的生物結構感到驚歎。它像是一片魚鱗，也像一種羽毛，上面有一道道紋路，也許是它生長的痕跡，但在它的邊緣又延伸出了和生長在羽毛梗上一樣的纖細絨毛。這片鱗呈現出一種非常非常深的藍色，比愛麗絲見過的最優質的藍寶石色澤還要深。她向前俯過身，細看它的根部，突然發現了這枚鱗片羽毛的邊緣是如何相互連鎖，和所有鱗片一同構成一片光滑的表面。「真是難以置信，」她敬畏地喘息著，「塞德里克，你能為我把它畫下來嗎？」

「樂意之至！」塞德里克熱心地回答道。愛麗絲驚訝地發現塞德里克已經將書桌放下，來到了她身邊，「但為了能把它畫好，我需要一個穩定的表面，一盞明亮的燈，還有我的彩色墨水。那些東西都在柏油人號。讓我把它拿到船上去畫吧。」

塞德里克向那片鱗伸出了手。這時天空之喉突然抬起了頭。她的舌頭像蜥蜴一樣分為兩叉，又細又長，但又和她巨大的體型正相匹配。這條舌頭從她的口中伸出來，就像一條長又大的肉質鞭子抽打在愛麗絲和塞德里克之間。這件事發生得如此迅疾，眨眼之間，那片鱗消失了，突然從愛麗絲的指尖退走，嵌回到藍龍的身上，其精準程度又讓愛麗絲吃了一驚。

「不！」塞德里克驚呼了一聲。

「我身上的任何一部分都是我的。」藍龍嚴厲地說。

「喔，天空之喉，」愛麗絲滿懷歉意地說道，「我們只想把它畫下來。我想要尋求的智慧之一正是關於你們身體的智慧。昨天妳還讓塞德里克畫了妳的爪子。」她歎了口氣，「我希望能精確地，符合實際尺寸地繪製一片鱗。」

「鱗？」拉普斯卡問道。發現這名守護者還沒有走，愛麗絲有一點驚訝，「也許我有一片……給妳。」他彎下腰，把手伸進自己的粗布褲子裡。當他直起身的時候，他的手裡多了一枚閃閃發光的紅寶石。這片鱗要比天空之喉眼部附近的藍色鱗片更大，就像是一片很大的玫瑰花瓣。但任何玫瑰花都不會閃耀這樣紅艷的光芒。看到它，愛麗絲不由得屏住了呼吸。當她將如此輕易就收到的一件寶物接在手中的時候，她不禁又為它的重量感到驚歎。儘管這片鱗很大，但它的重量還比不上一枚小硬幣。它上面一圈圈向外擴展的環形生長紋路，和邊緣處的絨毛，都要比天空之喉的鱗片更加明顯。

「今天我騎著荷比進行飛行練習的時候，它從荷比的身上掉落下來。我猜，是我的膝蓋把它蹭下來的。但她說並不痛。」

「騎你的龍？你騎在了一頭龍的背上？」愛麗絲感到驚駭不已。

「這太可恥了！」天空之喉氣憤地說道。她高昂起頭，有那麼一瞬間，愛麗絲很害怕這頭藍龍會攻擊他們三個人之中的某一個。她看到塞德里克正在向後退去。

拉普斯卡則絲毫沒有氣餒的樣子。「荷比不介意，她很快就能飛了。她不想把我丟下，我們每晚都會練習。我會提醒她有擋路的岩石和樹樁，這樣她就能專心奔跑和拍打翅膀了。」

「你們兩個都是白癡。龍在飛行之前不必奔跑。我們也不會允許任何人騎在我們背上。想想她幹的勾當，我都會感到恥辱。她讓我們全都丟了臉。你是一個傻瓜，她只是一條沒腦子的蜥蜴！」

「她在說什麼？」塞德里克問。

拉普斯卡攥緊了雙拳，向藍龍邁出一步。

「妳要收回這些話！妳不能這樣說荷比！她很美麗，很聰明，她會飛起來。因為她足夠勇敢，願意去嘗試；她也足夠聰明，知道我在幫助她，因為我愛她。」

「到底出了什麼事？」塞德里克用顫抖的聲音問。

「天空之喉！求妳！請抑制妳的怒意，美麗的女王！他只是一個愚蠢的男孩，根本不值得妳動怒！」現在讓愛麗絲吃驚的是她的聲音竟然如此平靜。她甚至還邁出一步，站在氣勢洶洶的龍和拉普斯卡之間。她剛才將那枚寶貴的鱗片緊緊攥在手心裡，但在她說話的時候，她看也不看便將鱗片塞進了身上的口袋。她一直緊盯著這頭龍。天空之喉的眼睛裡放射出赤紅色和古銅色的光芒，就像被燒熱的罐子裡注滿了熔融的礦石。巨大的龍頭在他們頭頂上方前後移動，讓愛麗絲想到了一條正在思考是否要發動攻擊的蛇。她怎麼會忘記天空之喉是多麼巨大的一頭猛獸？只消雙頜一併，就能將她的身體剪成兩段。她回過頭向年輕的守護者說：「拉普斯卡，你應該馬上離開。賽瑪拉不在這裡。感謝你把這片鱗借給我。我向你保證，等到塞德里克繪製完它，他就會還給荷比。」

「但……」塞德里克開口說道。

愛麗絲沒有讓守護者把話說下去，她以一位長姊所應有的全部權威說道：「拉普斯卡，馬上離開！如果我看見賽瑪拉，我會告訴她你正在尋找她。現在，不要再打擾可愛、高尚、最強大且令人敬畏的天空之喉了。」

也許是因為她嚴肅的語氣，拉普斯卡終於意識到了自己所面臨的危險。「我這就走。」他不高興地說道。然後他便轉過身，大步走開了。但一走到安全距離之外，他就停下腳步，猛地向天空之喉轉回頭，「荷比一定會飛起來，那時候妳那個強大的、高貴的藍色大屁股還遠遠沒有離開地面呢，天空之喉！她成為真龍的時間要比妳早得多，妳這個屁股黏在地上的女王！」然後他就急忙轉過身，聰明地跑開了。而天空之喉向他的背影噴出了一股充滿怒火，但並沒有毒液的氣體。

不知何時，格瑞夫特靠賽瑪拉更近了。他一直注視著賽瑪拉，而賽瑪拉發現自己正在和他對視。在他的眼睛後面放射出了雨野原的藍色光芒，就像賽瑪拉自己的眼睛一樣。有某種東西改變了格瑞夫特的笑容和目光，他用更加輕柔的聲音說：「我很願意幫助妳，賽瑪拉。」

「喔，我只想要刺青幫忙。不過還是謝謝你的好意。」賽瑪拉急忙從格瑞夫特面前轉過身。拒絕這個人讓她感到不快，但她確信，接受格瑞夫特的幫助會讓她更加不安。她不想和格瑞夫特單獨相處。

格瑞夫特沒有聽從賽瑪拉的拒絕。「無論是誰幫助妳，對於妳和妳的龍，都不會有區別。」他在賽瑪拉的背後說道，聲音也變得更加嚴厲，「現在我在這裡，我比刺青更強壯。我們齊心協力可以將肉立刻帶回到龍那裡，這要比妳回去找到刺青再回來這裡拖走獵物快得多。像我們這樣的獵人應該相互幫助，這才是合理的。為什麼妳只願意接受他的幫助，而不是我的？」

賽瑪拉不必回答他，也不想回答他，但她還是開口說道：「刺青和我很久以前就是朋友了。他過去偶爾會為我的父親工作。」

「我明白了。妳因為和他有共同的過去，所以認為應該忠誠於他。」一種演講一般的腔調出現在格瑞夫特的聲音裡。賽瑪拉不喜歡他的微笑。不知為什麼，那種笑容顯得有些殘忍。她不喜歡這個人自以為有權利以這樣的腔調對她說話，當她想要離開的時候卻要她留在這裡。「妳和他有著一種來自於過去的羈絆，妳認為這種羈絆仍然束縛著妳。但在我看來，他可沒有這樣想。而且妳現在踏上的人生之路已經和妳的過去完全不同。妳正在走向屬於妳的未來，賽瑪拉。有時候，我認為妳根本不理解妳現在所擁有的自由。」

他又向賽瑪拉走近了幾步。「妳能打破一切妳一直認為理所當然的東西。妳可以將束縛妳的規則拋在腦後。正是那些規則讓妳不能為自己著想，不能做妳想做的事情，讓妳完全無法做出對妳最好的選擇。刺青是妳的父親挑選的人，賽瑪拉。我相信以他的角度來看，他是一個非常好的人。但他永遠不屬於我們。你的父親出於仁慈，在他的罪犯母親拋棄他之後接納了他，並給他一份工作。也許正因為如此，他才沒有步母親的後塵變成一個賊。但這一切都只屬於過去，賽瑪拉。我相信妳的父親是一個好人。但妳沒有義務要繼續他對刺青的仁慈。妳的家庭對他所做的一切難道還不夠嗎？如果他現在不能照顧好他自己，那麼妳為他付出更多精力就是在浪費妳的時間。妳已經將舊日的生活拋棄了，賽瑪拉，這正是妳的父親給妳的祝福。」

格瑞夫特一邊對賽瑪拉說話，一邊繼續貼近賽瑪拉，賽瑪拉後退了一步。格瑞夫特停住腳步，微微轉過頭，彷彿是要誘哄賽瑪拉一樣地審視著她，目光停留在她的臉上，經過她嘴唇上細淺的紋路、眯起的眼睛。最後，格瑞夫特微笑著緩緩搖搖頭，「也許現在還不行，賽瑪拉。但妳終究會明白，妳更像我，我們要比其他任何人都更加相似。我會讓妳有足夠的時間發現這一點，我們有很多時間。」

然後，他單膝跪倒在賽瑪拉獵到的麋鹿旁邊，抽出匕首。沒有徵求賽瑪拉的許可，他就開始割下一條多肉的後腿。他一邊工作，一邊還在向賽瑪拉說話，他的聲音很低沉，有時候因為用力切割而變得更加低沉。賽瑪拉的心中開始積聚怒火，但格瑞夫特沒有看她，只是繼續說著話，那些話語中充滿了理性：「妳孤身一人，要為自己創造一些新的東西。我們都是如此！妳並不像妳的家人那樣在起步時就擁有一個家和一些財產。妳要在這個世界裡闖出自己的一片天。妳在打拚自己的未來。或早或晚，妳一定會需要一名能夠與妳分享一切的同伴。妳不能永遠都將妳的時間浪費在傻子和外人身上。妳沒辦法拖著這些累贅去尋找新的未來。我知道妳現在會因為我對妳說的話而憤怒。但我完全不必向妳證明這一點。雨野原會向妳證明，我要做的只是等待。」

賽瑪拉用力說出心中的話，她的語氣比她所希望的更強烈：「這是我的獵物，我的肉，別碰它。」

格瑞夫特的匕首並沒有停止移動。「賽瑪拉，難道我說的話，妳一個字都沒有聽進去嗎？我們需要向未來前進，而不是堅持已經不再適合我們的過去。誠實地問問妳自己，為什麼妳要如此執著於回去找刺青，要他幫妳做這件事？」

「我喜歡他。他曾經幫助過我。他是我的朋友。如果他捕到這樣一頭獵物，他也會和我分享的。」

格瑞夫特仍然只看著他的匕首。賽瑪拉能看出那把匕首已經被厚硬的麋鹿皮磨鈍了。他抬起頭看了賽瑪拉一眼。他的臉上沒有憤怒，只有興趣。「他會嗎？還是他會和潔珥德分享？睜開妳的眼睛，妳可以做出選擇。妳可以喜歡我，我能幫助妳，能比刺青為妳做得更多，因為妳和我更相似，終歸要遠遠超過妳和他。我可以成為妳的朋友，可以和妳遠遠不止是朋友。」他抬起眼睛和賽瑪拉對視。說出最後一句話的時候，他的聲音變得更加低沉和溫柔了。

賽瑪拉不喜歡自己的反應。她的腸子為什麼會攪成一團，為什麼會有一陣顫慄沿著她的脊背掠過？一個英俊的，比她年長的男人剛剛說了想要她。一個男人，而不是男孩。一個強而有力的男人，在守護者之中會成為領袖的男人。「刺青是我的朋友。」她努力地重複了這句話，然後就轉過身，拒絕去看格瑞夫特是否在聽她說話，「這是我的獵物，不要碰它。」她拒絕去思考格瑞夫特的那些話，不願去想他說出的任何一個字。*潔珥德？格瑞夫特是不是知道刺青和潔珥德之間，發生了什麼她不知道的事？不要這麼想。*她一隻手抓起自己的狩獵武器，將繩環套在肩膀上，大步向遠處走去。格瑞夫特沒有再說話。她的速度很慢，一路上必須不斷推開低矮的灌木叢和垂掛下來的樹枝，不斷繞過一座座土丘和沼澤地面。這很不容易。

沒過多久，繩子就磨痛了她的肩膀。她拖曳的肉塊彷彿會掛在她經過的每一個樹樁和每一段樹根上。她必須用很大的力氣才能把肉塊拽過來。等她發現身邊的植物開始變得稀疏，表明她已經接近河岸的時候，她已經全身都是汗水、擦傷和蟲咬的傷口了。她走進一片高大粗硬的河邊草叢裡，向天空之喉睡覺的地方繼續前進。她要先把這塊肉餵給龍，然後再去找刺青幫助她把剩下的肉運回來。想像著天空之喉如果發現在一天裡能夠吃兩次大塊的新鮮血肉，不知會有多麼驚訝，她不由得露出了微笑。

但是當她看到她的龍時，天空之喉並不孤單。她已經醒過來，還舒服地俯臥在深深的草叢裡。在她的頭邊有一個木箱子，那個繽城女人正坐在箱子上，穿著寬鬆的長褲和非常合身的棉布罩衫。在繽城女人的旁邊，塞德里克很不舒服地坐在一口貼著鹹魚標籤的木箱上。膝頭放著他的小桌子，面前擺放著紙張和墨水瓶。他手中的筆正在紙上迅速移動。他的上身穿了一件剪裁得體的短外衣，顏色就如同藍蝴蝶的翅膀。短外衣下面的白襯衫敞開著領口。他將襯衫袖口折在短外衣袖口外面，露出他潔淨的手腕和靈巧的雙手方便工作。一道皺紋破壞了他光潔無瑕的額頭。他微微咬著嘴唇，雙眉因為集中精神而皺在一起。愛麗絲顯然正在向他敘述龍剛剛說過的一段話。賽瑪拉聽到「……壓斷或折斷脊骨，迅速殺死它。」

一聞到肉香味，天空之喉立刻轉過頭，站起身。這個動作讓塞德里克和愛麗絲都望向賽瑪拉。天空之喉沒有向賽瑪拉打招呼，只是三步就撲到肉塊前，大口吞吃起了美食。愛麗絲驚訝得瞠目結舌，然後她歡快地笑了起來，好像以為賽瑪拉也會和她分享同樣的喜悅。

「她總是這麼饑餓。」賽瑪拉對愛麗絲的笑聲做出回應，她竭力想讓自己的聲音更刺耳一些。同時她感覺到了正在進食的龍對她表達出的贊同之意。至少塞德里克看見她的時候顯得很高興。他的眼睛裡閃動著光彩，咬住的嘴唇也因為微笑而翹了起來。

「真高興妳終於回來了。我剛才到處找妳。如果妳能為我們翻譯，我們的訪談會快許多。」

賽瑪拉不願讓塞德里克感到失望。「我不能。我的意思是，我只帶回了一部分的獵物。我必須找到刺青，在掠食動物找到我的獵物之前，得請他幫我把它全部帶回來。」她儘量不去想已經有一個兩條腿的掠食動物在切割她的獵物了。他不敢那麼做，賽瑪拉對自己說。他們這個團隊太小了，公開偷竊彼此的獵獲是不可能被允許的，沒有人會容忍這樣的事情發生。

他們會容忍嗎？

塞德里克又說了些別的話。他正滿懷期待地看著賽瑪拉，等待這個女孩的回答，而賽瑪拉正焦慮於腸胃的絞纏感，讓她突兀地拒絕了塞德里克，全然不理會他所關心的事。「我必須找到刺青，去取回剩下的肉。」她匆匆地說道，甚至拒絕去想這是否回答了塞德里克的問題。然後她就離開他們，向河岸邊的其他龍那裡走去。

在她身後，愛麗絲喊道：「拉普斯卡正在找妳！」

賽瑪拉點點頭，繼續前行。

刺青沒有和芬提在一起。這頭小綠龍還在打盹。當賽瑪拉試著叫醒她，問她是否知道刺青在哪裡的時候。這頭猛獸只是毫無顧忌地朝她咬了一口。賽瑪拉向後退去，總算沒有受傷，隨後便迅速走開了。她有些不安地懷疑那頭龍如果嘗到她的血，是否會把她吃掉。她從天空之喉那裡知道，若刺激到這位綠龍女王，她可是以凶暴狠戾著稱的。她覺得應該就這件事和刺青談談，如果她能找到他。

她發現刺青和希爾薇正在照料那頭小銀龍。負疚感夾雜著氣惱的情緒充滿了賽瑪拉的內心。她說過，她會照顧這頭銀龍。而希爾薇也說過會幫助她。賽瑪拉之所以那樣說，只是因為刺青和潔珥德說他們會一同照顧那頭紅銅龍。但賽瑪拉為這頭銀龍所做的，不過是每晚檢查一下他眼睛周圍和鼻孔中是否有寄生蟲，她甚至沒有想到要給這頭龍也帶些肉來吃。希爾薇正在護理銀龍的尾巴。在不遠處，一個小火堆正有氣無力地在一堆草上燃燒著，火上掛著一罐氣味很糟糕的湯。

「他怎麼樣了？」賽瑪拉有些不安地問道。

「正像我們擔心的那樣，」希爾薇說，「看樣子，他還是讓尾巴落進河水裡了，而且時間應該還不算短。切口發炎了。」她打開正在向傷口上纏裹的布條。賽瑪拉不由得打了個哆嗦。現在她無法判斷自己早先對這條龍進行的護理，到底對他更好，還是造成了更多的傷害。當暴露的傷口碰到酸性河水的時候一定非常痛。賽瑪拉不由得皺起眉頭：她不記得自己聽到過銀龍喊痛。從積極的角度來看，這頭龍睡得正香，前爪上還掛滿了魚的內臟。看樣子他至少也在那群魚裡有了相當不錯的收穫。

「真希望有辦法用繃帶封住他的傷口，不讓水滲進去。」賽瑪拉有些無可奈何地說。

刺青向她咧嘴一笑。「也許的確有這樣的辦法。我向萊福特林船長討要一些焦油或者瀝青，他給了我一小罐，它正在被加熱。他還給了我們帆布。」說到這裡，他的笑容變得更加燦爛了，「我覺得萊福特林船長喜歡那個繽城女人。向他要這些東西的時候，我覺得他本來是想把我趕下船的，但那個叫愛麗絲的女人立刻開始哀歎起那頭『可憐的小龍』，船長也馬上幫我解決了問題。」

「喔。」賽瑪拉回了一句。希爾薇讚許地向刺青點點頭。

「船長說我們應該先將傷口妥善地包裹起來，然後將焦油塗覆在帆布上和帆布兩端與鱗片相接的地方。我們希望焦油能夠將帆布和鱗片牢牢黏在一起，形成不透水的保護層。」

這種極其怪異的包紮方法一時間擠走了賽瑪拉腦海中其他一切事情。她看著刺青：「你認為這樣能奏效嗎？」

刺青聳聳肩笑著說：「試試看，總沒有壞處。我認為焦油已經夠熱了。我不想燙傷他。實際上，我希望我們這樣做的時候他完全不要醒過來。」

「你是怎麼想到要做這種事的？」

希爾薇回答說：「是我請他幫忙的。」儘管女孩的臉上覆蓋著鱗片，但她的面頰上還是騰起一抹紅暈。「我只能這樣做了，」她又如同為自己辯解一般地補充說，「我找不到妳，我也不知道該怎麼照顧他。」希爾薇低頭看著銀龍受傷的尾巴，「所以我去找了刺青。」

希爾薇就差直接說出口了——賽瑪拉能清楚地看到，這個女孩已經喜歡上了這個帶著刺青的男孩。這幾乎讓賽瑪拉大笑起來，不過她立刻又感到了一陣煩惱。儘管覆蓋著粉色鱗片的頭皮和古銅色的眼睛，讓希爾薇比實際年齡要大一些，但她至多也只有十二歲。難道她不知道像她這樣一個女孩愛上刺青這樣的人根本不會有任何結果嗎？她永遠也不可能得到刺青，她永遠不可能得到任何人，就像賽瑪拉一樣。她到底在想什麼？

但賽瑪拉也知道這個問題的答案。希爾薇什麼都沒有想，她只是在對一個向她顯示好意，沒有把她當作異類的英俊男子產生了憧憬。賽瑪拉不能就此而責備希爾薇。難道她自己有時候不也會從心中生出同樣的情愫嗎？

現在她不就是這樣嗎？

她看著刺青的眼神一定很奇怪，因為刺青這時突然紅著臉說：「我想要幫忙。對於那頭小紅銅龍，畢竟我已經做不了什麼了，所以我決定把我的時間放在這裡。」

「紅銅龍出什麼事了？」

笑容從刺青的臉上消失了。「自從他離開繭殼之後就一直沒能好轉。他的智力太弱，身體機能也不完善。今天我從他的眼睛和鼻子周圍清理掉了大量寄生蟲，嗯，還有他身體的其他地方。他甚至都沒有動一下。他為了跟上龍群，就已經耗盡了自己的力氣，我甚至看不出他是不是餓了。他完全累壞了。」

刺青的話如同一段預言迴盪在賽瑪拉的腦海裡。「我殺死了一頭麋鹿。」她的這句話脫口而出。隨即就是一陣驚駭中的沉默。賽瑪拉急忙又說道：「我需要有人幫我把肉取回來。我們的龍都能吃上一大塊肉，我們守護者也能吃上一些。但我們必須馬上出發，否則我們就不可能在天黑之前趕回營地。麋鹿所在的地方和這裡還有一段距離。」

刺青看了一眼熬焦油的罐子，又看看希爾薇，做出了決定：「我們首先要包紮好銀龍的傷口。然後希爾薇和另一些人也許會幫我們去把肉取回來，這樣我們只要走一趟就能運回整頭麋鹿了。」

「去的人越多，每個人的龍能夠分得的就越少，」賽瑪拉明確地指出這一點。

她的想法似乎讓刺青感到很驚詫。而賽瑪拉也驚訝於刺青的想法竟然和她不同。他們沉默了很長一段時間，然後希爾薇低聲說：「我能夠一個人包紮好銀龍的尾巴。你們可以去拿你們的肉。」

賽瑪拉的態度和緩下來：「我們先把這件事做好，然後我們一起去。」

希爾薇低垂下眼睛，她依然稚嫩的聲音也變得厚重起來。「謝謝你們。默爾柯今天捕到了獵物，他已經不再為饑餓而抱怨了。但我覺得他其實並沒有吃飽。我想要去捕魚，但男孩子們占據了所有最好的地方。萊福特林船長說，明天早晨每頭龍都能得到一份肉。我希望默爾柯會覺得這是足夠的。」

「聽著，我們先包紮好這頭龍，然後我們會為其他龍把肉取回來。」賽瑪拉投降了。

火焰烤化了焦油。希爾薇和賽瑪拉用繃帶牢牢地捆紮住銀龍的尾巴。刺青將焦油厚厚地塗抹在繃帶外面。他的每一個動作都非常小心。賽瑪拉覺得時間彷彿過去了整整一個紀元，銀龍粗大的尾巴上的繃帶才完全被焦油覆蓋住。感謝莎神，銀龍在這段時間裡甚至沒有抖動一下眼皮。但這也讓賽瑪拉感到一點擔憂。這兩頭最弱小的龍，每天似乎都變得更加疲憊和虛弱。他們還能以這樣的速度堅持多久？如果他們邁不動步子，又會有怎樣的結果？賽瑪拉對此沒有答案。她只能強迫自己的思緒回到今天的問題。

在森林中行進的時候，刺青幾乎能跟上賽瑪拉的腳步。他們在樹枝間縱躍，而不是在地上奔跑。希爾薇落在後面，不過距離他們不算遠。要找到返回麋鹿身邊的路很容易。賽瑪拉只需要跟著她拖著鹿前腿返回營地時留下的痕跡就行了。她判斷他們已經走過了一半的路，但就在這時，她聽到下方傳來說話的聲音。她沿著樹幹滑下去，心也隨之向下一沉。她最擔心的事情發生了。格瑞夫特就在下方，正拖著她的麋鹿的一條完整的後腿。在格瑞夫特身後是博克斯特和凱斯。博克斯特拖著另一條麋鹿前腿，凱斯拖著一條不完整的後腿。他們一邊走，一邊聊著天，聲音中充滿了勝利的喜悅。賽瑪拉從樹枝上縱身躍下，擋在他們面前。格瑞夫特停下了腳步。

賽瑪拉明白地問道：「你要拿我的獵物做什麼？」

她聽到刺青也迅速下了樹。格瑞夫特此時抬起頭，看到了跳下來的刺青，臉上露出欺騙性的柔和表情：「我正把這些肉給龍拖回去。難道妳不是這樣打算的嗎？」他甚至還給自己的聲音加上了一種溫和的責備語氣。

「我想要把它帶回給我的龍。不是你們的。」

格瑞夫特沒有立刻回答。他先讓刺青有時間落在地上，站到賽瑪拉身後。緊接著又是一片細枝落下，一陣短粗的尖叫聲，「砰」地一聲，希爾薇半滑半摔地從樹上落了下來。看到希爾薇，格瑞夫特又向上瞥了一眼，彷彿是要確定這就是賽瑪拉的全部隊伍了。在他身後，博克斯特和凱斯也停住腳步。博克斯特看上去有些困惑，凱斯則是一副挑釁的神情。

格瑞夫特的目光再一次掃過面前的三個人，似乎是在心中算計他們到底是什麼人，應該怎樣對付──就好像他正在審視一局棋。當他說話的時候，他的聲音很平靜，每一次一句都顯得很有道理：「妳為妳的龍帶去了一大塊獵物，把剩下的獵物留在這裡。妳告訴我妳要去找刺青。但我知道，妳和刺青不可能一趟就把這麼多獵物帶回去。就算是加上希爾薇也不行！所以我回去叫來了博克斯特和凱斯，開始收集這些獵物。我不明白，賽瑪拉，為什麼妳要如此不滿？難道刺青不是早就主張過獵物要和大家分享嗎？而且妳肯定對我說過，幫助把獵物運回去的人都能分得一份。在我看來，這樣做才是公平的。」

賽瑪拉寸步不讓。「我沒有這樣說。我說的是我要去找刺青，他和我會把我的獵物帶回給我們的龍。我還要留下一些肉給守護者們作晚餐。但我不會和你分享我的獵物，也不會和你的朋友們分享。」

格瑞夫特看起來很驚訝，幾乎就像是被賽瑪拉的話傷到了。「但我們都是朋友啊，賽瑪拉！我們只有這一點同伴，所以我們只能是朋友。那天晚上，在營火旁邊，妳親口告訴過我，妳以前從沒有過這樣的朋友！我還以為妳是真心這樣說的。」

刺青一直在賽瑪拉身後保持著沉默。賽瑪拉不想回頭去看他。他會以為她在向他尋求辦法。她也不想去看希爾薇的臉。他們兩個肯定能看出格瑞夫特正在胡攪蠻纏吧？首先照顧她的朋友根本不是自私。只要把話說明白就好。賽瑪拉吸了一口氣：「格瑞夫特，這頭麋鹿是我獨自一人殺死的。誰能分享我的獵物要由我來決定。我選擇刺青，還有希爾薇，因為她幫助了我。我沒有選擇你，也沒有選擇博克斯特和凱斯。你們不能分享獵物。」

格瑞夫特裝腔作勢地看了看天空。在樹冠的遮擋下，他當然什麼都看不見。但他們全都知道，夜晚很快就會讓他們全部淹沒在黑暗中。「你們寧可讓這些肉爛掉，或者被食腐動物吃掉，也不讓我們得到一些？那裡還有超過半頭麋鹿，賽瑪拉，我打賭你們三個也不可能一次把它帶回去。而且你們也沒有時間能再回來一趟了。明智一點，不要那麼自私。分享這頭獵物不會對妳有任何害處。博克斯特的龍今天沒有獵獲，凱斯的也只捉到了一條魚，還不是大魚。他們都很餓。」

賽瑪拉知道，她要謹慎地選擇自己言辭，但格瑞夫特的強詞奪理實在是讓她太憤怒了。「那他們就應該去為他們的龍狩獵，就像我一樣！而不是等在一旁搶奪我的獵物！你知道，我也有一頭龍要餵飽。實際上，我要餵兩頭龍。」

「我看到他們兩個都挺著鼓脹的肚子睡覺呢。」格瑞夫特不動聲色地回答道。

「我的龍也沒有吃飽！」希爾薇突然說道，「默爾柯是吃了東西，但並不多。他只是非常勇敢和高貴，不會為了餓肚子而抱怨。刺青的小紅銅龍也許什麼都沒有吃到。他需要肉，這一點毋庸置疑！求你們，難道我們不能把肉帶回營地，有問題到那裡再解決？」

「我認為這是明智之舉。」格瑞夫特突然表示贊成。他回頭瞥了一眼凱斯和博克斯特，「你們兩個同意嗎？」

博克斯特點點頭。凱斯的古銅色眼睛裡閃爍著從陰影中聚集來的光芒，同時他也隆起了肩膀。格瑞夫特向賽瑪拉轉回頭：「那麼就說定了，我們到河邊等你們。」

「沒說定！」賽瑪拉吼道。但刺青將一隻溫暖的手按在她的肩頭。賽瑪拉感覺到那隻手的重量，卻不知道刺青是在支持她，讓她知道他和她在一起，還是在阻止她做出愚蠢的事情。然後刺青越過賽瑪拉向格瑞夫特說道：

「我們回到河邊的時候再解決這個問題。我們全都知道天很快就要黑了，現在不能把時間浪費在爭吵上。但這個問題現在還沒有解決，我們也沒有說定任何事，格瑞夫特。我同意肉應該分享，但不是像你現在所幹的這樣。」

格瑞夫特的薄嘴唇動了動。他也許是在微笑，或者是冷笑。「當然，刺青。當然。我們在河邊見。」他突然向前傾過身，用力拽起鹿腿走了過來。賽瑪拉發現自己讓到了一旁，退進身後茂密的灌木叢裡，讓格瑞夫特走了過去。博克斯特和凱斯跟在格瑞夫特身後。他們兩個的臉上都露出了顯而易見的笑容。凱斯在經過賽瑪拉面前的時候壓低聲音說：「只有為這份肉付出了力氣的人，才能得到它，這才是公平。」

「沒有人要你為它付出力氣！」賽瑪拉對著凱斯背後吼道，凱斯依舊只是向前走去，「這就像是把錢付給一個賊，因為他用了力氣搶劫你的家！」賽瑪拉提高聲音，把這句話狠狠擲向凱斯。

「不！這就像是把妳收穫的一部分給妳的工人！」凱斯回頭喊道。賽瑪拉深吸一口氣，想要告訴凱斯，只是把收穫搶走根本算不上是為它工作過。但這時刺青說話了。賽瑪拉這才察覺到刺青一直都沒有放開她的肩膀，而現在他反而將她的肩膀握得更緊了，「現在不行，賽瑪拉。先做最重要的事情。我們需要在天黑之前把肉運回到河邊。而且還要搶在蟲子吃光它之前。」

「寄生蟲！」賽瑪拉又朝著那遠去的三個人吼了一聲，才轉回身，「肉在那邊。看看還剩下了多少吧！」她憤怒地大步走過森林。

刺青是對的，一群群小蟲子已經開始在他們周圍聚集了。這些貪食血肉的害蟲，在雨野原從不會匱乏，而傍晚時分正是它們最活躍的時候。好吧，至少那些賊為他們開出了一條更好走的路。賽瑪拉一邊邁著沉重的步伐往前走，一邊只想大聲咆哮怒吼，但她知道，自己還是多保存一些氣力比較好。

當他們來到麋鹿屍體旁邊的時候，賽瑪拉聽到一些小食腐獸逃走的聲音。那些最小的食腐動物——螞蟻和甲蟲已經成群結隊地來參加盛宴了。人類的到來絲毫沒有打擾它們的好興致。大群的蟲子覆蓋了麋鹿的屍體，所有暴露出血肉的地方都被稠密的黑色蟲群覆蓋了。

刺青已經想到要帶來短柄小斧。但短柄斧也讓這具屍體變得一片狼藉——每次斧頭揮落，都會有一些血肉被濺得到處都是。不過他們用斧頭和匕首總算是將剩下的麋鹿切割成了能夠搬運的大塊，速度要比賽瑪拉一個人快得多。賽瑪拉一邊工作，還在一邊嘟囔——格瑞夫特和他的跟班們搶走了麋鹿身上最容易割取的部位。他們將頭和脖子砍下來，然後將軀幹切割成胸部和腰部兩部分。軀幹一被切開就散發出一股臭氣。麋鹿的內臟流得到處都是，肯定會損失不少。賽瑪拉不想丟下它們。她知道，對於龍而言，這些內臟也全都是美味。

刺青也帶來了更多的繩子。想到這個人總是能事先做好充分的準備，賽瑪拉幾乎又要生氣了。他們很少交談，動作則很快。賽瑪拉儘量將注意力集中在手中所做的事情上，不讓在心中沸騰的怒意打擾自己。刺青仍然是那個沉默寡言、能力過人的男孩，口中所說的只有正在進行的工作。希爾薇只是待在一旁，每當賽瑪拉叫她來幫忙的時候就會過來，但她一直都一言不發，甚至已經讓賽瑪拉感到困擾了。賽瑪拉猜測是這裡的鮮血和惡臭嚇壞了這個女孩。

「希爾薇，妳還好嗎？沒關係，有人的確做不了這種事，他們看到這種情景會感到噁心。如果妳需要走遠一些，就告訴我。」

她看見希爾薇搖搖頭，讓粉色鱗片周圍絲絲縷縷的頭髮變得更加散亂。她的臉上有一種奇怪的神情，彷彿是不想留在這裡，卻又沒辦法讓自己離開。

「我覺得，」刺青一邊喘著粗氣將每一塊肉捆好，一邊說道，「是格瑞夫特的話……讓希爾薇很不舒服。她在想……幫我拉住這裡，讓我打個繩結好不好？……妳是不是在怨恨她分走了妳的一塊肉。」

希爾薇突然向旁邊轉過臉，那種受傷的表情是如此明顯，以至於賽瑪拉受到了深深的震撼。「希爾薇！我當然不會那麼想！是我邀請妳來幫我，妳當然應該得到一份肉。我說過，我會照顧銀龍，但這個任務卻落在了妳身上。即使妳沒有來，如果妳告訴我妳的龍需要肉，我也會幫助妳。這個妳一定要知道。」

希爾薇抬起滿是血汙的雙手揩了揩面頰，才向賽瑪拉轉回頭。賽瑪拉瑟縮了一下，她知道，如果面頰像希爾薇那樣被鱗片覆蓋，在哭泣的時候就會很痛。希爾薇抽了一下鼻子，快速地說：「妳說他們是賊，那麼，我又有什麼區別？」

「這完全不一樣，因為妳不是那種不提出請求就隨便搶奪的人！這完全不一樣，因為妳幫助我照顧銀龍，不為其他理由，只因為妳是妳。這完全不一樣，因為妳在索取之前先會給予。而那三個人除了他們的龍以外，誰也不在意。」

希爾薇提起長外衣的衣襟，擦了擦她髒汙的臉，同時在衣襟後面說道：「我們又有什麼區別？我們只是想要餵飽我們的龍。」

「這正是我們要做的事！」賽瑪拉幾乎是爆發式地喊道，「我們每個人都簽下了這樣的契約。我們每個人都說，我們對一頭龍有責任，而**我們**現在每個人都要擔心**兩頭龍**。我們更不需要那些笨蛋來偷走我們辛苦得來的肉。是的，他們別想把我們的肉就這樣偷走！」賽瑪拉一邊叫嚷，一邊將手臂插進刺青繫好的繩環中。她拖曳的是麋鹿的胸部。刺青自己拖沉重的後腰。沒有人說一個字，但他們都同意小希爾薇只要拖頭和脖子就好——它們比胸和腰都要輕。但要經過一片片草叢和沼澤，將鹿頭和脖子拖回到河邊去也絕對不是一份輕鬆的工作。

「實際上，我覺得他們會那樣。」刺青一邊向前傾著身子走在賽瑪拉身後一邊說道。希爾薇走在最後一個。這樣他們能為她把路踏得更平坦一些。

「會怎樣？」

「會偷走妳的肉，就是我們剛才說的。格瑞夫特、凱斯和博克斯特會把妳的肉偷走。」

「不，他們不會！只要我告訴所有人，他們就不會！」

「等我們回去的時候，他們應該已經把這件事告訴了所有人。所有在今天沒有為自己的龍找到獵物的人都會覺得，只有妳將肉與大家一起分享才是合理的。」他又低聲說了些什麼。

「你說什麼？」賽瑪拉猛然停住腳步，回頭看著刺青。

「我說，」刺青的耳朵變得有一點粉紅，聲音中也流露出一點挑釁的意味，「從某種角度來看，這的確是合理的。」

「什麼？你在說什麼？我應該完成全部狩獵的工作，捕到獵物，然後把它分給其他所有人？」

「繼續向前走，天就要黑了。是的，我就是這樣說的。因為妳是一個優秀的獵人，也許是我們之中最優秀的。如果妳專心打獵，其他每個人都來做屠宰和運輸的工作，妳就能捕到更多的獵物。所有龍都能有機會真正吃到一塊肉。」

「但天空之喉能得到的就變少了！會少很多。她今天本應該吃掉幾乎半頭麋鹿。如果按你的方法，她只能吃到五分之一。她會因此而挨餓的！」

「她能夠吃到每個獵人獵獲的五分之一。我認為妳也許是我們之中最優秀的獵人，但妳並不是我們唯一的獵人。想一想，賽瑪拉。我們的隊伍裡有妳，還有三名職業獵人，我們之中有一些人在捕魚和獵捕小獵物上也頗有技巧。若能這樣，每一頭龍在每個晚上肯定都能吃到一些東西。」

拖著肉塊在森林中穿行的賽瑪拉現在已經全身汗水。天色正變得越來越黑，蚊子和小蟲子都向她撲過來。賽瑪拉憤怒地擦抹一下額頭，又用力一拍後頸，打死了五、六隻盤旋不散的吸血蟲子，然後沒好氣地說：「真不能相信，你會站在格瑞夫特一邊。」

「我沒有站在他那一邊，我是站在我這一邊。基本上，這是妳向我提出的條件，我只是把它擴展到了每一個人。」

賽瑪拉繼續在沉默中拖曳著她的肉塊，不斷將擋在面前的樹枝推開。每次腳底打滑或者踩進淤泥裡，她都會緊咬住牙。讓她惱火的不僅是刺青的話，還有希爾薇也能聽到他們對話的每一個字。這讓她沒辦法對刺青說，只有刺青是不同的，他是她的朋友和盟友，她不介意與他分享一切。當然，這不是說今晚她就介意與希爾薇分享獵物。那個女孩竭盡全力照料受傷的銀龍，從某種角度來說，因為她們兩個都同意要努力照顧那頭龍，所以賽瑪拉認為希爾薇現在也是她的同伴。但賽瑪拉也明白，在守護者之中希爾薇是最弱小的，她就算是要照顧一頭龍，他活下來的可能性也是最小的，更不要說還要分出力量來救助銀龍了——從這個角度講，希爾薇反而會讓賽瑪拉感到不安。也許這個女孩的確幫助了賽瑪拉，賽瑪拉欠她人情，但賽瑪拉不喜歡自己總是被這份人情刺痛。她不希望任何人依靠她，更不願意欠別人的情分。那麼拉普斯卡呢？如果拉普斯卡向她討要一塊肉餵他的小荷比，她會拒絕嗎？拉普斯卡每天都和她同划一條船，而且無論幹什麼活，他都會完成不少於一半的工作。那麼，她又欠拉普斯卡什麼？刺青說的這番話，真不是時候。

「你想讓我在前面帶路嗎？」

「不。」賽瑪拉只說了一個字。不，她不想讓任何人為她做任何事。誰知道那樣會讓她欠別人什麼？

刺青應該識趣一點，知道現在不應該再說話了。但沒過多久，刺青又壓低聲音問：「那麼，我們回營地之後，妳打算怎麼辦？」

賽瑪拉思考著這個問題。刺青用這個問題刺激她完全無助於讓她做出決定。「如果我什麼都不做呢？這會讓我成為懦夫嗎？」

刺青沉默了一段時間。賽瑪拉又拍了一下頸後的蚊子，用力在耳邊搧了搧，竭力想要把盤旋在耳邊的「嗡嗡」聲趕走。這時刺青低聲說：「我認為妳這樣做是明智的。」

而讓賽瑪拉吃驚的是希爾薇在這時開口了：「無論妳說些什麼，他都會讓妳顯得很自私，讓所有人都反對妳。就像他在那一晚詆毀刺青，說刺青不是我們之中的一員。」那個小女孩在這樣說的時候還不斷在憤怒地呼著氣。這段話也是突然從她口中爆發出來的。賽瑪拉突然意識到，希爾薇並不是自己想像中的那個小女孩。希爾薇很年輕，但她會傾聽，會思考。「哎呦！該死的樹枝！」希爾薇突兀地抱怨了一聲，又繼續說道，「格瑞夫特就是那樣。他能裝出一副和藹可親的樣子，但他的心裡有著骯髒的東西。他說起話來就像是他希望每個人都能得到好處。他鼓吹改變，但他的改變都別有用心。你們也都能看出來，他的心裡有髒東西，他讓我感到害怕。他曾經和我說過一次話，說了很長時間。但有時候我覺得最安全的做法就是離他遠遠的。有些時候我覺得如果我真的成為了他的朋友，那一定是最危險的事。」

一段時間裡，這三個人只能聽到彼此的呼吸聲，肉塊在地上的摩擦聲和撞擊草木的聲音，還有就是晚間森林中會有的一切響動。小蟲子圍繞著賽瑪拉的頭，嗡嗡地叫個不停。最後，賽瑪拉覺得這嗡嗡聲彷彿就響在她的腦子裡，幾乎要讓她發瘋。賽瑪拉有些好奇格瑞夫特到底對希爾薇說了些什麼——實際上，她已經約略猜到了，這讓她的心頭又平添了一重怒火。在這三個心事重重的人之中，最後還是刺青打破了沉默：「我也害怕他，原因也和妳一樣。而且我還在擔心另一件事。他有著另外的計畫。他不只是一個為了錢或者為了尋求冒險而接受了一份惡劣工作的人。他對於這一整個行動都別有圖謀。」

賽瑪拉點點頭。「他說，他想要建造一個他能改變規則的地方。」

隨後一段時間裡，他們又陷入了思考的沉默。賽瑪拉的話在三個人的腦海中不斷旋轉。最後，刺青低聲說：「規則的產生都是有原因的。」

「我們沒有任何規則，」希爾薇插口道。

「我們當然有！」賽瑪拉表示反對。

「不，我們沒有。在我們的家鄉有我們的父母。雨野原議會和那些貿易商們，每個人都有投票權來決定什麼事應該做，什麼事不該發生。但我們已經將那些都撇在身後了。我們簽下了契約，但誰真正在管束我們？不是萊福特林船長，他只掌管那艘船，但管不了我們和龍。所以誰又能確定我們的規則是什麼？誰來強制這些規則是否被執行？」

「規則一直以來都是存在的。」賽瑪拉頑固地回應。但她有一種不安的感覺——希爾薇對於現狀比她看得更清楚。當格瑞夫特說要做出改變的時候，他要改變不就是他們一生都在接受的規則？否則他還有可能在說什麼？但格瑞夫特做不到這樣的事。他能做到嗎？

他們前方的樹木縫隙中出現了亮光。那是雨野原森林正在落下的夕陽。賽瑪拉的雙腿也隨之有了新的力氣，加快了邁動的速度。

「嗨！嗨！你們到哪裡去了？我已經開始擔心你們了！獵人們回來了。他們捕到了不少水野豬！妳真應該看看，賽瑪拉！有一整頭水野豬正在火上被烤熟，作為我們的晚餐。每一頭龍都得到了半頭水野豬！你們在拖著什麼？你們有捕到獵物？」

是拉普斯卡。他蹦跳著向賽瑪拉跑過來，就像是年齡只有他一半的男孩。到了賽瑪拉面前，他一下子停住腳步，看著賽瑪拉拖在身後的肉。「那是什麼？」

「一頭麋鹿。」賽瑪拉簡短地回答道。

「一頭麋鹿。這麼大！我猜妳真是交了好運。格瑞夫特也獵到一頭麋鹿。他說他把肉帶回來和大家一起分享。但他帶回來的肉很髒，而且破破爛爛的。然後獵人們帶回了水野豬，並且開始建起一個大營火堆。所以格瑞夫特的麋鹿就被餵給了一頭龍。喔，妳真應該來看看荷比！她今天吃了那麼多，看上去就像是一隻大肚子外麵包裹了一頭龍。她吃飽的時候就會打鼾。妳聽到她的鼾聲就一定會相信我的話了！」拉普斯卡發出喜悅的笑聲，他拍了拍賽瑪拉的肩膀，「很高興妳回來了，因為我餓了，但除非我找到妳，確定妳也有一份晚餐，否則我可不會吃飯！」

他們走出森林，來到生滿高蘆葦的泥土河岸上。或者可以說，賽瑪拉上次離開的時候這裡還生滿了高高的蘆葦。現在龍群和守護者們已經將大部分蘆葦都踩倒了。駁船就停在不遠處的水面上，上面亮著令人喜悅的燈光。一堆營火正在熊熊燃燒，火焰照亮了一根大烤肉叉，上面穿著一塊塊水野豬肉。刺青欣喜地抽了抽鼻子，彷彿是作為回應，他的肚子也在這時發出了響聲。他們全都笑了。賽瑪拉心中的怒意在漸漸消散。她不知道自己是否能就此放下憤怒。如果她能，是否就意味著格瑞夫特從她這裡贏得了什麼？

「我們去大吃一頓！」拉普斯卡催促他們。

「馬上就去，」賽瑪拉向他承諾，「但首先我們要把這些肉餵給還餓著的龍。我們還應該查看一下刺青的紅銅龍。刺青說他沒有吃多少東西。」

「嗯，我要到火邊去。我過來只是為了找妳。嗨，有一個獵人會彈豎琴，就是那個卡森。還有一個駁船上的女人會吹笛子。他們剛才一起合奏了幾段曲子。也許我們在吃完飯之後還能聽上一段音樂，甚至能跳跳舞，如果可以在泥地上跳舞的話。」拉普斯卡突然停住話音，一抹笑容緩緩展現在他的臉上，「這難道不是妳人生中最好的時光嗎？」

「好好去享受吧，拉普斯卡，」刺青在催促他。

拉普斯卡看著賽瑪拉，「我餓了，要去吃飯，」他向賽瑪拉承認，然後他又問，「妳很快就會過來吧，對不對？」

「當然，我會的。快去吃飯吧。」

不需要別人的催促，拉普斯卡轉頭就像營火跑去。賽瑪拉看著他加入到聚集在營火旁的守護者之中，聽到那些守護者們因為某個人的一句話而發出一陣哄笑。一塊浮木被扔進營火堆，揚起一團火星飄上正變得越來越黑暗的天空。

「這會是一段奇妙的時光，」希爾薇低聲說，「今天晚上，人們會談天，享受食物和音樂。」

賽瑪拉歎了口氣，投降了。「我不會毀掉今晚，希爾薇。今晚我不會對任何人提起麋鹿肉和格瑞夫特。那樣只會讓我顯得很自私，彷彿我在無理取鬧。今晚我們在這裡，度過我們的第一個擁有足夠食物和音樂的夜晚。我和格瑞夫特的問題，可以等到以後再說。」

「這不是我的意思，」女孩匆忙說道。

但是沒等希爾薇說出她是什麼意思，刺青已經說道：「讓我們把肉先送到龍那裡，然後再去營火旁找其他人吧。」

天空之喉睡得很香。她的肚子高高地鼓起。芬提起身接受了刺青帶給她的肉，但她馬上又俯身睡倒，下巴就枕在肉上。默爾柯沒有入睡。他們找到這頭金龍時，發現他正孤獨地站立著，凝視著營火和守護者們。他似乎很高興希爾薇給他帶來了肉，並為此而感謝了希爾薇。這讓賽瑪拉大吃了一驚。很快，金龍就吞下了麋鹿的頭和脖子。麋鹿的頭骨完全無法抵抗他巨大的雙顎和鋒利的牙齒。他一閉上嘴，麋鹿頭就發出一陣模糊的碎裂聲。他們離開繼續咀嚼鹿頭的默爾柯，前去尋找紅銅龍。

他們在距離銀龍不遠的地方找到了紅銅龍。銀龍已經睡著了。被妥善包紮的尾巴盤捲在鼓脹的肚子周圍。紅銅龍匍匐在銀龍身邊，但賽瑪拉覺得他的姿勢很不正常。刺青說出了賽瑪拉心中的擔憂：「看上去，他好像是直接栽倒在地，而不是捲曲身體入睡。」在所有的龍之中，只有他的樣子依舊是枯瘦乾癟，肚子空空。他的頭枕在前腿上，發出一陣陣嘶啞的呼吸聲，雙眼半閉著。「嗨，紅銅，」刺青輕聲說道。那頭龍沒有做出任何反應。他將手放在龍頭上，輕輕撓了撓他的耳孔，「他以前很喜歡這樣，」刺青解釋說。這頭龍呼了一口氣，但並沒有動彈一下。

賽瑪拉將麋鹿肉拽到紅銅龍面前。「你餓嗎？」她問這頭小龍，並努力將這個意念傳達給小龍，「這裡有肉，全都是你的。麋鹿，聞到了嗎？聞到血味了嗎？」

紅銅龍深吸了一口氣，將眼睛睜大了一些，膽怯地舔了舔那塊肉，然後抬起頭。「吃吧，是給你的肉。」刺青鼓勵他。賽瑪拉覺得紅銅龍給了她回應。刺青跪在麋鹿肉旁，抽出腰間的匕首，在麋鹿的胸廓上切割了幾下，收起匕首，伸手到胸廓裡面，掏出內臟，並將手上的鮮血塗在龍的鼻子上。「聞到了嗎？這是給你的肉。吃吧。」

龍的舌頭動起來，舔淨了他的鼻子。然後，一陣顫慄湧過他的全身。刺青及時地抽回了手。這時龍已經飛速地探出頭，咬了一滿口垂掛在胸廓上的內臟。他一邊吃，一邊微微地哼著，彷彿每吃一口都讓他獲得了更多的力氣。等到他們離開他的時候，紅銅龍已經用前爪抓住麋鹿屍體，將上面的肉和骨頭一口口撕扯下來，把它們囫圇吞進肚裡。

「好吧，至少他現在吃東西了。」賽瑪拉說著，邊向營火走去。烤肉的香氣正讓她不停地流出口水。突然之間，她變得非常饑餓，也非常累。

「妳認為他活不下來，對不對？」刺青指責她。

「我不知道。我不知道任何一頭龍能不能活下來。」

「我的默爾柯會活下來。」希爾薇認真地宣布說，「他已經走了這麼遠的路，經歷了這麼多，不可能死在半途中。」

「我希望妳是對的。」賽瑪拉用這樣的話安慰她。

「我知道我是對的，」希爾薇堅持說，「這是他告訴我的。」

「我希望我的龍能夠這樣和我說話，」賽瑪拉羨慕地說。

不等希爾薇回應，拉普斯卡突然從黑暗中跳了出來。他的臉上閃著油光，手中還拿著一大塊肉，「賽瑪拉，我為妳把肉拿來了，妳一定要嘗嘗！味道好極了！」

「我們馬上就去營火那裡。」刺青向他保證。

「萊福特林船長說，今晚我們也可以都睡在他的甲板上！」拉普斯卡對他們說。「乾燥的床，熱的食物……還有什麼能讓這個夜晚更美好？」

在營火旁，音樂像爆起的火星一樣，突然騰起在夜空中。

禱月第二日
商人聯盟獨立第六年
來自艾瑞克，繽城信鴿管理人
致黛托茨，崔豪格信鴿管理人

黛托茨：

向妳最近遭遇的一切艱難致以歉意。我已寄出了一百磅黃豌豆，請確保它們不要受潮，一旦沾水，他們很快就會腐爛。一定只能將乾燥的黃豌豆餵給妳的鴿子。我還一同寄去了兩隻羽毛豐滿的小鴿子，他們全是金斯利的後代，一公一母。

艾瑞克

17 決定

連續三天，他們向上游的行軍都比萊福特林所希望的更好。確實，這次遠征一開始有些混亂，但情況很快就得到控制，逐漸變得順利起來。龍群第一次自己捕捉到了獵物，這顯然讓這些巨獸發生了改變。他們仍然要依靠獵人和他們的守護者為他們捕獵，但龍已經知道，他們自己也能夠進行獵殺。現在他們每天都在嘗試狩獵，未必每一次都能成功，但他們捕捉和殺死的一切獵物都減輕了人類同伴的負擔。他們年輕的守護者們為他們捉到的每一隻獵物而用各種溢美之辭讚揚他們。這些龍顯然也很喜歡守護者們的奉承和褒獎。

萊福特林靠在柏油人的欄杆上，聽著自己的船和河水撫過船身時發出的聲音。他粗大的手中捏著盛滿晨間咖啡的大杯子。他的耳朵一直在努力捕捉從愛麗絲的房間中傳出來的任何一點聲音。所以他知道愛麗絲已經醒了，正在穿衣服。不過他不會讓自己的心思停留在這些瑣碎小事上，如此折磨自己是沒有意義的。他希望用不了多久，愛麗絲就會從房間裡走出來。他們全都習慣於早起。他很珍視這段黎明時光，更甚於他們在夜晚的親密交談。晚間時光很美妙，有食物，歡笑和音樂。但那時他必須與獵人們和無所不在的塞德里克分享愛麗絲。當貝霖吹起笛子，卡森彈起豎琴的時候，愛麗絲就只會看著那兩個人。讓卡森懊惱的是，傑斯的確是一名優秀的獵手，能力絲毫不亞於萊福特林的這位老友。但在萊福特林看來，傑斯似乎也總是會多看愛麗絲一眼。那個傢伙還是個很會講故事的人，別看他總是一臉陰沉的表情，他卻能將每一個故事講得繪聲繪色，贏得所有人的笑聲，就連整天苦瓜臉的塞德里克也不例外。這趟旅程的夜晚就這樣被歌聲和故事點綴出一片令人愉悅的色彩，但他也分走了愛麗絲不少注意力。

而在早晨，愛麗絲的身邊只有他。他的船員早已知道，除非有最緊急的問題，否則這幾個小時裡最好離他們遠一些。萊福特林短促地吸了一口氣，歎息一聲，發現自己正在微笑。說實話，他甚至很享受這樣充滿期待地等愛麗絲出現。

昨天晚上的的營地不像前幾天那樣潮溼。萊福特林毫無疑慮地建議守護者們可以睡在河岸上，和他們龍一同歇宿。在過去一些洪水暴漲的年分裡，這條河將碎石和沙粒堆積到這裡的河岸邊，形成了牢固的河灘。這裡只生長著高草和小樹，為守護者和他們的龍提供了一片少見的陽光林地。再過許多年，這裡的小樹會變得越來越高，最終成為雨野原林海的一部分。或者，萊福特林心中想，另一場風暴和洪水會徹底掃蕩此地，帶走這裡的一切。而現在呈現在他眼前的，只是一片略高於河岸的茂密草地。群龍正蜷臥在那裡沉沉大睡。他們的守護者分散在他們中間，將身子縮在他們藍色的毯子裡。昨晚用浮木搭成的營火堆上還冒著一點細瘦的火苗。一股略帶藍色的煙霧高高騰起，一直飄入深藍色的天空中。像以往一樣，沒有一個守護者在這時會動彈一下。

在這段不長的時間裡，龍和守護者都發生了一些改變。守護者們已經不再隨意結成搭檔，而是開始組成固定的群體。大部分時間裡，他們都充滿了活力，那些男孩更是性情火爆狂野。他們把河水潑到彼此身上，相互挑戰，大笑大喊著，就像即將長大成人的男孩那樣。在這一段不算很長的旅途中，那些男孩的肌肉已經因為每天划船而變得更加粗壯了。女孩們則要安靜許多，不太愛炫耀她們發生的改變。但她們的身上能看到同樣的變化。男孩們在爭相贏得女孩的注意，有時候這種競爭會變得相當粗野。女孩們則有些像龍那樣，只是享受著男孩們的關注。她們有意地打扮自己，並逗弄那些男孩，只不過是用和龍完全不同的方式。

希爾薇依然還只是一個大孩子。很明顯，她一心只想贏得刺青的注意。她總是跟在刺青身後，就好像是刺青牽在手中的一件玩具。昨天，她在自己的髮辮上裝飾了花朵，彷彿朱紅色的花瓣能夠遮住她布滿粉色鱗片的頭皮。萊福特林很欣賞那個臉上帶著刺青的年輕人。他一直都對希爾薇很好，但又始終和希爾薇保持著適當的距離。對待這麼年輕的女孩就應該這樣。

與希爾薇相反，潔珥德彷彿每個小時都在更換她心儀的年輕男子。格瑞夫特斷斷續續地一直在討好她。萊福特林看過他將小艇划到潔珥德的小艇旁邊，竭力想透過交談來吸引潔珥德的注意。但那一天，潔珥德似乎只是專心要讓自己的小艇追上走在前面的龍群，同時還要盡可能多地捉一些魚放在小艇中。她對她的維拉斯很好，每天晚上都會為那頭小綠龍擦洗身體，直到她身上的金色條紋閃閃發亮，就像是擺放在深綠色布巾上的金塊。每天晚上圍坐在營火堆旁的時候，潔珥德都會和其他女孩坐在一起，讓年輕男人們競爭她身邊的位置。看到他們，萊福特林總是會露出微笑，儘管他同時也會為這場競爭最終會產生什麼樣的後果而感到不安。

萊福特林以前從沒有和雨野原標記這麼重的人打過太多交道。絕大多數這樣的人在出生時就被還給了這片森林。雨野原的貿易商們很早就認識到，畸形程度如此嚴重的新生兒，往往會因為早夭而使父母心碎，或者只會生出更加畸形，完全無法存活的孩子。雨野原是一個環境嚴苛的地方。與其將愛和食物傾注給一個絕不可能活得長久，無法將家族血脈延續下去的畸形兒，還不如一開始就放棄他，再嘗試生一個新的孩子出來。最近紋身者的到來為雨野原人群帶來了新鮮的血液。在此之前的數十年中，這裡人口的出生率只是剛好能超過死亡率。

愛麗絲還沒有走出房間。在河岸上，萊克特已經起來了。他披著毯子來到營火堆前，將昨晚剩下的木柴放進火中。一小團火焰躍起。那個男孩蹲下來，將雙手伸向營火。沃肯來到他身邊，揉搓著眼睛，又撓了撓覆蓋著鱗片的脖子。在最近這一、兩天裡，沃肯的皮膚上出現了一層紅銅色的光暈，彷彿他正逐漸變得像他的紅龍一樣。他熱情地向萊克特打招呼。萊克特說了些什麼，讓沃肯發出一陣笑聲——一名健壯男孩的笑聲清晰地傳入萊福特林的耳中。

萊福特林看著這些本應該在嬰兒時就被丟棄的年輕人，幾乎已經開始懷疑那些一直以來的教條了。雖然長相有些奇怪，但他們肯定都是健壯有力的年輕人。萊福特林希望這些男孩和女孩都有美好的前途，不過他還是不想看到他們之間的浪漫情愫會開花結果。讓這樣的人生育孩子是完全違背雨野原傳統的。至今為止，他還沒有看到那些女孩子們會有這種悖逆行為的任何跡象。他希望眼前的情況能一直持續下去，儘管他也懷疑自己是否有責任強迫他們奉行雨野原的規則，禁止他們繁衍——這種疑慮讓他感到深深的不安。「是啊，柏油人，沒有人告訴過我這也是契約的一部分。我知道每個人都有責任奉行那些讓我們能活下來的規矩。但我的爺爺曾經對我說，每個人都要負責的事情，就是沒有人需要負責的事情。所以，也許，就算是我不把這個任務扛在肩膀上，也不應該受到指責。」

他的船沒有回應。他也沒想過會得到回應。太陽很溫暖，這裡的河水很輕柔。柏油人似乎像他的船長一樣很享受這短暫的休息。萊福特林又向愛麗絲的房間瞥了一眼。耐心，耐心，愛麗絲是一位女士，一位女士每天早晨都會需要一段時間來做好準備，才能走出房間面對新的一天。這一點等待還是值得的。

他聽到身後傳來一點聲音，便轉過身去想要向愛麗絲道早安。但問候的話到了唇邊便消失了。塞德里克像以往任何時候一樣光鮮亮麗，正安靜地踱著步子從甲板上向他走來。萊福特林看著他，心中交雜著嫉妒和厭惡。塞德里克的頭髮被梳理得一絲不亂，襯衫潔白無瑕，長褲經過撣刷，看不到一點塵埃，靴子油光發亮。他剛剛刮過鬍子。一點香氣從他身上散發出來，混入早晨的空氣之中。對任何男人而言，他都是那種最可怕的對手。不僅是因為他每天都會一絲不苟地梳洗打扮，更是因為他的言談舉止都是那樣的完美無瑕。和他相比，萊福特林覺得自己就像豬一樣骯髒和愚蠢。因此他對塞德里克充滿了厭惡。每當他們一同出現在愛麗絲面前，愛麗絲一定會將他們兩個進行對比。這種比試只會讓萊福特林一敗塗地。只是這一個原因就足以讓萊福特林恨上這個傢伙，而這個傢伙令人討厭的地方還不止這一點。

塞德里克始終都對萊福特林和其他船員保持著良好的禮貌態度，但這並不能掩飾他對他們的蔑視。萊福特林早就看穿了他的心思，就連船上的每一隻老鼠都能看透他。總是會有這樣一些人，只要看到一名水手，就會把他和海上水手那些糟糕的名聲聯繫在一起。難道所有的水手不都是醉鬼嗎？不都是無知的蠢貨嗎？通常這樣的人在登上柏油人號之後，他們的誤解便都會不攻自破。那些乘客很快就會明白，儘管萊福特林和他的船員從某些角度來講是有些粗野和缺乏教養，但他們都是明事理、有能力的人。乘客們會看到這些船員在柏油人號上建立起了怎樣深厚真摯的友誼關係。在航行結束時，他們最開始的蔑視，也常常會變成對這些跑船人的欽佩。

但萊福特林早已明白，塞德里克不會是這樣的人。這個傢伙緊緊扒附著他的優越位置和偏狹的見解，就好像那是風暴之後能夠幫他漂浮在水面上的最後一塊船板。不過他現在的僵硬表情和射向萊福特林的冰冷目光，並不是來自於他對水手的偏見。萊福特林咬了咬牙。這個紈絝子弟似乎是決定要對他說一番話，男人和男人的對話。船長又喝了一口咖啡，眼睛只是望著岸邊。正有越來越多的守護者們醒來。他們很快就要出發。今天他不可能和愛麗絲有私密交談的機會了，卻要和塞德里克有一番他一點也不喜歡的對話。

塞德里克此時已經來到了船欄杆的後面。「早晨好，船長。」他的腔調表明了他道的這一聲早安是多麼言不由衷。

「早晨好，塞德里克，睡得好嗎？」

「說實話，不好，我不覺得自己睡得有多好。」

萊福特林壓抑住一聲歎息。他早就應該知道，這個傢伙會抓住任何他人的好意，將它們當作撬棍，打開他自己抱怨的閘門。萊福特林回應道：「是這樣嗎？」然後又喝了一口咖啡。咖啡還有一點燙，但他突然決定要儘快喝光它，然後就能借著添咖啡的藉口離開面前這個傢伙了。

「是的，正是這樣。」塞德里克幾乎是帶著嘲諷的語氣回答道，同時他的話語中還夾帶著那種不可一世的貴族腔調。

萊福特林又喝了一大口咖啡，決定發動進攻。他相信自己肯定會為此而後悔，但如果只是站在這裡承受塞德里克的恥笑，他只會感到更後悔。「你應該試試辛勤工作，這樣能幫助一個人入睡。」

「也許你應該努力擁有一顆乾淨的良心。但也許你就算是沒有它也能睡得很好。」

「我的良心沒什麼有虧欠的地方。」萊福特林說了謊。

塞德里克就像是一隻要咬人的貓。他躬起了肩膀。「那麼無視一位女性的婚姻誓言，不會讓你感到困擾嗎？」

萊福特林不能對這些話不做回答。他轉過頭看著塞德里克，感覺到自己的肩膀和脖頸開始膨脹。塞德里克沒有後退，但萊福特林的確看出他在挪動重心，似乎是要準備快速行動。萊福特林強迫自己平靜地說道：「你在汙蔑一位你不應輕視的女士。愛麗絲沒有做過任何有悖於她婚姻誓言的事。我也從沒有勸誘過她做任何錯事。所以我認為你最好應該重新考慮一下你剛剛說的話。那樣的話會造成巨大的傷害。」

塞德里克眯起眼睛，但還是語音平靜地說：「我的話由我所見到的事實而發。我對愛麗絲有著深切的關愛，這是基於我們長久的友誼。每天清晨的幽會和深夜的單獨交談——已婚女性怎麼能如此行事？很不幸的是，我睡得很輕，聽覺又非常靈敏。我知道在愛麗絲和我向你道過晚安，分別回房間之後，她還會再出來與你相會。我能夠聽見你們的交談。」

「她有沒有立誓說她不能在深夜談話？」萊福特林語氣尖刻地問，「如果她立下過這樣的誓言，那麼我承認，她違背了誓言，而且我還幫助她違背了誓言。」

塞德里克瞪了他一眼。萊福特林繼續喝著咖啡，越過杯沿看著塞德里克。看上去，塞德里克似乎在努力克制自己的情緒。當他終於再開口說話的時候，他的話音中那種從不會消失的禮貌語氣，彷彿也繃緊了。「對於一位像愛麗絲這樣嫁給了傑出而富有的繽城貿易商的女士，表像的舉止和內裡的實情是同樣重要的。如果昨晚我知道她深夜裡從床上起身只為了尋找你的陪伴，那麼我打賭，這艘船上的其他人也會知道。關於這種行為的謠言如果傳播到繽城，一定會危害到她的名譽。」

塞德里克說完這番話，便將目光轉向河岸。更多的守護者正在醒來。其中一些人走到營火旁，驅散昨晚的寒冷，加熱食物。其他人聚集到沙灘上他們昨晚挖掘的淺井周圍，汲出經土壤過濾的水梳洗烹飪。萊福特林注意到，龍群還沒有一絲動靜。他們是喜愛太陽和溫暖的生物，只要他們的守護者不去喚醒他們，他們就會繼續睡下去，直到中午才會起身。萊福特林盯著那些龍，只希望自己的生活能夠像他們那樣簡單。但這是不可能的。

萊福特林強迫自己放鬆杯子握柄，以免握柄會被他捏斷。「我明白告訴你，塞德里克。什麼都沒有發生。她來到甲板上，我只是在進行夜巡。所以我們會聊上幾句。她和我一同進行夜巡。我們檢查每一根纜繩是否繫緊，船錨是否牢固。我向她講解天空中的星座，告訴她水手如何利用星星知道他的航行方向。如果她聽到一些夜鳥的鳴叫，我會告訴她那些鳥的名字。如果這些事違反了你的道德，這是你的問題，不是我的，也不是愛麗絲的。我對此毫無慚愧。」

萊福特林說得義正言辭，但負罪感仍然像一條蛇一樣纏繞住他的心。他回想起自己向愛麗絲演示如何繫單套結，那時愛麗絲的雙手就在他的手中。他還曾經將他的手放在她溫暖的肩膀上，讓她轉身眺望南天中的莎神之犁。在每天非常晚的時候，或者也可以說是第二天很早的時候，愛麗絲向他道過晚安，回到自己的房間裡，他還會倚著愛麗絲門外的欄杆，看著河面，細想那一切可能會發生的事情。他甚至允許自己去幻想一些事情，如果他有勇氣提出來，如果她有激情願意接受，那可能真的會發生。在萊福特林的手中，船欄杆隨著河水的拍打和這艘船的回應而發出一陣一陣地脈動。在他看來，他自己彷彿就是一種河流，愛麗絲也許是一艘船，沖入他的激流之中。他是否足夠強大而能承載起她呢？

塞德里克說話了，他溫和的嗓音讓萊福特林失去了防衛心。「聽著，我沒有瞎。如果這艘船上還有人沒察覺到你對她的迷戀，那個人就根本沒有腦子，也沒有心。你的船員們知道，你的獵人朋友們知道。就我對愛麗絲的了解，我能看出她正在以身試險。你是屬於這個世界的人，你四處周遊，遇到過各種女人。但也許你從沒有遇到過像愛麗絲這樣的大家閨秀。她一生都是在父親的家中和丈夫的家中度過的。她的丈夫是她的第一個，也是唯一的情郎。可以說，她和詔諭是天生的一對。詔諭很富有，能夠提供她的一切所需，這包括讓她有足夠良好的環境、豐富的物質和空餘的時間來進行她所重視的研究。她從沒有遇到過像你這樣的男人。對於繽城女士而言，你也許算是有些見多識廣，如果你對她的傾慕誘惑她踏出了社會的界限，為之付出代價的將是她，而不是你。她將蒙受羞恥，受到眾人的排斥，有可能要吞下離婚的惡果，帶著無法抹去的恥辱回到她父親的房子裡。而她的父親並不是一個富有的人。如果你繼續追求她，即使她沒有陷入你的羅網，人們也會聽到風聲。你會毀了她的人生，把她趕回到貧困的環境裡，讓她失去她熱愛的學者生活。我並不想說任何嚴苛的話，但你值得這樣嗎？你還要這樣胡鬧下去，直到把她毀掉嗎？到時候你只會一走了之。請原諒，我所知道的水手都是這樣做的。而她只會被徹底毀掉。」

塞德里克說完他的話，就轉過身不再看萊福特林，可能是要給萊福特林一點時間進行思考。兩頭龍這時醒過來，邁著沉重的步伐向水中走去。塞德里克注視著他們，彷彿被他們迷住了，完全忘記了身邊的那個人。

憤怒和恐懼在萊福特林的心中發生了劇烈的衝突。他的面孔先是變得通紅，隨後又完全失去了血色。他不是一個心智或身體孱弱的人，但塞德里克的話讓他感到一陣陣惡寒。塞德里克是對的嗎？有什麼辦法能夠讓現在的事情不會變成愛麗絲的一場災難？船長控制住自己的情緒，然後說道：

「我相信這艘船上根本不會有人去繽城，更不要說去傳播一位女士的謠言了。這裡唯一有可能這樣做的只有你。如果你是她的朋友，就像你自稱的那樣，你就不會用這種醜惡虛假的謠言汙蔑她。我絕不打算讓這位女士蒙羞。我認為，當你懷疑她會背叛她的丈夫時，你就已經冤屈她了。」最後這句話在萊福特林看來是千真萬確的。但天哪，他是多麼渴望愛麗絲至少能有一點別樣的想法。

「我是愛麗絲的朋友。如果我不是，我就會照我說的去做，讓她自己上這艘船，我則會回到繽城。但我知道如果我這樣做，她就徹底毀了。我留在這裡的唯一原因就是保衛她的名譽。你也不可能以為我會喜歡這次簡陋糟糕的冒險吧！不。我留在這裡唯一的原因就是愛麗絲。我想要保護她。她的丈夫是我的密友，也是我的雇主。所以你也許應該考慮一下，你在將我逼到一個怎樣危險的位置上。我是應該尊重愛麗絲的體面，不要去斥責她？還是我應該尊重我的雇主的體面，指控你的行徑？」

「指控我？」萊福特林震驚地說。

塞德里克迅速說道：「當然，我不打算這樣做。我不認為我需要這樣。現在我已經以文明的方式向你解釋了當前的狀況。我相信你會明白，解決之道只有一個。」

他停頓了一下，彷彿是在等萊福特林說話。萊福特林的確想要說話，儘管他在努力克制自己，但他的聲音中仍然帶著深深的憤怒和絕望：「你想要我不再和她說話，對不對？」

塞德里克收起下巴，睜大了眼睛，似乎是在因為萊福特林看不到眼前明顯的事實而感到驚訝。「恐怕在這個時候，這樣狹小的空間裡，就算我這樣要求你也不可能做到。所以你必須命令你的一名獵人，用守護者的一艘小船，將愛麗絲和我送回崔豪格。」

「我們已經離開卡薩里克向上游走了將近三十天，」萊福特林向他指出，「那樣的一艘小船連你們一半的行李都裝不下，更不要說還要帶上你、愛麗絲和你們的所有衣服。」

「這些事我都考慮過，」塞德里克立刻回答道。萊福特林盯住了他的臉。他感覺到自己的嘴角在抽搐，似乎是要露出一個微笑，「回程是順流而下。而小船乘著水流走得更會快得多。昨天我聽獵人談論過這件事。我相信愛麗絲和我只要在外面宿營十來個晚上，就能到達卡薩里克。從那裡，我們可以安穩地返回崔豪格，再一路回家。至於說我們的行李，暫時就只能留在這艘船上了。我們會輕裝簡行。等你返回崔豪格的時候，再把我們的物品送回繽城。我相信，在這件事上我們可以信任你。」

萊福特林只是盯著他。

「你知道這樣才是正確的，」塞德里克壓低聲音繼續逼迫他，然後，就像是將插進萊福特林體內的匕首又狠狠擰了一下，他說道，「這是為了愛麗絲。」

岸上響起一陣悠長淒厲的哀嚎，一直撕裂了天空。

「昨晚他的情況明明還不錯！」希爾薇堅持說道。淺紅色的淚水如同小溪一般，從她的面頰上流淌下來。看到那些眼淚，賽瑪拉不由得打了個哆嗦。她很清楚那樣的淚水有多痛。也許正是因為對疼痛的畏懼，才讓賽瑪拉的眼睛保持著乾燥。她跪倒在這頭紅銅色的小龍旁邊。昨天晚上這頭龍的確吃了東西，那是他們在前幾天餵過他麋鹿肉之後，他第一次真正吃了一頓大餐。從這次行軍開始以來，其他龍都變得更加強壯，身上明顯增添了肌肉，只有這頭紅銅龍依舊瘦弱不堪。他的肚子依然鼓脹著，充滿了昨晚吃下的食物，但賽瑪拉甚至能數清他的肋骨。從他的肩部頂端，沿著脊椎一直向下，他背上的一些鱗片好像從皮膚上鬆脫了。

刺青仔細查看過這頭龍的嘴，站起身，伸出手臂，安慰地攬住希爾薇的肩膀。「他還沒有死。」他的話暫時熄滅了希爾薇心中的恐懼，但緊接著的一句話又奪走了希爾薇的慰藉，「只是我覺得他活不過今天了。」一看到希爾薇不住地抽泣，他又急忙補充說，「這不是妳的錯！他只是太晚才遇到妳。希爾薇，他從一開始就沒有太多機會。看看他的的腿和他身體的其他部分相比是多麼不相稱！有一天晚上，我發現他在吃石頭和泥土。我覺得他的肚子裡一定有蟲子。看看他的肚子是多麼大，他身體的其他地方又是多麼瘦。這就是肚子裡有寄生蟲的結果。」

希爾薇還在抽噎著。她甩掉刺青的手，從人群中走開。其他守護者都陸陸續續聚集過來，在這頭奄奄一息的龍身邊圍繞成一圈。賽瑪拉緊緊咬住嘴唇，沒有說話，她心中仍有某些麻木不仁，以致於現在只想問問刺青潔珥德在哪裡，畢竟是潔珥德自告奮勇要幫助刺青照顧這頭龍。希爾薇最初只是承諾會幫助賽瑪拉照顧銀龍。但這個心地善良的小女孩最終承擔起了同時照顧這兩頭龍的責任。如果紅銅龍死了，她的精神一定會垮掉的。

「他出什麼事了？」萊克特跑過來問道。

「寄生蟲，」拉普斯卡明確地說，「從身體內部吃掉了他。所以他就算吃了食物也吸收不到營養。」拉普斯卡竟然能如此有條理地說清楚這件事，賽瑪拉不由得有一點吃驚。那個男孩發現賽瑪拉在看他，便來到了賽瑪拉身邊。「我們要怎麼做？」他問賽瑪拉，彷彿決定權在賽瑪拉的手中。

「我不知道，」賽瑪拉低聲說，「我們能做什麼？」

「我覺得我們應該盡自己的全力把事情做好，然後繼續前行。」格瑞夫特說。他的聲音並不響亮，但他的話傳到了每一個人的耳中。賽瑪拉瞪了他一眼。直到現在，賽瑪拉還無法原諒格瑞夫特偷走麋鹿的事。她沒有為此和格瑞夫特當眾發生衝突，但她從那以後一直都沒有再與格瑞夫特、凱斯和博克斯特說過話。她一直在盯著他們，看格瑞夫特是如何謀取首領的地位，將其他守護者爭取到他身邊。但她始終都沒有對此公開說過任何話。現在，賽瑪拉昂起頭，挺起肩膀，準備向格瑞夫特發起挑戰。

希爾薇突然轉回身面對著所有人。她停止了流淚，但淚水已經在她的臉上留下一道道紅色的痕跡。「盡全力？」她帶著哭腔問，「這是什麼意思？要怎麼做才算是『盡全力』？」

沉默如同一條毯子落在眾人的頭頂。希爾薇站直了身子，雙肩挺起，緊緊攥住一雙小拳頭。所有人都等待看格瑞夫特會怎樣說。這是賽瑪拉在遇到格瑞夫特以來第一次看見他猶豫。格瑞夫特審視著周圍的人們。賽瑪拉看到他的人類舌頭飛快地伸出來舔了一下帶鱗片的薄嘴唇，突然感到有些奇怪。他在尋找什麼？賽瑪拉心中一陣狐疑。確認大家是否接受他的權威？是否願意跟隨他，服從他為他們制定的「新規則」？

「他就要死了，」格瑞夫特平靜地說。賽瑪拉看到痛哭的表情又出現在希爾薇的臉上。那個女孩正在克制自己的情緒。

「他死之後，他的身體不應該被浪費。」

「當然不會，」拉普斯卡打破了眾人的沉默。他那種一本正經，又充滿了孩子氣的聲音和格瑞夫特充滿自控力的成熟強調形成了鮮明的對比，讓他似乎顯得更加愚蠢了，這時他說出了所有人都在想的事情，「其他龍會吃掉他，獲得他的記憶，也讓他的骨肉成為食物。這件事所有人都知道。」拉普斯卡向周圍的守護者們掃視了一圈，微笑著點點頭。慢慢地，笑容從他的臉上消失了。繼續保持沉默的眾人似乎讓他很困惑。賽瑪拉再一次將注意力集中到了格瑞夫特的身上。格瑞夫特的面色正變得越來越陰沉，彷彿他認為所有人都應該看出拉普斯卡的話是多麼愚蠢。但是當他開口的時候，他的話音中多了一分謹慎。看樣子，他很希望能有別人代替他說出這些話。

「他的身體也許能有更好的用途。」格瑞夫特說完這句話便又閉住嘴，等待著。賽瑪拉屏住了呼吸。他想要說什麼？格瑞夫特向人群環顧了一圈，大著膽子繼續說道：「早就有人說過，只要能得到……」

「龍的身體是屬於龍的。」說出這句話的不是人類。儘管身體龐大，但這頭金龍完全能悄無聲息地移動。他高高地俯視著格瑞夫特。守護者們向兩旁推開，為金龍讓出道路，就好像被河水沖開的蘆葦。默爾柯威嚴地從他們面前走過。賽瑪拉覺得他真是無比輝煌壯麗。自從這次遠征開始以來，默爾柯的體重和肌肉都增加了不少。現在他正變得越來越像是一頭真正的巨龍。他的四條腿上膨脹起強悍的肌腱，讓他的身體也顯得更加勻稱。甚至他的尾巴也似乎變長了。只有他殘疾的翅膀依然暴露了他的缺陷——它們到現在都還是那麼小，那麼脆弱，就連提起他身體的一部分都不可能。

他彎曲自己的長脖子，嗅了嗅紅銅龍的身體，然後轉頭盯住格瑞夫特。「她還沒有死，現在就計畫賣掉她的身體，還太早了些。」

「她？」刺青驚愕地問。

「賣掉她的身體？」拉普斯卡大驚失色。

但默爾柯沒有回答他們兩個的問題，也沒有理會守護者們的竊竊私語。他低下頭又嗅了嗅紅銅龍，用力推了她一下。紅銅龍沒有反應，金龍緩緩轉過頭，審視著所有守護者。他的鱗片在太陽下閃閃發光。他的眼睛放射出黑色的光芒。賽瑪拉完全看不懂那種眼神。「希爾薇，留在我身邊。你們其餘的人都散開吧。這和你們無關，這和人類沒有一點關係。」

賽瑪拉幾乎覺得那個女孩是被吸引到了金龍的身邊。默爾柯的聲音充滿了威嚴，如同午夜一般厚重，如同奶油一般豐美。希爾薇走到他身邊，靠在他的身上，彷彿在從他的身體裡得到慰藉和力量。女孩害羞地說：「刺青和賽瑪拉能留下來嗎？他們一直在幫助我照顧紅銅。」

「還有我，」拉普斯卡像平時一樣莽撞地說，「我也應該留下來。我是他們的朋友。」

「現在不行，」金龍以不容置疑的口吻說，「這裡沒有需要他們做的事。妳和我在一起。我會照看這頭龍。」

金龍的聲音中有著一種微妙的壓迫感。賽瑪拉不覺得自己是被告知這裡沒有事，可以離開了，而是被強行推走一樣。金龍先是輕輕推了她一下，隨後加大力量。紅銅龍一動也沒有動。默爾柯抬起頭，用他明亮的黑眼睛看著倒伏在地的小龍。「我們只能留在這裡，直到她站起來，或者死去。」他高聲宣布，然後他嚴肅地環顧四周，最終讓自己的目光落在格瑞夫特身上，「不要碰她，我很快就回來。」當金龍轉過身去的時候，又對希爾薇說了一句，「來吧，希爾薇，」隨後就大步向水邊走去。他沉重的爪子在河岸邊留下了深深的印痕。河水很快就會滲進來，充滿這些足印。

清晨到來，天色越來越明亮。從牆壁高處的小窗戶裡透射進來的陽光，在船板上印出一個個明亮的小方塊，讓愛麗絲能夠大致判斷此刻的時間。她再一次試圖鼓起勇氣，走出房間，但只是再一次坐到了她的小書桌後面。她必須儘快到外面去。她很餓，也很渴，還需要倒掉房間裡的垃圾桶，但她只是將雙臂交疊在身前的桌面上，把額頭枕在上面，兩隻眼睛盯著被手臂圈出的這一小片黑暗。「我該怎麼做？」她問自己。

這對她絕不是一個容易回答的問題。在屋外，水手們很快就會鬆開纜繩，將船推離泥濘的河岸。毫無疑問，龍群現在已經出發，他們的守護者也都乘上了小船，將會跟在他們身後。新一天向上游進發的旅程正在等待著她。她的前方是遼闊的河面，高大的樹木，還有高懸在兩岸密林之間的那一線天空。有時愛麗絲覺得這個地方的天空，就像是另外一種河流。對她而言，每一天都是一場新的冒險，會有新的花朵散發出陌生的芬芳，奇禽異獸來到河邊，或者從水中躍出，在陽光下閃閃發亮。她從沒有想像過雨野原是如此生機勃勃。她當然很早就聽說過這條河，知道它有時候會流淌白色的強酸。這讓她一直以為這條河的兩岸都只有荒蕪的廢土。但事實恰恰相反。她在這裡遇到了各種各樣的草木植物，還有完全出乎她想像的水陸生靈。讓她吃驚的是，這條河中的魚和其他生物都很好地適應了這種酸性且變化無常的水體，而這裡僅僅是鳥類就有成千上百種。萊福特林彷彿知道所有這些鳥的樣貌和歌聲……

愛麗絲紛亂飄忽的思緒又縈繞在他的身上，讓她無法不去想那個造成她所有問題的那個男人。不，這不公平。愛麗絲不能怪罪他。如此傾心於他，是愛麗絲自己的錯。天哪，她知道萊福特林已經迷上了她。這位船長是一個誠實的人。他沒有對愛麗絲有任何保留。他對愛麗絲的關愛和興趣，由他的每一個眼神傳遞到愛麗絲的眼裡，透過他說出口的每一個字流進愛麗絲的耳中。一次偶然間碰到他的手，就像是一道閃電從大地升上天空。愛麗絲本以為這種肌膚的接觸，這樣令人顫慄的感覺早已從她的生命中消失了。而現在它甦醒了過來，在她心中猛烈地翻騰，就像是震撼大地的鳴雷。

昨天晚上，當萊福特林向愛麗絲演示如何打單套結的時候，愛麗絲裝作沒有足夠的力氣將繩結拉緊。這是一個小女孩的技巧，但那個可憐的，誠實的男人被完全騙到了。他站在愛麗絲的身後，用雙臂環抱愛麗絲，握住愛麗絲的手，指引那雙手完成了那些簡單的動作。激動的熱流湧遍愛麗絲的全身。愛麗絲的膝蓋在因為與他接近而顫抖。她感覺到一陣暈眩，她想要倒在甲板上，把他也拽倒在自己的身上。她在他鬆弛的臂彎裡一動不動，向她知道的每一位神明祈禱，希望船長能夠知道她熱烈的欲望，並有所回應。這才是與她結合的男人應該給她的感覺，而她之前從不曾擁有過！

「明白了嗎？」那時船長用有些沙啞的聲音問她。他的兩隻大手就在她的手上面，拽緊了繩結。

「明白了，」愛麗絲回答，「我完全明白了。」她說的根本不是繩結。她膽大包天地向後退了半步，將自己的身體靠在他的懷裡。然後她更是大膽地在他的手臂中轉過身，抬起頭看著他長滿鬍鬚的可愛的臉。懦弱讓她無力再動一下，甚至無法張口說出一個字。在一段過於短暫、卻又彷彿沒有盡頭的時間裡，船長站在她面前，將她抱在臂彎裡，讓她感到溫暖和安全。在她的周圍，雨野原黑夜中的流水、鳥囀和蟲鳴組成了一段柔和的樂曲。愛麗絲能夠嗅到他的氣味，一種雄性生物的味道。塞德里克嘲諷這是「汗臭味」，但這讓愛麗絲感受到不可思議的男子氣概和難以置信的吸引力。在船長的懷抱中，愛麗絲感覺到了他的世界。愛麗絲腳下的甲板，身邊的欄杆，頭頂的夜空和她依偎的這個人變成了一個巨大的，奇妙的，她完全無法駕馭，卻又讓她倍感親切的世界。

然後，萊福特林放下雙臂，從她身邊退開。這個夜晚潮溼悶熱，飛蟲不斷發出嘈雜的嗡嗡聲。愛麗絲聽到一隻食蟲鳥在夜幕後發出鳴叫。但那彷彿已經和她完全隔離開了。昨天晚上，就像現在一樣，她知道自己只是一個膽小如鼠、只知道躲進書卷中的繽城小女人。是的，毫無疑問，她就是這樣的人。她將自己出售給了詔諭，用自己生育子嗣的能力換取了詔諭的庇護和供養。為了這樁生意，她已經簽訂了詳盡的契約。商人當然應該言出必行——所有人都這樣說。她已經做出了承諾。而這份承諾到底又值什麼？

即使她現在收回這份承諾，即使她背棄忠誠、違反契約，她依舊只是一個膽小如鼠的繽城小女人，而不是她渴望成為的那種人。她幾乎無法思考自己到底渴望成為什麼樣的人。不只是因為那樣的人生距離她實在太過遙遠，而且那對於現在的她而言，實在是一個太過孩子氣的、奢侈的夢。在她的雙臂圍出的這一小片黑暗裡，她閉起眼睛，想到了艾惜雅，典範號船長的妻子。那名女子光著腳在船上奔跑，像男人一樣穿著寬鬆的長褲。愛麗絲親眼看到她站在船首像旁邊，河風吹起她的頭髮，她卻只是面帶微笑地和船上的男孩子說著笑話。那時，特瑞爾船長正跳上通向前甲板的短梯去找他們。艾惜雅立刻向船長走去，他們甚至沒有彼此對看一眼，就將手臂挽在一起，如同針被磁鐵吸住，又好像莎神的兩半合為一體。愛麗絲覺得自己的心都要因為妒忌而碎裂了。

一個男人只要見到妳，就一定要抱住妳，即使妳剛剛和他從同一張床上醒來不過幾個小時，這是什麼樣的一種感覺？愛麗絲對此充滿了好奇。她試著想像自己是一個像艾惜雅一樣自由的女人，赤著腳在柏油人號的甲板上奔跑。她能夠俯身在船欄杆上，說她完全擁有、完全信任這艘船嗎？她想到萊福特林，便試著不帶任何感情地去看待那位船長。萊福特林粗野且不修邊幅。他在飯桌邊說笑話的時候，他曾因為一名船員粗鄙的笑話把嘴裡的茶水都噴了出來。他沒有每天刮鬍子，也不經常像紳士那樣進行梳洗。他的襯衫臂肘和褲子的膝蓋部位都因為工作而被磨爛了。在他的一雙大手，被剪短的指甲也都帶著粗糙的裂痕。詔諭身材修長，儀態典雅；萊福特林也許只比愛麗絲高了一寸，肩膀寬闊，胸膛厚實。如果像萊福特林這種相貌的男人，在繽城的街道上試著對愛麗絲的女性朋友們交談，她的朋友們一定會立刻把臉轉開。

這時，愛麗絲想到了萊福特林的灰眼睛。那雙眼睛灰得就像他喜愛的這條河流。愛麗絲的心也要融化了。她想到了萊福特林沒有刮過鬍子的面頰上那兩團紅暈，他的嘴唇要比詔諭露出那種久經世故的微笑時彎曲的嘴唇更紅，更豐滿。愛麗絲想念睡在他床上的那些夜晚，想念他在房間裡和被褥上留下的氣味。她想要他，以前她從沒有這樣想要過某樣東西，某個人。想到他的時候，愛麗絲的身體就會發熱，淚水就會充滿她的眼睛。

愛麗絲在床上坐直身子，將無用的淚水從眼睛裡抹去。「妳能夠擁有的時間並不長，那就好好去擁有吧。」她堅定地告訴自己。這艘船到現在都還沒有駛離岸邊，這讓她不由得稍稍有一點驚詫。她用力擦乾眼睛，撫平自己任性的頭髮，然後走出屋門。她不會違背自己對詔諭立下的誓言。他們已經立下契約，要對彼此忠誠。她將遵守這份契約。

天已經完全亮了，剛從昏暗的房間裡走出來，愛麗絲一下子有些頭暈。她來到甲板上，驚訝地看見塞德里克正和萊福特林一起靠在船欄杆上。兩個人全都在盯著岸邊。「我要去看看出了什麼事。」萊福特林說完這句話，就向船頭走去。愛麗絲快步來到塞德里克身邊。

「出什麼事了？」她問塞德里克。

「我不知道。大概那些守護者發生吵鬧了吧。船長已經去查看情況了。今早感覺如何，愛麗絲？」

「不錯，謝謝。」河岸上傳來一陣驚慌的喊聲。愛麗絲看到一些年輕的守護者在奔跑。剛剛還在熟睡中的龍紛紛抬起頭，向騷動發生的地方望去。「我想我最好去看看出了什麼事。」愛麗絲給自己找了這個藉口，就跑下甲板，去追萊福特林了。萊福特林沒有看到她。愛麗絲則看見船長爬過船頭的護欄，沿著通向岸邊的繩梯爬了下去。

「我覺得妳還是不要過去比較好。」塞德里克非常嚴肅地向愛麗絲提出建議。

愛麗絲不情願地停下腳步，轉回身看著塞德里克，就這樣將塞德里克的臉審視片刻之後，她才問道：「出什麼事了嗎？」

塞德里克與她對視，同樣也在審視她的臉。「我不確定，」他對愛麗絲說，「我希望不會有什麼事。」塞德里克的目光離開了愛麗絲 。片刻之間，他們之間只剩下了一種令人不安的沉默。在河岸上，守護者們聚集到了那頭紅銅色的小龍周圍。愛麗絲知道最近這頭龍的狀況並不好。一陣恐懼的感覺突然揪住了她的心。「你沒有必要保護我，塞德里克。看那頭龍的樣子，如果他再不動一下，那他就是死了。我知道其他龍會吃掉他。不管你是否相信，我認為我有必要見證這一幕。龍的一些行為會讓人類感到厭惡，但這並不意味著我不應該研究他們的這些行為。」

愛麗絲轉身要走，但塞德里克的聲音再一次叫住了她：「對此我完全不關心。愛麗絲，我覺得我必須對妳把一些事挑明，而且只能對妳一個人說。請回到這裡來，讓我們能夠安靜地討論一些事。」

愛麗絲不想回去。「討論什麼？」

「妳，」塞德里克壓低了聲音，「妳和萊福特林船長。」

片刻之間，愛麗絲全身都僵住了。岸上不斷傳來嘈雜的喊聲。愛麗絲向那邊瞥了一眼，看到萊福特林正匆匆向人群跑去。然後她轉回頭，以自己最平靜的面容向塞德里克走回去。「我不明白。」她竭力顯示出困惑的語氣，竭力控制呼吸，阻止血液衝到臉上。

塞德里克不是傻瓜。「愛麗絲，妳明白。我們相識了這麼久，彼此是這樣了解，妳不可能向我隱瞞什麼。妳被那個男人迷惑了，我無法想像這是為什麼。把他和詔諭比一比，看看妳已經擁有的，還有……」

「閉嘴。」愛麗絲嚴厲的聲音和強硬的用詞把她自己嚇了一跳。她完全記不起自己曾經和誰這樣說過話。但這沒有關係。她的話真的讓塞德里克閉住了嘴。塞德里克盯著她，嘴巴微微張開。而愛麗絲則毫不停頓地說了下去，激烈的言辭就像是被洪流推動的石塊，「塞德里克，我什麼都沒擁有。詔諭的圖謀完全是一種恥辱。我會同意他的安排，只是因為我想不出還能有什麼更好的辦法。我們的婚姻就是一場滑稽戲。但我知道，這是我同意的。我接受了他詛咒的契約。我們為此握了手，就像信用良好的貿易商那樣。一直以來，我都在嚴格履行契約中我的那一部分。我要說，我在這件事做得要比他好得多。而且我還會繼續履行我的誓言。但不要，**絕對不要**，永遠都不要將萊福特林與詔諭相比較。」

強烈的語氣撕痛了她的喉嚨。她本想再多說一些，但塞德里克驚駭的表情打斷了她的話語和思路。她忽然感到精疲力竭，因為她知道，無論向誰大聲咆哮命運的不公，對她而言都是沒有用的。

「我很抱歉，塞德里克，很抱歉向你說了這麼過分的話。你不應該聽我說這些。」她轉身再一次打算走開。

「愛麗絲，我們還是需要談一談，回來。」塞德里克的聲音在顫抖，讓他的話更像是在哀求，而不是命令。

愛麗絲停住腳步，但並沒有轉回頭。「已經沒什麼可說的了，塞德里克。我們剛剛把該說的話都說完了。我被囚禁在一場婚姻中，我不喜歡那個娶我的人，更不要說是愛他了。我知道他對我也有同樣的感覺。我的確在迷戀萊福特林船長——一個男人認為我很美麗，認為我值得追求，這讓我完全陶醉了，但僅此而已，我不會有任何實際行動。除此之外，你還想知道什麼？」

「我已經告訴萊福特林，我們必須離開。就在今天。我已經請他找一名願意駕小船護送我們返回崔豪格的獵人。我們將順流而下，這樣我們很快就能回去了。也許我們還要在野外宿營幾晚，但這個我們應該能堅持過去。」

塞德里克的話讓愛麗絲猛地向他轉回了頭。愛麗絲的心臟狠狠地撞擊著周圍的肋骨。一陣急迫的心情在她的心中升起，「什麼？為什麼我們要這樣做？」

「為了讓妳遠離誘惑，不要因為誘惑而墮落。為了將這個船長的誘惑移走，以免他屈從於自己的欲望。請原諒我，愛麗絲，但妳對男人知道得並不多。妳這樣痛快地就承認自己迷上了她，又向我保證妳不會付諸實際行動。萊福特林船長知道妳的心情。妳真的能確認，如果他勉強妳，你能夠拒絕他嗎？」

「他不會那樣做。」愛麗絲咬著牙低聲說。無論她多麼渴望船長那樣做，萊福特林船長都不會逼迫她，對此她很清楚。

「愛麗絲，妳不能心存僥倖。留在這裡，妳就是在主動召喚毀滅，不僅僅是妳自己的毀滅，還有萊福特林的。你們之間的遊戲到現在為止還能算是清白的。但人們都在看著你們，都在議論紛紛。妳不能這樣自私，只想到妳自己。考慮一下這樣的謠言將如何讓妳的父親感到蒙羞，讓妳的母親感到哀痛！這對詔諭又意味著什麼？讓他承受妻子不貞的名聲嗎？他絕不會善罷甘休的！像他這種身分的人，必須被所有人認為是精明而且強大的，絕不能成為一個被矇騙的傻瓜。我不知道這件事最終會走向什麼樣的結局……萊福特林將為此而受到懲罰嗎？即使妳沒有讓這段不明智的浪漫史變成現實，妳又能得到什麼好處？愛麗絲，妳必須明白我為何要這樣解決問題。我明白這其中的危險，明白只有我的辦法是可行的。我們今天就應該離開，在我們進一步遠離崔豪格之前。」

愛麗絲的聲音很平靜，這一點就連她自己也能明確地感受到：「萊福特林已經同意了？」

塞德里克抿一抿嘴唇，又歎了一口氣。「不管是否同意，必須這樣做。我認為他就要同意了，只是那時他聽到了守護者們的喊聲，就去他們那裡了。」

愛麗絲知道塞德里克在說謊。萊福特林根本不打算同意任何事。這一股裹挾住他們的激流正在將他們捲在一起，而不是讓他們分開。愛麗絲抓住這個機會，改變了話題，「守護者們在喊什麼？」

「我不知道。守護者們看上去似乎是在聚集……」

「我也要去看看，」愛麗絲說完這句話就轉身走開，不再聽塞德里克繼續說下去。就在她快要走到船頭的時候，塞德里克才終於克服了自己的驚愕。

「愛麗絲！」

愛麗絲再沒有回過頭。

「愛麗絲！」塞德里克將自己的每一點力氣都用在這一聲喊叫上。他看見愛麗絲的肩膀抽動了一下。愛麗絲聽到了他的喊聲。他看到愛麗絲用雙手抓住船欄杆，一條腿翻過了欄杆。愛麗絲的行路裙包裹、糾纏著她的雙腿。但她耐心地將兩條腿都邁過欄杆，一步步攀下繩梯，站到了泥濘的河岸上。

這時愛麗絲已經從塞德里克的視野中消失了。但沒過多久，塞德里克就看見愛麗絲快步跑過被踩平的草地和一片片泥潭，跑向簇擁在一起的守護者們。一頭龍也正在緩步向那些守護者走去。片刻之間，塞德里克的氣息全部屏在了胸膛裡。那裡到底發生了什麼？是他所想的那樣嗎？

他看著那些人和龍集中在一起，幾乎能聽到他們說話的聲音，只是沒辦法聽清他們具體在說什麼。他心中的焦慮感越來越強。突然間，他從船欄杆前轉回身，向自己粗陋的棚屋跑去，打開屋門，走進昏暗封閉的房間裡，又將屋門在背後緊緊關閉，固定住唯一能閂住門的一隻鉤子，隨後便跪倒下去。突然之間，他覺得自己衣箱底部的「祕密抽屜」實在是太明顯了。他打開衣箱，把那個抽屜拉出來，同時一直仔細傾聽外面甲板上的腳步聲。有沒有更好的地方能隱藏他的寶貴貨物？他是應該把這些貨物集中在一起，還是將它們分散藏到他的行李之中？他咬住嘴唇，不知如何是好。

昨天晚上，他又在他的收藏中增加了兩樣貨物。他將一個玻璃瓶舉到房間裡的昏黃油燈前。這個瓶子裡裝滿了龍血。透過燈光，他覺得龍血就像是一團不斷盤旋的紅色濃煙。昨天晚上，他曾經覺得龍血的旋轉只是出於他的想像，但這不是他的想像。瓶子裡的液體依然紅得刺眼，依然厚重潤澤，彷彿它本身就是有生命的。

連續幾天以來，塞德里克都在盯著那條棕褐色的小龍，想要大著膽子採取行動。每天早晨，獵人們在黎明之前出發，先一步前往上游，希望在龍群將沿途鳥獸嚇跑之前捕獲儘量多的獵物。當太陽再升高一些，氣溫也隨之提高之後，龍群就會醒來。通常是金龍第一個來到水邊，其他龍很快就會跟隨在他的身後。守護者們則會駕著小船逆流上溯。走在隊伍最後面的則是這艘駁船。

昨天和前天，那頭棕褐色的小龍都遠遠落在大隊後面。他一直都跟不上其他龍，只能孤身走在龍群和守護者之間。昨天，就連守護者都超過了他。褐色小龍幾乎只是走在駁船的前面。當塞德里克發現愛麗絲和萊福特林並肩站在船頭上，望著那頭龍，充滿同情地談論他是多麼可憐，他自己的注意力也完全落在了這頭龍的身上。他來到那兩個人身邊，靠在船頭的護欄上，看著那頭發育不良的龍步履蹣跚地走在色澤淺淡的河水旁邊。這時河水的顏色吸引了他的注意力。這裡的河水並不像典範號走過的那段河水那樣灰白。看上去它幾乎就像是普通的河水。船長剛剛向愛麗絲說了幾句話。塞德里克只聽到了愛麗絲的回應。

「這對他來說**更難**，看看他的腿有多麼短。其他龍只是在涉水，而他幾乎是在游泳。」

萊福特林點頭表示同意。「實際上，那個可憐的東西根本不可能有機會。他從出繭的那一天開始就沒有希望了，但我還是很不想看到他就這樣死去。」

「他在為生命奮鬥的路上死去，肯定要好過死在卡薩里克旁邊的泥巴裡。」愛麗絲的話中充滿了激情，讓賽德雷克不由得轉頭去看她。直到此時，他才警惕地意識到愛麗絲已經深深地被萊福特林吸引住了。在塞德里克聽來，愛麗絲的這句話倒更像是在說她自己。*她已經如此膽大，要為自己的欲望採取實際行動了。*塞德里克驚慌地意識到了這一點。根據他對愛麗絲的全部了解，現在愛麗絲將自己完全交給萊福特林，已只是時間的問題。詔諭對此會有怎樣的反應？這個念頭如同一根冰冷的手指按在塞德里克的一截截脊椎上。詔諭也許對愛麗絲沒有愛意，但他早已將愛麗絲視作他的私人財產，而他是一個充滿嫉妒心的主人。如果萊福特林「占有」了她，詔諭一定會怒不可遏。而塞德里克將和愛麗絲一同承受他的怒火。

遠離家園，在這片荒野中行進的每一天，不安的感覺都在塞德里克的心中積聚。而現在這種感覺突然開始逼迫他必須採取行動。該是將愛麗絲和他自己從這裡挽救出去、返回繽城的時候了。

這時他想到了自己收集到的那些少得可憐的龍類貨物，不由得皺起了眉頭。他每天都會查看這些貨物。看上去，它們根本不像是醫生願意加入治療處方的藥料。賽瑪拉從銀龍傷口上切割下來的贅疣本身就是半腐爛的，現在它們的腐爛狀況還在惡化。儘管他努力要妥善地保存它們，但這些樣品已經散發出惡臭的氣味，看上去和爛肉根本沒什麼兩樣。上一次他查看它們的時候幾乎要將它們扔掉。不過他終究還是決定保留它們，直到他能夠用品質更好的貨物代替它們，那必須是龍類物品清單上一些特別的東西，一些他有信心賣出高價的東西。

那頭虛弱的棕褐色小龍還在掙扎著走在駁船前面。塞德里克盯住那頭龍，一個念頭也再一次浮現在他的腦海中。突然間他知道了，等到了晚上，他就會有一個前所未有的好機會。

趁夜溜下駁船並不是很困難的事。每天晚上，萊福特林都會將柏油人號的船頭停靠在河邊泥岸上，盡可能挨近入睡的龍群。一些晚上，守護者們會直接在甲板上歇宿，有時候他們會在龍群旁邊紮營。塞德里克很走運，那天晚上龍群睡在一片草地上，他們的守護者決定收集浮木搭起營火堆，睡在他們旁邊。萊福特林本人負責值夜。愛麗絲則繼續愚蠢地陪伴著他，這讓那個船長根本沒有心思警戒周圍，也使得塞德里克毫不困難地暗自離開了駁船。

守護者搭起的營火堆，還剩下些微的火光，再加上滿月的光亮，足以讓塞德里克看清道路。他踉踉蹌蹌地走過被踩平的草地，盡可能繞過一個個泥潭。不管怎樣，在他返回駁船之前，他知道自己的靴子和長褲還是會浸透泥水並黏滿汙泥，他對此無可奈何。在黃昏時分，他已經仔細觀察過入睡的龍群，所以他大約知道那頭精疲力竭的棕褐色龍所在的位置。現在時間已經很晚，守護者和他們的龍都睡得正香。只有他小心翼翼地在他們之間走動。那頭病弱的龍獨自睡在龍群邊上。塞德里克靠近他的時候，他一動也沒有動。一開始，賽德雷克以為這頭龍已經死了。他看不出這頭龍有任何動作的痕跡，甚至完全聽不到他的呼吸聲。塞德里克強迫自己大起膽子，小心地將一隻手放在這頭骯髒的怪物肩上。龍仍然沒有反應。塞德里克輕輕一推，然後又加了些力量。龍發出一點喘息的聲音，但並沒有動。塞德里克抽出了小刀。

他的第一個野心是撬下一些鱗片。肩膀的部位就很好。在愛麗絲嘗試和這些龍談話的時候，他曾經仔細觀察過他們，知道最大的龍鱗通常都在肩膀、臀部和尾巴最粗的地方。他用拇指推動刀刃，插進鱗片下方，用力向外撬。要拔出龍鱗並不容易，這就像是從一疊盤子的最底下抽出一個盤子。不過他還是成功了，被拔下來的龍鱗還帶著一點血液的反光。龍抽搐了一下，不過沒有醒來。很顯然，他過於衰弱，已經不會在意這種事了。

塞德里克又從這頭怪物身上拔下三片鱗，每一片大約都有他的手掌大小。他用手帕將它們仔細包裹，收緊襯衫貼胸的口袋裡。這幾乎已經讓他能心滿意足地返回駁船了，他知道，僅僅是一片龍鱗就能夠給他帶來豐厚的財富。這筆財富將足以為他贏得自由，但他懷疑僅靠這樣一筆財富是否能讓詔諭長久地留在他的身邊。不，他已經冒了險，現在他或者要從這場豪賭中贏得足夠的錢財，讓他能夠像國王那樣生活，或者他將一無所獲。在這個美好前程唾手可得的時候，若收手，他就只是一個傻瓜。

他小心地挑選著工具。他帶來的這把小刀本是屠夫的工具，用來一刀刺進豬體內，放出血來製作血腸。知道有這樣的工具存在時，他曾經有些吃驚，但一看到這把刀子，他就把它買了下來。這把刀短而且鋒利，刀刃的血槽連通到硬木握柄中的一條管道裡，讓血液能夠從豬體內順暢地流出來。

塞德里克在這頭龍身上又找了一個部位——就在下巴後面的脖子上。他朝正在他耳朵和脖子旁邊饑渴地「嗡嗡」嚎叫的蚊子拍了一巴掌。「只是一隻非常大的蚊子而已。」他對昏睡中的龍說著，掀起了龍脖子上一塊厚實的鱗片，握緊手中的工具，把它刺進了龍的身體。

這把小刀已經被打磨得異常鋒利。即使如此，要將它刺進龍的身體也不是那麼容易。龍在睡夢中尖叫了一聲。這麼龐大的怪獸竟然會發出如此尖細的聲音，這感覺實在是有些滑稽。他的四隻利爪按在泥地上不住地抽動。片刻之間，賽德雷克害怕得差一點逃走。但他還是用顫抖的手從自己的小背包中拿出一個玻璃瓶，拔去玻璃塞，等待著。沒過多久，血就從刀柄末端流出來，一滴滴閃閃發光。他將瓶口對準落下的血滴，將它們收集起來。

他的手抖動得太厲害了。以前他從沒有幹過這種事，這遠比他想像中更令人難以承受。一滴血沒有落進瓶口，慢慢滑到他的手指上。他滿臉嫌惡地將瓶口抵在刀柄末端。就在這時，本來只是一滴滴落下的龍血突然變成一股血流。「仁慈的莎神啊！」他在恐懼與喜悅中驚呼一聲。瓶子在他的手中變得沉重，龍血突然從瓶口溢出來。他將瓶子收回來，不得不又浪費了一些龍血，才用塞子封好瓶口。

現在他很希望自己帶來了第二個瓶子，但這種奢望完全是徒勞的。他只能在褲子上擦乾淨手上的血漬，小心地把瓶子收進背包裡，又迅速從龍身上拔下小刀，也收進背包裡。

但血還在繼續往外流。

他的鼻腔裡充滿了一種濃郁得有些怪異的爬蟲氣味。剛剛在他頭頂盤旋的飛蟲全都放棄了他，向那頓流淌的盛宴撲去。龍的傷口周圍很快就擠滿了貪婪的蟲子。鮮血變成一條猩紅的溪流，淌過龍的肩膀，又滴落在被踩平的地面上。一個小血潭開始出現了。在月光中，它一開始是黑色的，隨著血液增多，血潭逐漸變深，塞德里克看到它變成了紅色。它閃耀著紅色的光芒，兩個鮮紅的漩渦出現在其中，如同水中漾開了兩滴紅色染料，一些銀色邊緣將它們分開。塞德里克感覺自己被這一潭血所吸引，俯身在它的旁邊，眼睛裡只有它迷幻的色彩。

塞德里克的目光又轉向匯入這個血潭的那一道紅色小溪。他伸出手，用兩根手指碰觸那條溪流。血液分開，如同絲線流過他的手指。他將手縮回來，看著在自己皮膚上滑動的液體，然後將染血的手指放到唇邊，舔了它一下。

舌頭碰到龍血的時候，他向後一縮身。他不知道自己怎麼會有這樣的衝動，更因為自己竟然會服從這種衝動而感到驚駭。龍血的味道從他的口中爆發出來，充滿了他的知覺。他嗅到那股氣味無所不在，不僅是在他的鼻子裡，更是在他的喉嚨深處，他的整個口腔。他的耳朵在因為這股氣息而鳴響。他的舌頭感到一陣陣刺痲。他想要從手指上甩掉剩餘的血，然後又將他的手在襯衫前襟上擦抹。現在他全身都是鮮血和汙泥，而那頭龍還在不停地流血。

塞德里克彎腰捧起一把血液和淤泥。這捧東西在他的手中溫暖卻又冰冷。他的手甚至感覺到它正在蠕動，就像是一條液體的長蛇在盤捲翻騰。塞德里克將這些血泥塗抹在龍的傷口上。他抬起手的時候，那一小股紅色的溪流又湧了出來。塞德里克向那個傷口捂上了一把又一把血泥，一把血泥被他狠狠按在龍的喉嚨上。他緊咬著牙，因為恐懼和用力過度而喘息著。他的嗅覺和味覺中只有龍的味道。

他感覺到龍就在他的嘴裡，正爬向他的喉嚨。他是一頭龍。他的脖子和背部覆滿了鱗片，他的爪子深深插進泥土之中，他的翅膀無法張開——一頭不能飛的龍又算是什麼？他感到有些頭暈，身子在微微搖晃。當他踉蹌著從這頭龍的身邊退開時，血流終於停止了。

塞德里克站在那裡一動不動，兩隻手撐在膝蓋上，吃力地呼吸著夜晚的空氣，想要讓自己恢復過來。當他的頭腦清醒了一點之後，他站直身子。一種深深的恐懼取代了暈眩感衝擊著他的神經——他怎麼把這件事做得這麼糟？他應該在暗中行動，「不留下任何痕跡」，而現在他都幹了些什麼？他全身都是泥巴和血跡。龍正躺在血泊之中。他還真是有夠精細！

他踢起泥土覆蓋住血跡，扯下沼澤中的雜草，鋪在上面，然後再踢過來更多泥土。他覺得光是做這件事就用了幾個小時的時間。在月光下，他終於看不到地上和龍脖子上有任何紅色的痕跡了。這頭怪物還在睡覺。至少他不會記得塞德里克來過這裡。

塞德里克回身向駁船走去，等待時機登上甲板，他在船頭的陰影中，又幾乎度過了痛苦的一個小時。在他的上方，萊福特林和愛麗絲輕聲討論著打繩結和其他各種事情。直到他們終於走開，塞德里克才攀著繩梯上了船，逃回到自己的房間裡，匆匆更換了乾淨的衣服，將珍貴的龍血和龍鱗藏進祕密抽屜之中。他又偷偷溜出來三次，才終於能清理掉他留在甲板上的泥血腳印。當他將髒汙的衣服和靴子扔出船外的時候，萊福特林和愛麗絲差一點撞見他。如果他們不是眼睛裡只有彼此，塞德里克勢必在劫難逃了。

但他們根本沒有看見塞德里克。他們永遠也不會知道塞德里克幹了什麼。而現在被塞德里克捧在手中的這一瓶鮮血，就是他經歷了這麼多磨難之後贏得的錦標。塞德里克緊盯著它，慢慢搖動瓶子，看著被禁錮在其中的紅色液體。就像許多長蛇彼此盤繞。他心中想道。他的意識裡出現了一片幽藍無盡的海底世界，無數海蛇正在那裡纏繞盤旋。他搖搖頭，清除掉這種幻想，然後抵抗住突然襲來的衝動，沒有拔出瓶塞，去嗅龍血的氣味。他這次帶來了火漆，他應該將火漆熔化一些，妥當地封住這個瓶子。他應該這樣做，不過這件事可以再等一等。

看到自己的寶物，塞德里克不知為何也恢復了平靜。他將瓶子放回到祕密抽屜裡，又拿出一個香柏木小匣子，拉開滑動匣蓋。龍鱗就放在匣中的薄薄一層鹽粒上。在房間裡昏暗的光線中，這些鱗片呈現出一種微弱的彩虹色澤。他關上匣蓋，把小匣子也放進祕密抽屜裡，然後將抽屜鎖好。他們也許會發現那頭棕褐色的龍已經死了。但他們不會懷疑到他——他突然就明白了這一點，他把痕跡覆蓋得很好。他也清理了自己身上的血跡。小刀造成的傷口非常細小，沒有人會發現。實際上，那頭怪獸並不是他殺死的。所有人都能看出來，那頭怪獸已經離死不遠了。如果流一點血加速了他的死亡，那麼這也不意味著他就是死在一把刀下。不管愛麗絲如何關心他，他終究也只是一隻動物。一頭龍就是一隻動物，就像牛和雞一樣，應該由人類加以妥善利用。

實際上，恰恰相反。

這個完全陌生的念頭突然闖進塞德里克的意識，讓他大吃了一驚。恰恰相反？人類應該被龍妥善利用嗎？這太可笑了。這種愚蠢的念頭是從哪裡來的？

塞德里克拉直外衣，打開門，踏上了柏油人號的甲板。

禱月第五日
商人聯盟獨立第六年
來自艾瑞克，繽城信鴿管理人
致黛托茨，崔豪格信鴿管理人

一封來自貿易商金卡羅恩的信函，收信方為崔豪格和卡薩里克議會。信中表達了對於這兩地議會與金卡羅恩的女兒愛麗絲．金卡羅恩．芬波克簽訂契約的困惑與擔憂，要求兩地議會對此進行說明，並要求迅速得到答覆。

黛托茨：

當貿易商金卡羅恩放下這封信的時候，他承諾：如果這封信和相關回信能夠被迅速送達，便會給我們一筆高額酬金。如果妳能說動你們議會中的任何人，在質詢信送到的當天，便能予以答覆，並用妳最快的鴿子送回相關回信，我會考慮免去妳購買黃豌豆的錢。

艾瑞克

中英譯名對照表

A

Alise Kingcarron Finbok　愛麗絲・金卡羅恩・芬波克

Althea Vestrit　艾惜雅・維司奇

Alum　埃魯姆

Arbuc　亞布克

B

Baliper　巴力佩爾

Barge 駁船

Begasti Cored
貝佳斯提・柯雷德

Bellin　貝霖

Beydon　貝東

Big Eider　大埃德爾

Bingtown　繽城

Boxter　博克斯特

Brashen Trell　貝笙・特瑞爾

Bread Leaf　麵包葉

Burrowers　鑽頭蟲

C

Carson Lupskip　卡森・羽躍

Cassarick　卡薩里克

Chalced　恰斯

Chet　切特

Citadel of Records　《城市紀錄》

Clef　樂符

Cocooning grounds　結繭地

Cope 科普

Copper　紅銅

Cosgo　柯思閣

Cricket Cages　蟋蟀籠

Crowned Rooster Chamber
加冕者殿堂

Curesd Shores 天譴海岸

D

Dancer Deer　舞蹈鹿

Darter Lizard　飛鏢蜥蜴

Davvie　戴夫威

Derren Sawyer　戴倫・索耶

Detozi Dushank
　　黛托茨・杜珊克

Dortean　多提恩

Drost　多斯特

Dujjaa　杜吉愛

Duke of Chalced　恰斯大公

Dushank　杜珊克

E

El　埃爾

Elderling　古靈

Elspin　艾爾斯賓

Erek Dunwarrow
　　艾瑞克・頓瓦羅

F

Fari　法麗

Fente　芬提

G

Gallator　鷊鱷

Gedder　蓋達

Goldendown　金色黃金號

Goshen　高申

Great Blue Lake　大藍湖

Greft　格瑞夫特

Gresok　格雷索克

Grigsby　格裡格斯比

H

Handprint Tree　手印樹

Hardwood　硬木

Hardy　強勇號

Harrikin　哈裡金

Heeby　荷比

Hennesey　軒尼詩

Hest Finbok　詔諭・芬波克

J

Jaff Secudus　傑夫・賽克杜斯

Jamaillia　遮瑪里亞

Jerd　潔珥德

Jerup　傑魯普

Jess Torkef　傑斯・托克夫

Jona　約納

Jorinda　喬玲妲

Jos Peerson　喬司・皮爾森

Jurgen　約爾登

K

Kalo　卡羅

Kase　凱斯

Kelaro　克拉羅

Kellerby　科勒比

Kelsingra　克爾辛拉

Kerwith　克維思

Khuprus　庫普魯斯

Kim　金姆

Kingsly　金斯利

Kitta　蒂塔

Kura nuts　庫拉堅果

L

Lecter　萊克特

Leftrin　萊福特林

Limbsman　巧肢人

Liveship　活船

Lords of the Realms　三界之主

M

Malta Khuprus
　麥爾妲・庫普魯斯

Marley 瑪雷

Maulkin　墨金

Mercor　默爾柯

Mojoin　莫喬恩

N

Newf　紐弗

Nortel　諾泰爾

O

Onion-moss　洋蔥苔蘚

Ophelia　援助號

P

Paragon　典範號

Pariah　賤船

Pelz　佩爾茲

Picket Tree　圍樁樹

Polon Meldar　鮑隆・梅爾達

Polsk　博斯克

Prittus　浦裡圖斯

R

Rain Wild　雨野原

Ranculos　蘭克洛斯

Rapskal　拉普斯卡

Rasp Snake　銼刀蛇

Redding Cope　雷丁・柯普

Relpda　芮普妲

Reyall　雷亞奧

Reyn Khuprus　雷恩・庫普魯斯

Rogon　羅根

Rolleigh　羅雷

Ruskin Leaf　魯斯金葉

S

Sa　莎神

Sacha　薩夏號

Satrap　沙崔甫王

Sedric Meldar　塞德里克・梅爾達

Selden Vestrit　瑟丹・維司奇

Serpent Cases　長蛇繭殼

Sessurea　塞蘇利亞

Sestican　賽斯梯坎

Sethin　賽罄

Sevirian Cutlery　瑟維利餐具

Silver　銀

Silvery Water　銀水

Sinad Arich　辛納德・亞力克

Sindy　辛蒂

Sintara　辛泰拉

Sisarqua　西薩奎艾

Skelly　絲凱莉

Skrim　斯克力姆

Skymaw　天空之喉

Sophie Meldar Roxon
　蘇菲・梅爾達・洛克遜

Sour Pear　酸梨

Speckle　星點

Spit　噴毒

Swarge　斯沃格

Sworkin　斯沃金

Sylve　希爾薇

System of bands for birds
　鳥類環志系統

T

Tarman　柏油人

Tats　刺青

Tattooed　紋身者

Tereben Oil　松節油

Three Ships Folk　三船人

Three Ships Town　三船城

Thymara　賽瑪拉

Tinder　火絨

Tintaglia　婷黛莉雅

Tracia Marley　塔希婭・瑪雷

Tree Cat　樹貓

Trehaug　崔豪格

V

Veras　維拉斯

W

Warken　沃肯

Weddle stalk　韋德草莖

Wizardwood　巫木

Wollom Courser
　沃隆姆・柯思爾

Wycof　維科夫

BEST嚴選 100

雨野原傳奇 1：巨龍守護者

原著書名／The Rain Wilds Chronicles: Dragon Keeper
作　　者／羅蘋・荷布（Robin Hobb）
譯　　者／李鐳
責任編輯／王雪莉、何寧
內文編輯／江秉憲
副總編輯／王雪莉
行銷業務經理／李振東
業務主任／范光杰
行銷企劃／周丹蘋
總 經 理／黃淑貞
發 行 人／何飛鵬
法律顧問／元禾法律事務所　王子文律師
出版／奇幻基地出版
城邦文化事業股份有限公司
台北市 104 民生東路二段 141 號 8 樓
電話：(02)25007008　傳真：(02)25027676
網址：www.ffoundation.com.tw
e-mail：ffoundation@cite.com.tw
發行／英屬蓋曼群島商家庭傳媒股份有限公司城邦分公司
台北市 104 民生東路二段 141 號 11 樓
書虫客服服務專線：(02)25007718・(02)25007719
24 小時傳真服務：(02)25170999・(02)25001991
服務時間：週一至週五09:30-12:00・13:30-17:00
郵撥帳號：19863813　戶名：書虫股份有限公司
讀者服務信箱 E-mail：service@readingclub.com.tw
歡迎光臨城邦讀書花園　網址：www.cite.com.tw
香港發行所／城邦（香港）出版集團有限公司
香港灣仔駱克道193號東超商業中心1樓
電話：(852)25086231　傳真：(852)25789337
e-mail : hkcite@biznetvigator.com
馬新發行所／城邦（馬新）出版集團
【Cite(M)Sdn. Bhd】
41, Jalan Radin Anum, Bandar Baru Sri Petaling,
57000 Kuala Lumpur, Malaysia.
Tel: (603) 90578822　Fax:(603) 90576622
email:cite@cite.com.my
封面設計／黃聖文
排　　版／極翔企業有限公司
印　　刷／高典有限公司
■2018年（民107）1月4日初版

售價／ 599元

國家圖書館出版品預行編目資料

雨野原傳奇. 1, 巨龍守護者 / 羅蘋・荷布（Robin Hobb）作；李鐳譯. -- 初版. -- 臺北市：奇幻基地, 城邦文化出版：家庭傳媒城邦分公司發行, 民107.01
面；　公分. --（BEST嚴選；100）
譯自：The rain wilds chronicles : dragon keeper
ISBN 978-986-95634-5-1（平裝）

874.57　　106023121

ISBN　978-986-95634-5-1

廣　告　回　函
北區郵政管理登記證
台北廣字第000791號
郵資已付，免貼郵票

104台北市民生東路二段141號11樓

英屬蓋曼群島商家庭傳媒股份有限公司城邦分公司 收

請沿虛線對摺，謝謝

奇幻基地

每個人都有一本奇幻文學的啟蒙書

奇幻基地官網：http://www.ffoundation.com.tw
奇幻基地粉絲團：http://www.facebook.com/ffoundation

書號：1HB100　　書名：雨野原傳奇1：巨龍守護者

請於此處用膠水黏貼

奇幻基地

讀者回函卡

謝謝您購買我們出版的書籍！請費心填寫此回函卡，我們將不定期寄上城邦集團最新的出版訊息。

姓名：______________________ 性別：□男 □女

生日：西元________年________月________日

地址：______________________

聯絡電話：______________ 傳真：______________

E-mail ：______________________

學歷：□1.小學 □2.國中 □3.高中 □4.大專 □5.研究所以上

職業：□1.學生 □2.軍公教 □3.服務 □4.金融 □5.製造 □6.資訊

□7.傳播 □8.自由業 □9.農漁牧 □10.家管 □11.退休

□12.其他______________________

您從何種方式得知本書消息？

□1.書店 □2.網路 □3.報紙 □4.雜誌 □5.廣播 □6.電視

□7.親友推薦 □8.其他______________________

您通常以何種方式購書？

□1.書店 □2.網路 □3.傳真訂購 □4.郵局劃撥 □5.其他

您購買本書的原因是（單選）

□1.封面吸引人 □2.內容豐富 □3.價格合理

您喜歡以下哪一種類型的書籍？（可複選）

□1.科幻 □2.魔法奇幻 □3.恐怖 □4.偵探推理

□5.實用類型工具書籍

您是否為奇幻基地網站會員？

□1.是□2.否（若您非奇幻基地會員，歡迎您上網免費加入，可享有奇幻基地網站線上購書75 折，以及不定時優惠活動：http://www.ffoundation.com.tw/）

對我們的建議：______________________

____

____

請於此處用膠水黏貼